VERBLIND

Dean Koontz

Verblind

Uitgeverij Luitingh ~ Sijthoff

Voor meer informatie: kijk op **www.boekenwereld.com**

Tweede druk
© 2000 Dean Koontz
All rights reserved
Published by arrangement with Lennart Sane Agency AB
© 2001 Nederlandse vertaling
Uitgeverij Luitingh ~ Sijthoff B.V., Amsterdam
Alle rechten voorbehouden
Oorspronkelijke titel: *From the Corner of his Eye*
Vertaling: Lucien Duzee
Omslagontwerp: Karel van Laar
Omslagillustratie: Tom Hallman

CIP/ISBN 90 245 3906 4
NUGI 331

Voor Gerda. Van alle duizenden dagen in mijn leven was de meest gedenkwaardige – en zal dat altijd zijn – de dag dat we elkaar ontmoetten.

Terwijl ik dit boek schreef, had ik altijd die uitzonderlijke, prachtige muziek van wijlen Israël Kamakawiwo'ole op staan. Ik hoop dat de lezer eenzelfde vreugde en troost beleeft aan mijn verhaal als ik voelde in de stem, de geest en het hart van Israël Kamakawiwo'ole.

Terwijl ik de laatste hand aan dit boek legde, bracht Carol Bowers, onder auspiciën van de Stichting Dromen, hier een dag door met haar gezin. Carol, als je dit boek hebt gelezen, zul je begrijpen waarom jouw bezoek – alsof het zo moest zijn – bevestigde wat ik geloof over de geheimzinnige onderlinge verwevenheid der dingen en over de diepe en mysterieuze betekenis ervan in de levens van ons allemaal.

Het kleinste vriendelijke gebaar weergalmt over enorme afstand en tijd,
beroert levens die degenen die met hun weldadige geest de bron van die
goede echo waren, niet herkennen omdat vriendelijkheid doorgegeven
wordt en elke keer dat ze doorgegeven wordt groeit, zodat een eenvoudig
gebaar jaren later en ver weg een daad van onbaatzuchtige moed wordt.
Hetzelfde geldt voor elke kleine laagheid, elke uitdrukking van haat, elke
daad van slechtheid.
– *Deze Gedenkwaardige Dag*, H.R. White

Niemand begrijpt de kwantumtheorie.
– Richard Feynman

I

Bartholomeus Lampion raakte blind op zijn derde toen artsen na lang aarzelen zijn ogen verwijderden om een snel om zich heen grijpende kanker tot staan te brengen; maar op zijn dertiende kreeg Barty, ook al had hij geen ogen meer, zijn gezichtsvermogen terug.

Deze plotselinge ommekeer van tien jaar duisternis naar de zegeningen van het licht was niet het werk van een heilig genezer. Geen hemelse koren kondigden het herstel van zijn gezichtsvermogen aan, net zo min als ze zijn geboorte hadden aangekondigd.

Een achtbaan had iets met zijn herstel te maken, en ook een zeemeeuw. Verder valt niet te ontkennen dat Barty's vurigste wens was dat zijn moeder trots op hem was voor ze voor de tweede keer stierf.

De eerste keer dat ze doodging was op de dag van Barty's geboorte. 6 januari 1965.

De meeste inwoners van Bright Beach, in Californië, spraken met liefde over Barty's moeder, Agnes Lampion – ook wel het Taartenvrouwtje genoemd. Ze leefde voor anderen, haar hart afgestemd op hun lijden en hun behoeften. In deze materialistische wereld werd haar onbaatzuchtigheid ook wel met wantrouwen bekeken door degenen wier bloed net zoveel cynisme als ijzer bevatte. Maar zelfs die harde zielen gaven toe dat het Taartenvrouwtje talloze bewonderaars en geen vijanden had.

De man die de wereld van de familie Lampion in duigen deed vallen op de avond van Barty's geboorte, was geen vijand van haar. Hij was een onbekende, maar de ketting van zijn noodlot deelde een schakel met die van hen.

2

Op 6 januari 1965, even na achten 's ochtends, kreeg Agnes, tijdens het bakken van zes bosbessentaarten, haar eerste weeën. Het waren geen valse weeën, want de pijn strekte zich uit over haar hele rug en buik, en niet alleen maar over haar onderbuik en lies.

Als ze liep, waren de krampen erger dan wanneer ze alleen maar stond of zat: ook een teken van echte weeën.

Ze had er niet echt veel last van. De weeën kwamen regelmatig, maar met grote tussenpozen. Ze weigerde naar het ziekenhuis te gaan voordat haar taken van die dag erop zaten.

Bij een vrouw die haar eerste kind krijgt, duurt dit eerste stadium van de geboorte gemiddeld twaalf uur. Agnes zag zichzelf in elk opzicht als gemiddeld, net zo lekker gewoontjes als het grijze jog-gingpak met een koord om haar middel om haar uitdijende buik voldoende ruimte te geven; daarom vertrouwde ze erop dat ze het tweede stadium pas tegen tien uur die avond zou bereiken.

Joe, haar man, wilde haar al ver voor de middag naar het ziekenhuis brengen. Nadat hij de koffer van zijn vrouw had gepakt en in de auto had gelegd, zegde hij zijn afspraken af en bleef in haar buurt rondhangen, hoewel hij wel zo voorzichtig was altijd een kamer van haar vandaan te blijven, omdat ze anders geïrriteerd zou raken door zijn verstikkende bezorgdheid en hem het huis uit zou jagen.

Elke keer dat hij Agnes zachtjes hoorde kreunen of sissend van de pijn hoorde ademhalen, probeerde hij de tijd van de weeën te klokken. Hij keek die dag zo vaak op zijn horloge dat hij, als hij een blik in de spiegel van de hal wierp, verwachtte in zijn ogen de vage reflectie te zien van een rondtollende secondewijzer.

Joe was een tobber, hoewel hij er niet zo uitzag. Hij was lang, sterk, en zou voor Samson in hebben kunnen vallen die de pilaren omtrok om het dak op de Filistijnen neer te laten komen. Maar hij was zachtmoedig van aard en miste de arrogantie en het roekeloze zelfvertrouwen dat veel mannen van zijn omvang hadden. Hoewel hij gelukkig was, en zelfs vrolijk, meende hij té rijk gezegend te zijn met geluk, vrienden en gezin. Op een dag zou het noodlot zeker wat correcties aanbrengen in zijn overdadige zegeningen. Hij was niet rijk, eerder bemiddeld, maar hij maakte zich nooit zorgen dat hij zijn geld kwijt zou raken, omdat hij dat altijd weer zou kunnen verdienen door hard en vlijtig te werken. Maar op rusteloze nachten werd hij uit zijn slaap gehouden door de heimelijke angst degenen van wie hij hield te verliezen. Het leven was als ijs op een vijver aan het begin van de winter: breekbaarder dan het leek, vol verborgen breuken en met een koude duisternis eronder.

Daarbij was Agnes voor Joe Lampion op geen enkele manier gemiddeld, wat zij ook mocht denken. Ze was prachtig, uniek. Hij zette haar niet op een voetstuk omdat een voetstuk haar niet zo hoog zou plaatsen als ze verdiende.

Als hij haar ooit kwijtraakte, zou hij zichzelf ook kwijtraken.

De hele ochtend piekerde Joe Lampion over alle mogelijke medische complicaties die bij een geboorte konden optreden. Maanden geleden had hij meer dan nodig was over dit onderwerp opgestoken uit een dik medisch naslagwerk, dat hem heviger en vaker kippenvel had bezorgd dan welke thriller ook die hij ooit had gelezen. Omdat hij de beschrijvingen van antepartumbloedingen, postpartumbloedingen en heftige eclampsiestuipen niet uit zijn gedachten kon zetten, stormde hij om tien voor een via de klapdeur de keuken binnen en riep: 'Goed, Aggie, genoeg. We hebben lang genoeg gewacht.'

Ze zat aan de ontbijttafel kaartjes te schrijven om bij de zes bosbessentaarten te doen die ze die ochtend had gebakken. 'Ik voel me prima, Joey.'

Buiten Aggie noemde niemand hem Joey. Hij was een meter negentig, ruim honderd kilo, had een uit steen gehouwen gezicht vol groeven en plooien, dat angstaanjagend was, tot hij sprak met zijn lage muzikale stem of tot je die vriendelijkheid in zijn ogen zag.

'We gaan nu naar het ziekenhuis,' zei hij dwingend terwijl hij zich over haar heen boog.

'Nee, schat, nog niet.'

Ook al was Aggie slechts een meter zestig en woog ze, zonder het gewicht van haar ongeboren kind erbij, nog niet half zoveel als Joey, ze zou als ze dat niet wilde niet uit haar stoel getild kunnen worden, zelfs niet als hij een elektrische lier ter beschikking had gehad. In elke confrontatie met Aggie was Joey altijd de kale Samson en niet Samson voordat zijn haar was afgeknipt.

Met een blik die een ratelslang nog weggejaagd zou hebben, zei Joe: 'Alsjeblieft?'

'Ik moet taartbriefjes schrijven zodat Edom morgen de bestellingen voor mij kan doen.'

'Ik maak me maar om één bestelling zorgen.'

'Nou, ik om zeven. Zes taarten en een baby.'

'Jij met je taarten,' zei hij gefrustreerd.

'Jij met je getob,' pareerde ze, met een glimlach die zijn hart deed smelten als boter in de zon.

Hij zuchtte. 'De briefjes en dan gaan we.'

'De briefjes. Daarna komt Maria voor haar Engelse les. En dán gaan we.'

'Je bent niet in de conditie om Engelse les te geven.'

'Voor Engelse les hoef je niet zo zwaar te tillen, schat.'

Ze bleef doorschrijven aan haar briefjes terwijl ze tegen hem sprak, en hij zag het elegante handschrift dat uit de punt van haar balpen vloeide, alsof ze slechts een medium was dat de woorden van een hogere bron doorgaf.

Uiteindelijk boog Joey zich over de tafel heen en Aggie keek in zijn enorme schaduw met glanzende ogen naar hem op. Hij liet zijn granieten hoofd naar haar porseleinen gezicht zakken, en alsof ze ernaar snakte verpletterd te worden kwam ze iets omhoog om zijn kus te beantwoorden.

'Ik hou alleen maar van je,' zei hij, en de hulpeloosheid in zijn stem irriteerde hem.

'Alleen maar?' Ze kuste hem weer. 'Dat is meer dan genoeg.'

'Wat moet ik dan doen om niet gek te worden?'

De deurbel ging.

'De deur opendoen,' stelde ze voor.

3

De oeroude bossen aan de kust van Oregon vormden een grote, groene kathedraal in de heuvels, en het land was net zo stil als een gewijde plaats. Hoog in de lucht, net te zien tussen de smaragdgroene torenspitsen, zweefde een havik in een steeds groter wordende spiraal, een bloeddorstige engel met donkere veren.

Hier op de grond was geen dier te zien en de gedenkwaardige dag was zonder leven. De nacht had onbeweeglijke, lichtgevende nevelsluiers in de diepe kommen van het land achtergelaten. De enige geluiden die klonken waren het geknerp van dennennaalden en de ritmische ademhaling van geoefende wandelaars.

Om negen uur die ochtend hadden Junior Cain en zijn vrouw Naomi hun Chevy Suburban op een brandlaan neergezet en ze waren te voet in noordelijke richting getrokken, over wildpaden en langs andere natuurlijke doorgangen, het uitgestrekte donkere woud in. Zelfs midden op de dag drong de zon slechts in smalle banen in het bos door.

Telkens als Junior iets vooruitliep, bleef hij af en toe staan om achterom te kijken naar Naomi. Altijd lichtte haar goudkleurige haar helder op, in zon of schaduw, en haar gezicht had die perfectie waar pubers van dromen, en waar volwassen mannen hun eer en hun fortuin voor offerden. Soms liep Naomi voorop; Junior, achter haar, was dan zo verrukt over haar soepele gestalte dat hij zich van weinig anders meer bewust was, en de groene gewelven, de stammen als zuilen, de weelderige varens en bloeiende rododendrons niet meer zag.

Hoewel Naomi's schoonheid misschien al voldoende was geweest om zijn hart te veroveren, was hij net zo verrukt van haar gratie, haar lenigheid, haar kracht en van de vastbeslotenheid waarmee ze de steilste hellingen en de meest grimmige rotsterreinen nam. Het hele leven – niet alleen het wandelen – benaderde zij enthousiast, hartstochtelijk, intelligent en moedig.

Ze waren al veertien maanden getrouwd, maar met de dag werd zijn liefde voor haar sterker. Hij was pas drieëntwintig en soms leek het of zijn hart op een dag te klein zou zijn om al zijn gevoelens voor haar te bevatten.

Andere mannen hadden achter Naomi aan gezeten, sommige knapper dan Junior, vele slimmer, en allemaal zeker rijker. Toch had Naomi alleen hem gewild, niet om wat hij bezat of misschien op een dag zou verwerven, maar omdat ze beweerde in hem een 'glanzende ziel' te zien.

Junior was fysiotherapeut, en een goede, die voornamelijk werkte met mensen die een ongeluk of een beroerte hadden gehad en probeerden de verloren lichaamsfuncties terug te krijgen. Hij zou altijd zinvol werk hebben, maar hij zou nooit een villa op een heuvel bezitten.

Gelukkig waren Naomi's wensen bescheiden. Ze dronk liever bier dan champagne, gaf niets om diamanten, en het kon haar niet schelen of ze Parijs wel of niet zou zien. Ze hield van de natuur, van wandelen in de regen, van het strand en van goede boeken.

Onder het wandelen zong ze vaak zacht als het terrein niet te moeilijk begaanbaar was. Haar twee favoriete liedjes waren 'Somewhere over the rainbow' en 'What a wonderful world'. Haar stem was zuiver als bronwater en warm als de zon. Vaak moedigde Junior haar aan om te zingen, want in haar zingen hoorde hij liefde voor het leven en een aanstekelijke vreugde waardoor hij zich heel goed voelde.

Omdat het op die dag in januari ongewoon warm was voor de tijd van het jaar, omdat het in de jaren zestig was, en omdat ze zich te dicht bij de kust bevonden om waar dan ook sneeuw te treffen, droegen ze een korte broek en een T-shirt. De aangename warmte van de inspanning, de zoete pijn in de spieren, een bos dat geurde naar dennen, de sierlijke gratie van Naomi's naakte benen, haar liefтallige lied: zo zag het paradijs eruit als het bestond.

Als ze een dag gingen wandelen zonder de bedoeling ergens te kamperen, hadden ze weinig bij zich – een eerstehulpdoos, drinkwater, lunch – en schoten ze lekker op. Kort na de middag bereikten ze een smalle opening in het bos: de laatste lus van de kronkelige brandlaan die via een andere route op deze zelfde plek was uitgekomen. Ze volgden het pad naar de top waar het eindigde bij een brandtoren die op hun kaart met een rode driehoek stond aangegeven.

De toren stond op een brede bergkam: een formidabel bouwsel van met creosoot behandelde balken, dat aan de basis twaalf meter breed was. De toren liep naar boven taps toe, naar een breed uitstekend, open uitkijkplatform. In het midden van de planken vloer was een dichte observatiepost met grote ramen.

De grond was hier steenachtig en alkalisch, waardoor de grootste bomen slechts dertig meter hoog waren, ongeveer half zo hoog als veel van de woudreuzen op de lagere hellingen. De toren stak vijfenveertig meter hoog boven hen uit.

De zigzaggende trap in het midden van het open skelet klom onder de toren naar boven in plaats van om de buitenkant heen te draaien. Afgezien van een paar doorgezakte treden en losse leuningstijlen, was de trap in goede staat; toch voelde Junior zich niet op zijn gemak toen hij pas twee trappen van de grond af was. Het lukte hem niet de oorzaak van zijn ongerustheid te duiden, maar instinctief voelde hij dat hij op zijn hoede moest blijven.

Omdat het in de herfst en winter veel geregend had, bestond er maar weinig brandgevaar en werd de toren op dat moment niet bemand. Naast de serieuzere functie diende het bouwsel ook nog als uitkijktoren voor het publiek dat zo'n eind omhoog wilde klimmen. De treden kraakten. Hun voetstappen weerklonken hol in deze half omsloten ruimte, evenals hun zware ademhaling. De geluiden waren geen reden tot paniek, maar toch…

Terwijl Junior achter Naomi omhoogklom, werden de wigvormige open ruimtes tussen de kruiselings geplaatste balken van het bouwsel kleiner waardoor steeds minder daglicht doordrong. Het werd almaar donkerder naar het platform van de toren toe, maar niet zo donker dat er een zaklantaarn nodig was.

De doordringende stank van creosoot vermengde zich nu met de muffe geur van schimmels en zwammen die eigenlijk niet hoorden te gedijen op hout dat was behandeld met die bijtende houtteer.

Junior bleef even staan om langs de trap naar beneden te turen, door het steigerwerk van schaduwen heen, en hij verwachtte half te ontdekken dat er iemand heimelijk achter hen aan klom. Voorzover hij kon zien, werden ze niet gevolgd.

Hun enige gezelschap bestond uit spinnen. Hier was in weken, zo niet maanden, niemand geweest, en steeds weer kwamen ze ontmoedigende maar indrukwekkende spinnenwebben tegen. Als het kille en tere ectoplasma van opgeroepen geesten drukte het ragfijne weefsel tegen hun gezichten, en er bleef zoveel aan hun kleren kleven dat ze zelfs in het halfduister eruit begonnen te zien als opgestane doden in hun haveloze lijkwaden.

Naarmate de diameter van de toren afnam, werden de trappen korter en steiler, en eindigden ten slotte op een overloop op slechts tweeënhalve meter onder de vloer van het uitkijkplatform. Daarvandaan leidde een ladder naar een open luik.

Toen Junior zijn lenige vrouw langs de ladder door het luik het platform op volgde, zou hij ademloos naar het uitzicht hebben kunnen kijken als hij niet al uitgeput was geweest door de klim. Hiervandaan, vijftien verdiepingen boven het hoogste punt van de bergrug en vijf verdiepingen boven de hoogste bomen, zagen ze een groene zee van golvende naaldbomen in eeuwige slagorde opklimmen naar het nevelige oosten, en afdalen, in tijdloze reeksen, naar de echte zee op een paar kilometer naar het westen.

'O, Eenie,' riep ze. 'Het is prachtig!'

Eenie was haar troetelnaampje voor hem. Ze wilde hem niet zoals iedereen Junior noemen, en van hem mocht niemand hem Enoch noemen, zijn echte naam. Enoch Cain jr.

Ach, iedereen had wel een kruis te dragen. Gelukkig was hij niet geboren met een bochel of een derde oog.

Nadat ze bij elkaar de spinnenwebben hadden weggeveegd en hun handen hadden gewassen met water uit een fles, gingen ze lunchen: boterhammen met kaas en wat gedroogd fruit.

Terwijl ze aten, liepen ze een paar keer het uitkijkplatform rond en genoten van de schitterende vergezichten. De tweede keer dat ze rondliepen, legde Naomi een hand op de reling en merkte dat een paar spijlen waren verrot.

Ze steunde niet met haar hele gewicht op de leuning en liep geen enkel gevaar om te vallen. De spijlen bogen naar buiten toe en een

17

begon er te barsten, en Naomi stapte voor alle zekerheid onmiddellijk weg van de rand van het platform.

Toch was Junior zo ontdaan dat hij direct van de toren af wilde om hun lunch beneden te vervolgen. Hij huiverde en dat hij een droge mond had, kwam niet door de kaas.

Zijn stem trilde en klonk vreemd in zijn eigen oren: 'Ik was je bijna kwijt.'

'O, Eenie, op geen enkele manier.'

'Toch wel, toch wel.'

Onder het beklimmen van de toren was hij niet gaan zweten, maar nu voelde hij zweet op zijn voorhoofd parelen.

Naomi glimlachte. Met haar papieren servet depte ze zijn voorhoofd. 'Je bent lief. En ik hou van je.'

Hij hield haar stevig vast. Ze voelde zo goed in zijn armen. Zo lief. 'Laten we naar beneden gaan,' drong hij aan.

Ze maakte zich los uit zijn omhelzing en nam een hap van haar boterham. Zelfs als ze met volle mond praatte was ze nog mooi. Ze zei: 'Nou, natuurlijk kunnen we niet naar beneden als we niet weten hoe ernstig het probleem is.'

'Welk probleem?'

'De reling. Misschien is alleen dat stuk gevaarlijk, maar misschien is het hele ding verrot. Voordat we naar de bewoonde wereld terugkeren en bosbeheer bellen om dit te melden, moeten we weten hoe ernstig het probleem is.'

'Waarom kunnen we niet alleen maar bellen en hen de rest laten nakijken?'

Grijnzend gaf ze hem een kneepje in zijn linkeroorlel en trok eraan. 'Hallo. Is daar iemand? Ik doe een enquête naar de betekenis van *burgerlijke verantwoordelijkheid*.'

Hij fronste zijn voorhoofd. 'Opbellen is al verantwoordelijk genoeg.'

'Hoe meer informatie we hebben, hoe geloofwaardiger we klinken en hoe geloofwaardiger we klinken, hoe minder zij zullen denken dat we gewoon een stelletje kinderen zijn die kattenkwaad uithalen.'

'Dit is kul.'

'Flauwekul?'

'Ja.'

'Het is helemaal geen flauwekul.' Ze was klaar met haar boterham en likte haar vingers af. 'Denk je eens in, Eenie. Als hier nou eens een gezin met kinderen naar boven komt?'

Hij kon haar nooit iets weigeren, voor een deel omdat ze zelden echt iets voor zichzelf wilde.

Het platform rond de gesloten uitkijkpost was ongeveer drie meter breed. De vloer scheen solide en veilig. De problemen aan het bouwsel waren beperkt tot de balustrade.

'Oké,' stemde hij weifelend toe. 'Maar ik controleer de reling en jij blijft bij de muur waar het veilig is.'

Ze liet haar stem dalen en gromde als een Neanderthaler: 'Man vecht tegen woeste tijger. Vrouw kijkt toe.'

'Dat is de natuurlijke orde der dingen.'

Nog steeds grommend zei ze: 'Man zegt is natuurlijke orde der dingen. Voor vrouw is het gewoon spel.'

'Altijd blij te plezieren, mevrouw.'

Terwijl Junior de balustrade volgde en voorzichtig uitprobeerde, bleef Naomi achter hem. 'Wees voorzichtig, Eenie.'

De verweerde bovenkant van de reling voelde ruw onder zijn hand. Hij maakte zich meer zorgen over splinters dan over vallen. Hij bleef op een armlengte afstand van de rand van het platform, liep langzaam, en schudde herhaaldelijk aan de reling op zoek naar losse of verrotte spijlen.

Na een paar minuten waren ze het hele platform rondgelopen en kwamen ze terug bij de plek waar Naomi het verrotte hout had ontdekt. Dit was de enige zwakke plek in de balustrade.

'Tevreden?' vroeg hij. 'Laten we naar beneden gaan.'

'Natuurlijk, maar laten we eerst onze lunch hier afmaken.' Ze had een zakje gedroogde abrikozen uit haar rugzak gehaald.

'We moeten naar beneden,' drong hij aan.

Ze schudde twee abrikozen uit de zak in zijn hand. 'Ik wil nog even van het uitzicht genieten. Wees geen spelbreker, Eenie. We weten nu dat het veilig is.'

'Goed.' Hij gaf zich gewonnen. 'Maar leun niet tegen de balustrade, ook al weten we dat die goed is.'

'Je zou een voortreffelijke moeder zijn.'

'Ja, maar ik zou wat moeite hebben met borstvoeding.'

Ze liepen weer het platform rond, bleven om de paar passen even staan om van het spectaculaire panorama te genieten, en Juniors nervositeit ebde snel weg. Het gezelschap van Naomi werkte zoals altijd kalmerend.

Ze voerde hem een abrikoos. Het deed hem denken aan hun trouwreceptie toen ze elkaar plakjes cake hadden gevoerd. Het leven met Naomi was een eeuwigdurende huwelijksreis.

Uiteindelijk bereikten ze toch weer het stuk reling dat het bijna had begeven onder haar handen.

Junior gaf Naomi zo'n harde duw dat ze bijna van de vloer getild werd. Haar ogen schoten wijdopen en een stukje abrikoos viel uit haar open mond. Ze dreunde achteruit tegen de zwakke plek in de reling.

Heel even dacht Junior dat de reling het misschien zou houden, maar de stijlen versplinterden, de leuning brak, en Naomi viel achterover van het uitkijkplatform onder luid gekraak van verrot hout. Ze was zo verrast dat ze pas begon te gillen toen ze ongeveer op een derde van haar diepe val was gekomen.

Junior hoorde haar niet op de grond terechtkomen, maar het abrupte ophouden van haar gegil gaf aan dat ze neergekomen was. Hij stond versteld van zichzelf. Hij had niet geweten dat hij tot een koelbloedige moord in staat was, vooral niet zo impulsief, zonder de tijd te nemen om de risico's en de mogelijke voordelen van zo'n drastische daad te analyseren.

Nadat hij weer op adem was gekomen en hij zich realiseerde hoe verbazend roekeloos hij was geweest, liep Junior over het platform tot ergens voorbij de weggebroken reling. Op een veilige plek boog hij zich naar voren en tuurde naar beneden.

Ze was zo klein, een bleke vlek op het donkere gras en de rotsen. Op haar rug. Een been in een onmogelijke hoek onder haar lichaam gebogen. Haar rechterarm langs haar zij, de linkerarm uitgestoken alsof ze wuifde. Een lichtgevende stralenkrans van goudkleurig haar om haar hoofd gedrapeerd.

Hij hield zoveel van haar dat hij niet naar haar kon kijken. Hij wendde zich van de reling af en liep over het platform naar de muur van de uitkijkpost waar hij met zijn rug tegenaan ging zitten.

Een tijdje huilde hij onbeheerst. Door het verlies van Naomi was hij meer kwijt dan een vrouw, meer dan een vriendin en minnares, meer dan een zielsverwant. Hij was een deel van zijn eigen fysieke wezen kwijtgeraakt: hij was hol van binnen, alsof het vlees en de botten uit de kern van zijn wezen waren gerukt en vervangen door een zwarte en koude leegte. Hij werd door elkaar geschud door verschrikking en wanhoop en werd gekweld door gedachten aan zelfvernietiging.

Maar toen voelde hij zich beter.

Niet goed, maar beslist beter.

Naomi had de zak met gedroogde abrikozen laten vallen voordat ze van de toren naar beneden was gestort. Hij kroop erheen, haalde er een vrucht uit, en kauwde langzaam en genotvol. Heerlijk.

Ten slotte kroop hij op zijn buik naar het gat in de reling waar hij recht naar beneden naar zijn verloren liefde keek. Ze lag in precies dezelfde houding als toen hij de eerste keer keek.

Natuurlijk had hij niet verwacht dat ze zou dansen. Een val van vijftien verdiepingen was voldoende om elke lust tot swingen te doen vergaan.

Van deze hoogte kon hij geen bloed zien. Hij wist zeker dat er bloed gevloeid moest zijn.

Het was windstil, zelfs geen bries. De de wacht houdende sparren en dennen stonden even onbeweeglijk als die geheimzinnige stenen hoofden die op Paaseiland naar de zee keken.

Naomi dood. Daarnet nog zo levend, nu weg. Ondenkbaar.

De lucht was Delfts blauw, precies de kleur van het theeservies dat zijn moeder vroeger had gehad. Stapelwolken in het oosten, als klonters slagroom. De zon boterkleurig.

Hongerig at hij weer een abrikoos.

Geen havik te zien. Geen enkele beweging in deze eindeloze uitgestrektheid.

Beneden Naomi, nog steeds dood.

Vreemd was het leven toch. Breekbaar. Je wist nooit welke verbluffende ontwikkeling achter de volgende hoek lag.

Juniors schrik had plaatsgemaakt voor een diep gevoel van verwondering. Het grootste deel van zijn jonge leven had hij begrepen dat de wereld uiterst mysterieus was en werd geregeerd door het noodlot. Nu, door deze tragedie, besefte hij dat de geest en het hart van de mens niet minder raadselachtig waren dan de rest van de schepping.

Wie had kunnen denken dat Junior Cain in staat was tot zo'n plotselinge, gewelddadige actie?

Naomi niet.

Junior zelf eigenlijk ook niet. Wat had hij hartstochtelijk van deze vrouw gehouden. Wat had hij haar hevig liefgehad. Hij had gedacht dat hij zonder haar niet zou kunnen leven.

Hij had het mis gehad. Naomi daar beneden, nog altijd heel erg dood, en hij hierboven, levend. Zijn korte suïcidale aanvechting was voorbij en nu wist hij dat hij op de een of andere manier deze tragedie zou verwerken, dat de pijn uiteindelijk zou afnemen, dat het scherpe gevoel van verlies mettertijd zou verflauwen en dat hij uiteindelijk misschien weer van iemand zou kunnen houden.

Sterker nog, ondanks zijn verdriet en pijn bezag hij zijn toekomst met meer optimisme, belangstelling en opwinding dan hij sinds lange tijd had gevoeld. Als hij hiertoe in staat was, dan was hij anders dan hij altijd had gedacht: complexer, dynamischer. Wauw. Hij zuchtte. Hoe verleidelijk het ook was om hier te blijven liggen om naar de dode Naomi te kijken, dagdromend over een stoutmoediger en kleurrijker toekomst dan hij ooit had kunnen fantaseren, had hij nog veel te doen voor de middag voorbij was. Hij ging een drukke tijd tegemoet.

4

Door het patroon van rozen in het glas van de voordeur heen zag Joe, toen er weer gebeld werd, Maria Gonzalez: hier en daar rood en groen getint, op sommige plaatsen scheefgetrokken en op andere gebroken, haar gezicht een mozaïek van bloemblaadjes en bladvormen.
Toen Joey de deur opende, hield Maria haar hoofd half gebogen, haar ogen neergeslagen en ze zei: 'Ik moet Maria Gonzalez zijn.'
'Ja, Maria, ik weet wie je bent.' Zoals altijd was hij gecharmeerd door haar verlegenheid en door haar dappere worsteling met het Engels.
Hoewel Joey achteruitstapte en de deur wijd openhield, bleef Maria op de veranda. 'Ik wil voor mevrouw Agnes komen.'
'Ja, dat is zo. Kom alsjeblieft binnen.'
Ze bleef aarzelen. 'Voor het Engels.'
'Daar heeft ze een heleboel van. Meer dan ik meestal aankan.'
Maria fronste haar voorhoofd, nog niet voldoende vertrouwd met haar nieuwe taal om zijn grap te begrijpen.
Bang dat ze zou denken dat hij haar plaagde of de spot met haar dreef, probeerde Joe nadrukkelijk heel oprecht te praten. 'Maria, alsjeblieft, kom binnen. *Mi casa es su casa.*'
Heel even keek ze hem aan, keek toen snel weer weg.
Haar timide houding kwam slechts voor een deel door verlegenheid. Een ander deel kwam door haar culturele achtergrond. Ze kwam uit Mexico, uit een milieu waarin je nooit direct oogcontact maakte met iemand die als *patrón* gezien kon worden.
Hij wilde haar vertellen dat dit Amerika was en dat niemand voor

iemand anders hoefde te buigen, waar iemands afkomst geen gevangenis was, maar een open deur, een begin. Dit bleef het land van de toekomst.

Gezien Joe's enorme omvang, zijn grove gezicht en zijn neiging boos te kijken als hij met onrechtvaardigheid of de gevolgen ervan te maken kreeg, zou alles wat hij tegen Maria zei over haar buitensporige bescheidenheid misschien wel als een aanval gezien kunnen worden. Hij wilde niet naar de keuken hoeven om Aggie te vertellen dat hij haar leerlinge had weggejaagd.

Heel even voelde hij zich ongemakkelijk bij de gedachte dat ze misschien in deze impasse zouden blijven zitten – Maria die naar haar voeten staarde, Joe die op haar gebogen hoofd keek – tot een engel de Dag des Oordeels aankondigde en de doden triomfantelijk uit hun graven zouden verrijzen.

Toen draafde een onzichtbare hond in de vorm van een opstekende bries over de veranda en raakte Maria met zijn staart. Hij snuffelde nieuwsgierig aan de drempel en ging toen hijgend het huis binnen, de kleine bruine vrouw achter zich meetrekkend alsof ze hem aan een riem vasthield.

Terwijl hij de deur sloot, zei Joe: 'Aggie is in de keuken.'

Maria bestudeerde het kleed in de hal even aandachtig als ze het de vloer van de veranda had gedaan. 'Vertelt u haar alstublieft dat ik Maria ben?'

'Loop maar door naar de keuken. Ze wacht op je.'

'De keuken? Op m'n eentje?'

'Pardon?'

'Naar de keuken op m'n eentje?'

'In je eentje,' corrigeerde hij haar glimlachend toen hij begreep wat ze bedoelde. 'Ja, natuurlijk. Je weet waar het is.'

Maria knikte, liep naar de toegang tot de woonkamer, draaide zich om en durfde hem even in de ogen te kijken. 'Dank u.'

Terwijl hij haar door de woonkamer zag lopen en in de eetkamer zag verdwijnen, begreep Joe eerst niet waarom ze hem had bedankt. Toen besefte hij dat ze dankbaar was dat hij erop vertrouwde dat ze niets zou stelen.

Ze was duidelijk gewend aan wantrouwen, niet omdat ze onbetrouwbaar was, maar gewoon omdat ze Maria Elena Gonzalez was die vanuit Hermosillo in Mexico op zoek naar een beter leven naar het noorden was gereisd.

Hoewel bedroefd geworden door deze herinnering aan de stompzinnigheid en gemeenheid van de wereld, wilde Joe niet bij negatieve gedachten blijven hangen. Hun eerste kind was in aankomst en over een paar jaar wilde hij aan deze dag terug kunnen denken als een stralend moment, geheel gekenmerkt door de zoete – hoewel nerveuze – verwachting en door de vreugde van de geboorte. In de woonkamer ging hij in zijn favoriete leunstoel zitten en probeerde in *You Only Live Twice* te lezen, de laatste James Bond. Hij kon niets met het verhaal. Bond had tienduizend aanslagen overleefd en honderden boeven overwonnen, maar hij wist niets van de complicaties die een gewone geboorte in een dodelijke beproeving voor moeder en kind konden veranderen.

5

Weer naar beneden, naar beneden, door de schaduwen en gescheurde spinnenwebben, naar beneden door de scherpe stank van creosoot en de onderliggende stank van zwarte schimmel; Junior daalde de torentrap met de grootste voorzichtigheid af. Als hij over een losse tree struikelde en viel en een been brak, zou hij hier misschien dagenlang liggen en sterven van de dorst of door een infectie of door de kou als het weer omsloeg, of door roofdieren die hem, hulpeloos, in de nacht vonden.

Om alleen de wildernis in te gaan was nooit verstandig. Hij had altijd op het maatjessysteem vertrouwd, om het risico te delen, maar zijn maatje was Naomi geweest en zij was er niet meer voor hem. Toen hij helemaal beneden was, toen hij onder de toren vandaan was, haastte hij zich naar de zandweg. De auto was uren ver weg over de spannende route die zij hadden genomen om hier te komen, maar misschien een halfuur – maximaal drie kwartier – als hij via de brandlaan terugkeerde.

Maar al na een paar stappen bleef Junior staan. Hij durfde geen hulp te gaan zoeken en met een officieel iemand naar de top van deze bergkam terug te keren met het risico dat de arme Naomi, hoewel ernstig gewond, zich nog altijd aan het leven vastklampte. Het was vrijwel uitgesloten om een val van vijfenveertig meter, ongeveer vijftien verdiepingen, te overleven. Aan de andere kant gebeurden er zo nu en dan toch wonderen.

Geen wonderen in de zin van goden, engelen en heiligen die zich met menselijke zaken bemoeiden. Junior geloofde niet in dat soort onzin.

'Maar er zijn altijd verbazingwekkende uitzonderingen,' mompelde hij, omdat hij een meedogenloos mathematische kijk op het leven had waardoor verbluffende uitzonderingen mogelijk waren, voor mysteriën van een verbazend mechanisch effect, maar die geen ruimte boden aan het bovennatuurlijke.

Met meer schroom dan redelijk scheen liep hij om de voet van de toren heen. Hoog gras en onkruid kietelden zijn blote kuiten. In deze tijd van het jaar zoemden er geen insecten, waren er geen muggen die probeerden van het zweet op zijn voorhoofd te drinken. Langzaam en behoedzaam liep hij op de verwrongen gestalte van zijn gevallen vrouw af.

In de veertien maanden van hun huwelijk had Naomi hem nooit uitgescholden, was ze nooit boos op hem geweest. Ze zocht nooit kwaad in een persoon als ze een deugd kon vinden, en zij was het type dat in iedereen een deugd kon vinden, behalve in kinderverkrachters en...

Nou, en in moordenaars.

Hij vreesde haar levend aan te treffen, want zij zou, voor het eerst in hun relatie, zeker vol verwijt zitten. Ze zou ongetwijfeld scherpe, misschien bittere woorden voor hem hebben en ook al zou hij haar snel het zwijgen op kunnen leggen, dan nog zouden de lieflijke herinneringen aan hun huwelijk voor eeuwig gekleurd zijn. Voortaan zou hij, elke keer als hij aan zijn gouden Naomi dacht, haar schrille beschuldigingen horen, haar prachtige gezicht vertrokken en lelijk zien door woede.

Het zou heel triest zijn als zoveel dierbare herinneringen voor altijd verloren gingen.

Hij kwam om de noordwestpunt van de toren heen en zag Naomi liggen waar hij haar ook verwachtte, niet zittend terwijl ze de dennennaalden uit haar haar veegde, maar gewoon liggend, verdraaid en stil.

Toch bleef hij staan, en aarzelde verder te gaan. Hij keek naar haar vanaf een veilige afstand, zijn ogen iets samengeknepen tegen het heldere zonlicht, op zijn hoede voor de geringste beweging. In de windstille, insectenvrije, levenloze stilte luisterde hij, terwijl hij half verwachtte dat ze een van haar favoriete liedjes zou inzetten – 'Somewhere over the rainbow' of 'What a wonderful world' – maar met een dunne, gebroken, onwelluidende stem, verstikt en rochelend door bloed en gebarsten bloedvaten.

Hij maakte zichzelf overstuur en daar was geen enkele reden voor. Ze was vrijwel zeker dood, maar hij moest het zeker weten, en om het zeker te weten moest hij dichterbij komen. Daar viel niet aan te ontkomen. Een snelle blik en dan weg, weg naar een veelbewogen en interessante toekomst.

Meteen toen hij begon te lopen, wist hij waarom hij zo geaarzeld had. Hij was bang geweest dat haar prachtige gezicht afschuwelijk verminkt, opengehaald en verpletterd zou zijn.

Junior was teergevoelig.

Hij hield niet van oorlogsfilms of thrillers waarin mensen werden doodgeschoten of doodgestoken, of zelfs heimelijk vergiftigd, omdat ze je altijd het lijk moesten laten zien, alsof je hen niet op hun woord kon geloven dat er iemand was vermoord en ze niet gewoon door konden gaan met de plot. Hij zag liever liefdesfilms en komedies.

Hij had een keer een Mickey Spillane gelezen en was misselijk geworden van het meedogenloze geweld. Bijna was het hem niet gelukt het boek uit te lezen, maar hij zag het als karakterzwakte als je iets waaraan je was begonnen niet afmaakte, ook al was dat het uitlezen van een walgelijk bloederig boek.

Bij oorlogsfilms en thrillers genoot hij enorm van de actie. Van actie had hij geen last. Maar hij had moeite met de nasleep.

Te veel filmmakers en schrijvers waren erop gericht jou de nasleep te tonen, alsof dat net zo belangrijk was als het verhaal zelf. Maar waar het werkelijk om ging, was de beweging, de actie, niet de consequenties ervan. Als je een scène had met een op hol geslagen trein die op een overweg een bus vol nonnen verpletterde en verder raasde, dan wilde je die trein volgen, niet terugkeren om te zien wat er met de ongelukkige nonnen was gebeurd; de nonnen hadden het, dood of levend, gehad, en waar het om ging, was de trein: niet de consequenties, maar de beweging.

Goed, hier op deze zonnige bergkam in Oregon, kilometers van elke trein en nog verder van enige non vandaan, paste Junior zijn artistieke inzicht toe op zijn eigen situatie, overwon zijn teergevoeligheid en liep verder. Hij liep op zijn gevallen vrouw af, bleef bij haar staan, keek naar haar starende ogen en zei: 'Naomi?'

Hij wist niet waarom hij haar naam genoemd had, want bij de eerste blik op haar gezicht wist hij zeker dat ze dood was. Hij bespeurde enige melancholie in zijn stem en nam aan dat hij haar nu al miste.

Als haar ogen bewogen zouden hebben in reactie op zijn stem, als ze ermee geknipperd zou hebben, zou Junior dat niet echt heel erg hebben gevonden, maar dat hing af van haar conditie. Was ze van haar nek naar beneden verlamd waardoor ze geen fysieke bedreiging vormde, en had ze een hersenbeschadiging waardoor ze niet kon praten of schrijven, of op een andere manier de politie kon vertellen wat er met haar was gebeurd – en was haar schoonheid grotendeels intact gebleven – dan zou ze zijn leven misschien nog op vele manieren verrijkt kunnen hebben. Onder de juiste condities, met de lieve Naomi nog net zo schitterend en aantrekkelijk als altijd, maar zo plooibaar en onoordeelkundig als een pop, zou Junior misschien wel bereid zijn geweest haar een thuis – en zorg – te geven.

Over actie zonder consequenties gesproken.

Maar ze was zo dood als een pad die door een vrachtwagen was overreden en had voor hem net zo weinig nut als een bus vol nonnen die door een trein was verpletterd.

Opmerkelijk genoeg was haar gezicht bijna nog net zo schitterend mooi als altijd. Ze was met haar gezicht naar boven neergekomen, waardoor de schade grotendeels aan haar ruggengraat en haar achterhoofd was toegebracht. Junior wilde er niet aan denken hoe de achterkant van haar schedel er misschien uitzag; gelukkig verborg haar uitgewaaierde goudkleurige haar de waarheid. Haar gezicht was een tikkeltje vertrokken, wat een aanwijzing was voor de grotere schade aan de andere kant, maar het resultaat was noch triest noch grotesk: sterker nog, de vervorming gaf haar de scheve, vrolijke, beslist aantrekkelijke grijns van een ondeugende wildebras, de lippen iets wijkend alsof ze zojuist iets heerlijk geestigs had gezegd.

Hij vond het raadselachtig dat er maar zo weinig bloedsporen op de rotsachtige ondergrond te zien waren, tot hij besefte dat ze direct bij het neerkomen was overleden. Ze was zo abrupt aan haar einde gekomen dat haar hart geen bloed meer uit haar wonden had gepompt.

Hij knielde naast haar neer en raakte voorzichtig haar gezicht aan. Haar huid was nog warm.

Sentimenteel als hij was, kuste Junior haar vaarwel. Slechts één keer. Lang, maar slechts één keer en zonder tong.

Toen keerde hij terug naar de brandlaan en liep snel naar het zuiden over de kronkelige zandweg. Toen hij de eerste bocht in de smalle weg bereikte, bleef hij staan om achterom te kijken naar de top van de bergkam.

De hoge toren drukte zijn dreigende zwarte geometrische vorm tegen de lucht. Het omringende bos leek te krimpen alsof de natuur besloot het bouwsel niet langer te omhelzen.

Aan één kant boven de toren waren drie kraaien als uit het niets verschenen. Ze cirkelden boven de plek waar Naomi als Assepoester lag te slapen, wel gekust maar niet wakker geworden.

Kraaien zijn aaseters.

Zichzelf eraan herinnerend dat slechts actie telde en niet wat erna gebeurde, hervatte Junior Cain zijn weg over de brandlaan. Hij liep nu op een gemakkelijke sukkeldraf in plaats van een snelle loop, hardop zingend zoals mariniers dat deden als ze op oefening waren, maar omdat hij geen mariniersliedjes kende, gromde hij de woorden van 'Somewhere over the rainbow' zonder melodie, ruwweg op de maat van zijn tred, niet op weg naar de zalen van Montezuma of de kusten van Tripoli, maar naar een toekomst die er nu een beloofde te zijn van buitengewone ervaringen en oneindige verrassingen.

6

Afgezien van haar zwangere buik was Agnes tenger, en Maria Elena Gonzalez was zelfs nog kleiner. Maar toch, toen de twee jonge vrouwen die uit heel verschillende werelden kwamen, maar toch sterk op elkaar leken, schuin tegenover elkaar aan de keukentafel zaten, was het conflict over de betaling van de Engelse lessen bijna net zo monumentaal als twee over elkaar schuivende aardlagen onder de Californische kust. Maria was vastbesloten om met geld of met werk te betalen. Agnes hield vol dat de lessen een daad van vriendschap waren waar niets tegenover hoefde te staan.

'Ik wil geen regelingen van een vriendin stelen,' verkondigde Maria.

'Je buit me niet uit, schat. Ik heb er zoveel plezier in om jou les te geven, om te zien hoe je vordert, dat ik eigenlijk jou zou moeten betalen.'

Maria sloot haar grote zwarte ogen en haalde diep adem, bewoog haar lippen zonder geluid te maken, en dacht na over iets belangrijks dat ze foutloos wilde zeggen. Ze deed haar ogen open: 'Elke avond zeg ik dank aan de Heilige Maagd en Jezus dat je in mijn leven bent verschenen.'

'Dat is heel lief, Maria.'

'Maar ik koop het Engels,' zei ze ferm terwijl ze drie biljetten van een dollar over tafel schoof.

Drie dollar was zes dozijn eieren of twaalf broden en Agnes zou nooit een arme vrouw en haar kinderen het brood uit de mond stoten. Ze schoof het geld over tafel naar Maria.

Met de kaken stijf op elkaar, lippen op elkaar geperst en ogen iets samengeknepen, schoof Maria het geld naar Agnes.

Het aangeboden geld negerend sloeg Agnes een lesboek open.

Maria draaide zich om op haar stoel en wendde zich af van de drie dollar en het boek.

Terwijl ze boos naar het achterhoofd van haar vriendin keek, zei Agnes: 'Je bent onmogelijk.'

'Fout. Maria Elena Gonzales is echt.'

'Dat bedoelde ik niet en dat weet je.'

'Ik weet niks. Ik is stomme Mexicaanse vrouw.'

'Stom is wel het laatste dat je bent.'

'Zal nu altijd stom zijn, altijd met mijn nare Engels.'

'Slechte Engels. Jouw Engels is niet naar, het is gewoon slecht.'

'Leer me dan.'

'Niet voor geld.'

'Niet voor niets.'

Een paar minuten bleven ze onbeweeglijk zitten: Maria met haar rug naar de tafel, Agnes die gefrustreerd naar de nek van Maria zat te staren en probeerde haar met haar gedachten te dwingen zich weer om te draaien en redelijk te worden.

Ten slotte kwam Agnes overeind. Een lichte wee trok een riem van pijn rond haar rug en buik en ze steunde tegen de tafel tot de wee voorbijging.

Zonder iets te zeggen schonk ze een kop koffie in en zette die voor Maria neer. Ze deed een zelfgebakken rozijnencakeje op een bordje en zette dat naast de koffie.

Schuin op haar stoel zittend en nog altijd afgewend van de drie verkreukte bankbiljetten nipte Maria van de koffie.

Agnes verliet de keuken via de gang, door de klapdeur, en niet via de eetkamer; toen ze de woonkamer passeerde, schoot Joey uit zijn leunstoel overeind waarbij hij het boek dat hij aan het lezen was liet vallen.

'Het is nog niet zo ver,' zei ze, doorlopend naar de trap.

'En als je het nou eens mis hebt?'

'Vertrouw me maar, Joey, ik zal het als eerste weten.'

Terwijl Agnes naar boven ging, haastte Joey zich achter haar aan naar de hal en zei: 'Waar ga je naartoe?'

'Naar boven, gekkie.'

'Wat ga je doen?'

'Wat kleren vernielen.'

'O.'

Ze haalde een nagelschaar uit de grote badkamer, pakte een rode blouse uit haar kast en ging op de rand van het bed zitten. Terwijl ze nauwgezet draadjes doorknipte met het scherpe schaartje, draaide ze de blouse binnenstebuiten en haalde een heleboel stiksels net onder het schouderstuk los, waarmee ze het smokwerk van de voorkant verwoestte.

Uit Joey's kast haalde ze een oude, blauwe blazer die hij zelden meer droeg. De voering lebberde, was versleten en half vergaan. Ze scheurde die los. Met de kleine schaar knipte ze de schoudernaad van binnenuit open.

Aan de groeiende stapel kapotte kleding voegde ze een van Joey's gebreide vesten toe nadat ze een knoop en een opgenaaide zak had losgetrokken. Van een kaki werkbroek haalde ze snel de kruisnaad los, knipte de hoek van de achterzak open, scheurde hem met beide handen los, knipte wat stiksels door en trok de broekomslag van de linkerpijp er half af.

Ze vernielde meer van Joey's spullen dan van zichzelf, voornamelijk omdat hij zo'n grote, lieve reus was, waardoor het aannemelijker was dat hij voortdurend uit zijn kleren barstte.

Toen Agnes weer beneden onder aan de trap stond, begon ze zich zorgen te maken dat ze de broek te grondig had aangepakt en dat het te zien was dat ze het met opzet had gedaan.

Toen hij haar zag, sprong Joey weer uit zijn leunstoel op. Deze keer lukte het hem zijn boek niet te laten vallen, maar hij struikelde over het voetenbankje en verloor bijna zijn evenwicht.

'Wanneer had je dat gedoe met die hond?' vroeg ze.

Verbijsterd zei hij: 'Welke hond?'

'Was het gisteren of eergisteren?'

'Hond? Ik weet van geen hond.'

Naar hem zwaaiend met de vernielde broek, zei ze: 'Wat is hier dan mee gebeurd?'

Hij staarde sullig naar zijn kakibroek. Hoewel het een oude broek

was, droeg hij hem graag als hij in het weekend door het huis rom-
melde. 'O,' zei hij, 'díé hond.'
'Nog een wonder dat je niet gebeten bent.'
'Godzijdank had ik een schep bij me,' zei hij.
'Je hebt die arme hond toch niet met een schep geslagen?' zei ze
met gespeelde ontzetting.
'Nou, hij viel me toch aan?'
'Maar het was maar een miniatuurcollie.'
Hij fronste zijn voorhoofd. 'Ik dacht dat het een grote hond was.'
'Nee, nee, schat. Het was die kleine Muffin van hiernaast. Een gro-
te hond zou zeker jou én de broek aan flarden hebben gescheurd.
We moeten een geloofwaardig verhaal hebben.'
'Muffin lijkt zo'n lief hondje.'
'Maar het is een nerveus ras, schat. En met een nerveus ras weet
je het maar nooit, toch?'
'Zal wel niet.'
'Evengoed, ook al heeft Muffin je aangevallen, het blijft een lief
hondje. Dus wat zal Maria dan wel niet van je denken als je haar
zegt dat je die arme Muffin doormidden hebt geslagen?'
'Ik vocht toch voor mijn leven?'
'Zij zal je wreed vinden.'
'Ik heb niet gezegd dat ik de hond geraakt heb.'
Glimlachend, haar hoofd iets schuin, keek Agnes hem geamuseerd
en afwachtend aan.
Fronsend staarde Joey naar de vloer, verplaatste zijn gewicht van de
ene voet naar de andere, zuchtte, keek naar het plafond en verplaats-
te weer zijn gewicht, in alle opzichten een afgerichte beer die zich
niet meer kon herinneren wat zijn volgende kunstje moest zijn.
Ten slotte zei hij: 'Nou, ik greep de schep, groef snel een gat en
begroef Muffin er tot aan haar nek in... net zolang tot ze afge-
koeld was.'
'Dat is jouw verhaal, hè?'
'En ik blijf erbij.'
'Nou, dan heb je geluk dat Maria's Engels zo naar is.'
Hij zei: 'Kon je niet gewoon haar geld aannemen?'
'Natuurlijk. Of waarom speel ik geen Repelsteeltje en eis een van
haar kinderen op als betaling?'
'Ik was gehecht aan die broek.'
Terwijl ze zich omdraaide en door de gang naar de keuken liep,
zei Agnes: 'Die is weer zo goed als nieuw als ze hem eenmaal ge-
maakt heeft.'

Tegen haar rug zei hij: 'En is dat mijn grijze vest? Wat heb je met mijn vest gedaan?'

'Als je je mond niet houdt, verbrand ik hem.'

In de keuken knabbelde Maria aan het rozijnencakeje.

Agnes liet de kapotte kleding op een van de stoelen aan de ontbijttafel vallen.

Na haar vingers grondig aan een papieren servet afgeveegd te hebben, bekeek Maria geïnteresseerd de kledingstukken. Ze verdiende haar brood als naaister bij Dry Cleaners van Bright Beach. Bij elke scheur, afgetrokken knoop en losgehaalde naad klakte ze met haar tong.

Agnes zei: 'Joey gaat zo slecht met zijn kleren om.'

'Mannen,' gaf Maria als commentaar.

Rico, haar eigen man – een dronkelap en een gokker – was er met een andere vrouw vandoor gegaan en had Maria met hun twee dochtertjes in de steek gelaten. Ongetwijfeld was hij in een smetteloos schoon, messcherp perfect geperst en hersteld pak vertrokken.

De naaister hield de kakibroek omhoog en trok haar wenkbrauwen op.

Agnes ging op een stoel aan tafel zitten en zei: 'Hij is aangevallen door een hond.'

Maria's ogen werden groot. 'Pitbull? Duitse herder?'

'Miniatuurcollie.'

'Wat is dat voor soort hond?'

'Muffin. Je weet wel, van hiernaast.'

'Kleine Muffin heeft dít gedaan?'

'Het is een nerveus ras.'

'*Qué?*'

'Muffin viel opeens aan.'

'*Qué?*'

Agnes kromp ineen. Alweer een wee. Licht, maar snel na de vorige. Ze klemde haar handen om haar enorme buik en haalde langzaam en diep adem tot de pijn voorbij was.

'Nou, goed,' zei ze, alsof hiermee Muffins ongebruikelijke kwaadaardigheid afdoende verklaard was, 'het herstellen hiervan moet goed zijn voor nog eens tien lessen.'

Maria's gezicht vertrok in een frons, als een lap bruine stof die door een reeks overhandse steken geplooid was. 'Zes lessen.'

'Tien.'

'Zes.'

'Negen.'

'Zeven.'

'Negen.'

'Acht.'

'Afgesproken,' zei Agnes. 'Doe nu die drie dollar weg en laten we aan de les beginnen voordat mijn water breekt.'

'Kan water breken?' vroeg Maria terwijl ze naar de kraan boven de gootsteen keek. Ze zuchtte. 'Ik heb zoveel te moeten leren.'

7

Wolken pakten samen voor de namiddagzon en de hemel boven Oregon werd azuur voorzover hij nog zichtbaar bleef. In de langer wordende schaduw van de brandtoren verzamelden de smerissen zich als waakzame kraaien.

Omdat de toren op een bergkam stond die de scheidslijn was tussen land van het district en land van de staat, waren de meeste agenten daar hulpsheriffs van het district, maar ook waren er twee staatspolitieagenten aanwezig.

Bij de geüniformeerde agenten stond een gedrongen man van achter in de veertig met borstelhaar, gekleed in een zwarte broek en een grijs sportjasje met visgraatdessin. Zijn gezicht was bijna plat, met een weke kin en een veel duidelijker onderkin, en wat hij daar deed, was Junior onbekend. Hij zou op een conventie van tienduizend onbeduidende types nog de minst opvallende zijn, ware het niet dat hij een bloedrode wijnvlek had die om zijn hele rechteroog liep, een groot deel van zijn neusbrug bedekte, de helft van zijn voorhoofd versierde en, terugkerend naar het oog, het bovenste deel van zijn wang bedekte.

Onderling spraken de agenten voornamelijk mompelend. Of misschien was Junior te zeer afgeleid om hen duidelijk te verstaan.

Hij had er moeite mee zijn aandacht op het probleem van het nu te richten. Vreemde en onsamenhangende gedachten rolden door zijn geest als de langzame, vettige golven op een onheilspellende zee in het oog van de orkaan.

Eerder, na de brandlaan uit te zijn gerend, had hij moeite met zijn ademhaling gehad toen hij de Chevy bereikte, en op het moment dat hij naar Spruce Hills, de dichtstbijzijnde stad, was gescheurd, was hij draaikolkend in deze vreemde toestand terechtgekomen. Zijn rijstijl werd zo grillig dat een politiewagen had geprobeerd hem tot staan te brengen, maar toen was hij nog maar een straat van het ziekenhuis verwijderd, en hij bleef rijden tot hij daar was, waarbij hij de toegangsweg te scherp opdraaide, over de stoep hobbelde, bijna tegen een geparkeerde auto knalde, slippend tot stilstand kwam op een niet-parkeren gedeelte bij de ingang van de Eerste Hulp, en slingerend als een dronken man uit de Chevy stapte en tegen de agent gilde een ambulance te halen, *een ambulance te halen.*

De hele weg terug naar de bergkam, voor in een politiewagen naast een hulpsheriff, terwijl een ambulance en andere patrouillewagens vlak achter hen aan reden, had Junior onbeheerst zitten trillen. Als hij probeerde antwoord te geven op de vragen van de politieman, sloeg zijn ongewoon iele stem vaak over en het enige dat hij wist uit te brengen was steeds weer een schor: 'Jezus, here jezus.'

Toen de snelweg door een beschaduwd ravijn liep, was het koude angstzweet hem uitgebroken bij het zien van de bloedrode reflecties van de zwaailichten op de wanden aan weerskanten. Zo nu en dan gierde de politiesirene om de weg vrij te maken en hij voelde de aandrang tegelijkertijd mee te gillen, om een loeiend gehuil van paniek, angst, verwarring en een gevoel van verlies te laten horen. Maar hij onderdrukte de gil, omdat hij voelde dat hij, als hij er eenmaal mee begon, voorlopig niet meer zou kunnen stoppen.

Toen Junior uit de bedompte auto stapte en de buitenlucht veel killer bleek dan toen hij deze plek verliet, bleef hij onvast op zijn benen staan terwijl de agenten en de ambulancebroeders zich om hem heen verzamelden. Vervolgens bracht hij hen door het wilde gras naar Naomi; hij liep onzeker en struikelde over kleine stenen die de anderen met gemak omzeilden.

Junior wist dat hij er schuldiger uitzag dan welke man ook aan deze zijde van de eerste appel en de hof van Eden. Het zweten, de onbeheerste huiveringen, de verdedigende toon die hij maar niet uit zijn stem kon halen, het onvermogen iemand langer dan een paar tellen recht in de ogen te kijken – het waren allemaal aanwijzingen die al deze beroeps zouden herkennen. Hij moest zichzelf wanhopig weer in de hand zien te krijgen, maar hij zag niet waaraan hij zich moest vasthouden.

Daar zag hij nogmaals het lichaam van zijn vrouw.

Het bloed was naar de laagste punten van haar lichaam gezakt, waardoor de bovenkant van haar naakte benen en een kant van elke blote arm en haar gezicht spookachtig bleek waren.

Haar doodse blik was nog steeds verbazend helder. Opmerkelijk was het dat de val geen sterren van bloed in een van beide prachtige lavendelblauwe ogen had veroorzaakt. Geen bloed, alleen verrassing.

Junior was zich ervan bewust dat alle agenten hem in de gaten hielden terwijl hij naar het lichaam keek en koortsachtig probeerde te bedenken wat een onschuldige echtgenoot zou kunnen doen of zeggen, maar zijn fantasie liet hem in de steek. Hij kon zijn gedachten niet op een rijtje krijgen.

Zijn innerlijke strijd woedde zelfs nog heftiger en de uitwendige kenmerken ervan werden duidelijker. In de koelte transpireerde hij net zo overvloedig als een man die al op de elektrische stoel vastgegespt zat; hij stroomde, vloeide. Hij schudde, schudde en hij was er half van overtuigd dat hij zijn botten tegen elkaar kon horen ratelen als de schalen van hardgekookte eieren in een pan kokend water.

Had hij ooit gedacht dit ongestraft te kunnen doen? Hij moest bevangen zijn geweest door een vlaag van waanzin.

Een van de ziekenbroeders knielde naast het lichaam neer en keek of Naomi nog een hartslag had, hoewel onder dergelijke omstandigheden zijn handeling zo formeel was dat het bijna nergens op sloeg.

Iemand kwam iets dichter naar Junior toe en zei: 'Hoe gebeurde het ook alweer?'

Hij keek op, recht in de ogen van de gedrongen man met de wijnvlek. Het waren grijze ogen, zo hard als spijkerkoppen, maar helder en verrassend mooi in dat verder ongelukkige gezicht.

De stem van de man echode hol in Juniors oren, alsof hij van de andere kant van een tunnel kwam. Of van het eindpunt van een gang vol terdoodveroordeelden op de lange wandeling tussen de laatste maaltijd en de executiekamer.

Junior hield zijn hoofd schuin achterover en blikte omhoog naar het kapotte gedeelte van de leuning van het hoge observatieplatform.

Hij was zich ervan bewust dat anderen ook omhoogkeken.

Iedereen was stil. De dag was zo stil als een lijkenhuis. De kraaien waren uit de lucht verdwenen, maar een enkele havik dreef daar zonder geluid, als de gerechtigheid met zijn prooi in het vizier, hoog boven de toren.

'Ze. Was aan het eten. Gedroogde abrikozen.' Junior fluisterde bijna terwijl hij sprak; toch was het zo stil op de bergkam dat hij er niet aan twijfelde dat elk van deze geüniformeerde maar onofficiële juryleden hem duidelijk hoorde. 'Liep. Over het platform. Bleef staan. Het uitzicht. Ze. Ze. Ze leunde. Weg.'

Bruusk draaide Junior Cain zich van de toren af, van het lichaam van zijn verloren liefde; hij viel op zijn knieën en gaf over. Gaf explosiever over dan hij ooit van zijn leven op het dieptepunt van de ergste ziekte had gedaan. Bitter, dik, walgelijk en niet in verhouding met de eenvoudige lunch die hij had gegeten, kwam een vreselijk stinkend braaksel omhoog. Hij had geen last van misselijkheid, maar de spieren van zijn middenrif trokken pijnlijk samen, zo strak dat hij dacht dat hij in tweeën getrokken zou worden; en er kwam nog meer, en steeds meer, de ene aanval na de andere, tot hij een dun slijm spoog dat groen was van gal, dat zeker het laatste moest zijn, maar dat was het niet, want er kwam nog meer gal, zo zuur dat zijn tandvlees ervan brandde – o, god, alsjeblieft niet – nog meer. Zijn hele lichaam trok samen. Hij stikte bijna toen hij iets smerigs wegslikte. Hij kneep zijn tranende ogen dicht bij het zien van de stroom, maar hij kon de stank niet buitensluiten. Een van de ziekenbroeders had zich over hem heen gebogen om een koude hand in zijn nek te leggen. En de man zei dringend: 'Kenny! We hebben hier hematemesis!'

Rennende voetstappen richting ambulance. Kennelijk Kenny. De tweede ziekenbroeder.

Tijdens zijn opleiding had Junior meer dan alleen maar lessen in massage gehad, dus hij wist wat hematemesis betekende: bloedbraken.

Terwijl hij zijn ogen opende en zijn tranen weg knipperde, net toen weer pijnlijke krampen zijn middenrif in een knoop legden, zag hij stroken rood in de waterige, groene rotzooi die uit hem droop. Helderrood. Bloed uit zijn maag zou donker zijn. Dit moest bloed uit zijn keel zijn. Tenzij een ader in zijn maag gescheurd was door het ongelooflijke geweld van deze meedogenloze krampen, en in dat geval was hij zijn leven aan het uitkotsen.

Hij vroeg zich af of de havik in een steeds enger wordende spiraal aan het dalen was, gerechtigheid die naar beneden kwam, maar hij kon zijn hoofd niet optillen om te kijken.

Zonder te beseffen wanneer het was gebeurd, was hij van zijn knieën op zijn rechterzij gelegd. Hoofd schuin omhooggehouden door een van de ziekenbroeders. Zodat hij gal en bloed eruit kon gooien en er niet in zou stikken.

De draaiende pijn in zijn ingewanden was uitzinnig, doodsvervoering. Onverminderd gingen antiperistaltische golven door zijn twaalfvingerige darm, maag en slokdarm en nu snakte hij wanhopig naar adem tussen elke aanval, zonder veel succes.

Een koude vochtigheid net boven de kromming van zijn linkerelleboog. Een prik. Een band van buigzaam rubber was om zijn linkerarm gebonden om een ader goed te laten opzwellen en de prik was de prik van een injectienaald geweest.

Ze zouden hem wel een antibraakmiddel hebben gegeven. Hoogstwaarschijnlijk zou het niet snel genoeg werken om hem te redden.

Hij meende het zachte ruisen van vlijmscherpe vleugels door de januarilucht te horen snijden. Hij durfde niet omhoog te kijken.

Meer in zijn keel.

De pijn.

Duisternis stroomde zijn hoofd binnen, als bloed dat meedogenloos van zijn volgelopen maag en slokdarm omhoogkwam.

8

Toen ze klaar was met haar Engelse les, ging Maria Elena Gonzalez naar huis met een plastic boodschappentas vol nauwkeurig vernielde kleren en een kleinere papieren zak met kersenmuffins voor haar twee dochtertjes.

Toen ze de voordeur sloot en zich omdraaide, botste Agnes met haar opgezwollen buik tegen Joey aan. Zijn wenkbrauwen schoten omhoog en hij legde zijn handen op haar uitgezette lichaam alsof ze breekbaarder was dan het ei van een roodborstje en kostbaarder dan een ei van Fabergé.

'Nu?' vroeg hij.

'Ik wou liever eerst de keuken opruimen.'

Smekend: 'Aggie, nee.'

Hij deed haar denken aan Zorgenbeer uit een boek dat ze al voor de verzameling van haar baby had gekocht.

> *The Worry Bear carries worries in his pockets.*
> *Under his Panama hat and in two golden lockets.*
> *Carries worries on his back and under his arms.*
> *Nevertheless, dear old Worry Bear has his charms.*

Agnes' weeën begonnen nu frequenter te komen en iets heviger, dus ze zei: 'Goed, maar ik wil even tegen Edom en Jacob zeggen dat we vertrekken.'

Edom en Jacob Isaacson waren haar oudere broers die in twee kleine flats boven de grote garage achter het huis woonden.

'Ik heb het hun al verteld,' zei Joey terwijl hij zich omdraaide en de deur van de kast in de hal met zo'n kracht openrukte dat ze dacht dat hij hem uit zijn scharnieren zou trekken.

Als bij toverslag haalde hij haar jas eruit. Op magische wijze kwamen haar armen in de mouwen en kwam de kraag rond haar hals, hoewel gezien haar omvang de laatste tijd het aantrekken van iets anders dan een hoed beleid en doorzettingsvermogen vereiste.

Toen ze zich weer naar hem omdraaide, had hij zijn jasje al aan en graaide hij de autosleutels van de tafel in de hal. Hij bracht zijn linkerhand onder haar rechterarm alsof Agnes zwak was en steun behoefde en trok haar door de deur naar de veranda.

Hij bleef niet staan om het huis af te sluiten. Bright Beach was in 1965 vrij van criminelen en had geen last van rondsjokkende brontosaurussen.

De namiddag liep ten einde en de zakkende hemel leek gestaag naar de aarde getrokken te worden door draden grijs licht die naar het westen steeds sneller op de klos van de horizon gedraaid werden. De lucht geurde alsof het zou gaan regenen.

De kevergroene Pontiac stond op de oprit met een glans die de natuur uitdaagde weer eens slecht weer te geven. Joey hield zijn auto altijd smetteloos en hij zou waarschijnlijk geen tijd hebben gehad zijn brood te verdienen als hij in het een of andere glansverpestend klimaat had gewoond in plaats van in het zuiden van Californië.

'Gaat het goed met je?' vroeg hij terwijl hij het portier aan de passagierskant opendeed en haar in de auto hielp.

'Zo goed als nieuw.'

'Weet je het zeker?'

'Zo zeker als wat.'

Het interieur van de Pontiac geurde aangenaam naar citroenen, hoewel de achteruitkijkspiegel niet was behangen met een van die smakeloze decoratieve geurverdrijvers. De stoelen, regelmatig behandeld met leerzeep, waren zachter en soepeler dan toen de auto uit Detroit was verscheept, en het dashboard fonkelde.

Terwijl Joey het portier aan zijn kant openmaakte en achter het stuur ging zitten, zei hij: 'Goed?'

'Beter kan het niet.'

'Je ziet er bleek uit.'

'Fris als een hoentje.'

'Je drijft de spot met me, hè?'

'Je vraagt er ook zo lief om om bespot te worden; hoe zou ik je dat kunnen onthouden?'

Net toen Joey zijn portier dichttrok, werd Agnes overvallen door een barenswee. Ze trok een grimas en zoog de lucht scherp naar binnen door haar opeengeklemde tanden.

'O, nee,' zei Zorgenbeer. 'O, nee.'

'Lieve hemel, liefje, ontspan je. Dit is geen gewone pijn. Dit is vrolijke pijn. Voor de dag voorbij is, is ons dochtertje bij ons.'

'Ons zoontje.'

'Vertrouw op de intuïtie van een moeder.'

'Een vader heeft die ook.' Hij was zo zenuwachtig dat de sleutel een eeuwigheid tegen het contact bleef tikken voordat het hem uiteindelijk lukte hem erin te steken. 'Hoort een jongen te zijn, zodat je altijd een man in de buurt hebt.'

'Ben je van plan er met een blondine vandoor te gaan?'

Hij kreeg de auto niet aan de praat omdat hij herhaaldelijk probeerde de sleutel de verkeerde kant op te draaien. 'Je weet wat ik bedoel. Ik blijf nog een hele tijd in de buurt, maar vrouwen worden een aantal jaren ouder dan mannen. Statistieken bewijzen dat.'

'Je blijft toch een verzekeringsagent.'

'Nou, het is waar,' zei hij terwijl hij ten slotte de sleutel de juiste kant op draaide en de motor startte.

'Verkoop je me een polis?'

'Ik heb vandaag nog niets verkocht. En ik moet mijn brood verdienen. Gaat het goed met je?'

'Bang,' zei ze.

In plaats van de auto in de versnelling te zetten, legde hij een van zijn beerachtige handen over haar beide handen. 'Voelt iets verkeerd?'

'Ik ben bang dat je ons recht tegen een boom aan rijdt.'

Hij keek gekwetst. 'Ik ben de veiligste chauffeur van Bright Beach. Mijn staat van dienst bewijst dat.'

'Vandaag niet. Als je er net zo lang over doet om de auto in zijn versnelling te zetten als om de sleutel in het contact te krijgen, kan ons dochtertje al rechtop zitten en "dada" zeggen tegen de tijd dat we het ziekenhuis bereiken.'

'Zoontje.'

'Kalm maar.'

'Ik ben kalm,' verzekerde hij haar.

Hij maakte de handrem los, zette de auto in zijn achteruit in plaats van in zijn vooruit en reed achteruit langs de zijkant van het huis. Geschrokken remde hij.

Agnes zei niets voordat Joey drie of vier keer diep en langzaam adem had gehaald, en wees toen op de voorruit. 'Het ziekenhuis is die kant op.'

Hij keek haar schaapachtig aan. 'Gaat het goed met je?'

'Ons dochtertje zal haar hele leven achteruitlopen als jij het hele eind naar het ziekenhuis in z'n achteruit rijdt.'

'Als het een meisje wordt, zal ze precies op jou lijken,' zei hij. 'Ik denk niet dat ik er twee van jou aankan.'

'We zullen je jong houden.'

Heel omzichtig schakelde Joey terug en volgde de oprit naar de straat waar hij naar links en naar rechts tuurde met het boosaardige wantrouwen van een marinier in vijandelijk gebied. Hij ging rechtsaf.

'Zorg ervoor dat Edom morgenochtend de taarten bezorgt,' herinnerde Agnes hem.

'Jacob zei dat hij het niet erg vond het een keertje te doen.'

'Mensen schrikken van Jacob,' zei Agnes. 'Niemand eet een taart die Jacob heeft bezorgd voor hem eerst in het laboratorium te hebben laten testen.'

Naalden van regen breiden de lucht aaneen en zorgden snel voor een zilverkleurig patroon op het asfalt.

Terwijl hij de ruitenwissers aanzette, zei Joey: 'Dat is voor het eerst dat ik je heb horen toegeven dat je béíde broers vreemd zijn.'

'Niet vreemd, schat. Ze zijn alleen een beetje excentriek.'

'Zoals water een beetje nat is.'

Terwijl ze hem een fronsende blik toewierp, zei ze: 'Je vindt het toch niet erg ze in de buurt te hebben, Joey? Ze zijn excentriek, maar ik hou heel veel van ze.'

'Ik ook,' gaf hij toe. Hij glimlachte en schudde zijn hoofd. 'Die twee maken dat een tobberige verkoper van levensverzekeringen zoals ik net zo luchthartig lijkt als een schoolmeisje.'

'Je wordt toch nog een uitstekende chauffeur,' zei ze met een knipoog tegen hem.

Hij was om eerlijk te zijn op zijn dertigste een eersteklas chauffeur met een onbesproken staat van dienst: geen verkeersboetes, geen ongelukken.

Maar zijn vaardigheid achter het stuur en zijn ingeboren voorzichtigheid hielpen hem niet toen een Ford pick-up door het rode licht reed, te laat remde en zich met hoge snelheid in het portier van de Pontiac boorde.

9

Wiegend alsof hij op woelig water dreef, geteisterd door een onaards en gekweld geluid, haalde Junior Cain zich een gondel voor de geest op een zwarte rivier met een uitgesneden draak hoog op de boeg zoals hij had gezien op de omslag van een fantasy-verhaal over een vikingschip. De gondelier in dit geval was geen viking, maar een lange gedaante in een zwarte mantel, zijn gezicht verscholen onder een enorme kap; hij duwde de boot niet voort met de gewone stok maar met wat leek op menselijke botten die tot een staf waren gesmeed. De loop van de rivier was helemaal ondergronds, met een stenen overwelving als hemel, en vuren die aan de overkant brandden, en vanwaar een martelende kreet opsteeg, een gil vol woede, angst en een afschrikwekkende nood.

De waarheid was zoals altijd niet bovennatuurlijk. Hij opende zijn ogen en ontdekte dat hij achter in een ambulance lag. Dit was duidelijk de auto die was bedoeld voor Naomi. Ze zouden nu een lijkwagen voor haar sturen.

Zijn maag voelde alsof hij genadeloos was geslagen door een stel professionele boeven met grote vuisten en loden pijpen. Er scheen een strakke band om zijn hart te zitten, zodat elke slag pijn deed, en zijn keel voelde rauw.

Een dubbele zuurstoftoevoer drukte tegen zijn neustussenschot. De heerlijke, koele stroom was welkom. Maar nog steeds proefde hij de gal die hij had uitgekotst en zijn tong en tanden voelden alsof ze bedekt waren met schimmel.

Hij gaf in ieder geval niet meer over.

Direct toen hij aan braken dacht, trokken de spieren van zijn middenrif samen als die van een laboratoriumkikker die een elektrische stroomstoot krijgt, en hij stikte in een groeiende afschuw.

Wat gebeurt er met me.

De ziekenbroeder rukte de zuurstoftoevoer uit de neus van zijn patiënt, trok snel zijn hoofd omhoog en voorzag hem van een handdoek om het dunne braaksel op te vangen.

Juniors lichaam verried hem zoals daarvoor en ook op nieuwe manieren die hem vernederden en doodsbang maakten, met betrekking tot alle lichaamsvochten op de cerebrospinale na. Een tijdje wenste hij, in die schommelende ambulance, dat hij in een gondel zat, op de wateren van de Styx, zodat aan zijn ellende een eind kwam. Toen de aanval voorbij was en hij terugviel op het kussen vol spatten, huiverend door de stank die opsteeg van zijn afschuwelijk besmeurde kleren, werd Junior plotseling getroffen door een gedachte die puur krankzinnig was of van een briljant deductief inzicht getuigde: *Naomi, dat hatelijke kreng, ze heeft me vergiftigd!*

De ziekenbroeder, die zijn vingers tegen de ader van Juniors rechterpols gedrukt hield, moest een versnelling als van een raket in zijn polsslag gevoeld hebben.

Junior en Naomi hadden hun gedroogde abrikozen uit dezelfde zak gehaald. Ze hadden zonder te kijken een greep in de zak gedaan. Ze eruit geschud in hun handen. Zij kon niet uitgedokterd hebben welk stukje fruit hij kreeg en welk zij.

Had ze zichzelf ook vergiftigd? Was ze van plan geweest hem te vermoorden en dan zelfmoord te plegen?

Niet de opgewekte, levenslustige, hooggestemde, kerkgaande Naomi. Zij bezag elke dag door een goudkleurig waas, afkomstig van de zon in haar hart.

Hij had een keer over dat gevoel met haar gesproken. Goudkleurig waas, zon in het hart. Zijn woorden hadden haar doen smelten, tranen waren in haar ogen verschenen en de seks was beter geweest dan ooit.

Het was waarschijnlijker dat het gif in de kaasboterham of in zijn fles met water had gezeten.

Zijn hart kwam in opstand tegen de gedachte dat zijn lieftallige Naomi dat soort verraad had gepleegd. De lieve, genereuze, eerlijke, vriendelijke Naomi was zeker niet in staat geweest ooit iemand te vermoorden – en al helemaal niet de man van wie ze hield.

Tenzij ze niet van hem had gehouden.

De ziekenbroeder pompte de manchet van de bloeddrukmeter op en Juniors bloeddruk was heel waarschijnlijk hoog genoeg om een beroerte te veroorzaken, de lucht in geschoten door de gedachte dat Naomi's liefde een leugen was geweest.

Misschien was ze alleen maar met hem getrouwd om… Nee, dat was een doodlopend pad. Hij hád helemaal geen geld.

Ze had inderdaad van hem gehouden. Ze had hem aanbeden. Je kon gerust zeggen vereerd.

Maar nu de mogelijkheid van verraad bij Junior was opgekomen, kon hij het wantrouwen niet meer van zich afzetten. De lieve Naomi, die onmetelijk veel meer gaf dan ze nam, zou voor eeuwig in zijn geheugen in een schaduw van twijfel staan.

Bovendien kon je nooit iemand echt kennen, nooit echt elke hoek van iemands geest of hart kennen. Geen mens was perfect. Zelfs iemand met de houding van een heilige en een onzelfzuchtig gedrag kon in zijn hart een monster zijn, vol vreselijke begeertes die hij misschien één keer of nooit zou najagen.

Hij was er zelf bijvoorbeeld nagenoeg zeker van dat hij niet nog een vrouw zou doden. Om te beginnen kon hij zich niet voorstellen, nu zijn huwelijk met Naomi besmeurd werd met de allerergste twijfel, ooit nog iemand voldoende te kunnen vertrouwen om de huwelijksgelofte af te leggen.

Junior sloot zijn vermoeide ogen en gaf zich dankbaar over aan de ziekenbroeder toen die zijn vettige gezicht en gesprongen lippen met een koele, vochtige doek afveegde.

Hij zag in gedachten Naomi's prachtige gelaat voor zich en even zag ze er gelukzalig uit, maar toen meende hij een zekere sluwheid in haar engelachtige glimlach te zien, een storende glimp van berekening in haar ooit zo liefhebbende ogen.

Zijn geliefde vrouw kwijtraken was al verpletterend genoeg, een wond die nooit zou helen, maar dit was zelfs nog erger: zijn stralende beeld van haar besmeurd door wantrouwen. Naomi was er niet meer om hem steun en troost te geven en nu had Junior zelfs geen onbezoedeld beeld meer van haar waar hij steun aan kon ontlenen. Zoals altijd was het niet de daad waar hij last van had, maar de nasleep.

Deze bezoedeling van Naomi's herinnering was van een triestheid die zo scherp was, zo vreselijk, dat hij zich afvroeg of hij het wel kon verdragen. Hij voelde zijn mond trillen en week worden, niet met de aandrang om weer over te geven, maar met zoiets als smart als het niet al smart was. Zijn ogen vulden zich met tranen.

Misschien had de ziekenbroeder hem een injectie gegeven, een kalmeringsmiddel. Terwijl de jankende ziekenwagen voortschommelde op deze uiterst gedenkwaardige dag, huilde Cain hartgrondig maar stil – en bereikte een tijdelijke rust in een droomloze slaap.

Toen hij wakker werd lag hij in een ziekenhuisbed, zijn bovenlichaam iets opgetild. De enige verlichting kwam van één enkel raam: een bleek licht dat te somber was om een schijnsel genoemd te worden, afgesneden tot vale linten door de schuine lamellen van een jaloezie. Het grootste deel van de kamer lag in de schaduw.

Hij had nog altijd een zure smaak in zijn mond, hoewel niet zo walgelijk meer als ervoor. Alle geuren waren wonderbaarlijk schoon en verkwikkend – ontsmettende middelen, vloerwas, pasgewassen lakens – zonder zweem van lichaamsvochten.

Hij was intens moe en slap. Hij voelde zich bedrukt alsof er een enorm gewicht op hem gestapeld lag. Zelfs het openhouden van zijn ogen was vermoeiend.

Naast het bed stond een standaard met een infuus dat vloeistof in zijn ader druppelde en de elektrolyten verving die hij was kwijtgeraakt door het overgeven, en dat hem waarschijnlijk ook voorzag van een antibraakmiddel. Zijn rechterarm was zorgvuldig vastgezet op een plank om hem te verhinderen zijn elleboog te buigen en per ongeluk de naald los te trekken.

Het was een tweepersoonskamer. Het tweede bed was leeg.

Junior dacht dat hij alleen was, maar net toen hij meende voldoende energie op te kunnen brengen om wat beter te gaan liggen, hoorde hij een man zijn keel schrapen. Het slijmerige geluid kwam van voorbij het voeteneind van het bed, uit de rechterhoek van de kamer.

Instinctief wist Junior dat als iemand vanuit het duister naar hem zat te kijken het niet iemand kon zijn met de beste bedoelingen. Artsen en verplegers hielden hun patiënten niet in de gaten in het donker.

Hij voelde zich opgelucht dat hij zijn hoofd niet had bewogen of een geluid had gemaakt. Hij wilde zoveel mogelijk van de situatie weten voordat hij liet merken dat hij wakker was.

Omdat het bovengedeelte van het ziekenhuisbed iets omhoogstond, hoefde hij zijn hoofd niet van het kussen op te tillen om in de hoek te kijken waar de onbekende zat. Hij tuurde langs de infuusstandaard en het voeteneind van het aangrenzende bed.

Junior lag in het donkerste gedeelte van de kamer, het verst van het raam vandaan, maar de hoek waar het om ging was bijna net zo donker. Hij staarde lange tijd, tot zijn ogen pijn begonnen te doen, voor hij uiteindelijk de vage, hoekige vorm van een leunstoel kon ontwaren. En in de stoel: een vorm even vaag gedetailleerd als die van de in mantel en kap gehulde gondelier op de Styx.

Hij voelde zich ongemakkelijk, had pijn, was dorstig, maar hij bleef volkomen onbeweeglijk en alert.

Na een tijdje besefte hij dat het gevoel van bedruktheid waarmee hij wakker was geworden, niet louter psychisch was: er lag iets zwaars op zijn onderbuik. En het was koud – zo koud eigenlijk dat het zijn middel zo erg had verdoofd dat hij de kilte ervan niet direct gevoeld had.

Huiveringen trokken door hem heen. Hij beet zijn kaken op elkaar om zijn tanden niet te laten klapperen en daarmee de man in de stoel te alarmeren.

Hoewel hij zijn ogen niet van de hoek afhield, raakte Junior in beslag genomen door zijn pogingen om uit te puzzelen wat er over zijn buik gedrapeerd was. De geheimzinnige observant maakte hem dusdanig zenuwachtig dat hij zijn gedachten niet zo goed als anders kon ordenen, en zijn pogingen om te verhinderen dat de huiveringen hem een geluid zouden ontlokken, beïnvloedden bovendien zijn analytische vermogen. Hoe langer hij het koude element niet kon identificeren, hoe gealarmeerder hij raakte.

Hij schreeuwde bijna toen hij een beeld van de dode Naomi binnenkreeg, nu bleker dan bleek, even grijs als het zwakke licht in het raam, en op een paar plaatsen bleekgroen, en koud, alle warmte van het leven uit haar vlees geweken, dat nog niet glinsterde van de warmte van de ontbinding die er snel weer leven in zou brengen.

Nee. Belachelijk. Naomi lag niet slap over hem heen. Hij lag niet samen met een lijk in bed. Dat was iets uit E.C. Comics, iets uit een vergeelde uitgave van *Tales from the Crypt*.

En ook zat Naomi niet in de stoel, Naomi die vanuit het lijkenhuis naar hem toe was gekomen om wraak te nemen. Doden komen niet meer tot leven, niet hier en ook niet in een wereld aan gene zijde. Onzin.

Zelfs als zulk dom bijgeloof waar was, was de bezoeker veel te rustig en te geduldig voor een incarnatie van een levende dode, van een vermoorde vrouw. Dit was een roofdierachtige stilte, een dierlijke geslepenheid, geen bovennatuurlijke stilte. Dit was de sierlijke rust van een panter in het struikgewas, de spanning van een opgerolde slang die te kwaadaardig was om te ratelen.

Plotseling wist Junior intuïtief wie de man in de stoel was. Dit was de politieman in burger met de wijnvlek, dat stond buiten kijf. Het peper-en-zoutkleurige borstelhaar. Het platte, ronde gezicht. De dikke nek.

Ogenblikkelijk herinnerde Juniors zich het oog in de portrode vlek op, de harde, grijze iris als de spijker in de bloederige handpalm van een gekruisigd man.

Het vreselijk koude gewicht dat over zijn buik lag, had zijn vlees verkild; maar nu tintelde zijn beenmerg met ijs bij de gedachte aan de rechercheur met de wijnvlek die zwijgend in de duisternis naar hem zat te kijken.

Junior zou liever met Naomi te maken hebben gehad, dood en herrezen en heel erg kwaad, dan met deze gevaarlijk geduldige man.

10

Met een klap zo luid als het angstaanjagende gekraak van de hemel die zich opent op de Dag des Oordeels, boorde de Ford pickup zich in de zijkant van de Pontiac. Agnes hoorde het eerste deel van haar gil niet en ook niet zoveel van de rest toen de auto opzijschoof, overhelde en omsloeg.

De beregende straat glinsterde vettig onder de banden en de kruising was halverwege een lange heuvel, waardoor de zwaartekracht en het noodlot samen een verbond tegen hen aangingen. De linkerkant van de Pontiac kwam omhoog. Aan de andere kant van de voorruit kwam de hoofdweg van Bright Beach krankzinnig scheef te hangen. De passagierskant dreunde zwaar tegen het wegdek.

Het glas in het portier naast Agnes barstte, en verdween. Bekiezeld asfalt, als de glinsterende schubben van een draak, siste op een paar centimeter van haar gezicht langs het open raampje voorbij.

Voor ze van huis weggingen had Joey zijn buikgordel omgedaan, maar door Agnes' conditie had ze die van haar niet gebruikt. Ze dreunde tegen het portier, pijn schoot door haar rechterschouder en ze dacht: *O, god, de baby!*

Terwijl ze zich met haar voeten tegen de vloer schrap zette, de stoel met haar linkerhand vastgreep en met haar rechter stevig de greep van het portier beetpakte, bad ze, bad ze dat de baby niets zou gebeuren, dat ze in ieder geval lang genoeg zou leven om haar kind op deze heerlijke wereld te zetten, in deze grootse creatie van eindeloze en prachtige schoonheid, of ze zelf de geboorte nu overleefde of niet.

De Pontiac, nu op zijn dak, draaide onder het glijden knarsend rond over het asfalt, en hoe resoluut Agnes zich ook vasthield, ze werd uit de stoel naar het omgekeerde dak en naar achteren getrokken. Haar voorhoofd sloeg hard tegen de dunne stoffering van het dak en haar rug schraapte langs de hoofdsteun.

Ze hoorde zichzelf weer gillen, maar slechts kort, want de auto werd weer geraakt door de pick-up of door ander verkeer, of kwam misschien in botsing met een geparkeerde auto, maar wat de oorzaak ook was, alle lucht werd uit haar geslagen en het gillen ging over in onregelmatig snikken.

Deze tweede aanrijding veranderde een halve rol in een volledige draai van driehonderdzestig graden. De Pontiac viel knerpend op de kant van de bestuurder en kwam ten slotte schokkend weer op zijn vier wielen terecht, reed een stoep op, waar de voorbumper tegen de muur van een helder geschilderde surfplankenwinkel verkreukelde en een etalageruit verbrijzelde.

Zorgenbeer, zo groot als hij was achter het stuur, zakte naar opzij in zijn stoel, met zijn hoofd naar haar toe, zijn ogen naar één kant gedraaid en zijn blik op haar gericht terwijl bloed uit zijn neus stroomde. Hij zei: 'De baby?'

'Oké, denk ik, oké,' zei Agnes hijgend, maar ze was doodsbang dat ze het mis had, dat het kind dood of beschadigd ter wereld zou komen.

Hij bewoog zich niet, Zorgenbeer, maar lag in die vreemde en beslist ongemakkelijke houding, met de armen slap langs zijn zij, zijn hoofd naar beneden alsof dat te zwaar was om te tillen. 'Laat me... je zien.'

Ze trilde en was zo bang, kon niet helder denken, en even begreep ze niet wat hij bedoelde, wat hij wilde, tot ze zag dat het raampje aan zijn kant ook versplinterd was en dat het portier achter hem ernstig verwrongen in de deurstijl zat. En nog erger was dat de Pontiac aan die kant naar binnen was gedrukt toen de pick-up zich erin boorde. Met een grauw van staal en met tanden van blik had dat in Joey gebeten, diep gebeten, een mechanische haai die uit de natte dag was komen zwemmen, ribben verbrijzelde, zoekend naar zijn warme hart.

Laat me... je zien.

Joey kon zijn hoofd niet optillen, kon zich niet verder naar haar toe draaien... omdat zijn ruggengraat beschadigd was, misschien gebroken en hij verlamd was.

'O, lieve heer,' fluisterde ze, en hoewel ze altijd een sterke vrouw was geweest met een rotsvast geloof, die met elke ademhaling zowel hoop als lucht binnenhaalde, was ze nu zo zwak als het ongeboren kind in haar buik, en ziek van angst.

Ze boog zich naar voren op haar stoel, naar hem toe, zodat ze hem beter kon aankijken en toen ze een trillende hand tegen zijn wang legde, viel zijn hoofd naar voren op nekspieren die zo slap als vaatdoeken waren, zijn kin tegen zijn borst.

Koude, door de wind voortgedreven regen joeg door het ontbrekende raampje naar binnen en op straat klonken stemmen toen mensen naar de Pontiac kwamen rennen – donder in de verte – en in de lucht hing de lucht van ozon van de regenstorm en de subtielere en vreselijker geur van bloed, maar geen van al die duidelijke details leek echt voor Agnes die in haar ergste nachtmerries nooit zo heftig het gevoel had gehad dat ze droomde als nu.

Ze omvatte zijn gezicht met beide handen en durfde amper zijn hoofd op te tillen uit angst voor wat ze zou zien.

Zijn ogen schitterden vreemd, zoals ze nooit eerder had gezien, alsof de stralende engel die hem naar elders zou begeleiden zijn lichaam al was binnengetreden en bij hem was om aan de reis te beginnen.

Met een stem zonder pijn of angst zei hij: 'Je hebt... van mij gehouden.'

Omdat ze het niet begreep en dacht dat hij op raadselachtige wijze vroeg of ze van hem hield, zei ze: 'Ja natuurlijk, domme beer, domme man, natuurlijk hou ik van je.'

'Het was... de enige droom die telde,' zei Joey. 'Dat jij... van me hield. Het was een goed leven dankzij jou.'

Ze probeerde hem te vertellen dat hij het zou halen, dat hij nog lange tijd bij haar zou zijn, dat het universum niet zo wreed was hem al op zijn dertigste weg te nemen terwijl ze nog een heel leven te gaan hadden, maar de waarheid was duidelijk en ze kon niet tegen hem liegen.

Met haar rotsvaste geloof en alle hoop die ze inademde, lukte het haar toch niet voor hem zo sterk te zijn als ze wilde. Ze voelde haar gezicht zacht worden, haar mond trillen en toen ze probeerde een snik te onderdrukken kwam die met een ellendige kracht naar buiten.

Terwijl ze zijn lieve gezicht tussen haar handen hield, kuste ze hem. Ze beantwoordde zijn blik en knipperde heftig de tranen uit haar ogen, want ze wilde helder kunnen zien, om in zijn ogen te kijken, om hem te zíén, dat allerwaarachtigste deel van hem achter zijn ogen, tot op dat allerlaatste moment dat ze hem niet langer meer zou hebben.

Er stonden mensen bij de ramen van de auto en ze deden moeite om de ingedeukte portieren open te krijgen, maar Agnes weigerde hen te helpen.

Terwijl hij haar intense blik beantwoordde met een plotselinge kracht van zichzelf zei Joey: 'Bartholomeus.'

Ze kenden niemand die Bartholomeus heette en ze had nooit eerder die naam van hem gehoord, maar ze wist wat hij wilde. Hij had het over de zoon die hij nooit zou zien.

'Als het een jongen is... Bartholomeus,' beloofde ze.

'Het is een jongen,' verzekerde Joey haar alsof hij een visioen had gekregen.

Dik bloed stroomde over zijn onderlip, langs zijn kin, dik, slagaderlijk bloed.

'Lieverd, nee,' smeekte ze.

Ze verdronk in zijn ogen. Ze wilde door zijn ogen heen zoals Alice door de spiegel was gegaan, om die prachtige straling te volgen die nu zwakker werd, om met hem mee te gaan door die deur die voor hem open was gemaakt en om hem te vergezellen, weg van deze verregende dag, naar de genade.

Maar dit was zijn deur, niet die van haar. Ze had geen kaartje voor de trein die voor hem was gekomen. Hij stapte in en de trein was weg, en met de trein het licht in zijn ogen.

Ze liet haar mond naar de zijne zakken en kuste hem een laatste keer, en de smaak van zijn bloed was niet bitter, maar heilig.

11

Terwijl de ribben asgrijs licht langzaam hun schrale glans verloren en duistere schaduwen zich in boosaardige hoeveelheden ophoopten, bleef de stilte tussen Junior Cain en de man met de wijnvlek ongebroken.

Wat een spel van wachten had kunnen worden van epische omvang werd verbroken toen de deur van de kamer naar binnen toe openzwaaide en een arts in een witte jas uit de gang binnenkwam.

Hij werd van achteren beschenen door tl-licht, zijn gezicht in de schaduwen als een gedaante uit een droom.

Junior sloot direct zijn ogen en liet zijn kaak openhangen, ademde door zijn mond en deed alsof hij sliep.

'Ik ben bang dat u hier niet mag zijn,' zei de arts zacht.

'Ik heb hem niet gestoord,' zei de bezoeker die het voorbeeld van de dokter overnam en met gedempte stem sprak.

'Daar ben ik van overtuigd. Maar mijn patiënt moet absolute rust en stilte hebben.'

'Ik ook,' zei de bezoeker, en bijna fronste Junior zijn voorhoofd door dit merkwaardige antwoord, en hij vroeg zich af wat er bedoeld werd buiten wat er alleen maar gezegd was.

De twee mannen stelden zich aan elkaar voor. De arts was dr. Jim Parkhurst. Zijn manier van doen was gemakkelijk en innemend, en zijn kalmerende stem was, van nature doelbewust, genezend als een balsem.

De man met de wijnvlek stelde zich voor als rechercheur Thomas Vanadium. Hij gebruikte niet de verkorte vorm van zijn naam, zoals de arts, en zijn stem was net zo weinig gemoduleerd als zijn gezicht plat en gewoontjes was.

Junior vermoedde dat alleen de moeder van deze man hem Tom noemde. Hij heette waarschijnlijk voor sommigen 'rechercheur' en voor de meesten 'Vanadium'.

'Wat is er aan de hand met die meneer Cain?' vroeg Vanadium.

'Hij heeft een ongewoon hevige aanval van hematemesis gehad.'

'Bloedbraken. Een van de ziekenbroeders gebruikte dat woord. Maar wat is de oorzaak?'

'Nou, het bloed was niet donker en zuur, dus het kwam niet uit zijn maag. Het was helder en alkalisch. Het zou afkomstig kunnen zijn uit de slokdarm, maar waarschijnlijk is het afkomstig uit de keelholte.'

'Uit zijn keel?'

Juniors keel voelde kapot van binnen, alsof hij een cactus gegeten had.

'Precies,' zei Parkhurst. 'Waarschijnlijk zijn er een of meerdere bloedvaten gesprongen door de extreme heftigheid van de vomitie.'

'Vomitie?'

'Het braken. Ik heb begrepen dat het een buitengewoon heftige braakaanval was.'

'Hij spuwde als een brandspuit,' zei Vanadium nuchter.

'Dat is kleurrijk gesteld.'

Op een monotone toon die een nieuwe betekenis gaf aan de uit-drukking 'zonder een spier te vertrekken', voegde de rechercheur eraan toe: 'Ik was de enige daar die geen bonnetje van de stome-rij heeft.'

Hun stemmen bleven zacht en geen van beide mannen kwam naar het bed toe.

Junior was blij dat hij kon afluisteren, en niet alleen omdat hij de aard en diepte van Vanadiums vermoedens hoopte te achterhalen, maar ook omdat hij nieuwsgierig was naar – en bezorgd over – de oorzaak van de walgelijke en vernederende aanval waardoor hij hier terecht was gekomen.

'Is de bloeding ernstig?' vroeg Vanadium.

'Nee. Die is opgehouden. Op dit moment moeten we een nieuwe aanval zien te voorkomen zodat er niet nog meer bloedingen vol-gen. Hij krijgt intraveneus antibraakmiddelen en vervangende elek-trolyten en we hebben ijszakken op zijn buik gelegd om de kans op verdere buikkrampen te verminderen en ontsteking tegen te gaan.'

IJszakken. Geen dode Naomi. Alleen ijs.

Junior lachte bijna om zijn neiging tot morbide gedachten en dra-matisering. De levende doden waren niet gekomen om hem te pak-ken; alleen maar een paar rubberen ijszakken.

'Dus het braken veroorzaakte de bloeding,' zei Vanadium. 'Maar wat veroorzaakte het braken?'

'We doen nog nader onderzoek, natuurlijk, maar pas als hij min-stens twaalf uur stabiel is. Persoonlijk denk ik niet dat we een fy-sieke oorzaak zullen vinden. Hoogstwaarschijnlijk was dit psy-chisch – een acute nerveuze aanval veroorzaakt door hevige angst; de schok van het verliezen van zijn vrouw, haar te zien sterven.'

Precies. De schok. Het verpletterende verlies. Junior voelde het nu, opnieuw, en hij was bang dat hij zichzelf zou verraden met tranen hoewel hij het braken achter de rug scheen te hebben.

Hij was op deze gedenkwaardige dag veel over zichzelf aan de weet gekomen – hij was impulsiever dan hij ooit had beseft, hij was be-reid ernstige offers op korte termijn te brengen voor winst op lan-ge termijn, hij was dapper en moedig – maar misschien was wel de belangrijkste les dat hij een gevoeliger mens was dan hij had gedacht en dat zijn gevoeligheid, hoewel bewonderenswaardig, hem onverwachts en op ongelegen momenten van zijn stuk kon brengen.

Tegen dr. Parkhurst zei Vanadium: 'In mijn werk zie ik veel mensen die net een geliefde hebben verloren. Geen van hen heeft ooit zo gekotst als de Vesuvius.'

'Het is een ongewone reactie,' beaamde de geneesheer, 'maar niet zo ongewoon dat het zeldzaam is.'

'Zou hij iets ingenomen kunnen hebben om zichzelf te laten braken?'

Parkhurst scheen oprecht onthutst. 'Waarom zou hij dat in 's hemelsnaam doen?'

'Om acuut nerveus braken te bewerkstelligen.'

Terwijl hij nog steeds deed alsof hij sliep, was Junior opgetogen dat de rechercheur zelf een vals spoor uitgezet had en nu bezig was deze verkeerde weg te volgen.

Vanadium vervolgde met zijn karakteristieke dreun, een toon die niet strookte met de kleurrijke inhoud van zijn woorden: 'Een man kijkt eens goed naar het lichaam van zijn vrouw, begint heviger te zweten dan een copulerend zwijn, spuugt als een eerstejaarsstudent aan het eind van een bierwedstrijd, en kotst tot hij bloed kotst – dat is niet de reactie van de gemiddelde moordenaar.'

'Moord? Ze zeggen dat de reling verrot was.'

'Dat was ook zo. Maar misschien is dat niet het hele verhaal. In ieder geval kennen we de meeste houdingen die zulke mannen aannemen, de houding waarvan ze denken dat die misleidend en slim is. Meestal ligt het er zo dik bovenop dat ze net zo goed hun pik in een fitting kunnen steken om ons een heleboel problemen te besparen. Maar dit is een nieuwe aanpak. Je krijgt de neiging die arme man te geloven.'

'Was het bureau van de sheriff niet al tot de conclusie gekomen dat het dood door ongeluk is?' vroeg Parkhurst.

'Het zijn goede mensen, goede smerissen, allemaal,' zei Vanadium, 'en als zij meer medelijden in zich hebben dan ik, is dat een deugd, geen gebrek. Wat zou meneer Cain ingenomen kunnen hebben om zichzelf te laten braken?'

Als ik lang genoeg naar jou luister, is het al voldoende, dacht Junior.

Parkhurst protesteerde. 'Maar als het bureau van de sheriff denkt dat het een ongeluk is...'

'U weet hoe we opereren in deze staat, dokter. We verspillen onze energie niet aan een strijd over jurisdictie. We werken samen. De sheriff kan beslissen slechts enkele van zijn weinige mankrachten hierop te zetten en niemand zal het hem kwalijk nemen. Hij kan het een ongeluk noemen en de zaak sluiten, en hij zal er niet kwaad om worden als wij er, op staatsniveau, nog een tijdje in rond willen poeren.'

Hoewel de rechercheur op het verkeerde spoor zat, begon Junior zich gekrenkt te voelen. Als elke goede burger was hij bereid, zelfs heel erg bereid, om samen te werken met verantwoordelijke politiemensen die hun onderzoek volgens het boekje deden. Maar deze Thomas Vanadium had, ondanks zijn monotone stem en grauwe voorkomen, alle kenmerken van de fanaticus. Elk redelijk mens zou beamen dat de grens tussen wettig politieonderzoek en pesterij flinterdun was.

Vanadium vroeg Jim Parkhurst: 'Bestaat er niet zoiets als ipecac?'

'Ja. De gedroogde wortel van een Braziliaanse plant, de ipecacuanha. Het wekt heel doeltreffend braken op. Het actieve ingrediënt is een poederachtige witte alkaloïde die emetine heet.'

'Dat middel is vrij te verkrijgen, hè?'

'Ja. Als siroop. Het is handig om in huis te hebben, voor het geval een kind iets giftigs binnenkrijgt en je er snel iets aan wilt doen.'

'Ik had afgelopen december wel een fles kunnen gebruiken.'

'Was u vergiftigd?'

Op die langzame, vlakke toon waar Junior steeds ongeduldiger van werd, zei Vanadium: 'Wij allemaal, dokter. Het was toch verkiezingsjaar, weet u nog? Ik had meer dan eens tijdens die campagne ipecac kunnen gebruiken. Wat werkt er verder nog als ik eens lekker wil kotsen?'

'Nou... apomorfine hydrochloride.'

'Moeilijker te krijgen dan ipecac.'

'Ja. Natriumchloride werkt ook. Gewoon zout. Een flinke hoeveelheid in water doen en gewoonlijk helpt het.'

'Moeilijker op te sporen dan ipecac of apomorfine hydrochloride.'

'Op te sporen?' vroeg Parkhurst.

'In de kots.'

'In het braaksel, bedoelt u?'

'Sorry. Ik was vergeten dat we in keurig gezelschap waren. Ja, ik bedoel in het braaksel.'

'Nou, het laboratorium zou abnormaal hoge zoutconcentraties kunnen opsporen, maar voor de rechtbank maakt dat niets uit. Hij zou kunnen zeggen dat hij heel zout had gegeten.'

'Zout water zou trouwens toch te omslachtig zijn. Hij zou een heleboel hebben moeten drinken, net voordat hij overgaf, maar hij was omgeven door agenten die een goede reden hadden hem in de gaten te houden. Kun je ipecac ook in capsulevorm krijgen?'

'Ik veronderstel dat iedereen wel een paar lege gelatinecapsules met de siroop zou kunnen vullen,' zei Parkhurst. 'Maar...'

'Maak je eigen capsules, zogezegd. Dan zou hij er een paar in zijn hand kunnen verbergen, die zonder water inslikken en de reactie zou misschien lang genoeg worden vertraagd tot de capsules in zijn maag waren opgelost.'

De sympathieke arts klonk alsof hij ten slotte de onwaarschijnlijke theorie en voortdurende ondervraging van de rechercheur vervelend begon te vinden. 'Ik betwijfel ten zeerste of een dosis ipecac zo'n heftige reactie kan uitlokken... in ieder geval geen keelbloeding. Ipecac is een veilig product.'

'Als hij nu eens drie of vier keer de gewone dosis had ingenomen...'

'Maakt niets uit,' volhardde Parkhurst. 'Veel heeft zo ongeveer hetzelfde effect als weinig. Je kunt geen overdosis nemen, omdat je erdoor overgeeft en als je overgeeft, gooi je de ipecac er samen met de rest uit.'

'Dan zal het in zijn kots zitten, of het weinig is of veel. Neem me niet kwalijk... in zijn braaksel.'

'Als u denkt dat het ziekenhuis een monster van het uitgeworpen materiaal zal geven, ben ik bang...'

'Uitgeworpen materiaal?'

'Het braaksel.'

Vanadium zei: 'Ik ben als leek gemakkelijk in de war te brengen, dokter. Als we ons niet kunnen beperken tot één woord ervoor, ga ik gewoon terug naar kots.'

'De ziekenbroeders zullen de inhoud van de braakschaal hebben weggegooid als ze er een hebben gebruikt. En als er smerige handdoeken of lakens waren, zijn die misschien al gewassen.'

'Dat geeft niet,' zei Vanadium. 'Ik heb er een paar in een zak gedaan.'

'In een zak gedaan?'

'Als bewijs.'

Junior voelde zich onbeschrijflijk gepakt. Dit was schandalig: de onbetwistbare, zeer vertrouwelijke inhoud van zijn maag die in een plastic bewijszak was geschept, zonder zijn toestemming, zelfs buiten zijn medeweten. Wat kwam er nu – een monster van zijn ontlasting genomen terwijl hij bewusteloos van de morfine was? Dit verzamelen van braaksel was beslist een schending van de Grondwet van de Verenigde Staten, een duidelijke overtreding van de garantie tegen zelfbeschuldiging, een klap in het gezicht van de rechtspleging, een schending van de rechten van de mens.

Natuurlijk had hij geen ipecac of ander braakmiddel genomen, dus ze zouden niets vinden dat ze als bewijs tegen hem konden gebruiken. Maar hij was kwaad, het was een kwestie van principe. Misschien was dr. Parkhurst ook verontrust door deze fascistische en fanatieke manier om kotsmonsters te krijgen, want hij werd bits. 'Ik heb nog een paar consulten te doen. Tegen de tijd dat ik de avondronde doe, verwacht ik dat meneer Cain bij bewustzijn is, maar ik zou liever zien dat u hem niet voor morgen stoorde.'

In plaats van antwoord te geven op het verzoek van dr. Parkhurst, zei Vanadium: 'Nog één vraag, dokter. Als dit een acute nerveuze braakaanval was, zoals u suggereert, zou er dan nog een andere oorzaak kunnen zijn dan de schrik door het traumatische verlies van zijn vrouw?'

'Ik kan me geen duidelijker bron van extreme schrik voorstellen.'

'Schuldgevoel,' zei de rechercheur. 'Als hij haar heeft vermoord, zou dan een overweldigend schuldgevoel niet evengoed als schrik een acute aanval van braken kunnen uitlokken?'

'Ik zou dat niet met zekerheid kunnen zeggen. Ik heb geen psychologie gestudeerd.'

'Doe eens een gok, dokter.'

'Ik ben geneesheer, geen aanklager. Het is mijn gewoonte niet iemand te beschuldigen, zeker mijn eigen patiënten niet.'

'Ik vraag u ook beslist niet daar een gewoonte van te maken. Alleen deze ene keer. Waarom wel verdriet en geen schuldgevoel?'

Dr. Parkhurst dacht na over de vraag die hij zonder meer had moeten afwijzen. 'Nou… ja, ik denk het wel.'

Karakterloze, onethische kwakzalver, dacht Junior bitter.

'Ik denk dat ik hier gewoon wacht tot meneer Cain wakker wordt,' zei Vanadium. 'Ik heb verder niets dringends te doen.'

Er kwam een autoritaire toon in de stem van dr. Parkhurst, die keizer-van-het-universum-toon die waarschijnlijk op de medische opleiding, tijdens een speciaal college over intimidatie, werd geleerd, hoewel hij hem een beetje te laat toepaste om nog veel effect te hebben. 'Mijn patiënt is erg kwetsbaar, rechercheur. Ik wil echt niet dat u hem vóór morgenochtend ondervraagt.'

'Oké, natuurlijk. Ik zal hem niet ondervragen. Ik wil hem alleen… observeren.'

Te oordelen naar de geluiden die Vanadium maakte, dacht Junior dat de agent zich weer in de leunstoel installeerde.

Junior hoopte dat Parkhurst meer ervaren was in artsenij dan in intimidatie.

Na een lange aarzeling zei de geneesheer: 'U zou die lamp aan kunnen doen.'

'Ik zit goed.'

'De patiënt zal er geen last van hebben.'

'Ik hou van het donker,' antwoordde Vanadium.

'Dit is heel ongewoon.'

'Inderdaad,' beaamde Vanadium.

Ten slotte droop Parkhurst af. De zware deur viel met een zachte zucht dicht en deed het gekraak van schoenen met rubberzolen, het geritsel van gesteven uniformen en andere geluiden van drukke verpleegsters op de gang verstommen.

Het zoontje van mevrouw Cain voelde zich klein, zwak, zielig en vreselijk alleen. De rechercheur zat er nog, maar zijn aanwezigheid versterkte Juniors gevoel van eenzaamheid alleen maar.

Hij miste Naomi. Ze had altijd precies het juiste weten te zeggen of te doen om zijn stemming te verbeteren met een paar woorden of alleen maar door haar aanraking als hij zich neerslachtig voelde.

12

De donder klonk als hoefgetrappel, en schimmelgrijze wolken dreven naar het oosten in de slowmotiongalop van paarden in een droom. Bright Beach lag wazig en vervormd in een regen met net zoveel trucs als spiegels in een kermistent. De namiddag in januari bereikte de schemering en scheen ook uit de gewone wereld weggegleden te zijn naar een andere dimensie.

Agnes, met Joey dood naast zich en haar baby mogelijk stervende in haar baarmoeder, gevangen in de Pontiac met de portieren ingedeukt en beklemd in het chassis, verscheurd door pijn van de kwetsuren die ze had opgelopen, weigerde zich over te geven aan angst of tranen. Ze begon te bidden, vroeg om de wijsheid te begrijpen waarom dit met haar gebeurde en de kracht om met haar pijn en haar verlies om te gaan.

Omstanders die als eersten ter plekke waren, en die niet bij machte waren een van beide autoportieren open te krijgen, spraken haar bemoedigend toe door de uitgebroken raampjes. Een paar van hen kende ze, anderen weer niet. Allen bedoelden ze het goed en allemaal waren bezorgd; sommigen hadden geen regenbescherming en raakten doorweekt, maar hun natuurlijke nieuwsgierigheid gaf een bijzondere glans aan hun ogen waardoor Agnes het gevoel kreeg dat ze een tentoongesteld dier was, zonder waardigheid, terwijl haar meest intieme pijn werd blootgesteld ter vermaak van vreemden.

Toen de eerste politie arriveerde, direct gevolgd door een ambulance, bespraken ze de mogelijkheid Agnes uit de auto te halen via de weggeslagen voorruit. Maar aangezien er weinig ruimte was door het verkreukelde dak en in het licht van Agnes' zwangerschap en haar ophanden zijnde tweede fase van de weeën, zou het wrikken dat nodig was om haar eruit te krijgen te gevaarlijk zijn.

Reddingswerkers verschenen met hydraulische krikken en metaalzagen. Burgers werden teruggestuurd naar de trottoirs.

De donder was nu minder ver. Om haar heen klonk het geknetter van politieradio's, het gekletter van gereedschap dat in gereedheid werd gebracht, het gesnerp van een aanwakkerende wind. De geluiden maakten haar duizelig. Ze kon haar oren er niet voor sluiten, en toen ze haar ogen dichtdeed kreeg ze het gevoel alsof ze rondtolde.

Ze rook geen benzine. De tank was duidelijk niet gebarsten. Een plotseling einde scheen onwaarschijnlijk – maar nog geen uur geleden had Joey's voortijdige dood dat ook geleken.

Reddingswerkers moedigden haar aan op veilige afstand van het portier te schuiven, zo ver mogelijk weg, om te voorkomen dat ze onbedoeld gewond zou raken als ze probeerden haar te bevrijden. Ze kon alleen maar dichter naar haar dode echtgenoot toe.

Terwijl ze tegen Joey's lichaam aan kroop, zijn hoofd slap tegen haar schouder, dacht Agnes krankzinnig genoeg aan hun eerste afspraakjes en de eerste jaren van hun huwelijk. Ze waren soms naar een drive-inbioscoop gegaan, dicht tegen elkaar aan, elkaars handen vasthoudend, terwijl ze keken naar John Wayne in *The Searchers*, David Niven in *Around the World in 80 Days*. Ze waren nog zo jong, ervan overtuigd het eeuwige leven te hebben, en nu waren ze nog steeds jong, maar voor een van hen was het eeuwige nu aangebroken.

Een reddingswerker instrueerde haar de ogen te sluiten en het gezicht af te wenden van het rechterportier. Hij schoof een gewatteerde deken door het raampje en legde die beschermend om haar rechterkant.

Terwijl ze de deken vastgreep, dacht ze aan de doodskleden die soms de benen van de overledene in de kist bedekten, want ze voelde zich halfdood. Beide voeten in deze wereld – en toch lopend naast Joey over een vreemde weg aan gene zijde.

Gezoem, gebrom, geratel en geknars van machines, elektrisch gereedschap. Blikstaal en steviger constructiemateriaal dat jankte onder de tanden van een metaalzaag.

Naast haar blafte en gilde het rechterportier alsof het leefde, alsof het pijn had, en deze geluiden leken geheimzinnig genoeg precies op de gekwelde kreten die alleen Agnes kon horen in de kamers van haar hart waar het spookte.

De auto huiverde, draaiend metaal gilde en de reddingswerkers slaakten een triomfkreet.

Een man met prachtige grijsgroene ogen, zijn gezicht parelend van de regen, stak zijn hand door de weggezaagde deur en haalde de deken van Agnes af.

'Het is allemaal goed, we hebben u nu.' Zijn zachte, sonore stem was zo onaards dat zijn woorden een geruststelling leken uit te drukken die dieper en troostrijker was dan hun directe betekenis. Deze reddende engel verdween en in zijn plaats verscheen een jonge ziekenbroeder in een zwart met geel regenpak over zijn witte ziekenhuisuniform. 'Ik wil eerst vaststellen of u geen ruggengraatkwetsuren hebt, voordat we u eruit halen. Kunt u in mijn hand knijpen?'

Terwijl ze kneep zoals haar was gezegd, zei ze: 'Mijn baby is misschien... gewond.'

Alsof het onder woorden brengen van haar ergste angst het waar maakte, werd Agnes gegrepen door een wee die zo pijnlijk was dat ze het uitriep en de hand van de ziekenbroeder zo hard vastgreep dat hij ineenkromp. Ze voelde een vreemde zwelling in zich, daarna een vreselijke losheid, een druk die ineens door opluchting werd gevolgd.

De grijze pijpen van haar joggingbroek, bespat met regendruppels die door het verbrijzelde raampje naar binnen waren gewaaid, waren plotseling doorweekt. Haar water was gebroken.

Donkerder dan water verspreidde een andere vlek zich over haar schoot en langs de pijpen van haar broek. Het had de kleur van rode port, eenmaal gefilterd door de grijze stof van haar broek, maar zelfs in haar halfcomateuze toestand wist ze dat ze niet het voertuig was voor een miraculeuze geboorte, dat ze niet een baby voortbracht in een vloed van wijn, maar in een stroom van bloed.

Uit wat ze gelezen had, wist ze dat vruchtwater helder moest zijn. Een paar bloedspoortjes waren niet alarmerend, maar dit was meer dan een paar spoortjes. Dit waren dikke, roodzwarte stromen.

'Mijn baby,' zei ze smekend.

Weer joeg er een wee door haar heen, die zo hevig was dat de pijn niet beperkt bleef tot haar onderrug en buik, maar langs haar hele ruggengraat brandde als een elektrische stroom die van wervel naar wervel oversprong. Haar adem kneep in haar borst alsof haar longen ingeklapt waren.

De tweede fase van de bevalling hoorde bij een vrouw die haar eerste kind kreeg ongeveer vijftig minuten te duren, en maar twintig minuten als het niet het eerste kind was, maar ze voelde dat Bartholomeus niet volgens het boekje ter wereld zou komen.

De ziekenbroeders kregen haast. De uitrusting van de reddingswerkers en de delen van de auto werden weggetrokken om ruim baan te maken voor een brancard die met kletterende wielen over het wegdek vol wrakstukken kwam.

Agnes was zich niet helemaal bewust hoe ze uit de auto werd getild, maar ze herinnerde zich dat ze omkeek en Joey's lichaam ineengezakt in de verwrongen schaduwen van het wrak zag zitten, ze herinnerde zich dat ze haar hand naar hem uitgestoken had, wanhopig tastend naar het houvast dat hij altijd voor haar was geweest, en toen lag ze op de brancard en werd weggereden.

De schemering viel en wurgde de dag, en de gesmoorde dag hing laag, even blauwzwart als kwetsuren. De straatverlichting was aangegaan. Spatten rood licht van knipperende zwaailichten veranderden de regen van tranen in fonteinen van bloed.

De regen was nu kouder dan eerst, bijna net zo ijskoud als natte sneeuw. Of misschien was zij veel warmer dan ervoor en voelde ze de kou heviger op haar koortsige huid. Elke druppel leek op haar gezicht te sissen, te knetteren op haar handen die ze stevig om haar gezwollen buik hield alsof ze de Dood de baby kon onthouden die hij was komen halen.

Toen een van de twee ziekenbroeders zich naar de ambulance haastte en achter het stuur klauterde, kreeg Agnes weer een wee die een overweldigend moment zo hevig was dat ze, op het hoogtepunt van de pijn, bijna haar bewustzijn verloor.

De andere ziekenbroeder reed de brancard naar de achterkant van de ambulance en riep een van de agenten mee te gaan naar het ziekenhuis. Hij had duidelijk hulp nodig als hij tijdens de rit de bevalling moest doen en ook nog Agnes in gaten moest houden.

Ze begreep hun snelle conversatie slechts half, voor een deel omdat het vermogen zich te concentreren gelijk met haar bloed uit haar wegvloeide, maar ook omdat ze werd afgeleid door Joey. Hij lag niet meer in het wrak, maar stond bij de open achterdeur van de ziekenwagen.

Hij was weer gaaf en ongedeerd. Zijn kleren zaten niet meer onder het bloed.

En vreemd genoeg waren zijn haar en zijn kleren niet nat door de winterse bui. De regen leek op een millimeter van hem te verdwijnen, alsof het water en de man bestonden uit materie en antimaterie die of elkaar afstootten of, bij contact, een rampzalige ontploffing zouden geven die de wereld op zijn grondvesten zou doen schudden.

Joey was weer Zorgenbeer, met gefronst voorhoofd en de ogen in de hoeken samengeknepen.

Agnes wilde haar hand uitsteken en hem aanraken, maar ze merkte dat ze de kracht miste om haar armen op te heffen. Ook hield ze haar buik niet meer vast. Beide handen lagen naast haar, de palmen omhoog, en zelfs de simpele handeling van het krommen van haar vingers vereiste een verrassende inspanning en concentratie.

Toen ze tegen hem probeerde te praten, kon ze haar stem niet tegen hem gebruiken, net zo min als ze haar hand had kunnen uitsteken.

Een politieman klauterde achter in de auto.

Terwijl de ziekenbroeder de brancard over de bumper schoof, klapten de opvouwbare poten in. Agnes werd met haar hoofd vooruit in de ambulance gerold.

Klik-klik. De brancard zat op zijn plaats.

Of hij nu zelf kennis genoeg van EHBO bezat of dat de ziekenbroeder het hem had opgedragen, de agent schoof in ieder geval een schuimrubberen kussen onder het hoofd van Agnes.

Zonder het kussen zou ze haar hoofd niet hebben kunnen opheffen om naar de achterkant van de ambulance te kijken.

Joey stond buiten naar haar te kijken. Zijn blauwe ogen waren zeeën vol smart.

Of misschien was de smart eerder verlangen dan triestheid. Hij moest verder, maar hij wilde deze vreemde reis niet zonder haar beginnen.

Net zomin als de stortbui Joey nat had kunnen maken, konden de rode en witte zwaailichten op de omringende politiewagens hem raken. De vallende regendruppels waren diamanten en daarna robijnen, diamanten en daarna robijnen, maar Joey werd niet verlicht door het licht uit deze wereld. Agnes besefte dat hij doorzichtig was, zijn huid als melkglas waardoorheen een licht van Elders scheen.

De ziekenbroeder trok de deur dicht en liet Joey buiten in de stortbui achter, in de wind tussen werelden.

Met een schok kwam de ambulance in beweging en reed weg. Enorme spijkerwielen van pijn draaiden in Agnes rond en dreven haar een ogenblik de duisternis in.

Toen er weer een bleek licht in haar ogen viel, hoorde ze de ziekenbroeder en de agent nerveus met elkaar praten, maar ze begreep de woorden niet. Ze schenen niet alleen een vreemde taal te spreken, maar een oude taal die duizend jaar niet meer op aarde gesproken was.

Ze werd overspoeld door schaamte toen ze besefte dat de broeder de broek van haar joggingpak had weggeknipt. Ze was naakt vanaf haar middel naar beneden.

In haar koortsige brein verscheen een beeld van een baby van melkglas, even doorzichtig als Joey bij de achterdeur van de ambulance. Omdat ze vreesde dat dit visioen betekende dat haar kind dood geboren zou worden, zei ze: *Mijn baby*, maar er kwam geen geluid uit haar mond.

Weer pijn, maar niet alleen van een wee. Een foltering. Onverdraaglijk. De spijkerwielen draaiden weer in haar rond, alsof ze uit elkaar werd getrokken op een middeleeuws folterwerktuig.

Ze kon de twee mannen met elkaar zien praten, hun natgeregende gezichten ernstig en dodelijk bezorgd; maar ze kon hun stemmen niet meer horen.

Ze kon eigenlijk helemaal niets meer horen: niet de gillende sirene, niet het gezoem van banden, niet het klik-tik-gerammel van instrumenten die in de vakken en kastjes rechts van haar lagen. Ze was net zo doof als de doden.

In plaats van weg te vallen in weer een kortstondige duisternis, zoals ze had verwacht, voelde Agnes zich opstijgen. Een beangstigend gevoel van gewichtloosheid bekroop haar.

Ze had zichzelf nooit gezien als vastgebonden aan haar lichaam, alsof ze vastgeknoopt zat aan bot en spieren, maar nu voelde ze verbindingen knappen. Plotseling voelde ze zich opgewekt, onbeteugeld, opstijgend van de brancard, tot ze vanaf het dak van de ambulance op haar eigen lichaam neerkeek.

Ze werd bevangen door een acute schrik, een vernederende waarneming dat ze een breekbare constructie was, nog minder substantieel dan mist, klein, zwak en hulpeloos. Ze raakte vervuld van het paniekerige besef dat ze zou verdampen als de moleculen van een spray die in zo'n enorm volume lucht werd gespoten dat ze niet langer zou bestaan.

Haar angst werd ook gevoed door het bloed dat de bekleding van de brancard waarop haar lichaam lag doorweekte. Zoveel bloed. Zeeën van bloed.

In de spookachtige stilte klonk een stem. Alleen maar die stem. Geen sirene. Geen gezoem of gesis van banden op een kletsnat wegdek. Slechts de stem van de ziekenbroeder: 'Haar hart is gestopt.'

Ver onder Agnes, daar in het land der levenden, glinsterde licht op de zuiger van een injectienaald in de hand van de ziekenbroeder, glinsterde licht op de punt van de naald.

De agent had het bovenstuk van haar joggingpak opengeritst en het ruime T-shirt omhooggetrokken waardoor haar borsten bloot kwamen.

Nadat hij hem gebruikt had, legde de ziekenbroeder de naald weg en greep de peddels van een defibrillator.

Agnes wilde hem zeggen dat al hun inspanningen geen zin hadden, dat ze ermee moesten ophouden, aardig moesten zijn en haar moesten laten gaan. Ze had geen reden meer om hier te blijven. Ze ging op weg naar haar dode echtgenoot en haar dode baby; op weg naar een plek waar geen pijn was, waar niemand zo arm was als Maria Elena Gonzalez, waar niemand leefde met angst zoals haar broers Edom en Jacob, waar iedereen een simpele taal sprak en net zoveel bosbessentaarten had als ze maar wilden.

Ze omhelsde de duisternis.

13

Nadat dr. Parkhurst was vertrokken, heerste er stilte in de ziekenhuiskamer, zwaarder en kouder dan de ijszakken die op het middenrif van Junior waren gelegd.

Na een tijdje durfde hij zijn oogleden op een kier te openen. Er drukte een duisternis tegen zijn ogen, even glad en onverbiddelijk als die van een blinde. Zelfs geen zweempje licht brak door de nacht aan de andere kant van het raam heen en de lamellen van de jaloezie waren net zo aan het oog onttrokken als de vleesloze ribben onder de wijde zwarte mantel van de Dood.

Vanuit de leunstoel in de hoek, alsof hij zo goed in de duisternis kon kijken dat hij wist dat Juniors ogen open waren, zei rechercheur Thomas Vanadium: 'Heb jij het hele gesprek tussen mij en dokter Parkhurst gehoord?'

Juniors hart sloeg zo hard en snel dat hij niet verrast zou zijn geweest als Vanadium, aan de andere kant van het vertrek, zijn voet in de maat mee had laten tikken.

Hoewel Junior geen antwoord had gegeven, zei Vanadium: 'Ja, volgens mij heb je het gehoord.'

Een oplichter, deze rechercheur. Vol spot en listen en sluwe strategieën. Kunstenaar in de psychologische oorlogsvoering.

Misschien dat een heleboel verdachten door dit gedrag van streek raakten en bang werden. Junior zou zich niet zo makkelijk laten pakken. Hij was slim.

Hij was wel zo slim om eenvoudige meditatietechnieken toe te passen om zichzelf te kalmeren en zijn hartslag te vertragen. De smeris probeerde hem een fout te laten maken, maar kalme mensen laadden geen verdenking op zichzelf.

'Hoe was het, Enoch? Keek je in haar ogen toen je haar duwde?' Vanadiums eentonige monoloog leek op de stem van een kwellend geweten dat monotonie gebruikte in plaats van zeuren. 'Of heeft een laffe vrouwenmoordenaar als jij daar het lef niet voor?'

Vuile halfkale, kotsverzamelende klootzak met je platte smoel en je onderkin, dacht Junior.

Nee. Verkeerde houding. Kalm blijven. Onverschillig blijven tegenover belediging.

'Wachtte je tot ze met haar rug naar je toe stond, te laf om zelfs maar in haar ogen te kijken?'

Dit was zielig. Alleen stompzinnige sullen, ongeschoold en wereldvreemd, zouden tot een bekentenis verleid worden door dit soort onhandige tactieken.

Junior had wel een opleiding gehad. Hij was niet alleen maar een masseur met een mooie titel, hij had een academische graad gehaald met als hoofdvak revalidatietherapie. Als hij naar de televisie keek, wat niet vaak gebeurde, dan keek hij zelden naar lichtzinnige spelshows of comedy's zoals *Gomer Pyle* of *The Beverly Hillbillies*, zelfs niet maar *I Dream of Jeannie*, maar hij beperkte zich tot serieus drama dat intellectuele betrokkenheid vereist –

Gunsmoke, Bonanza en *The Fugitive*. Hij gaf de voorkeur aan scrabble boven alle andere bordspellen, omdat je woordenschat ermee verrijkt werd. Als lid van de boekenclub had hij al bijna dertig boeken van de beste hedendaagse literatuur en tot dusver had hij er al zes gelezen of doorgebladerd. Hij zou ze allemaal gelezen hebben als hij niet zo'n druk mens was geweest met een brede belangstelling; zijn culturele aspiraties waren groter dan de tijd die hij eraan kon besteden.

Vanadium zei: 'Weet je wie ik ben, Enoch?'

Thomas Eikel Vanadium.

'Weet je wat ik ben?'

Een puist op de reet van de wereld.

'Nee,' zei Vanadium, 'je denkt alleen maar dat je weet wie ik ben en wat ik ben, maar je weet helemaal niets. Dat geeft niet. Je komt er wel achter.'

Deze man was griezelig. Junior begon te denken dat het onorthodoxe gedrag van de rechercheur geen zorgvuldig opgezette strategie was, zoals het eerst had geleken, maar dat Vanadium een beetje mesjoche was.

Of de rechercheur wel spoorde of niet, Junior had niets te winnen door tegen hem te praten, vooral niet in deze desoriënterende duisternis. Hij was uitgeput, had pijn, een zere keel, en hij vertrouwde er niet op dat hij voldoende zelfbeheersing kon opbrengen tijdens een ondervraging door deze kortgeknipte, stompzinnige pad. Hij deed verder geen moeite om door de duistere kamer naar de leunstoel in de hoek te kijken. Hij sloot zijn ogen en probeerde zichzelf in slaap te sussen door voor zijn geestesoog een mooie, maar opzettelijk eentonige scène op te roepen van lage golven die op een maanverlichte kust braken.

Dit was een ontspanningstechniek die eerder vaak had gewerkt. Hij had die geleerd uit een briljant boek: *Gezonder leven met autohypnose*.

Junior Cain was altijd zichzelf aan het ontwikkelen. Hij geloofde in de noodzaak voortdurend zijn kennis en horizonten te verbreden om een beter begrip van zichzelf en van de wereld te krijgen. De kwaliteit van je leven bleef altijd je eigen verantwoordelijkheid. De schrijver van *Gezonder leven met autohypnose* was dr. Caesar Zedd, een befaamd psycholoog en schrijver van een stuk of twaalf bestsellers op het gebied van zelfhulp, die Junior allemaal in zijn bezit had naast de literatuur die hij had verkregen via de boekenclub. Al op zijn veertiende was hij begonnen de boeken van dr.

Zedd in paperbackuitgave te kopen en tegen de tijd dat hij achttien was, toen hij het zich kon permitteren, had hij de paperbacks vervangen door gebonden edities en was daarna alle nieuwe boeken van de doctor alleen nog maar in de duurdere uitgaven gaan kopen.

De verzamelde werken van Zedd vormden de meest diepzinnige, meest lonende, meest betrouwbare gidsen voor het leven die er te vinden waren. Als Junior in de war was of bezorgd, wendde hij zich tot Caesar Zedd en altijd vond hij daar verlichting en raad. Als hij gelukkig was, vond hij in Zedd de gewenste geruststelling dat het oké was om succes te hebben en van jezelf te houden.

De dood van dr. Zedd, afgelopen Thanksgiving, was een slag geweest voor Junior, een verlies voor het land, voor de hele wereld. Hij beschouwde het als een tragedie die gelijkstond aan de moord op Kennedy een jaar ervoor.

En net als bij de dood van Kennedy was het heengaan van Zedd in raadselen gehuld en de aanzet tot een wijdverbreide complottheorie. Slechts enkelen geloofden dat hij zelfmoord had gepleegd, en Junior behoorde zeker niet tot die lichtgelovige dwazen. Caesar Zedd, schrijver van *Je hebt het recht om gelukkig te zijn*, zou zich nooit door het hoofd geschoten hebben met een jachtgeweer zoals de autoriteiten het publiek graag wilden doen geloven.

'Zou je doen alsof je wakker werd als ik probeerde je te laten stikken?' vroeg rechercheur Vanadium.

De stem kwam niet meer uit de leunstoel in de hoek, maar van vlak naast het bed.

Als Junior niet zo enorm ontspannen was geweest door de kalmerende golven die op het maanverlichte strand braken, zou hij misschien een kreet van schrik hebben gegeven en zou hij misschien rechtop in bed geschoten zijn, waarmee hij zichzelf zou verraden en daarmee Vanadiums vermoeden zou bevestigen dat hij bij zijn positieven was.

Hij had de smeris niet uit de stoel horen komen en door de donkere kamer horen lopen. Het was moeilijk te geloven dat een man met zo'n enorme pens boven zijn riem, met die stierennek die over zijn te strakke hemdsboord lubberde en met zo'n onderkin in staat was tot zo'n onnatuurlijke beweeglijkheid.

'Ik zou een luchtbel in je infuus kunnen veroorzaken,' zei de rechercheur rustig, 'je doden met een luchtembolie en ze zouden het nooit weten.'

Een krankzinnige. Daarover bestond geen twijfel meer; Thomas

Vanadium was gekker dan Charlie Starkweather en Caril Fugate, de tienermoordenaars die een paar jaar eerder voor de kick elf mensen hadden vermoord in Nebraska en Wyoming.

De laatste tijd ging het fout met Amerika. Het land was niet langer in evenwicht en rustig. Het lag op zijn kant. De samenleving schoof langzaam naar een afgrond. Eerst sensatiezoekende tienermoordenaars. Nu maniakale smerissen. Het zou ongetwijfeld nog erger worden. Als het verval eenmaal inzette, was het tegenhouden of omkeren van de negatieve kracht moeilijk, zo niet onmogelijk.

Tink.

Het geluid was vreemd, maar Junior kon het bijna identificeren.

Tink.

Wat de bron van het geluid ook was, hij wist zeker dat Vanadium het veroorzaakte.

Tink.

Ah. Ja, hij wist de bron. De rechercheur tikte met een vinger tegen de fles met oplossing die aan de infuuspaal naast het bed hing.

Tink.

Hoewel Junior niet de hoop had nog te slapen, concentreerde hij zich op het kalmerende mentale beeld van vriendelijke golven die schuimend op een maanverlicht strand uitliepen. Het was een ontspanningstechniek, niet alleen maar een hulp om te slapen, en hij moest en zou nu ontspannen zien te blijven.

Tink! Een hardere, scherpere tik met de nagel.

Maar weinig mensen namen zelfverbetering serieus. De menselijke soort herbergde een verschrikkelijk destructieve impuls waar hij zich altijd tegen moest verzetten.

Tink!

Als mensen zich niet op positieve doelen richtten, om voor zichzelf een beter leven te maken, verspilden ze hun energie aan slechtheid. Dan kreeg je Starkweather, die al die mensen vermoordde zonder hoop op persoonlijk gewin. Dan kreeg je maniakale smerissen en deze nieuwe oorlog in Vietnam.

Tink: Junior verwachtte het geluid, maar het kwam niet.

Hij lag gespannen te wachten.

Het maanlicht was afgenomen en de vriendelijke golven verdwenen langzaam uit zijn geestesoog. Hij concentreerde zich en probeerde het beeld van de zee weer voor zich te zien, maar dit was een van die zeldzame momenten dat een techniek van Zedd hem in de steek liet.

In plaats daarvan stelde hij zich Vanadiums stompe vingers voor die met een verrassende tederheid over het infuusapparaat gingen en de functie van het toestel lazen zoals een blinde braille zou lezen met snelle, zekere, tastende vingertoppen. Hij stelde zich voor dat de rechercheur de injectie-uitgang van de hoofdslang vond en die samenkneep tussen duim en wijsvinger. Zag hem een injectienaald te voorschijn brengen zoals een goochelaar een zijden sjaal uit het niets plukt. Alleen maar dodelijke lucht in de naald. De naald die in de arm...

Junior wilde om hulp schreeuwen, maar hij durfde het niet.

Hij durfde zelfs niet te doen alsof hij nu wakker werd, mompelend en geeuwend, omdat de rechercheur zou weten dat hij deed alsof, dat hij al die tijd al wakker was geweest. En als hij had gespeeld dat hij bewusteloos was en het gesprek tussen dr. Parkhurst en Vanadium had afgeluisterd, en later niet antwoordde op Vanadiums duidelijke beschuldigingen, dan zou zijn bedrog onvermijdelijk gezien worden als een schuldbekentenis van de moord op zijn vrouw. Dan zou deze gek met zijn bordeelsluipers alleen nog maar meedogenlozer worden.

Zolang Junior bleef doen alsof hij sliep, zou de agent niet absoluut zeker kunnen zijn dat er van enig bedrog sprake was. Hij zou het kunnen vermoeden, maar hij kon het niet weten. Hij zou in ieder geval een flinter aan twijfel houden over Juniors schuld.

Na een eindeloze stilte zei de rechercheur: 'Weet je wat ik vind van het leven, Enoch?'

Vast en zeker iets stompzinnigs.

'Ik geloof dat het universum zoiets is als een onvoorstelbaar groot muziekinstrument met een oneindig aantal snaren.'

Precies, het universum is een fantastisch grote ukelele.

Die eerder zo vlakke, monotone stem kreeg nu een subtiele, maar ontegenzeglijk ronde klank. 'En elk mens, elk levend wezen, is een snaar op dat instrument.'

En God heeft vierhonderd miljard miljard vingers en Hij speelt een uiterst swingende versie van 'Hawaiian Holiday'.

'De beslissing die ieder van ons neemt en de daden die hij pleegt, zijn als de trillingen die door een gitaarsnaar gaan.'

In jouw geval een viool en de melodie is de muziek uit Psycho.

De rustige passie in Vanadiums stem was oprecht, vol redelijkheid maar zonder fanatisme en zeker niet sentimenteel of zalvend – wat het verontrustender maakte. 'Trillingen in een snaar brengen een zachte, gelijke trilling teweeg in alle andere snaren, door het hele instrument heen.'

Boing.

'Soms is het meetrillen duidelijk te horen, maar vaak is het zo subtiel dat je het alleen kunt horen als je er gevoelig voor bent.'

Lieve heer, schiet me nu dood en bespaar me de ellende hiernaar te moeten luisteren.

'Toen jij de snaar van Naomi doorknipte, maakte je een eind aan de gevolgen die haar muziek op het leven van anderen kon hebben en op de vormgeving van de toekomst. Jij sloeg een valse toon aan die, hoe zwak ook, tot in de verste uithoek van het universum gehoord kon worden.'

Als jij probeert me in nog zo'n braaksessie te krijgen, zal dat waarschijnlijk wel lukken.

'Die valse toon brengt weer een heleboel andere trillingen op gang, waarvan sommige naar je terug zullen keren op een manier die je misschien verwacht... en sommige op manieren die je nooit aan zult zien komen. Van de dingen die je niet aan hebt kunnen zien komen, ben ik de ergste.'

Ondanks de bravoure in de antwoorden van Juniors onuitgesproken helft van de conversatie, begon hij in toenemende mate nerveus te raken van Vanadium. De agent was krankzinnig, maar hij was ook iets meer dan alleen maar een gek.

'Ooit was ik de ongelovige Thomas,' zei de rechercheur, nu niet meer naast het bed. Zijn stem leek van de andere kant van de kamer te komen, misschien wel van vlak bij de deur, hoewel hij geen geluid had gemaakt alsof hij liep.

Ondanks zijn gedrongen uiterlijk – en vooral in het donker, waar het uiterlijk geen rol speelt – had Vanadium de aura van een mysticus. Hoewel Junior niet geloofde in mystici of in de diverse onaardse krachten die ze beweerden te hebben, wist hij dat mystici die in zichzelf geloofden uiterst gevaarlijke mensen waren.

De rechercheur werd gedreven door zijn snaartheorie en misschien zag hij ook beelden en hoorde hij stemmen, zoals Jeanne d'Arc. Jeanne d'Arc zonder schoonheid of gratie, Jeanne d'Arc met een dienstrevolver en de toestemming die te gebruiken. De agent was geen bedreiging voor het Engelse leger zoals Jeanne was geweest, maar wat Junior betrof, verdiende de gluiperd het zonder meer om op de brandstapel verbrand te worden.

'Ik twijfel nu niet,' zei Vanadium terwijl zijn stem terugkeerde naar de gewone dreun die Junior walgelijk had gevonden, maar die hij nu prefereerde boven de zenuwslopende stem vol stille passie. 'Hoe de situatie ook is, hoe ingewikkeld de vraag ook, ik weet altijd

wat ik moet doen. En ik weet precies wat ik met jou moet doen.'
Vreemder en vreemder.
'Ik heb mijn hand in de wond gestoken.'
Welke wond? wilde Junior vragen, maar hij herkende het aas en
hapte niet.
Na een stilte maakte Vanadium de deur naar de gang open.
Junior hoopte dat hij niet was verraden door zijn ogen in die fractie van een seconde dat hij ze tot spleetjes dichtkneep.
Vanadium stapte, slechts een silhouet tegen het tl-licht, de gang
op. Het heldere licht leek hem te omhullen. De rechercheur glinsterde en verdween zoals de luchtspiegeling van een mens op een
extreem hete woestijnweg van deze dimensie in een andere lijkt te
lopen, wegglippend tussen de ontzagwekkende gordijnen van hitte alsof ze tussen werkelijkheden hangen. De deur zwaaide dicht.

14

Een hevige dorst deed Agnes beseffen dat ze niet dood was. In het
paradijs zou geen dorst zijn.
Natuurlijk zou ze een foute inschatting kunnen maken over hoe
zij bij het Laatste Oordeel gewogen was. Alle legioenen in de hel
zouden hoogstwaarschijnlijk te maken krijgen met dorst, een hevige, niet-aflatende dorst, gevoed door maaltijden vol zout, zwavel en as, en geen bosbessentaart, dus misschien was ze toch dood
en voor eeuwig verdoemd tot moordenaars, dieven, kannibalen en
mensen die vijfenvijftig reden op plaatsen bij scholen waar ze maar
vijfendertig mochten rijden.
Ze had ook last van rillingen en ze had nooit gehoord dat er in
Hades problemen met de warmte waren, dus misschien was ze dan
toch niet veroordeeld tot verdoemenis. Dat zou aardig zijn.
Soms zag ze mensen boven haar hangen, maar het waren slechts
vormen, gezichten zonder details in haar vertroebelde blikveld. Het
hadden engelen of demonen kunnen zijn, maar ze was er vrijwel
zeker van dat het gewone mensen waren, omdat een van hen vloekte, wat een engel nooit zou doen, en ze probeerden het haar naar
de zin te maken, waar elke zichzelf respecterende duivel zou proberen brandende lucifers in haar neus te steken of met naalden in

haar tong te prikken of haar op de een of andere afschuwelijke manier te kwellen zoals hij had geleerd op de vakschool voor duivels voordat hij afstudeerde.

Ze gebruikten ook woorden die niet pasten bij de spraak van engelen of demonen: '... hypodermoclysis... intraveneuze oxytocine... behouden van perfecte asepsis, en ik bedoel de hele tijd perfect... een paar orale preparaten van moederkoren zodra het veilig is haar oraal iets toe te dienen...'

Maar vaker verwijlde ze in duisternis of in dromen.

Een tijdje zat ze in *The Searchers*. Joey en zij reden samen met een ernstig bezorgde John Wayne terwijl de verrukkelijke David Niven meevloog boven hun hoofd in een mand die aan een enorme, kleurrijke heteluchtballon hing.

Toen ze ontwaakte uit een nacht vol sterren in het oude Westen, elektrisch licht zag en opkeek naar een warboel van gezichten zonder cowboyhoeden, voelde Agnes iemand een stuk ijs in langzame kringen over haar naakte onderbuik bewegen. Huiverend door het koude water dat langs haar lichaam droop, probeerde ze te vragen waarom ze ijs gebruikten als ze toch al tot op het bot verkild was, maar ze kon haar stem niet vinden.

Plotseling besefte ze – lieve hemel! – dat iemand zijn hand in haar had, diep in haar, en haar baarmoeder masseerde in ongeveer hetzelfde trage patroon als dat van het stuk smeltend ijs op haar buik.

'Ze zal nog een transfusie nodig hebben.'

Ze herkende de stem. Dr. Joshua Nunn. Haar huisarts.

Ze had hem eerder gehoord, maar had hem toen niet thuis kunnen brengen.

Er was iets flink mis met haar en ze probeerde te praten, maar weer liet haar stem haar in de steek.

Gegeneerd, koud, ineens bang, keerde ze terug naar het oude Westen, waar de nacht in de woestijn warm was. Het kampvuur flakkerde uitnodigend. John Wayne sloeg een arm om haar heen en zei: 'Hier zijn geen dode echtgenoten of dode baby's,' en hoewel hij alleen maar probeerde haar te troosten, raakte ze overweldigd door smart tot Shirley MacLaine haar apart nam voor een openhartig gesprek van meiden onder elkaar.

Agnes werd weer wakker en was niet langer verkild, maar koortsig. Haar lippen waren gebarsten, haar tong rauw en droog.

De ziekenhuiskamer was zwak verlicht en aan alle kanten hingen schaduwen als slapende vogels.

Toen Agnes kreunde, spreidde een van de schaduwen zijn vleugels, kwam dichterbij, naar de rechterkant van het bed en veranderde in een verpleegster.

Agnes' zicht was beter. De verpleegster was een knappe jonge vrouw met zwart haar en indigokleurige ogen.

'Dorst,' zei Agnes krakend. Haar stem was Sahara-zand dat van oude rotsen afkomstig was, de droge fluistering van een farao-mummie die tegen zichzelf sprak in een grafkelder die al drieduizend jaar was verzegeld.

'De eerste paar uur mag je nog niet zoveel via je mond hebben,' zei de verpleegster. 'De kans op misselijkheid is te groot. Overgeven zou je bloedingen weer kunnen laten beginnen.'

'IJs,' zei iemand aan de linkerkant van het bed.

De verpleegster keek van Agnes naar deze andere persoon. 'Ja, een stukje ijs zou wel kunnen.'

Toen Agnes haar hoofd omdraaide en Maria Elena Gonzalez zag, dacht ze weer te dromen.

Op het nachtkastje stond een roestvrij stalen kan waarop condens parelde. Maria nam het deksel van de waterkan en schepte er met een lange lepel een schijfje ijs uit. Terwijl ze haar linkerhand onder de lepel hield tegen het druipen, bracht ze het glinsterende stukje naar Agnes' mond.

Het ijs was niet alleen maar koud en nat; het was verrukkelijk en het leek op een vreemde manier zoet, alsof het een stuk donkere chocola was.

Toen Agnes het ijs stukkauwde, zei de verpleegster: 'Nee, nee. Slik het niet allemaal meteen door. Laat het smelten.'

Door deze waarschuwing, in alle ernst gegeven, raakte Agnes ontdaan. Als zo'n klein stukje ijs, stukgekauwd en in één keer weggeslikt, al misselijkheid en nieuwe bloedingen kon veroorzaken, moest zij wel uiterst zwak zijn. Een van die rustende schaduwen zou nog steeds de Dood kunnen zijn, die koppig de wacht hield.

Ze was zo warm dat het ijs snel smolt. Een dun straaltje liep door haar keel, maar niet voldoende om de Sahara uit haar stem te halen toen ze zei: 'Meer.'

'Nog eentje,' stemde de verpleegster toe.

Maria viste weer een schijfje ijs uit de zwetende kan, keurde dat af en schepte er een groter stukje uit. Ze aarzelde terwijl ze er een ogenblik naar keek en schepte het vervolgens tussen Agnes' lippen. 'Water kan gebroken worden als het eerst ijs is.'

Dit leek een raadselachtige uitspraak van een grote schoonheid en

Agnes dacht er nog steeds over na toen het laatste beetje ijs op haar tong smolt. In plaats van nog meer ijs, werd er slaap in haar gelepeld, even duister en rijk als banketbakkerschocola.

15

Toen dr. Jim Parkhurst zijn avondronde liep, deed Junior niet langer alsof hij sliep, maar stelde ernstige vragen waarop hij de meeste antwoorden al wist door het afluisteren van het gesprek tussen de geneesheer en rechercheur Vanadium.

Zijn keel was nog steeds rauw door het explosieve kotsen, verbrand door maagzuur, waardoor hij klonk als een pop uit een televisieshow voor kinderen op zaterdagochtend, tegelijkertijd schor en krassend. Als hij niet zo'n pijn had gehad, zou hij zich belachelijk hebben gevoeld, maar het hete en scherpe schuren van elk woord in zijn keel, maakte het hem onmogelijk een andere emotie te voelen dan zelfmedelijden.

Hoewel hij de dokter nu al twee keer acute nerveuze emesis had horen uitleggen, begreep Junior nog steeds niet hoe de schok van het verlies van zijn vrouw tot zo'n hevige en walgelijke aanval had kunnen leiden.

'Heb je dit soort aanvallen wel eens eerder gehad?' vroeg Parkhurst, die aan de zijkant van zijn bed stond met een dossiermap in zijn hand, een half leesbrilletje op de punt van zijn neus.

'Nee, nooit.'

'Periodieke hevige emesis zonder duidelijke oorzaak kan een indicatie zijn van motorische ataxie, maar jij hebt geen andere symptomen. Ik zou me er geen zorgen om maken, tenzij het weer gebeurt.'

Junior vertrok zijn gezicht bij het vooruitzicht weer zo'n braakaanval te krijgen.

Parkhurst zei: 'We hebben de meeste andere mogelijke oorzaken geëlimineerd. Je hebt geen acute myelitis of meningitis. Of bloedarmoede van de hersenen. Geen hersenschudding. Je hebt geen andere symptomen van het syndroom van Ménière. Morgen zullen we wat onderzoeken doen naar een mogelijke hersentumor of hersenbeschadiging, maar ik vertrouw erop dat ook dat niet de verklaring is.'

'Acute nerveuze emesis,' kraakte Junior. 'Ik heb mezelf nooit gezien als een nerveus iemand.'

'O, het betekent niet dat je nerveus bent in die zin. Nerveus betekent hier: *de zenuwen betreffend*. Verdriet, Enoch. Verdriet, de schok en de schrik... die kunnen ernstige psychologische gevolgen hebben.'

'Ah.'

Medelijden verwarmde het ascetische gezicht van de geneesheer. 'Je hield heel veel van je vrouw, hè?'

Koesterde haar, wilde Junior zeggen, maar de emotie klonterde als een enorme prop slijm in zijn keel. Zijn gezicht vertrok van een verdriet dat hij niet hoefde te spelen en hij was verbaasd dat tranen in zijn ogen sprongen.

Gealarmeerd, bezorgd dat de emotionele reactie van zijn patiënt tot spastische snikken zou leiden die dan weer overgingen in verkramping van het middenrif en hernieuwd overgeven, liet Parkhurst een verpleegster komen en schreef direct diazepam voor.

Terwijl de verpleegster Junior de injectie gaf, zei Parkhurst: 'Je bent een buitengewoon gevoelig mens, Enoch. Dat is een kwaliteit die zeer te bewonderen is in deze vaak ongevoelige wereld. Maar in je huidige toestand is je gevoel je ergste vijand.'

Terwijl de dokter verderging met zijn avondronde, bleef de verpleegster bij Junior tot het duidelijk was dat de tranquillizer hem gekalmeerd had en hij geen gevaar meer liep te bezwijken aan weer een aanval van bloedbraken.

Ze heette Victoria Bressler en ze was een aantrekkelijke blondine. Ze zou nooit hebben kunnen concurreren met Naomi, want Naomi was uitzonderlijk mooi geweest, maar Naomi was hoe dan ook weg.

Toen Junior klaagde over een hevige dorst, legde Victoria hem uit dat hij pas de volgende ochtend iets mocht drinken. Hij zou voor het ontbijt en de lunch een vloeibaar dieet krijgen. Pas met het avondeten zou hij misschien wat zacht voedsel mogen hebben.

Ondertussen had ze hem alleen een paar stukjes ijs te bieden waarop hij niet mocht kauwen. 'Laat die in je mond smelten.'

Victoria schepte de kleine doorzichtige schijfjes – geen klontjes, maar schijfjes – slechts eentje tegelijk, uit de kan op het nachtkastje. Ze lepelde het ijs in Juniors mond, niet op de zakelijke manier van een verpleegster, maar zoals een courtisane misschien had gedaan: verleidelijk glimlachend met een flirtende glinstering in haar blauwe ogen, langzaam de lepel tussen zijn lippen brengend, met zo'n sensuele nadruk dat hij moest denken aan de eetscène in *Tom Jones*.

Junior was eraan gewend door vrouwen verleid te worden. Zijn knappe uiterlijk was een zegening van de natuur. Dat hij aan zijn geest werkte, maakte hem interessant. Maar het belangrijkste was dat hij uit de boeken van Caesar Zedd had geleerd hoe hij onweerstaanbaar charmant moest zijn.

En hoewel hij over dit soort dingen nooit pochte, nooit had meegedaan aan de sterke verhalen in kleedkamers, vertrouwde hij erop dat hij de vrouwen meer bevrediging bood dan alle andere mannen. Misschien had Victoria iets opgevangen over zijn fysieke gaven en kundigheid; vrouwen praatten onder elkaar over dat soort dingen, misschien zelfs wel meer dan mannen.

Gezien al zijn pijnen en zijn uitputting, was Junior op de een of andere manier verrast dat deze lieftallige verpleegster, met haar verleidelijke lepeltechniek, hem kon opwinden. Hoewel hij op dat moment niet in de conditie was voor romantiek, was hij beslist geïnteresseerd in een toekomstige verhouding.

Hij vroeg zich af of het fatsoenlijk was om zomaar met elkaar te flirten terwijl zijn vrouw nog niet eens onder de grond lag. Hij wilde geen boerenkinkel lijken. Hij wilde dat Victoria goed over hem dacht. Er moest een charmante en beschaafde aanpak zijn die deugde, zelfs elegant was, maar die bij haar geen enkele twijfel liet bestaan dat ze hem opwond.

Voorzichtig.

Vanadium zou erachter komen. Hoe subtiel en waardig Junior ook zou reageren op Victoria, Thomas Vanadium zou van zijn erotische belangstelling horen. Op de een of andere manier. Hoe dan ook. Victoria zou niet willen getuigen over de directe en elektrificerende erotische aantrekkingskracht tussen haar en Junior, ze zou de autoriteiten niet willen helpen hem in de gevangenis te stoppen als haar passie voor hem niet vervuld werd, maar Vanadium zou haar geheim ruiken en zou haar dwingen in de getuigenbank plaats te nemen.

Junior moest niets zeggen dat voor de rechtbank aangehaald kon worden. Hij moest zichzelf zelfs geen geile knipoog of snelle liefkozing van Victoria's hand permitteren.

De verpleegster gaf hem liefdevol weer een lepel.

Zonder iets te zeggen, zonder zelfs maar in haar ogen te kijken en een betekenisvolle blik uit te wisselen, accepteerde Junior het ijsschijfje in dezelfde geest als waarmee deze heerlijke vrouw het hem aanbood. Hij hield de ronde lepel enige tijd in zijn mond vast, waardoor ze hem niet makkelijk kon terugnemen, en sloot zijn ogen terwijl hij kreunde van genot alsof het ijs een stukje ambrozijn was, het voedsel van de goden, alsof het een lepel van de verpleegster zelf was waarvan hij genoot. Toen hij ten slotte de lepel losliet, deed hij dat met een draaiende en suggestieve beweging van zijn tong, en toen daarna het koude staal hem verliet, likte hij ook zijn lippen af.

Toen hij zijn ogen opende, waarbij hij Victoria nog steeds niet durfde aan te kijken, wist Junior dat het was overgekomen en dat ze op een juiste manier zijn antwoord op haar verleidelijke scheppen had geïnterpreteerd. Ze was verstard, het stukje bestek in de lucht, en haar adem was in haar keel blijven steken. Ze was opgewonden.

Ze hoefden geen van beiden hun wederzijdse aantrekkingskracht te bevestigen met zelfs maar zoiets als een knikje of glimlach. Victoria wist net als hij dat hun tijd zou komen, als al deze narigheid achter de rug was, als Vanadium werd teruggefloten en alle verdachtmakingen voor eeuwig ontzenuwd waren.

Ze konden geduld opbrengen. De zelfonthouding en zoete verwachting verzekerden hen ervan dat hun vrijen, als ze uiteindelijk in staat waren zich er veilig aan over te geven, verpletterend van intensiteit zou zijn, zoals het vrijen van stervelingen die tot de status van halfgoden waren verheven dankzij hun hartstocht, de kracht en puurheid ervan.

Hij had pas kortgeleden gehoord over de halfgoden uit de klassieke mythologie in een van de keuzeboeken van de Boekenclub.

Toen Victoria ten slotte haar bonkende hart gekalmeerd had, legde ze de lepel terug op het blad van het nachtkastje, deed de stop op de kan en zei: 'Dat is voorlopig genoeg, meneer Cain. In uw conditie kan zelfs te veel ijs ervoor zorgen dat u weer zo'n braakaanval krijgt.'

Junior was onder de indruk en verrukt dat ze zo slim was haar professionele houding weer aan te nemen, waarmee ze overtuigend haar intense begeerte maskeerde. De heerlijke Victoria was een waardige medeplichtige.

'Dank u, zuster Bressler,' zei hij zo ernstig mogelijk, op dezelfde toon als zij, terwijl hij met moeite de aandrang wist te onderdrukken haar aan te kijken, te glimlachen en haar een kleine vooruitblik te gunnen op zijn snelle, roze tong.

'Ik zal een andere zuster van tijd tot tijd naar u laten kijken.'

Nu ze geen van beiden enige twijfel hadden dat de ander dezelfde behoefte had en dat ze uiteindelijk elkaar zouden bevredigen, koos Victoria voor discretie. Verstandige vrouw.

'Ik begrijp het,' zei hij.

'U moet rusten,' gaf ze hem als raad en ze draaide zich om van het bed.

Ja, hij vermoedde dat hij heel wat rust nodig zou hebben om zichzelf voor te bereiden op deze helleveeg. Zelfs met haar wijde witte uniform en haar lompe schoenen met rubberen zolen, was zij een onvergelijkbaar erotisch mens. Ze zou in bed een leeuwin zijn. Nadat Victoria was vertrokken, bleef Junior glimlachend naar het plafond liggen staren, drijvend op valium en begeerte. En ijdelheid. Hij was er zeker van dat ijdelheid in dit geval geen slechte eigenschap was, niet het resultaat van een te groot ego, maar voornamelijk van een gezonde eigendunk. Dat hij voor vrouwen onweerstaanbaar was, was niet alleen maar zijn vooringenomen mening, maar een waarneembaar en niet te ontkennen gegeven, zoals zwaartekracht of de volgorde waarin de planeten rond de zon draaiden. Toegegeven, hij was verrast dat zuster Bressler zo sterk de aandrang had gevoeld met hem te flirten, ook al had ze zijn patiëntenstaat gelezen en geweten dat hij nog maar kortgeleden een ware geiser van smerig braaksel was geweest, dat hij tijdens de heftige aanval in de ambulance ook de controle over zijn blaas en ingewanden was kwijtgeraakt en dat hij elk moment weer een explosieve aanval kon krijgen. Dit was een opmerkelijke getuigenis van de dierlijke lust die hij opwekte, zelfs onwillekeurig, van het sterke mannelijke magnetisme dat evenzeer deel van hem uitmaakte als zijn dikke, blonde haar.

16

Agnes werd wakker uit een droom over ondraaglijk verlies en voelde warme tranen op haar gezicht.

Het ziekenhuis was ondergedompeld in dezelfde bodemloze stilte die net voor het aanbreken van de dag in alle plaatsen van menselijke bewoning heerst, als de behoeftes en honger en angsten van de ene dag zijn vergeten en die van de volgende nog niet zijn her-

kend, als onze rondkrabbelende soort redeloos tussen de ene wan-
hopige zwemtocht en de andere dobbert.

Het hoofdeinde van het bed was verhoogd. Anders zou Agnes de
kamer niet hebben kunnen zien, want ze was te zwak om haar
hoofd van de kussens te tillen.

Het grootste deel van de kamer lag nog in schaduwen gehuld. Ze
deden niet meer denken aan slapende vogels, maar aan een veer-
loze troep, leerachtig van vleugel en rood van oog, met een honger naar onuitsprekelijke schranspartijen.

Het enige licht kwam van een leeslampje. Een verstelbare koperen
kap richtte het licht op een stoel.

Agnes was zo moe, haar ogen deden zo'n pijn van de gesprongen
adertjes, dat zelfs dit zachte schijnsel prikte. Bijna deed ze haar
ogen dicht om zich weer aan de slaap over te geven, dat kleine
broertje van de Dood, dat haar nu als enige soelaas gaf. Maar wat
ze in het lamplicht zag, hield haar aandacht gevangen.

De verpleegster was weg, maar Maria hield de wacht. Ze zat in
een leunstoel van vinyl en roestvrij staal, en was in het amberkleurige schijnsel van de lamp ergens mee bezig.

'Je hoort bij je kinderen te zijn,' zei Agnes bezorgd.

Maria keek op. 'Mijn kinderen zitten bij mijn zuster.'

'Waarom ben je hier?'

'Waar zou ik anders moeten zijn en voor waarom? Ik pas op je.'

Toen de tranen uit Agnes' ogen waren, zag ze dat Maria aan het
naaien was. Een boodschappentas stond aan één kant van de stoel
en aan de andere kant, open op de vloer, stond een doos met klos-
jes garen, naalden, een speldenkussen, een schaar en ander toebe-
horen van het naaistersgilde.

Maria was met de hand een paar kleren van Joey aan het herstellen, die Agnes eerder die dag zo nauwgezet had kapotgemaakt.

'Maria?'

'*Qué?*'

'Dat hoeft niet.'

'Wat niet?'

'Die kleren maken.'

'Ik maak,' zei ze.

'Weet je het van... Joey?' vroeg Agnes, terwijl haar stem zo dik
werd bij de naam van haar man, dat de twee lettergrepen bijna
onuitgesproken in haar keel bleven steken.

'Ik weet het.'

'Waarom dan?'

De naald danste in haar snelle vingers. 'Ik maak niet meer voor beter Engels. Nu maak ik alleen voor meneer Lampion.'

'Maar hij… is er niet meer.'

Maria zei niets, bleef doorwerken, maar Agnes herkende die speciale stilte waarin naar moeilijke woorden werd gezocht die nijver aan elkaar werden genaaid.

Ten slotte, met een emotie die zo intens was dat spreken bijna onmogelijk was, zei Maria: 'Het is… het enige dat… ik nu voor hem, voor jou, kan doen. Ik ben niemand, kan niets van belang herstellen. Maar ik herstel dit. Ik herstel dit.'

Agnes kon er niet tegen Maria te zien naaien. Het licht prikte niet meer, maar haar nieuwe toekomst, die nu zichtbaar begon te worden, was even scherp als spelden en naalden, een pure kwelling voor het oog.

Ze sliep een tijdje en werd wakker door een gebed dat zacht maar intens in het Spaans werd uitgesproken.

Maria stond naast het bed en steunde met haar onderarmen op de rand. Een rozenkrans van zilver met onyx stevig in haar kleine bruine handen, hoewel ze de kralen niet telde of weesgegroetjes prevelde. Haar gebed was voor Agnes' baby.

Langzaam begon Agnes te beseffen dat dit geen gebed was voor de ziel van een overleden zuigeling, maar voor het overleven van een die nog in leven was.

Haar kracht was de kracht van stenen, in die zin dat ze zich net zo onverzettelijk als een rots voelde, toch vond ze de energie om een arm op te heffen en haar linkerhand over Maria's in kralen verwarde vingers te leggen. 'Maar de baby is dood.'

'Señora Lampion, nee.' Maria was verrast. '*Muy enfermo* maar niet dood.'

Heel ziek. Heel ziek maar niet dood.

Agnes herinnerde zich het bloed, het afschuwelijke rode bloed. De helse pijn en die afschrikwekkende rode stromen. Ze had gedacht dat haar baby levenloos ter wereld was gekomen op een stroom bloed van hem en van haar.

'Is het een jongen?' vroeg ze.

'Ja, señora. Een mooi jongetje.'

'Bartholomeus,' zei Agnes.

Maria keek fronsend. 'Wat zegt u?'

'Zijn naam.' Ze verstrakte haar greep op Maria's hand. 'Ik wil hem zien.'

'*Muy enfermo*. Ze bewaren hem als de kippeneieren.'

78

Als kippeneieren. Zo moe als ze was, kon Agnes niet direct de betekenis van die woorden achterhalen. Toen: 'O. Hij ligt in een couveuse.'

'Die ogen,' zei Maria.

Agnes zei: '*Qué?*'

'Engelen moeten ogen hebben die zo mooi zijn.'

Terwijl ze Maria losliet en haar hand naar haar hart liet zakken, zei Agnes: 'Ik wil hem zien.'

Na een kruis geslagen te hebben, zei Maria: 'Ze moeten hem in de couveuse houden tot hij niet meer gevaarlijk is. Als zuster komt zal ik haar laten vertellen wanneer baby veilig is. Maar ik kan jou niet achterlaten. Ik hou wacht.'

Terwijl ze haar ogen sloot, fluisterde Agnes: 'Bartholomeus,' met een stem vol verwondering, vol vrees.

Ondanks Agnes' beperkte vreugde, kon ze niet blijven drijven op de rivier van de slaap waar ze zojuist uit was gekomen. Maar deze keer zonk ze weg in de onderstromen ervan, met nieuwe hoop en met zijn magische naam die aan beide zijden van het bewustzijn in haar geest vonkte: *Bartholomeus*, terwijl de ziekenhuiskamer en Maria wegdreven uit haar bewustzijn en ook *Bartholomeus* in haar dromen. De naam hield nachtmerries op afstand. *Bartholomeus*. De naam gaf haar kracht.

17

Zo vet van het angstzweet als een varken op de slachtlijn van het slachthuis, werd Junior wakker uit een nachtmerrie die hij zich niet meer kon herinneren. Iets greep naar hem – dat was het enige dat hij nog wist, handen die vanuit de duisternis naar hem grepen – en toen was hij wakker, zwaar ademend.

De nacht drukte nog steeds tegen het glas aan de andere kant van de jaloezie.

De apotheeklamp in de hoek gloeide, maar de stoel die ernaast had gestaan was er niet langer. Die was dichter bij Juniors bed neergezet.

Vanadium zat in de stoel naar hem te kijken. Met de perfecte controle van een goochelartiest draaide hij een kwartje om en om over de knokkels van zijn rechterhand, palmeerde hem met zijn duim, liet hem bij zijn pink weer verschijnen en rolde hem opnieuw over de knokkels, onophoudelijk.

De klok naast het bed gaf 04.37 uur aan.

De rechercheur leek nooit te slapen.

'Er is een mooi lied van George en Ira Gershwin dat "Someone to watch over me" heet. Iemand die over me waakt. Heb je dat ooit gehoord, Enoch? Die persoon ben ik voor jou, hoewel natuurlijk niet in de romantische betekenis.'

'Wie... wie ben je?' vroeg Junior schor, nog steeds ontdaan door de nachtmerrie en door de aanwezigheid van Vanadium, maar voldoende snel bij zinnen om binnen het stomme personage te blijven dat hij had gespeeld.

In plaats van antwoord te geven, en daarmee aangevend dat hij dacht dat Junior de feiten al kende, zei Thomas Vanadium: 'Ik heb een huiszoekingsbevel voor jouw huis gekregen.'

Junior meende dat dit een truc moest zijn. Er was geen enkel bewijs dat Naomi was vermoord en niet door een ongeluk was omgekomen. Vanadiums vermoeden – of beter zijn zieke obsessie – was voor geen enkele rechtbank voldoende reden om een dergelijk bevel uit te vaardigen.

Helaas waren sommige rechters in zulke zaken gemakkelijk te beïnvloeden, om niet te zeggen corrupt. En Vanadium die zichzelf zag als wrekende engel, was beslist in staat om het hof zo handig te bewerken dat hij een bevel loskreeg terwijl er geen rechtvaardiging voor bestond.

'Wat... ik begrijp het niet.' Terwijl hij slaperig met zijn ogen knipperde en deed alsof hij nog steeds suf was van de tranquillizers en welke andere medicijnen ook die ze in zijn aderen druppelden, was Junior blij door de toon van verwarring in zijn schorre stem, hoewel hij wist dat zelfs een Oscar-winnende acteerprestatie het niet zou winnen van deze criticus.

Knokkel voor knokkel, verstrikt in het web van duim en wijsvinger, verdwijnend in de palm van de hand, heimelijk passerend in de hand, weer verschijnend, knokkel voor knokkel, de munt glinsterde onder het draaien.

'Heb je een verzekering?' vroeg Vanadium.

'Natuurlijk. Blue Shield,' antwoordde Junior meteen.

Een droge lach ontsnapte aan de rechercheur, maar die ontbeerde de warmte die in de lach van de meeste mensen zat. 'Je bent niet slecht, Enoch. Je bent alleen niet zo goed als je denkt dat je bent.'

'Pardon?'

'Ik bedoel een levensverzekering, zoals je heel goed weet.'

'Nou... ik heb een kleine polis. Ik heb die door mijn baan bij het revalidatieziekenhuis. Waarom? Waar gaat dit in 's hemelsnaam over?'

'Een van de dingen die ik in je huis zocht, was een levensverzekeringspolis op je vrouw. Ik heb hem niet kunnen vinden. Ik heb ook geen cheques voor de premie gevonden.'

Hopend dat hij zijn verwardheid nog een tijdje kon spelen, veegde Junior met een hand over zijn gezicht alsof hij spinnenwebben weghaalde. 'Wil je zeggen dat je in mijn huis bent geweest?'

'Wist je dat je vrouw een dagboek bijhield?'

'Ja, natuurlijk. Voor elk jaar een. Sinds haar tiende.'

'Heb je ze ooit gelezen?'

'Natuurlijk niet.' Dit was absoluut waar, waardoor Junior Vanadium recht en vol rechtschapenheid in de ogen kon kijken toen hij antwoord gaf op de vraag.

'Waarom niet?'

'Dat lijkt me niet goed. Een dagboek is privé.' Hij veronderstelde dat voor een rechercheur niets heilig was, maar hij was desondanks een beetje geschokt dat Vanadium die vraag moest stellen.

Terwijl hij overeind kwam uit de stoel en op het bed af liep, bleef de rechercheur onverdroten het kwartje ronddraaien. 'Het was een heel lief meisje. Heel romantisch. Haar dagboek staat vol lofzangen op het huwelijk, op jou. Volgens haar was jij de liefste man die ze kende en de perfecte echtgenoot.'

Junior Cain had het gevoel alsof zijn hart doorboord werd door een naald, die zo dun was dat de spier er ritmisch maar pijnlijk omheen bleef samentrekken. 'O ja? Schreef... schreef ze dat?'

'Soms wijdde ze korte alinea's aan God, heel ontroerende en nederige aantekeningen van dankbaarheid, waarin ze Hem bedankte jou in haar leven gebracht te hebben.'

Hoewel Junior geen last had van dat bijgeloof dat Naomi in haar onschuld en sentimentaliteit had omarmd, huilde hij zonder onechtheid.

Hij was vervuld van een bittere spijt Naomi ervan verdacht te hebben zijn kaasboterham of zijn abrikozen te hebben vergiftigd. Ze had hem gewoon aanbeden, zoals hij altijd had geloofd. Ze zou nooit een hand tegen hem opgeheven hebben, nooit. Lieve Naomi zou voor hem gestorven zijn. Feitelijk was ze dat ook.

De munt hield op met draaien, bleef rechtop tussen de knokkels van de middel- en de wijsvinger van de agent staan. Hij pakte een doosje Kleenex uit het nachtkastje en bood dat aan zijn verdachte aan. 'Hier.'

Omdat Juniors rechterarm belemmerd werd door de steunplank en de naald van het infuus, trok hij met zijn linkerhand een stapel tissues uit de doos.

Toen de rechercheur de doos in het nachtkastje had teruggezet, begon de munt weer te draaien.

Terwijl Junior zijn neus snoot en zijn ogen depte, zei Vanadium: 'Ik geloof dat je echt op de een of andere vreemde manier van haar hebt gehouden.'

'Van haar heb gehouden? Natuurlijk heb ik van haar gehouden. Naomi was prachtig en zo lief... en grappig. Ze was het beste... het beste dat me ooit is overkomen.'

Vanadium schoot het kwartje in de lucht, ving het op met zijn linkerhand en liet het verder draaien over de knokkels, even snel en gladjes als hij met zijn rechterhand had gedaan.

Dit vertoon van tweehandigheid joeg een kilte door Junior heen om redenen die hij niet geheel kon analyseren. Elke amateur-goochelaar – werkelijk iedereen die bereid was voldoende uren te oefenen, goochelaar of niet – kon deze truc leren. Het was pure vaardigheid, geen goocheltruc.

'Wat was je motief, Enoch?'

'Mijn wat?'

'Je lijkt er geen te hebben gehad. Maar er is altijd een motief, een of ander eigenbelang dat ermee gediend wordt. Als er een verzekeringspolis bestaat, vinden we die en dan word jij gebakken als spek in een hete koekenpan.' Zoals gewoonlijk klonk de stem van de politieman vlak, monotoon; hij had geen emotionele dreiging geuit, maar een rustige belofte gedaan.

Terwijl hij berekenend zijn ogen wijd opensperde van verrassing, zei Junior: 'Ben jij politieagent?'

De rechercheur glimlachte. Het was de grijns van een anaconda, die zich verheugde op het vooruitzicht van een genadeloze verwurging. 'Voor je wakker werd, droomde je. Toch? Duidelijk een nachtmerrie.'

De plotselinge ommekeer in de ondervraging bezorgde Junior de zenuwen. Vanadium had een talent om een verdachte uit het lood te houden. Een gesprek met hem was als een scène uit een film over Robin Hood: een gevecht met knuppels op een glibberige boomstam over een rivier. 'Ja... ik ben nog steeds doorweekt van het zweet.'

'Waar droomde je over, Enoch?'

Niemand kon hem in de gevangenis zetten voor zijn dromen. 'Ik kan het me niet herinneren. Dat zijn de ergste, als je je ze niet meer kunt herinneren... toch? Ze zijn altijd zo dwaas als je je de bijzonderheden wel kunt herinneren. Als je niets meer weet... lijken ze bedreigender.'

'Je noemde een naam in je slaap.'

Dit was hoogstwaarschijnlijk gelogen en de rechercheur belazerde hem. Plotseling wenste Junior dat hij had ontkend dat hij had gedroomd.

Vanadium zei: 'Bartholomeus.'

Junior knipperde met zijn ogen en durfde niet te praten, omdat hij geen enkele Bartholomeus kende, en nu was hij er zeker van dat de agent een ingewikkeld web van bedrog aan het spinnen was, en dat hij een val zette. Waarom zou hij een naam genoemd hebben die hij helemaal niet kende?

'Wie is Bartholomeus?' vroeg Vanadium.

Junior schudde zijn hoofd.

'Je hebt die naam twee keer genoemd.'

'Ik ken niemand die Bartholomeus heet.' Hij besloot dat de waarheid, in dit geval, geen kwaad kon.

'Je klonk alsof je heel erg in de problemen zat. Je was bang voor deze Bartholomeus.'

De bal doorweekte Kleenex zat zo stevig in Juniors linkerhand dat als de hoeveelheid koolstof erin hoger was geweest hij die tot een diamant geknepen zou hebben. Hij zag Vanadium naar zijn gebalde vuist en helwitte knokkels staren. Hij probeerde zijn hand om de prop Kleenex te ontspannen, maar het lukte hem niet.

Het was onverklaarbaar waarom het herhalen van de naam *Bartholomeus* Juniors angst groter maakte. De naam resoneerde niet alleen in zijn oor, maar in zijn bloed en botten, in zijn lichaam en geest, alsof hij een enorme bronzen klok was en *Bartholomeus* de klepel.

'Misschien is hij een personage die ik in een film heb gezien of in een boek heb gelezen. Ik ben lid van de Boekenclub. Ik lees altijd wel iets. Ik herinner me geen personage die B-Bartholomeus heet, maar misschien heb ik het boek jaren geleden gelezen.'

Junior besefte dat hij begon te wauwelen en met enige inspanning wist hij zichzelf het zwijgen op te leggen.

Even langzaam als het blad in de handen van een bijlmoordenaar en even weloverwogen als een boekhouder, bracht Thomas Vanadium zijn blik van Juniors gebalde vuist omhoog naar zijn gezicht. De portkleurige wijnvlek leek donkerder dan ervoor en anders gevlekt dan hij zich herinnerde.

Mochten de ogen van de politieman eerder hard als spijkerkoppen zijn geweest, dan waren ze nu de punten en erachter zat een wilskracht die sterk genoeg was om spijkers door steen heen te jagen. 'Mijn god,' zei Junior, die deed alsof zijn verdoving was weggeëbd en zijn geest net helder was geworden, 'jij denkt dat Naomi is vermoord, hè?'

In plaats van de confrontatie aan te gaan waar hij al sinds zijn eerste bezoek op had aangestuurd, verraste Vanadium Junior door het oogcontact te verbreken, zich van het bed om te draaien en door de kamer naar de deur te lopen.

'Het is nog erger,' zei Junior schor, ervan overtuigd dat hij een ondefinieerbaar voordeel kwijtraakte als de agent vertrok zonder dit moment uit te spelen zoals gewoonlijk gebeurde in een intellectueel misdaaddrama op televisie, zoals *Perry Mason* of *Peter Gunn.* Vanadium bleef bij de deur staan zonder hem open te maken, draaide zich om en staarde Junior aan, maar zei niets.

Zijn gekwelde stem zo goed mogelijk vullend met geschokt- en gekwetstheid, alsof hij enorm aangedaan was dat hij deze woorden moest zeggen, zei Junior Cain: 'Jij... jij denkt dat *ik* haar heb vermoord, hè? Dat is krankzinnig.'

De rechercheur stak beide handen in de lucht met de handpalmen naar Junior toe, de vingers gespreid. Na een tijdje liet hij de handruggen zien – vervolgens weer de palmen.

Even was Junior verbijsterd. Vanadiums bewegingen hadden iets van een ritueel, en leken vaag op die van een priester die de eucharistie uitreikt.

De verbijstering maakte langzaam plaats voor begrip. Het kwartje was verdwenen.

Junior had niet gemerkt wanneer de rechercheur was gestopt met het ronddraaien van de munt.

'Misschien zit het wel in je oor,' zei Thomas Vanadium.

Junior bracht zijn trillende linkerhand naar zijn oor en verwachtte het kwartje in de gehoorgang te vinden, vastgeklemd tussen de in- en de uitwendige gehoorgang, wachtend om met een zwierig gebaar gepakt te worden.

Zijn oor was leeg.

'Verkeerde hand,' hielp Vanadium hem.

Vastgezet op de steunplank, half uitgeschakeld om te verhinderen dat het infuus per ongeluk los werd getrokken, voelde Juniors rechterarm gevoelloos aan, stijf van het niet-gebruiken.

De ongebruikte hand leek geen deel van hem uit te maken. Even bleek en uitheems als een zeeanemoon. De lange vingers even kunstzinnig gekruld als tentakels over de mond van een anemoon, wachtend om elke langskomende prooi, langzaam maar genadeloos, te grijpen.

Als een discusvis met zilveren schubben lag de munt in de holte van Juniors handpalm. Pal op zijn levenslijn.

Terwijl hij zijn ogen niet geloofde, pakte Junior langs zijn borst met zijn linkerhand het kwartje op. Hoewel het in zijn rechterhand had gezeten, was het koud. IJskoud.

Ofschoon wonderen niet bestaan, was het verschijnen van het kwartje in zijn rechterhand toch onmogelijk. Vanadium had alleen maar aan de linkerkant van zijn bed gestaan. Hij had zich nooit over Junior heen gebogen of zijn hand over hem heen uitgestrekt. Toch was de munt net zo echt als de dode Naomi op de stenen bergkam aan de voet van de brandtoren.

Vol verbazing, gelardeerd met vrees in plaats van verrukking, keek hij op en zocht naar een verklaring op Vanadiums gezicht, in de verwachting die anacondagrijns te zien.

De deur viel dicht. Met nauwelijks meer geluid dan de dag maakt als die overgaat in de nacht, was de rechercheur verdwenen.

18

Seraphim Aethionema White leek in niets op haar naam, behalve dat ze net zo vriendelijk van hart en goed van ziel was als alle hemelbewoners. Ze had geen vleugels zoals de engelen naar wie ze was vernoemd en ze kon ook niet zo lieflijk zingen als de serafijnen, want ze was gezegend met een hese stem en te veel verlegenheid om op het toneel te staan. Aethionema waren tere bloemen, bleek of roosroze; en hoewel dit meisje van net zestien naar alle maatstaven beeldschoon was, was ze geen tere maar sterke ziel, en waarschijnlijk door zelfs de hevigste storm niet aan het wankelen te brengen.

Mensen die haar net hadden leren kennen en degenen die bijzonder gecharmeerd waren van excentriciteit, noemden haar Seraphim, haar volledige naam. Haar leraren, buren en oppervlakkige kennissen noemden haar Sera. Zij die haar het best kenden en het meest van haar hielden – zoals haar zuster Celestina – noemden haar Phimie.

Vanaf het moment dat het meisje op de avond van 5 januari in het St. Mary's Hospital in San Francisco werd opgenomen, noemden de verpleegsters haar ook Phimie, niet omdat ze haar goed genoeg kenden om van haar te houden, maar omdat het de naam was die ze Celestina hoorden gebruiken.

Phimie deelde kamer 724 met een vrouw van zesentachtig – Nella Lombardi – die al acht dagen in diep coma lag ten gevolge van een beroerte en die kortgeleden uit de intensive care hierheen was gebracht toen haar toestand zich stabiliseerde. Haar witte haar was lichtgevend, maar het gezicht dat erdoor werd omlijst was grijs als puimsteen, haar huid zonder glans.

Mevrouw Lombardi kreeg geen bezoek. Ze was alleen op de wereld, haar twee kinderen en haar man waren lang geleden overleden.

De volgende dag, 6 januari, toen Phimie door het ziekenhuis werd rondgereden voor onderzoeken op verschillende afdelingen, bleef Celestina in 724, bezig met haar portfolio voor de studie gevorderd portrettekenen. Ze was derdejaars aan het Academy of Art College.

Ze had een half afgemaakte tekening van Phimie terzijde gelegd om er een aantal te maken van Nella Lombardi.

Ondanks de sporen die de ziekte en de leeftijd hadden achtergelaten, was de schoonheid in het gezicht van de vrouw blijven bestaan. Haar bottenstructuur was prachtig. Ze moest in haar jeugd adembenemend mooi zijn geweest.

Celestina was van plan Nella vast te leggen zoals ze nu was, het hoofd in rust op het kussen van misschien wel haar doodsbed, de ogen gesloten en de mond slap, haar gezicht asgrijs maar sereen. Daarna zou ze nog vier portretten maken, uitgaand van de bottenstructuur en andere fysiologische kenmerken van de vrouw, om een beeld te geven van hoe ze er op haar zestigste, veertigste, twintigste en tiende uit had gezien.

Gewoonlijk was haar kunst voor Celestina, als ze zich ergens zorgen om maakte, een perfecte wijkplaats voor alle zorgen. Als ze bezig was met opzetten, componeren en uitvoeren, had tijd geen betekenis meer en kende het leven geen pijn.

Maar op deze gedenkwaardige dag bood tekenen haar geen soelaas. Haar handen trilden steeds en ze kon geen vat krijgen op het potlood.

Tijdens die aanvallen, als ze te veel trilde om te tekenen, ging ze bij het raam staan en keek naar de legendarische stad.

De buitengewone schoonheid van San Francisco en de schittering van haar kleurrijke geschiedenis spraken tot haar hart en deden zo'n onverklaarbare hartstocht oplaaien dat ze zich soms afvroeg, min of meer serieus, of ze hier in een ander leven had geleefd. Vaak kwamen straten haar wonderlijk bekend voor als ze er de eerste keer kwam. Prachtige huizen die dateerden van de negentiende, begin twintigste eeuw riepen bij haar beelden op van elegante feesten die er in elegantere en welvarender tijden waren gehouden, en haar verbeelding werd soms zo gedetailleerd dat ze angstig veel op echte herinneringen leek.

Deze keer kon zelfs San Francisco onder een Chinees blauwe hemel bespikkeld met een cloisonné van zilveren en goudkleurige wolken geen soelaas bieden of Celestina's zenuwen tot bedaren brengen. De lastige situatie waarin haar zuster verkeerde, kon ze niet zo makkelijk uit haar geest zetten als ze misschien met een probleem van zichzelf had kunnen doen en zijzelf had nooit in zo'n afschuwelijke situatie gezeten als Phimie nu.

Negen maanden eerder was Phimie verkracht.

Beschaamd en bang vertelde ze het niemand. Hoewel ze slachtoffer was, gaf ze zichzelf de schuld, en het vooruitzicht bloot te staan aan hoon beangstigde haar zozeer dat haar wanhoop het won van haar gezonde verstand.

Toen ze ontdekte dat ze zwanger was, ging Phimie met dit nieuwe trauma net zo om als andere naïeve vijftienjarige meisjes dat vóór haar hadden gedaan; ze probeerde te ontkomen aan de minachting en schande die haar, naar ze meende, ten deel zouden vallen omdat ze de verkrachting destijds niet had gemeld. Zonder ook maar even na te denken over de consequenties op lange termijn, slechts gericht op het moment zelf, maakte ze in haar ontkenningsfase plannen om haar toestand zo lang mogelijk verborgen te houden.

Om haar gewichtstoename tot een minimum te beperken, werd anorexia haar bondgenoot. Ze leerde de honger lief te hebben.

Als ze wel at, raakte ze alleen eten met een hoge voedingswaarde aan, een evenwichtiger dieet dan ze ooit had gehad in haar leven.

Zelfs als ze wanhopig elke gedachte aan de geboorte van het kind wegdrong, het moment dat onvermijdelijk naderde, deed ze haar best voor de gezondheid van de baby te zorgen terwijl ze zelf slank genoeg bleef om geen vermoedens te wekken.

Maar tijdens de negen maanden van stille paniek werd Phimie met de week minder rationeel, en greep ze terug op roekeloze maatregelen die haar eigen gezondheid en die van de baby in gevaar brachten, zelfs als ze ongezonde kost meed en dagelijks multivitaminen nam. Om de veranderingen in haar uiterlijk te verbergen, droeg ze wijde kleding en omwikkelde haar buik met zwachtels. Later gebruikte ze korsetten om haar buik drastisch in te snoeren.

Omdat ze zes weken voordat ze werd verkracht een beenwond had opgelopen en daardoor een peesoperatie had ondergaan, gebruikte Phimie – sinds de aanvang van school in september – de naweeën van het ongeluk om niet aan gymnastiek mee te doen – waardoor haar toestand niet zou worden ontdekt.

In de laatste week van haar zwangerschap is de gemiddelde vrouw dertien kilo zwaarder. Gewoonlijk zijn drie tot vier kilo hiervan voor de foetus. De moederkoek en het vruchtwater wegen anderhalve kilo. De resterende negen kilo komen door vochtophoping en vetopslag.

Phimie kwam amper vijf kilo aan. Haar zwangerschap zou misschien zelfs zonder korset onopgemerkt zijn gebleven.

De dag voor haar opname in het St. Mary's werd ze wakker met een niet-aflatende hoofdpijn, misselijkheid en duizeligheid. Ook had ze heftige pijnen in haar onderbuik, zoals ze nooit eerder had gevoeld, hoewel het niet de duidelijke tekenen van een geboorte waren.

Daarbij werd ze geplaagd door nog angstaanjagender oogproblemen. Eerst alleen een troebele blik. Die werd gevolgd door denkbeeldige vuurvliegjes die aan de rand van haar blikveld flikkerden. Daarna een plotselinge blindheid die een halve minuut duurde en die haar in een staat van doodsangst bracht, ook al ging die snel voorbij.

Ondanks deze crisis en het feit dat ze zich ervan bewust was dat ze een week of tien dagen van de bevalling af was, kon Phimie nog altijd niet de moed vinden om het haar vader en moeder te vertellen.

Predikant Harrison White, hun vader, was een goede baptist en een goed mens, niet bevooroordeeld of hardvochtig. Hun moeder, Grace, deed haar naam in alle opzichten eer aan.

Phimie wilde haar zwangerschap niet bekendmaken, niet omdat ze bang was voor hun gramschap, maar omdat ze vreesde teleurstelling in hun ogen te zien en omdat ze liever dood was dan hen te schande te maken.

Toen ze dezelfde dag door een tweede en langer durende blindheid werd getroffen, zat ze alleen thuis. Ze kroop van haar slaapkamer de gang in en vond tastend haar weg naar de telefoon in de slaapkamer van haar ouders.

Celestina zat in haar kleine eenkamerwoning tevreden te werken aan een kubistisch zelfportret toen haar zuster belde. Te oordelen naar Phimies hysterische en aanvankelijk onsamenhangende tekst, dacht Celestina dat mam of pap – of allebei – dood waren.

Haar hart raakte bijna net zo volledig gebroken door de werkelijke feiten als wanneer ze inderdaad een van haar ouders was kwijtgeraakt. De gedachte dat haar geliefde zuster verkracht was, maakte haar halfziek van bezorgdheid en van woede.

Ze was met afschuw vervuld door de negen maanden emotionele isolatie die het meisje zichzelf had opgelegd en door haar fysieke lijden. Celestina wilde heel graag haar moeder en vader erbij betrekken. Als de Whites als gezin pal stonden, kon hun licht de donkerste nacht weghouden.

Hoewel Phimie haar gezichtsvermogen terugkreeg terwijl ze met haar zuster sprak, herstelde haar redelijkheid zich niet. Ze smeekte Celestina pap en mam niet interlokaal te spreken, en ook niet om een dokter te bellen, maar naar huis te komen om bij haar te zijn als ze haar vreselijke geheim bekendmaakte.

Tegen beter weten in beloofde Celestina wat Phimie wilde. Ze vertrouwde net zozeer op haar instincten als op logica, en de smeekbede vol tranen van een geliefde zuster was een enorme belemmering voor het gezonde verstand. Ze nam niet de tijd om te pakken; en wonderlijk genoeg zat ze een uur later in een vliegtuig naar Spruce Hills in Oregon.

Drie uur na het telefoontje was ze bij haar zuster. In de woonkamer van de pastorie, onder de ogen van Jezus en John F. Kennedy, wier portretten naast elkaar hingen, onthulde het meisje aan haar vader en moeder wat haar was aangedaan en ook wat zij in haar wanhoop en verwarring zichzelf had aangedaan.

Phimie ontving de allesoverstijgende, onvoorwaardelijke liefde die ze negen maanden nodig had gehad, die pure liefde die ze in haar dwaasheid meende niet te verdienen.

Hoewel de omhelzing van de familie en de opluchting van het vertellen een verkwikkend effect hadden en haar meer gezond verstand teruggaven dan ze lange tijd had gehad, weigerde Phimie de identiteit van de man die haar had verkracht te onthullen. Hij had gedreigd haar en haar familie te vermoorden als ze tegen hem getuigde en ze geloofde dat zijn dreigement oprecht gemeend was.

'Kind,' zei de predikant, 'hij zal je nooit meer aanraken. Zowel de Heer als ik zullen daarvoor zorgen, en hoewel de Heer en ik niet onze toevlucht zullen nemen tot een wapen, hebben we de politie voor de wapens.'

De verkrachter had het meisje zo geterroriseerd, haar zo onuitwisbaar zijn dreigement ingeprent, dat ze niet met rede overgehaald kon worden deze laatste onthulling te doen.

Met vriendelijke dwang deed haar moeder een beroep op haar gevoel van morele verantwoordelijkheid. Als deze man niet gearresteerd, berecht en veroordeeld werd, zou hij vroeg of laat een ander onschuldig meisje verkrachten.

Phimie wilde niet buigen. 'Hij is krankzinnig. Ziek. Hij is slecht.' Ze huiverde. 'Hij doet het, hij vermoordt ons allemaal en het kan hem niet schelen of hij nu in een schietpartij met de politie doodgaat of dat hij de elektrische stoel krijgt. Als ik het vertel, zijn jullie geen van allen meer veilig.'

Tussen Celestina en haar ouders werd overeengekomen dat Phimie, als het kind eenmaal was geboren, ertoe overgehaald zou worden. Ze was te kwetsbaar en te bang om op dat moment een juiste keuze te maken, en het had geen zin haar nu onder druk te zetten.

Abortus was illegaal en hun ouders zouden er vanuit hun geloof tegen zijn geweest om dat zelfs onder de slechtste omstandigheden in overweging te nemen. Bovendien zou abortus, nu Phimie op alledag liep en gezien de schade die ze misschien had opgelopen door het lange hongeren en het ijverige gebruik van een korset, weleens een gevaarlijke optie kunnen zijn.

Ze moest direct onder medische behandeling komen. Het kind zou geadopteerd kunnen worden door mensen die ervan zouden kunnen houden en erin nooit het beeld van de gehate vader zouden zien.

'Ik wil de baby niet hier krijgen,' zei Phimie. 'Als híj weet dat hij een kind bij mij heeft gemaakt, wordt hij nog gekker. Dat weet ik.'

Ze wilde met Celestina naar San Francisco om daar de baby te krijgen, een plek waar de vader – en daarbij haar vrienden en de parochianen van dominee White – nooit te weten zou komen dat ze een kind had gekregen. Hoe meer haar ouders en zuster tegen het plan waren, hoe opgewondener Phimie werd, tot ze zich zorgen maakten dat haar gezondheid en haar geestelijke stabiliteit gevaar liepen als ze niet deden wat ze wilde.

De symptomen die Phimie doodsbang hadden gemaakt – de hoofdpijn, de helse pijn in de onderbuik, duizeligheid, gezichtsproblemen – waren helemaal voorbij. Mogelijk waren ze eerder psychisch dan fysiek van aard.

Een uitstel van een paar uur voordat ze onder doktersbehandeling zou komen, kon riskant zijn, evenals haar dwingen naar een plaatselijk ziekenhuis te gaan om de schande te ondergaan die ze juist zo wanhopig probeerde te vermijden.

Door gebruik van het woord *noodgeval* lukte het Celestina snel haar eigen arts in San Francisco te spreken te krijgen. Hij stemde toe Phimie te behandelen en haar direct na aankomst uit Oregon te laten opnemen in het St. Mary's.

De predikant kon zich op zo korte termijn niet makkelijk onttrekken aan zijn kerkelijke verplichtingen, maar Grace wilde bij haar dochters zijn. Phimie echter smeekte dat alleen Celestina haar vergezelde.

Hoewel het meisje niet onder woorden kon brengen waarom ze haar moeder liever niet bij zich had, begrepen ze allemaal het tumult in haar hart. Ze kon het niet verdragen haar lieve en oprechte moeder de schande en gêne te laten ondergaan die ze zelf zo scherp voelde en waarvan ze zich inbeeldde dat die ondraaglijk zou worden in de uren en dagen die voor haar lagen tot aan de geboorte en erna.

Grace was natuurlijk een sterke vrouw voor wie het geloof een wapenrusting was tegen veel ergere dingen dan gêne. Celestina wist dat haar moeder onmetelijk veel meer pijn zou hebben door in Oregon te blijven dan elke pijn die ze naast haar dochter zou voelen, maar Phimie was te jong, te naïef en te bang om te begrijpen dat in deze en in alle andere zaken haar moeder een steunpilaar was, geen gebroken riet.

De tederheid waarmee Grace toegaf aan Phimies wens, ten koste van haar eigen gemoedsrust, vervulde Celestina met emotie. Ze had haar moeder altijd bewonderd en van haar gehouden in een mate die met geen woorden – of kunstwerk – adequaat beschreven kon worden, maar nog nooit zoveel als nu.

Met hetzelfde verrassende gemak als waarmee ze binnen een uur een vliegtuig uit San Francisco had genomen, boekte Celestina twee stoelen voor een vlucht uit Oregon vroeg die avond, alsof ze een bovennatuurlijke reisagent had.

Eenmaal in de lucht klaagde Phimie over getuit in haar oren, dat met het vliegen te maken kon hebben. Ook had ze een tijdje last van dubbel zien en, na de landing op het vliegveld, een bloedneus, die met haar eerdere symptomen te maken leken te hebben.

De aanblik en de duur van de bloeding bij haar zuster, maakten Celestina zwak van angst. Ze was bang dat ze er verkeerd aan had gedaan de ziekenhuisopname uit te stellen.

Daarna van het San Francisco International door de in mist gehulde straten van de nachtelijke stad naar St. Mary's, naar kamer 724. Daar werd vastgesteld dat Phimies bloeddruk abnormaal hoog was – 210 over 126 – dat er risico bestond op een beroerte, op nierinsufficiëntie en andere levensbedreigende complicaties.

Bloeddrukverlagende middelen werden intraveneus toegediend en Phimie werd in bed gestopt, en aangesloten op een hartmonitor.

Dr. Leland Daines, de internist van Celestina, kwam rechtstreeks van een diner in het Ritz-Carlton. Hoewel Daines dunnend wit haar en een gerimpeld gezicht had, was de tijd zo vriendelijk voor hem geweest hem er niet zozeer oud als wel waardig uit te laten zien. Hij zat al lang in het vak, maar was niet arrogant, sprak met zachte stem en had een eindeloze hoeveelheid geduld.

Nadat hij Phimie, die misselijk was, had onderzocht, schreef Daines een antikrampmiddel, een antibraakmiddel en een tranquillizer voor, allemaal intraveneus.

De tranquillizer was licht, maar Phimie sliep al binnen een paar minuten. Ze was uitgeput door haar lange beproeving en door haar recente gebrek aan slaap.

Dr. Daines sprak met Celestina op de gang, voor de deur van 724. Sommige langskomende verpleegsters waren nonnen, die gehuld in kappen en habijten, als geesten door de gang zweefden.

'Ze heeft pre-eclampsie. Dat is een toestand die bij ongeveer vijf procent van de zwangerschappen optreedt, nagenoeg altijd na de vierentwintigste week, en die gewoonlijk met succes behandeld kan worden. Maar ik ga dit niet mooier maken dan het is, Celestina. In haar geval is het ernstiger. Ze heeft geen dokter gezien, geen prenatale zorg gehad, en zij zit midden in haar achtendertigste week, ongeveer tien dagen voor de bevalling.'

Omdat ze de datum van de verkrachting kenden en omdat het Phimies enige seksuele ervaring was, wist men de dag van de bevruchting en kon het moment van de geboorte met meer zekerheid vastgesteld worden dan anders.

'Heel dicht voor de geboorte,' zei Daines, 'loopt ze een enorme kans dat de pre-eclampsie zich ontwikkelt tot een volledige eclampsie.'

'Wat kan er dan gebeuren?' vroeg Celestina, die het antwoord vreesde.

'Mogelijke complicaties zijn een hersenbloeding, longoedeem, nierbeschadiging, scheuring van de lever, coma – om er maar een paar te noemen.'

'Ik had haar thuis in het ziekenhuis moeten laten opnemen.'

Hij legde een hand op haar schouder. 'Wees niet te hard voor jezelf. Ze is al zover gekomen. En hoewel ik het ziekenhuis in Oregon niet ken, betwijfel ik of het niveau van verzorging gelijk is aan wat ze hier zal krijgen.'

Nu pogingen werden ondernomen om de pre-eclampsie te behandelen, had dr. Daines voor de volgende dag een paar onderzoeken op het programma staan. Hij verwachtte een keizersnee aan te bevelen zodra Phimies bloeddruk was gedaald en stabiel was geworden, maar hij wilde deze operatie pas riskeren als hij had vastgesteld welke complicaties er op konden treden door haar beperkte dieet en de insnoering van haar onderbuik.

Hoewel ze al wist dat het antwoord niet al te vrolijk en optimistisch zou zijn, vroeg Celestina: 'Is er kans dat de baby... normaal is?'

'Ik hoop het,' zei de arts, maar de nadruk lag te duidelijk op het woord *hoop*.

In kamer 724 zei Celestina, staand naast het bed van haar zuster en kijkend naar het slapende meisje, tegen zichzelf dat ze het goed deed. Ze kon deze enerverende ontwikkeling aan zonder de hulp van een van haar ouders.

Toen bleef haar adem herhaalde malen in haar borst steken en haar keel werd dichtgeknepen. Een bijzonder moeilijke ademteug veranderde in een snik en ze huilde.

Ze was vier jaar ouder dan Phimie. De afgelopen drie jaar, sinds ze naar San Francisco was gegaan, hadden ze elkaar niet veel gezien. Hoewel de afstand en de tijd, haar drukke studie en de alledaagse beslommeringen haar niet hadden doen vergeten dat ze van Phimie hield, was ze de puurheid en de diepte van die liefde vergeten. Nu ze die weer ontdekte, raakte ze zo hevig geëmotioneerd dat ze een stoel bij het bed moest trekken om te gaan zitten.

Ze liet haar hoofd hangen en bedekte haar gezicht met haar verkilde handen, en vroeg zich af hoe haar moeder geloof in God kon blijven houden als zulke verschrikkelijke dingen konden gebeuren met iemand die zo onschuldig was als Phimie.

Tegen middernacht ging ze terug naar haar flat. Met de lichten uit, in bed, starend naar het plafond, kon ze niet slapen.

De jaloezieën waren opgetrokken, de ramen kaal. Gewoonlijk hield ze van het rokerige, rood-gouden schijnsel van de stad 's nachts, maar deze keer voelde ze zich ongemakkelijk.

Ze werd overweldigd door het vreemde idee dat ze, als ze opstond en naar het dichtstbijzijnde raam liep, zou merken dat de gebouwen van de metropool donker zouden zijn, elke straatlantaarn gedoofd. En dat een spookachtig licht zou opstijgen uit de afvoerroosters van de straat en uit de open mangaten, niet van de stad, maar van een onderwereld daaronder.

Het innerlijke oog van de kunstenaar, dat ze nooit kon sluiten ook niet als ze sliep, zocht onafgebroken naar vorm, ontwerp en bedoeling, zoals in het plafond boven het bed. In het spel van licht en schaduwen op het pleisterwerk zag ze de ernstige gezichten van baby's – misvormd, smekend kijkend – en beelden van dood.

Negentien uur na Phimies opname in het St. Mary's, terwijl het meisje de laatste onderzoeken onderging die dr. Daines had voorgeschreven, werd de laaghangende hemel nors in de vroege schemering en sierde de stad zichzelf weer met de rode kalk en het goudkleurige blad die indirect de avond ervoor het plafond van Celestina's flat hadden gekleurd.

Na een dag werken was het getekende portret van Nella Lombardi klaar. Ze was begonnen aan de tweede in de serie – haar vermoedelijke uiterlijk op zestigjarige leeftijd.

Hoewel Celestina bijna zesendertig uur niet had geslapen, was haar hoofd helder van de ongerustheid. Op dat moment trilden haar handen niet; lijnen en schaduwen vloeiden gladjes uit haar potlood, zoals woorden uit de pen van een medium in trance.

Ze zat in een stoel bij het raam, bij Nella's bed, en tekende op een schuin bord op haar schoot, terwijl ze een zacht eenrichtingsgesprek met de comateuze vrouw voerde. Ze vertelde verhalen over haar jeugd met Phimie – en was verbaasd over de rijke bron die ze had. Soms leek Nella te luisteren, hoewel haar ogen niet opengingen en ze nooit bewoog. Het stille op en neer gaande groene licht van de elektrocardiograaf bleef een gestaag patroon houden.

Even voor het avondeten reden een ziekenbroeder en een verpleegster Phimie de kamer binnen. Voorzichtig brachten ze haar over op het bed.

Het meisje zag er beter uit dan Celestina had verwacht. Hoewel ze moe was, glimlachte ze veel en haar enorme bruine ogen stonden helder.

Phimie wilde het voltooide portret van Nella zien en een van zichzelf dat half af was. 'Je wordt nog eens beroemd, Celie.'

'In de volgende wereld is niemand beroemd, of bekoorlijk, heeft niemand titel of trots,' zei ze glimlachend terwijl ze een van de meest vertrouwde preken van haar vader aanhaalde, 'of macht...'

'... of is wreed, of hatelijk, noch naijverig, noch laag,' zei Phimie, 'want dat alles zijn de kwalen van deze zondige wereld.'

'... en als de offerschaal aan u voorbijgaat...'

'... geef dan alsof u al een verlichte van de volgende wereld bent...'

'... en geen hypocriete, meelijwekkende...'

'... vrekkige...'

'... bezitterige...'

'... farizeeër van deze jammerlijke wereld.'

Ze lachten en hielden elkaars handen vast. Voor het eerst sinds het paniekerige telefoontje uit Oregon kreeg Celestina het gevoel dat alles uiteindelijk weer goed zou komen.

Een paar minuten later, weer op de gang in gesprek met dr. Daines, werd ze gedwongen haar nieuwe optimisme te temperen.

De bloeddruk van Phimie die maar hoog bleef, de aanwezigheid van proteïne in haar urine en andere symptomen gaven aan dat haar pre-eclampsie niet van de laatste tijd was; ze liep een verhoogd risico op eclampsie. Haar hoge bloeddruk begon langzaam beheersbaar te worden – maar alleen door het gebruik van agressievere medicijnen dan haar arts wilde gebruiken.

'Daarbij,' zei Daines, 'is haar bekken klein, waardoor zelfs bij een normale zwangerschap problemen tijdens de geboorte kunnen optreden. En de spiervezels in de baarmoederhals, die met een ophanden zijnde geboorte soepeler horen te worden, zijn nog steeds gespannen. Ik denk niet dat de baarmoederhals voldoende zal oprekken om de geboorte makkelijker te maken.'

'De baby?'

'Er zijn geen duidelijke aanwijzingen van een geboortedefect, maar een aantal onderzoeken wijst op een paar zorgelijke afwijkingen. Dat zullen we pas weten als we het kind zien.'

Celestina voelde een steek van afschuw door zich heen gaan toen ze tegen wil en dank in gedachten een kermismonster zag, half draak en half insect, dat opgekruld in de baarmoeder van haar zus zat. Ze haatte het kind van de verkrachter, maar was ontsteld door haar haat, want de baby trof geen schuld.

'Als haar bloeddruk vannacht stabiel wordt,' zei dr. Daines, 'wil ik dat ze morgenochtend om zeven uur een keizersnede krijgt. Het gevaar van eclampsie verdwijnt na de geboorte volledig. Ik zou Phimie graag doorverwijzen naar dr. Aaron Kaltenbach. Hij is een voortreffelijk gynaecoloog.'

'Natuurlijk.'

'In dit geval zal ik er tijdens de operatie ook bij zijn.'

'Daar ben ik u heel dankbaar voor, dokter Daines. Voor alles wat u hebt gedaan.'

Celestina was zelf nauwelijks meer dan een kind, terwijl ze deed alsof ze de sterke schouders en de levenservaring had om deze last te dragen. Ze voelde zich half vermorzeld.

'Ga naar huis. Ga slapen,' zei hij. 'Je kunt niets meer voor je zuster doen als je zelf hier ook patiënt wordt.'

Ze bleef tijdens het avondeten bij Phimie.

De trek van het meisje was stevig, ook al was het eten zacht en flauw. Ze sliep gauw.

Thuis, na haar familie te hebben gebeld, maakte Celestina een broodje ham. Ze at er een kwart van. Daarna twee happen van een chocoladecroissant. Een lepel notenijs. Niets had smaak, alles was flauwer dan het ziekenhuiseten dat Phimie kreeg, en het stond haar tegen.

Aangekleed ging ze op bed liggen. Ze was van plan een beetje naar klassieke muziek te luisteren voordat ze haar tanden ging poetsen. Ze besefte dat ze de radio niet had aangezet. Voor ze de knop kon omdraaien, sliep ze.

7 januari, kwart over vier 's ochtends.

In Zuid-Californië droomt Agnes Lampion van haar pasgeboren zoon. In Oregon noemt Junior Cain in zijn slaap angstig een naam en rechercheur Vanadium, die zit te wachten om de verdachte over het dagboek van zijn vrouw te vertellen, buigt zich naar voren in zijn stoel om te luisteren terwijl hij zonder ophouden een kwartje ronddraait over de dikke knokkels van zijn rechterhand.

In San Francisco rinkelt een telefoon.

Celestina White rolt op haar zij, tast in het donker en weet de hoorn bij de derde keer overgaan te grijpen. Haar *hallo* was tevens een geeuw.

'Kom nu,' zei een vrouw met een breekbare stem.

Nog steeds half slapend vroeg Celestina: 'Wat?'

'Kom nu. Kom gauw.'

'Met wie spreek ik?'

'Nella Lombardi. Kom nu. Uw zus zal snel overlijden.'

Celestina, ineens wakker, ging op de rand van het bed zitten; ze wist dat de beller niet de comateuze oude vrouw kon zijn en ze zei kwaad: 'Met wie spreek ik, verdomme?'

De stilte op de verbinding was niet alleen maar die van een belster die haar mond hield. Hij was peilloos en absoluut, zoals geen enkele stilte bij een telefoonverbinding ooit kon zijn, zonder ook maar enig gesis of geknetter of statische ruis, geen zweem van ademen of van ingehouden adem.

De intensheid van deze geluidloze leegte verkilde Celestina. Ze durfde niet weer te spreken, omdat ze plotseling met een bijgelovig gevoel deze stilte vreesde alsof het een levend wezen was dat door de verbinding heen kon komen.

Ze hing op, schoot het bed uit, greep haar leren jasje van een van de twee stoelen aan de kleine keukentafel, pakte haar sleutels en tas en rende weg.

Buiten werden de geluiden van de nachtelijke stad – het grommen van een paar automotoren in de bijna verlaten straten, het harde gekletter van losse putdeksels die onder banden bewogen, een verre sirene, het lachen van dronken feestvierders op weg naar huis na de hele nacht gefeest te hebben – gedempt door een voile van een zilverkleurige mist.

Dat waren vertrouwde geluiden, maar toch was de stad voor Celestina een buitenaardse plek, zoals die nooit eerder was geweest, vol dreiging, gebouwen die oprezen als enorme grafkelders of tempels van onbekende en woeste goden. Het dronkenmansgelach van de onzichtbare feestgangers kronkelde griezelig door de mist heen, geen geluid van vrolijkheid, maar van krankzinnigheid en kwelling.

Ze had geen auto en het ziekenhuis was vanaf haar flat vijfentwintig minuten lopen. Terwijl ze bad om een voorbijkomende taxi, rende ze, en hoewel er geen taxi verscheen in antwoord op haar bede, bereikte Celestina het St. Mary's in iets meer dan een kwartier.

De lift ging knarsend naar boven, irritant veel langzamer dan ze zich herinnerde. Haar hijgende ademhaling klonk luid in deze claustrofobische ruimte.

Aan de donkere kant van de schemering waren de gangen op de zesde verdieping stil en verlaten. Het rook er naar een ontsmettingsmiddel met dennengeur.

De deur van kamer 724 stond open. Er brandde licht.

Zowel Phimie als Nella waren verdwenen. Een verpleeghulp was bijna klaar met het opmaken van het bed van de oude vrouw. Phimies beddengoed lag overhoop.

'Waar is mijn zuster?' vroeg Celestina hijgend.

De verpleeghulp keek geschrokken op van haar werk.

Toen een hand haar schouder aanraakte, draaide Celestina zich met een ruk om en staarde in het gezicht van een non met rossige wangen en grijsblauwe ogen, een kleur die vanaf dat moment voor altijd de kleur van slecht nieuws zou zijn. 'Ik wist niet dat het hun was gelukt jou te bereiken. Ze probeerden dat pas tien minuten geleden.'

Er waren zeker al twintig minuten voorbijgegaan sinds het telefoontje van Nella Lombardi.

'Waar is Phimie?'

'Snel,' zei de non en ze leidde haar door de gang naar de liften.

'Wat is er gebeurd?'

Terwijl ze naar de operatieafdeling zakten, zei de zuster ernstig: 'Weer een hypertensiecrisis. Ondanks de medicatie schoot de bloeddruk van het arme meisje huizenhoog. Ze kreeg een ernstige aanval van eclampsiekrampen.'

'O, god.'

'Ze wordt nu geopereerd. Keizersnede.'

Celestina verwachtte naar een wachtkamer gebracht te worden, maar de non bracht haar naar de voorbereidingsruimte.

'Ik ben zuster Josephina.' Ze pakte Celestina's tas van haar schouder – 'deze is veilig bij mij' – en hielp haar uit haar jasje.

Er verscheen een verpleegster in operatiegroen. 'Trek de mouwen van je trui op, boen tot bijna aan de ellebogen. Boen goed. Ik zeg wel wanneer je klaar bent.'

Terwijl de verpleegster een stuk loogzeep in Celestina's rechterhand deed, draaide zuster Josephina de kraan bij de wasbak open.

'Nog een geluk,' zei de non, 'dat dr. Lipscomb in het ziekenhuis was toen het gebeurde. Hij had net een andere baby onder moeilijke omstandigheden gehaald. Hij is heel goed.'

'Hoe is het met Phimie?' vroeg Celestina, terwijl ze haar handen en onderarmen grondig afboende.

'Dr. Lipscomb heeft de baby zo'n twee minuten geleden gehaald.

De nageboorte is er nog niet eens uit,' zei de verpleegster tegen haar.

'De baby is klein maar gezond. Alles in orde,' beloofde zuster Josephina.

Celestina had naar Phimie gevraagd, maar ze hadden haar over de baby verteld en ze raakte ongerust door hun ontwijkende antwoord.

'Genoeg,' zei de verpleegster en de non stak haar hand uit door wolken van stoom om het water uit te zetten.

Celestina draaide zich om van de diepe wasbak terwijl ze haar druipende handen ophield zoals ze chirurgen in films had zien doen en bijna geloofde ze dat ze nog thuis was, in bed, in de koortsige stuiptrekkingen van een vreselijke droom.

Terwijl de verpleegster Celestina een operatiejas aantrok en die op haar rug dichtknoopte, knielde zuster Josephina voor haar neer en trok een paar met elastiek afgezette stoffen laarzen over haar schoenen aan.

Deze buitengewone en dwingende uitnodiging naar het operatieheiligdom te gaan zei meer – en vreselijker dingen – over Phimies toestand dan alle woorden die deze twee vrouwen hadden kunnen zeggen.

De verpleegster bond een chirurgisch masker voor Celestina's neus en mond en deed een kapje over haar haar. 'Zo.'

Vandaar liepen ze een korte gang door. Heldere tl-bakken aan het plafond. Schoenen die kraakten op de vinyltegels.

De verpleegster ging door een klapdeur heen, hield hem open voor Celestina en liet haar alleen de operatiekamer binnengaan.

Celestina's hart klopte zo hevig dat de echo ervan door haar botten langs haar benen naar beneden ging, en het leek alsof haar knieën onder haar dubbel wilden slaan.

En daar was het operatieteam, de hoofden gebogen als in gebed in plaats van bezig met een operatie, en lieve Phimie op de operatietafel in linnengoed dat onder de bloedspatten zat.

Celestina zei tegen zichzelf niet verontrust te zijn door het bloed. Een geboorte was een bloederige aangelegenheid. Dit was waarschijnlijk normaal in dat opzicht.

De baby was niet te zien. In één hoek was een forse verpleegster bezig met iets dat op een andere tafel lag en haar lichaam onttrok dat aan het gezicht. Een bundeltje witte doeken. Misschien de zuigeling.

Celestina haatte de baby met zo'n felheid dat er achter in haar mond een bittere smaak kwam. De baby bleef een monster, ook al was hij niet misvormd. De vloek van de verkrachter. Gezond, maar gezond ten koste van Phimie.

Ondanks de concentratie en haast waarmee het operatieteam aan het meisje bezig was, stapte een lange verpleegster opzij en gebaarde Celestina naar het hoofd van de operatietafel.

En dan eindelijk Phimie, Phimie die leefde, maar – o – zo anders, dat Celestina het gevoel kreeg dat haar ribbenkast zich als een klem om haar bonzende hart sloot.

De rechterkant van het gezicht van het meisje leek meer last te hebben van de zwaartekracht dan haar linker; slap en vertrokken. Het linkerooglid hing neer. Die kant van haar mond trok naar beneden in een halve afkeuring. Uit haar mondhoek droop voortdurend speeksel. Haar ogen draaiden heftig, wild van angst, en leken nergens op gericht te zijn.

'Hersenbloeding,' legde een arts uit die misschien Lipscomb was. Om te blijven staan moest Celestina met één hand op de operatietafel steunen. De lichten waren pijnlijk fel geworden en de lucht had zich verdikt met de geuren van antiseptica en bloed, waardoor ademen een inspanning vereiste.

Phimie draaide haar hoofd om en haar ogen draaiden niet meer. Ze richtte haar blik op haar zuster en voor het eerst leek ze te weten waar ze was.

Ze probeerde haar rechterhand op te heffen, maar dat mislukte en hij wilde niet reageren, dus ze stak haar linkerhand over haar lichaam heen en greep Celestina stevig vast.

Het meisje sprak, maar haar woorden klonken onduidelijk en haar spraak was onsamenhangend. Ze vertrok haar met zweet overdekte gezicht, misschien van frustratie, sloot haar ogen en probeerde het weer, waarbij ze een enkel verstaanbaar woord wist uit te brengen: 'Baby.'

'Ze heeft alleen last van afasie,' zei de arts. 'Ze kan weinig uitbrengen, maar ze begrijpt jou prima.'

Met de zuigeling op haar armen wurmde de forse verpleegster zich naast Celestina, die bijna terugdeinsde van walging. Ze hield de pasgeborene zo dat de moeder het gezicht kon zien.

Phimie wierp een korte blik op het kind en zocht vervolgens weer de ogen van haar zuster. Weer een woord, onduidelijk, maar verstaanbaar dankzij een enorme inspanning: 'Angel.'

Dit was geen engel.

Hoogstens de engel des doods.

Goed, ja, het had kleine handen en kleine voeten en geen kromme klauwen en gespleten hoeven. Dit was geen duivelskind. De slechtheid van de vader werd niet zichtbaar weerspiegeld in het kleine gezicht.

Toch wilde Celestina er niets mee te maken hebben, voelde zich alleen al door de aanblik gekwetst en kon niet begrijpen waarom Phimie er zo op stond het engel te noemen.

'Angel,' zei Phimie met dikke stem terwijl ze in de ogen van haar zuster zocht naar een blijk van begrip.

'Vermoei je niet zo, schat.'

'*Angel*,' zei Phimie dwingend en toen, met een inspanning die een ader op haar linkerslaap deed opzwellen, '*naam*.'

'Je wilt de baby Angel noemen?'

Het meisje probeerde ja te zeggen, maar het enige dat ze wist uit te brengen was: 'Joah, joah,' dus ze knikte zo heftig als ze kon en verstevigde haar greep op Celestina's hand.

Misschien was ze slechts aangedaan door afasie, maar op de een of andere manier moest ze toch in de war zijn. Omdat de baby ter adoptie zou worden aangeboden was het niet aan haar om die een naam te geven.

'Angel,' herhaalde ze, bijna wanhopig.

Angel. Een minder ongewoon synoniem voor haar eigen naam. Seraphims engel. De engel van een engel.

'Goed,' zei Celestina, 'ja, natuurlijk.' Ze zag er geen kwaad in Phimie gerust te stellen. 'Angel. Angel White. Rustig maar, kalmeer, je moet je niet inspannen.'

'Angel.'

'Ja.'

Terwijl de forse verpleegster met de baby wegliep, verslapte Phimies greep op de hand van haar zuster, en werd weer steviger toen ook haar blik intenser werd. 'Hou van... je.'

'Ik hou ook van jou, schat,' zei Celestina trillerig. 'Heel veel.'

Phimies ogen werden groot, haar hand verstrakte pijnlijk om die van haar zuster, haar hele lichaam schokte heftig op en neer en ze riep: 'Unnn, unnn, *unnn!*'

Toen haar hand slap werd in die van Celestina, zakte haar lichaam ook in, waren haar ogen niet gefocust en ze draaiden ook niet woest rond: ze flakkerden uit, donker wordend door de dood, terwijl de hartmonitor die ene lange toon uitbracht van de strakke lijn.

Celestina werd naar opzij gedirigeerd terwijl het operatieteam begon te reanimeren. Overrompeld stapte ze achterwaarts weg van de tafel tot ze door een muur gestuit werd.

In Zuid-Californië, terwijl de dageraad van deze gedenkwaardige dag steeds dichterbij komt, droomt Agnes Lampion nog steeds over haar nieuwe baby: Bartholomeus in een couveuse, bewaakt door een menigte engeltjes op witte vleugels: serafijnen en cherubijnen. In Oregon, aan het bed van Junior Cain, een kwartje ronddraaiend over de knokkels van zijn linkerhand, vraagt Thomas Vanadium naar de naam die zijn verdachte tijdens een nachtmerrie had uitgesproken.
In San Francisco ligt Seraphim Aethionema White zonder hoop op reanimatie. Zo mooi en amper zestien.
Met een tederheid die Celestina verrast en ontroert, sluit de lange verpleegster de ogen van het dode meisje. Ze vouwt een nieuw schoon laken open en legt dat over het lichaam, van de voeten naar boven, waarbij ze het mooie gezicht als laatste bedekt.
En nu begint de verstilde wereld weer te draaien...
Terwijl hij zijn operatiemasker naar beneden trok, stapte dr. Lipscomb op Celestina af die met haar rug tegen de muur gedrukt stond.
Zijn alledaagse gezicht was lang en smal, alsof het in die vorm was getrokken door het gewicht van zijn verantwoordelijkheden. Maar in andere omstandigheden zou zijn milde mond misschien tot een aantrekkelijke glimlach vertrokken zijn; en zijn groene ogen toonden het mededogen van iemand die zelf een enorm verlies had gekend.
'Het spijt me, miss White.'
Ze knipperde met haar ogen, knikte, maar kon niet praten.
'U zult tijd nodig hebben... dit te verwerken,' zei hij. 'Misschien moet u de familie waarschuwen...'
Haar vader en moeder woonden nog in een wereld waarin Phimie leefde. Om hen van die oude werkelijkheid naar deze nieuwe te brengen, zou het op een na moeilijkste zijn dat Celestina ooit had gedaan.
Het moeilijkste was hier in deze ruimte aanwezig zijn op het moment dat Phimie stierf. Celestina wist zonder enige twijfel dat dit het allerergste was waar ze in haar leven ooit mee te maken zou krijgen, erger dan haar eigen dood als die kwam.
'En natuurlijk zult u dingen moeten regelen voor het lichaam,' zei dr. Lipscomb. 'Zuster Josephina zal u een kamer geven, een tele-

foon, privacy, alles wat u nodig hebt en zo lang u dat nodig hebt.'
Ze luisterde nauwelijks naar hem. Verlamd. Ze had het gevoel alsof ze een halve verdoving had gehad. Ze keek naast hem, naar
niets, en zijn stem leek haar te bereiken door diverse lagen opera-
tiemaskers heen, hoewel hij er nu helemaal geen meer droeg.
'Maar voor je vertrekt uit St. Mary's,' zei de geneesheer, 'zou ik
graag een paar minuten met je willen spreken. Het is heel belangrijk voor me. Persoonlijk.'
Langzaam merkte ze dat Lipscomb meer aangedaan was dan hij
eigenlijk had moeten zijn, in aanmerking genomen dat het niet zijn
schuld was dat zijn patiënt was gestorven.
Toen ze hem weer in de ogen keek, zei hij: 'Ik wacht op je. Als je
klaar bent om naar me te luisteren. Hoe lang je ook nodig hebt.
Maar... er is hier iets buitengewoons gebeurd voordat je aankwam.'
Celestina wilde zich verontschuldigen, ze wilde hem zeggen dat ze
geen enkele belangstelling had voor wat hij aan merkwaardigs op
geneeskundig of psychologisch gebied meegemaakt mocht hebben.
Het enige wonder dat ertoe gedaan zou hebben, was het overle-
ven van Phimie, en dat was niet gebeurd.
Maar tegenover zijn vriendelijkheid kon ze zijn verzoek niet wei-
geren. Ze knikte.
De boreling was niet meer in de operatiekamer.
Celestina had niet gemerkt dat het kind was weggebracht. Ze had
het nog een keer willen zien, ook al was ze misselijk geworden toen
ze het zag.
Blijkbaar was haar gezicht vertrokken van de inspanning zich te
herinneren hoe het kind eruit had gezien, want de geneesheer vroeg:
'Ja? Wat is er aan de hand?'
'De baby...'
'Zij is naar de couveuseafdeling gebracht.'
Zíj. Tot dan toe had Celestina zich niet afgevraagd wat het ge-
slacht van de baby was, omdat het voor haar eerder een ding dan
een mens was.
Lipscomb zei: 'Miss White? Zal ik je wijzen waar het is?'
Ze schudde haar hoofd. 'Nee. Dank u, nee. Couveuseafdeling. Die
vind ik later wel.'
Dit resultaat van een verkrachting, de baby, was voor Celestina
eerder een kanker dan een baby, een kwaadaardig gezwel dat was
weggesneden in plaats van een leven dat was geboren. Ze voelde
net zo weinig aandrang de baby te bekijken als ze zou hebben ge-

had voor de bestudering van de glinsterende kronkelingen en druipende windingen van een pas weggesneden tumor. En daarom kon ze zich niets herinneren van dat gerimpelde gezichtje.

Maar een detail, eentje maar, zat haar dwars.

Omdat ze zo overstuur was geweest naast Phimie kon ze haar geheugen niet vertrouwen. Misschien had ze niet gezien wat ze dacht te hebben gezien.

Een detail. Slechts een. Maar het was een cruciaal detail, een waar ze absoluut zeker van moest zijn voordat ze uit St. Mary's vertrok, ook al moest ze daarvoor nog een keer naar het kind kijken, deze vrucht van geweld, deze moordenaar van haar zuster.

19

In ziekenhuizen wordt het ontbijt net als op boerderijen net na het aanbreken van de dag geserveerd, omdat zowel genezing als landarbeid hard werken is, en er lange dagen van hard werken voor nodig zijn om de menselijke soort te redden, die net zoveel tijd gebruikt om de pijn en de honger te verdienen als ze die probeert te vermijden.

Twee zachtgekookte eitjes, een sneetje brood, niet geroosterd of besmeerd, een glas appelsap en een bordje sinaasappelpudding werden Agnes Lampion geserveerd terwijl, op de boerderijen verder landinwaarts, de hanen nog kraaiden en de vette kippen tevreden klokten op hun eerste legsels.

Hoewel ze goed had geslapen en haar bloeding succesvol was gestopt, was Agnes te zwak om in haar eentje het ontbijt te kunnen nuttigen. Een gewone lepel was al net zo zwaar en onhandig als een schep.

Ze had trouwens toch geen trek. Joey zat te zeer in haar gedachten. De voorspoedige geboorte van een gezond kind was een zegen, maar het was geen compensatie voor haar verlies. Hoewel ze van nature nooit depressief was, voelde ze nu een duisternis in haar hart die in nog geen duizend, tienduizend nieuwe dagen zou verdwijnen. Als een verpleegster erop had gestaan dat ze zou eten, zou Agnes niet gezwicht zijn, maar ze kon niet op tegen het voortdurende aandringen van een zekere naaister.

Maria Elena Gonzalez – zo'n indrukwekkend mens ondanks haar kleine postuur dat zelfs drie namen niet voldoende waren om haar te omschrijven – zat er nog altijd. Hoewel de crisis voorbij was, was ze nog niet zover dat ze erop vertrouwde dat verpleegsters en artsen, uit zichzelf, Agnes voldoende zorg konden bieden.

Terwijl ze op de rand van het bed ging zitten, deed Maria een beetje zout op de zachtgekookte eitjes en lepelde die in Agnes' mond. 'Eieren is zo net kippen.'

'Eieren zijn net als kippen,' verbeterde Agnes.

'*Qué?*'

Fronsend zei Agnes: 'Nee, dat slaat ook nergens op, hè? Wat probeerde je te zeggen, schat?'

'Die vrouw die me over kippen zei...'

'Welke vrouw?'

'Geeft niet. Domme vrouw die om mijn Engels lachte en me in de war probeerde te maken. Ze vond me vragen of kippen eerder verschijnen of dat eerder eieren zijn.'

'Wat was er het eerst: de kip of het ei?'

'*Si*, zoals dat zei ze.'

'Ze lachte niet om je Engels, schat. Het is gewoon een oud raadsel.' Toen Maria dat woord niet begreep, spelde en verklaarde Agnes het. 'Niemand heeft er een antwoord op, goed of slecht Engels. Daar gaat het om.'

'Gaat het om vragen te stellen zonder antwoorden erop? Waar slaat dat op?' Ze fronste bezorgd haar voorhoofd. 'Jij bent nog niet goed, mevrouw Lampion. Je hoofd nog niet schoon.'

'Helder.'

'Ik geef antwoord op vraag.'

'En wat is je antwoord?'

'Eerst komt kip met eerste ei erin.'

Agnes slikte een lepel pudding door en glimlachte. 'Nou, dat blijkt dan toch behoorlijk eenvoudig.'

'Alles is.'

'Is wat?' vroeg Agnes terwijl ze het laatste restje appelsap door een rietje opzoog.

'Eenvoudig. Mensen maken dingen te moeilijk als het niet is. De hele wereld net zo simpel als naaien.'

'Naaien?' Agnes vroeg zich af of haar hoofd inderdaad niet helemaal schoon was.

'Draad, naald. Steek, steek, steek,' zei Maria serieus terwijl ze het dienblad van Agnes' bed haalde. 'Laatste steek afmaken. Simpel.

Hoef alleen maar de kleur van de draad te bedenken en de soort steek. Dan steek, steek, steek.'

Tijdens al dit gepraat over naaiwerk verscheen een verpleegster met het nieuws dat baby Lampion buiten gevaar was en niet meer in de couveuse lag, en zo eenvoudig als het klingelen van een klok volgde op het heen en weer zwaaien, verscheen er een tweede verpleegster die een wieg op wielen duwde.

De eerste verpleegster wierp een stralende glimlach in de wieg en haalde er een roze kostbaarheid uit in een eenvoudig wit geboortelaken.

Hoewel ze kort daarvoor nog te zwak was om een lepel vast te houden, had Agnes nu de kracht van Hercules en zou twee spannen paarden die in tegengestelde richtingen trokken hebben kunnen tegenhouden, dus ze kon zeker een kleine baby vasthouden.

'Hij heeft zulke mooie ogen,' zei de verpleegster, die hem in de armen van zijn moeder legde.

De jongen was in alle opzichten mooi, zijn gezicht gladder dan dat van de meeste pasgeborenen, alsof hij in deze wereld was gekomen met een gevoel van rust voor het leven dat vóór hem lag op deze turbulente plek; en misschien was hij ook gekomen met een ongebruikelijke wijsheid, omdat zijn gelaatstrekken beter getekend waren dan die van andere baby's, alsof hij al was gevormd door kennis en ervaring. Hij had een hoofd vol met haar, net zo dik en donkerbruin als dat van Joey.

Zijn ogen, zoals Maria midden in de nacht tegen Agnes had gezegd en zoals de verpleegster zojuist bevestigde, waren uitzonderlijk mooi. De meeste mensenogen hadden één enkele kleur met donkere strepen, maar die van Bartholomeus hadden twee duidelijke kleuren – groen zoals die van zijn moeder en blauw zoals die van zijn vader – en het patroon van strepen in elk oog werd gevormd door het afwisselen van die twee prachtige pigmenten. Edelstenen waren het, schitterend, helder en stralend.

De blik van Bartholomeus was hypnotiserend en toen Agnes zijn lieve en vaste blik zag, raakte ze vervuld van ontzag. En van een mysterieus gevoel.

'Kleine Barty van me,' zei ze zacht, waarbij haar koosnaam zonder nadenken van haar lippen rolde, 'jij gaat een buitengewoon leven tegemoet, denk ik. Ja, dat is zo, smarty Barty. Moeders weten dat. Zoveel dingen hebben geprobeerd je te verhinderen hier te komen, maar je bent er. Jij bent hier met een prachtige bedoeling.'

De regen die mede oorzaak was geweest van de dood van de vader van het kind, was in de loop van de nacht opgehouden. De ochtendlucht bleef donkerzwart, vol geribbelde wolken, net een reusachtige duimschroef die op de wereld was aangedraaid, maar tot Agnes sprak, waren de hemelen stil als een ongeslagen aambeeld.

Alsof het woord *bedoeling* een hamer was, sloeg er een enorme donderslag door de lucht, voorafgegaan door een scherpe bliksemflits.

De blik van de baby ging van zijn moeder naar het raam, maar zijn voorhoofd rimpelde niet van angst.

'Maak je geen zorgen om de grote, nare bliksemknal, Barty,' zei Agnes tegen hem. 'In mijn armen ben je altijd veilig.'

Veilig, bracht net zoals *bedoeling* vuur in de lucht en uit het hemelgewelf klonk een reusachtige dreun die niet alleen de ramen maar ook het hele gebouw deed trillen.

Donder komt niet zo vaak voor in Zuid-Californië en bliksem nog minder. De buien zijn hier subtropisch en de neerslag komt zonder vuurwerk.

De hevigheid van de tweede knal had een kreet van verrassing en schrik ontlokt aan de twee verpleegsters en aan Maria.

Een huivering van bijgelovige vrees trok door Agnes heen en ze hield haar zoon dichter tegen haar borsten toen ze herhaalde: 'Veilig.'

Bij de inzet van het woord, als een orkest op de stok van een dirigent, lichtte de donderbui op en dreunde, dreunde, helderder en veel luider dan ervoor. De ruit weergalmde als een trommelvel, terwijl de borden op het dienblad als een xylofoon tegen elkaar tinkelden.

Toen het raam totaal ondoorzichtig werd door de weerspiegelingen van de bliksem, als een oog met staar, sloeg Maria een kruis. Bevangen door het vreemde idee dat dit natuurverschijnsel een bedreiging inhield die speciaal tot haar baby gericht was, bleef Agnes koppig op deze uitdaging reageren met: 'Veilig.'

De meest oorverdovende knal was ook de laatste, van een nucleaire helderheid die de vensterruit in gesmolten glas leek te veranderen en met een apocalyptisch geluid die door de vullingen in Agnes' tanden leek te trillen en die fluit gespeeld zou hebben op haar botten als het merg eruit was gehaald.

De lichten van het ziekenhuis flikkerden en de lucht was zo vol ozon dat die tegen Agnes' neusgaten leek te knetteren bij het inademen. Toen was het vuurwerk voorbij, en de lichten doofden niet. Er was met niemand iets gebeurd.

Het vreemde van alles was dat er geen regen was gevallen. Dergelijk kabaal wrong altijd stortbuien uit de donderkoppen, maar toch was er geen druppel regen op het raam gekomen.

In plaats daarvan was er een opmerkelijke stilte over de ochtend neergedaald, zo intens en stil dat iedereen blikken uitwisselde, de haren in de nek overeind voelde gaan staan en naar het plafond omhoogkeek in de verwachting iets te zien gebeuren dat ze niet konden definiëren.

Nooit bedwong bliksem een donderbui, hij diende eerder als de vooruitgeschoven artillerie, maar in de nasleep van deze heftige uitbarsting begonnen de ijzerkleurige wolken te barsten als stadsmuren onder kanonvuur en onthulden een blauwe kalmte erachter.

Barry had niet gehuild of enige vorm van angst getoond tijdens de hevige storm, en nu, terwijl hij weer opkeek naar zijn moeder, schonk hij haar zijn eerste glimlach.

20

Toen hij 's ochtends een glas koud appelsap binnenhield, mocht Junior Cain een tweede glas hebben, hoewel hem werd aangeraden langzaam te drinken. Hij kreeg ook drie zoutjes.

Hij had een broodje met een hele koe kunnen eten, inclusief hoeven en staart. Hoewel hij nog zwak was, liep hij niet langer gevaar gal en bloed te spugen als een geharpoeneerde walvis. De aanval was voorbij.

De directe consequentie van het vermoorden van zijn vrouw was een heftige aanval van braken geweest, maar de reactie erna was een vraatzuchtige honger en een levenslust die zo opbeurend was dat hij zich moest wapenen tegen de aandrang een lied aan te heffen. Junior was in een stemming om te feesten.

Maar feesten zou tot opsluiting en misschien tot executie leiden. Met Vanadium, de maniakale smeris, die waarschijnlijk onder het bed zou zitten of zich als verpleger zou vermommen om hem in een onbewaakt moment te betrappen, moest Junior herstellen met een snelheid die zijn arts niet wonderbaarlijk zou vinden. Dr. Parkhurst verwachtte hem pas de volgende ochtend te ontslaan.

Nu hij niet langer aan het bed vastzat voor de intraveneuze toediening van vloeistoffen en medicijnen, nu hij een pyjama en een dunne katoenen ochtendjas had gekregen ter vervanging van zijn rugloze hemd, werd Junior aangemoedigd zijn benen te strekken en wat te gaan lopen. Hoewel ze meenden dat hij wel duizelig zou zijn, had hij geen enkele moeite met zijn evenwicht, en ondanks het lege gevoel was hij niet zo zwak als ze dachten. Hij zou zonder hulp door het ziekenhuis hebben kunnen lopen, maar hij deed wat ze van hem verwachtten en gebruikte een van wielen voorzien looprek.

Van tijd tot tijd bleef hij staan en leunde op het rek alsof hij even rust moest nemen. Hij zorgde ervoor dat hij zo nu en dan een grimas trok – overtuigend, niet te theatraal – en haalde wat zwaarder adem dan nodig was.

Een paar keer bleef een passerende verpleegster staan om hem te bekijken en hem te adviseren zichzelf niet uit te putten.

Tot dusver was geen van die barmhartige vrouwen net zo lieftallig als Victoria Bressler, de ijs serverende verpleegster die hem wel zag zitten. Toch bleef hij naar haar uitkijken en hoop houden.

Hoewel Juniors eergevoel hem verplichtte Victoria de eerste kans te laten hebben, was hij haar zeker geen monogamie verplicht. Uiteindelijk zou hij, als hij alle verdenkingen van zich afgezet had zoals hij Naomi van zich af had gezet, zin krijgen in een toetjesbuffet, in romantische zin, en op één roomsoes kon je niet leven.

Omdat hij niet onder de hoede viel van verpleegkundigen van een bepaalde verdieping van het ziekenhuis, maakte Junior gebruik van de liften om omhoog en omlaag te zwerven. Om de wijven te inspecteren.

Uiteindelijk bevond hij zich alleen bij het grote raam van de couveuseafdeling. Er lagen zeven pasgeborenen. Aan het uiteinde van elk van de zeven wiegjes was een plaatje waarop de naam van de baby was geschreven.

Junior stond lange tijd bij het raam, niet omdat hij deed alsof hij rustte en niet omdat een van de aanwezige verpleegsters een stuk was. Hij stond als aan de grond genageld en een tijdje wist hij niet waarom.

Hij was niet jaloers op ouders met kinderen. Een baby was wel het laatste dat hij wilde, buiten kanker dan. Kinderen waren lelijke kleine beesten. Een kind zou een last zijn, een plaag, geen zegen.

Toch hield zijn vreemde fascinatie voor deze pasgeborenen hem bij het raam, en hij begon te geloven dat hij onbewust al van plan was geweest hierheen te gaan vanaf het moment dat hij met zijn looprek zijn kamer had verlaten. Hij was gedwóngen geweest hierheen te komen. Aangetrokken door een geheimzinnige kracht.

Totdat hij bij het raam van de kinderafdeling was aangekomen, was hij in een uitgelaten stemming geweest. Maar terwijl hij naar het rustige tafereeltje keek, voelde hij zich ongemakkelijk worden. Baby's.

Gewoon onschadelijke baby's.

Maar hoe onschadelijk ze ook waren, ze te zien, ingepakt en voor het grootste deel onzichtbaar, zat hem eerst dwars en bracht hem vervolgens snel – onverklaarbaar en irrationeel, ontegenzeglijk – bij de huiveringwekkend rand van pure angst.

Hij had alle zeven namen op de wiegjes gelezen, maar hij las ze weer. In die namen – of in een van die namen – voelde hij de verklaring voor zijn ogenschijnlijk krankzinnige gevoel van een dreigend gevaar.

Terwijl zijn blik langs de zeven naamplaatjes ging, opende zich met elke naam zo'n enorme leegte in Junior dat hij zijn looprek als steun nodig had, maar nu echt. Hij had het gevoel alsof hij alleen nog maar het omhulsel van een man was en alsof de juiste toon hem zou verpletteren zoals een juist gezette doordringende toon kristal kan laten breken.

Dit was geen nieuwe ervaring. Hij had het eerder meegemaakt. In de afgelopen nacht, toen hij wakker werd uit een droom die hij zich niet meer kon herinneren en dat glimmende kwartje over Vanadiums knokkels zag bewegen.

Nee. Niet precies toen. Niet bij het zien van de munt of de rechercheur. Hij had zich zo gevoeld toen Vanadium de naam noemde die hij, Junior, zogenaamd in zijn nachtmerrie had gesproken. *Bartholomeus.*

Junior huiverde. Vanadium had de naam niet verzonnen. Die had een echte, hoewel onverklaarbare, weerklank bij Junior die niets met de rechercheur te maken had.

Bartholomeus.

Zoals eerder draaide de naam door hem heen als de dreigende klank van de laagste basklok in een kerkcarillon, aangeslagen op een koude middernacht.

Bartholomeus.

Geen van de baby's in deze couveuse heette Bartholomeus en Junior had moeite om te begrijpen welke connectie deze plek had met zijn droom die hij zich niet herinnerde.

De strekking van de nachtmerrie bleef hem ontgaan, maar hij raakte ervan overtuigd dat er een goede reden bestond voor zijn angst, dat de droom meer dan een droom was geweest. Hij had een kwelgeest die Bartholomeus heette, niet alleen in dromen, maar in de echte wereld, en deze Bartholomeus had iets te maken met... baby's.

Voortkomend uit een bron van inspiratie die dieper zat dan instinct, wist Junior dat hij, als hij ooit het pad kruiste van een man die Bartholomeus heette, erop voorbereid moest zijn hem net zo agressief aan te pakken als hij had gedaan met Naomi. En zonder aarzelen.

Trillend en zwetend keerde hij zich van het raam af. Terwijl hij wegliep van de babyzaal, verwachtte hij dat de beklemmende mantel van angst lichter zou worden, maar die werd zwaarder.

Hij merkte dat hij een aantal keren over zijn schouder keek. Tegen de tijd dat hij terug was in zijn kamer had hij het gevoel half verpletterd te zijn door angst.

Een verpleegster bemoederde hem terwijl ze hem in bed hielp, was bezorgd over zijn bleekheid en zijn rillingen. Ze was attent, efficiënt, meelevend, maar ze was zeker niet aantrekkelijk en hij wenste dat ze hem alleen zou laten.

Maar Junior was nauwelijks alleen of hij snakte ernaar dat de verpleegster terugkwam. In zijn eentje voelde hij zich kwetsbaar, bedreigd.

Ergens op deze wereld had hij een dodelijke vijand: Bartholomeus, die iets te maken had met baby's, een volslagen vreemde maar toch een onverbiddelijke vijand.

Als hij niet zijn hele leven zo'n rationele, stabiele, no-nonsense man was geweest, zou Junior gedacht kunnen hebben dat hij gek werd.

21

De zon kwam op achter de wolken en boven de mist, en met de grijze dag kwam een zilverkleurige druilregen. De stad werd doorboord met regennaalden en het vuil dat eruit kwam, deed de goten opzwellen met een giftige stroom.

De maatschappelijk werkers van St. Mary's kwamen niet met het krieken van de dag, waardoor Celestina de beschikking over een van hun kantoren kreeg, waar het natte gezicht van de ochtend nevelig tegen de ramen drukte en waar ze haar ouders belde met het verschrikkelijke nieuws. Ook regelde ze daar een begrafenisondernemer om het lichaam van Phimie te halen uit de koellade van het mortuarium van het ziekenhuis, het te balsemen en per vliegtuig naar Oregon te sturen.

Haar vader en moeder huilden bittere tranen, maar Celestina bleef kalm. Ze moest veel doen, een heleboel beslissingen nemen, voor ze met het lichaam van haar zuster meereisde op de vlucht uit San Francisco. Als haar verplichtingen er eenmaal op zaten, zou ze zichzelf toestaan het verlies, de ellende te voelen waartegen ze nu gewapend was. Phimie verdiende waardigheid op deze laatste reis naar haar graf in het noorden.

Toen Celestina geen telefoontjes meer hoefde te plegen kwam dr. Lipscomb naar haar toe.

Hij droeg zijn operatiekleding niet meer, maar was gekleed in een grijze wollen broek en een blauwe kasjmieren trui over een wit hemd. Zijn gezicht stond somber en hij zag er minder uit als een gynaecoloog die zich bezighield met het leven dan op een professor in de filosofie die eeuwig nadacht over de onvermijdelijkheid van de dood.

Ze wilde overeind komen uit de stoel achter het bureau, maar hij zei haar te blijven zitten.

Hij ging bij een raam staan en staarde naar de straat in de diepte, zijn profiel naar haar toe, en tijdens zijn zwijgen zocht hij naar de woorden om 'het buitengewone' dat hij eerder had genoemd te beschrijven.

Glinsterende regendruppels trokken sporen op het glas. Weerspiegelingen van die sporen verschenen als stigmatiserende tranen op het lange gezicht van de arts.

Toen hij ten slotte sprak, werd zijn stem verzacht door oprecht verdriet, stil maar intens: 'Eén maart, drie jaar geleden, kwamen mijn vrouw en twee zoons – Danny en Harry, een tweeling van zeven – naar huis na een bezoek aan haar ouders in New York. Kort na het opstijgen... stortte hun vliegtuig neer.'

Celestina, al zo diep verwond door een dode, kon zich niet voorstellen hoe Lipscomb het verlies van zijn hele gezin had kunnen overleven. Medelijden kneep haar hart samen en verstikte haar keel waardoor ze amper luider dan fluisterend kon praten: 'Was dat de American Airlines...'

Hij knikte.

De 707 was op geheimzinnige wijze op die eerste zonnige dag sinds weken neergestort in Jamaica Bay, in Queens, waarbij alle inzittenden om het leven waren gekomen. Tot op dat moment, 1965, was het de ergste vliegramp in de nationale geschiedenis van de burgerluchtvaart, en door de ongekend dramatische aandacht van de televisie was het verhaal een permanent litteken in Celestina's geheugen gebleven, hoewel ze destijds een werelddeel verder woonde.

'Miss White,' vervolgde hij, nog altijd met zijn gezicht naar het raam, 'net voordat u vanochtend in de operatiekamer kwam, stierf uw zuster op de operatietafel. De baby hadden we nog niet gehaald en we hadden dat middels de keizersnede misschien ook niet tijdig genoeg hebben kunnen doen om hersenbeschadiging te voorkomen, dus omwille van zowel de moeder als het kind, zijn er heroïsche pogingen gedaan om Phimie terug te halen om voor constante bloedtoevoer naar de foetus te zorgen tot we die eruit konden halen.'

De plotselinge verandering van onderwerp, van het vliegtuigongeluk naar Phimie, verwarde Celestina.

Lipscomb verplaatste zijn blik van de straat naar de lucht. 'Phimie was nog niet lang dood, misschien een minuut – op z'n hoogst een minuut en tien seconden – en toen ze weer gereanimeerd was, werd duidelijk uit haar toestand dat de hartstilstand hoogstwaarschijnlijk het gevolg was van een ernstige hersenaandoening. Ze was gedesoriënteerd, verlamd aan de rechterzijde... met de vervorming van haar gelaatsspieren zoals u hebt gezien. Haar spraak was in het begin onduidelijk, maar toen gebeurde er iets vreemds...'

Phimies spraak was later ook onduidelijk geweest, direct na de geboorte van de baby toen ze had geworsteld met het uiten van haar wens haar dochter Angel te noemen.

Een ontroerende maar moeilijk te omschrijven klank in de stem van dr. Lipscomb bracht Celestina langzaam uit de kantoorstoel overeind. Misschien was het verwondering. Of angst. Of ontzag. Misschien alle drie.

'Heel even,' vervolgde Lipscomb, 'werd haar stem helder en niet langer onduidelijk. Ze tilde haar hoofd van het kussen, richtte haar ogen op mij en alle verwarring was verdwenen. Ze was zo... Intens. Ze zei... ze zei: "Rowena houdt van u."'

Een huiver van vrees trok langs Celestina's ruggengraat, want ze wist wat de volgende woorden van de dokter zouden zijn.

'Rowena,' vervolgde hij en daarmee bevestigde hij haar voorgevoel, 'was mijn vrouw.'

Alsof een deur heel even werd opengezet tussen deze windstille dag en een andere wereld, joeg een windvlaag de regen kletterend tegen de ramen.

Lipscomb draaide zich om naar Celestina. 'Voor ze weer wegzakte in die half verwarde toestand, zei je zuster: "Beezil en Feezil zijn veilig bij haar," wat voor jou misschien nergens op slaat, maar voor mij wel.'

Ze wachtte vol spanning.

'Dat waren Rowena's koosnaampjes voor de jongens toen ze nog baby's waren. Haar eigen onzinnamen voor hen, want ze zei dat het net twee prachtige elfjes waren en dat ze elfnamen hoorden te hebben.'

'Dat kon Phimie niet hebben geweten.'

'Nee. Rowena gebruikte die namen niet meer toen de tweeling eenmaal een jaar was. Zij en ik waren de enigen die ze ooit gebruikten. Ons eigen grapje. Zelfs de jongens zouden zich die niet hebben herinnerd.'

In de ogen van de arts een sterk verlangen het te geloven. In zijn gezicht een vleugje scepsis.

Hij was een man van de medische wetenschap die zich staande had gehouden door pure logica en een onwankelbaar vertrouwen in de rede. Hij was voor hem niet zo makkelijk te accepteren dat logica en rede, hoewel noodzakelijke werktuigen voor iedereen die hoopt op een vol en gelukkig leven, toch onvoldoende waren om of de fysieke wereld of de menselijke ervaring te beschrijven.

Celestina was beter toegerust om deze transcendentale ervaring, wat het leek te zijn, te aanvaarden. Ze was niet een van die kunstenaars die chaos en wanorde eerden of die inspiratie haalden uit pessimisme en wanhoop. Waar ze haar blik ook op liet rusten, overal zag ze orde, bedoeling, een oneindig ontwerp en ofwel de bleke flikkering ofwel het donderend geweld van een deemoedig makende schoonheid. Ze zag het geheimzinnige niet alleen maar in oude huizen waarvan men zei dat er spoken rondwaarden of in angstaanjagende ervaringen zoals dr. Lipscomb net had beschreven, maar elke dag in het patroon van boomtakken, in het met volle overgave spelen van een hond met een tennisbal, in de witte, wervelende stroming van een sneeuwstorm – in elk aspect van de wereld van de natuur waarin een onoplosbaar geheim net zo'n fundamentele component was als licht en duisternis, als materie en energie, als tijd en ruimte.

'Heeft je zuster andere... vreemde ervaringen gehad?' vroeg Lipscomb.

'Niet zoals dit.'

'Had ze geluk met kaarten?'

'Niet meer dan ik.'

'Voorgevoelens?'

'Nee.'

'Paranormale vermogens...'

'Die had ze niet.'

'... kunnen misschien op een dag wetenschappelijk te verifiëren zijn.'

'Anders dan leven na de dood?' vroeg ze.

Hoop zweefde op vele vleugels om de arts heen, maar hij was bang erdoor aangeraakt te worden.

Celestina zei: 'Phimie kon geen gedachten lezen. Dat is sciencefiction, dr. Lipscomb.'

Hij keek haar aan. Hij had geen antwoord.

'Ze heeft niet in uw gedachten gezeten en er de naam Rowena uit geplukt. Of Beezil of Feezil.'

Alsof hij bang werd door de vriendelijke zekerheid in Celestina's ogen, draaide de arts zich weer om naar het raam.

Ze ging naast hem staan. 'Een minuut lang, toen haar hart de eerste keer stilstond, was ze niet hier in St. Mary's, hè? Haar lichaam, ja, dat was nog hier, maar Phimie niet.'

Dr. Lipscomb bracht zijn handen naar zijn gezicht en bedekte zijn neus en mond zoals die eerder bedekt waren geweest door het operatiemasker, alsof hij gevaar liep met zijn adem een idee in te ademen dat hem voor altijd zou veranderen.

'Als Phimie niet hier was,' zei Celestina, 'en daarna terugkeerde, was ze wel *ergens* tijdens die minuut, nietwaar?'

Aan de andere kant van het raam, achter flarden regen en mist, leek de metropool raadselachtiger dan Stonehenge, even onkenbaar als de steden in onze dromen.

Achter zijn maskerende handen liet de geneesheer een ijl geluid horen, alsof hij probeerde een angst uit zijn hart te trekken die daar vastzat als een klis met talloze scherpe, hoekige doornen.

Celestina aarzelde, voelde zich ongemakkelijk, onzeker.

Altijd als ze onzeker was, vroeg ze zichzelf af wat haar moeder in die situatie zou doen. Grace, van een oneindige genade, deed onfeilbaar precies wat nodig was, kende precies de juiste woorden om te troosten, te verlichten, om ook een glimlach los te maken bij zelfs de grootste stakker. Maar vaak waren woorden helemaal niet nodig, omdat we ons vaak tijdens onze reis verlaten voelen en we alleen maar hoeven voelen dat we niet alleen zijn.

Ze legde haar rechterhand op zijn schouder.

Op haar aanraking voelde ze een spanning uit de arts verdwijnen. Zijn handen gleden van zijn gezicht en hij draaide zich naar haar om, huiverend, niet van angst maar van wat misschien opluchting was.

Hij probeerde te praten en toen het hem niet lukte, sloeg Celestina haar armen om hem heen.

Ze was nog geen eenentwintig en hij was minstens twee keer zo oud als zij, maar hij hing als een klein kind tegen haar aan en zij, als een moeder, troostte hem.

22

In nette donkere pakken, gladgeschoren, even opgepoetst als hun schoenen, en met koffertjes, arriveerden de drie in de ziekenhuiskamer van Junior nog voor het gewone begin van de werkdag, wijze mannen zonder kamelen, zonder geschenken, maar bereid een prijs te betalen voor het leed en het verlies. Twee advocaten en een hoge ambtenaar van de overheid. Ze vertegenwoordigden de staat, het district en de verzekeringsmaatschappij in de zaak van de slecht onderhouden reling op het uitkijkplatform van de brandtoren.

Ze hadden niet ernstiger en eerbiediger kunnen zijn als Naomi's lijk – weer in elkaar gezet, volgepompt met balsemvloeistof, opgeschilderd met zware make-up, gekleed in het wit, met haar koude handen die een bijbel tegen haar borsten gedrukt hielden – in diezelfde kamer gelegen zou hebben, in een kist, omgeven door bloemen, wachtend op de komst van de rouwenden. Ze waren beleefd, met zachte stem, met droeve oogopslag, en een zalvende bezorgdheid – en zo vol koortsachtige berekening dat het Junior niet verrast zou hebben als de sprinklerinstallatie aan het plafond in werking was getreden.

Ze stelden zichzelf voor als Knacker, Hisscus en Nork, maar Junior nam niet de moeite namen met gezichten te verbinden, voor een deel omdat die mannen uiterlijk en in manier van doen zo op elkaar leken dat hun eigen moeders problemen zouden kunnen krijgen erachter te komen wie van hen ook weer nooit belde. Bovendien was hij nog steeds moe door zijn recente dwaaltocht in het ziekenhuis – en verontrust door de gedachte aan een onheilspellend kijkende Bartholomeus die zoekend naar hem door de wereld joeg.

Na veel kruiperige deelneming, schijnheilig gebabbel over Naomi die naar een beter oord was gegaan en onoprechte praat over de wens van de overheid altijd de openbare veiligheid voorop te stellen en om elke burger met medeleven te bejegenen, kwam Knacker of Hisscus of Nork ten slotte bij het onderwerp compensatie. Zo'n bot woord als *compensatie* werd natuurlijk niet gebruikt. *Vergoeding, Schadeloosstelling, Herstelbetaling*, die ongetwijfeld waren geleerd op een juridische faculteit waar Engels niet de voertaal was. Zelfs *boetedoening*.

Junior maakte ze een beetje gek door te doen alsof hij hun bedoeling niet begreep terwijl zij om de zaak heen draaiden als aankomende slangenbezweerders die voorzichtig zochten naar een veilige greep op een opgerolde cobra.

Hij was verrast dat ze zo snel waren gekomen, nog geen vierentwintig uur na de tragedie. Dit was vooral ongewoon omdat een rechercheur van de moordbrigade het obsessieve idee had dat het verrotte hout niet alleen verantwoordelijk was voor Naomi's dood. Sterker nog, Junior vermoedde dat ze misschien hier waren op aandringen van Vanadium. De politieman zou geïnteresseerd zijn vast te stellen hoe inhalig de rouwende echtgenoot zou blijken te zijn als hem de kans werd geboden het koude lichaam van zijn vrouw in geld om te zetten.

Knacker of Hisscus of Nork praatte over een *offergift*, alsof Naomi een godin was aan wie zij een zoenoffer van goud en edelstenen wilden aanbieden.

Junior kreeg genoeg van hen en deed alsof hij pas nu hun bedoeling begreep. Hij speelde geen woede of zelfs maar walging, omdat hij wist dat hij misschien onbedoeld elke sterke reactie zou overdrijven, waardoor hij een valse toon zou aanslaan en wantrouwen zou wekken.

In plaats daarvan vertelde hij hun met een ernstige hoffelijkheid rustig dat hij geen regeling wilde voor de dood van zijn vrouw of voor zijn eigen lijden. 'Geld brengt haar niet terug. Ik zou er nooit een cent van uit kunnen geven. Geen cent. Ik zou het weg moeten geven. Waar zou dat op slaan?'

Na een verbaasde stilte zei Nork of Knacker of Hisscus: 'Uw gevoel is begrijpelijk, meneer Cain, maar het is de gewoonte in deze kwesties...'

Juniors keel was niet half zo pijnlijk meer als de vorige middag en voor deze mannen moest zijn zachte, schorre stem niet aangetast hebben geklonken, maar rauw door de emotie. 'Het kan me niet schelen wat de gewoonte is. Ik wil niets. Ik neem niemand wat kwalijk. Die dingen gebeuren. Als u een ontheffing van die verplichting bij u hebt, onderteken ik die meteen.'

Hisscus, Nork en Knacker wisselden scherpe blikken uit, in verlegenheid gebracht. Ten slotte zei een van hen: 'Dat zouden we niet kunnen doen, meneer Cain. Pas als u een advocaat hebt geraadpleegd.'

'Ik wil geen advocaat.' Hij sloot zijn ogen, liet zijn hoofd op het kussen zakken en zuchtte. 'Ik wil alleen maar... rust.'

Knacker, Hisscus en Nork probeerden, door elkaar pratend, vervolgens zwijgend alsof ze één organisme waren, daarna weer afwisselend pratend, maar elkaar onderbrekend, hun zin door te drijven.

Hoewel hij geen moeite had gedaan ze op te roepen, verschenen er tranen in Juniors gesloten ogen. Ze waren niet opgewekt door gedachten aan de arme Naomi. Deze volgende paar dagen – misschien weken – zouden saai worden tot hij zuster Victoria Bressler kon krijgen. Onder de omstandigheden had hij alle reden om medelijden met zichzelf te hebben.

Zijn stille tranen bewerkstelligden wat zijn woorden niet hadden gekund: Nork, Knacker en Hisscus vertrokken terwijl ze er bij hem op aandrongen met zijn advocaat te spreken en beloofden terug te komen, waarna ze weer hun diepste deelneming uitspraken, misschien zo verlegen als advocaten en overheidsambtenaren maar konden zijn, maar beslist in de war en onzeker over hoe ze verder moesten gaan als ze te maken hadden met een man die zo weinig hebzuchtig, zo zonder woede, zo vergevingsgezind was als de weduwnaar Cain.

Alles verliep precies zoals Junior zich had voorgesteld toen Naomi het verrotte stuk reling had ontdekt en bijna zonder hulp was gevallen. Het plan was in zijn geheel in een flits bij hem opgekomen en tijdens de daaropvolgende twee rondes over het observatieplateau had hij erover nagedacht, zoekend naar fouten maar zonder die te vinden.

Tot dusver waren er slechts twee onverwachte ontwikkelingen, waarvan de eerste zijn explosieve braken was. Hij hoopte dat hij nooit meer zo'n episode zou doormaken.

Die superieure zuivering had hem echter zowel emotioneel als fysiek verpletterd doen lijken door het verlies van zijn vrouw. Hij had geen overtuigender list kunnen bedenken om de meeste mensen ervan te overtuigen dat hij onschuldig was en eigenlijk wezenlijk niet in staat tot moord met voorbedachten rade.

Hij had de afgelopen achttien uur heel wat over zichzelf geleerd, maar van alle nieuwe kwaliteiten die hij bij zichzelf had ontdekt, was Junior nog het meest trots op het besef dat hij zo'n intens gevoelig persoon was. Dat was een bewonderenswaardige karaktereigenschap, maar het zou ook een bruikbare dekmantel zijn waarachter hij elke meedogenloze daad kon plegen die er nog nodig mocht zijn in dit gevaarlijke nieuwe leven waarvoor hij had gekozen.

De tweede onverwachte ontwikkeling was Vanadium, de krankzinnige wetshandhaver. De volhardendheid in eigen persoon. Volharding met een slechte haarcoupe.

Toen zijn opdrogende tranen verkilden op zijn wangen besloot Junior dat hij hoogstwaarschijnlijk Vanadium zou moeten vermoorden om van hem af te komen en helemaal veilig te zijn. Geen probleem. Ondanks zijn extreme gevoeligheid was hij ervan overtuigd dat het ombrengen van de rechercheur bij hem niet weer een aanval van braken zou losmaken. Mocht het al iets losmaken dan piste hij misschien wel van pure verrukking in zijn broek.

23

Celestina ging terug naar kamer 724 om Phimies spullen uit de kleine kast en uit het nachtkastje te halen.

Haar handen trilden toen ze probeerde haar zusters kleren in de kleine koffer te vouwen. Wat een eenvoudige klus had moeten zijn, werd een ontmoedigende taak; het weefsel leek in haar handen tot leven te komen, door haar vingers te glippen en zich te verzetten tegen elke poging het te fatsoeneren. Toen ze ten slotte besefte dat er geen reden was netjes te zijn, gooide ze de kledingstukken in de koffer zonder zich druk te maken over kreuken.

Net toen Celestina de koffer dichtklikte en zich naar de deur omdraaide, kwam een verpleeghulp binnen die een wagentje vol handdoeken en beddengoed duwde.

Het was de vrouw die het tweede bed aan het afhalen was toen
Celestina arriveerde. Nu was ze hier om het eerste bed weer op te
maken.

'Heel naar van je zuster,' zei de hulp.

'Dank je.'

'Ze was zo lief.'

Celestina knikte, niet in staat te reageren op de vriendelijkheid van
de verpleeghulp. Soms kan aardigheid zowel verpletterend als
troostend werken.

'Naar welke kamer is mevrouw Lombardi verhuisd?' vroeg ze. 'Ik
zou haar... graag willen zien voordat ik ga.'

'O, wist je dat niet? Het spijt me, maar zij is ook heengegaan.'

'Heengegaan?' zei Celestina, maar ze begreep het.

In feite had ze onbewust geweten dat Nella was heengegaan sinds
ze die ochtend om kwart over vier het telefoontje kreeg. Toen de
oude vrouw klaar was met wat ze te zeggen had, was de volkomen stilte over de lijn spookachtig geweest, zonder het geknetter
van statische ruis of elektronisch gesuis, anders dan wat Celestina
ooit eerder over een telefoon had gehoord.

'Ze is gisteravond overleden,' zei de hulp.

'Weet je wanneer? De tijd van overlijden?'

'Een paar minuten na middernacht.'

'Weet je het zeker? De tijd, bedoel ik?'

'Ik was net aan mijn dienst begonnen. Vandaag werk ik anderhalve dienst. Ze was nog in coma toen ze overleed, ze is niet meer
wakker geworden.'

In Celestina's hoofd, even duidelijk als die om kwart over vier door
de telefoon had geklonken, waarschuwde de broze stem van een
oude vrouw voor de crisis van Phimie.

Kom nu.

Wat?

Kom nu. Kom snel.

Met wie spreek ik?

Nella Lombardi. Kom nu. Je zus zal snel overlijden.

Als het telefoontje werkelijk van mevrouw Lombardi afkomstig
was, had ze dat meer dan vier uur na haar overlijden gepleegd.

En als het niet afkomstig was van de oude vrouw, wie had zich
dan als haar voorgedaan? En waarom?

Toen Celestina twintig minuten daarna in het ziekenhuis was aangekomen, had zuster Josephina verrast gereageerd: *Ik wist niet dat het hun was gelukt je te bereiken. Ze probeerden dat pas tien minuten geleden.*

Het telefoontje van Nella Lombardi was gekomen vóór Phimie was getroffen door een eclampsieaanval en naar de operatiekamer was gereden.

Uw zus zal snel overlijden.

'Gaat het, liefje?' vroeg de verpleeghulp.

Celestina knikte. Slikte moeizaam. Toen Phimie stierf, was in haar hart bitterheid gekomen en haat voor het kind dat was blijven leven ten koste van de moeder: gevoelens die ze zichzelf niet waardig achtte, maar die ze niet van zich af had kunnen zetten. Deze twee verbazende dingen – het verhaal van dr. Lipscomb en Nella's telefoontje – waren een tegengif tegen haat, een balsem voor woede, maar ze raakte er ook half de kluts door kwijt. 'Ja. Dank je,' zei ze tegen de hulp. 'Het gaat wel.'

Met de koffer in haar hand liep ze kamer 724 uit.

In de gang bleef ze staan, keek naar links en keek naar rechts en wist niet waar ze naartoe moest.

Had Nella Lombardi, niet langer op deze prachtige wereld, een handreiking door de leegte gedaan om twee zusters op tijd bij elkaar te brengen zodat ze elkaar vaarwel konden zeggen?

En had Phimie, uit de dood teruggehaald door de reanimatiepogingen van het operatieteam, Nella's vriendelijkheid terugbetaald met haar eigen verbijsterende boodschap aan Lipscomb?

Van jongs af had Celestina geleerd erop te vertrouwen dat leven zin had, en toen ze dat geloof met dr. Lipscomb moest delen, toen hij worstelde om zich neer te leggen bij zijn ervaring in de operatiekamer, had ze het zonder aarzeling gedaan. Maar het vreemde was dat zij moeite had deze twee kleine wonderen in zich op te nemen.

Hoewel ze zich er bewust van was dat deze buitengewone gebeurtenissen van invloed zouden zijn op de rest van haar leven, te beginnen met haar acties in de uren die direct voor haar lagen, kon ze niet duidelijk zien wat ze nu moest doen. In het centrum van haar verwarring was een conflict tussen geest en hart, rede en geloof, maar ook een strijd tussen wens en plicht. Tot het haar zou lukken die tegengestelde krachten met elkaar te verzoenen, werd ze bijna verlamd door besluiteloosheid.

Ze liep door de gang tot ze een kamer zag met lege bedden. Zonder de lichten aan te doen, liep ze naar binnen, zette de koffer neer en ging in een stoel bij het raam zitten.

Zelfs naarmate de ochtend vorderde, spanden de mist en regen samen om slechts een zwak grijs daglicht tot St. Mary's toe te laten. Schaduwen tierden welig.

Celesta zat naar haar handen te kijken, zo donker in de duisternis. Uiteindelijk ontdekte ze in zichzelf al het licht dat ze nodig had om de cruciale uren die voor haar lagen door te komen. Ten slotte wist ze wat ze moest doen, maar wist niet of ze wel de standvastigheid had om het te doen.

Haar handen waren slank, met lange vingers, sierlijk. De handen van een kunstenaar. Het waren geen sterke handen.

Ze zag zichzelf als een creatief mens, vaardig, efficiënt en toegedaan, maar ze zag zichzelf niet als een sterk iemand. Toch zou ze veel kracht nodig hebben voor wat er voor haar lag.

Tijd om te gaan. Tijd om te doen wat er gedaan moest worden.

Ze kon niet uit de stoel overeind komen.

Te doen wat er gedaan moest worden.

Ze was te bang om in beweging te komen.

24

Edom en de taarten, in de blauwe ochtend die volgde op de storm, moesten zich aan een schema houden en hongerigen tevreden stellen.

Hij reed in zijn geel met witte Ford Country Squire stationcar uit 1955. Hij had de auto gekocht met zo'n beetje het laatste geld dat hij had verdiend in de jaren dat hij nog een baan kon hebben, voor zijn... probleem.

Ooit was hij een uitmuntend chauffeur. De laatste tien jaar hing zijn prestatie achter het stuur af van zijn stemming.

Soms was alleen al de gedachte in de auto te stappen en zich in de gevaarlijke wereld te wagen onverdraaglijk. Dan ging hij in zijn gemakkelijke stoel zitten wachten op de natuurramp die hem snel van de aarde zou wegvagen alsof hij nooit had bestaan.

Die ochtend was het alleen zijn liefde voor zijn zuster, Agnes, die hem de moed gaf te rijden en de taartenman te worden.

Edom was de zes jaar oudere broer van Agnes en woonde al sinds zijn vijfentwintigste in een van de twee flats boven de grote, vrijstaande garage achter het grote huis, toen hij de arbeidsmarkt verliet. Hij was nu zesendertig.

Edoms tweelingboer, Jacob, die nog nooit een baan had gehad, woonde in de tweede flat. Hij zat er al sinds hij eindexamen had gedaan van de middelbare school.

Agnes, die de panden had geërfd, zou haar broers graag in het eigenlijk woonhuis hebben gehaald. Hoewel ze allebei bereid waren haar zo af en toe voor een etentje te bezoeken of op een zomerse avond in de schommelstoelen op de veranda te zitten, konden ze allebei niet op die dreigende plek wonen.

Er was te veel in die kamers gebeurd. Die waren donker bevlekt met familiegeschiedenis en 's nachts, als Edom of Jacob onder dat puntdak sliep, kwam dat verleden tot leven in dromen.

Edom was vol bewondering voor Agnes' vermogen boven het verleden en al die jaren vol kwelling uit te stijgen. Zij kon het huis gewoon zien als onderkomen, terwijl het voor haar broers de plek was – en altijd zou blijven – waar hun geest vernietigd was. Zelfs het wonen in de buurt was eigenlijk onmogelijk, maar zij hadden geen andere mogelijkheden.

Dit was een van de vele dingen aan Agnes die Edom verbaasden. Als hij een lijst had durven maken van alle kwaliteiten die hij in haar bewonderde, zou hij in een depressie weggezakt zijn bij de gedachte hoeveel beter zij met tegenslag was omgegaan dan hij of Jacob.

Toen Agnes hem had gevraagd de taarten af te leveren voor ze de vorige dag met Joey naar het ziekenhuis was gegaan, had Edom willen weigeren, maar hij had aarzelend toegestemd. Hij was bereid alle narigheid te ondergaan die de natuur hem in dit leven wilde aandoen, maar hij kon het niet verdragen teleurstelling te zien in de ogen van zijn zuster.

Niet dat ze ooit had laten merken dat haar broers geen bron van trots voor haar waren. Ze behandelde hen altijd met respect, tederheid en liefde – alsof ze hun tekortkomingen niet zag.

Ze ging ook met allebei op dezelfde manier om zonder een van hen voor te trekken – behalve als het ging om het rondbrengen van taarten. Die enkele keren dat ze niet zelf de ronde kon doen en ze alleen op haar broers een beroep kon doen, vroeg Agnes altijd Edom om hulp.

Jacob maakte mensen bang. Hij en Edom waren identieke tweelingen met dezelfde jongensachtige en aangename gezichten, allebei een zachte stem, goed geknipt en keurig verzorgd. Toch gaf Jacob, op dezelfde missie van barmhartigheid als Edom, de mensen die de taart ontvingen een enorm gevoel van ongemak, zo niet uitgesproken angst. Als hij was geweest, vergrendelden ze de deuren, laadden hun wapens als ze die hadden en konden een paar dagen niet slapen.

Dientengevolge was Edom op weg met taarten en pakjes, werkte hij een lijst af met namen en adressen die hem door zijn zus was gegeven, ook al geloofde hij dat nog voor de middag – en zeker voor het avondeten – een ongekend heftige aardbeving, de legendarische Grote Knal, zou plaatsvinden. Dit was de laatste dag van de rest van zijn leven.

Het vreemde bliksemsalvo dat een einde maakte aan de regen in plaats van een begin, was een aanwijzing geweest. Het snelle opklaren van de hemel – wat wees op een strakke wind op grote hoogten terwijl aan de grond windstilte heerste – een plotselinge daling in vochtigheid en een ongewone warmte voor de tijd van het jaar bevestigden de ophanden zijnde catastrofe.

Aardbevingweer. Mensen in Zuid-Californië hadden veel benamingen voor dat begrip, maar Edom wist dat hij deze keer gelijk had. Snel zou het weer gaan donderen, maar dan vanuit de grond. Met een defensieve manier van rijden – op zijn hoede voor omvallende telefoonpalen, instortende bruggen en niet in de laatste plaats het ineens verschijnen van spleten in de weg die auto's verzwolgen – bereikte Edom het eerste adres op de lijst van Agnes.

Het bescheiden houten huis had lange tijd geen onderhoud gekend. Zilverkleurig geworden door jaren onophoudelijke zon, kaal hout als donkere botten onder de afbladderende verf. Aan het eind van een grindpad, onder een ingezakt afdak, stond een gedeukte Chevy op versleten banden.

Hier aan de oostelijke rand van Bright Beach, aan de kant van de heuvels die geen uitzicht op zee had, rukte de onvermoeibare woestijn op als de bewoners even niet oplettten. Salie en wilde zuring groeiden waar de achtertuinen ophielden.

De laatste storm had tuimelgras uit de woestenij geblazen. Ze zaten verstrengeld in gecultiveerde struiken, opgestapeld tegen een muur van het huis.

Het gazon, groen tijdens het regenseizoen, ontbeerde een sproeiinstallatie en zou van april tot november dor en bruin zijn. Zelfs in dit vruchtbare seizoen stond er net zoveel onkruid en opschietend distelgras als gewoon gras.

Met een van de zes bosbessentaarten liep Edom over het ongemaaide gazon, via de ingezakte treden naar de veranda aan de voorkant.

Dit was geen huis waar hij zou willen zitten als de aardbeving van de eeuw de kust deed schudden en enorme steden met de grond gelijkmaakte. Jammer genoeg luidden de instructies van Agnes dat Edom niet alleen maar de cadeautjes moest afgeven en dan maken dat hij wegkwam, maar dat hij even op bezoek moest blijven en net zo vriendelijk moest zijn als hij van nature was.

Jolene Klefton deed open op zijn kloppen: slonzig, begin vijftig, gekleed in een vormeloze jurk. Loshangend bruin haar, even mat als het zand uit de Mojave. Maar haar gezicht werd verlevendigd door een overdaad aan sproeten en haar stem was zowel muzikaal als warm.

'Edom, je bent net zo knap als die zanger in de Lawrence Welk Show, echt waar! Kom binnen, kom binnen!'

Toen ze opzij stapte om hem binnen te laten, zei Edom: 'Agnes had weer eens een bakaanval. We eten net zo lang bosbessentaart tot we blauw zien. Ze zei dat we er misschien eentje aan jullie kwijt konden.'

'Dank je, Edom. Waar is ze zelf vanmorgen?'

Hoewel ze het probeerde te verbergen, was Jolene teleurgesteld – iedereen zou dat zijn geweest – dat niet Agnes maar Edom aan haar deur was verschenen. Hij voelde zich niet beledigd.

'De baby is gisteravond geboren,' meldde hij.

Met een meisjesachtige, opgetogen kreet schreeuwde Jolene naar haar man, Bill, die niet in de woonkamer zat: 'Agnes heeft haar baby gekregen!'

'Een jongen,' zei Edom. 'Ze heeft hem Bartholomeus genoemd.'

'Het is een jongetje en hij heet Bartholomeus,' schreeuwde Jolene naar Bill en drong er daarna bij Edom op aan haar naar de keuken te volgen.

Buiten, in de stationcar, stonden dozen met kruidenierswaren – een gerookte ham, blikken met lekkere dingen – voor de Kleftons. Edom zou die later naar binnen brengen, waardoor zou lijken alsof hij de kruidenierswaren bijna vergeten was.

Volgens Agnes leek de hele bestelling, door eerst de zelfgemaakte taart te geven en een tijdje te blijven, minder op een daad van liefdadigheid, eerder een simpele vriendendienst.

De keuken was klein, met oude apparatuur, maar het was er licht en schoon en het geurde naar kaneel en vanille.

Bill was hier ook niet.

Jolene trok een stoel van de ontbijttafel naar buiten. 'Ga zitten, ga zitten.'

Ze zette de taart op het aanrecht en plaatste drie koffiekoppen op tafel. 'Ik wed dat het een bijzonder jochie is, een mooi jochie, hè?'

'Ik heb hem niet gezien. Ik heb Agnes vanochtend over de telefoon gesproken en ze zei dat hij prachtig was. Een hele bos met haar.'

'Geboren met een volle kop met haar,' schreeuwde Jolene naar haar man terwijl ze hete koffie in de koppen schonk.

Vanaf de andere kant van het huis klonk een langzaam, ritmisch gebonk: Bill die naar de keuken kwam.

'Vooral zijn ogen zijn prachtig. Smaragden en saffieren, zegt ze. Noemt ze "Tiffany-ogen".'

'De jongen heeft bijzondere ogen!' schreeuwde Jolene naar Bill.

Toen Jolene bordjes en cake op tafel zette, kwam Bill binnen, zichzelf voortpunterend op twee stevige wandelstokken.

Hij was ook in de vijftig, maar zag er tien jaar ouder uit dan zijn vrouw. Zijn haar was met de jaren dunner geworden, maar dat zijn gezicht rood en opgezwollen was, was het gevolg van ziekte en medicijnen.

Reumatische artritis had zijn heupen misvormd. Hij had op krukken moeten lopen of met een looprek, maar trots hield hem op de wandelstokken.

Trots had hem ook op zijn werk gehouden, tot lang nadat de pijn hem het werken onmogelijk had gemaakt. Hij was nu vijf jaar werkloos en probeerde, met steeds minder succes, te leven van een arbeidsongeschiktheidsuitkering.

Bill draaide zich op een stoel en hing de wandelstokken aan de rugleuning. Hij stak zijn rechterhand naar Edom uit.

De hand was knoestig, de knokkels opgezet en misvormd. Edom drukte hem licht, bang dat hij hem zelfs met een zachte aanraking pijn zou doen.

'Vertel 'ns over de baby,' moedigde Bill hem aan. 'Waar komt die naam vandaan... Bartholomeus?'

'Ik weet het eigenlijk niet.' Edom nam een bordje met een plakje cake van Jolene aan. 'Voorzover ik weet, stond die niet op hun lijst van namen.'

Hij had niet zoveel te zeggen over de baby, alleen wat Agnes hem had verteld. Hij had Jolene al de meeste details gegeven.

Toch noemde hij ze allemaal weer op. Hij versierde ze eigenlijk een beetje om tijd te rekken, want hij vreesde een vraag die hem zou dwingen hun het slechte nieuws te geven.

En toen kwam die vraag toch, van Bill. 'Barst Joey niet uit elkaar van trots?'

Edom had zijn mond vol, dus een direct antwoord bleef hem bespaard. Hij kauwde tot het leek alsof zijn plakje cake even taai was als kraakbeen, en toen hij besefte dat Jolene hem nieuwsgierig aankeek, knikte hij alsof hij daarmee Bills vraag beantwoordde.

Hij boette voor zijn bedrog, de knik, toen hij probeerde de cake weg te slikken en het hem niet lukte. Bang dat hij zou stikken, pakte hij zijn kop en maakte de hardnekkige plak los met warme, zwarte koffie.

Hij kon niet over Joey praten. Het vertellen zou op moord lijken. Tot Edom werkelijk iemand over het ongeluk vertelde, was Joey niet echt dood. Woorden maakten het echt. Tot Edom de woorden uitsprak, was Joey op de een of andere manier nog in leven, in ieder geval voor Jolene en Bill.

Dit was een krankzinnige gedachte. Irrationeel. Toch bleef het bericht over Joey hardnekkiger in zijn keel steken dan het stuk cake. In plaats daarvan sprak hij over een onderwerp waarbij hij zich gemakkelijker voelde: de dag des oordeels. 'Lijkt dit volgens jullie op aardbevingweer?'

Verrast zei Bill: 'Het is een mooie dag voor januari.'

'De duizendjarige beving is te laat,' waarschuwde Edom.

'Duizendjarig?' zei Jolene fronsend.

'De San Andreas hoort elke duizend jaar een beving met een kracht van acht-komma-vijf of hoger te hebben, om de druk van de breuk af te halen. Hij is honderden jaren te laat.'

'Nou, het zal niet gebeuren op de dag dat Agnes' baby is geboren, dat garandeer ik je,' zei Jolene.

'Hij is gisteren geboren, niet vandaag,' zei Edom somber. 'Als de duizendjarige beving toeslaat, zakken wolkenkrabbers in elkaar, storten bruggen in, breken dammen. Binnen drie minuten zullen er tussen San Diego en Santa Barbara een miljoen mensen sterven.'

'Dan kan ik beter nog maar wat cake nemen,' zei Bill terwijl hij zijn bordje naar Jolene schoof.

'Pijpleidingen voor olie en gas breken, exploderen. Een vuurzee zal steden wegvagen waarmee nog eens honderdduizenden mensen de dood vinden.'

'Bedenk je dit allemaal,' vroeg Jolene, 'omdat moeder Natuur ons in januari een mooie warme dag geeft?'

'De natuur heeft geen moederlijke instincten,' zei Edom rustig maar met overtuiging. 'Om daar anders over te denken is pure sentimentaliteit in zijn ergste vorm. De natuur is onze vijand. Ze is een kwaadaardige moordenaar.'

Jolene begon zijn koffiekop weer te vullen – maar bedacht zich toen. 'Misschien moet je geen cafeïne meer hebben, Edom.'

'Weet je van die aardbeving die op 1 september 1923 zeventig procent van Tokio en heel Yokohama vernietigde?' vroeg hij.

'Ze hadden in ieder geval nog genoeg ondernemingslust om de Tweede Wereldoorlog te beginnen,' merkte Bill op.

'Na de beving,' zei Edom, 'zochten veertigduizend mensen hun heil op een open terrein van honderd hectare, een legerdepot. Een brand die door de beving was ontstaan, greep zo snel om zich heen dat ze staand werden gedood, zo stevig tegen elkaar aan gepakt dat ze stierven als een solide klomp lichamen.'

'Nou, wij hebben hier aardbevingen,' zei Jolene, 'maar in het oosten hebben ze al die orkanen.'

'Ons nieuwe dak,' zei Bill naar boven wijzend, 'kan elke orkaan doorstaan. Goed werk. Zeg tegen Agnes dat het goed werk is.'

Agnes had voor hen geregeld dat ze het nieuwe dak tegen kostprijs kregen en daarna donaties van een stuk of tien mensen en een kerkgenootschap bij elkaar gebracht om de bijna tweehonderd dollar aan kosten te dekken.

'De orkaan waardoor Galveston in Texas is getroffen, toen in 1900, heeft aan zesduizend mensen het leven gekost,' zei Edom. 'Heeft zo ongeveer de hele stad weggevaagd.'

'Dat was vijfenzestig jaar geleden,' zei Jolene.

'Nog geen anderhalf jaar geleden, de orkaan Flora – die heeft in het Caraïbische gebied aan meer dan zesduizend mensen het leven gekost.'

'Ik zou niet in het Caraïbische gebied willen wonen, al kreeg ik er geld voor,' zei Bill. 'Al die vochtigheid. Al die insecten.'

'Maar wat het aantal doden betreft, kan niets aan aardbevingen tippen. Een grote in Shaanxi in China doodde er achthonderddertigduizend.'

Bill was niet onder de indruk. 'In China bouwen ze huizen van modder. Geen wonder dat alles instort.'

'Dit was op 24 januari 1556,' zei Edom met een onwrikbare autoriteit, want hij had tienduizenden feitjes over de ergste natuurrampen in de geschiedenis in zijn geheugen opgeslagen.

'Vijftien zesenvijftig?' Bill fronste zijn wenkbrauwen. 'De Chinezen hadden waarschijnlijk toen zelfs nog geen módder.'

Terwijl ze voor zichzelf nog wat koffie inschonk, zei Jolene: 'Edom, je zou ons vertellen hoe Joey op zijn vaderschap reageert.'

Terwijl hij geschrokken op zijn polshorloge keek, schoot Edom van zijn stoel overeind. 'Moet je zien hoe laat het is! Ik moest een heleboel doen van Agnes en ik zit hier maar te ratelen over aardbevingen en cyclonen.'

'Orkanen,' corrigeerde Bill. 'Dat is toch wat anders dan cyclonen?'

'Breek me de bek niet open over *cyclonen!*' Edom haastte zich door het huis naar buiten, naar de stationcar om de dozen kruidenierswaren te halen.

Het blauwe gewelf boven hem, nu onbewolkt, was de meest dreigende lucht die Edom ooit had gezien. De lucht was verbazend droog zo direct na een regenbui. En stil. Tot zwijgen gebracht. Aardbevingweer. Voor deze gedenkwaardige dag ten einde was, zouden enorme bevingen en vloedgolven van honderdvijftig meter hoog de kust doen schudden en onder water zetten.

25

Van de zeven pasgeborenen was er geen die veel drukte maakte, te kort nog op deze wereld om te beseffen hoeveel er te vrezen viel. Een verpleegster en een non brachten Celestina naar de babykamer achter het grote raam.

Ze deed haar best kalm over te komen, en ze moest erin geslaagd zijn, want geen van de vrouwen scheen te beseffen dat ze zo bang was dat ze bijna verlamd raakte. Ze bewoog zich houterig met stijve ledematen en gespannen spieren.

De verpleegster tilde het kind uit de wieg. Ze gaf het aan de non. Met de baby in haar armen draaide de non zich naar Celestina om en sloeg het dunne dekentje open om haar een goede blik te gunnen op het kleine meisje.

Met ingehouden adem kreeg Celestina bevestigd wat ze had vermoed over het kind sinds de snelle glimp die ze in de operatiekamer had opgevangen. De huidskleur was café au lait met iets van karamel.

Vele trotse generaties lang en minstens tot en met de achternichten en -neven had niemand aan beide zijden van Celestina's familie zo'n lichte huid gehad. Ze waren zonder uitzondering medium tot donker mahonie, vele tinten donkerder dan deze zuigeling.

De verkrachter van Phimie moest een blanke man zijn geweest.

Iemand die ze had gekend. Iemand die Celestina misschien ook kende. Hij woonde in of rond Spruce Hills omdat Phimie hem als een bedreiging was blijven zien.

Celestina koesterde geen enkele illusie speurder te spelen. Ze zou die schoft nooit op het spoor kunnen komen en ze had er geen zin in hem tegen te komen.

Maar wat haar bang maakte, was niet de monsterlijke vader van dit kind. Wat haar beangstigde was de beslissing die ze een paar minuten geleden in de ongebruikte ziekenhuiskamer op de zesde verdieping had genomen.

Haar hele toekomst stond op het spel als ze deed wat ze beslist had. Hier, in de aanwezigheid van de baby, zou ze de komende paar minuten of van gedachten moeten veranderen of zich ver-plichten aan een moeilijker en problematischer leven dan ze die ochtend nog voor ogen had gehad.

'Mag ik?' vroeg ze terwijl ze haar armen uitstak.

Zonder aarzeling gaf de non de zuigeling aan Celestina.

De baby voelde te licht om echt te zijn. Ze woog 2550 gram, maar ze leek lichter dan lucht, alsof ze uit de armen van haar tante om-hoog zou drijven.

Celestina staarde naar het kleine bruine gezicht en stelde zich open voor de woede en de haat waarmee ze dit kind in de operatieka-mer had bekeken.

Als de non en de verpleegster wisten hoeveel afkeer Celestina eer-der had gevoeld, zouden ze haar hier nooit in de babykamer toe-gelaten hebben en haar nooit deze pasgeborene in de armen heb-ben gegeven.

Dit product van geweld. Deze moordenaar van haar zuster.

Ze zocht in de ongerichte ogen van het kind naar enig teken van de verdorvenheid van de gehate vader.

De handjes, nu zwak maar ooit sterk: zouden die uiteindelijk tot dezelfde wreedheid in staat zijn als die van de handen van de va-der?

Dit bastaardkind. Dit zaad van een duivelse man die Phimie zelf ziek en kwaadaardig had genoemd.

Hoe onschuldig ze er nu ook uitzag, welke pijn zou ze uiteindelijk misschien anderen aandoen? Welke wandaden zou ze in de ko-mende jaren kunnen begaan?

Hoewel Celestina aandachtig keek, kon ze geen glimp van de slechtheid van de vader in het kind ontdekken.

In plaats daarvan zag ze een herboren Phimie.

Ze zag ook een kind dat gevaar liep. Ergens liep een verkrachter rond die in staat was tot extreem geweld en een enorme wreedheid, een man die – als Phimie gelijk had – onvoorspelbaar zou reageren als hij ooit over het bestaan van zijn dochtertje hoorde. Angel, als ze zo uiteindelijk zou gaan heten, leefde onder een even grote bedreiging als de kinderen van Bethlehem die op last van koning Herodes gedood werden.

De baby kromde een kleine hand om de wijsvinger van haar tante. Zo klein, zo fragiel, toch was haar greep verrassend stevig.

Doe wat er gedaan moet worden.

Celestina gaf het kind terug aan de non en vroeg of ze ergens ongestoord kon bellen.

Weer in het kantoor van de sociaal werker. Regen tikte zacht tegen het raam waar dr. Lipscomb gespannen in de mist had gestaard terwijl hij probeerde de levensveranderende onthulling te vermijden die Phimie, sprekend met de speciale kennis van de doden, hem had gedaan.

Zittend aan het bureau belde Celestina weer haar ouders. Ze trilde hevig, maar haar stem klonk kalm.

Haar moeder en vader gebruikten allebei een telefoon en waren gelijktijdig aan de lijn.

'Ik wil dat jullie de baby adopteren.' Voor ze konden reageren, ging ze haastig verder: 'Ik ben pas over vier maanden eenentwintig en zelfs dan zouden ze misschien moeilijk kunnen doen over een adoptie, ook al ben ik haar tante, omdat ik alleen ben. Maar als jullie haar adopteren, voed ik haar op. Ik beloof het. Ik neem de volle verantwoordelijkheid. Jullie hoeven je geen zorgen te maken dat ik er spijt van zal krijgen of dat ik haar ooit bij jullie zal brengen en me aan de verantwoordelijkheid onttrek. Ze zal vanaf nu het middelpunt van mijn leven worden. Ik begrijp dat. Ik accepteer het. Ik verheug me erop.'

Ze was bang dat ze tegen haar in zouden gaan en hoewel ze wist dat ze achter haar beslissing stond, was ze bang dat haar betrokkenheid nu aan de kaak zou worden gesteld.

Maar haar vader vroeg: 'Hoor ik hier emotie, Celie, of klinkt hier zowel verstand als hart?'

'Allebei. Verstand en hart. Maar ik heb er goed over nagedacht,

papa. Ik heb nog nooit van mijn leven zo goed over iets nagedacht.'
'Wat vertel je ons niet?' drong haar moeder aan, die intuïtief voelde dat er meer achter zat, dat het niet alleen maar verbazingwekkend was.

Celestina vertelde hun over Nella Lombardi en over de boodschap die Phimie had overgebracht aan dr. Lipscomb nadat ze gereanimeerd was. 'Phimie was... zo bijzonder. Er is ook iets bijzonders aan de baby.'

'Vergeet de vader niet,' waarschuwde Grace.

En de dominee voegde eraan toe: 'Ja, vergeet het niet. Als het bloed spreekt...'

'Daar geloven we toch niet in, papa? We geloven er niet in dat bloed spreekt. We geloven toch dat we geboren zijn voor hoop, onder een mantel van genade?'

'Ja,' zei hij zacht. 'Dat is zo.'

In de stad klonk een sirene die op weg was naar St. Mary's. Een ambulance. In straten die bruisten van de hoop, altijd deze klaagzang voor de stervenden.

Celestina keek op van het bekraste bureaublad naar de mistwitte hemel achter het raam, van realiteit naar de belofte.

Ze vertelde hun van Phimies verzoek de baby Angel te noemen. 'Toen dacht ik dat ze niet helder kon denken door de beroerte. Als de baby voor adoptie weggegeven zou worden, zouden de adoptieouders haar een naam geven. Maar ik denk dat ze begreep – of op de een of andere manier wist – dat ik het zou willen doen. Dat ik dit zou móeten doen.'

'Celie,' zei haar moeder, 'ik ben heel trots op je. Ik hou heel veel van je dat je dit wilt doen. Maar kun je dan blijven studeren, werken én zorgen voor een baby?'

Celestina's ouders waren niet rijk. De kerk van haar vader was klein en bescheiden. Het lukte hun met veel moeite de kunstacademie te bekostigen, maar Celestina werkte als serveerster om haar eenkamerflat en andere zaken te kunnen betalen.

'Ik hoef volgend voorjaar nog niet af te studeren. Ik kan wat minder lessen nemen en het voorjaar daarop mijn examen doen. Dat is niet zo erg.'

'O, Celie...'

Ze sprak snel verder: 'Ik ben een van de beste serveersters die ze hebben, dus als ik om alleen avonddiensten vraag, krijg ik die. 's Avonds krijg ik meer fooi. En als ik alleen die dienst doe, vierenhalf tot vijf uur, krijg ik een regelmatig rooster.'

'Wie is er dan bij de baby?'

'Babysitters. Vrienden, familie van vrienden. Mensen die ik kan vertrouwen. Ik kan me een oppas permitteren als ik alleen de fooien van de avonddienst krijg.'

'Misschien kunnen wij haar beter opvoeden, je vader en ik.'

'Nee, mama. Dat gaat niet. Dat weet jij ook.'

De dominee zei: 'Ik weet zeker dat je mijn parochianen onderschat, Celestina. Die zullen niet gechoqueerd zijn. Die zullen hun harten openstellen.'

'Daar gaat het niet om, papa. Je weet nog hoe bang Phimie was voor die kerel toen we eergisteren bij elkaar waren. Niet alleen voor zichzelf... maar ook voor de baby.'

Ik wil de baby niet hier krijgen. Als híj weet dat hij een kind bij mij heeft gemaakt, wordt hij nog gekker. Dat weet ik.

'Hij zal een klein kind niets doen,' zei haar moeder. 'Hij zou er geen enkele reden voor hebben.'

'Als hij krankzinnig en slecht is, dan heeft hij geen reden nodig. Ik denk dat Phimie ervan overtuigd was dat hij de baby zou vermoorden. En aangezien we niet weten wie deze man is, moeten we op haar intuïtie vertrouwen.'

'Als hij zo'n monster is,' zei hij haar moeder zorgelijk, 'ben jij misschien niet eens veilig in San Francisco als hij ooit over de baby hoort.'

'Hij zal het nooit weten. We moeten ervoor zorgen dat hij het niet zal weten.'

Haar ouders zwegen, dachten na.

Van een hoek van het bureau pakte Celestina een ingelijste foto van de sociaal werkster en haar gezin. Man, vrouw, dochter, zoon. Het kleine meisje met een beugel lachte verlegen. De jongen keek ondeugend.

In dit portret zag ze een moed waar geen woorden voor waren. Een gezin stichten in deze turbulente wereld is een daad van vertrouwen, een gok tegen alle kansen in dat er een toekomst zal zijn, dat liefde blijft bestaan, dat het hart kan triomferen over alle tegenstand en zelfs tegen het malende wiel van de tijd.

'Grace,' zei de dominee, 'wat wil jij doen?'

'Je neemt iets heel zwaars op je, Celie,' waarschuwde haar moeder.

'Weet ik.'

'Lieverd, het is één ding om een liefhebbende zuster te zijn, maar er is een wereld van verschil tussen dat en martelaarschap.'

'Ik heb Phimies baby vastgehouden, mama. Ik heb haar in mijn armen gehad. Wat ik voelde was geen sentimentele bevlieging.'
'Je klinkt zo zeker.'
'Doet ze dat al niet sinds haar derde?' zei haar vader met een enorme genegenheid.
'Ik ben voorbestemd de beschermer van deze baby te zijn,' zei Celestina, 'om haar veiligheid te geven. Ze is bijzonder. Maar ik ben geen onzelfzuchtige martelaar. Voor mij zit hier ook vreugde in, bij de gedachte alleen al. Ik ben bang, zeker. O, god, wat ben ik bang. Maar ik ben ook blij.'
'Hoofd en hart?' vroeg haar vader weer.
'Beide volledig,' bevestigde ze.
'Waar ik wel op sta,' zei haar moeder, 'is dat ik in het begin een paar maanden bij je kom, om je te helpen tot alles geregeld is, tot je het ritme te pakken hebt.'
En zo werden ze het eens. Hoewel Celestina, daar in die stoel zittend, zichzelf een enorme kloof voelde oversteken tussen haar oude en haar nieuwe leven, tussen de toekomst zoals die had kunnen zijn en de toekomst zoals die zou worden.
Ze was er niet op voorbereid een baby groot te brengen, maar ze zou alles leren wat ervoor nodig was.
Haar voorouders hadden slavernij verdragen, en dankzij hun juk en dat van eerdere generaties, was zij nu vrij. De offers die ze zou brengen voor dit kind, konden niet werkelijk offers genoemd worden, niet in het harde licht van de geschiedenis. Vergeleken met wat anderen hadden ondergaan, was dit een eenvoudige taak; haar voorouders hadden niet geworsteld opdat zij een makkelijk leventje kon leiden. Dit ging om eer en familie. Dit ging om leven en iedereen leefde zijn leven in de schaduw van een of andere plechtige gelofte.
Maar evengoed was ze niet voorbereid op een confrontatie met zo'n monster als de vader als hij op een dag Angel kwam opzoeken. En hij zou komen. Ze wist het. In deze gebeurtenissen, zoals in alle dingen, zag Celestina White een ingewikkeld en geheimzinnig patroon, en voor het oog van de kunstenaar vereiste de symmetrie van het ontwerp dat op een dag de vader zou komen. Ze was nu niet voorbereid op een confrontatie met die schoft, maar tegen de tijd dat hij kwam, zou ze klaar voor hem zijn.

26

Na onderzoeken te hebben ondergaan naar hersentumoren en lae-
sies om vast te stellen of zijn hevige aanval van braken misschien
een fysieke oorzaak had, keerde Junior net voor de middag terug
in zijn ziekenhuiskamer.

Hij lag nog niet in bed of hij kromp ineen toen hij Thomas Vanadium in de deuropening zag staan.

De rechercheur kwam binnen met een dienblad met daarop de
lunch. Hij zette dat op het verstelbare nachtkastje dat hij over Juniors schoot draaide.

'Appelsap, citroenpudding en vier soda crackers,' zei de rechercheur. 'Als je niet voldoende geweten hebt om te bekennen, dan
zal dit dieet je wil wel breken. Ik verzeker je, Enoch, dat de kost
in elke gevangenis in Oregon heel wat beter is.'

'Wat is er met jou aan de hand?' wilde Junior weten.

Alsof hij niet had begrepen dat de vraag een antwoord vereiste en
alsof hij niet het bedekte verwijt had gehoord, liep Vanadium naar
het raam en trok de jaloezie op, waardoor zo'n fel zonlicht bin-
nenviel dat de schittering het vertrek binnen leek te knallen.

'Het is een soort *sunshine-cake*-dag,' verkondigde Vanadium. 'Ken
je dat oude liedje "Sunshine cake", Enoch? Van James Van Heu-
sen, een fantastische songwriter. Niet zijn beroemdste liedje. Hij
heeft ook "All the way" geschreven, en "Call me irresponsible".
"Come fly with me" – dat was er ook een van hem. "Sunshine
cake" is een wat minder liedje, maar een leuke song.'

Dit geleuter kwam naar buiten op de gebruikelijke dreun van de
rechercheur. Zijn platte gezicht was even uitdrukkingsloos als zijn
stem monotoon was.

'Doe alsjeblieft dicht,' zei Junior. 'Het is te fel.'

Terwijl hij zich van het raam afkeerde en naar het bed toe liep, zei
Vanadium: 'Natuurlijk heb je liever duisternis, maar ik moet wat
licht krijgen op die pokerface van je, onder die steen, om je gezicht te zien als ik je het nieuws breng.'

Hoewel hij wist dat het gevaarlijk was om met Vanadium mee te
spelen, kon Junior zich niet inhouden om te vragen: 'Welk nieuws?'

'Drink je je appelsap niet?'

'Welk nieuws?'

'Het laboratorium heeft geen ipecac in je speeksel gevonden.'

'Geen wat?' vroeg Junior, omdat hij had gedaan alsof hij sliep toen

Vanadium en dr. Parkhurst de vorige avond over ipecac spraken. 'Geen ipecac, geen ander braakmiddel en geen enkel soort vergif.' Naomi was vrijgesproken van verdenking. Junior was blij dat hun korte en prachtige tijd samen niet voorgoed zou worden overschaduwd door de mogelijkheid dat zij een verraderlijk kreng was dat gif in zijn eten had gedaan.

'Ik weet dat je op de een of andere manier het overgeven hebt opgewekt,' zei de rechercheur, 'maar het ziet ernaar uit dat ik het niet zal kunnen bewijzen.'

'Luister eens, rechercheur, deze zieke insinuaties dat ik op de een of andere manier iets te maken zou hebben met mijn vrouws...'

Vanadium stak zijn hand omhoog alsof hij hem wilde tegenhouden en praatte over zijn klacht heen: 'Bespaar me je uitbarsting. Bovendien insinueer ik helemaal niets. Ik beschuldig je ronduit van moord. Ging je plat met een andere vrouw, Enoch? Zit daar je motief?'

'Dit is walgelijk.'

'Om eerlijk te zijn – en ik ben altijd eerlijk tegen je – kan ik geen enkel spoor van een andere vrouw vinden. Ik heb al met een heleboel mensen gesproken en iedereen denkt dat jij en Naomi elkaar trouw waren.'

'Ik hield van haar.'

'Dat heb je gezegd, ja, en ik heb al erkend dat het misschien zelfs waar is. Je appelsap wordt warm.'

Volgens Caesar Zedd kon je pas sterk worden als je eerst leerde altijd kalm te blijven. Sterkte en kracht ontstonden door een perfecte zelfbeheersing, en een perfecte zelfbeheersing ontstond vanuit innerlijke rust. Innerlijke rust, zo leerde Zedd, is voornamelijk een zaak van diep, langzaam en ritmisch ademhalen, gekoppeld aan een sterke gerichtheid, niet op het verleden of zelfs het heden, maar op de toekomst.

In zijn bed sloot Junior zijn ogen en ademde langzaam en diep. Hij concentreerde zich in gedachten op Victoria Bressler, de verpleegster die stond te popelen het hem eerdaags naar de zin te maken.

'Eigenlijk,' zei Vanadium, 'kwam ik voornamelijk mijn kwartje ophalen.'

Junior opende zijn ogen maar bleef goed ademhalen om kalm te blijven. Hij probeerde zich voor te stellen hoe Victoria's borsten eruit zouden zien, ontdaan van alle belemmerende kleding.

Zoals hij daar stond bij het voeteneind van het bed in een vormeloos blauw pak, zou Vanadium het werk kunnen zijn van een excentrieke kunstenaar die een man had gesneden uit ingeblikte ham en het beeldhouwwerk van vlees had aangekleed met vodden uit een goedkope winkel.

Met de gedrongen rechercheur daar staand lukte het Junior niet zijn verbeelding in een erotische richting te duwen. In zijn gedachten bleef Victoria's weelderige boezem verborgen onder een gesteven wit uniform.

'Met het salaris van een politieman,' zei Vanadium, 'is elk kwartje er een.'

Op magische wijze verscheen er een kwartje tussen de duim en de wijsvinger van zijn rechterhand.

Dit kon niet het kwartje zijn dat hij die nacht bij Junior had achtergelaten. Onmogelijk.

Om redenen die hij niet helemaal onder woorden kon brengen, had Junior het kwartje de hele dag in de zak van zijn ziekenhuisjas bewaard. Van tijd tot tijd had hij het eruit gehaald om het te bekijken.

Toen hij terugkwam van de onderzoeken was hij in bed gestapt zonder de dunne jas uit te trekken. Hij droeg hem nog steeds over zijn pyjama.

Vanadium kon niet weten waar dat kwartje was. Bovendien was de rechercheur toen hij het dienblad over zijn schoot draaide niet dicht genoeg in zijn buurt geweest om het uit de zak van de jas te halen.

Juniors lichtgelovigheid werd op de proef gesteld en hij zou Vanadium niet het genoegen doen in zijn jas naar de munt te zoeken.

'Ik ga een klacht tegen je indienen,' beloofde Junior.

'Ik zal de volgende keer dat ik op bezoek kom het juiste formulier meenemen.'

Vanadium schoot de munt recht in de lucht en spreidde meteen zijn armen, met de handpalmen omhoog om te laten zien dat zijn handen leeg waren.

Junior had gezien dat de zilverkleurige munt van de duim van de agent tollend omhoogschoot. Nu was hij weg alsof hij in de lucht was verdwenen.

Even was zijn aandacht afgeleid geweest door de lege handen van Vanadium. Toch had de smeris op geen enkele manier de munt uit de lucht kunnen plukken.

Maar als het niet was gevangen, zou het kwartje op de vloer zijn gevallen. Junior zou het gerinkel op de tegels hebben gehoord. Maar dat had hij niet.

Met de snelheid van een toeschietende slang was Vanadium veel dichter bij het bed gekomen dan toen hij de munt opgooide; hij bevond zich nu naast Junior en hing over de rand. 'Naomi was zes weken zwanger.'

'Wat?'

'Dat is het nieuws waar ik het over had. Heel interessant gegeven in het autopsieverslag.'

Junior had gedacht dat het nieuws het laboratoriumrapport was, waarin stond dat er geen ipecac in zijn speeksel was gevonden. Dat was allemaal afleiding geweest.

Die spijkerharde ogen, grijs als een dubbeltje, nagelden Junior aan het bed vast en hielden hem daar voor een nauwkeurig onderzoek. En daar kwam dan die anacondagrijns. 'Hebben jullie ruzie gehad over de baby, Enoch? Misschien wilde zij het en jij niet. Een vent zoals jij – door een baby zou jij je beperkt voelen. Te veel verant-woordelijkheid.'

'Ik... ik wist het niet.'

'Bloedonderzoek zal moeten uitwijzen of het kind van jou is of niet. Dat zou dit alles ook kunnen verklaren.'

'Ik zou vader worden,' zei Junior met oprecht ontzag.

'Heb ik het motief gevonden, Enoch?'

Verbaasd en ontsteld door de ongevoeligheid van de agent, zei Ju-nior: 'En dat zeg je zomaar? Ik heb mijn vrouw en mijn kind ver-loren. Mijn vrouw én mijn kind.'

'Jij goochelt net zo goed met je gekweldheid als ik met het kwartje.'

De tranen spóten uit Junior, prikkende stromen, een zoute zee van verdriet die zijn zicht vertroebelde en zijn gezicht een zilt bad gaf. 'Ga hier weg, walgelijke, zieke klootzak,' zei hij, terwijl zijn stem tegelijkertijd trilde van verdriet en van oprechte woede. 'Donder op, gá wég!'

Toen hij naar de deur liep, zei de rechercheur: 'Vergeet je appel-sap niet. Je moet wat krachten opdoen voor het proces.'

Junior ontdekte meer tranen dan tienduizend uien hadden kunnen veroorzaken. Zijn vrouw én zijn ongeboren baby. Hij was bereid geweest zijn geliefde Naomi te offeren, maar misschien zou hij de prijs te hoog hebben gevonden als hij had geweten dat hij tevens zijn eerst verwekte kind offerde. Dit was te veel. Hij was diepbe-droefd.

Nog geen minuut na het vertrek van Vanadium kwam er een ver-pleegster aangesneld, ongetwijfeld gestuurd door de verfoeilijke smeris. Door al zijn tranen viel het moeilijk te zeggen of zij een stoot was. Een leuk gezicht misschien. Maar zo'n graatmager lijf. Uit bezorgdheid dat Juniors huilbui krampen in de spieren van het middenrif zou opwekken en uiteindelijk weer een aanval van bloed- braken, had de verpleegster een tranquillizer bij zich. Ze wilde dat hij de pil met het appelsap wegspoelde.

Junior zou nog liever een beker carbol weggewerkt hebben dan dat hij het sap aanraakte, omdat het etensblad hem was gebracht door Thomas Vanadium. De maniakale smeris, vastbesloten zijn man hoe dan ook te pakken, was in staat zijn toevlucht te nemen tot vergif als hij het gevoel had dat de gewone instrumenten van justitie niet opgewassen waren tegen de taak.

Op aandringen van Junior schonk de verpleegster een glas water in uit de karaf naast het bed. Vanadium was niet in de buurt van de karaf geweest.

Na een tijdje hervond Junior zijn zelfbeheersing dankzij de tran- quillizer en de ontspanningstechnieken van Caesar Zedd.

De verpleegster bleef bij hem tot zijn hevige huilbui was afgeno- men. Het was duidelijk dat hij geen hevige aanval van braken zou krijgen.

Ze beloofde hem nieuw appelsap te brengen toen hij had geklaagd over de vreemde smaak van het oude.

Eenmaal alleen en weer kalm was Junior in staat het onbetwist- bare basisprincipe van de filosofie van Zedd toe te passen: zoek al- tijd naar de zonzijde.

Ongeacht de ernst van een terugval, hoe vreselijk de klap ook was, je kon altijd een zonzijde vinden als je maar hard genoeg zocht. De sleutel tot geluk, succes en geestelijke gezondheid was het vol- slagen negeren van het negatieve, ontkennen dat het macht over je had, en een reden vinden om blij te zijn met elke ontwikkeling in het leven, zelfs de wreedste catastrofe, door het ontdekken van de zonzijde in zelfs het donkerste uur.

In dit geval was de zonzijde oogverblindend helder. Door zowel een ongewoon mooie vrouw als een ongeboren kind te verliezen, zou Junior de sympathie – het medelijden, de liefde zelfs – van el- ke jury opwekken waarvoor de staat zich misschien hoopte te ver- dedigen tegen een onterechte aanklacht wegens doodslag.

Eerder was hij verrast geweest door het bezoek van Knacker, Hiss- cus en Nork. Hij had niet gedacht zulke types de eerste dagen te zien; en bovendien zou hij eerder één advocaat hebben verwacht die koos voor een voorzichtige aanpak en die hem een bescheiden voorstel zou doen.

Nu begreep hij waarom ze met de hele delegatie waren gekomen en graag over vergoeding, schadeloosstelling en herstelbetaling wilden praten. De lijkschouwer had hen, vóór de politie, ingelicht dat Naomi zwanger was geweest en zij hadden de enorme kwetsbaarheid van de staat onderkend.

De verpleegster keerde terug met nieuw appelsap, koel en lekker. Junior dronk langzaam van de drank. Tegen de tijd dat hij de bodem van het glas bereikte, was hij tot de onontkoombare conclusie gekomen dat Naomi haar zwangerschap voor hem verborgen had gehouden.

In de zes weken sinds de conceptie moest ze minstens één menstruatie gemist hebben. Ze had niet geklaagd over ochtendmisselijkheid, maar dat moest ze zeker hebben gehad. Het was hoogst onwaarschijnlijk dat ze niet wist dat ze zwanger was.

Hij had zich nooit tegen gezinsuitbreiding uitgesproken. Ze had geen reden gehad bang te zijn hem te vertellen dat ze hun kind droeg.

Helaas had hij geen andere keuze dan te concluderen dat ze nog geen beslissing had genomen of ze de baby zou houden of dat ze voor een illegale abortus zou kiezen zonder Juniors toestemming. Ze had overwogen het kind uit haar baarmoeder te laten schrapen zonder het hem zelfs maar te vertellen.

Deze belediging, deze wandaad, dit verraad schokte Junior.

En onvermijdelijk moest hij zich wel afvragen of Naomi haar zwangerschap geheim had gehouden omdat ze inderdaad vermoedde dat het kind niet van haar man was.

Als bloedonderzoek uitwees dat Junior niet de vader was, zou Vanadium een motief hebben. Het zou niet het juiste motief zijn, omdat Junior nooit had geweten dat zijn vrouw zwanger was of dat ze mogelijk met een andere man naaide. Maar de rechercheur zou het wel aan de openbare aanklager kunnen verkopen en de aanklager zou zeker een paar juryleden overtuigen.

Naomi, stomme, ontrouwe trut.

Vurig wenste hij dat hij haar niet met zo'n genadige snelheid had vermoord. Als hij haar eerst gemarteld had, zou hij nu de herinnering aan haar lijden hebben waaruit hij troost kon putten.

Een tijdje zocht hij naar de zonzijde. Die ontging hem.

Hij at de citroenpudding. Toen de soda crackers.

Uiteindelijk dacht Junior aan het kwartje. Hij voelde in de rechterzak van zijn dunne, katoenen jas, maar de munt zat daar niet, hoewel dat wel had gemoeten. De linkerzak was ook leeg.

27

Walter Panglo, de enige begrafenisondernemer in Bright Beach, was een zachtmoedige, iele man die ervan genoot in zijn tuin te rommelen als hij geen dode mensen onder de grond stopte. Hij kweekte rozen waarmee hij prijzen won en gaf die in grote boeketten weg aan zieken, aan verliefde jonge paartjes, aan de schoolbibliothecaresse als ze jarig was, aan winkelbediendes die hem beleefd hadden bediend.

Zijn vrouw, Dorothea, aanbad hem, niet in de laatste plaats omdat hij haar tachtigjarige moeder in huis had genomen en de bejaarde vrouw behandelde alsof ze zowel een gravin als een heilige was. Hij was ook edelmoedig tegenover de armen, wier doden hij tegen kostprijs maar met de grootste waardigheid begroef.

Jacob Isaacson – de tweelingbroer van Edom – wist niets negatiefs over Panglo te zeggen, maar hij vertrouwde hem niet. Als de begrafenisondernemer betrapt zou zijn geweest op het loswrikken van gouden kiezen uit de doden en het kerven van satanische symbolen in hun billen, zou Jacob gezegd hebben: 'Logisch.' Als Panglo flessen met geïnfecteerd bloed van overleden mensen zou hebben bewaard en hij op een dag door de stad zou zijn gaan rennen, onderwijl de gezichten van nietsvermoedende burgers bespattend, zou Jacob nog geen wenkbrauw opgetrokken hebben.

Jacob vertrouwde niemand, behalve Agnes en Edom. Hij had Joey Lampion ook vertrouwd, maar pas nadat hij jarenlang de kat uit de boom had gekeken. Nu was Joey dood en zijn lijk lag in de balsemkamer van het Panglo Funeral Home.

Op dat moment was Jacob ver uit de buurt van de balsemkamer en niet van plan daar ooit in leven een voet te zetten. Met Walter Panglo als zijn gids liep hij door de kistenafdeling van de begrafenisonderneming.

Hij wilde de duurste kist voor Joey; maar Joey, een bescheiden en spaarzaam man, zou het niet hebben gewild. Dus koos hij een keurige maar niet versierde kist van net boven de gemiddelde prijs.

Het deed Panglo verdriet dat hij de begrafenis voorbereidde van zo'n jonge man als Joe Lampion, die hij had gemogen en bewonderd, en hij bleef staan om zijn ongeloof uit te drukken en om bij elke beslissing die werd bereikt troostende woorden te mompelen, meer tegen zichzelf dan tegen Jacob. Met een hand op de uitgekozen lijkkist zei hij: 'Ongelooflijk, een verkeersongeluk, en dat precies op de dag dat zijn zoon geboren wordt. Heel treurig. Zo vreselijk treurig.'

'Niet zo ongelooflijk,' zei Jacob. 'Elk jaar komen er vijfenveertigduizend mensen in auto's om. Auto's zijn geen transport. Het zijn doodsmachines. Tienduizenden raken gewond, verminkt voor het leven.'

Daar waar Edom de toorn van de natuur vreesde, wist Jacob dat de werkelijke hand van het noodlot de hand van de mens was.

'Niet dat treinen veel beter zijn. Kijk maar naar de ramp bij Bakersfield in '60. *Santa Fe Chief*, uit San Francisco, kwam in botsing met een tankauto. Zeventien mensen dood, verbrand in een vuurzee.'

Jacob was bang voor wat mensen konden aanrichten met knotsen, messen, geweren, bommen, met hun blote handen, maar hij werd nog het meest in beslag genomen door de onbedoelde dood die de mensheid over zich afriep met apparaten, machines en constructies die waren bedoeld ter verbetering van de kwaliteit van het leven.

'In '57 kwamen er vijftig mensen om in Londen toen twee treinen op elkaar botsten. En in '52 werden er 112 mensen verpletterd, verscheurd, gemangeld, ook in Engeland.'

Fronsend zei Panglo: 'Vreselijk, je hebt gelijk, er gebeuren zoveel vreselijke dingen, maar ik begrijp niet wat treinen...'

'Het is allemaal hetzelfde. Auto's, treinen, schepen, het is allemaal hetzelfde,' hield Jacob vol. 'Herinner je je de *Toya Maru* nog? De Japanse veerboot die in september '54 kapseisde. Elfhonderdzestig mensen dood. Of erger, in '48, voor de kust van Mantsjoerije, de ketel van een Chinees koopvaardijschip die ontplofte, zesduizend doden. Zesduizend op één schip!'

In het uur dat volgde, terwijl Walter Panglo Jacob door de voorbereidingen van de begrafenis heen leidde, haalde Jacob de gruwelijke details op van talrijke vliegtuigongelukken, schipbreuken, treinbotsingen, mijnrampen, dambreuken, hotelbranden, nachtclubbranden, explosies van oliepijpleidingen en oliebronnen, explosies van kruitfabrieken...

Tegen de tijd dat alle details voor de opbaring en de begrafenis geregeld waren, had Walter Panglo een nerveuze trek in zijn linkerwang gekregen. Zijn ogen stonden wijdopen, alsof hij zo geschrokken was dat zijn oogleden vast waren gaan zitten bij het opensperren, verkrampt van de schrik. Zijn handen moesten klam zijn geworden; hij veegde ze voortdurend aan zijn pak af.

Jacob, zich bewust van de gespannenheid van de begrafenisondernemer, was ervan overtuigd dat zijn aanvankelijke wantrouwen jegens Panglo gerechtvaardigd was. Dit zenuwachtige mannetje leek iets te verbergen. Jacob hoefde geen smeris te zijn om in de nervositeit het gevolg van een schuldgevoel te zien.

Bij de voordeur van het rouwcentrum, terwijl Panglo hem uitliet, boog Jacob zich naar hem toe. 'Joey Lampion had geen gouden kiezen.'

Panglo leek van zijn stuk gebracht. Waarschijnlijk was het gespeeld.

De schriele begrafenisondernemer sprak een paar troostende woorden in plaats van in te gaan op de gebitsgegevens van de overledene, en toen hij een troostende hand op Jacobs schouder legde, kromp Jacob ineen bij zijn aanraking.

Verward stak Panglo zijn rechterhand uit, maar Jacob zei: 'Sorry, niet beledigend bedoeld, maar ik geef niet iedereen een hand.'

'O, natuurlijk, ik begrijp het,' zei Panglo terwijl hij langzaam zijn uitgestoken hand liet zakken, hoewel hij het duidelijk helemaal niet begreep.

'Je weet nooit waar iemands hand net aan gezeten heeft,' legde Jacob uit. 'Die respectabele bankier verderop in de straat kan weleens dertig aan stukken gesneden vrouwen in zijn achtertuin begraven hebben liggen. De aardige kerk bezoekende vrouw van hiernaast zou weleens in hetzelfde bed kunnen liggen met het rottende lijk van een minnaar die probeerde haar te lozen, en als hobby maakt ze sieraden van de vingerbotjes van kleuters die ze heeft gemarteld en vermoord.'

Voor de zekerheid stak Panglo beide handen in zijn broekzakken. 'Ik heb honderden artikelen over dat soort zaken,' zei Jacob, 'en nog veel erger. Als je erin geïnteresseerd bent, kan ik wel kopieën voor je maken.'

'Dat is heel aardig van je,' stamelde Panglo, 'maar ik heb weinig tijd om te lezen, heel weinig tijd.'

Jacob had weinig zin het lichaam van Joey bij de vreemd schichtige begrafenisondernemer achter te laten, maar liep toch het hek van het rouwcentrum uit en vertrok zonder om te kijken. Hij liep de anderhalve kilometer naar huis, op zijn hoede voor langskomend verkeer, extra voorzichtig op kruisingen.

Zijn flat boven de grote garage was te bereiken via een inpandige trap. De ruimte was verdeeld in twee vertrekken. Het voorste was een combinatie woonkamer-keuken, met een eettafel in de hoek voor twee personen. Erachter was een kleine slaapkamer met een aangrenzende badkamer.

In beide vertrekken waren de meeste muren bedekt met boekenplanken en archiefkasten. Daar bewaarde hij talrijke verslagen van ongelukken, door de mens veroorzaakte rampen, seriemoordenaars, gelegenheidsmoordenaars; het onweerlegbare bewijs dat de mensheid een gevallen soort was die was betrokken bij zowel de onbedoelde als de opzettelijke vernietiging van zichzelf.

In de keurig opgeruimde slaapkamer trok hij zijn schoenen uit. Hij strekte zich uit op het bed, staarde naar het plafond en voelde zich nutteloos.

Agnes weduwe geworden. Bartholomeus geboren zonder vader. Te veel, te veel.

Jacob wist niet of hij Agnes wel aan zou kunnen kijken als ze terugkeerde uit het ziekenhuis. Het verdriet in haar ogen zou hem net zo zeker doden als een mes door zijn hart.

Haar eeuwige optimisme, haar opgewektheid, die ze op wonderbaarlijke wijze had behouden in al die moeilijke jaren, zou dit niet overleven. Ze zou niet langer een rots in de branding zijn voor hem en Edom. Hun toekomst was wanhoop, pure en meedogenloze wanhoop.

Misschien had hij wel geluk en kwam er op dat moment hier een lijnvliegtuig uit de lucht vallen dat hem in een oogwenk zou wegvagen.

Ze woonden te ver van de dichtstbijzijnde spoorbaan vandaan. Hij kon redelijkerwijze niet verwachten dat er een ontspoorde trein door de garage kwam denderen.

Daarentegen werd zijn flat verwarmd door een gaskachel, dat was gunstig. Een lek, een vonk, een explosie en hij zou de arme Agnes in haar ellende nooit meer hoeven zien.

Na een tijdje, toen er geen vliegtuig boven op hem neer kletterde, stond Jacob op, ging naar de keuken en maakte een hoeveelheid deeg voor Agnes' favoriete lekkernijen. Chocoladekoekjes met kokos en pecannootjes.

Hij zag zichzelf als een uiterst nutteloos mens, die ruimte innam in een wereld waaraan hij niets bijdroeg, maar hij had wel een talent voor bakken. Hij kon elk recept nemen, zelfs een van 's werelds beste banketbakkers, en daar iets meer van maken.

Als hij aan het bakken was, leek de wereld een minder gevaarlijk oord. Soms, als hij een taart aan het maken was, vergat hij bang te zijn.

De gasoven kon in zijn gezicht ontploffen, hem ten slotte vrede geven, maar als dat niet gebeurde, zou hij in ieder geval koekjes voor Agnes hebben.

28

Net voor één uur kwamen de Hackachaks in alle staten binnenvallen, de ogen vol bloederige bedoelingen, de tanden ontbloot, de stemmen schril.

Junior had deze uitzonderlijke wezens verwacht, en ze moesten voor hem ook net zo monsterlijk zijn als ze in het verleden altijd waren geweest. Maar toch kromp hij van ontzetting ineen tegen de kussens toen ze als een explosie de ziekenhuiskamer binnenvielen. Hun gezichten stonden net zo woest als die van beschilderde kannibalen die te lang gevast hebben. Ze gebaarden wild met hun armen, krachttermen in het rond spugend samen met stukjes lunch die van tussen hun tanden losraakten door de kracht van hun vervloekingen.

Rudy Hackachak – Big Rude voor zijn vrienden – was een meter achtentachtig, even grof gebeiteld als een houtsnijwerk dat met de bijl van een houthakker is gemaakt. Hij zag er in zijn groene polyester pak met mouwen die drie centimeter te kort waren, een fout urinegeel hemd en een das die eruitzag als de vlag van een derdewereldland dat alleen maar bekendstond om zijn gebrekkige ontwerpen, uit als het monster van Frankenstein, opgedirkt voor een avondje stappen in Transsylvanië.

'Kom jij maar eens bij zinnen, achterlijke minkukel,' gaf Rudy Junior als raad, waarbij hij de rand van het bed vastgreep alsof hij hem eraf wilde rukken en wilde gebruiken om zijn schoonzoon wezenloos te meppen.

Als Rudy Naomi's vader was, dan had hij geen enkel gen aan haar doorgegeven, en moest hij het eitje van zijn vrouw met een schok bevrucht hebben door alleen zijn dreunende stem, met een orgastisch gebrul, omdat niets aan Naomi – qua uiterlijk of karakter – ook maar enigszins op hem had geleken.

Sheena Hackachak was vierenveertig en mooier dan elke filmster van dat moment. Ze zag er twintig jaar jonger uit dan ze was en ze leek zo erg op haar overleden dochter dat Junior een golf van erotische nostalgie voelde toen hij haar zag.

Overeenkomsten tussen Naomi en haar moeder hielden bij het uiterlijk op. Sheena was luidruchtig, bot, egocentrisch en had de woordenschat van een bordeelhoudster die zich specialiseerde in diensten aan zeelui met het Tourette-syndroom.

Ze stapte op het bed af waardoor Junior tussen haar en Big Rude vastgeklemd lag. De stroom aan obsceniteiten die ze uitstootte gaf Junior het gevoel de inhoud van een gierput die net werd schoongespoten over zich heen te krijgen.

Aan het voeteneind van het bed, ineengezakt, de derde en laatste Hackachak: de vierentwintigjarige Kaitlin, Naomi's oudere zus. Kaitlin was de ongelukkige zuster, want ze had het uiterlijk van haar vader geërfd en het karakter van beide ouders. Haar bruine ogen werden benadrukt door een speciale koperkleurige glans en in een speciale lichtval kon haar woedende blik bloedrood opgloeien.

Kaitlin had een doordringende stem en een talent voor schelden, wat haar tot een waardig lid van de Hackachak-clan maakte, maar voorlopig nam ze er genoegen mee de mondelinge bedreigingen aan haar ouders over te laten. Maar de blik waarmee ze Junior doorboorde, zou, gericht op een veelbelovende geologische formatie, de aarde doen splijten en olie binnen een paar minuten tevoorschijn brengen.

Door hun verdriet waren ze de dag ervoor niet naar Junior toe gekomen, als ze er eigenlijk wel aan gedacht hadden om verdriet te hebben.

Ze hadden weinig met Naomi gehad, die ooit had gezegd dat ze een gevoel had als Romulus en Remus die door wolven waren opgevoed, of als Tarzan, zou hij in handen zijn gevallen van heel gevaárlijke gorilla's. Voor Junior was Naomi Assepoester, lief en goed, en hij was de verliefde prins die haar redde.

De Hackachaks waren na hun verdriet naar het ziekenhuis gekomen, vanwege het bericht dat Junior zijn walging had uitgesproken over het vooruitzicht te verdienen aan de tragische val van zijn vrouw. Ze wisten dat hij Knacker, Hisscus en Nork had weggestuurd.

De kansen van zijn schoonfamilie om een compensatie te krijgen voor hun pijn en leed door Naomi's dood, werden ernstig in gevaar gebracht als haar man niet de staat of het district aansprakelijk stelde. Zoals nooit tevoren, voelden ze in dezen de noodzaak zich als één familie op te stellen.

Op het moment dat Junior Naomi tegen de verrotte reling had ge-duwd, had hij dit bezoek van Rudy, Sheena en Kaitlin voorzien. Hij had geweten dat hij beledigd kon reageren op het aanbod van de staat een bedrag te stellen tegenover zijn verlies, dat hij afkeer kon veinzen, overtuigend kon weigeren – tot hij zich uiteindelijk, na slopende dagen of weken, door de onvermoeibare Hackachaks zou laten intimideren om zich wanhopig, uitgeput en walgend te voegen naar hun hebzucht.

Tegen de tijd dat zijn woeste schoonfamilie klaar met hem was, zou Junior de sympathie hebben gewonnen van Knacker, Hisscus, Nork en verder iedereen die twijfels gekoesterd mocht hebben over zijn rol in het overlijden van Naomi. Misschien dat zelfs Thomas Vanadium zijn wantrouwen kwijt zou raken.

Krassend als roofvogels die zitten te wachten tot hun gewonde prooi zal sterven, kregen de Hackachaks tot twee keer toe een strenge waarschuwing van verpleegsters. Ze moesten zachter pra-ten en rekening houden met de patiënten in aangrenzende kamers. Meer dan twee keer trotseerden ongeruste verpleegsters – en zelfs een inwonend internist – het tumult om Juniors toestand te con-troleren. Ze vroegen hem of hij het wel aankon om bezoekers, dé-ze bezoekers, te ontvangen.

'Ze zijn de enige familie die ik heb,' zei Junior terwijl hij hoopte dat het klonk als verdriet en lankmoedige liefde.

Deze bewering was niet waar. Zijn vader, een mislukt schilder maar zeer geslaagd alcoholist, woonde in Santa Monica, in Cali-fornië. Zijn moeder, gescheiden toen Junior vier was, was twaalf jaar geleden in een krankzinnigengesticht opgenomen. Hij zag hen zelden. Hij had Naomi niets over hen verteld. Geen van zijn ou-ders was een parel op zijn cv.

Toen de laatste bezorgde verpleegster was verdwenen, boog Shee-na zich naar hem toe. Ze kneep Junior hard in de wang met haar duim en wijsvinger alsof ze een homp vlees wilde afrukken en in haar mond stoppen.

'Laat dit goed tot je doordringen, schijtbak. Ik ben een dochter kwijtgeraakt, een schat van een dochter, mijn Naomi, het licht van mijn leven.'

Kaitlin wierp een woedende blik op haar moeder alsof ze zich ver-raden voelde.

'Naomi... zij kwam twintig jaar geleden uit mijn doos en niet uit die van jou,' vervolgde Sheena in een woeste fluistering. 'Als er ie-mand hier lijdt, dan ben ik het, niet jij. Wie ben je eigenlijk wel?

De een of andere gozer die haar een paar jaar heeft mogen wippen, meer ben je niet. Ik ben haar móéder. Jij zult nooit mijn pijn kennen. En als je niet samen met deze familie ervoor zorgt dat die rukkers flink dokken, snij ik persoonlijk je ballen eraf als je slaapt en geef die aan de kat.'

'Je hebt geen kat.'

'Dan koop ik er een,' beloofde Sheena.

Junior wist dat zij haar dreigement zou uitvoeren. Zelfs als hij zelf geen geld had gewild – en hij wilde het wel – zou hij het nooit hebben gedurfd om Sheena te dwarsbomen.

Zelfs Rudy, even enorm als de Verschrikkelijke Sneeuwman en even amoreel als een grondhagedis, was bang voor deze vrouw.

Al deze drie zielige afsplitsingen van het menselijk ras waren op geld belust. Rudy was op vijf plaatsen in Oregon eigenaar van zes succesvolle zaken in tweedehands auto's en – zijn trots – een Fordgarage die zowel nieuwe als gebruikte auto's verkocht, maar hij liet het graag breed hangen; ook ging hij vier keer per jaar naar Las Vegas waarbij hij net zo achteloos met geld smeet als hij piste. Sheena hield ook van Las Vegas en was verslaafd aan kopen. Kaitlin hield van mannen, knappe mannen, maar omdat ze in een slechtverlichte ruimte voor haar vader aangezien kon worden, moest ze voor haar stukken betalen.

Ergens laat in de middag, terwijl alle drie Hackachaks Junior uitmaakten voor alles wat mooi en lelijk was, merkte hij Vanadium op die in de deuropening stond toe te kijken. Perfect. Hij deed alsof hij de agent niet zag, en hij merkte, toen hij daarna een stiekeme blik wierp, dat Vanadium als een schim was verdwenen. Een dikke schim.

De hele dag en ook na het avondeten bleven de Hackachaks doorgaan. Het ziekenhuis had nog nooit zo'n spektakel gezien. De diensten wisselden en nieuwe verpleegsters kwamen in steeds groteren getale met een smoes even bij Junior kijken om een glimp van de freakshow op te vangen.

Toen de familie aan het einde van de bezoektijd onder protest naar buiten werd gewerkt, was Junior niet bezweken onder hun druk. Als hij op overtuigende wijze tegen zijn zin overstag moest gaan, zou hij zich nog minstens een paar dagen tegen hen moeten verzetten.

Toen hij uiteindelijk alleen was, was hij uitgeput. Fysiek, emotioneel en intellectueel.

Moorden op zichzelf was makkelijk, maar de naweeën waren uit-

puttender dan hij had voorzien. Hoewel de uiteindelijke financiële regeling met de staat hem zeker voor de rest van zijn leven onafhankelijk zou maken, was de spanning zo groot dat hij zich op
sombere momenten afvroeg of de beloning het risico wel waard
zou blijken te zijn.

Hij besloot dat hij nooit meer zo ondoordacht zou moorden.
Nooit. Eigenlijk zwoer hij nooit meer te doden, behalve uit zelfverdediging. Snel zou hij rijk zijn – waardoor hij veel te verliezen
had als hij werd gegrepen. Moord was een fantastisch avontuur;
maar het was helaas een pleziertje dat hij zich niet langer kon permitteren.

As hij geweten zou hebben dat hij zijn plechtige belofte twee keer
zou breken voor de maand voorbij was – en dat geen van de slachtoffers jammer genoeg een Hackachak was – zou hij niet zo gemakkelijk in slaap zijn gevallen. En misschien zou hij dan niet hebben gedroomd dat hij vaardig honderden kwartjes uit de zakken
van Thomas Vanadium pikte terwijl de stomverbaasde rechercheur
er tevergeefs naar op zoek was.

29

Maandagochtend, hoog boven het graf van Joe Lampion, liet de
doorzichtige blauwe lucht van Californië een regen van licht vallen, zo puur en helder dat de wereld schoongespoeld leek van alle vlekken.

Een grote hoeveelheid treurenden had de dienst in St. Thomas's
Church bijgewoond, schouder aan schouder staand achter in de
kerk, in de voorhal, en op de stoep buiten, en nu scheen iedereen
ook naar het kerkhof te zijn gekomen.

Geholpen door Edom en Jacob werd Agnes – in een rolstoel – over
het gras, langs de grafstenen, naar de laatste rustplaats van haar
echtgenoot gereden. Hoewel ze niet langer gevaar liep bloedingen
te krijgen, had de arts haar aangeraden inspanning te vermijden.
In haar armen droeg ze Bartholomeus. Het kind was niet dik ingepakt want het weer was ongewoon zacht voor de tijd van het
jaar.

Zonder de baby zou Agnes niet in staat zijn geweest haar beproeving te dragen. Dit kleine hoopje in haar armen was een anker, neergelaten in de zee van de toekomst, en verhinderde haar weg te drijven in herinneringen aan voorbije tijden, zoveel goede dagen met Joey, herinneringen die, op dit kritieke moment, haar hart zouden treffen als mokerslagen. Later zouden die haar troost geven. Nu nog niet.

De hoop aarde naast het graf ging schuil onder bergen bloemen en afgesneden varens. De opgestelde kist was omzoomd door zwart materiaal om het gapende gat eronder te verbergen.

Hoewel ze gelovig was, was Agnes op dit moment niet in staat de bloemen en varens van het geloof uit te spreiden over de harde, lelijke werkelijkheid van de dood. De Dood, een geraamte met een kap, was hier inderdaad aanwezig en verspreidde zijn zaden onder haar verzamelde vrienden om die op een dag weer te oogsten. Staand naast de rolstoel letten Edom en Jacob minder op de dienst bij het graf dan op de lucht. Fronsend keken beide broers naar het wolkeloze blauw alsof ze donderkoppen zagen.

Agnes veronderstelde dat Jacob trilde in afwachting van het neerstorten van een lijnvliegtuig, of minstens een licht toestel. Edom was misschien de kansen aan het berekenen dat deze serene plek – op dit specifieke uur – het punt van inslag zou zijn voor een van die planeetverwoestende asteroïden die, naar men zegt, eens in de zoveel honderdduizend jaar bijna al het leven op aarde zouden verwoesten.

Een geestverscheurende kilheid klauwde aan haar, maar ze kon het zich niet permitteren eraan kapot te gaan. Als ze hoop verruilde voor wanhoop, zoals haar broers hadden gedaan, zou het met Bartholomeus gedaan zijn voor hij begonnen was. Ze was hem optimisme verplicht en lessen in de vreugden van het leven.

Onder degenen die na de dienst naar Agnes naast het graf kwamen om uitdrukking te geven aan wat niet uit te drukken was, bevond zich Paul Damascus, de eigenaar van Damascus Pharmacy op Ocean Avenue. Hij kwam oorspronkelijk uit het Midden-Oosten en had een donkere, olijfkleurige huid en, vreemd genoeg, roestbruin haar. Met zijn roestbruine wenkbrauwen en snor zag zijn knappe gezicht eruit als dat van een bronzen standbeeld met een merkwaardig patina.

Paul knielde met één been naast haar rolstoel. 'Wat een gedenkwaardige dag, Agnes. Wat een gedenkwaardige dag, met zoveel nieuw begin. Hmmm?'

Hij zei het alsof hij erop vertrouwde dat Agnes zou begrijpen wat het betekende, met een glimlach en met een glinstering in zijn ogen die bijna een knipoog werd, alsof ze leden waren van een geheim genootschap waarin die vier herhaalde woorden een code waren, alsof ze een ingewikkelde betekenis bevatten die anders was dan wat de oningewijden ervan begrepen.

Voor Agnes kon antwoorden, sprong Paul op en liep weg. Andere vrienden knielden, hurkten neer en bogen zich naar haar toe, en ze raakte de apotheker uit het oog toen die wegliep in de zich verspreidende menigte.

Wat een gedenkwaardige dag, Agnes. Wat een gedenkwaardige dag, met zoveel nieuw begin.

Wat vreemd om zoiets te zeggen.

Agnes raakte bevangen door een gevoel van mysterie, angstwekkend, maar niet of nauwelijks onaangenaam.

Ze huiverde en Edom, die dacht dat ze een kilte voelde, trok zijn jasje uit en sloeg dat om haar schouders.

Die maandagochtend was het grauw in Oregon, met de gezwollen, donkere buiken van regenwolken die laag boven het kerkhof hingen, een somber afscheid van Naomi, ook al viel er nog geen regen. Junior, staand aan het graf, had een pokkenbui. Hij was het zat te doen alsof hij smartelijk rouwde.

Er waren drieënhalve dag voorbijgegaan sinds hij zijn vrouw van de toren had geduwd en in die tijd had hij geen echte lol meer gehad. Hij was sociaal van aard en zou nooit een uitnodiging voor een feestje afslaan. Hij hield van lachen, vrijen, van léven, maar hij kon niet van het leven genieten als hij er de hele tijd aan moest denken dat hij er diepbedroefd uit moest zien en verdriet in zijn stem moest laten doorklinken.

Erger nog, om zijn pijn geloofwaardig te maken en om alle verdenking te vermijden, moest hij nog zeker een paar weken de aangeslagen weduwnaar blijven spelen, misschien wel een maand. Als toegewijd volgeling van de lessen in zelfverbetering van dr. Caesar Zedd had Junior weinig geduld met diegenen die werden geleid door sentimentaliteit en door de verwachtingen van de samenleving, en nu werd van hem verlangd dat hij deed alsof hij een van hen was – en dat nog een eindeloos lange tijd ook.

Omdat hij zo uitzonderlijk gevoelig was, had hij met zijn hele lijf om Naomi gerouwd, met woest braken, met keelbloedingen en met incontinentie. Zijn verdriet was zo teisterend geweest dat hij eraan dood had kunnen gaan. Genoeg was genoeg.

Er was slechts een kleine groep rouwenden voor deze dienst bij-
eengekomen. Junior en Naomi waren zo intens met elkaar bezig
geweest, dat zij, anders dan veel jonge getrouwde stellen, maar
weinig vrienden hadden gemaakt.

De Hackachaks waren natuurlijk aanwezig. Junior had nog niet
ingestemd met hen mee te doen in hun jacht op bloedgeld. Ze zouden hem niet met rust laten voor ze hadden wat ze wilden hebben.
Rudy's blauwe pak knelde, zoals gewoonlijk, om zijn sukkelende
lijf en maakte het kleiner. Hier op het knekelveld leek hij niet alleen een man met een slechte kleermaker, maar ook een graf-
schender die de doden beroofde om zijn garderobe uit te breiden.
Tegen het decor van granieten monumenten stak Kaitlin massief
af als een vermolmde geest uit het hiernamaals, herrezen uit een
verrotte kist om wraak te nemen op de levenden.

Rudy en Kaitlin wierpen veelvuldig woedende blikken op Junior,
en Sheena zou hem hoogstwaarschijnlijk met haar blikken hebben
willen doorboren, maar hij kon haar ogen niet echt zien achter de
zwarte voile. De diepbedroefde moeder, een adembenemende ver-
schijning in haar strakke zwarte jurk, werd evenzeer gehinderd
door dit vertoon van verdriet, want ze moest haar polshorloge
meer dan eens dicht bij haar gezicht brengen om de tijd te zien,
als de dienst eindeloos leek te duren.

Junior was van plan later op de dag te capituleren, tijdens een samenzijn van familie en vrienden. Rudy had een buffet geregeld in
de showroom van zijn nieuwe Ford-garage, die hij voor het publiek tot drie uur gesloten hield: condoleances, lunch en ontroerende anekdotes over de overledene, uitgewisseld te midden van
glanzend nieuwe Thunderbirds, Galaxy's en Mustangs. Die en-
tourage zou Junior de getuigen verschaffen die hij nodig had voor
zijn onwillige, tranenrijke en misschien zelfs kwade concessie aan
het aanhoudende materialisme van de Hackachaks.

Elders op het kerkhof, zo'n honderdvijftig meter verderop, was een
andere begrafenisdienst – met een veel grotere groep rouwenden –
eerder begonnen dan deze voor Naomi. Hij was nu voorbij en de
mensen verspreidden zich op weg naar hun auto's.

Door de afstand en door al die verspreid staande bomen lukte het
Junior niet veel van de andere begrafenis te zien, maar hij was er
vrijwel zeker van dat veel, zo niet de meeste, mensen in dat gezelschap negers waren. Hij vermoedde daarom dat de persoon die
werd begraven ook een neger was.

Dat verraste hem. Natuurlijk, Oregon was niet het diepe Zuiden.

Het was een progressieve staat. Toch was hij verrast. Oregon telde ook niet veel negers, een handjevol vergeleken met andere staten, en toch, tot nu toe had Junior verondersteld dat zij hun eigen kerkhoven hadden.

Hij had niets tegen negers. Hij wenste hun geen kwaad toe. Hij was niet bevooroordeeld. Leven en laten leven. Hij geloofde dat zij, zo lang ze zich bij hun eigen soort hielden en zich net als ieder ander hielden aan de regels van een beleefde samenleving, het recht hadden er in alle rust te wonen.

Maar het graf van de kleurling lag heuvelopwaarts ten opzichte van dat van Naomi. Door de tijd heen, als het lichaam daar ontbond, zouden die sappen zich mengen met de aarde. Als regen de grond doorweekte, zou het grondwater die sappen gestaag heuvelafwaarts voeren tot ze in Naomi's graf sijpelden en zich mengden met haar overblijfselen. Dit leek Junior hoogst ongepast.

Daar viel voor hem nu niets aan te doen. Het laten verplaatsen van het lichaam van Naomi naar een ander graf, op een kerkhof zonder negers, zou een heleboel praatjes veroorzaken. Hij wilde niet nog meer aandacht op zichzelf vestigen.

Maar hij besloot een notaris te gaan bezoeken voor een testament – en snel. Hij wilde laten vastleggen dat hij gecremeerd moest worden en dat zijn as werd bijgezet in een gedenkmuur, een eind boven de grond, zodat het onwaarschijnlijk was dat iets in hem zou sijpelen.

Slechts één lid van het begrafenisgezelschap verderop liep niet naar de rij auto's op de oprit. Een man in een donker pak kwam de heuvel af, tussen grafstenen en monumenten door, recht naar het graf van Naomi toe.

Junior kon zich niet voorstellen waarom een vreemde neger zou willen storen. Hij hoopte dat er geen problemen zouden komen.

De geestelijke was klaar. De dienst zat erop. Niemand kwam Junior condoleren omdat ze hem even later weer zouden zien tijdens het buffet bij de Ford-dealer.

Inmiddels zag hij dat de man die van de andere begrafenisdienst naderbij kwam neger noch vreemde was. Rechercheur Thomas Vanadium was irritant genoeg om een echte Hackachak te zijn.

Junior overwoog weg te gaan voordat Vanadium – nog zo'n vijfenzeventig meter van hem vandaan – arriveerde. Hij was bang dat dat als vlucht zou worden gezien.

De begrafenisondernemer en zijn assistent waren de enige mensen buiten Junior die nog bij het graf stonden. Ze vroegen of ze de kist konden laten zakken of dat hij liever eerst weg wilde.

Junior gaf hun toestemming door te gaan.

De twee mannen maakten de geplisseerde groene doek los die af-hing van het rechthoekige frame van de lier waar de kist op stond en rolden het op. Groen en geen zwart omdat Naomi van de na-tuur hield; Junior was heel attent geweest wat betreft de details van de plechtigheid.

Nu kwam het gat vrij. Vochtige aarden wanden. In de schaduw van de kist was de bodem van het graf donker en aan het gezicht onttrokken.

Vanadium kwam naast Junior staan. Zijn zwarte pak was goed-koop, maar het paste beter dan dat van Rudy.

De rechercheur had een witte roos met lange steel bij zich.

De lier werd bediend door twee slingers. De begrafenisonderne-mer en zijn assistent bedienden eendrachtig de twee hendels en ter-wijl het mechanisme zachtjes kraakte daalde de kist langzaam in het gat.

Thomas Vanadium zei: 'Volgens het laboratoriumrapport was de baby die ze droeg vrijwel zeker van jou.'

Junior zei niets. Hij was nog steeds ontdaan dat Naomi de zwan-gerschap voor hem verborgen had gehouden, maar hij was verrukt dat de baby van hem zou zijn geweest. Nu kon Vanadium niet be-weren dat Naomi's ontrouw en de daaruit voortgekomen bastaard een motief waren geweest voor moord.

Hoezeer het nieuws Junior ook verheugde, het maakte hem tege-lijkertijd triest. Niet alleen werd een lieftallige vrouw ter aarde be-steld, maar ook zijn eerste kind. Hij begroef zijn gezin.

Omdat hij weigerde de agent de voldoening te geven van een ant-woord op het nieuws van het vaderschap van de ongeboren baby, staarde Junior strak in het graf en zei: 'Bij welke begrafenis was jij?'

'De dochter van een vriend. Ze zeggen dat ze bij een verkeersongeval in San Francisco is omgekomen. Ze was nog jonger dan Naomi.'

'Tragisch. Haar levensdraad is te vroeg doorgesneden. Haar con-cert is voortijdig beëindigd,' zei Junior, die zich zelfverzekerd ge-noeg voelde om de rechercheur een koekje van eigen deeg te geven wat betreft zijn halfbakken theorie over het leven. 'Er is nu een wan-klank in het universum, rechercheur. Niemand kan weten hoe de trillingen van die wanklank ons zullen raken, jou, mij, ons allen.'

Terwijl hij een grijns onderdrukte en waardige ernst voorwendde, durfde hij een blik op Vanadium te werpen, maar de rechercheur staarde in Naomi's graf alsof hij de spot niet had gehoord – of, als hij die wel had gehoord, niet begreep.

Toen zag Junior bloed op de rechtermanchet van Vanadiums hemd. Er drupte ook bloed van zijn hand.

De doornen waren niet van de lange steel van de witte roos gehaald. Vanadium hield hem zo stevig vast dat de scherpe punten in zijn vlezige handpalm staken. Hij scheen zich niet bewust van zijn verwonding.

Plotseling kreeg Junior het heel erg op zijn zenuwen en wilde weg van deze mafketel. Toch hield een morbide fascinatie hem verstard op zijn plek.

'Deze gedenkwaardige dag,' zei Thomas Vanadium zacht, nog altijd in het graf starend, 'lijkt vol vreselijke eindes. Maar zoals elke dag is het eigenlijk niets anders dan een nieuw begin.'

Met een zware plof bereikte Naomi's kist de bodem van het gat.

Voor Junior was dit beslist een einde.

'Deze gedenkwaardige dag,' mompelde de rechercheur.

Junior besloot dat hij geen afscheidswoord nodig had en liep naar de Suburban op de oprit.

De neerhangende buiken van de door regen opgezwollen wolken waren niet donkerder dan toen hij op het kerkhof aankwam, toch leken ze dreigender dan ervoor.

Toen hij de Suburban bereikte, keek hij om naar het graf.

De begrafenisondernemer en zijn assistent waren bijna klaar met het ontmantelen van de lierconstructie. Daarna zou iemand snel het gat dichtgooien.

Terwijl Junior toekeek, stak Vanadium zijn rechterarm uit boven het graf. In zijn hand: de witte roos, de doornen glibberig van zijn bloed. Hij liet de bloem vallen en die verdween in de gapende aarde boven op Naomi's kist.

Op die maandagavond waarop zowel Phimie als de zon de duisternis binnen waren gegaan, zat Celestina met haar moeder en haar vader aan het avondeten in de eetkamer van de pastorie.

Andere leden van de familie, vrienden en parochieleden waren allemaal weg. Het huis was gevuld met een geheimzinnige stilte.

Tot dan toe was dit huis altijd vol liefde en warmte geweest; en dat was het nog steeds, hoewel Celestina van tijd tot tijd een vluchtige kilte voelde die niet aan tocht geweten kon worden. Nooit eerder had dit huis ook maar een beetje leeg geleken; maar nu kwam er leegheid binnen – de ruimte die werd opengelaten door haar verloren zuster.

De volgende ochtend zou ze met haar moeder terugkeren naar San

Francisco. Ze zag ertegenop om papa alleen te laten met de leegte.

Toch moesten ze onmiddellijk vertrekken. De baby zou uit het ziekenhuis ontslagen worden zodra een kleine infectie was genezen. Nu Grace en de dominee de voorlopige voogdij over het kind toegewezen hadden gekregen tot het moment van adoptie, moesten er voorbereidingen getroffen worden voor Celestina zodat ze aan haar toezegging het kind op te voeden zou kunnen voldoen.

Zoals altijd werd er bij kaarslicht gegeten. Celestina's ouders waren romantisch. Ook geloofden ze dat sfeervol eten een opvoedend effect heeft op kinderen, ook al staat er eenvoudig gehaktbrood op het menu.

Ze behoorden niet tot die baptisten die drank lieten staan, maar ze serveerden alleen wijn bij speciale gelegenheden. Bij het eerste diner na een begrafenis gebood de familietraditie dat, na de gebeden en de tranen, een toost werd uitgebracht op de dierbare overledene. Een enkel glas. Merlot.

Bij deze gelegenheid droeg het flakkerende kaarslicht niet bij tot een romantische stemming, niet tot alleen maar een beschaafde ambiance, maar tot een eerbiedige stilte.

Met een langzame, ceremoniële gratie opende haar vader de fles en schonk drie glazen in. Zijn handen beefden.

Weerspiegelingen van spelende kaarsvlammetjes verguldden de ronde kelken van de glazen op lange stelen.

Ze zaten bij elkaar aan één kant van de eettafel. De donkerpaarse wijn glinsterde van de dieprode vonken toen Celestina haar glas hief.

De predikant deed de eerste toost en sprak zo zacht dat zijn trillende woorden eerder in Celestina's geest en hart tot bloei kwamen dan dat ze haar oren bereikten. 'Op de zachtaardige Phimie die nu bij God is.'

Grace zei: 'Op mijn lieve Phimie... die nooit zal sterven.'

Toen was het Celestina's beurt. 'Op Phimie die voor de rest van mijn leven elk uur van elke dag in mijn herinnering zal blijven tot ze weer echt bij me is. En op... deze uiterst gedenkwaardige dag.'

'Op deze gedenkwaardige dag,' herhaalden haar vader en moeder.

De wijn smaakte bitter, maar Celestina wist dat hij zoet was. De bitterheid zat in haar, niet in de erfenis van de druif.

Ze had het gevoel dat ze haar zuster in de steek had gelaten. Ze wist niet wat ze nog meer had kunnen doen, maar als ze verstandiger was geweest, meer inzicht had gehad en beter had opgelet, zou dit vreselijke verlies beslist niet hebben plaatsgevonden.

Wat kon ze voor iemand zijn, wat kon ze ooit hopen te worden als ze niet eens haar kleine zusje had kunnen redden?

Kaarsvlammen vervaagden tot heldere vegen en de gezichten van haar lieve ouders glinsterden als de half zichtbare gezichten van engelen in dromen.

'Ik weet wat je denkt,' zei haar moeder terwijl ze een hand over tafel uitstak en op die van Celestina legde. 'Ik weet hoe nutteloos je je voelt, hoe hulpeloos, hoe klein, maar je moet hieraan blijven denken...'

Haar vader legde zacht een van zijn grote handen over die van hen. Grace, die weer de juistheid van haar naam bewees, zei dat ene dat heel waarschijnlijk mettertijd Celestina werkelijke vrede zou brengen. 'Denk aan Bartholomeus.'

30

De regen die had gedreigd de begrafenis van die ochtend weg te spoelen, viel uiteindelijk pas 's middags, maar tegen het vallen van de avond was de lucht boven Oregon weer helder en droog. Van horizon tot horizon strekte een oneindigheid aan ijzige sterren zich uit, en ermiddenin hing een heldere sikkelvormige maan, zilverkleurig als staal.

Even voor tienen keerde Junior terug naar het kerkhof en liet zijn Suburban achter op de plek waar de rouwende negers eerder op de dag hadden geparkeerd. Het was de enige auto op de oprit.

Nieuwsgierigheid dreef hem hierheen. Nieuwsgierigheid en een talent voor zelfbehoud. Die ochtend was Vanadium niet naar Naomi's graf gekomen om afscheid te nemen. Hij was daar gekomen als diender, in functie. Misschien was hij bij de andere begrafenis ook in functie geweest.

Na het asfalt vijftien meter gevolgd te hebben, liep Junior de heuvel af door dichtgroeiend gras, tussen de grafstenen door. Hij knipte zijn zaklantaarn aan en liep voorzichtig, want de grond liep ongelijk af en was op sommige plaatsen nog nat en glad van de regen. De stilte in de stad der doden was volledig. De nacht heerste zonder geluid en ontlokte geen enkele fluistering aan de daar geplante altijd groene bomen die de wacht hielden over generaties botten. Toen hij het verse graf vond, ongeveer waar hij het vermoedde, was hij verrast te zien dat er al een zwarte granieten grafsteen was geplaatst, in plaats van een tijdelijke steen met de naam van de overledene. Dit gedenkteken was bescheiden, niet groot en niet ingewikkeld van ontwerp. Toch volgden de steenhouwers in deze bedrijfstak de begrafenisondernemers pas na enkele dagen, omdat de stenen waarop zij hun ambacht uitoefenden meer werk en minder haast vereisten dan de koude doden die eronder rustten.

Junior nam aan dat het dode meisje uit een familie van aanzien binnen de negergemeenschap kwam, wat een verklaring zou zijn voor het snellere werk van de steenhouwer. Vanadium was naar eigen zeggen een vriend van de familie, dientengevolge was de vader hoogstwaarschijnlijk een politieagent.

Junior naderde de grafsteen van achteren, liep eromheen en scheen met de zaklantaarn op de uitgebeitelde tekst:

geliefde dochter en zuster...
Seraphim Aethionema White

Geschokt deed hij de zaklantaarn uit.

Hij voelde zich naakt, kwetsbaar, betrapt.

In de kille duisternis kwam zijn adem als rook naar buiten, berijpt door maanlicht. De snelheid en onregelmatigheid van zijn verlichte uitademing zou hem hebben verraden als een schuldig man als er een getuige aanwezig was geweest.

Deze had hij niet vermoord, natuurlijk niet. Een verkeersongeluk. Had Vanadium dat niet gezegd?

Tien maanden eerder, na een peesoperatie wegens beenletsel, was Seraphim poliklinisch patiënte geweest in de revalidatiekliniek waar Junior werkte. Ze kreeg drie dagen per week therapie.

In het begin, toen hij te horen kreeg dat zijn patiënte zwart was, had Junior willen weigeren haar fysiotherapeut te zijn. Haar programma bestond voornamelijk uit structurele oefeningen om de soepelheid te herstellen en om kracht op te bouwen in het geopereerde been, maar er zou ook massage aan te pas komen, wat hem een ongemakkelijk gevoel gaf.

Hij had niets tegen gekleurde vrouwen. Leven en laten leven. Eén aarde, één volk. De hele riedel.

Aan de andere kant, een mens moest érgens in geloven. Junior propte zijn hoofd niet vol met bijgelovige onzin, hij liet zichzelf niet beperken door de denkbeelden van de burgerlijke maatschappij, of door die zelfvoldane concepten van juist en fout, goed en slecht. Van Zedd had hij geleerd dat hij de enige meester van zijn universum was. Zelfrealisatie door zelfachting luidde zijn motto: totale vrijheid en schuldeloos plezier waren de beloningen voor het trouw navolgen van zijn principes. Waar hij in geloofde – het enige waarin hij geloofde – was Junior Cain, en hierin was hij een hevig gepassioneerd gelovige, toegewijd aan zichzelf. Dientengevolge zou iemand, zoals Zedd uitlegde, als hij maar zo verstandig was om alle valse geloven en beperkende regels die de mensheid in verwarring brachten, van zich af te werpen, als hij maar zo verlicht was om alleen maar in zichzelf te geloven, in staat zijn op zijn instincten te vertrouwen, want die zouden vrij zijn van alle giftige inzichten van de maatschappij, en hij zou verzekerd zijn van succes en geluk als hij altijd die innerlijke gevoelens volgde.

Instinctief wist hij dat hij negers geen massages moest geven. Hij voelde dat hij op de een of andere manier fysiek of moreel vervuild zou raken door dit contact.

Hij kon dat niet zo makkelijk weigeren. Later dat jaar zou president Lyndon Johnson, met een sterke steun van zowel de democratische als de republikeinse partij, naar verwachting de Civil Rights Act van 1964 tekenen, en op dat moment was het gevaarlijk voor helderdenkende mensen die geloofden in het recht hun gezonde instincten tot uitdrukking te brengen, omdat die wel eens ten onrechte konden worden opgevat als een racistisch vooroordeel. Hij zou ontslagen kunnen worden.

Gelukkig zag hij, net voordat hij zijn gevoelens duidelijk wilde maken aan zijn meerdere en daarmee ontslag zou riskeren, zijn potentiële patiënt. Op haar vijftiende was Seraphim adembenemend mooi, op haar manier net zo oogverblindend als Naomi, en zijn instinct vertelde Junior dat de kans om door haar fysiek of moreel besmet te worden te verwaarlozen was.

Net als alle vrouwen na de puberteit en aan deze kant van het graf, voelde zij zich tot hem aangetrokken. Ze zei het hem nooit met zoveel woorden, maar hij bespeurde die aantrekking door de manier waarop ze naar hem keek, de klank waarmee ze zijn naam uitsprak. In de drie weken van therapie gaf Seraphim talloze kleine, maar duidelijke tekenen af van haar begeerte.

Tijdens de laatste afspraak met het meisje ontdekte Junior dat ze die avond alleen thuis was, dat haar ouders een plechtigheid bijwoonden waar zij niet bij hoefde zijn. Ze leek dit onopzettelijk, heel onschuldig te vertellen, maar Junior was een bloedhond als het aankwam op het ruiken van een verleidingspoging, hoe zwak de geur ook was.

Later, toen hij voor haar deur stond, wendde ze verrassing en verlegenheid voor.

Hij besefte dat Seraphim, zoals zoveel vrouwen, het wilde, erom vroeg – maar in het plaatje dat ze van zichzelf had, paste niet de waarheid dat ze seksueel agressief was. Ze wilde zichzelf zien als verlegen, preuts, maagdelijk, en even onschuldig als de dochter van een dominee betaamde – wat betekende dat ze, om te krijgen wat ze wilde hebben, het nodig had dat Junior een beest werd. Hij gaf er graag gehoor aan.

Het bleek dat Seraphim inderdaad nog maagd wás. Dit wond Junior op. Hij was ook opgewonden geraakt door de gedachte haar in haar ouderlijk huis te verkrachten… en door het perverse feit dat het huis een pastorie was.

Beter nog was dat hij haar kon pakken onder begeleiding van de stem van haar vader, wat zelfs nog geiler was dan haar naaien in de pastorie. Toen Junior aanbelde, had Seraphim op haar kamer zitten luisteren naar een preek die haar vader voorbereidde. Gewoonlijk dicteerde de dominee een eerste opzet die zijn dochter daarna uitschreef. Drie uur lang was Junior genadeloos met haar bezig op het ritme van de stem van haar vader. De 'aanwezigheid' van de eerwaarde was heerlijk pervers en stimulerend voor zijn gevoel van erotische inventiviteit. Toen Junior klaar was, was er niets op seksueel gebied dat Seraphim ooit met een man zou kunnen doen dat ze niet van hem had geleerd.

Ze worstelde, huilde, simuleerde walging en valse schaamte, bezwoer hem dat ze de politie op hem af zou sturen. Een man die vrouwen niet zo goed begreep als Junior, zou gedacht kunnen hebben dat het verzet van het meisje echt was, dat haar beschuldigingen van verkrachting oprecht waren. Elke andere man zou ervan geschrokken zijn, maar Junior liet zich niet in de maling nemen of in de war brengen.

Toen ze eenmaal bevredigd was, wilde ze een reden hebben om zichzelf voor te houden dat ze geen slet was, dat ze slachtoffer was. Ze was niet echt van plan iemand te vertellen wat hij met haar had gedaan. Eigenlijk vroeg ze hem, indirect maar overduidelijk, haar aan een excuus te helpen om hun gepassioneerde avond geheim te houden, een excuus waardoor ze ook kon blijven doen alsof ze hem niet gesmeekt had dit alles met haar te doen.

Omdat hij echt van vrouwen hield en altijd hoopte hen te behagen, discreet, ridderlijk en toegeeflijk te zijn, deed Junior wat ze wenste, en gaf een levendige beschrijving van de gruwelijke wijze waarop hij wraak zou nemen als Seraphim ook maar iemand vertelde wat hij met haar had gedaan. Vlad V, de historische inspiratie voor Bram Stokers Dracula – dank je, Boekenclub – zou zich geen bloediger, afschuwelijker martelingen en verminkingen hebben kunnen voorstellen dan die Junior beloofde toe te passen op de dominee, zijn vrouw en Seraphim zelf. Doen alsof hij het meisje angst aanjoeg, wond hem op en hij was opmerkzaam genoeg om te zien dat zij net zo opgewonden raakte door te doen alsof hij haar angst aanjoeg.

Hij maakte zijn bedreigingen aannemelijker door haar tot slot een paar harde klappen te geven op plekken waar ze niet te zien zouden zijn, haar borsten en haar buik, en ging daarna naar huis, naar Naomi, met wie hij, op dat moment, nog geen vijf maanden getrouwd was.

Tot zijn verrassing was Junior, toen Naomi duidelijk maakte dat ze wilde vrijen, weer een stier. Hij zou gedacht hebben dat hij zijn beste kruit had verschoten in de pastorie van predikant Harrison White.

Hij hield natuurlijk van Naomi en kon haar niets weigeren. Hoewel hij die nacht extra lief voor haar was, zou hij misschien nog liever zijn geweest als hij had geweten dat ze minder dan een jaar samen zouden hebben voor het noodlot haar van hem wegnam.

Terwijl Junior bij Seraphims graf stond, wolkte zijn adem de stille nachtlucht in alsof hij een draak was.

Hij vroeg zich af of het meisje inderdaad gepraat had.

Misschien dat ze, omdat ze aan zichzelf slechts aarzelend wilde toegeven dat ze naar hem gesmacht had, langzaam door een gevoel van schuld bekropen was tot ze zichzelf ervan overtuigde dat ze inderdaad verkracht was. Psychotisch klein kreng.

Was dít de reden dat Thomas Vanadium verdenkingen tegen Junior had en verder niemand anders?

Als de rechercheur werkelijk dacht dat Seraphim verkracht was, was zijn natuurlijke wens om wraak te nemen voor de dochter van zijn vriend misschien wel de reden voor de niet-aflatende kwelling die Junior nu al vier dagen te verduren had gehad.

Bij nader inzien – nee. Als Seraphim iemand had verteld dat ze verkracht was, zou de politie binnen een paar minuten bij Junior voor de deur hebben gestaan met een arrestatiebevel. Ook al hadden ze geen bewijs. In deze tijd van enorme sympathie voor de onderdrukten van vroeger, zou het woord van een zwart tienermeisje meer gewicht hebben dat Juniors blanco strafblad, prima reputatie en hartgrondige ontkenningen.

Vanadium wist beslist niets van enige link tussen Junior en Seraphim White. En nu kon het meisje nooit meer praten.

Junior herinnerde zich de woorden die de rechercheur had gebruikt: *Ze zeggen dat ze is omgekomen bij een verkeersongeluk. Ze zeggen...*

Zoals gewoonlijk had Vanadium in een dreun gesproken, zonder speciaal de nadruk te leggen op die twee woorden. Toch voelde Junior dat de rechercheur twijfels koesterde over de vermeende doodsoorzaak van het meisje.

Misschien was élke dood wel verdacht voor Vanadium. Zijn obsessieve jacht op Junior was misschien zijn standaardmanier van werken. Misschien dat hij, na te veel jaren van onderzoek naar moorden, na te veel ervaring met de menselijke slechtheid, zowel misantroop als paranoïde was geworden.

Junior voelde bijna medelijden met deze trieste, gedrongen, geobsedeerde rechercheur, gestoord door al die jaren van moeilijk politiewerk.

De zonzijde was makkelijk te zien. Als Vanadiums reputatie onder andere politiemensen en onder aanklagers die was van een paranoïde, zielige jager op denkbeeldige daders, zou zijn onbewezen overtuiging dat Naomi was vermoord niet serieus worden genomen. En als voor hem elke dood verdacht was, dan zou hij snel zijn belangstelling voor Junior verliezen en verdergaan naar een nieuwe zaak en een andere arme donder lastigvallen.

Stel dat hij nu met hernieuwd enthousiasme zou proberen te bewijzen dat er een luchtje zat aan Seraphims ongeluk, dan zou het meisje zelfs na haar dood Junior een dienst bewijzen. Of het verkeersongeval nu wel of geen ongeluk was, Junior had er niets mee te maken. Langzamerhand werd hij kalm. De enorme wolken berijpte adem werden een doorschijnend stroompje dat op vijf centimeter van zijn lippen verdampte.

Hij las de data op de grafsteen en zag dat de dochter van de predikant was gestorven op 7 januari, een dag nadat Naomi van de brandtoren was gevallen. Mocht hij er ooit naar gevraagd worden, dan zou Junior geen moeite hebben zich te verantwoorden voor waar hij díé dag was.

Hij knipte de zaklantaarn uit en bleef een ogenblik ernstig staan om Seraphim de laatste eer te bewijzen. Ze was zo lief geweest, zo onschuldig, zo meegaand, zo prachtig geproportioneerd.

Zijn hart verkrampte van verdriet, maar hij huilde niet.

Als hun relatie niet beperkt was gebleven tot een enkele avond vol hartstocht, als zij niet in twee verschillende werelden hadden geleefd, als zij niet minderjarig was geweest en hij daardoor gevangenisstraf riskeerde, hadden ze misschien een openlijke romance kunnen hebben, en dan zou haar dood hem dieper geraakt hebben.

Een spookachtige maansikkel van bleek licht glinsterde op het zwarte graniet.

Junior keek van de grafsteen omhoog naar de maan. Die leek op een gemeen, scherp, zilverkleurig kromzwaard dat aan een draad was opgehangen die brozer was dan een mensenhaar.

Ook al was het alleen maar de maan, hij raakte er nerveus van.

Plotseling leek de nacht... waakzaam.

Zonder zijn lantaarn te gebruiken, en alleen vertrouwend op het maanlicht, klom hij over het kerkhof naar de oprit.

Toen hij de Suburban bereikte en zijn rechterhand om de kruk van het portier aan de bestuurderskant sloot, voelde hij iets vreemds tegen zijn handpalm. Er lag daar een klein koud ding op.

Geschrokken trok hij zijn hand weg. Het object viel zwak rinkelend op het wegdek.

Hij knipte zijn zaklantaarn aan. In het licht, op het asfalt, een zilverkleurig schijfje. Als een volle maan aan een nachtelijke hemel.

Een kwartje.

Hét kwartje, zeker weten. Het kwartje dat de vorige vrijdag niet in de zak van zijn ochtendjas had gezeten waar het eigenlijk had moeten zijn.

Met de zaklantaarn verkende hij de directe omgeving en schaduwen vermengden zich met andere schaduwen, dansende geesten in de balzaal van de nacht.

Geen teken van Vanadium. Aan weerskanten van de weg over de begraafplaats boden sommige grotere monumenten schuilplaatsen, evenals de dikke stammen van de grote bomen.

De rechercheur kon overal zitten. Of alweer weg zijn.

Na een korte aarzeling raapte Junior de munt op.

Hij wilde hem de begraafplaats op gooien, tollend de duisternis in werpen.

Maar als Vanadium toekeek, zou hij het weggooien van de munt interpreteren als een bewijs dat zijn onconventionele aanpak werkte, dat Juniors zenuwen op het punt van knappen stonden. Met een tegenstander zo onvermoeibaar als deze achterlijke smeris durfde je nooit zwakheid te tonen.

Junior deed de munt in zijn broekzak.

Knipte het licht uit. Luisterde.

Half en half verwachtte hij dat Vanadium in de verte zacht 'Someone to watch over me' zou zingen.

Na een tijdje stak hij zijn hand in zijn zak. Het kwartje was er nog.

Hij stapte in de Suburban, trok het portier dicht, maar startte niet direct de motor.

Bij nader inzien was het geen goede zet om hier te komen. De rechercheur was hem duidelijk gevolgd. Nu zou Vanadium een motief zoeken voor zijn uitstapje naar het kerkhof zo laat op de avond. Junior verplaatste zichzelf in de rechercheur en kon een paar redenen bedenken voor dit bezoek aan Seraphims graf. Jammer genoeg ondersteunde geen ervan zijn bewering dat hij een onschuldig man was.

In het ergste geval zou Vanadium zich kunnen gaan afvragen of er een verband bestond tussen Junior en Seraphim, zou hij de connectie ontdekken met de fysiotherapie, en in zijn paranoia zou hij ten onrechte kunnen concluderen dat Junior iets te maken had met haar verkeersongeluk. Dat was natuurlijk maf, maar de rechercheur was duidelijk geen rationeel mens.

In het beste geval zou Vanadium kunnen concluderen dat Junior daarheen was gekomen om aan de weet te komen welke andere begrafenis zijn kwelgeest had bijgewoond – wat eigenlijk het werkelijke motief was. Maar dit maakte duidelijk dat Junior hem vreesde en moeite deed hem een stap voor te blijven. Onschuldige mensen deden al die moeite niet. Wat die mafketel van een agent betrof had Junior net zo goed *Ik heb Naomi vermoord* op zijn voorhoofd kunnen schilderen.

Nerveus bevoelde hij de stof van zijn broek, voelde het kwartje. Het zat er nog steeds.

Kalkwit maanlicht gaf het knekelveld het aanzien van een sneeuwlandschap. Het gras was net zo spookachtig zilverkleurig als sneeuw in de nacht en grafstenen hingen scheef als schuivende ijsbergen in een gebarsten poollandschap.

De aardedonkere inrit leek uit het niets te komen en daarna in een leegte te verdwijnen, en plotseling voelde Junior zich gevaarlijk geïsoleerd, alleen zoals hij zich nog nooit had gevoeld, en kwetsbaar. Vanadium was geen gewone smeris, dat had hij zelf gezegd. Hoe was de rechercheur, in zijn obsessie ervan overtuigd dat Junior Naomi had vermoord en ongeduldig door zijn behoefte bewijs te vinden om dat te ondersteunen, tegen te houden als hij besloot zelf een oordeel te vellen? Hoe was te voorkomen dat hij nu naar de Suburban toe kwam en zijn verdachte van dichtbij neerschoot?

Junior deed het portier op slot. Hij startte de motor en reed sneller het kerkhof af dan verstandig was op de kronkelige toegangsweg. Op weg naar huis keek hij herhaaldelijk in de achteruitkijkspiegel. Er reed geen auto achter hem.

Hij woonde in een huurhuis: een driekamerbungalow. Enorme himalayaceders met lagen neerhangende takken stonden om het huis heen, en gewoonlijk leken ze bescherming te bieden, maar nu staken ze dreigend omhoog.

Hij ging de keuken vanuit de garage binnen, knipte het plafondlicht aan en verwachtte Vanadium aan de grenenhouten keukentafel te zien zitten, genietend van een kop koffie. De keuken was verlaten.

Junior ging kamer voor kamer, kast voor kast, op zoek naar de rechercheur. De smeris was er niet.

Opgelucht, maar nog steeds voorzichtig, liep hij het kleine huis nogmaals door om er zeker van te zijn dat alle deuren en ramen op slot zaten.

Nadat hij zich had uitgekleed om te gaan slapen, ging hij een tijdje op de rand van het bed zitten terwijl hij de munt tussen duim en wijsvinger van zijn rechterhand bevoelde en over Thomas Vanadium piekerde. Hij probeerde het over de knokkels te laten rollen, en liet het herhaaldelijk vallen.

Ten slotte legde hij het kwartje op het nachtkastje, knipte de lamp uit en stapte in bed.

Hij kon niet slapen.

Die ochtend had hij het bed verschoond. De geur van Naomi was niet meer bij hem in het beddengoed.

Hij had haar persoonlijke dingen nog niet weggegooid. In het donker liep hij naar de ladekast, trok een la open en vond een katoenen trui die ze kortgeleden had gedragen.

Op bed spreidde hij het kledingstuk op zijn kussen uit. Hij ging liggen en drukte zijn gezicht in de trui. De zoete, subtiele geur van Naomi had hetzelfde effect als een slaapliedje en snel dommelde hij in.

Toen hij de volgende ochtend wakker werd, tilde hij zijn hoofd van het kussen om op de wekker te kijken – en zag de vijfentwintig cent op zijn nachtkastje liggen. Twee dubbeltjes en een stuiver. Junior gooide de dekens van zich af en stond op, maar zijn knieën bleken te zwak en hij ging direct weer op de rand van het bed zitten.

Het was licht genoeg in de kamer om te zien dat hij alleen was. Het inwendige van de kist waarin Naomi lag, kon niet stiller zijn dan dit huis.

De munten waren op een omgekeerde speelkaart gestapeld.

Hij trok de kaart onder het kleingeld vandaan en draaide hem om. Een joker. Op de kaart stond, in rode blokletters, een naam: BARTHOLOMEUS.

31

Op voorschrift van de arts meed Agnes traplopen meer dan vier dagen. Ze nam sponsbaden in de damesbadkamer op de benedenverdieping en sliep in de salon op een slaapbank met Barty vlak naast zich in een wieg.

Maria Gonzalez bracht rijstschotels, zelfgemaakte tamales en chili *rellenos*. Elke dag maakte Jacob koekjes en chocoladecakejes, steeds weer een nieuwe variant, en in zulke hoeveelheden dat Maria's borden, elke keer dat ze die terugkreeg, volgestapeld lagen met gebakken lekkernijen.

Elke avond kwamen Edom en Jacob bij Agnes eten. En hoewel het verleden zwaar op hen drukte als zij onder dit dak waren, bleven ze altijd lang genoeg om de vaat te doen voordat ze terugvluchtten naar hun flats boven de garage.

Aan Joey's kant was er geen familie die kon helpen. Zijn moeder was aan leukemie gestorven toen hij vier was. Zijn vader, dol op bier en knokken – geen aardje naar zijn vaartje – overleed vijf jaar daarna tijdens een knokpartij in een café. Zonder directe familie die hem op wilde nemen, ging Joey naar een weeshuis. Omdat hij negen was, was hij geen eersteklas adoptiemateriaal – mensen wilden baby's – en hij groeide op in het tehuis.

Hoewel ze maar weinig familie hadden, hadden ze een heleboel vrienden en kennissen die langskwamen om Agnes te helpen, en sommigen boden ook aan 's nachts te blijven. Dankbaar accepteerde ze hulp bij het schoonmaken, de was en het doen van boodschappen, maar gezelschap voor 's nachts sloeg ze af vanwege haar dromen.

Steeds weer droomde ze van Joey. Geen nachtmerries. Geen bloed, geen herhaling van de verschrikking. In haar dromen was ze met Joey aan het picknicken of ze waren op een braderie. Wandelden over het strand. Keken naar een film. In al die scènes heerste warmte, een gevoel van kameraadschap, van liefde. Behalve dat ze uiteindelijk altijd een andere kant op keek en als ze dan weer keek, was hij weg, en ze wist dat hij voor altijd weg was.

Ze werd huilend uit de dromen wakker en ze wilde niet dat daar iemand bij was. Ze schaamde zich niet voor haar tranen. Ze wilde die alleen met niemand delen, alleen met Barty.

Als ze in een schommelstoel zat met haar zoontje in haar armen, huilde Agnes stilletjes. Vaak. Barty sliep door haar huilen heen. Als hij wakker was, glimlachte hij of vertrok zijn gezichtje in een vragende frons.

De lach van het kleine kind was zo betoverend en zijn verbazing zo komisch ernstig, dat beide uitdrukkingen op Agnes' ellende werkten als gist in deeg. Haar bittere tranen werden zoet.

Barty huilde nooit. Op de babyafdeling van het ziekenhuis was hij voor de verpleegsters een wonder geweest, want als andere pasgeborenen in koor aan het schreeuwen waren, had Barty zich altijd rustig gehouden.

Vrijdag 14 januari, veertien dagen na Joey's dood, klapte Agnes de slaapbank dicht omdat ze van plan was voortaan weer boven te slapen. En voor het eerst sinds ze naar huis was gekomen, maakte ze eten klaar zonder haar toevlucht te nemen tot de eenpansmaaltijden van vrienden of de heerlijkheden in haar vriezer.

Maria's moeder, op bezoek uit Mexico, paste op de kinderen, dus Maria kwam zonder haar kinderen, als gast om Agnes en de lachnou-es Isaacson-tweeling, de chroniqueurs van vernietiging, gezelschap te houden. Ze aten in de eetkamer in plaats van in de keuken, met een met kant afgezet tafellaken, het mooie porselein, kristallen wijnglazen en verse bloemen.

Het geven van een officieel etentje was voor Agnes een manier om te zeggen – meer tegen zichzelf dan tegen iemand anders van het gezelschap – dat het tijd was geworden haar leven weer op te pakken, omwille van Bartholomeus, maar ook omwille van zichzelf.

Maria arriveerde vroeg in de verwachting te helpen met de laatste voorbereidingen in de keuken. Hoewel ze als gast kwam, lukte het haar niet om met een glas wijn aan de kant te blijven zitten terwijl er nog het een en ander gedaan moest worden.

Ten slotte gaf Agnes toe. 'Je zult ooit moeten leren je te ontspannen, Maria.'

'Ik geniet altijd hamer te zijn.'

'Hamer?'

'Hamer, zaag, schroevendraaier. Ik word altijd vrolijk als ik op zo'n manier nuttig ben, zoals een gereedschap nuttig is.'

'Nou, gebruik alsjeblief geen hamer als je gaat tafeldekken.'

'Is grap.' Maria was trots dat ze Agnes juist interpreteerde.

'Nee, ik meen het. Geen hamer.'

'Is goed dat jij grap kan zijn.'

'Het is goed dat ik grappen kan maken,' corrigeerde Agnes.

'Dat zeg ik.'

Er konden zes mensen aan de eettafel zitten, en Agnes vroeg Maria twee plaatsen aan elke lange kant te dekken en de korte zijden leeg te laten. 'Het is veel knusser als we allemaal tegenover elkaar zitten.'

Maria dekte voor vijf in plaats van voor vier. De vijfde – compleet met bestek, waterglas en wijnglas – was aan het hoofd van de tafel ter herinnering aan Joey.

Terwijl ze zoveel moeite deed met haar verlies te leren leven, was wel het laatste wat Agnes kon gebruiken dat de herinnering werd opgewekt met die lege stoel. Maar Maria bedoelde het goed en Agnes wilde haar niet kwetsen.

Bij de aardappelsoep en de aspergesalade begon de conversatie veelbelovende: een discussie over favoriete aardappelgerechten, opmerkingen over het weer, een gesprek over Kerstmis in Mexico.

Uiteindelijk, natuurlijk, hield die lieve Edom een betoog over tornado's – vooral over de beruchte Tri-State Tornado van 1925, die delen van Missouri, Illinois en Indiana verwoestte.

'De meeste tornado's blijven nooit langer dan dertig kilometer aan de grond,' legde Edom uit, 'maar deze hield het met zijn trechter 352 kilometer lang vol! En hij was anderhalve kilometer breed. Alles op zijn weg – kapot, verwoest. Huizen, fabrieken, kerken, scholen – alles verpulverd. Murphysboro, in Illinois, werd van de kaart geveegd, uitgewist, er vielen honderden doden in dat ene stadje.'

Maria, haar ogen groot, legde haar bestek neer en sloeg een kruis.

'In totaal werden vier stadjes verwoest, alsof ze door een atoombom getroffen waren, en nog eens zes stadjes werden gedeeltelijk platgegooid, vijftienduizend huizen vernietigd. En dat waren alleen maar de húízen. Dit ding was zwart; enorm, zwart en afschuwelijk, terwijl voortdurend de bliksem erdoorheen joeg, en een gebrul, zeiden ze, als honderd donderbuien tegelijk.'

Weer sloeg Maria een kruis.

'In drie staten vonden 695 mensen de dood. Een wind die zo sterk was dat sommige lichamen drie kilometer van de plek waar ze van de grond werden geplukt neerkwamen.'

Blijkbaar wenste Maria dat ze een rozenkrans had meegenomen naar het etentje. Met de vingers van haar rechter hand kneep ze in de knokkels van haar linker, de een na de ander, alsof het kralen waren.

'Nou,' zei Agnes, 'godzijdank hebben we hier in Californië geen tornado's.'

'Maar we hebben wel dammen,' zei Jacob, gebarend met zijn vork. 'De overstroming van Johnstown, 1889. Pennsylvania, natuurlijk, maar het zou hier kunnen gebeuren. En dat was me d'r een, laat me je dat zeggen. De South Fork Dam brak door. Een twintig meter hoge muur van water vernietigde de stad. Jouw tornado doodde bijna zevenhonderd mensen, maar mijn dam doodde er 2209. Negenennegentig hele gezinnen werden van de aarde weggevaagd. Achtennegentig kinderen verloren beide ouders.'

Maria hield op met bidden op haar knokkelrozenkrans en nam haar toevlucht tot een lange teug wijn.

'369 van de doden waren kinderen onder de tien,' vervolgde Jacob. 'Een passagierstrein werd van de rails geduwd, twintig doden. Een andere trein met tankwagons brak in stukken, en olie kwam op het vloedwater, vloog in brand, en alle mensen die zich aan drijvend wrakhout vasthielden, raakten omgeven door de vlammen, en hadden geen uitweg. De keuze was levend verbranden of verdrinken.'

'Toetje?' vroeg Agnes.

Tijdens de koffie met genereuze plakken cake oreerde Jacob aanvankelijk over de explosie van een Franse vrachtvaarder met een lading ammoniumnitraat aan boord aan de kade van Texas City in 1947. 576 mensen kwamen om.

Terwijl ze al haar vaardigheden als gastvrouw inzette, stuurde Agnes langzaam het gesprek van rampzalige explosies naar vuurwerk op de Fourth of July en daarna naar herinneringen aan de zomeravonden dat zij, Joey, Edom en Jacob zaten te kaarten – pinochle, canasta en bridge – aan een tafel in de achtertuin. Jacob en

Edom, als paar, waren formidabele tegenstanders in elk kaartspel, omdat hun geheugen voor getallen was gescherpt door al die jaren dat ze als statistici gegevens verzamelden over rampspoeden. Toen het gesprek kwam op kaarttrucs en het voorspellen van de toekomst, bekende Maria met gewone speelkaarten te kunnen voorspellen.

Edom, die dolgraag wilde weten wanneer een vloedgolf of een vallende asteroïde hem het noodlot zou brengen, haalde een pak speelkaarten uit de kast in de salon. Toen Maria uitlegde dat alleen elke derde kaart werd gelezen en dat voor een volledige kijk op de toekomst vier spellen nodig waren, ging Edom terug naar de salon om nog eens drie spellen te zoeken.

'Neem er vier mee,' riep Jacob hem na, 'allemaal nieuwe spellen.' Ze versleten veel kaarten en hielden een ruime hoeveelheid aan allerlei kaartspellen in voorraad.

Tegen Agnes zei Jacob: 'De toekomst is waarschijnlijk zonniger als de kaarten schoon en nieuw zijn, denk je niet?'

Jacob, misschien omdat hij hoopte uit te vinden welke op hol geslagen vrachttrein of exploderende fabriek hem over het landschap uit zou smeren, schoof zijn dessertbordje opzij en schudde elk pak apart en vervolgens samen, tot alle kaarten goed geschud waren. Hij zette de stapel voor Maria neer.

Niemand scheen te beseffen dat de toekomst voorspellen in dat huis, op dat moment, misschien niet zo'n geschikt spelletje was, gezien het feit dat Agnes pas zo kortgeleden en zo vreselijk door het noodlot was getroffen.

Agnes putte enorm veel hoop uit haar geloof. Ze hield zich altijd vast aan het vertrouwen dat de toekomst stralend zou zijn, maar op dat moment aarzelde ze dat optimisme te testen via zoiets onschuldigs als kaartleggen. Toch, net zoals met het vijfde couvert, wilde ze geen bezwaar maken.

Terwijl Jacob de kaarten schudde, had Agnes kleine Barty uit de wieg gehaald. Ze was verrast en verward te ontdekken dat de baby als eerste de toekomst voorspeld kreeg.

Maria draaide een kwartslag op haar stoel om en legde een kaart van de bovenkant van de stapel van vier spellen op tafel voor Barty neer.

De eerste kaart was een hartenaas. Dat, zei Maria, was echt een goede kaart. Het betekende dat Barty geluk in de liefde zou hebben. Maria legde twee kaarten weg voor ze er weer een openlegde. Dit was ook een hartenaas.

'Hé, hij wordt een echte Romeo,' zei Edom.

Barty kirde en blies een spuugbelletje.

'Deze kaart bedoelt ook te zeggen dat er gezinsliefde is, en liefde van veel vrienden, niet alleen kuskus-liefde,' verduidelijkte Maria.

De derde kaart die ze voor Barty neerlegde was eveneens een hartenaas.

'Hoeveel kans bestaat daarop?' vroeg Jacob.

Hoewel de hartenaas alleen maar een positieve betekenis kende en hoewel, volgens Maria, het veelvuldig verschijnen, vooral achter elkaar, in toenemende mate positieve dingen betekende, ging er een reeks kiltes langs Agnes' ruggengraat, alsof haar wervels vingers voorstelden die de kaarten schudden.

De volgende kaart maakte er vier op een rij van.

Hoewel dat enkele hartje in het midden van het rechthoekige witte veld verbazing en blijdschap bij haar broers en bij Maria opwekte, reageerde Agnes er met ontzetting op. Ze deed moeite haar werkelijke gevoelens te maskeren met een glimlach die zo dun was als de rand van een speelkaart.

In haar gebroken Engels legde Maria uit dat deze wonderbaarlijke vier hartenazen betekenden dat Barty niet alleen de juiste vrouw zou vinden en een levenslange romance met haar zou hebben die epische poëzie waardig was, niet alleen zijn hele leven omringd zou worden door de liefde van de familie, hij niet alleen gekoesterd zou worden door een groot aantal vrienden, maar ook geliefd zou zijn bij ontelbaar veel mensen die hem nooit zouden ontmoeten.

'Hoe kan hij geliefd zijn bij mensen die hem nooit ontmoeten?' vroeg Jacob fronsend.

Stralend zei Maria: 'Dit betekent dat Barty op zeker moment *muy* beroemd zal worden.'

Agnes wilde dat haar zoontje gelukkig werd. Ze gaf niet om roem. Instinctief voelde ze dat die twee, roem en geluk, zelden samengingen.

Ze had Barty zachtjes gewiegd, maar nu hield ze hem stil, dicht tegen haar borst.

De vijfde kaart was weer een aas, en Agnes slikte, want een ogenblik dacht ze dat het weer een harten zou zijn, een onmogelijke vijfde harten in een stapel van vier spellen. In plaats daarvan bleek het een ruitenaas.

Maria legde uit dat dit ook een heel wenselijke kaart was, dat het betekende dat Barty nooit arm zou zijn. Dat die volgde op de vier hartenazen was van groot belang.

De zesde kaart was weer een ruitenaas.

Ze staarden er allemaal zwijgend naar.

Zes azen op een rij. Dat was bijna onmogelijk. Op geen enkele manier kon Agnes de kansen berekenen op zo'n trekking, maar ze wist dat die uitzonderlijk klein waren.

'Is te betekenen dat hij wordt beter dan niet arm, maar zelfs rijk.'

De zevende kaart was de derde ruitenaas.

Zonder commentaar legde Maria twee kaarten weg en legde de achtste open. Ook een ruitenaas.

Maria sloeg weer een kruis, maar met een ander doel dan toen ze kruisen sloeg tijdens Edoms verslag van de Tri-State Tornado van 1925. Toen was het om ongeluk af te wenden; nu, met een glimlach en een blik vol verwondering, zegde ze dank voor Gods genade die, volgens de kaarten, in overvloed op Bartholomeus zou neerdalen.

Barty, legde ze uit, zou in vele opzichten rijk zijn. Financieel rijk, maar ook rijk aan talent, van geest, aan intellect. Rijk aan moed en eer. Met een overvloed aan gezond verstand, goed oordeelsvermogen en geluk.

Elke moeder zou verheugd zijn om de voorspelling van zo'n glanzende toekomst van haar zoon te horen. Toch deed elke glorierijke voorspelling de temperatuur in Agnes' hart weer een paar graden dalen.

De negende kaart was een schoppenboer. Maria noemde het een *jonker* van schoppen, en toen ze die zag werd haar stralende lach minder.

Jonkers symboliseerden vijanden, legde ze uit, zowel mensen die alleen maar onbetrouwbaar waren, als mensen die je ronduit slecht kon noemen. De jonker van harten stelde een rivaal in de liefde voor of een geliefde die je bedroog: een vijand die het hart diep verwondde. De jonker van ruiten was iemand die financieel verdriet zou geven. De jonker van klaveren iemand die verwondde met woorden: iemand die belasterde of kwaadsprak, of iemand die je aanviel met slechte bedoelingen en onterechte kritiek.

De jonker van schoppen, die nu zichtbaar was, was de boosaardigste boer uit het spel. Dit was een vijand die geweld zou gebruiken.

Met zijn krullende, geelblonde haar, krullende snor en zijn zelfvoldane profiel, zag deze boer eruit dat hij wel een jonker kon zijn in de slechtste betekenis van het woord.

En nu naar de tiende kaart die Maria al in haar kleine, bruine hand had.

Nooit eerder had het vertrouwde rode Bicycle-logo van de de U.S. Playing Card Company er zo dreigend uitgezien, maar nu was het afschrikwekkend, net zo vreemd als een voodoo-*vèvè* of een satanisch bezweringsritueel.

Maria's hand draaide, de kaart draaide en weer draaide een jonker van schoppen in het zicht en viel op de tafel.

Achter elkaar getrokken betekenden twee jonkers van schoppen niet twee dodelijke vijanden, maar het betekende dat de vijand die al voorspeld was door de eerste kaart, ongewoon machtig en buitengewoon gevaarlijk zou zijn.

Agnes wist nu waarom deze voorspelling haar eerder had ontzet dan bekoord: als je bereid was in het geluk te geloven dat door de kaarten werd voorspeld, dan was je ook verplicht in het ongeluk te geloven.

In haar armen liet kleine Barty tevreden borrelende geluidjes horen, onwetend van het feit dat zijn toekomst vermoedelijk epische liefde, fabuleuze rijkdom en geweld inhield.

Hij was zo onschuldig. Dit lieve jochie, dit pure, onbevlekte kind, kon onmogelijk een vijand op deze wereld hebben, en ze kon zich niet voorstellen dat haar zoon vijanden verdiende, zeker niet als ze hem goed opvoedde. Dit was onzin, gewoon stom kaartleggen.

Agnes wilde Maria verhinderen de elfde kaart om te draaien, maar haar nieuwsgierigheid was net zo groot als haar vrees.

Toen de derde jonker van schoppen verscheen, zei Edom tegen Maria: 'Wat voor soort vijand betekent drie op een rij?'

Ze bleef gefixeerd naar de kaart staren die ze net had getrokken, en een tijdje zei ze niets, alsof de blik van de papieren jonker haar gevangen hield. Ten slotte zei ze: 'Monster. Menselijk monster.'

Nerveus schraapte Jacob zijn keel: 'En wat bij vier boeren op een rij?'

De ernst van haar broers irriteerde Agnes. Ze leken dit kaartleggen serieus te nemen, alsof het veel meer was dan alleen maar een ontspannen spelletje na het eten.

Ze moest toegeven dat ze ook ontdaan was door de kaarten. Door er ook maar enig geloof aan te hechten, maakte je de deur naar een volledig erin geloven open.

De kans van zo'n fenomenale trekking van elf kaarten moest er wel een zijn van een op zoveel miljoenen, wat de voorspellingen enige geldigheid leek te geven.

Maar niet elke toevalligheid heeft geldigheid. Gooi een kwartje een miljoen keer op, en dan zal grofweg kop een half miljoen keer verschijnen en munt ruwweg hetzelfde aantal keren. Er zullen momenten zijn dat kop dertig, veertig, honderd keer achtereen komt. Dat betekent niet dat de voorzienigheid aan het werk is of dat God – er de voorkeur aan gevend niet zijn gewone mysterieuze zelf te zijn, maar uiterst ondoorgrondelijk – waarschuwt voor armageddon via het kwartje; het betekent dat de wet van de waarschijnlijkheid slechts op lange termijn geldt, en dat de afwijkingen op korte termijn alleen maar iets betekenen voor de bijgelovige.

En als het vier boeren op rij zijn?

Ten slotte beantwoordde Maria Jacobs vraag mompelend en sloeg weer een kruisteken. 'Ik heb nooit vier gezien. Ook nooit dat ik drie heb gezien. Maar vier... dat moet de duivel in eigen persoon zijn.'

Deze verklaring werd ernstig ontvangen door Edom en Jacob, alsof de duivel vaak door de straten van Bright Beach wandelde en van tijd tot tijd, zoals werd beweerd, baby's uit de armen van de moeders graaide om ze met mosterd op te peuzelen.

Zelfs Agnes voelde zich even zo van haar stuk gebracht dat ze zei: 'Genoeg. Het is niet leuk meer.'

Maria ging akkoord, veegde de stapel ongebruikte kaarten opzij en staarde naar haar handen alsof ze die heel lang onder heet water wilde afboenen.

'Nee,' zei Agnes, toen ze de greep van irrationele angst van zich afschudde. 'Wacht. Dit is absurd. Het is alleen maar een kaart. En we zijn allemaal nieuwsgierig.'

'Nee,' waarschuwde Maria.

'Ik hoef hem niet te zien,' beaamde Edom.

'Ik ook niet,' zei Jacob.

Agnes trok de stapel kaarten naar zich toe. Ze legde de bovenste twee kaarten terzijde zoals Maria zou hebben gedaan en draaide de derde om.

Het was de laatste jonker van schoppen.

Hoewel er een koude stroom langs haar ruggengraat knetterde, keek Agnes glimlachend naar de kaart. Ze was vastbesloten de sombere stemming waarin ze allemaal terecht waren gekomen te veranderen.

'Ziet er voor mij niet angstaanjagend uit.' Ze hield de jonker van schoppen zo, dat de baby hem kon zien. 'Word jij bang van hem, Barty?'

Bartholomeus was veel eerder dan andere baby's in staat zijn ogen op iets te richten. Hij was, heel verrassend, al betrokken bij de wereld om hem heen.

Barty keek naar de kaart, smakte met zijn lippen, lachte en zei: 'Ga.' Met een winderig geschetter van zijn billentrompet bevuilde hij zijn luier.

Iedereen behalve Maria lachte.

Terwijl ze de jonker op tafel gooide, zei Agnes: 'Barty schijnt niet al te erg onder de indruk te zijn van deze duivel.'

Maria veegde de vier jonkers bij elkaar en scheurde die in drie stukken. Ze stak de twaalf stukjes in het borstzakje van haar blouse. 'Ik koop nieuwe kaarten voor je, maar deze mag je nooit meer hebben.'

32

Geld voor de doden. Het in een grote som geld omzetten van het ontbindende vlees van een beminde vrouw en een ongeboren baby was een prestatie die de droom van de alchemisten om lood in goud te veranderen in de schaduw stelde.

Op dinsdag, nog geen vierentwintig uur na Naomi's begrafenis, hadden Knacker, Hisscus en Nork – als vertegenwoordigers van de staat en het district – oriënterende gesprekken met de raadsman van Junior en met de advocaten van de rouwende Hackachak-clan. Zoals eerder was het goedgeklede trio verzoeningsgezind, gevoelig en bereid tot een schikking om een aanklacht wegens dood door schuld te voorkomen.

Eigenlijk hadden de advocaten van de potentiële eisers het gevoel dat Nork, Hisscus en Knacker té graag tot een schikking wilden komen en zij bezagen de verzoeningspoging van het drietal dan ook met de grootste argwaan. Natuurlijk had de staat geen zin in een proces vanwege de dood van een prachtige jonge vrouw en haar ongeboren baby, maar hun bereidheid zo vroeg te onderhandelen en zich zo redelijk op te stellen, hield in dat hun positie nog zwakker was dan die al leek.

Juniors advocaat – Simon Magusson – eiste volledige inzage in de dossiers over het onderhoud en de adviezen betreffende de brandtoren, en over andere zaken die onder bosbeheer vielen en waarvoor de staat en het district de volledige of gezamenlijke verantwoordelijkheid hadden. Als er een aanklacht wegens dood door schuld werd ingediend, zou die informatie toch openbaar gemaakt moeten worden tijdens de normale onderzoeksprocedures die aan een proces voorafgingen, en aangezien de onderhoudsgegevens en adviezen openbaar waren, stemden Hisscus en Knacker en Nork toe het gevraagde te leveren.

Ondertussen, terwijl de advocaten op dinsdagmiddag bij elkaar zaten, belde Junior, die vrij had genomen van zijn werk, een slotenmaker om andere sloten op zijn huis te zetten. Maar als politieman had Vanadium misschien de beschikking over een slothaak die de nieuwe sloten net zo makkelijk openmaakte als de oude. Daarom liet Junior aan de binnenkant van de voor- en de achterdeur grendels aanbrengen die niet van buitenaf geopend konden worden.

Hij betaalde de slotenmaker contant en deed bij de betaling de twee dubbeltjes en de stuiver die Vanadium op zijn nachtkastje had achtergelaten.

Op woensdag, met een snelheid die de gretigheid bevestigde om tot een schikking te komen, leverde de staat de dossiers over de brandtoren. Vijf jaar lang was een substantieel bedrag van de onderhoudsgelden door bureaucraten voor andere doeleinden gebruikt. En al drie jaar stelde de verantwoordelijke onderhoudschef een rapport op over deze toren, waarin hij rechtstreeks om fondsen vroeg voor fundamentele reparaties; het derde document, negen maanden voor Naomi's val ingeleverd, was opgesteld in crisistaal en droeg het stempel *dringend*.

Junior, die in het met mahoniehout afgetimmerde kantoor van Simon Magusson de inhoud van het dossier zat te lezen, was ontsteld. 'Ik had wel dood kunnen zijn.'

'Het is een wonder dat u niet alle twee door die reling bent gegaan,' beaamde de advocaat.

Magusson was een kleine man achter een enorm bureau. Zijn hoofd leek te groot voor zijn lichaam, maar zijn oren leken niet groter dan twee zilveren dollars. Grote, uitpuilende ogen, bol van geslepenheid en brandend van ambitie, gaven hem het uiterlijk van iemand die een minuut na een feestmaal van dagen weer honger heeft. Een kleine, dikke wipneus, een bovenlip die kon wedijveren met die van een orang-oetang en een nare smalle mond maakten het beeld compleet: hij had een uiterlijk om elke vrouw die ogen had af te stoten; maar als je een advocaat wilde die kwaad was op de wereld omdat die hem vervloekte om zijn lelijkheid en die die kwaadheid in de rechtszaal kon omzetten in de energie en meedogenloosheid van een pitbull, zelfs als hij zijn lelijkheid gebruikte om de sympathie van de juryleden te winnen, dan was Simon Magusson de advocaat die je moest hebben.

'Het is niet alleen maar de verrotte reling,' zei Junior, die nog steeds door het rapport bladerde en steeds woedender werd. 'De trap is onveilig.'

'Verrukkelijk, toch?'

'Een van de vier steunen van de toren heeft gevaarlijke barsten op het punt waar hij verankerd zit in de fundering...'

'Heerlijk.'

'... en de constructie waar het observatieplatform op rust is onstabiel. Het hele geval had met ons erop in kunnen storten!'

Van de andere kant van het enorme bureau klonk het gekakel van een kabouter, Magussons idee van een lach. 'En ze namen niet eens de moeite een waarschuwingsbord te plaatsen. Er stond zelfs nog steeds dat bord waarop wandelaars worden uitgenodigd vanaf het observatieplatform van het uitzicht te genieten.'

'Ik had wel dood kunnen zijn,' herhaalde Junior Cain, plotseling zo vervuld van afschuw door dit besef dat zijn ingewanden ijzig koud werden, en hij even zijn handen en voeten niet meer kon voelen.

'Dit gaat me een enorme regeling worden,' beloofde de advocaat. 'En er is nog meer goed nieuws. De autoriteiten van het district en de staat zijn overeengekomen de zaak van Naomi's dood te sluiten. Het is nu officieel een ongeluk.'

In Juniors handen en voeten begon het gevoel terug te keren.

'Zolang de zaak nog liep en u als enige verdachte werd gezien,' zei de advocaat, 'konden ze buiten de rechtbank om met u niet tot een regeling komen. Maar ze waren bang dat zij, als ze uiteindelijk niet konden bewijzen dat u haar vermoord hebt, in een zelfs nog vervelender positie kwamen te zitten als er een aanklacht wegens dood door schuld voor de jury kwam.'

'Waarom?'

'Om te beginnen zouden de juryleden kunnen concluderen dat de autoriteiten u nooit echt als verdachte hebben gezien en alleen maar probeerden u de moord in de schoenen te schuiven om hun aansprakelijkheid voor het slechte onderhoud van de toren te verhullen. Verreweg de meeste agenten denken trouwens toch dat u onschuldig bent.'

'O ja? Dat is dan prettig,' zei Junior oprecht.

'Gefeliciteerd, meneer Cain. U hebt een heleboel geluk gehad bij deze zaak.'

Hoewel hij het gezicht van Magusson zo afstotend vond dat hij er niet langer dan nodig was naar wilde kijken, en hoewel Magussons uitpuilende ogen zo vochtig van verbittering en behoeftigheid waren dat je er nachtmerries van kon krijgen, verplaatste Junior zijn blik van zijn half gevoelloze handen naar zijn raadsman. 'Geluk? Ik heb mijn vrouw verloren. En mijn ongeboren kind.'

'En nu zult u volledig gecompenseerd worden voor uw verlies.'

De kleine pad met zijn uitpuilende ogen grijnsde aan de andere kant van het pretentieuze bureau.

Het rapport over de toren dwong Junior over zijn sterfelijkheid na te denken: angst, pijn en zelfmedelijden kolkten door hem heen. Zijn stem trilde ven ergernis: 'U weet toch wel, meneer Magusson, dat wat met mijn Naomi gebeurde een ongeluk was? Dat gelooft u toch wel? Want ik zou niet... ik weet niet hoe ik zou kunnen werken met iemand die dacht dat ik in staat zou zijn tot...'

Dat onderdeurtje stak zo nietig af tegen zijn kantoormeubilair dat hij wel een tor leek op die reusachtige leren directiestoel, die zelf weer leek op de muil van een vleesetende plant die op het punt stond hem als lunch te nuttigen. Hij permitteerde zich zo'n lange stilte na Juniors vraag dat tegen de tijd dat hij sprak, zijn antwoord overbodig was.

Ten slotte zei hij: 'Een balieadvocaat, of hij nu gespecialiseerd is in strafrecht of civiel recht, is een acteur, meneer Cain. Hij moet sterk in zijn rol geloven, in de waarheid van zijn verhaal, wil hij overtuigend overkomen. Ik geloof altijd in de onschuld van mijn cliënten om voor hen de best mogelijke uitspraak binnen te halen.'

Junior vermoedde dat Magusson nooit een andere cliënt had dan zichzelf. Hij werd niet gedreven door gerechtigheid, maar door vette honoraria.

Uit principe overwoog Junior de breedbekkikker ter plekke te ontslaan, maar toen zei Magusson: 'U hoeft zich verder geen zorgen meer te maken over rechercheur Vanadium.'

Junior was verrast: 'U weet van hem?'

'Iedereen weet van Vanadium. Hij voert een kruistocht, heeft zichzelf opgeworpen als kampioen van de waarheid, rechtvaardigheid, en de Amerikaanse manier van doen. Een heilige dwaas, zo u wilt. Nu de zaak gesloten is, is hij niet langer bevoegd u lastig te vallen.'

'Ik weet niet of wel hij wel een bevoegdheid nodig heeft,' zei Junior ongemakkelijk.

'Nou, als hij u weer lastigvalt, laat het me dan weten.'

'Waarom laten ze zo'n man zijn penning houden?' vroeg Junior.

'Hij is afschuwelijk, volkomen onprofessioneel.'

'Hij heeft succes. Hij lost de meeste zaken die hij krijgt op.'

Junior had gedacht dat de meeste andere agenten Vanadium wel moesten zien als een ongeleid projectiel, een schurk, een paria. Misschien was het omgekeerde waar – en als het waar was dat Vanadium zo hoog werd aangeslagen door zijn collega's, was hij oneindig veel gevaarlijker dan Junior had beseft.

'Meneer Cain, als hij u lastigvalt, wilt u dan dat ik hem terug laat fluiten?'

Hij kon zich niet meer herinneren op grond van welk principe hij Magusson wilde ontslaan. Ondanks zijn fouten was de advocaat hoogst competent.

'Morgen aan het eind van de dag,' zei de advocaat, 'verwacht ik een voorstel voor u ter overweging.'

Donderdag, aan het eind van de middag, na een sessie van negen uur met Hisscus, Nork en Knacker, had Magusson – in samenwerking met de raadsman van de Hackachaks – inderdaad acceptabele condities afgedwongen. Kaitlin Hackachak zou 250.000 dollar krijgen voor het verlies van haar zuster. Sheena en Rudy zouden 900.000 dollar krijgen als compensatie voor hun hevige emotionele pijn en verdriet; daarmee zouden ze een heleboel therapieën in Las Vegas kunnen volgen. Junior zou 4.250.000 dollar ontvangen. Magussons honorarium was twintig procent vóór een proces – veertig procent als de regeling werd getroffen ná het begin van een rechtszaak – waardoor Junior 3.400.000 dollar overhield. Alle uitkeringen aan eisers waren verder belastingvrij.

Vrijdagochtend nam Junior ontslag als fysiotherapeut in het revalidatieziekenhuis. Hij verwachtte de rest van zijn leven stil te kunnen leven van de rente en dividenden, omdat zijn wensen bescheiden waren.

Hij reed, genietend van de wolkeloze dag en het weer dat warmer was dan normaal, honderdtien kilometer naar het noorden, langs altijdgroene bomen die in slagorde langs de heuvel naar beneden naar de schilderachtige kust marcheerden. Het hele eind hield hij het verkeer in zijn achteruitkijkspiegel in de gaten. Niemand volgde hem.

Hij stopte om te lunchen in een restaurant met een spectaculair uitzicht op de Stille Oceaan, omlijst door massieve pijnbomen.

De serveerster was een schatje. Ze flirtte met hem en hij wist dat hij haar kon krijgen als hij dat wilde.

Hij wilde inderdaad, maar zijn intuïtie waarschuwde hem dat hij zich nog een tijdje rustig moest houden.

Sinds maandag, op het kerkhof, had hij Thomas Vanadium niet meer gezien, en had Vanadium, sinds die avond dat hij vijfentwintig cent op zijn nachtkastje had achtergelaten, geen trucs meer met hem uitgehaald. Al bijna vier dagen werd hij niet meer lastiggevallen door de intimiderende rechercheur. Maar Junior had wat betreft Vanadium geleerd op zijn hoede te blijven, en voorzichtig. Omdat hij niet meer terug hoefde naar zijn werk, deed hij wat langer over zijn lunch. Hij voelde zich fantastisch door het groeiende gevoel van vrijheid dat bijna net zo opwindend was als seks. Het leven was te kort om aan werken te verspillen, als je de middelen had je leven lang niets te doen.

Tegen de tijd dat hij terugkeerde naar Spruce Hills, was de vroege avond ingetreden. De parelmoeren, afnemende maan hing boven een stad die geheimzinnig glinsterde in een weelde van bomen, flikkerend en glinsterend alsof het geen echte stad was, maar dromenland waar een veelheid aan zigeunerfamilies bijeenzat in het speelse, amberkleurige licht van lantaarns en kampvuren.

Eerder die week had Junior Thomas Vanadium in de telefoongids opgezocht. Hij had verwacht dat die een geheim nummer zou hebben, maar hij stond gewoon in het boek. Wat hij eigenlijk wilde, was niet een nummer maar een adres, en dat stond er ook bij.

Nu durfde hij op zoek te gaan naar de woning van de rechercheur. In een keurig onderhouden buurt van pretentieloze huizen was het huis van Vanadium net zo onopvallend als al die andere: een gelijkvloerse rechthoekige doos zonder duidelijke architecturale stijl. Witte aluminium gevelbeplating met groene luiken. Een aangebouwde garage voor twee auto's.

Langs de straat stonden zwarte eiken. Ze droegen geen bladeren in deze tijd van het jaar, wel knoestige takken die naar de maan klauwden.

De grote bomen in de tuin van Vanadium waren ook kaal waardoor er een betrekkelijk ongehinderd zicht op het huis bestond. De achterkant van de woning was donker, maar aan de voorkant werden twee ramen verwarmd door een zacht licht.

Junior ging niet langzamer rijden toen hij langs het huis kwam, maar reed om het blok heen en passeerde het huis nogmaals.

Hij wist niet wat hij zocht. Hij vond dat hij het recht had voor de verandering eens degene te zijn die op onderzoek ging.

Amper vijftien minuten later, weer thuis, ging hij aan de keukentafel zitten met de telefoongids. Het boek bevatte niet alleen de telefoonnummers in Spruce Hills, maar ook die van het hele district, misschien zeventig- of tachtigduizend.

Elke pagina bevatte vier rijen namen en nummers, de meeste met adressen. Elke rij bevatte bijna honderd namen, vierhonderd op een bladzijde.

Gebruikmakend van een liniaal om elke rij systematisch af te werken, zocht Junior naar Bartholomeus, de achternamen negerend. Hij had al gekeken of iemand in het district Bartholomeus als achternaam had; maar dat was niet het geval.

Sommige namen hadden geen voornaam, alleen initialen. Elke keer dat hij de initiaal B tegenkwam, zette hij er een tekentje voor met een rode fijnschrijver.

De meesten zouden Bob of Bill heten. Misschien zaten er een paar Bradleys tussen, of Bernards. Barbara's of Brenda's.

Uiteindelijk, als hij de hele gids tevergeefs had doorgenomen, zou hij elke aangekruiste naam bellen en vragen naar Bartholomeus. Ongetwijfeld een paar honderd telefoontjes. Sommige zouden interlokaal zijn, maar hij kon zich de kosten veroorloven.

Het lukte hem vijf pagina's per keer door te nemen, voor hij last van zijn hoofd begon te krijgen. Hij had twee sessies per dag gedaan sinds vorige dinsdag. Vierduizend namen per dag. Zestienduizend in totaal als hij klaar was met de vijfde pagina van deze avond.

Dit was saai werk en misschien leverde het niets op. Maar hij moest ergens beginnen en de telefoongids was het meest logische begin. Bartholomeus kon een tiener zijn die nog bij zijn ouders woonde, of een afhankelijke volwassene die bij familie zat; als dat zo was, zou hij met deze zoektocht niet op te sporen zijn, omdat het nummer niet op zijn naam stond. Of misschien had de man een hekel aan zijn voornaam en gebruikte hij die alleen maar voor officiële zaken en gebruikte hij voor de rest zijn tweede naam.

Als bleek dat de gids geen uitkomst bood, zou Junior vervolgens naar het geboorteregister van de burgerlijke stand gaan om de geboortes, teruggaand tot het begin van de eeuw desnoods, na te gaan. Het was natuurlijk mogelijk dat Bartholomeus niet in het district was geboren en hier als kind of volwassene was komen wonen. Als hij een huis bezat, zou hij te vinden zijn in het kadaster. Had hij geen huis en vervulde hij wel elke twee jaar zijn burgerplicht, dat zou hij in het kiesregister staan.

Junior had geen baan meer, maar wel een missie.

Zaterdag en zondag, tussen twee telefoonboeksessies door, toerde Junior voor zijn plezier wat rond door het district – en testte de theorie uit dat de maniakale smeris hem niet langer volgde. Simon Magusson had duidelijk gelijk: de zaak was gesloten.

Zoals iedereen van een gekweld weduwnaar verwachtte, bracht Junior elke nacht alleen thuis door. Die zondag was hij al acht nachten alleen sinds hij uit het ziekenhuis was ontslagen.

Hij voelde zich een viriele jongeman, door velen begeerd, en het leven was kort. De arme Naomi, haar lieftallige gezicht en haar geschrokken blik nog vers in zijn geheugen, herinnerde hem er voortdurend aan hoe plotseling het einde kon komen. De dag van morgen was voor niemand gegarandeerd. Pluk de dag.

Caesar Zedd had het niet zozeer over pluk de dag, maar *verslind* de dag. Kauw die op, *leef* op de dag, verzwelg de dag helemaal. Vier feest, zei Zedd, *vier feest*, benader het leven als fijnproever en gulzigaard, want hij die terughoudendheid betracht zal geen voedende herinneringen hebben als de honger zich onvermijdelijk aandient.

Zondag, aan het eind van de middag, bracht een combinatie van factoren – diepe betrokkenheid bij de filosofie van Zedd, explosieve testosteronniveaus, verveling, zelfmedelijden en een wens om een risiconemende man van actie te zijn – Junior ertoe wat Hai Karate achter elk oor te spatten en op vrijersvoeten te gaan. Even na het ondergaan van de zon vertrok hij, met een enkele rode roos en een fles Merlot, naar het huis van Victoria Bressler.

Voordat hij vertrok, belde hij haar op om er zeker van te zijn dat ze thuis was. Ze draaide geen weekenddiensten in het ziekenhuis, maar misschien was ze op deze vrije avond gaan stappen. Toen ze opnam, herkende hij haar verleidelijke stem – en mompelde duivels: 'Verkeerd verbonden.'

Als niet-aflatende romanticus wilde hij haar verrassen. Voilà! Bloemen, wijn *et moi*. Sinds hun opwindende contact in het ziekenhuis snakte ze naar hem; maar de eerste paar weken verwachtte ze nog geen bezoek. Hij stond te popelen om haar gezicht op te zien lichten van verrukking.

De afgelopen week had hij al het mogelijke uitgezocht over de verpleegster. Ze was dertig, gescheiden, had geen kinderen, en woonde alleen.

Het verraste hem toen hij achter haar leeftijd kwam. Hij had niet gedacht dat ze zo oud was. Maar dertig of niet, Victoria was ongewoon aantrekkelijk.

Gecharmeerd door de kwetsbaarheid van jonge meisjes, had hij nooit met een oudere vrouw geslapen. Het vooruitzicht intrigeerde hem. Ze zou trucs op haar repertoire hebben die jonge vrouwen door hun onervarenheid misten.

Junior kon zich alleen maar voorstellen hoe gevleid Victoria zou zijn met de attenties van een drieëntwintigjarige dekhengst, gevleid en *dankbaar*. Toen hij nadacht over alle manieren waarop ze die dankbaarheid zou kunnen tonen, was er nauwelijks meer ruimte voor hem én zijn mannelijkheid achter het stuur van de Suburban. Ondanks zijn dwingende begeerte reed hij met een grote omweg naar Victoria's huis, reed twee keer de weg terug, keek uit naar achtervolgers. Als iemand hem achtervolgde, was dat een onzichtbare man in een spookauto.

Toch parkeerde hij, voorzichtig ook al plukte hij de dag – of nacht, in dit geval – op korte afstand van zijn bestemming in een straat die parallel liep. De laatste drie straten legde hij te voet af.

De januarilucht was helder, geurend naar dennen en met de iets zilte geur van de zee verderop. Een nieuwsgierige gele maan gloeide als een duister oog en bekeek hem van achter de rafelige slierten donkere wolken.

Victoria woonde aan de noordoostelijke rand van Spruce Hills waar straten overgingen in landwegen. De huizen waren rustieker en stonden op grotere en minder gecultiveerde stukken land dan de huizen die dichter bij het centrum van de stad waren gebouwd, en lagen verder van de straat af.

Tijdens Juniors korte wandeling hield het trottoir op en ging over op de met grind versterkte berm van de weg. Hij zag niemand lopen en er kwamen geen auto's langs.

Hier, helemaal aan het eind van de stad, brandde geen straatverlichting meer; in alleen het licht van de maan zou waarschijnlijk geen mens hem herkennen als die toevallig uit het raam keek.

Als Junior niet voorzichtig bleef en als roddels over weduwnaar Cain en de sexy verpleegster de ronde zouden gaan doen, zou Vanadium zo weer op de zaak zitten, ook al was die gesloten. De smeris was ziek, vol haat, voortgestuwd door onbekende innerlijke demonen. Hoewel hij misschien op het moment werd ingetoomd door zijn superieuren, zou een pittige roddel alleen al hem voldoende reden geven het dossier weer te openen, wat hij zeker zou doen zonder zijn meerderen te informeren.

Victoria woonde in een smal houten huisje van twee verdiepingen met een steil puntdak. Een paar dakkapellen staken in een onmogelijke hoek over de veranda heen. Het huis hoorde in een rij arbeidershuisjes in de een of andere kleurloze buurt in het oosten, niet hier.

Goudkleurig lamplicht verlichtte de ramen aan de voorkant. Hij zou met Victoria op de bank in de woonkamer wijn zitten drinken als ze elkaar beter kenden. Misschien mocht hij haar Vicky noemen en misschien zou hij haar vragen hem Eenie te noemen, het koosnaampje dat Naomi hem had gegeven toen ze hem geen Enoch mocht noemen. Al snel zouden ze als twee krankzinnige kinderen met elkaar aan het vrijen zijn. Junior zou haar uitkleden op de bank, en haar gladde, lenige lichaam strelen, haar huid boterkleurig in het lamplicht, en daarna zou hij haar naakt naar de donkere slaapkamer boven dragen.

Hij liep langs de met grind bedekte oprit om zijn pas gepoetste instappers niet te besmeuren naar het huis achter het gazon, in het door de takken van een enorme dennenboom gefilterde maanlicht die zich als kerstboom onmogelijk maakte door zijn takken zo majestueus uit te spreiden als een eik.

Hij bedacht dat Victoria bezoek kon hebben. Misschien een familielid of een vriendin. Geen man. Nee. Ze wist wie haar man was en ze zou niet met een ander beginnen terwijl ze wachtte op haar kans hem binnen te halen en de relatie op te eisen die was begonnen met de lepel en het ijs, tien dagen eerder in het ziekenhuis.

En hoogstwaarschijnlijk, als Victoria gezelschap had, zou de auto van die bezoeker op de oprit hebben gestaan.

Junior overwoog stilletjes om het huis heen te sluipen en door de ramen te gluren om er zeker van te zijn dat ze alleen was voordat hij haar direct benaderde. Maar als ze hem zag, zou zijn heerlijke verrassing verloren gaan.

Niets in zijn leven was zonder risico, dus hij aarzelde heel even voor hij de trap naar de veranda beklom en op de deur klopte.

Binnen klonk muziek. Een snel nummer. Waarschijnlijk swing. Hij herkende de muziek niet direct.

Toen Junior net weer wilde aankloppen, vloog de deur naar binnen open, en boven de song van Frank Sinatra uit – 'When My Sugar Walks Down The Street' – zei Victoria: 'Je bent vroeg, ik heb je auto niet gehoord…' Ze praatte terwijl ze de deur opentrok, en stokte midden in haar zin toen ze op de drempel ging staan en zag wie er voor haar stond.

Ze leek verrast, dat wel, maar haar uitdrukking was niet die welke Junior op het doek van zijn verbeelding had geschilderd. In haar verrassing zat geen blijheid en ze kreeg niet direct een stralende glimlach.

Een ogenblik leek ze alleen maar fronsend te kijken. Toen besefte hij dat het geen frons kon zijn. Het moest wel de aanzet zijn tot een blik vol begeerte.

In een eenvoudige zwarte broek en een nauwsluitende appelgroene katoenen trui, maakte Victoria Bressler alle zinnelijke beloftes waar die Junior onder het wijde verpleegstersuniform had vermoed. De trui met een v-hals suggereerde een heerlijk diep decolleté, hoewel slechts een klein deel ervan te zien was; niets aan deze schoonheid kon je goedkoop noemen.

'Wat wil je?' vroeg ze.

Haar stem klonk effen en een beetje hard. Een andere man zou haar toon als afkeurend beschouwd hebben, als ongeduld en zelfs als een onderdrukte woede.

Junior wist dat ze hem aan het plagen moest zijn. Haar gevoel voor spel was overheerlijk. Die speelsheid in haar schitterende blauwe ogen, die uitdagendheid.

Hij stak haar de rode roos toe. 'Voor jou. Geen vergelijking met jou. Dat kan geen enkele bloem.'

Nog steeds genietend van haar afwerende spel raakte Victoria de roos niet aan. 'Wat voor soort vrouw denk je dat ik ben?'

'Een heerlijk soort vrouw,' antwoordde hij, blij dat hij zoveel boeken over de kunst van het verleiden had gelezen en daardoor precies het juiste antwoord wist te geven.

Met een grimas zei ze: 'Ik heb de politie verteld over je smerige verleidingsspelletje met de ijslepel.'

Terwijl hij nogmaals de roos naar haar uitstak en die dwingend tegen haar hand aan drukte, haalde Junior uit met de Merlot, en net toen Sinatra het woord *sugar* zong, raakte de fles Victoria midden op het voorhoofd.

33

Onze Lieve Vrouwe van Smarten, rustig en gastvrij in de avond van Bright Beach, bescheiden van afmetingen, zonder kruisgewelven en grote pilaren en spelonkachtige dwarsbeuken, sober versierd, was Maria Elena Gonzalez net zo vertrouwd – en even troostrijk – als haar eigen huis. God was overal in de wereld, maar hier in het bijzonder. Maria voelde zich gelukkiger zodra zij door de deur het voorportaal binnenstapte.

De dienst was net voorbij en de gelovigen waren vertrokken. De priester en de misdienaren waren ook weg.

Maria maakte de haarspeld los die haar kanten sluier bijeenhield en liep van het voorportaal de kerk in. Ze doopte twee vingers in het wijwater dat glinsterde in de marmeren wijwaterbak en sloeg een kruis.

De lucht geurde kruidig naar wierook en citroenolie, die op de houten kerkbanken was gebruikt.

Voorin hing een zachte spot die op een levensgroot crucifix was gericht. De enige extra verlichting kwam van kleine peertjes aan de zijmuren van het kruis en van de flikkerende vlammetjes in de robijnrode glazen op het rek met votiefkaarsen.

Ze liep door de beschaduwde middengang, knielde bij de afscheiding van het koor en liep naar het votiefrek.

Maria kon zich een bijdrage van slechts vijfentwintig cent per kaars veroorloven, maar ze schonk er vijftig, propte vijf biljetten van één dollar en twee losse kwartjes in de offerdoos.

Na elf kaarsen aangestoken te hebben, allemaal in naam van Bartholomeus Lampion, haalde ze uit een zak de verscheurde speelkaarten. Vier schoppenboeren. Vrijdagavond had ze de kaarten in drieën gescheurd en de twaalf stukken bij zich gehouden, in afwachting van deze rustige zondagavond.

Haar geloof in voorspellen en in het merkwaardige ritueel dat ze nu ging plegen, werden niet door de Kerk gedoogd. Dit soort mysticisme werd eigenlijk als zonde beschouwd, als een afwijking van het geloof en als perversie.

Maar Maria leefde heel gerieflijk met zowel het katholicisme als met het occulte waarin ze opgegroeid was. In Hermosillo, in Mexico, was het laatste bijna net zo belangrijk voor het spirituele leven van haar familie als het eerste.

De kerk voedde de ziel terwijl het occulte de verbeelding voedde. In Mexico, waar de fysieke ongemakken vaak groot waren en de hoop op een beter leven moeizaam verdiend werd, moest zowel de ziel als de verbeelding gevoed worden om het leven leefbaar te maken.

Met een gebed tot de Heilige Moeder hield Maria een derde van de schoppenboer in de heldere vlam van de eerste kaars. Toen dat vlam vatte, liet ze het stukje in het votiefglas vallen, en terwijl het verteerde, zei ze hardop: 'Voor Petrus,' doelend op de belangrijkste van de twaalf apostelen.

Ze herhaalde dit ritueel elf keer – 'voor Andreas, voor Jakobus, voor Johannes' – waarbij ze herhaaldelijk in het schip achter haar keek om te zien of er niemand keek.

Ze had een kaars voor elk van de elf apostelen aangestoken, geen voor de twaalfde, Judas, de verrader. Dientengevolge hield ze, na een stukje kaart in elk votiefglas te hebben verbrand, er een over. Gewoonlijk zou ze naar de eerste kaars zijn teruggekeerd en een tweede stukje aan de heilige Petrus hebben geofferd. Maar in dit geval vertrouwde ze het toe aan de minst bekende apostel, omdat ze er zeker van was dat hij van speciale betekenis voor deze zaak zou zijn.

Nu alle twaalf stukjes vernietigd waren, moest de vloek van de kleine Bartholomeus afgenomen zijn: de dreiging van de onbekende, gewelddadige vijand die werd uitgebeeld door de vier jonkers. Ergens in deze wereld bestond een slechterik die op een dag Barty zou hebben vermoord, maar nu zou zijn reis door het leven hem elders brengen. Elf heiligen hadden twaalf aandelen van de verantwoordelijkheid gekregen om deze vervloeking af te wenden. Maria's geloof in de doeltreffendheid van dit ritueel was niet zo sterk als haar geloof in de Kerk, maar wel bijna. Terwijl ze over het votiefglas gebukt stond en keek naar het laatste stukje dat tot as verbrandde, voelde zij een zware last van zich afvallen.

Toen ze Onze Lieve Vrouwe van Smarten verliet, een paar minuten later, was ze ervan overtuigd dat de jonker van schoppen – of het nu een menselijk monster was of de duivel zelf – nooit het pad van Barty Lampion zou kruisen.

34

Ze ging meteen met een klap tegen de grond, waarbij haar natuurlijke gratie haar tijdens de val verliet, hoewel ze die in de manier van hoe ze neerkwam terugvond.

Victoria Bressler lag op de vloer van de kleine hal, de linkerarm uitgestrekt langs haar hoofd, palm naar boven alsof ze naar het plafond wuifde, de rechterarm over haar lichaam waarbij haar hand haar linkerborst omvatte. Een been uitgestrekt, de andere knie bijna preuts opgetrokken. Als ze naakt was geweest en op een ondergrond van gekreukte lakens of herfstbladeren, of weidegras, had gelegen, zou ze de perfecte houding hebben gehad voor een *Playboy*-centerfold.

Junior was minder verbaasd door zijn plotselinge aanval dan doordat de fles niet was gebroken. Hij was immers een herboren man sinds zijn beslissing op de brandtoren, een man van de daad, die deed wat noodzakelijk was. Maar de fles was van glas en hij had krachtig uitgehaald, zo hard dat de fles haar voorhoofd raakte met het geluid van een honkbalknuppel die tegen een bal sloeg, zo hard dat ze ogenblikkelijk bewusteloos was, misschien zelfs hard genoeg om haar te doden, maar toch kon de Merlot nog gedronken worden. Hij stapte het huis binnen, sloot zacht de voordeur en bekeek de fles. Het glas was dik, vooral de bodem, waarin een diepe welving zat – de ziel – die ervoor zorgde dat de droesem zich langs de rand verzamelde en niet over de hele bodem. Die vorm maakte de fles extra sterk. Hij had haar klaarblijkelijk met de onderkant geraakt, die makkelijk de slag kon opvangen.

Een roze plek midden op het voorhoofd van Victoria gaf de plaats aan waar hij haar getroffen had. Dat zou een lelijke plek worden. De schedel leek niet kapot te zijn.

Even hardhoofdig als hardvochtig, had Victoria geen ernstig hersenletsel opgelopen, slechts een hersenschudding.

Op de geluidsinstallatie in de woonkamer zong Frank Sinatra 'It Was a Very Good Year'.

De verpleegster leek alleen thuis te zijn, maar Junior verhief zijn stem boven de muziek uit en riep: 'Hallo? Is daar iemand?'

Hoewel niemand antwoordde, doorzocht hij snel het kleine huis. In een hoek van de woonkamer verspreidde een lamp met een met franjes versierde zijden kap kleine gevederde vleugels goudkleurig licht. Op de salontafel stonden drie decoratieve olielampen van geblazen glas zacht te flakkeren.

In de keuken kwam een heerlijke geur uit de oven gedreven. Op een kleine pit van het fornuis stond een grote pan met water, ernaast pasta die erin gedaan moest worden als het water eenmaal kookte.

De eetkamer. Twee couverts aan één kant van de tafel. Wijnglazen. Twee versierde tinnen kandelaars waarvan de kaarsen nog niet aangestoken waren.

Junior had nu het plaatje compleet. Zo duidelijk als een foto. Victoria had een relatie en in het ziekenhuis had ze avances gemaakt, niet omdat ze meer actie wilde, maar omdat ze een flirt was. Zo'n vrouw die het grappig vond iemand bloedgeil te maken om hem daarna in zijn eigen sop gaar te laten koken.

Ze was ook een vals kreng. Na met hem geflirt te hebben, na een reactie uit hem gekregen te hebben, was ze ervandoor gegaan en had over hem geroddeld alsof het flirten van hem was uitgegaan. En nog erger: om zichzelf belangrijk te voelen had ze de politie haar verdraaide versie verteld, vast en zeker flink aangedikt.

Een zitbad beneden. Op de bovenverdieping twee slaapkamers en een groot bad. Allemaal leeg.

Terug in de hal. Victoria had zich niet bewogen.

Junior knielde naast haar neer en drukte twee vingers op de slagader in haar hals. Hij voelde een hartslag, misschien een beetje onregelmatig, maar sterk.

Hoewel hij nu wist wat een verwerpelijk mens de verpleegster was, bleef hij zich toch sterk tot haar aangetrokken voelen. Maar hij behoorde niet tot de mannen die een bewusteloze vrouw zouden misbruiken.

Bovendien verwachtte ze duidelijk iemand die snel zou arriveren. *Je bent vroeg, ik heb je auto niet gehoord*, had ze gezegd toen ze op zijn kloppen opendeed, voordat ze besefte dat het Junior was.

Hij liep naar de voordeur die aan weerskanten glas had met gordijnen ervoor. Hij trok een van de gordijnen opzij en tuurde naar buiten.

De gemummificeerde maan had zich ontdaan van zijn lappen balsemende wolken. Het gepokte gezicht keek in volle helderheid uit over de breed uitstaande takken van de den in de voortuin en op de grindoprit.

Geen auto.

In de woonkamer pakte hij een sierkussen van de bank. Hij liep ermee naar de hal.

Ik heb de politie verteld van je walgelijke avances met de ijslepel. Hij nam niet aan dat ze politie had gebeld om een formele aanklacht in te dienen. Het had geen zin een omweg te bewandelen om Junior zwart te maken als Thomas Vanadium al dag en nacht in het ziekenhuis op de loer lag, bereid om een gewillig oor te lenen aan elke leugen die er over hem werd verteld, zolang hij er maar uit kwam te zien als een smeerlap en een vrouwenmoordenaar.

Hoogstwaarschijnlijk had Victoria persoonlijk met de maniakale rechercheur gesproken. Ook al had ze haar lage verzinsels aan een andere agent gemeld, dan zouden ze nog bij Vanadium terecht zijn gekomen, en de smeris zou direct naar haar toe zijn gegaan om haar vuiligheid uit de eerste hand te vernemen, met als gevolg dat zij haar verhaal zodanig versierd zou hebben dat het leek alsof Junior haar bij de tieten had gepakt en had geprobeerd zijn tong in haar keel te duwen.

En als Victoria Vanadium zou vertellen dat Junior aan haar deur was verschenen met een rode roos, een fles Merlot en wat romantiek in zijn gedachten, zou de zwakzinnige rechercheur zeker weer achter hem aan komen. Vanadium dacht misschien dat de verpleegster het gedoe met de ijslepel verkeerd had geïnterpreteerd, maar de bedoeling van dit bezoek zou onmiskenbaar zijn en de smeris op kruistocht – de heilige dwaas – zou nooit opgeven.

Victoria kreunde, maar bewoog niet.

Verpleegsters hoorden engelen van barmhartigheid te zijn. Ze had hem geen barmhartigheid getoond. En ze was beslist geen engel.

Junior knielde naast haar neer, plaatste het sierkussen op haar gezicht en drukte het stevig aan terwijl Frank Sinatra 'Hello Young Lovers' beëindigde en misschien de helft van 'All or Nothing at All" zong. Victoria kwam niet meer bij bewustzijn, kreeg niet de kans zich te verweren.

Nadat hij haar halsslagader had gecontroleerd en geen hartslag vond, ging Junior terug naar de bank in de woonkamer. Hij klopte het kussen op en liet het precies zo achter als hij het had gevonden. Hij voelde geen enkele aandrang om over te geven.

Toch verweet hij zichzelf geen gebrek aan gevoeligheid. Hij had deze vrouw slechts één keer eerder ontmoet. Hij was emotioneel niet zo bij haar betrokken als hij bij die lieve Naomi was geweest. Hij was natuurlijk niet helemaal zonder gevoel. Een scherpe stroom triestheid bewoog zich door zijn hart, een triestheid bij de gedachte aan de liefde en het geluk dat hij en de verpleegster samen hadden kunnen hebben. Maar het was hoe dan ook haar keuze om hem uit te dagen en zo wreed met hem om te gaan.

Toen Junior probeerde Victoria op te tillen, verloor ze haar zinnelijke aantrekkingskracht. Als dood gewicht was ze zwaarder dan hij had verwacht.

In de keuken zette hij haar op een stoel en liet haar slap voorover hangen op de ontbijttafel. Met gekruiste armen, haar hoofd op haar armen en naar één kant gedraaid, leek ze te slapen.

Juniors hart bonsde, maar hij herinnerde zichzelf eraan dat kracht en wijsheid voortkwamen uit een kalme geest, en hij ging in het midden van de kleine keuken staan waar hij zich langzaam omdraaide om elke hoek van het vertrek te bestuderen.

Omdat de gast van de dode vrouw onderweg was, werd tijd kostbaar. Maar aandacht voor het detail was essentieel, ongeacht hoeveel tijd ervoor nodig was om het tafereeltje te ensceneren waardoor de moord kon doorgaan voor een ongeluk binnenshuis.

Jammer genoeg had Caesar Zedd geen zelfhulpboek geschreven over hoe je een moord moest plegen en aan de consequenties ervan kon ontkomen, en zoals eerder was Junior weer geheel op zichzelf aangewezen.

Haastig en efficiënt ging hij aan het werk.

Eerst trok hij twee papieren handdoeken uit een apparaat aan de muur en hield er een in elke hand als provisorische handschoenen. Hij wilde beslist geen vingerafdrukken achterlaten.

Het eten stond in de bovenste van de twee ovens. Hij zette de onderste oven aan, draaide hem op warm en liet het deurtje openvallen.

In de eetkamer pakte hij de twee borden van de tafel. Hij liep ermee terug naar de keuken en plaatste ze in de onderste oven, alsof Victoria ze had willen verwarmen.

Hij liet de ovendeur openstaan.

In de koelkast vond hij een plak boter in een bakje met een doorzichtige plastic deksel. Hij nam het bakje mee naar snijplank naast de gootsteen, links van het fornuis en maakte het open.

Op het werkblad lag al een mes. Hij gebruikte dat om vier plakken boter, geel en romig, van elk een centimeter dik af te snijden. Terwijl hij drie stukken in het bakje achterliet, legde hij voorzichtig het vierde op de vloer van vinyltegels.

De papieren handdoeken hadden botervlekken. Hij verfrommelde ze en gooide ze in de vuilnisbak.

Hij was van plan de zool van Victoria's rechterschoen in de klont boter te drukken en een lange veeg over de vloer te maken alsof ze erover was uitgegleden en tegen de oven was gevallen.

Uiteindelijk zou hij haar keihard met haar voorhoofd tegen de hoek van de open ovendeur slaan en ervoor zorgen dat hij haar met haar hoofd precies daar tegen de oven raakte waar hij haar met de fles had geslagen.

Hij nam aan dat de technische recherche van de staatspolitie van Oregon ten minste één reden zou kunnen vinden om wantrouwig te zijn over het tragische scenario dat hij aan het opstellen was.

Hij wist niet zoveel over de technologie die de politie gebruikte op de plaats van een misdrijf en hij wist zelfs nog minder over forensische pathologie. Hij deed gewoon zo goed mogelijk zijn best.

Het politiebureau van Spruce Hills was veel te klein om een volledig uitgeruste technische dienst te hebben. En als de scène die hij hun bood overtuigend genoeg leek, zouden ze de dood misschien aanvaarden als een ongeluk en nooit de staatspolitie erbij halen voor technische hulp.

Als de staatspolitie er wel bij betrokken raakte, en zelfs als ze bewijs vonden dat het ongeluk in scène was gezet, zouden ze hoogstwaarschijnlijk de beschuldigende vinger in de richting wijzen van de man voor wie Victoria eten aan het klaarmaken was.

Nu hoefde alleen nog haar voet in de boter gedrukt te worden en moest hij haar met haar hoofd tegen de hoek van de ovendeur slaan.

Hij wilde net het lichaam van de stoel tillen toen hij de auto op de oprit hoorde. Hij zou misschien het geluid van de motor niet zo duidelijk en zo snel hebben gehoord, als de geluidsinstallatie niet net een plaat wisselde.

Geen tijd meer om het lichaam zo neer te leggen als het gevonden moest worden.

De ene crisis na de andere. Dit nieuwe leven van een man van actie was niet saai.

In tegenslag ligt de grootste kans, zoals Caesar Zedd leert, en natuurlijk is er altijd een zonzijde, ook al kun je die niet direct zien. Junior haastte zich de keuken uit, door de gang naar de voordeur. Hij rende zachtjes, kwam op zijn tenen neer als een danser. Zijn natuurlijke atletische gratie was een van de dingen waardoor vrouwen zich zo tot hem aangetrokken voelden.

Trieste symbolen van een romance die niet had mogen zijn, de rode roos en de fles wijn, lagen op de vloer van de hal. Nu het lijk weg was, waren er geen tekenen van geweld meer.

Toen Sinatra 'I'll Be Seeing You' begon te zingen, stapte Junior langs de bloem en de Merlot. Voorzichtig trok hij het gordijn van een van de zijramen vijf centimeter opzij.

Een personenwagen was tot stilstand gekomen op het grind van de oprit, rechts van het huis en bijna niet te zien. Terwijl Junior keek werden de koplampen gedoofd. De motor werd uitgezet. Het portier aan de bestuurderskant ging open. Een man stapte uit de auto, een schimmige figuur in het afschrikwekkende gele maanlicht. De gast.

35

Imploderen. Naar binnen barsten onder druk. Als de romp van een onderzeeër op een te grote diepte.

Junior had 'imploderen' geleerd uit een zelfhulpboek over hoe je je vocabulaire uitbreidde om welbespraakt te worden. Toentertijd had hij gedacht dat dit woord – samen met andere in de lijst die hij in zijn geheugen had opgeslagen – er een was dat hij nooit zou gebruiken. Nu was dat de perfecte beschrijving van hoe hij zich voelde: alsof hij op het punt stond te imploderen.

De bezoeker boog zich weer in de auto alsof hij iets wilde pakken. Misschien was hij ook wel zo attent geweest om een cadeautje voor zijn gastvrouw mee te nemen.

Als Victoria de deur niet voor hem zou opendoen, zou de man niet gewoon weggaan. Hij was uitgenodigd. Hij werd verwacht. In het huis brandden lichten. Als er geen reactie volgde op zijn kloppen, zou hij dat zien als een teken dat er iets mis was.

Junior zat op een kritiek dieptepunt. De psychologische druk was minstens duizend kilo per vierkante centimeter en groeide met het moment. Gevaar voor implosie.

Als de bezoeker niet binnen werd gelaten, zou hij om het huis heen lopen, in ramen turen waar de gordijnen niet dichtgetrokken waren, deuren proberen in de hoop er een te vinden die niet op slot zat. Hij zou als hij vreesde dat Victoria ziek of gewond was, dat ze misschien over een klontje boter was uitgegleden en met haar hoofd tegen de hoek van een open ovendeur was gevallen, proberen met geweld binnen te komen, en een raam breken. Hij zou beslist naar de buren gaan en de politie bellen.

Tweeduizend kilo per vierkante centimeter. Drie. Vijf.

Junior rende de eetkamer in en greep een van de wijnglazen van tafel. Hij pakte ook een van de tinnen kandelaars, terwijl hij de kaars eruit mepte.

Terug in de hal, ongeveer twee meter van de voordeur, zette hij het wijnglas op de grond. Hij zette de fles Merlot bij het glas, legde de rode roos naast de fles.

Als een geschilderd stilleven, getiteld *Romance*.

Buiten sloeg een autoportier dicht.

De voordeur zat niet op slot. Stilletjes draaide Junior de kruk om en trok zacht, zette de deur op een kier.

Met de kandelaar in zijn hand rende hij naar de keuken aan het eind van de korte gang. De deur stond open, maar hij moest naar binnen om Victoria, ineengezakt op een van de twee stoelen, aan de kleine eethoek te zien zitten.

Hij glipte achter de deur en hield de tinnen kandelaar hoog boven zijn hoofd. Hoewel het ding misschien slechts twee kilo woog, was het een perfecte ploertendoder, bijna net zo goed als een hamer.

Zijn hart bonkte woest. Hij ademde zwaar. Vreemd genoeg was de geur van eten dat in de oven stond, daarnet nog zo verrukkelijk, er nu een van bloed, scherp en rauw.

Langzaam en diep ademen. Volgens Zedd langzaam en diep ademen. Elke vorm van angst, hoe sterk ook, kon verholpen worden of zelfs helemaal verdreven door langzaam en diep adem te halen, langzaam, diep te ademen en door eraan te blijven denken dat we allemaal het recht hebben gelukkig te zijn, een compleet mens te worden, om vrij van angst te zijn.

Boven het laatste refrein van 'I'll Be Seeing You' klonk een mannenstem vanuit de hal, luid vragend, met misschien iets van verrassing erin: 'Victoria?'

Langzaam en diep. Langzaam en diep. Al rustiger.

Het lied was afgelopen.

Junior hield zijn adem in en luisterde.

In de korte stilte tussen de songs op de plaat hoorde hij het scherpe geluid van het wijnglas tegen de fles Merlot toen de bezoeker die klaarblijkelijk van de grond pakte.

Hij was ervan uitgegaan dat de gast Victoria's minnaar was, maar plotseling besefte hij dat dat niet zo hoefde te zijn. De man kon gewoon een vriend zijn. Haar vader of een broer. In welk geval de uitnodiging tot romantiek – in de vorm van die koket geplaatste fles wijn en roos – zo misplaatst werd dat de bezoeker direct zou weten dat er iets mis was.

Beotiër. Ook een woord ter verbetering van zijn woordenschat en nooit eerder gebruikt. *Beotiër*. Een saaie, stompzinnige, domme man. Hij voelde zich heel plotseling heel erg Beotiër.

Net toen Sinatra weer een lied inzette, meende Junior een voetstap te horen op de houten vloer van de gang en het kraken van een plank. De muziek maskeerde de geluiden van de bezoeker als die inderdaad naderbij kwam.

Breng die kandelaar hoog. Ondanks de maskerende muziek oppervlakkig door de mond ademen. Blijf stabiel, gereed.

De tinnen kandelaar was zwaar. Dit zou smerig worden.

Bloed maakte hem misselijk. Hij weigerde naar films te gaan die uitgebreid inzoomden op de gevolgen van geweld en hij had zelfs nog minder zin in bloed in het gewone leven.

Actie. Gewoon concentreren op actie en de walgelijke nasleep negeren. Denk aan die op hol geslagen trein en de bus vol nonnen die op de rails kwam te zitten. Blijf bij de trein, ga niet terug om te kijken naar de verpletterde nonnen, ga gewoon verder en alles komt goed.

Een geluid. Heel dichtbij. Aan de andere kant van de open deur.

Daar, op dat moment, de gast die de keuken binnenkwam. Hij had het wijnglas en de roos in zijn linkerhand. De Merlot hield hij onder zijn arm geklemd. In zijn rechterhand een klein, fleurig verpakt cadeautje.

Terwijl hij binnenkwam had de bezoeker zijn rug naar Junior toe en hij liep naar de tafel waar de dode Victoria zat met haar hoofd op haar gekruiste armen. In alles leek zij gewoon te rusten.

'Wat is dit?' vroeg de man haar terwijl Sinatra 'Come Fly with Me' zong.

Terwijl hij licht als een veertje naar voren stapte en met de kandelaar uithaalde, zag Junior de gast verstrakken, misschien omdat hij gevaar voelde of op z'n minst beweging, maar het was te laat. De man kreeg niet eens de tijd zich om te draaien of ineen te duiken.

De tinnen ploertendoder sloeg tegen de achterkant van zijn schedel met een harde *pok*. De hoofdhuid scheurde, bloed kwam tevoorschijn en de man viel net zo hard als Victoria had gedaan ten gevolge van een goede Merlot, hoewel hij met zijn gezicht naar voren viel en niet naar boven, zoals zij.

Om geen enkel risico te lopen, sloeg Junior weer toe met de kandelaar, terwijl hij zich nu bukte. De tweede slag was niet zo hard als de eerste, een klap die schampte maar toch effectief was.

Het wijnglas was aan scherven gevallen. Maar de fles Merlot had het weer overleefd en rolde over de vinyltegels van de vloer tot hij zacht tegen de onderkant van een kast belandde.

Terwijl hij het langzame diepe ademen vergat, naar lucht hapte als een verdrinkende zwemmer, en plotseling het zweet van zijn voorhoofd droop, porde Junior met een voet in de gevallen man.

Toen hij geen reactie kreeg, wrikte hij de neus van zijn rechterschoen onder de borst van de man en rolde hem met enige inspanning op zijn rug.

Met de rode roos in zijn linkerhand geklemd, het fleurig verpakte cadeautje half geplet in zijn rechter, lag daar, overgeleverd aan de

genade van Junior, Thomas Vanadium, zonder trucs, geen kwartje dat over zijn knokkels danste, de magie verdwenen.

36

Het droge knetteren van namaakvlammen, zoals ze dat in de tijd
van de radiohoorspelen nabootsten, in de jaren dertig en veertig
toen hij nog een kleine jongen was: kreukend cellofaan.
Jacob, die alleen aan de hoektafel in de kitchenette van zijn flat
zat, maakte nog meer vuurgeluiden toen hij het doorzichtige cellofaan van een tweede nieuw spel kaarten haalde, vervolgens van
een derde en een vierde.
Hij bezat enorme dossiers over tragische branden en de meeste zaten in zijn geheugen opgeslagen. In het prachtige Ring Theater in
Wenen, 8 december 1881, eiste een vlammenzee achthonderdvijf-
tig levens op. Op 25 mei 1887 tweehonderd doden in de Opera
Comique in Parijs. 28 november 1942 in de Coconut Grove nacht-
club in Boston – toen Jacob pas veertien was en al was geobsedeerd door de erbarmelijke neiging van de mensheid zichzelf te
vernietigen door opzet of door domheid – stikten en verbrandden
er 491 mensen levend op een avond die was bedoeld voor champagne en plezier maken.
Jacob haalde de vier spellen uit de kartonnen verpakking waarin
ze waren gekocht en legde ze naast elkaar op het gekraste es-
doornen blad van de tafel.
'Toen het Iroquois Theater in Chicago afbrandde op 30 december
1903,' zei hij hardop, zijn geheugen testend, 'tijdens een middagvoorstelling van kapitein Blauwbaard, kwamen 602 mensen om,
voornamelijk vrouwen en kinderen.'
Standaard speelkaarten worden machinaal verpakt en altijd in dezelfde volgorde, op kleur. Je kunt er absoluut op rekenen dat elk
pak dat je openmaakt in precies dezelfde volgorde is geordend als
elk ander pak dat je ooit hebt geopend of zult openen.
Deze nooit veranderende wijze van verpakken stelt kaarters – be-
roepsgokkers, vingervlugge goochelaars – in staat een nieuw spel
vol vertrouwen aan te pakken omdat zij, als ze beginnen, weten
waar elke kaart in het spel gevonden kan worden. Bij een ervaren

kaarter met geoefende en behendige handen kan het schudden zo grondig lijken dat zelfs de meest wantrouwige toeschouwer tevreden zal zijn – toch zal hij nog altijd precies weten waar elke kaart in het spel zit. Met meesterlijke manipulatie kan hij de kaarten precies in die volgorde krijgen die hij wenst om elk bedoeld effect te bereiken.

'Op 6 juli 1944 brak er in Hartford, in Connecticut, om tien over half drie 's middags brand uit in de grote tent van het Ringling Brothers en Barnum en Bailey Circus, terwijl zesduizend bezoekers naar de Wallendas zaten te kijken, een wereldberoemde koorddansgroep, die naar boven klommen om met hun act te beginnen. Tegen drie uur doofde het vuur nadat de vlammende tent was ingestort waarbij 168 mensen om het leven kwamen. Nog eens vijfhonderd mensen raakten ernstig gewond, maar duizend circusdieren – waaronder veertig leeuwen en veertig olifanten – bleven ongedeerd.'

Een ongewone behendigheid is essentieel voor iedereen die een hoogst bedreven kaartkunstenaar wil worden, maar het is niet het enige vereiste. Net zo belangrijk is het vermogen om de meedogenloze eentonigheid te verdragen van al die duizenden uren geduldig oefenen. De beste kaartkunstenaars vertonen ook een complexe geheugenfunctie, van een omvang die voor de gewone mens bijna niet haalbaar is.

'Op 14 mei 1845 vonden in Kanton, in China, zestienhonderdzeventig mensen de dood tijdens een theaterbrand. Op 8 december 1863 veroorzaakte een brand in de Kerk van La Compana in Santiago, in Chili, de dood van 2501 mensen. Honderdvijftig bezoekers kwamen er om bij een brand tijdens een liefdadigheidsbazaar in Parijs: 4 mei 1897. Op 30 juni 1900 vielen er bij een brand op een werf in Hoboken, New Jersey, 326 doden...'

Jacob was geboren met de vereiste behendigheid en een meer dan voldoende geheugenfunctie. Zijn persoonlijkheidsstoornis – waardoor hij ongeschikt was om te werken en in zijn sociale leven nooit feestjes hoefde af te lopen – garandeerde hem dat hij de vrije tijd zou hebben om de moeilijkste technieken van kaartbeheersing te oefenen tot hij die onder de knie had.

Omdat Jacob zich, sinds zijn jeugd, aangetrokken had gevoeld tot verhalen en beelden van vernietiging, van catastrofes op zowel persoonlijk plan als op wereldschaal – van theaterbranden tot een volledige nucleaire oorlog – had hij een ongekend levendige verbeelding en een kleurrijk zo niet bijzonder geestelijk leven.

Daardoor was het moeilijkste tijdens het leren van het manipuleren van kaarten geweest het omgaan met de verveling van het oefenen, maar jarenlang had hij zich er ijverig mee beziggehouden, gemotiveerd door zijn liefde en door zijn bewondering voor zijn zuster Agnes.

Nu schudde hij het eerste van de vier spellen net zoals hij het eerste spel vrijdagavond had geschud, en legde dat opzij.

Om de beste kansen te hebben een kaartmeester te worden, heeft elke jonge leerling een mentor nodig. De kunst van de volledige kaartbeheersing kan niet alleen maar uit boeken en door experimenteren geleerd worden.

Jacobs mentor was een man geweest die Obadja Sepharad heette. Ze hadden elkaar leren kennen toen Jacob achttien was, toen hij even in een psychiatrische inrichting had gezeten omdat zijn excentriciteit korte tijd ten onrechte werd aangezien voor iets ergers. Zoals Obadja hem had geleerd, schudde hij de resterende drie spellen.

Agnes noch Edom kende Jacobs enorme vaardigheid met de kaarten. Hij had zijn leertijd bij Obadja stilgehouden en al bijna twintig jaar onderdrukte hij de aandrang zijn broer en zuster te verbluffen met zijn kunnen.

Toen ze nog kind waren – ze woonden in een huis dat werd geleid als een gevangenis, verstikt door het benauwende bewind van een sombere vader die geloofde dat elke vorm van vermaak een vergrijp tegen God was – speelden ze stiekem kaartspelletjes als hun grootste daad van verzet. Een kaartspel was klein genoeg om snel te verbergen en succesvol verborgen te houden zelfs tijdens een van die grondige zoektochten van hun vader in hun kamers.

Toen de oude man stierf en Agnes het huis erfde, speelden zij voor het eerst gedrieën kaart in de achtertuin op de dag van zijn begrafenis, openlijk in plaats van stiekem, bijna duizelig door de vrijheid. Toen Agnes ten slotte verliefd werd en trouwde, deed Joey Lampion mee met kaarten en daarna voelden Jacob en Edom zich meer lid van een gezin dan ooit tevoren.

Jacob was slechts met één bedoeling kaartkunstenaar geworden. Niet omdat hij ooit gokker wilde zijn. Niet om vrienden te imponeren met kaarttrucs. Niet omdat de uitdaging hem intrigeerde. Hij wilde eens in de zoveel tijd Agnes winnende kaarten geven, als ze te vaak verloor of als ze wat opgemonterd moest worden. Hij gaf haar niet zo vaak winnende kaarten dat ze wantrouwig werd of het spel minder leuk werd voor Edom of Joey. Hij was voorzichtig. De moeite die hij had geïnvesteerd – de duizenden uren van oefening – werden elke keer met rente terugbetaald als Agnes opgetogen lachte nadat ze een perfecte hand gedeeld had gekregen.

Als Agnes had geweten dat Jacob haar hielp, zou ze misschien nooit meer met hem gekaart hebben. Ze zou het niet goedkeuren wat hij had gedaan. Daarom moest zijn enorme vaardigheid als kaartkunstenaar eeuwig zijn geheim blijven.

Hij voelde zich een beetje schuldig – maar slechts een beetje. Zijn zuster had zoveel voor hem gedaan; maar zonder baan, beheerst door zijn obsessies, gehinderd door te veel van zijn vaders sombere karakter, kon hij maar weinig voor haar doen. Alleen zijn onschuldige bedrog met kaarten.

'20 september 1902, Birmingham in Alabama, kerkbrand – 115 doden. 4 maart 1908, Colinwood in Ohio, schoolbrand – 176 doden.'

Nadat hij de vier spellen had geschud, maakte Jacob twee stapeltjes en schudde de helften samen, waarbij hij net zo te werk ging als hij dat op vrijdagavond had gedaan. Vervolgens de andere twee helften.

'New York City, 25 maart 1911, de brand in de fabriek van Triangle Shirtwaist – 146 doden.'

Vrijdag, na het eten, toen hij voldoende had gehoord over Maria's manier van waarzeggerij om te weten dat er vier spellen nodig waren en dat alleen elke derde kaart werd gelezen, dat azen – vooral rode azen – de beste kaarten waren om te krijgen, had Jacob met enorm plezier voor Barty de gunstigste kaarten geschud die iemand maar kon krijgen. Dit was een cadeautje om Agnes op te vrolijken op wier hart Joey's dood net zo zwaar drukte als ijzeren kettingen.

In het begin was alles goed gegaan. Agnes, Maria en Edom waren terecht verbaasd. Rond de tafel alleen maar verwonderde opwinding en brede grijnzen. Ze raakten geboeid door de verbazend gunstige uitkomst van de kaarten, een adembenemende mathematische onmogelijkheid.

'23 april 1940, Natchez in Mississippi, brand in een danslokaal – honderdachtennegentig doden. 7 december 1946, Atlanta in Georgia, de brand in het Winecoff Hotel – 119 doden.'

Gezeten aan de tafel in zijn kitchenette, twee avonden na Maria's sessie, voegde Jacob ten slotte de vier spellen samen zoals hij vrijdag in de eetkamer van het grote huis had gedaan. Toen hij klaar was, bleef hij een tijdje naar de stapel kaarten zitten staren, en aarzelde om verder te gaan.

'5 april 1949, Effingham in Illinois, bij een ziekenhuisbrand vielen zevenenzeventig doden.'

Hij hoorde een trilling in zijn stem die niets te maken had met de arme slachtoffers meer dan zestien jaar geleden in Effingham.

Eerste kaart. Hartenaas.

Twee wegleggen.

Tweede kaart. Hartenaas.

Hij ging door tot vier hartenazen en vier ruitenazen op de tafel voor hem lagen. Deze acht kaarten had hij geprepareerd en dit resultaat was zijn bedoeling.

Kaartkunstenaars hebben betrouwbare vaste handen, maar Jacobs handen trilden toen hij twee kaarten weglegde en langzaam de negende kaart omdraaide.

Dit moest een klaviervier zijn, geen schoppenboer.

En het was een klaviervier.

Hij draaide de laatste twee neergelegde kaarten om. Geen ervan was een schoppenboer en ze waren allebei wat ze in zijn verwachting moesten zijn.

Hij keek naar de twee kaarten na de klaviervier in de stapel. Ook die waren geen van beide een schoppenboer en ze waren allebei wat hij verwachtte.

Op vrijdagavond had hij de trekking van de azen geregeld, maar de daaropvolgende twaalf kaarten had hij niet zo gemanipuleerd dat na elke twee kaarten steeds dezelfde jonker zou volgen. Vol verbijsterd ongeloof had hij naar Maria zitten kijken toen ze die omdraaide.

De kans om vier keer op rij een schoppenboer te trekken uit een stapel van vier samengevoegde en willekeurig geschudde spellen was astronomisch klein. Jacob bezat niet de nodige kennis om die kans te berekenen, maar hij wist dat die heel klein was.

Natuurlijk was er geen enkele mogelijkheid om vier identieke boeren uit samengevoegde spellen te trekken die heel subtiel waren gemanipuleerd en nauwgezet op volgorde gelegd door een meesterkaarter – tenzij het effect van de boeren opzettelijk bedoeld was, wat in dit geval niet zo was. De kans kon niet berekend worden, omdat het nooit kon gebeuren. Er zat hier geen enkel element van kans in. De kaarten in die stapel hoorden net zo keurig op volgorde te liggen – voor Jacob – als de genummerde pagina's in een boek.

Vrijdagnacht, verward en bezorgd, had hij niet veel geslapen en elke keer dat hij wegdommelde had hij gedroomd dat hij alleen in een dicht bos liep waar hij werd achtervolgd door een boosaardige entiteit, onzichtbaar maar onloochenbaar. Deze rover kroop stil door het kreupelhout, niet te onderscheiden van de kleinere bomen waar hij langsgleed, even vloeibaar en koud als het maanlicht, maar donkerder dan de nacht, en hij liep gestaag op hem in. Elke keer dat hij het gevoel had dat hij toesprong om hem te doden, werd Jacob wakker, een keer met Barty's naam op zijn lippen, roepend naar de jongen als wilde hij hem waarschuwen, en een keer met twee woorden: '... de jonker...'

Zaterdagochtend ging hij naar een winkel in de stad en kocht acht kaartspellen. Met vier ervan speelde hij die dag steeds weer na wat hij de avond ervoor had gedaan aan de eettafel. De vier jonkers verschenen geen enkele keer.

Tegen de tijd dat hij zaterdagavond naar bed ging, toonden de kaarten die die ochtend nog nieuw waren geweest al tekenen van slijtage.

In het donkere bos van de droom nog steeds de entiteit: zonder gezicht en stil, maar met een genadeloze uitstraling.

Zondagochtend, toen Agnes terugkeerde uit de kerk, gingen Edom en Jacob bij haar lunchen. 's Middags hielp Jacob haar met het bakken van zeven taarten voor de bestelling op maandag.

De hele dag probeerde hij niet aan de vier jonkers te denken. Maar hij was geobsedeerd, natuurlijk, dus ondanks dat hij het probeerde, lukte het hem niet.

Zondagavond zat hij alweer klaar en brak vier nieuwe spellen aan alsof door nieuwe kaarten de magie weer zou kunnen optreden.

Hartenaas, hartenaas, hartenaas, hartenaas.

'1 december 1958, in Chicago in Illinois, vielen vijfennegentig doden bij een brand in een parochieschool.'

Ruitenaas, ruitenaas, ruitenaas, ruitenaas.

Klavervier.

Als magie de boeren op vrijdagavond verklaarde, dan was het misschien een duistere vorm van magie. Misschien zou hij niet bezig moeten zijn met het nogmaals oproepen van de geest die verantwoordelijk was voor de vier jonkers.

'14 juli 1960, in Guatemala Stad in Guatemala, een brand in een psychiatrisch ziekenhuis – 225 doden.'

Vreemd genoeg kalmeerde het hem gewoonlijk als hij deze feiten opsomde, alsof het praten over rampspoed deze afwendde. Maar sinds vrijdag voelde hij geen troost in zijn gebruikelijke handelingen. Aarzelend stak Jacob ten slotte de kaarten terug in de doosjes en bekende zichzelf dat hij door bijgeloof overvallen was en dat het niet zou verdwijnen. Ergens in deze wereld was een jonker, een menselijk monster – zelfs erger nog volgens Maria, een man even afschrikwekkend als de duivel zelf – en om onbekende redenen wilde dit onmens kleine Barty iets aandoen, een onschuldige baby. Door een hogere macht die Jacob niet begreep, waren ze door de kaarten gewaarschuwd dat de jonker eraan kwam. Ze waren gewaarschuwd.

<h1 style="text-align:center">37</h1>

Als een plas op het ronde, platte gezicht, de wijnvlek in de kleur van rode port. In het midden van de vlek het gesloten oog, verborgen door een purperkleurig ooglid, even glad en rond als een druif. Vanadium op de keukenvloer te zien liggen, gaf Junior Cain de schrik van zijn leven. Hij steigerde inwendig, en zijn hart bonsde, bonsde, en half verwachtte hij zijn botten tegen elkaar te horen ratelen als die van een opgehangen skelet in een spookhuis.

Hoewel Thomas Vanadium bewusteloos was, misschien wel dood, en hoewel beide spijkergrijze ogen gesloten waren, wist Junior dat die ogen naar hem keken, naar hem keken dóór de oogleden heen. Misschien werd hij toen een beetje gek. Een korte, voorbijgaande gekte wilde hij niet ontkennen.

Hij besefte pas dat hij met de kandelaar naar Vanadiums gezicht uithaalde toen hij de slag zag neerkomen. En hij kon zichzelf niet tegenhouden er nog eens mee uit te halen.

Vervolgens, wist hij zich te herinneren, stond hij aan de gootsteen en draaide de kraan dicht, waarvan hij zich niet herinnerde hem opengedraaid te hebben. Hij scheen de bebloede kandelaar afgespoeld te hebben – hij was schoon – maar hij kon zich niet herinneren dat hij ermee bezig was geweest.

Pats, en hij was in de eetkamer zonder te weten hoe hij daar was gekomen. De kandelaar was droog. Terwijl hij de tinnen ploertendoder met een papieren handdoek vasthield zette Junior hem terug op de tafel zoals hij hem had gevonden. Hij raapte de kaars van de vloer en stak die terug in de standaard.

Pats, de woonkamer. Het afzetten van Sinatra, halverwege 'It Gets Lonely Early'.

De muziek was zijn bondgenoot geweest en had zijn paniekerige ademhaling voor Vanadium verborgen gehouden, had een aura van normaliteit aan het huis gegeven. Nu wilde hij stilte zodat hij onmiddellijk een eventuele auto op de oprit zou horen.

Weer de eetkamer, maar nu wist hij hoe hij daar was gekomen: via de woonkamer.

Hij maakte de zware deuren onder in het dressoir open, vond er niet wat hij zocht, keek vervolgens in een kast, en daar was het, een kleine drankvoorraad. Whisky, gin, wodka. Hij pakte een volle fles wodka.

Aanvankelijk kon hij niet de moed verzamelen terug te gaan naar de keuken. Hij was er idioot genoeg zeker van dat de dode rechercheur, tijdens zijn afwezigheid, overeind was gekomen en hem opwachtte. De aandrang om uit het huis weg te vluchten was bijna onweerstaanbaar.

Ritmisch ademhalen. Langzaam en diep. Langzaam en diep. Volgens Zedd loopt de weg naar kalmte via de longen.

Hij gunde zich niet de tijd na te denken waarom Vanadium hierheen was gekomen of welke relatie er kon hebben bestaan tussen de smeris en Victoria. Dat was allemaal van later zorg, nadat hij deze gruwelijke troep had opgeruimd.

Ten slotte liep hij naar de deur tussen de eetkamer en de keuken. Daar bleef hij staan luisteren.

Stilte aan de andere kant, de keuken die in een slachthuis was veranderd.

Natuurlijk, de smeris had geen geluid gemaakt toen hij het kwartje over zijn knokkels liet draaien. En hij was in het donker door de ziekenhuiskamer geslopen met een katachtige steelsheid.

Voor zijn geestesoog zag Junior de munt over de stompe vingers gaan, sneller dan eerst, dankzij de bebloede ondergrond.

Huiverend van angst zette hij een hand tegen de deur en duwde die langzaam open.

De maniakale rechercheur lag nog steeds op de vloer waar hij was gestorven. De rode roos en het cadeautje in zijn handen.

Over zijn moedervlek heen lagen helderder vlekken. Het gewone gezicht, nu minder alledaags, was ook minder plat, maar vol gaten en scheuren, als een nieuwe en afgrijselijke landkaart.

In naam van Zedd, langzaam en diep ademhalen. Concentreer je niet op het verleden, niet op het heden, maar alleen op de toekomst. Wat gebeurd is, is niet van belang. Het enige dat telt, is wat straks gebeurt.

Het ergste lag achter hem.

Dus ga door. Blijf niet hangen bij de walgelijke nasleep. Ga fluitend verder als een op hol geslagen trein. Ruim op, ga weg, ga door. Stukjes van het gebroken wijnglas knerpten onder zijn schoenen toen hij de kleine keuken door liep naar de eethoek. Hij maakte de fles wodka open en zette die op tafel voor de dode vrouw.

Zijn aanvankelijke plan een tableau te creëren – boter op de vloer, open ovendeur – om Victoria's dood op een ongeluk te laten lijken, was niet meer bruikbaar. Er moest een nieuwe strategie gevonden worden.

Vanadiums wonden waren te ernstig om voor verwondingen ten gevolge van een ongeluk door te kunnen gaan. Zelfs als er een manier bestond om die door een handige mise-en-scène te verhullen, zou niemand geloven dat Victoria was gestorven ten gevolge van een ongelukkige val, en dat Vanadium, die aangesneld kwam, ook was uitgegleden en gevallen en dodelijke hoofdwonden had opgelopen. Zo'n stukje slapstick zou zelfs de politie van Spruce Hills op het spoor van moord zetten.

Goed, dus omzeil dit onmogelijke probleem en vind de zonzijde... Toen hij moed had verzameld, hurkte Junior naast de dode rechercheur neer.

Hij keek niet naar het gehavende gezicht. Durfde niet die gesloten ogen te zien, omdat ze open konden schieten, vol bloed, en hem vast konden nagelen met een kruisigende blik.

Veel politiekorpsen eisen dat hun agenten een vuurwapen dragen, ook als ze geen dienst hebben. Als de staatspolitie van Oregon die regel niet kende, dan nog zou Vanadium er hoogstwaarschijnlijk een bij zich hebben, omdat hij, in zijn verwrongen geest, nooit burger was, maar altijd smeris, altijd de meedogenloze kruisvaarder. Een snelle verkenning van beide broekspijpen onthulde geen enkelholster, een plaats die veel smerissen zouden gebruiken om buiten diensttijd een wapen bij zich te hebben.

Terwijl hij Vanadiums gezicht met zijn blik meed, zocht Junior hoger langs het gedrongen lichaam. Hij sloeg het tweed sportjasje open en vond een schouderholster.

Junior wist niet veel van wapens. Het was niets voor hem. Hij had er nooit een gehad.

Dit was een revolver. Dus geen moeilijke veiligheidspallen.

Hij rommelde met de cilinder tot die opensprong. Vijf kamers, in elke een glanzende patroon.

Terwijl hij de cilinder weer dichtklapte, kwam hij overeind. Hij

had al een nieuw plan en de revolver van de smeris was het belangrijkste stukje gereedschap om dat te verwezenlijken.

Junior was aangenaam verrast door zijn flexibiliteit en door zijn
vermetelheid. Hij was inderdaad een nieuw mens, een moedige
avonturier, en met de dag werd hij beter.

Het doel van het leven, volgens Zedd, was zelfverwezenlijking, en
Junior begon zijn buitengewone potentieel zo snel te realiseren dat
hij zijn goeroe zeker blij zou hebben gemaakt.

Hij schoof Victoria's stoel van de tafel vandaan en draaide haar
om zodat ze hem aankeek. Hij arrangeerde haar lichaam zo dat
haar hoofd achterover gekanteld was en haar armen slap langs
haar lichaam hingen.

Ze was prachtig, zowel haar gezicht als haar figuur, zelfs met haar
mond wijdopen en haar ogen omhooggedraaid. Wat een prachtige toekomst zou ze hebben gehad als ze niet de boel had bedro-
gen. Ze was in wezen een flirt, een bedriegster – iets beloven wat
ze nooit van plan was na te komen.

Zulk gedrag van haar kon onmogelijk tot zelfkennis, zelfverbetering en voldoening leiden. Wij maken onze eigen ellende in dit leven. In voor- en tegenspoed creëren wij onze eigen toekomst.

'Dit spijt me,' zei Junior.

Toen sloot hij zijn ogen, hield de revolver in beide handen en schoot
van dichtbij twee keer op de dode vrouw.

De terugslag was heviger dan hij had verwacht. De revolver schokte in zijn handen.

Van de harde oppervlakken van kasten, koelkast en ovens weerklonken de twee schoten daverend. De ruiten trilden even.

Junior maakte zich niet ongerust dat de schoten ongewenste aandacht zouden trekken. Met deze grote tuinen en de overvloed aan
isolerende bomen leek het onwaarschijnlijk dat de naaste buur iets
zou horen.

Met het tweede schot tuimelde de dode vrouw uit haar stoel en de
stoel viel kletterend op zijn kant.

Junior opende zijn ogen en zag dat alleen de tweede kogel doel
had getroffen. De eerste was midden in een kastdeur terechtgekomen en had beslist borden aan scherven geschoten.

Victoria lag met haar gezicht omhoog op de vloer. De verpleegster zag er niet meer zo lieftallig uit als daarvoor en haar elegantie, die aanvankelijk zelfs in de dood zo duidelijk was geweest, had
haar, misschien door de snelle rigor mortis, verlaten.

'Dit spijt me echt,' zei Junior, die het betreurde haar het recht te moeten ontzeggen er goed uit te zien op haar begrafenis, 'maar het zal moeten lijken op een crime passionel.'

Hij ging bij het lichaam staan en vuurde de laatste drie schoten af. Toen hij klaar was, had hij een nog grotere hekel aan wapens dan ervoor.

De lucht stonk naar kruit en stoofpot.

Met een papieren handdoek veegde Junior de revolver af. Hij liet hem op de grond vallen naast de doorzeefde verpleegster.

Hij nam niet de moeite Vanadiums hand om het wapen te vouwen. Er zouden toch niet meer zoveel bewijsstukken zijn voor de technische recherche om te onderzoeken als het vuur ten slotte was gedoofd: net voldoende verkoolde aanwijzingen om hen tot een gemakkelijke conclusie te brengen.

Twee moorden en een brandstichting. Junior was die avond een doortastend mens.

Geen slechte jongen. Hij geloofde niet in goed en slecht, in juist en fout.

Er bestonden doeltreffende acties en ondoeltreffende acties, sociaal aanvaardbaar en verwerpelijk gedrag, verstandige en stompzinnige beslissingen. Maar als je een maximum aan zelfrealisatie wilde bereiken, moest je begrijpen dat elke keuze die je in je leven maakte, volkomen neutraal was. Moraliteit was een primitief concept, misschien nuttig in een vroegere samenlevingen, maar zonder enige relevantie voor de moderne tijd.

Sommige daden waren ook onsmakelijk, zoals de gekke wetsdienaar nazoeken op zijn autosleutels en penning.

Terwijl hij nog steeds zijn ogen afgewend hield van het gehavende gezicht, vond Junior de sleutels in een buitenzak van het sportjasje. Het legitimatiebewijs zat weggestopt in een binnenzak: een leren etui met de glimmende penning en een identiteitsbewijs met foto.

Hij liet het etui op de neergeslagen, gesmoorde, beschoten verpleegster vallen.

Nu de keuken uit, de gang door, de trap op met twee treden tegelijk, naar Victoria's slaapkamer. Niet met de bedoeling om een pervers souvenir mee te snaaien. Voornamelijk om een deken te vinden.

Terug in de keuken spreidde Junior de deken op de vloer naast het bloed uit. Hij rolde Vanadium op de deken en trok de uiteinden naar elkaar toe om een slee te maken waarmee hij de rechercheur het huis uit kon slepen.

De rechercheur woog te veel om ook maar een stukje te dragen, de deken bleek effectief, de beslissing hem te slepen was verstandig en het hele gebeuren was neutraal.

Een ongelukkig hobbelige tocht voor de overledene: door de gang, door de hal, over de drempel, langs de verandatrap naar beneden, over een grasveld bespikkeld met schaduwen van dennen en geel maanlicht, naar de grindweg. Het ging allemaal goed.

Junior kon de lichten van de omringende huizen niet zien. Of de woningen werden afgeschermd door bomen of de buren waren niet thuis.

Vanadiums auto, duidelijk geen politiewagen, was een Studebaker Lark Regal uit 1961. Het was een smerige en lelijke auto die eruitzag alsof hij speciaal op maat was gemaakt voor de gedrongen rechercheur.

Toen Junior de kofferbak openmaakte, ontdekte hij dat visspullen en twee houten bakken met timmermansgereedschap geen ruimte overlieten voor een dode rechercheur. Het lichaam zou er alleen in passen als hij het eerst in stukken sneed.

Hij was een te gevoelige ziel om een handzaag of een motorzaag op een lichaam te gebruiken.

Alleen krankzinnigen waren tot zo'n slachtpartij in staat. Hopeloze gekken zoals Ed Gein, die zeven jaar geleden, toen Junior zestien was, in Wisconsin was gearresteerd. Ed, de inspiratie voor *Psycho*, had mobiles gemaakt van menselijke neuzen en lippen. Hij gebruikte mensenhuid om lampenkappen te maken en om meubels te bekleden. Zijn soepkommen waren menselijke schedels geweest. Hij at de harten en sommige andere organen van zijn slachtoffers, hij droeg een riem die van tepels was gemaakt en danste zo nu en dan onder de maan, gemaskerd met de hoofdhuid en het gezicht van een vrouw die hij had vermoord.

Huiverend sloeg Junior het kofferdeksel dicht en keek behoedzaam om zich heen door de verlaten omgeving. Zwarte dennen spreidden stekelige armen in de verkoolde nacht en de maan wierp een ziekelijk bleek licht dat meer leek te verduisteren dan te verlichten.

Junior was niet bijgelovig. Hij geloofde in goden noch demonen, en in niets ertussenin.

Toch, met Gein in zijn gedachten, kon hij zich makkelijk voorstellen dat een monsterlijk kwaad zich in de buurt schuilhield. Toekijkend. Plannen makend. Voortgedreven door een onbeschrijflijke honger. In een eeuw die was verscheurd door twee wereldoorlogen, gemarkeerd door de laarzen van mannen als Hitler en Stalin, waren de monsters niet langer bovennatuurlijk, maar menselijk en hun menselijkheid maakte hen schrikaanjagender dan vampiers en duivels uit de hel.

Junior werd niet gedreven door ziekelijke behoeften maar door een rationeel eigenbelang. Daarom koos hij ervoor het lijk van de rechercheur op de krappe achterbank van de Studebaker te leggen, met alle ledematen en het hoofd er nog aan.

Hij liep terug naar het huis en doofde de drie olielampen van geblazen glas op de salontafel in de woonkamer. Ook deed hij de lamp met de zijden kap uit.

In de keuken ontweek hij overdreven precies het bloed en stapte om Victoria heen om beide ovens uit te zetten. Hij deed het gas onder de grote pan kokend water op het fornuis uit.

Na de keukenlichten, het ganglicht en het licht in de hal uitgedaan te hebben, trok hij de voordeur dicht en liet het huis donker en stil achter.

Hij had hier nog werk te doen. Maar het was het belangrijkste om zich op een goede manier van het lichaam van Thomas Vanadium te ontdoen.

Een plotselinge koude bries waaide van de maan en droeg een vreemde geur mee, en de zwarte kruinen van de bomen deinden en ritselden als heksenrokken.

Hij stapte achter het stuur van de Studebaker, startte de motor, maakte een scherpe u-bocht, waarbij hij meer grasveld dan oprit gebruikte en hij schreeuwde het uit van angst toen op de achterbank Vanadium met veel lawaai bewoog.

Junior trapte op de rem, ramde de versnellingspook in zijn vrij, wierp het portier open en dook de auto uit. Als een speer draaide hij zich om om naar de dreiging te kijken terwijl los grind verraderlijk onder zijn voeten bewoog.

38

Met de honkbalpet in zijn hand stond hij die zondagavond op de veranda bij Agnes' voordeur, een grote man met de houding van een verlegen jongetje.

'Mevrouw Lampion?'

'Dat ben ik.'

Zijn leeuwenhoofd en doortastende uiterlijk, omlijst door goud-geel haar, hadden kracht moeten uitdrukken, maar de indruk die hij gemaakt zou kunnen hebben werd tenietgedaan door een po-ny die over zijn voorhoofd krulde, een kapsel dat ongelukkig ge-noeg deed denken aan de afgeleefde keizers van het oude Rome. 'Ik ben hier om...' Zijn stem stierf weg.

Gezien zijn enorme afmetingen zouden zijn kleren hem een viriel mannelijk aanzien hebben moeten geven: laarzen, spijkerbroek, rood flanellen hemd. Maar zijn gebogen hoofd, ingezakte houding en schuifelende voeten brachten in herinnering dat veel jonge jon-gens zich ook zo kleedden.

'Is er iets aan de hand?' moedigde Agnes hem aan.

Even keek hij haar in de ogen, maar direct ging zijn blik weer naar de vloer van de veranda. 'Ik ben gekomen om te zeggen... hoe erg het me spijt, hoe vreselijk erg het me spijt.'

In de tien dagen sinds Joey's overlijden hadden een heleboel men-sen hun condoleances aan Agnes overgebracht, maar die had ze allemaal gekend, en deze man kende ze niet.

'Ik zou er alles voor overhebben om het ongedaan te maken,' zei hij ernstig. En een gekwelde toon wrong vochtige emotie uit zijn stem. 'Ik wou dat ik degene was geweest die was doodgegaan.'

Zijn emotie was zo overdreven dat Agnes er sprakeloos door werd.

'Ik had niet gedronken,' zei hij. 'Dat is bewezen. Maar ik geef toe dat ik roekeloos was, te snel reed in de regen. Ze hebben me daar-voor aangeklaagd, voor het rijden door rood licht.'

Plotseling begreep ze het. 'Jij bent die man.'

Hij knikte en zijn gezicht werd rood van schuldgevoel.

'Nicholas Deed.' Op haar tong proefde de naam bitter als een uit-eenvallende aspirine.

'Nick,' stelde hij voor alsof er enige reden voor haar bestond om met de man die haar echtgenoot had vermoord op vertrouwelijke voet te komen. 'Ik had niet gedronken.'

'Nu heb je wel gedronken,' zei ze zacht beschuldigend.

'Ik heb er een paar gehad, ja. Om me moed in te drinken. Om hier te komen. Om u om vergeving te vragen.'

Zijn verzoek kwam als een aanval. Bijna deinsde Agnes achteruit alsof ze geslagen werd.

'Kunt u, wilt u me vergeven, mevrouw Lampion?'

Van nature was ze niet rancuneus, kon ze geen wrok koesteren en was ze niet tot wraak in staat. Ze had zelfs haar vader vergeven die haar zo lang door de hel had laten gaan, die de levens van haar broers had verwoest en die haar moeder had vermoord. Vergeven was niet hetzelfde als wegwissen. Vergeven betekende niet hetzelfde als verontschuldigen of vergeten.

'Ik kan de helft van de tijd niet slapen,' zei Deed, terwijl hij de honkbalpet in zijn handen ronddraaide. 'Ik ben afgevallen en ik ben heel nerveus, gespannen.'

Ondanks haar aard kon Agnes deze keer geen vergeving in haar hart vinden. Woorden van vergiffenis klonterden in haar keel. Haar bitterheid maakte haar wanhopig, maar ze kon die niet ontkennen.

'Uw vergeving maakt dit allemaal nog niet ongedaan,' zei hij, 'niets zou dat kunnen, maar misschien krijg ik er wat vrede door.'

'Waarom zou het mij wat kunnen schelen of je vrede krijgt?' vroeg ze en ze leek te luisteren naar een andere vrouw dan zijzelf.

Deed kromp ineen. 'Geen reden. Maar ik wilde u en uw man zeker niets aandoen, mevrouw Lampion. En uw baby ook niet, kleine Bartholomeus niet.'

Bij het horen van de naam van haar zoontje verstijfde Agnes. Er bestonden talrijke manieren waarop Deed achter de naam van haar zoontje had kunnen komen, toch leek het verkeerd dat hij die kende, verkeerd dat hij hem gebruikte, de naam van het kind dat hij bijna wees had gemaakt, dat hij bijna had gedood.

Zijn alcoholkegel walmde over Agnes heen toen hij vroeg: 'Hoe gaat het met Bartholomeus, gaat het goed, is het jochie gezond?'

Vier schoppenboeren kwamen in haar geest op.

Terugdenkend aan de lange geelachtige krullen van de voorbeschikte figuur op de speelkaarten, concentreerde Agnes zich op de blonde pony van Deed die over zijn voorhoofd krulde.

'Hier heb je niets te zoeken,' zei ze terwijl ze achteruitstapte van de deur om die te kunnen sluiten.

'Alstublieft, mevrouw Lampion.'

Een sterke emotie groefde Deeds gezicht. Angst misschien. Of woede.

Agnes kon zijn uitdrukking niet plaatsen, niet omdat hij zo moeilijk te interpreteren was, maar omdat haar waarneming door een plotselinge angst en een stoot adrenaline werd verdrongen. Haar hart leek als een vliegwiel in haar borst rond te tollen.

'Wacht,' zei Deed die een hand uitstak, smekend of om de deur tegen te houden.

Ze sloeg de deur dicht voordat hij haar tegen kon houden, of hij haar nu had willen tegenhouden of niet, en schoof de grendel ervoor.

Schuin, gebarsten, vervormd, verdeeld in bladeren en bloesems, was Deeds gezicht achter het glas in lood, terwijl hij zich naar voren boog om te proberen naar binnen te turen, het voorkomen van een droomdemon die uit het meer van een nachtmerrie omhoog kwam zwemmen.

Agnes rende naar de keuken waar ze aan het werk was geweest toen de deurbel ging, bezig met het inpakken van dozen kruidenierswaren die bezorgd moesten worden met de honing-rozijnen-perentaarten die zij en Jacob die ochtend hadden gebakken.

Barty's wieg stond naast de tafel.

Ze had verwacht dat hij zou zijn verdwenen, weggegrist door een medeplichtige die door de achterdeur naar binnen was gekomen terwijl Deed haar aan de voordeur afleidde.

De baby was waar ze hem had achtergelaten, rustig slapend.

Toen naar de ramen waar ze alle jaloezieën veilig dichttrok. En toch, irrationeel, voelde ze zich bespied.

Trillend ging ze naast de wieg zitten en keek met zo'n krachtige liefde naar haar baby dat die wakker geschud had moeten worden.

Ze verwachtte dat Deed weer op de bel zou drukken. Hij deed het niet.

'Ik dacht toch dat je misschien verdwenen was,' zei ze tegen Barty. 'Je mama raakt in de war. Ik heb nooit een afspraak met Repelsteeltje gemaakt, dus voor hem is hier niets te halen.'

Ze kon zichzelf niet met grappen uit haar angst halen.

Nicholas Deed was niet de jonker. Hij had al alle ellende in hun leven gebracht die hij erin moest brengen.

Maar ergens bestond een jonker en zijn dag zou komen.

Om te vermijden dat Maria zich verantwoordelijk zou voelen voor de ijselijke stemmingsverandering toen de rode azen werden gevolgd door de verontrustende boeren, had Agnes gedaan alsof ze de waarzeggerij via kaarten voor haar zoon licht had opgenomen, vooral het beangstigende gedeelte ervan. Maar eigenlijk was er een kilte door haar hart getrokken.

Nooit eerder had ze geloof gehecht aan enige vorm van voorspellen. Maar in het fluisterend vallen van die twaalf kaarten had ze een zwakke echo van waarheid gehoord, niet werkelijk een samenhangende waarheid, niet zo'n duidelijke boodschap als ze misschien had willen krijgen, maar een gemompel dat ze niet kon negeren.

Kleine Bartholomeus vertrok zijn gezicht in zijn slaap.

Zijn moeder zei een gebed voor hem.

Ook vroeg ze vergeving voor de hardvochtigheid waarmee ze Nicholas Deed had behandeld.

En ze vroeg van het bezoek van de jonker verschoond te blijven.

39

De dode rechercheur grijnsde in het maanlicht en in de kassen waar zijn ogen hadden gezeten zaten zilverkleurige, glimmende kwartjes.

Dat was het beeld dat de turbulente wateren van Junior Cains verbeelding had bevaren, toen hij uit het portier zeilde en zich omdraaide naar de Studebaker, en zijn hart zonk als een anker.

Zijn leerachtige tong, zijn perkamenten mond, zijn droge keel voelden aan alsof die vol zand zaten en zijn stem lag daar levend begraven.

Ook al zag hij geen lijk van een smeris, geen demonische grijns, geen kwartjesogen, Junior voelde zich toch niet meteen opgelucht.

Behoedzaam liep hij om de auto heen in de verwachting de rechercheur ineengedoken te vinden, klaar om op te springen.

Niets.

De binnenverlichting van de auto brandde nog, omdat het portier aan de kant van het stuur openstond.

Hij wilde zich niet naar binnen buigen om over de voorbank te turen. Hij had geen wapen. Hij zou uit balans zijn, kwetsbaar.

Nog steeds behoedzaam liep Junior naar het achterportier, het raam. Vanadiums lichaam lag op de vloer van de auto, gewikkeld in de deken.

Hij had de wetsdienaar niet met kwade bedoelingen omhoog horen komen, zoals hij had gedacht. Het lichaam was gewoon van de achterbank op de vloer gerold tijdens zijn scherpe U-bocht.

Even voelde Junior zich vernederd. Hij wilde de rechercheur uit de auto sleuren en op zijn zelfvoldane, dode gezicht stampen.

Dat zou geen productief gebruik zijn van zijn tijd. Bevredigend, maar niet verstandig. Zedd vertelt ons dat tijd het kostbaarste is dat we hebben omdat we er maar zo weinig van hebben als we geboren worden.

Junior stapte weer in de auto, sloeg het portier dicht en zei: 'Plathoofdige, uitgezakte, half kale, stront vretende slijmbal.'

Verrassend genoeg haalde hij veel bevrediging uit het formuleren van deze belediging, ook al was Vanadium te dood om het te horen. 'Dikhuidig, kortneuzig, bloemkoolorig, plathoofdig, wijnvlekkig monster.'

Dit was beter dan langzaam en diep ademhalen. Regelmatig spoog Junior op weg naar het huis van Vanadium een reeks beledigingen uit, benadrukt door obsceniteiten.

Hij had de tijd om er een aantal te bedenken, want hij reed acht kilometer onder de maximumsnelheid. Hij kon het niet riskeren naar de kant gehaald te worden wegens een verkeersovertreding, zolang Vanadium, de menselijke prop, dood en ingepakt achterin lag.

De afgelopen week had Junior behoorlijk wat achtergrondinformatie over de goochelaar met de penning ingewonnen. De smeris was ongetrouwd. Hij woonde alleen, dus dit vrijpostige bezoek hield geen risico in.

Junior parkeerde in de garage voor twee auto's. De tweede ruimte was leeg.

Aan een muur hing een indrukwekkende verzameling tuingereedschap. In de hoek stond een werktafel voor het potten van planten.

In een kastje boven de werktafel vond Junior een paar schone, katoenen tuinhandschoenen. Hij trok ze aan, ze pasten redelijk.

Het kostte hem moeite zich voor te stellen dat de rechercheur in het weekend in de tuin aan het rommelen was. Tenzij er lijken onder de rozen begraven lagen.

Met de sleutel van de rechercheur ging hij het huis binnen.

Terwijl Junior in het ziekenhuis lag, had Vanadium zijn huis doorzocht, met of zonder bevel. Het was bevredigend de rollen eens om te draaien.

Vanadium bracht duidelijk veel tijd in de keuken door; het was de enige plek in het huis die gerieflijk aanvoelde en die bewoond werd. Een heleboel keukenapparatuur. Potten en pannen die aan een rek aan het plafond hingen. Een mand met uien, een andere mand met aardappelen. Allerlei flessen met kleurrijke etiketten die aangaven dat het om een verzameling olijfolie ging.

De rechercheur zag zichzelf als kok.

Andere vertrekken waren net zo sober gemeubileerd als een kloostercel. En in de eetkamer stond echt niets.

Een bank en een leunstoel waren de zitmeubels van de woonkamer.

Geen salontafel. Een kleine tafel naast de stoel. Een muurkast bevatte een mooie stereo-installatie en een paar honderd elpees.

Junior bekeek de platenverzameling. De smaak van de politieagent ging uit naar big bands en vocalisten uit het swingtijdperk.

Klaarblijkelijk was Frank Sinatra een passie die Victoria en de rechercheur deelden, of de verpleegster had een paar platen van de zanger gekocht voor hun etentje.

Dit was niet de tijd om na te denken over de aard van de relatie tussen de verraderlijke miss Bressler en Vanadium. Junior moest een bloederig spoor uitwissen en kostbare tijd tikte weg.

Bovendien walgde hij van de mogelijkheden. De gedachte alleen al dat een schitterend uitziende vrouw zoals Victoria zich overgaf aan een groteske figuur zoals Vanadium zou zijn ziel hebben verschrompeld als hij een ziel had gehad.

De werkkamer had het formaat van een badkamer. De kleine ruimte kon amper een bekrast vurenhouten bureau, een stoel en een archiefkast bevatten.

Het allegaartje aan slaapkamermeubels, goedkoop en vol krassen, was wellicht gekocht in een uitdragerij. Een tweepersoonsbed en een nachtkastje. Een kleine ladekast.

Evenals de rest van het huis, was de slaapkamer smetteloos schoon. De houten vloer blonk alsof die met de hand in de was was gezet. Een eenvoudige witte chenille sprei lag op het bed net zo strak en glad ingestopt als een bovendeken op de brits van een soldaat.

Nergens in het huis waren prullen en herinneringen te vinden. En tot dan toe had Junior niets aan de kale muren zien hangen, buiten een kalender in de keuken.

Een bronzen figuur, bevestigd aan gelakt notenhout bij gebrek aan kornoelje, hing boven het bed. Het crucifix, dat fel contrasteerde met de witte muren, bevestigde opnieuw de indruk van een kloosterzuinigheid.

Naar Juniors maatstaven was dit niet de manier waarop een normaal persoon woonde. Dit was het huis van een verwarde eenling, een gevaarlijk obsessieve man.

Omdat hij het onderwerp was geweest van de fixatie van Thomas Vanadium, prees Junior zich gelukkig dat hij het overleefd had. Hij huiverde.

In de kast hing een bescheiden hoeveelheid kleding, waardoor er nog de nodige ruimte overbleef. Op de vloer stonden schoenen keurig neus tegen hak gerangschikt.

Op de bovenste plank van de kast stonden dozen en twee goedkope koffers van groen geplastificeerd karton. Hij pakte de koffers en legde die op het bed.

Vanadium bezat zo weinig kleren dat de twee koffers voldoende ruimte boden om de helft van de inhoud van de kast en de ladekast te bevatten.

Junior gooide kleding op de vloer en op het bed om de indruk te wekken dat de rechercheur in alle haast had gepakt. Nadat hij zo onvoorzichtig was geweest om vijf keer met zijn dienstrevolver op Victoria Bressler te schieten – misschien in een aanval van jaloerse woede, misschien omdat hij gek was geworden – zou Vanadium er alles aan doen om uit handen van justitie te blijven.

Uit de badkamer haalde Junior een elektrisch scheerapparaat en toiletspullen. Hij deed die in de koffers.

Nadat hij de bagage naar de auto in de garage had gebracht, keerde hij terug naar de werkkamer. Hij ging aan het bureau zitten en bestudeerde de inhoud van de laden, richtte zich vervolgens op de archiefkast.

Hij wist niet precies meer wat hij eigenlijk hoopte te vinden. Misschien een envelop of een geldkluis met papiergeld, waarvoor een vluchtende moordenaar zeker even de tijd zou hebben genomen om het te pakken. Misschien een spaarbankboekje.

In de eerste la vond hij een adresboekje. Vanadium zou dat logischerwijze hebben meegenomen, ook al was hij op de vlucht wegens een beschuldiging van moord, dus Junior stak het in de zak van zijn jasje.

Toen hij de helft van de laden had doorzocht, ging de telefoon over – niet de gewone schelle bel, maar een getemperde elektronische zoemtoon. Hij was niet van plan op te nemen.

De tweede keer overgaan werd gevolgd door een *klik* en vervolgens een bekende, monotone stem die zei: '*Hallo, met Thomas Vanadium...*'

Als een duveltje uit een doosje schoot Junior omhoog uit de stoel die daardoor bijna omviel.

'*... maar ik ben er momenteel niet.*'

Terwijl hij zich snel omdraaide naar de open deur, zag hij dat de dode rechercheur zijn woord gestand deed. Hij was er niet.

De stem bleef komen van een apparaat dat op het bureau naast de telefoon stond. 'Hang alsjeblieft niet op. Dit is een telefoonbeantwoorder. Laat een boodschap achter na de piep, dan bel ik je op.'

Het woord Ansaphone stond op de zwarte plastic buitenkant van het apparaat gedrukt.

Junior had over deze uitvinding gehoord, maar er tot nu toe nog nooit een gezien. Hij veronderstelde dat een geobsedeerd iemand als Vanadium er alles voor over zou hebben, inclusief deze exotische technologie, om geen belangrijk telefoontje te missen.

De piep klonk, zoals aangegeven, en uit de speaker klonk een mannenstem: '*Met Max. Jij bent helderziend. Ik heb hier het ziekenhuis gevonden. Het arme kind heeft een hersenbloeding gekregen, ten gevolge van een hoge bloeddruk die was veroorzaakt door... eclampsie, denk ik dat het heet. Baby heeft het overleefd. Bel me, hè?*'

Max hing op. Het antwoordapparaat maakte een serie robotachtige piepgeluiden en viel weer stil.

Verbazend.

Junior kreeg de neiging te experimenteren met de knoppen. Misschien stonden er andere boodschappen op de band. Ernaar luisteren zou verrukkelijk zijn – ook als ze allemaal net zo zinloos zouden klinken als die van Max – een beetje zoals bladeren door het dagboek van een vreemde.

Nadat hij verder niets van belang in de werkkamer had gevonden, overwoog hij de rest van het huis te doorzoeken.

Maar de nacht vloog verder en hij moest nog een heleboel doen voordat die de ochtend binnenschoot.

Laat de lichten branden, de deur van het slot. Een moordenaar die zo snel mogelijk wilde verdwijnen terwijl het slachtoffer nog niet gevonden was, zou zich geen zorgen maken over de elektriciteitsrekening of over een eventuele inbraak

Junior reed stoutmoedig weg. Zedd beval stoutmoedigheid aan.

Omdat hij zich de steelse geluiden van een dode smeris die achter hem wraakzuchtig overeind kwam bleef inbeelden, zette Junior de radio aan. Hij stemde af op de top-40.

De dj kondigde de nummer vier van die week aan: van de Beatles, 'She is a Woman'. De *Fab Four* vulden de Studebaker met muziek. Iedereen vond die ragebollen de besten aller tijden, maar voor Junior kon hun muziek ermee door, meer niet. Hij kreeg niet de aanvechting om mee te zingen en hij vond hun spul niet bijzonder om op te dansen.

Hij was een patriottisch mens en gaf de voorkeur aan Amerikaanse rock boven die uit Engeland. Hij had niets tegen de Engelsen, geen vooroordelen tegen mensen van welke nationaliteit ook. Toch geloofde hij dat de Amerikaanse top-40 uitsluitend Amerikaanse muziek moest bevatten.

Dwars door Spruce Hills met John, Paul, George, Ringo en de dode Thomas reed Junior terug naar het huis van Victoria waar Sinatra was opgehouden met zingen.

Nummer drie op de lijst was 'Mr. Lonely' van Bobby Vinton, een Amerikaans talent uit Canonsburg, in Pennsylvania. Junior zong mee.

Zonder vaart te minderen reed hij langs het huis van Bressler.

Tegen die tijd was Vinton klaar, waren de reclames geweest, en was nummer twee begonnen: 'Come See About Me', door de Supremes.

Nog meer goede Amerikaanse muziek. De Supremes waren negers, dat wel, maar Junior was niet bekrompen. Zeker niet, hij had een keer hartstochtelijk gevrijd met een negermeisje.

Meezingend met Diana Ross, Mary Wilson en Florence Ballard, reed hij naar de granietgroeve vijf kilometer buiten de stadsgrenzen.

Anderhalve kilometer naar het noorden was een nieuwe groeve, geleid door hetzelfde bedrijf. Dit was de oude, verlaten na tientallen jaren van graven.

Jaren geleden was een rivier omgeleid om de uitgestrekte afgraving te vullen. Kweekvis werd uitgezet, voornamelijk forel en baars.

Als recreatieoord kon Quarry Lake slechts ten dele een succes worden genoemd. Tijdens het delven waren bomen tot ver in de omgeving van de afgraving gekapt zodat een groot deel van de oever op een hete zomerdag geen schaduw had. En langs de helft van het strand stonden borden met de waarschuwing *Steil aflopende oever. Direct diep water*. Op sommige plekken waar het meer de oever raakte, lag de bodem meer dan dertig meter diep.

Toen Junior de provinciale weg verliet en over de weg langs het meer naar het noorden reed langs oliezwart water, begonnen de Beatles de nummer een te zingen. Ze hadden twee nummers in de *Amerikaanse* top-vijf. Vol walging zette hij de radio uit.

Afgelopen april hadden de jongens uit Liverpool alle *vijf* plaatsen van de top-vijf bezet. Echte Amerikanen, zoals de Beach Boys en de Four Seasons, hadden genoegen moeten nemen met lagere posities. Je vroeg je af wie er nu echt de Amerikaanse Revolutie gewonnen had.

Niemand in de omgeving van Junior leek zich zorgen te maken over de crisis in de Amerikaanse muziek. Hij veronderstelde dat hij een sterker besef had van onrechtvaardigheid dan de meeste mensen.

Op deze kille januarinacht hadden geen kampeerders of vissers plekjes langs het meer opgeëist. Omdat de bomen ver genoeg naar achteren lagen om verloren te gaan in de nacht, leken de oevers en de zwarte plas even desolaat als elk ander landschap in een wereld zonder atmosfeer.

Quarry Lake was te ver van Spruce Hills om populair te zijn bij tieners, maar het was ook een afknapper voor jonge stelletjes omdat het een reputatie had van spookgebied. In vijftig jaar waren er vier arbeiders omgekomen bij mijnongelukken. Volgens de overlevering waarden er geesten rond in de diepten van de afgraving voordat die onder water was gezet – en dientengevolge ook op de oever nadat het meer onder water was gezet.

Junior was van plan een gezette geest aan het gezelschap toe te voegen. Misschien dat jaren later op een zomeravond een visser, in het lichtschijnsel van zijn Coleman-lamp, een half doorzichtige Vanadium zou zien die een voorstelling gaf met een etherisch kwartje.

Op een plek waar de oever steil afliep, verliet Junior de weg en reed het strand op. Hij parkeerde op zes meter van het water, met de neus naar het meer toe, en deed de koplampen en de motor uit. Hij boog zich over de voorbank en draaide het raampje aan de passagierskant vijftien centimeter open. Daarna opende hij het raampje aan de bestuurderskant even ver.

Hij veegde het stuur en alle plekken schoon die hij aangeraakt kon hebben tijdens de rit van Victoria naar het huis van de rechercheur waar hij de tuinhandschoenen had gevonden die hij nog steeds droeg. Hij stapte uit de auto en veegde, met het portier open, de knop aan de buitenkant af.

Hij betwijfelde of de Studebaker ooit zou worden gevonden, maar succesvolle mensen waren zonder uitzondering diegenen die oog hadden voor detail.

Een tijdje bleef hij naast de sedan staan en liet zijn ogen wennen aan de duisternis.

De maan, de afgelopen paar uur hoger in de lucht geklommen, hermuntte zichzelf van goudstuk naar zilverstuk en haar reflectie rolde over de knokkels van de rustige kabbelingen van het meer.

Junior, toen hij ervan overtuigd was dat hij alleen was en niemand hem zag, boog zich voorover in de auto en zette de versnelling in zijn vrij. Hij maakte de handrem los.

Het strand liep af naar het meer. Hij sloot het portier en stapte weg toen de Studebaker naar voren reed en vaart meerderde.

Met een opmerkelijk zachte plons kwam de sedan in het water terecht. Kort bleef hij drijven, schommelend bij de oever, dook voorover door het gewicht van de motor. Toen het meer door de vloergaten naar binnen stroomde, bewoog hij niet meer – en zonk snel toen water de twee voor een deel geopende ramen bereikte.

De in Detroit gebouwde gondel zou snel over de Styx varen zonder een in zwart geklede gondelier die hem verder boomde.

Op het moment dat het dak van de auto onder water verdween, haastte Junior zich weg en liep de route terug die hij had gereden. Hij hoefde niet helemaal terug naar het huis van Vanadium, alleen maar naar het donkere huis waar hij Victoria Bressler had achtergelaten. Hij had een afspraakje met een dode vrouw.

40

Niet in de stemming om te tuinieren, maar wel met de juiste handschoenen, knipte Junior het licht in de hal, het licht in de gang en het licht in de keuken aan en stapte om de neergeslagen, gesmoorde, beschoten verpleegster heen, naar het fornuis, en hij zette de bovenste oven aan, waarin de nog niet gare stoofpot afkoelde, en de onderste oven, waarin de borden stonden te wachten om opgewarmd te worden. Hij stak het gas weer aan onder de pan water die eerder had staan koken – en keek even hongerig naar de ongekookte pasta die Victoria had afgewogen en had klaargezet. Als de nasleep van zijn treffen met Vanadium niet zo bloederig was geweest, zou Junior misschien even de tijd hebben genomen om te eten voordat hij zijn karwei hier afmaakte. De wandeling terug van Quarry Lake had bijna twee uur gekost, voor een deel omdat hij telkens wegdook tussen de bomen en in de struiken als hij verkeer hoorde naderen. Hij was uitgehongerd. Maar hoe goed eten ook was klaargemaakt, ambiance was een belangrijke factor in het genieten van een maaltijd en het met bloed besmeurde decor was in zijn opinie niet uitnodigend om eens te lekker te gaan zitten eten.

Eerder had hij een open fles wodka voor Victoria op tafel gezet. De verpleegster, niet langer op de stoel, lag languit op de vloer alsof ze vóór deze een andere fles had leeggedronken.

Junior goot de helft van de wodka over het lijk, goot wat over andere delen van de keuken en goot het restje op de kookplaat waar het naar de brandende gaspit vloeide. Dit was geen ideale brandstof, niet zo doeltreffend als benzine, maar tegen de tijd dat hij de fles weggooide had de alcohol de vlam al bereikt.

Blauwe vlammen schoten over de bovenkant van het fornuis en volgden druppels langs de geëmailleerde voorkant naar de vloer. Blauw werd geel en het geel werd donkerder toen de vlammen het lijk vonden.

Spelen met vuur was leuk als je niet hoefde te verhullen dat het brandstichting was.

Op de dode vrouw vatte het leren etui van Vanadium vlam. Zijn identiteitsbewijs zou verbranden, maar de penning zou waarschijnlijk niet smelten. De politie zou ook de revolver identificeren.

Junior griste de fles wijn, die twee keer niet had willen breken, van de vloer. Zijn geluks-Merlot.

Hij liep achteruit naar de gangdeur en keek hoe het vuur zich verspreidde. Hij bleef treuzelen tot hij zeker wist dat het huis snel een laaiende brandstapel zou zijn en sprintte ten slotte door de gang naar de voordeur.

Onder een afnemende maan rende hij onopvallend drie straten verder naar zijn Suburban die in een parallelstraat stond geparkeerd. Hij kwam geen verkeer tegen, en onder het lopen trok hij de tuinhandschoenen uit en gooide die in een vuilcontainer bij een huis dat verbouwd werd.

Hij keek niet één keer achterom om te zien of de brand als een gloed zichtbaar was geworden tegen de nachtelijke hemel. De gebeurtenissen bij Victoria waren onderdeel van het verleden. Daar was hij klaar mee. Junior was een vooruitdenkende, op de toekomst georiënteerde man.

Op weg naar huis hoorde hij sirenes en zag de zwaailichten van naderende voertuigen. Hij zette de Suburban aan de kant en keek naar de twee passerende brandweerwagens, gevolgd door een ambulance.

Hij voelde zich opmerkelijk goed toen hij thuiskwam: kalm, trots op zijn snelle denkwerk en zijn dappere aanpak, aangenaam vermoeid. Het was niet zijn keuze geweest weer te moorden; dit was hem door het noodlot opgedrongen. Toch had hij bewezen dat de stoutmoedigheid die hij had betoond op de brandtoren niet een kortstondige kracht maar een diepgewortelde kwaliteit was.

Hoewel hij niet bang was verdacht te worden van de moord op Victoria Bressler, was hij van plan diezelfde nacht uit Spruce Hills te vertrekken. Er was voor hem geen toekomst weggelegd in zo'n slaperig, achterlijk gat. Er wachtte hem een grotere wereld en hij had het recht verdiend van alles te genieten wat die hem te bieden had. Hij pleegde een telefoontje naar Kaitlin Hackachak, zijn trolachtige, hebzuchtige schoonzuster, en vroeg haar Naomi's bullen weg te gooien, hun meubilair en alles wat hij van zichzelf wilde achterlaten. Hoewel zij een kwart miljoen rijker was geworden door de regeling die de familie met de staat en het district had getroffen, zou Kaitlin al bij het eerste licht van de dag in het huis zijn als zij het idee had dat ze misschien tien dollar kon verdienen door de bezittingen van de hand te doen.

Junior was van plan maar één tas mee te nemen en het grootste deel van zijn kleren achter te laten. Hij kon zich een mooie, nieuwe garderobe permitteren.

In de slaapkamer, toen hij op het bed een koffer openmaakte, zag hij het kwartje. Glanzend. Kop naar boven. Op het nachtkastje.

Als Junior mentaal minder sterk was geweest en krankzinnig had kunnen worden, was dit het moment dat hij in een afgrond van waanzin zou vallen. Hij hoorde inwendig gekraak, voelde een vreselijke versplintering in zijn geest, maar hij bleef op pure wilskracht bij zinnen en vergat niet langzaam en diep adem te halen.

Hij wist voldoende moed te verzamelen om naar het nachtkastje te lopen. Zijn hand trilde. Half verwachtte hij dat het kwartje denkbeeldig was en dat het tussen zijn vingers zou verdwijnen, maar het was echt.

Terwijl hij zich vasthield aan zijn geestkracht, vertelde zijn gezonde verstand hem ten slotte dat het kwartje veel eerder die avond daar moest zijn neergelegd, meteen nadat hij was vertrokken naar het huis van Victoria. Vanadium moest hier, ondanks de nieuwe sloten, zijn langsgekomen op weg naar zijn afspraak met Victoria, niet wetend dat hij in haar keuken de dood zou vinden – en wel door toedoen van de man die hij zo kwelde.

Juniors angst maakte plaats voor waardering voor de ironie van de situatie. Langzaam hervond hij zijn vermogen om te lachen, gooide de munt in de lucht, ving hem op en deed hem in zijn zak. Maar net toen de glimlach bijna op zijn breedst was, gebeurde er iets vreselijks. De vernedering begon met een luid gerommel in zijn ingewanden.

Sinds hij met Victoria en de rechercheur had afgerekend, was hij er trots op geweest dat hij zijn gemoedsrust had bewaard, beter nog, zijn lunch. Geen direct acuut braken zoals direct na de dood van die arme Naomi. Hij had echt honger gehad.

Nu, problemen. Anders dan hij eerder had gehad, maar net zo krachtig en beangstigend. Hij hoefde niet te braken, maar hij moest zich heel dringend ontlasten.

Zijn buitengewone gevoeligheid bleef een vloek. Hij was heviger aangedaan door de tragische dood van Victoria en Vanadium dan hij had beseft. Hij was kapot.

Met een kreet van schrik schoot hij de badkamer in en haalde de wc net op het nippertje. Hij leek daar lang genoeg op de troon te zitten om de opkomst en ondergang van een keizerrijk mee te maken. Later, zwak en bevend, terwijl hij zijn koffer pakte, kreeg hij weer aandrang. Hij was verbaasd te merken dat er nog iets in zijn darmkanaal achtergebleven kon zijn.

Hij had een paar boeken van Caesar Zedd bij de wc liggen, zodat hij zijn tijd op de plee niet verdeed. Een paar van zijn beste inzichten in de toestand van de mens en zijn beste ideeën ten aanzien van zelfverbetering waren op die plek ontstaan, waar Zedds verlichtende woorden na herlezen een helderder licht in zijn geest deden schijnen.

Maar in deze situatie zou hij zich niet kunnen concentreren op een boek, zelfs niet als hij de kracht had gehad het vast te houden. De heftige krampen die zijn ingewanden in de greep hielden hadden ook zijn vermogen om zich te concentreren aangetast.

Tegen de tijd dat hij zijn koffer en drie dozen met boeken – de verzamelde werken van Zedd en een selectie van de Boekenclub – in de Suburban had gezet, was Junior nog twee keer naar de badkamer gerend. Zijn benen waren gammel en hij voelde zich hol, zwak, alsof hij meer was kwijtgeraakt dan hij had gedacht, alsof een essentiële substantie van hemzelf was verdwenen.

Het woord diarree voldeed niet om deze aandoening te beschrijven. Ondank de boeken die hij had gelezen om zijn vocabulaire te vergroten, kon Junior geen woord bedenken dat een adequate beschrijving gaf en beeldend genoeg was om zijn ellende en het afgrijselijke van zijn beproeving te vatten.

Hij begon paniekerig te worden toen hij zich afvroeg of deze darmkrampen hem zouden verhinderen uit Spruce Hills weg te komen. En bovendien, wat als hij daardoor weer het ziekenhuis in moest? Een pathologisch wantrouwige smeris die wist van Juniors acute aanval van overgeven na Naomi's dood, zou een verband kunnen leggen tussen deze epische aanval van diarree en de moord op Victoria en de verdwijning van Vanadium. Dit was een pad van speculaties dat hij niet wilde volgen.

Hij moest zolang het nog kon uit de stad weg. Zijn hele vrijheid en geluk hingen af van een snel vertrek.

De afgelopen tien dagen had hij bewezen dat hij slim was, dapper, met uitzonderlijke inwendige hulpbronnen. Hij moest nu meer dan ooit zijn diepe bron aan kracht en vastberadenheid aanspreken. Hij was al veel te ver gekomen, had veel te veel bereikt om onderuitgehaald te worden door een biologische kwestie.

Omdat hij zich bewust was van het gevaar van uitdroging, dronk hij een fles water en zette twee tweeliterflessen Gatorade in de Suburban.

Bezweet, verkild, trillend, met zwakke knieën, waterige ogen en vol zelfmedelijden legde Junior een plastic vuilniszak op de bestuurdersplaats. Hij stapte in de Suburban, draaide de sleutel in het contact om en kreunde toen de trillingen van de motor hem dreigden te ontlasten.

Met slechts een lichte steek van sentimenteel verlangen reed hij weg van het huis dat veertien gezegende maanden het liefdesnest van hem en Naomi was geweest.

Hij hield het stuur met twee handen stevig vast, beet zijn tanden zo heftig op elkaar dat zijn kaakspieren opbolden en krampachtig bewogen, richtte zijn geest stevig op een koppige vastbeslotenheid om zichzelf weer in de hand te krijgen. Langzaam, diep ademhalen. Positieve gedachten.

De diarree was voorbij, afgelopen, onderdeel van het verleden. Lang geleden had hij geleerd niet te lang bij het verleden stil te staan, zich nooit al te veel zorgen om het heden te maken, maar alleen op de toekomst gericht te blijven. Hij was een man van de toekomst.

Terwijl hij de toekomst in snelde, haalde het verleden hem in in de vorm van darmkrampen en hij had pas vijf kilometer gereden, toen hij, jammerend als een zieke hond, een noodstop bij een benzinestation maakte om de wc te gebruiken.

Daarna lukte het Junior om zesenhalve kilometer te rijden voordat hij gedwongen werd van de weg af te gaan bij een volgend benzinestation, waarna hij het gevoel kreeg dat zijn beproeving misschien ten einde was. Maar minder dan tien minuten daarna werd hij gedwongen van een landelijker voorziening gebruik te maken in het struikgewas langs de snelweg, waar zijn kreten van pijn kleine dieren piepend op de vlucht deden slaan.

Uiteindelijk, op slechts vijftig kilometer van Spruce Hills, moest hij met tegenzin erkennen dat langzaam en diep ademhalen, positieve gedachten, een hoge mate van eigendunk en een ferme vastberadenheid niet voldoende waren om zijn verraderlijke darmen onder controle te krijgen. Hij moest onderdak voor de nacht zien te vinden. Hij gaf niets om een zwembad, een supergroot bed of een gratis Europees ontbijt. Het enige comfort dat voor hem telde was het sanitair.

Het verwaarloosde motel heette Sleepie Tyme Inne, maar de grijze, loensende receptionist met het scherpe gezicht kon de eigenaar niet zijn geweest, want hij was er het type niet naar een leuke tekst te bedenken voor het bord aan de voorkant. Gezien zijn uiterlijk en houding was hij een voormalig kampcommandant van de nazi's die één stap voor de Israëlische geheime dienst uit naar Brazilië was gevlucht en zich nu in Oregon schuilhield.

Gekweld door krampen en te zwak om zijn bagage te dragen, liet Junior zijn koffer in de Suburban. Hij nam alleen de flessen Gatorade mee naar zijn kamer.

De nacht die volgde kon net zo goed een nacht in de hel zijn geweest – hoewel een hel waarin satan een elektrolytisch uitgebalanceerde drank schonk.

41

Op maandagochtend, 17 januari, kwam Vinnie Lincoln, Agnes' advocaat, naar het huis met Joey's testament en andere belangrijke papieren.

Vinnie, rond van gezicht en rond van lichaam, liep anders dan andere mensen; hij leek licht voort te stuiteren, alsof hij gevuld was met een gasmengsel dat voldoende helium bevatte om hem lichtvoetig te maken, maar niet zoveel dat hij het risico liep omhoog te zweven als een verjaardagsballon. Zijn gladde wangen en vrolijke ogen maakten een jongensachtige indruk, maar hij was een goede advocaat en sluw.

'Hoe is het met Jacob?' vroeg Vinnie, die bij de open voordeur bleef dralen.

'Hij is er niet,' zei Agnes.

'Dat is precies wat ik hoopte.' Opgelucht volgde hij Agnes naar de woonkamer. 'Luister, Aggie, weet je, ik heb niets tegen Jacob, maar...'

'Hemeltje, Vinnie, dat weet ik,' stelde ze hem gerust terwijl ze Barty – nauwelijks groter dan een pak suiker – uit de wieg pakte. Ze ging met de baby in een schommelstoel zitten.

'Het komt... de laatste keer dat ik hem zag, dreef hij me in een hoek en vertelde dat godsgruwelijke verhaal, veel meer dan ik wilde weten, over de een of andere Britse moordenaar uit de jaren veertig, die monsterlijke man die mensen met een hamer doodsloeg, hun bloed dronk en vervolgens de lijken wegwerkte in een vat met zuur in zijn werkruimte.' Hij huiverde.

'Dat moet John George Haigh dan zijn,' zei Agnes terwijl ze Barty's luier controleerde voordat ze hem liefdevol in haar armen nam. De ogen van de advocaat werden net zo rond als zijn gezicht. 'Aggie, alsjeblieft, ga me nou niet zeggen dat je Jacobs... enthousiasme bent gaan delen?'

'Nee, nee. Maar omdat hij zo vaak in de buurt is, is het onvermijdelijk dat ik wat details in me opneem. Hij is een meeslepend spreker als het onderwerp hem interesseert.'

'O,' beaamde Vinnie, 'het verveelde me geen moment.'

'Ik heb vaak gedacht dat Jacob een goede schoolmeester zou zijn geweest.'

'Aangenomen dat de kinderen na elke les therapie zouden krijgen.'

'Aangenomen natuurlijk dat hij deze obsessies niet had.'

Vinnie haalde documenten uit zijn tas en zei: 'Nou, ik heb geen recht van spreken. Eten is mijn obsessie. Moet je me zien, zo dik dat je zou denken dat ik vanaf mijn geboorte ben grootgebracht om geofferd te worden.'

'Je bent niet dik,' wierp Agnes tegen. 'Je bent lekker gevuld.'

'Ja, ik vul mezelf lekker voor een vroege dood,' zei hij bijna opgewekt. 'En ik moet zeggen dat ik ervan geniet.'

'Jij mag je misschien naar een vroegtijdige dood eten, Vinnie, maar die arme Jacob heeft zijn eigen ziel vermoord, en dat is oneindig veel erger.'

'Heeft zijn eigen ziel vermoord... dat is een interessante manier van spreken.'

'Hoop is het voedsel van het geloof, ons dagelijkse brood. Vind je niet?'

Vanuit de armen van zijn moeder staarde Barty vol bewondering naar haar op.

Ze vervolgde: 'Als we onszelf geen hoop toestaan, staan we onszelf niet toe een doel te hebben. Zonder doel, zonder betekenis, is het leven duister. We hebben geen licht binnenin, en we leven alleen om te sterven.'

Barty stak een kleine hand uit naar zijn moeder. Ze gaf hem haar wijsvinger, die het suikerpakjongetje stevig vastgreep.

Ongeacht haar mogelijke successen of mislukkingen als ouder, was Agnes vastbesloten ervoor te zorgen dat het Barty nooit aan hoop zou ontbreken, dat betekenis en doel even constant door de jongen heen zouden vloeien als bloed.

'Ik weet dat Edom en Jacob je tot last zijn geweest,' zei Vinnie, 'met al je verantwoordelijkheden voor hen...'

'Niets van dat alles.' Agnes glimlachte tegen Barty en bewoog haar vinger in zijn knuistje. 'Ze zijn altijd mijn redding geweest. Ik weet niet wat ik zonder hen zou moeten doen.'

'Volgens mij meen je dat echt.'

'Ik meen alles wat ik zeg.'

'Nou, in de loop der jaren zullen ze je in ieder geval financieel tot last zijn, dus ik ben blij dat ik een kleine verrassing voor je heb.'

Toen ze opkeek van Barty zag ze dat de advocaat zijn handen vol papieren had. 'Verrassing? Ik weet wat er in Joey's testament staat.'

Vinnie glimlachte. 'Maar je hebt geld waar je niet van weet.'

Het huis was van haar, er rustte geen hypotheek op. Er waren twee spaarrekeningen waar Joey in de negen jaar van hun huwelijk getrouw elke week stortingen op had gedaan.

'Levensverzekering,' zei Vinnie.

'Daar weet ik van. Een polis voor vijftigduizend dollar.'

Ze meende dat ze misschien drie jaar thuis kon blijven om zich aan Barty te wijden voordat het verstandig werd om werk te gaan zoeken.

'Naast die polis,' zei Vinnie, 'is er nog een...' – hij vulde zijn longen, aarzelde, stootte vervolgens trillend de lucht en het bedrag uit – 'zevenhonderdvijftigduizend. Driekwart miljoen dollar.'

Ongeloof beschermde haar tegen een directe verrassing. Ze schudde haar hoofd. 'Dat is onmogelijk.'

'Het was een overlijdensverzekering, geen levensverzekering.'

'Ik bedoel, Joey zou hem niet hebben afgesloten zonder...'

'Hij wist hoe je dacht over een te hoge levensverzekering. Dus hij heeft het je niet gezegd.'

De schommelstoel piepte niet langer onder haar. Ze hoorde de oprechtheid in Vinnies stem en naarmate haar ongeloof verdween, was ze zo geschokt dat ze niet meer kon bewegen. Ze fluisterde: 'Mijn bijgeloof.'

226

Onder andere omstandigheden zou Agnes misschien gebloosd hebben, maar nu was haar ogenschijnlijk irrationele angst voor een te hoge levensverzekering bewezen.

'Joey was nu eenmaal een verzekeringsagent,' herinnerde Vinnie haar. 'Hij wilde voor zijn gezin zorgen.'

Overdreven verzekeren, geloofde Agnes, was het noodlot tarten. 'Een redelijke polis, ja, dat is prima. Maar een grote… dat is wedden op de dood.'

'Aggie, het is gewoon verstandig plannen.'

'Volgens mij is dat wedden op het leven.'

'Met dit geld hoef je het aantal taarten dat je weggeeft niet te verminderen… en al het andere.'

Me 'al het andere' bedoelde hij de kruidenierswaren die zij en Joey vaak met de taarten meestuurden, af en toe een hypotheekbetaling als iemand eens pech had en andere, stille daden van liefdadigheid. 'Je moet het zo zien, Aggie. Alle taarten, alle dingen die je doet… dat is wedden op het leven. En nu heb je zojuist de gezegende mogelijkheid gekregen om grotere inzetten te doen.'

Dezelfde gedachte was bij haar opgekomen, een troostrijke gedachte die het accepteren van al dat geld mogelijk maakte. Toch bleef ze verkild door de gedachte een levensveranderende hoeveelheid geld te krijgen ten gevolge van een dood.

Terwijl ze naar Barty keek, zag Agnes een zweem van Joey in het gezicht van de baby, en hoewel ze half geloofde dat haar man nu in leven zou zijn als hij het noodlot niet had getart door zo'n hoge prijs op zijn leven te zetten, kon ze in haar hart geen woede voor hem voelen. Ze moest deze laatste gulle gave in dank aanvaarden – zo niet met enthousiasme.

'Goed,' zei Agnes, en terwijl ze haar acceptatie verwoordde, huiverde ze door een plotselinge angst waarvoor ze niet meteen een reden kon aanwijzen.

'En er is meer,' zei Vinnie Lincoln, even rond als de kerstman en met kersenrode wangen door het plezier die geschenken te kunnen geven. 'De polis bevatte een dubbele uitkering voor het geval van dood door ongeval. De volledige, belastingvrije uitkering is anderhalf miljoen dollar.'

Nu de reden duidelijk en de angst verklaard was, hield Agnes haar baby nog steviger vast. Hij was nog maar net op de wereld, maar leek nu al van haar weg te glippen door de maalstroom van een veeleisende lotsbestemming.

De ruitenaas. Vier op rij. Aas, aas, aas, aas.

De toekomstvoorspelling, die ze had geprobeerd af te doen als een spelletje zonder consequenties, kwam nu al uit.

Volgens de kaarten zou Barty financieel rijk worden, maar ook in talenten, geest en intellect. Rijk in moed en eer, had Maria beloofd. Met een rijkdom aan gezond verstand, inzicht en geluk.

Hij zou de moed en het geluk nodig hebben.

'Wat is er aan de hand, Aggie?' vroeg Vinnie.

Ze kon haar angst niet aan hem uitleggen, omdat hij geloofde in de oppermacht van wetten, in de rechtvaardigheid die in dit leven bestond, in een verhoudingsgewijs simpele werkelijkheid, en hij zou de luisterrijke, beangstigende, troostende, vreemde en enorm ingewikkelde werkelijkheid die Agnes af en toe waarnam – gewoonlijk zijdelings, soms geestelijk, maar altijd met haar gevoel – niet bevatten. Dit was een wereld waarin gevolg voor oorzaak kwam, waarin wat op toeval leek, eigenlijk, voornamelijk het zichtbare gedeelte was van een groter patroon dat niet in zijn geheel kon worden gezien.

Als de ruitenazen, vier in getal, serieus moesten worden genomen, waarom de rest van de kaarten dan niet?

Als de verzekeringsuitkering niet puur toeval was, als het de rijkdom was die was voorspeld, hoe lang na het fortuin kwam dan de jonker? Jaren? Maanden? Dagen?

'Je ziet eruit alsof je een geest hebt gezien,' zei Vinnie en Agnes wenste dat de bedreiging zoiets simpels was als een dolende geest, die kreunend en ratelend met zijn ketenen, als Marley van Dickens die op kerstavond Ebenezer Scrooge bezoekt.

42

Het lukte Klaas Vaak niet om Junior in slaap te krijgen, die gedurende de nacht een hoeveelheid water wegspoelde met de omvang van een spaarbekken.

's Ochtends, toen de darmkrampen eindelijk voorbij waren, voelde deze stoutmoedige man van het avontuur zich even plat en slap als een aangereden dier.

Toen hij eindelijk sliep, kreeg hij nachtmerries, droomde dat hij in een openbare wc was, geplaagd door een sterke aandrang, om te merken dat elk hokje bezet werd door iemand die hij had vermoord en dat ze allemaal wraakzuchtig hadden besloten hem de kans op een waardige ontlasting te onthouden.

Tegen de middag werd hij wakker, zijn ogen dichtgeplakt met de resten van de slaap. Hij voelde zich beroerd, maar hij had zichzelf in de hand – en was sterk genoeg om de koffer te halen die hij bij aankomst niet had kunnen dragen.

Buiten merkte hij dat een of ander waardeloos stuk schorem die nacht zijn Suburban had opengebroken. De koffer en de verzameling boeken van de boekenclub waren weg. De schooier had zelfs de Kleenex, de kauwgum en de pepermuntjes uit het dashboardkastje meegenomen.

Het was ongelooflijk dat de dief de meest waardevolle spullen had laten liggen: de verzameling ingebonden eerste drukken van Caesar Zedds volledige werk. De doos was open, de inhoud ervan haastig doorzocht, maar er ontbrak geen enkel boek.

Gelukkig zat er geen geld noch chequeboek in de koffer. Nu Zedd nog compleet was, was zijn verlies te dragen.

In het kantoor van het motel betaalde hij nog een nacht vooruit. Zijn voorkeur bij overnachtingen ging niet uit naar smerige kleden, meubels met brandplekken en het fluisterend wegschieten van kakkerlakken in het donker, maar hoewel hij zich beter voelde, was hij te moe en te rillerig om te rijden.

De bejaarde, voortvluchtige nazi was aan de balie vervangen door een vrouw met slordig geknipt blond haar, een verlopen gezicht, en armen die Charles Atlas zouden ontmoedigen haar uit te dagen. Ze wisselde een biljet van vijf dollar in munten voor de automaten en snauwde iets tegen hem in het Engels met een vreemd accent.

Junior was uitgehongerd, maar hij vertrouwde zijn ingewanden niet voldoende om een maaltijd in een restaurant te proberen. De aanval leek voorbij, maar die zou de kop weer op kunnen steken als hij voedsel in zijn lichaam had.

Hij kocht belegd knäckebröd, met kaas en met pindakaas, vliespinda's, chocoladerepen en coca-cola. Hoewel het een ongezonde maaltijd was, hadden kaas en pindakaas en chocola iets gemeenschappelijks: ze waren stoppend.

In zijn kamer ging hij op bed zitten met zijn stoppende hapjes en het telefoonboek van het district. Omdat hij het telefoonboek bij de verzameling van Zedd had gedaan, had de dief het niet gepakt. Hij was al twintigduizend namen nagegaan en had geen Bartholomeus gevonden, en had rode streepjes gezet naast namen met de initiaal B in plaats van een voornaam. Een stukje geel papier gaf aan waar hij was gebleven.

Toen hij het boek opensloeg bij dat stukje papier, vond hij een kaart tussen de pagina's. Een joker met BARTHOLOMEUS in rode blokletters.

Dit was niet de kaart die hij op de avond na Naomi's begrafenis op zijn nachtkastje had gevonden, onder twee dubbeltjes en een stuiver. Hij had die verscheurd en weggegooid.

Dit was geen mysterie. Er was geen reden om tegen het plafond te gaan en daar omgekeerd aan te blijven hangen als een doodsbange kat uit een strip.

Het was duidelijk dat de ergerlijke rechercheur gisteravond, voor zijn eetafspraakje met Victoria, toen hij illegaal Juniors huis was binnengegaan en weer een kwartje op het nachtkastje had gelegd, het telefoonboek open op de keukentafel had zien liggen. Toen hij de betekenis van de rode streepjes had geraden, had hij deze kaart erin gestoken en het boek dichtgedaan: weer een plaagstootje in de psychologische oorlog die hij voerde.

Junior had een fout gemaakt toen hij met de tinnen kandelaar op het gezicht van Vanadium in had geslagen nadat de smeris al bewusteloos geraakt was. Hij had de schoft moeten vastbinden en proberen hem weer tot leven te wekken voor een ondervraging.

Als hij voldoende pijn zou hebben toegebracht, zou hij zelfs Vanadium aan het praten hebben gekregen. De rechercheur had gezegd dat hij Junior in zijn slaap angstig Bartholomeus had horen zeggen, en volgens Junior was dat waar omdat die naam hem wel degelijk iets zei; toch wist hij niet zeker of de bewering van de smeris dat hij de identiteit van deze kwelgeest niet kende, waar was.

Maar het was te laat voor een ondervraging, nu Vanadium voor eeuwig in slaap was gemept en sliep onder vele vadems koud beddengoed.

Maar ach, het opheffen van de kandelaar, de fraaie boog die hij had gemaakt, en het gekraak bij het neerkomen waren net zo enorm bevredigend als elke homerun waarmee ooit de World Series was gewonnen.

Terwijl hij op een amandelreep knabbelde, richtte Junior zich weer op het telefoonboek, met geen andere keuze dan Bartholomeus via de moeilijke weg te vinden.

43

Later die maandag, 17 januari, die gedenkwaardige dag waarop het eind van het ene het begin van het andere is.

Onder een sombere namiddaghemel, in de vaalbruine winterheuvels, was de geel met witte stationcar een heldere pijl, niet getrokken en afgevuurd vanuit de pijlkoker van een jager, maar vanuit die van een Samaritaan.

Edom reed, gelukkig omdat hij Agnes kon helpen. Maar hij was nog gelukkiger dat hij de taarten niet alleen hoefde te bezorgen. Hij hoefde zich niet te kwellen met een verplicht praatje met degenen die ze bezochten. Agnes was daar echt een ster in.

Op de passagiersplaats lag Barty behaaglijk in de armen van zijn moeder. Soms kirde of murmelde het jongetje of blies kleine belletjes.

Tot dusver had Edom hem nog nooit horen huilen of piepen.

Barty droeg een gebreide pyjama met voetjes, maat elfje, met zigzag sierzoompjes aan de manchetten en hals en een bijpassend mutsje. Zijn witte dekentje was versierd met blauwe en gele konijntjes.

De baby was een groot succes bij hun eerste vier bestellingen. Zijn stralende, lachende aanwezigheid was een brug die iedereen over de donkere wateren van Joey's dood heen hielp.

Edom zou dit een perfecte dag hebben genoemd – buiten dat het weer voor een aardbeving was. Hij was ervan overtuigd dat de Grote Knal de kuststeden nog voor het invallen van de schemering zou wegvagen.

Dit was ander weer voor een aardbeving dan dat van tien dagen geleden toen hij de taarten alleen bezorgde. Toen: blauwe lucht, ongewone warmte voor het seizoen, lage vochtigheid. Nu: lage, grijze wolken, koele lucht, hoge vochtigheid.

Een van de meest zenuwslopende aspecten van het leven in Zuid-Californië was dat het weer voor een aardbeving in zoveel verschillende vormen voorkwam. Net zo vaak wel als niet stapte je uit bed, bekeek de lucht en de barometer en besefte tot je grote schrik dat de condities een catastrofe aangaven.

Met de aarde nog steeds lichtelijk stabiel onder hen, arriveerden ze bij hun vijfde adres, een nieuwe naam op Agnes' lijst van barmhartigheid.

Ze waren in de oostelijke heuvels, anderhalve kilometer van het huis van Jolene en Bill Klefton, waar Edom tien dagen eerder een bosbessentaart had bezorgd met een gruwelijk verslag van de beving van Tokio-Yokohama in 1923.

Het huis was identiek aan dat van de Kleftons. Hoewel het meer uit pleisterkalk dan uit dakspanen bestond, was het lange tijd niet geverfd. Een barst in een van de ramen aan de voorkant was met leukoplast gedicht.

Agnes had deze halte aan haar route toegevoegd op verzoek van dominee Tom Collins, de plaatselijke predikant van de baptisten wiens ouwelui hem onnadenkend de naam van een cocktail hadden gegeven. Zij was met alle geestelijken in Brigh Beach bevriend en haar taarten waren voor alle gezindten.

Edom droeg de honing-rozijnen-perentaart en Agnes droeg Barty over de keurig gemaaide tuin naar de voordeur. De drukbel bracht een klokkenspel in beweging dat de eerste tien noten van 'That Old Black Magic' speelde, wat ze duidelijk hoorden door het glas in de deur.

Bij dit bescheiden huis verwachtte je geen kunstige deurbel – überhaupt geen deurbel, aangezien knokkels op hout de goedkoopste aankondiging waren van een bezoeker.

Edom wierp een blik op Agnes en zei ongemakkelijk: 'Vreemd.'

'Nee. Charmant,' wierp ze tegen. 'Er zit een bedoeling achter. Alles heeft een bedoeling, schat.'

Een bejaarde negerheer deed open. Zijn haar was zo spierwit dat het vergeleken bij zijn donkere huid als een nimbus om zijn hoofd leek te gloeien. Met zijn even witte sik, zijn vriendelijke gelaatstrekken en zijn fascinerende zwarte ogen, leek hij uit een film gestapt te zijn over een jazzmuzikant die, na zijn dood, weer op aarde terug was gekeerd als iemands beschermengel.

'Meneer Sepharad?' vroeg Agnes. 'Obadja Sepharad?'

Met een blik op de gevulde taart in Edoms handen, antwoordde de heer Agnes met een muzikale en toch knarsende stem, Louis Armstrong waardig: 'U moet de dame zijn over wie dominee Collins me heeft verteld.'

De stem versterkte Edoms beeld van een hemels jazzwezen.

Toen hij zijn aandacht op Barty richtte, begon Obadja te glimlachen waardoor een gouden boventand zichtbaar werd. 'Iets hier is nog heerlijker dan die prachtige taart. Hoe heet het kind?'

'Bartholomeus,' zei Agnes.

'Ja, natuurlijk.'

Edom keek verbouwereerd toe terwijl Agnes met hun gastheer babbelde, waarbij ze van meneer Sepharad op Obadja overging, van-af de deur naar de woonkamer liep, de taart afgaf die werd geac-cepteerd, waar ze koffie aangeboden en voorgezet kreeg, de twee blij en gemakkelijk met elkaar, en dat alles in de tijd die Edom no-dig zou hebben gehad om de moed bij elkaar te rapen over de drem-pel te stappen en iets interessants te zeggen over de orkaan in Gal-veston in 1900, waarbij zesduizend mensen waren omgekomen.

Terwijl Obadja zich in een totaal versleten leunstoel liet zakken, zei hij tegen Edom: 'Zoon, ken ik jou niet ergens van?'

Nadat hij zich had geïnstalleerd op de bank naast Agnes en Bar-ty, erop voorbereid zich gerieflijk in de rol van stille toeschouwer te schikken, schrok Edom toen hij plotseling het onderwerp van gesprek werd. Hij was ook geschrokken door de term 'zoon', want al die zesendertig jaar was de enige die hem zo aangesproken had, zijn vader geweest, nu al tien jaar dood maar nog altijd een ver-schrikking in Edoms dromen.

Terwijl hij zijn hoofd schudde en het kopje tegen het schoteltje kletterde, zei Edom: 'Eh, nee, meneer, nee. Ik denk niet dat we el-kaar ooit eerder hebben ontmoet.'

'Misschien niet. Maar toch kom je me bekend voor.'

'Ik heb zo'n doorsnee gezicht dat je overal ziet,' zei Edom en hij besloot het verhaal van de driestatentornado van 1925 te vertellen. Misschien voelde zijn zuster intuïtief aan wat Edom wilde gaan zeggen, want ze liet hem niet beginnen.

Op de een of andere manier wist Agnes dat Obadja in zijn jonge jaren goochelaar was geweest. Op een natuurlijke wijze kreeg ze hem over het onderwerp aan de praat.

Professionele goochelarij was geen terrein waarop veel negers hun weg naar succes konden vinden. Obadja vormde daar een uitzon-dering op.

Een muziektraditie zat diep verankerd in de negergemeenschap. Maar voor goochelen bestond die traditie niet.

'Misschien omdat we geen heksen genoemd wilden worden,' zei Obadja glimlachend, 'en de mensen niet nog een reden wilden ge-ven om ons op te hangen.'

Een pianist of saxofonist kon een heel eind komen met zijn talent en zelfstudie, maar een aankomend goochelaar had uiteindelijk een mentor nodig om de best bewaarde geheimen van gezichtsbedrog te leren en om hem te helpen zich de vaardigheden in misleiding eigen te maken die nodig waren voor het hoogste niveau van de goochelkunst. In een vaardigheid die bijna uitsluitend door blanke mannen werd beoefend, moest een jonge kleurling op zoek gaan naar een mentor, zeker in 1922, toen de twintigjarige Obadja ervan droomde de opvolger van Houdini te worden.

Nu haalde Obadja een spel speelkaarten tevoorschijn als uit een geheim zakje in een onzichtbare jas. 'Wou je een klein voorbeeld zien?'

'Ja, alsjeblieft,' zei Agnes met duidelijk genoegen.

Obadja wierp het pak kaarten naar Edom, die schrok. 'Zoon, je zult me moeten helpen. Mijn vingers zijn stram.'

Hij stak zijn knoestige handen omhoog.

Edom had ze eerder opgemerkt. Nu zag hij dat ze er erger aan toe waren dan hij had gedacht. Opgezette knokkels, vingers niet helemaal in een normale hoek met elkaar. Misschien had Obadja reumatische artritis, zoals Bill Klefton, maar dan minder ernstig.

'Haal de kaarten uit het pak en leg die op de salontafel voor je,' gaf Obadja aan.

Edom deed wat hem gevraagd werd. Daarna, op verzoek, verdeelde hij het pak in twee ongeveer even grote stapeltjes.

'Schud ze een keer,' instrueerde de goochelaar.

Edom schudde.

Terwijl hij naar voren leunde in zijn leunstoel, het witte haar net zo stralend als de vleugels van een cherubijn, zwaaide Obadja met zijn misvormde hand boven de stapel, nooit dichter bij de kaarten dan vijfentwintig centimeter. 'Spreid ze nu alsjeblieft in een waaier omgekeerd op tafel uit.'

Edom gehoorzaamde en in de boog van rode logo's van Bicycle, toonde één kaart te veel wit in de hoek, omdat het de enige was die met de beeldzijde naar boven lag.

'Je moet even kijken,' stelde Obadja voor.

Toen hij de kaart eruit trok, zag Edom dat het een ruitenaas was – opmerkelijk gezien de waarzegsessie van Maria Gonzalez de vrijdagavond daarvoor. Maar hij was nog meer verbaasd door de naam die in zwarte inkt diagonaal over de voorkant was geschreven: BARTHOLOMEUS.

Edom hoorde Agnes even haar adem inhouden en hij keek op van de naam van zijn neefje. Bleek was ze, haar ogen bezocht als oude spookhuizen.

44

In Bright Beach heerste een akelige griep en een enorme verscheidenheid aan gewone verkoudheden, dus het was die maandag druk in Damascus Pharmacy.

De klanten waren humeurig en de meeste zeurden over hun kwaaltjes. Anderen klaagden over het akelige weer, het toenemende aantal jongeren die met die verrekte nieuwe skateboards over het trottoir zoefden, de recente belastingverhoging en de New York Jets die Joe Namath de vorstelijke som van 427.000 dollar per jaar betaalden om football te spelen, wat sommigen zagen als een teken dat het land geldbelust was geworden en naar de verdommenis ging. Paul Damascus had het druk met het klaarmaken van recepten tot hij ten slotte om halfdrie een lunchpauze kon nemen.

Gewoonlijk nuttigde hij de lunch alleen op zijn kantoor. Het vertrek had het formaat van een lift, maar ging natuurlijk niet op en neer. In zekere zin ging hij wel zijwaarts, in de betekenis dat Paul hier kon verdwijnen naar wonderbaarlijke landen vol avonturen.

Een boekenkast die van de vloer tot het plafond reikte, was volgepropt met pulpbladen die in de jaren twintig, dertig en veertig waren gepubliceerd voordat de paperbacks ervoor in de plaats kwamen. *The All-Story, Mammoth Adventure, Nickel Western, The Black Mask, Detective Fiction Weekly, Spicy Mystery, Weird Tales, Amazing Stories, Astounding Stories, The Shaduw, Doc Savage, G-8 and His Battle Aces, Mysterious Wu Fang...*

Dit was slechts een fractie van Pauls verzameling. Duizenden andere uitgaven vulden de kamers thuis.

De omslagen van de tijdschriften waren kleurrijk, choquerend, vol geweld en mysterie en de speelse seksuele suggestie van een onschuldiger tijdperk. De meeste dagen las hij een verhaal terwijl hij de twee stukken fruit at waaruit zijn lunch bestond, maar soms verloor hij zichzelf in een bijzonder levendige illustratie en droomde over verre oorden en enorme avonturen.

Zelfs de duidelijke geur van pulppapier, geel van ouderdom, was alleen al voldoende om hem te laten fantaseren.

Met zijn verrassende combinatie van een mediterraan voorkomen en roestbruin haar, zijn knappe uiterlijk en zijn goede conditie had Paul het uiterlijk van een exotische pulpfictieheld. Hij vond het vooral leuk zich in te beelden dat hij misschien wel door kon gaan voor de broer van Doc Savage.

Doc was een van zijn favorieten. Een uitzonderlijke misdaadbe-
strijder. De Man van Brons.

Die maandagmiddag verlangde hij naar de vlucht en troost van
een halfuur pulpavontuur. Maar hij besloot dat hij eindelijk de
brief moest opstellen die hij de afgelopen tien dagen had willen
schrijven.

Na met een schilmesje een appel in stukken te hebben gesneden en
van het klokhuis te hebben ontdaan, haalde Paul een velletje brief-
papier uit zijn bureau en schroefde een vulpen open. Zijn handschrift was ouderwets keurig, even precies en aantrekkelijk als
mooie kalligrafie. Hij schreef: *Beste dominee White...*

Hij hield even op omdat hij niet wist hoe hij verder moest gaan.
Hij was niet gewend brieven aan volslagen vreemden te schrijven.
Ten slotte begon hij: *Gegroet op deze gedenkwaardige dag. Ik
schrijf over een buitengewone vrouw, Agnes Lampion, wier leven
u bent binnengekomen zonder het te weten en wier verhaal u misschien interesseert.*

45

Hoewel anderen misschien magie in de wereld zagen, was Edom
alleen maar geboeid door mechaniek: de enorme destructiemachi-
ne van de natuur die alles tot stof vermaalde. Toch bloeide plotseling verwondering in hem op toen hij de aas zag met de naam
van zijn neefje erop.

Tijdens het prepareren van de kaarten was Barty in de armen van
zijn moeder in slaap gevallen, maar toen zijn naam op de aas verscheen, was hij weer wakker geworden, misschien omdat zijn
hoofd tegen haar boezem rustte en hij gealarmeerd werd door de
plotselinge versnelling van haar hartslag.

'Hoe deed je dat?' vroeg Agnes aan Obadja.

De oude man nam de ernstige en veelbetekenende uitdrukking aan
van iemand die geheimen bewaart, een sfinx zonder hoofdtooi en
manen. 'Als ik het je vertelde, beste mevrouw, zou het geen magie
meer zijn. Alleen maar een truc.'

'Maar je begrijpt het niet.' Ze vertelde over de buitengewone ver-
schijning van azen tijdens de waarzegsessie van vrijdagavond.

Op zijn sfinxachtige gezicht toverde Obadja een glimlach te voorschijn die de punt van zijn witte sik omhoogbracht toen hij zijn hoofd omdraaide om Edom aan te kijken. 'Ach... zo lang geleden,' mompelde hij alsof hij tegen zichzelf sprak. 'Zo lang geleden... maar nu weet ik het weer.' Hij knipoogde naar Edom.

De knipoog bracht Edom van zijn stuk. Vreemd genoeg dacht hij aan het geheimzinnige, lichaamsloze en nooit knipogende oog in de drijvende punt van de piramide die op de achterkant van elk biljet van een dollar stond.

Toen ze het verhaal vertelde van de waarzegsessie, had Agnes de goochelaar niet verteld over de vier schoppenboeren, alleen over de azen van ruiten en harten. Ze liep nooit met haar zorgen te koop, en hoewel ze een grap had gemaakt toen vrijdag de vierde jonker verscheen, wist Edom dat het haar hevig had verontrust.

Of Obadja voelde intuïtief Agnes' angst, of hij werd geraakt door haar vriendelijkheid, maar hij onthulde zijn methode toch. 'Ik geneer me te zeggen dat wat je zag geen echt goochelen is. Puur bedrog. Ik koos de ruitenaas juist omdat die in de waarzeggerij staat voor rijkdom, dus het is een positieve kaart waarop mensen goed reageren. De aas met de naam van je zoontje erop was vooraf geprepareerd, omgekeerd ergens onder in het spel gestoken, dus bij het couperen in twee gelijke delen zou niemand hem zien.'

'Maar je wist de naam van Barty niet toen we hier kwamen.'

'O, jawel. Toen hij belde, vertelde dominee Collins me alles over jou en Bartholomeus. Bij de voordeur, toen ik de naam van het jochie vroeg, kende ik hem al en had net dit trucje voor jou voorbereid.'

Agnes glimlachte. 'Wat slim.'

Met een zucht sprak Obadja haar tegen. 'Niet slim. Bedrog. Voor mijn handen deze klompen vol knokkels werden, zou ik je versteld hebben doen staan.'

Als jongeman had hij eerst opgetreden in nachtclubs voor zwarten en in theaters zoals Harlem's Apollo. Tijdens de Tweede Wereldoorlog had hij deel uitgemaakt van de USO-troepen die optraden voor de soldaten in de Stille Zuidzee, later in Noord-Afrika en, na D-day, in Europa.

'Na de oorlog lukte het me een tijdje werk te krijgen in het grote circuit. Raciaal... werden de zaken anders. Maar ik werd ook ouder en in de amusementsindustrie zijn ze altijd op zoek naar jonge, nieuwe gezichten. Dus ik heb het nooit echt gemaakt. Alle mensen, ik heb het eigenlijk nauwelijks gemaakt. Maar ik kon ervan rondkomen. Tot... ergens begin jaren vijftig, toen werd het voor mijn agent steeds moeilijker om goede optredens, goede clubs te boeken.'

Naast het bezorgen van een honing-rozijnen-perentaart was Agnes gekomen om Obadja een jaar werk aan te bieden – niet om te goochelen, maar om erover te praten.

Door haar inspanningen sponsorde de openbare bibliotheek van Bright Beach een ambitieus gesproken geschiedenisproject dat werd gefinancierd door twee particuliere fondsen en door een jaarlijks aardbeienfestival. Plaatselijke gepensioneerden werden overgehaald om hun levensverhaal te vertellen, zodat hun ervaringen, inzichten en kennis niet verloren zouden gaan voor de generaties die kwamen.

Niet toevallig bood het project de mogelijkheid om oudere burgers die in financiële nood verkeerden, geld te geven op een manier die hun waardigheid niet aantastte, hun hoop gaf en hun beschadigde gevoel van eigenwaarde herstelde. Agnes vroeg Obadja het project te verrijken door een toelage voor een jaar te accepteren en verslag te doen van zijn levensverhaal met de hulp van de hoofdbibliothecaris.

Duidelijk aangedaan en belangstellend draaide de goochelaar toch om het aanbod heen, zoekend naar redenen om het af te wijzen, voordat hij ten slotte triest zijn hoofd schudde. 'Ik betwijfel of ik van het juiste kaliber ben, mevrouw Lampion. Ik zou niet direct een verrijking van je project zijn.'

'Onzin. Waar heb je het in 's hemelsnaam over?'

Terwijl hij zijn misvormde handen omhoogstak met de vergroeide knokkels naar Agnes toe, zei Obadja: 'Hoe denk je dat ze zo zijn geworden?'

'Artritis?' probeerde ze.

'Poker.' Terwijl hij zijn handen hoog in de lucht hield, als een boeteling die tijdens een kerkelijke samenkomst een zonde bekent en God om vergeving vraagt, zei Obadja: 'Mijn specialiteit was het goochelen van dichtbij. O, ik heb meer dan eens konijnen uit hoeden getrokken, zijden sjaaltjes uit de lucht, duiven uit zijden sjaaltjes. Maar het kleine werk had mijn liefde. Munten, maar voornamelijk... kaarten.'

Toen hij 'kaarten' zei, richtte de goochelaar een veelbetekenende blik op Edom aan wie hij een verwarde frons ontlokte.

'Maar ik kon veel meer met kaarten dan de meeste goochelaars. Ik oefende met Moses Moon, de grootste kaartkunstenaar van zijn generatie.'

Bij 'kunstenaar' keek hij weer veelbetekenend naar Edom die het gevoel had dat hij moest reageren. Toen hij zijn mond opende, wist hij niets te bedenken, behalve dan dat op 15 juni 1896 in Sanri-ku, in Japan, een drieëndertig meter hoge golf, opgewekt door een beving onder water, het leven kostte aan 27.100 mensen die in gebed bijeen zaten op een shintofeest. Zelfs Edom vond dit een ongepaste reactie, dus hij zei maar niets.

'Weet je wat een kaartkunstenaar allemaal kan, mevrouw Lampion?'

'Noem me Agnes. En ik neem aan dat een kaartkunstenaar geen kaarten verkoopt.'

Terwijl hij langzaam zijn opgeheven handen voor zijn ogen draaide alsof ze voor hem jong en soepel waren, beschreef de goochelaar de verbazende toeren die een meester-kaartkunstenaar kon uithalen. Hoewel hij zonder opsmuk of mooimakerij sprak, deed hij het voorkomen alsof deze prestaties knapper goochelwerk waren dan konijnen uit hoeden, duiven uit sjaaltjes en blondines die door cirkelzagen in tweeën werden gedeeld.

Edom luisterde met de opgetogen aandacht van een man voor wie de grootste heldendaad de aanschaf van een geel met witte Ford Country Squire stationcar was geweest.

'Toen ik niet meer voldoende boekingen in nachtclubs en theaters kreeg voor mijn act... stapte ik op gokken over.'

Voorovergeleund in zijn stoel liet Obadja zijn handen naar zijn knieën zakken en staarde er peinzend naar.

Toen zei hij: 'Ik reisde van stad naar stad, op zoek naar poker-partijen met een hoge inzet. Ze zijn illegaal, maar niet zo moeilijk te vinden. Ik was valsspeler van beroep.'

Hij had nooit te veel uit een partij gehaald. Hij was een discrete dief, die zijn slachtoffers met een charmante babbel om de tuin leidde. Omdat hij zo innemend was en slechts middelmatig geluk leek te hebben, misgunde niemand hem zijn winst. Al snel was hij rijker dan hij ooit als goochelaar was geweest.

'Ik leefde er goed van. Als ik niet onderweg was, had ik hier in Bright Beach een mooi huis, niet dit gehuurde krot waar ik nu woon, maar een prachtig huis met uitzicht op zee. Je kunt wel raden wat er misging.'

Hebzucht. Het was zo makkelijk om geld van die sukkels te pakken. In plaats van steeds een beetje uit een spel te halen, begon hij grotere winsten na te jagen.

'Dus ik trok de aandacht. Wekte wantrouwen. Op een avond in

239

Saint Louis herkende een of andere sukkel me van uit de tijd dat ik optrad, ook al had ik mijn uiterlijk veranderd. Het was een spel met hoge inzetten, maar de spelers waren niet zo hoog van kwaliteit. Ze kwamen met z'n allen op me af, sloegen me in elkaar en verbrijzelden daarna mijn handen, vinger voor vinger, met een bandenlichter.'

Edom huiverde. 'In ieder geval was de vloedgolf in Sanriku snél.'

'Dat was vijf jaar geleden. Na meer operaties dan ik me eigenlijk nog wil herinneren, hield ik dit eraan over.' Hij stak weer zijn monsterlijke handen omhoog. 'Bij vochtig weer heb ik pijn, bij droog weer iets minder. Ik kan voor mezelf zorgen, maar ik zal nooit meer een kaartkunstenaar worden... of goochelaar.'

Een ogenblik zweeg iedereen. De stilte was even volkomen als de bovennatuurlijke stilte die aan de grootste aardbevingen voorafgaat. Zelfs Barty leek gebiologeerd.

Toen zei Agnes: 'Nou, het is duidelijk dat jij niet in één jaar je hele leven kunt vertellen. Het zou een beurs voor twee jaar moeten worden.'

Obadja fronste zijn wenkbrauwen. 'Ik ben een dief.'

'Je was een dief. En je hebt vreselijk geleden.'

'Het was niet mijn keuze om te lijden, geloof me.'

'Maar je hebt er spijt van,' zei Agnes. 'Dat kan ik zien. En niet alleen maar om wat er met je handen is gebeurd.'

'Meer dan spijt,' ze de goochelaar. 'Schaamte. Ik kom uit een keurig gezin. Ik ben niet opgevoed om bedrieger te worden. Soms, als ik probeer erachter te komen waardoor ik in de fout ging, denk ik dat het niet de behoefte aan geld was die tot mijn ondergang leidde. In ieder geval niet alleen, zelfs niet in de eerste plaats. Ik was trots op mijn vaardigheid met kaarten, gefrustreerde trots omdat ik niet voldoende werk in nachtclubs kreeg om het te laten zien zoals ik wilde.'

'Daar zit een waardevolle les in,' zei Agnes. 'Anderen kunnen daarvan leren als je het wilt delen. Maar als je alleen maar je leven wilt vertellen tot aan het vals spelen, is het ook goed. Tot daar is het al een fascinerende reis, een verhaal dat niet verloren hoort te gaan als je sterft. Bibliotheken zitten barstensvol met biografieën van filmsterren en politici, die voor het merendeel niet in staat zijn tot meer betekenisvolle zelfanalyse dan een pad. We hoeven niet nog meer verhalen over het leven van beroemdheden, Obadja. Waar we misschien wat aan hebben, wat ons zelfs misschien zou rédden, is iets meer te weten over de levens van echte mensen die zelfs het middelmatige niet hebben gehaald, maar die weten waar ze vandaan komen en waarom.'

Edom, die het nooit helemaal of half of helemaal niet had gemaakt, zag zijn zuster vervagen. Met moeite bedwong hij de tranen die achter zijn oogleden brandden. Zijn liefde lag niet bij de magie, en zijn trots lag in geen enkele vaardigheid, want hij had geen enkele vaardigheid die de moeite van het vermelden waard was. Zijn liefde lag bij zijn lieve zuster; zij was ook zijn trots en hij had het gevoel dat zijn leventje werkelijk iets betekende zolang hij haar op dit soort dagen rond kon rijden, haar taarten kon dragen en haar zo af en toe aan het lachen kon krijgen.

'Agnes,' zei de goochelaar, 'je kunt maar beter nu een afspraak met die bibliothecaris maken om je eigen leven te laten vastleggen. Als je er de volgende veertig jaar ook niet mee begint, zul je tegen die tijd wel tien jaar nodig hebben om het allemaal te vertellen.'

Meestal kreeg Edom in gezelschap, ongeacht welk, het gevoel te moeten vluchten, en dat moment was nu aangebroken, niet omdat hij koortsachtig naar woorden zocht, niet omdat hij in paniek raakte dat hij het verkeerde zou zeggen of zijn koffiekopje om zou gooien, of op de een of andere manier zou tonen dat hij net zo dwaas en onhandig was als een blunderende clown, maar omdat hij Agnes die dag zijn tranen wilde besparen. De laatste tijd waren er te veel tranen in haar leven geweest, en hoewel dit geen tranen van pijn maar van liefde waren, wilde hij haar er niet mee lastigvallen. Hij schoot overeind van de bank en zei hardop 'ingeblikte ham', maar besefte meteen dat dit nergens op sloeg, helemaal nergens op, nul, dus hij zocht wanhopig naar een samenhangende zin – 'Aardappelen, cornflakes' – wat al net zo belachelijk klonk. Nu staarde Obadja hem aan met diezelfde bezorgde ontsteltenis die je wel zag op de gezichten van mensen die een epilepticus een onbeheerste toeval zien krijgen, dus Edom schoot door de woonkamer naar de voordeur alsof hij van een ladder viel, terwijl hij wanhopig probeerde een verklaring te geven voor zijn vertrek: 'We hebben wat meegebracht, er zijn er, ik haal wat, als je het niet erg vindt het te krijgen, we hebben dozen in de auto, maar ik breng ze naar binnen, dozen in dozen, nou, geen dozen in dozen, natuurlijk niet, het zijn dozen met spul, weet je, spullen die we in dozen hebben meegenomen.' Terwijl hij de deur openrukte en over de drempel naar de veranda schoot, vond hij ten slotte het woord dat hij moest hebben en hij riep het triomfantelijk en opgelucht over zijn schouder – 'Kruidenierswaren'.

Bij de achterklep van de stationcar waar hij door Agnes en Obadja niet gezien kon worden, leunde Edom tegen de Ford, staarde naar de prachtige grijze lucht en huilde. Dit waren tranen van dankbaarheid om het feit dat hij Agnes in zijn kleine leventje had, maar tot zijn verrassing ontdekte hij in zijn hart dat het ook tranen om zijn vermoorde moeder waren, die Agnes' medeleven had bezeten, maar te weinig van Agnes' kracht, Agnes' deemoed maar niet haar onbevreesd zijn, Agnes' vertrouwen maar niet haar eeuwige hoop. Een zwerm zeemeeuwen riep vanuit de eindeloze hemel. Eerst volgde Edom ze door hun opbeurende kreten, tot zijn blik helder werd, en toen keek hij hoe hun vleugels als de witte bladen van een mes langs de grijze wollen wolken scheerden. Eerder dan hij had verwacht lukte het hem de kruidenierswaren het huis in te dragen.

46

Ned – 'Zeg maar Neddy' – Gnathic was even dun als een fluit met net zoveel gaten in zijn hoofd als een fluit waardoorheen gedachten konden ontsnappen voordat de druk ervan zich zou opbouwen tot een onaangename muziek onder zijn schedel. Zijn stem was altijd zacht en harmonieus, maar vaak sprak hij allegro, soms zelfs prestissimo, en ondanks zijn warme stem was Neddy op maximale snelheid even irritant voor het oor als een doedelzak die de Bolero blèrt, als zoiets mogelijk zou zijn.

Zijn beroep was barpianist, hoewel hij er niet zijn brood mee hoefde te verdienen. Hij had een mooi huis van vier verdiepingen in een goede buurt in San Francisco geërfd en ook nog voldoende geld uit een trustfonds om rond te kunnen komen als hij geen al te gekke dingen deed. Toch werkte hij vijf avonden in de week in een elegante lounge van een van de oudere grand hotels in Nob Hill, en speelde heel verfijnde drankliederen voor toeristen, zakenlieden van buiten de stad, rijke homoseksuele mannen die koppig in romantiek bleven geloven in een tijd waarin snelheid het van essentie won, en voor ongetrouwde heteroseksuele stellen die naar een roes toewerkten waardoor hun zorgvuldig opgezette overspel er aantrekkelijk uit zou zien.

Neddy bewoonde de gehele ruime derde verdieping van het huis.

De tweede en de eerste verdieping waren gesplitst in twee appartementen, de benedenverdieping in vier eenkamerflats die hij allemaal verhuurd had.

Even na vieren stond Neddy, al gekleed voor zijn werk in een zwarte smoking, geplisseerd wit hemd en zwarte vlinderdas, met een rode roos in zijn knoopsgat, in de deuropening van de eenkamerflat van Celestina White in een saai betoog uit te leggen waarom zij in flagrante overtreding was van haar huurcontract en daardoor verplicht was aan het eind van de maand te verhuizen. Het ging om Angel, de verweesde baby in een verder kinderloos gebouw: haar huilen (hoewel ze zelden huilde), haar luidruchtige spel (hoewel Angel nog niet sterk genoeg was om met een rammelaar te schudden) en de mogelijke schade die ze aan het gebouw kon toebrengen (hoewel ze nog niet in haar eentje uit de wieg kon kruipen, laat staan het pleisterwerk met een hamer bewerken).

Het lukte Celestina niet hem tot rede te brengen, en zelfs haar moeder Grace die tijdelijk bij haar inwoonde en die altijd in staat was de gemoederen te bedaren, kon geen moment van kalmte brengen in de fluwelen opschudding die Neddy Gnathic in vol ornaat veroorzaakte. Hij had vijf dagen eerder van de baby gehoord en sinds dat moment had hij zich lopen opfokken, als een tropische depressie die moet uitmonden in een orkaan.

Er was grote krapte op de woningmarkt in San Francisco, met veel meer huurders dan te verhuren panden. Voor de vijfde dag probeerde Celestina uit te leggen dat ze minstens dertig dagen nodig had en liever nog tot eind februari om een geschikt en betaalbaar onderkomen te vinden. Ze ging overdag naar de kunstacademie en had zes avonden per week haar baan als serveerster, en ze kon de zorg voor de kleine Angel niet volledig aan Grace overlaten, zelfs niet tijdelijk.

Neddy praatte als Celestina even zweeg om adem te halen, bleef praten als ze wel wat zei, hoorde alleen zijn eigen honingzoete stem en was blij beide kanten van de conversatie te beheersen, waarbij hij haar net zozeer bedolf – hoewel veel sneller – als de zandwinden van Egypte dat hadden gedaan met de piramides van de farao's. Hij bleef doorpraten toen het beleefde 'neem me niet kwalijk' de eerste keer klonk van de lange man die in de open deur achter hem verscheen, en door de tweede en de derde keer, en toen zweeg hij met een abruptheid die even wonderbaarlijk was als elke genezing bij de heilige grot van Lourdes toen de bezoeker een hand op zijn schouder legde, hem vriendelijk opzij duwde en de flat binnenstapte.

De vingers van dr. Walter Lipscomb waren langer en gevoeliger dan die van de pianist, en hij bezat de uitstraling van een groot dirigent voor wie het dirigeerstokje overbodig was en die aandacht afdwong alleen al door zijn aanwezigheid. Als een toren van autoriteit en kalmte zei hij tegen de stil geworden Neddy: 'Ik ben de arts van dit kind. Toen ze geboren werd had ze ondergewicht en ze is in het ziekenhuis gebleven om te herstellen van een oorinfectie. U klinkt alsof u een beginnende bronchitis hebt die zich binnen vierentwintig uur zal manifesteren, en ik ben ervan overtuigd dat u er niet verantwoordelijk voor wilt zijn dat deze baby een virale infectie oploopt.'

Neddy knipperde met zijn ogen alsof hij geslagen werd en zei: 'Ik heb een rechtsgeldige huurovereenkomst...'

Dr. Lipscomb boog zijn hoofd een beetje naar de pianist toe, zoals een strenge bovenmeester een ongehoorzame leerling met een oorvijg bij de les haalt. 'Juffrouw White en de baby zullen aan het einde van de week uit dit pand vertrokken zijn... tenzij u erop staat hen te blijven lastigvallen met uw gebazel. Voor elke minuut dat u hen lastigvalt, zal hun verblijf hier met een dag verlengd worden.'

Hoewel dr. Lipscomb bijna net zo zacht sprak als de breedsprakige pianist, en hoewel het smalle gezicht van de arts vriendelijk stond en geen spoor van agressie vertoonde, kromp Neddy Gnathic ineen en stapte terug over de drempel de gang in.

'Goedendag, meneer,' zei Lipscomb terwijl hij de deur voor Neddy's gezicht dichtdeed, waarbij hij mogelijk zijn neus en zijn bloem plette.

Angel lag op een handdoek op de slaapbank waar Grace haar zojuist had verschoond.

Terwijl dr. Lipscomb de baby oppakte, zei Grace: 'Dat was net zo doeltreffend als een domineesvrouw tegenover een onmogelijk gemeentelid... zou kunnen zijn en, o, ik wou dat wij soms zo adrem konden zijn.'

'Uw baan is moeilijker dan die van mij,' zei Lipscomb tegen Grace terwijl hij Angel wiegde. 'Daarvan ben ik overtuigd.'

Celestina, verrast door de komst van dr. Lipscomb, was nog steeds murw door de tirade van Neddy. 'Dokter, ik wist niet dat u kwam.'

'Ik wist het zelf ook niet tot ik besefte dat ik hier in de buurt was. Ik nam aan dat je moeder en Angel hier zouden zijn en hoopte dat jij er ook was. Als ik stoor...'

'Nee, nee, ik wist alleen niet...'

'Ik wilde je laten weten dat ik mijn werk als arts eraan geef.'

'Wat de baby betreft?' vroeg Grace, haar gezicht vertrokken van bezorgdheid.

Terwijl hij de baby geheel omvatte met zijn grote handen en tegen haar glimlachte, zei hij: 'O, nee, mevrouw White, dit lijkt me een gezonde jongedame. Die heeft geen dokter nodig.'

Angel, alsof ze in Gods handen lag, staarde met grote ogen van verwondering naar de dokter op.

'Ik bedoel,' zei dr. Lipscomb, 'dat ik mijn praktijk verkoop en mijn medische carrière afsluit. Dat wilde ik je laten weten.'

'Afsluit?' zei Celestina. 'Maar u bent nog zo jong.'

'Wilt u misschien wat thee en een stukje kruimeltaart?' vroeg Grace, even vriendelijk als in *Het groot etiquetteboek voor dominee svrouwen* stond voorgeschreven als beste reactie op de aankondiging van een opzienbarende carrièrewijziging.

'Eigenlijk is dit een gelegenheid voor champagne, mevrouw White. Als u tenminste niets tegen alcohol hebt.'

'Sommige baptisten zijn tegen drank, dokter, maar wij horen tot de verdorven soort. Hoewel we alleen maar een warme fles Chardonnay hebben.'

Lipscomb zei: 'Twee straten verderop is het beste Armeense restaurant van de stad. Ik ren er even heen en haal wat koele bubbelwijn en iets te eten, als u me dat toestaat.'

'Zonder u zouden we gedoemd zijn tot een restje gehaktbrood.'

Tegen Celestina zei dr. Lipscomb: 'Als je tenminste niets anders te doen hebt.'

'Vanavond is ze vrij,' zei Grace.

'Ophouden met uw werk als arts?' vroeg Celestina, verbijsterd door deze mededeling en zijn uitgelaten houding.

'Dus we moeten... het einde van mijn carrière en jouw verhuizing vieren.'

Toen ze zich plotseling de verzekering van de dokter aan Neddy herinnerde dat ze met het weekend uit dit gebouw zou zijn, zei Celestina: 'Maar we kunnen nergens heen.'

Terwijl hij Angel aan Grace gaf, zei Lipscomb: 'Ik bezit een paar panden. In een ervan is een driekamerwoning vrij.'

Celestina schudde haar hoofd en zei: 'Ik kan alleen maar een eenkamerwoning betalen, iets kleins.'

'Je gaat in je nieuwe woning hetzelfde betalen als hier,' zei Lipscomb.

Celestina en haar moeder wisselden een blik van verstandhouding.

De arts zag de blik en begreep die. Er verscheen een blos op zijn lange, bleke gezicht. 'Celestina, jij bent heel mooi, en ik begrijp dat je hebt geleerd op je hoede te zijn voor mannen, maar ik zweer je dat mijn bedoelingen geheel eerzaam zijn.'

'O, ik dacht niet...'

'Ja, dat deed je wel, en het is precies wat de ervaring je ongetwijfeld heeft geleerd. Maar ik ben zevenenveertig en jij bent twintig...'

'Bijna eenentwintig.'

'... en we komen uit verschillende werelden, en dat respecteer ik. Ik heb respect voor jou en je prachtige familie... jouw doelgerichtheid, jouw vastbeslotenheid. Ik wil dit alleen maar doen omdat ik je wat schuldig ben.'

'Waarom zou u me iets schuldig zijn?'

'Nou, eigenlijk ben ik het Phimie schuldig. Door wat ze zei tussen de twee keer dat ze stierf op de verlostafel, veranderde mijn leven.'

Rowena houdt van u, had Phimie hem verteld toen ze even de gevolgen van haar beroerte onderdrukte om volledig helder te praten. *Beezil en Feezil zijn veilig bij haar.* Berichten van zijn omgekomen vrouw en kinderen die in een ander leven op hem wachtten. Dringend, zonder enige bedoeling van intimiteit, nam hij Celestina's handen in die van hem. 'Jarenlang bracht ik als gynaecoloog leven op de wereld, maar ik wist niet wat leven wás, begreep de betekenis er niet van, zelfs niet dat het een betekenis had. Voordat Rowena, Harry en Danny met dat vliegtuig neerstortten, was ik al... leeg. Toen ik ze kwijtraakte, was ik nog erger dan leeg. Celestina, vanbinnen was ik dood. Phimie gaf me hoop. Ik kan voor haar niets terugdoen, maar wel voor haar dochtertje en voor jou, als je me dat toestaat.'

Haar handen trilden in die van hem, en zijn handen beefden ook. Toen ze niet direct zijn genereuze aanbod aannam, zei hij: 'Mijn hele leven heb ik alleen maar geleefd om de dag door te komen. Eerst overleven. Daarna carrière, bezit. Huizen, investeringen, antiquiteiten... Daar is allemaal niets mis mee. Maar het vulde de leegte niet. Misschien dat ik op een dag terugkeer naar de geneeskunst. Maar dat is een hectisch bestaan, en op dit moment wil ik rust, kalmte, tijd om na te denken. Wat ik vanaf dit moment ook doe... ik wil dat mijn leven een doel krijgt, iets wat ik nooit eerder heb gekend. Begrijp je dat?'

'Ik ben zo opgevoed dat ik dat begrijp,' zei Celestina, en toen ze de kamer in keek, zag ze dat haar woorden haar moeder ontroerden.

'We zouden je morgen kunnen verhuizen,' stelde Lipscomb voor.
'Ik heb morgen les, en woensdag, maar donderdag niet.'
'Dan wordt het donderdag,' zei hij, duidelijk verheugd slechts een derde van de reële huur voor zijn flat te krijgen.
'Dank u, dokter Lipscomb. Ik hou bij wat u elke maand te kort komt en op een dag zal ik u terugbetalen.'
'Daar hebben we het nog wel over. En... noem me alsjeblieft Wally.'
Het lange, smalle gezicht van de arts, zijn begrafenisondernemersgezicht, zeer geschikt voor het uitdrukken van onuitsprekelijk verdriet, was niet het gezicht van een Wally. Een Wally hoorde een gezicht te hebben met sproeten, bolle wangen en een en al pret.
'Wally,' zei Celestina, zonder een moment te aarzelen, omdat ze plotseling iets van een Wally in zijn groene ogen zag, die levendiger stonden dan daarvoor.
Toen champagne, en twee boodschappentassen vol Armeens eten. *Sou beurek, mujadareh,* kip met rijst biryani, gevulde druivenbladeren, artisjokken met lamsvlees en rijst, *orouk, manti,* en nog meer. Na een baptistisch gebed (gezegd door Grace), zaten Wally en de drie dames White, met een vierde in hun gedachten, rond de formicatafel te eten, te lachen, te praten over kunst en genezing en kinderverzorging en het verleden en de toekomst, terwijl verderop, op Nob Hill, Neddy Gnathic in zijn smoking aan een gelakte zwarte piano zat en glasheldere tonen een chique ruimte in stuurde.

47

Nog steeds in zijn witte apothekersjas over een wit hemd en zwarte broek, doelbewust lopend door de straten van Bright Beach, onder de sombergrijze avondhemel die het als omslag van een griezelboek goed zou doen, begeleid door een dreigend ritme van door de wind geschudde palmtoppen boven zijn hoofd, keerde Paul Damascus huiswaarts van zijn werk.
Lopen maakte deel uit van een fitnessprogramma dat hij heel serieus nam. Nooit zou hij geroepen worden de wereld te redden, zoals de helden uit de pulpbladen die hij zo graag las; maar ook

hij droeg de last van niet te onderschatten verplichtingen die hij niet licht opnam. En daarom moest hij fit zijn.

In een zak van zijn jas stak de brief aan de eerwaarde Harrison White. Hij had de envelop nog niet gesloten omdat het in zijn bedoeling lag Perri, zijn vrouw, voor te lezen wat hij geschreven had en mogelijke verbeteringen van haar kant toe te voegen. In deze zaak zoals in alle zaken vond hij haar mening belangrijk.

Thuiskomen bij Perri maakte zijn dag. Ze waren elkaar tegengekomen op hun dertiende en getrouwd op hun tweeëntwintigste. In mei zouden ze drieëntwintig jaar getrouwd zijn.

Kinderen hadden ze niet. Zo had het moeten zijn. Om eerlijk te zijn betreurde Paul het gemis aan vaderschap niet. Omdat ze een gezin van twee vormden, voelden ze zich dichter betrokken bij elkaar dan als het lot hun kinderen had geschonken. En hij koesterde hun verbintenis.

Hun gezamenlijke avonden waren hem een zegen, al keken ze gewoonlijk alleen maar televisie of las hij haar voor. Ze hield ervan voorgelezen te worden: voornamelijk historische romans en soms detectives.

Tegen halftien was Perri meestal al in slaap gevallen, zelden later dan tien uur, terwijl Paul nooit voor middernacht of rond een uur naar bed ging. In die nachtelijke uren, bij de geruststellende ademhaling van zijn vrouw, keerde hij terug naar zijn pulpverhalen.

Die avond was er een goed televisieprogramma. *To Tell the Truth* om halfacht, en daarna kwam *I've Got a Secret*, *The Lucy Show* en *The Andy Griffith Show*. De nieuwe Lucy was niet zo goed als de oude; Paul en Perri misten Desi Arnaz en William Frawley.

Toen hij de hoek omsloeg naar Jasmine Way verheugde hij zich al om zijn huis in het zicht te krijgen. Het mocht dan weinig allure hebben – een gewoon huis in een straat – maar in de ogen van Paul had het meer grandeur dan Parijs, Londen en Rome tezamen. Steden die hij nooit te zien zou krijgen, een gemis dat hij ook nooit zou betreuren.

Zijn gelukzalige verwachting sloeg om in angst toen hij de ambulance aan de stoeprand zag staan. Op de oprit stond de Buick van Joshua Nunn, de huisarts.

De voordeur stond open. Paul haastte zich naar binnen.

In de hal zaten Hanna Rey en Nellie Oatis naast elkaar op de trap. Hanna, de huishoudster, was grijs en dik. Nellie, Perri's gezelschapsdame, had een zuster van Hanna kunnen zijn.

Hanna was zo aangedaan dat ze niet overeind kon komen.

Nellie vond de kracht om op te staan, maar eenmaal overeind was ze niet in staat iets te zeggen. Hoewel haar mond woorden vormde, liet haar stem haar in de steek.

Geschrokken van de niet mis te verstane uitdrukking op de gezichten van de vrouwen, was Paul blij toe dat Nellie tijdelijk met stomheid geslagen was. Hij dacht niet dat hij bestand zou zijn tegen het bericht dat zij hem had willen overbrengen.

Nellies genadige stilte duurde slechts totdat Hanna, behept met het vermogen tot spreken maar niet in staat om op te staan, zei: 'We hebben nog geprobeerd u te bereiken, meneer Damascus, maar u was al weg uit de apotheek.'

De schuifdeuren van de woonkamer stonden half open. Daarachter drongen stemmen zich aan Paul op.

De ruime woonkamer was gemeubileerd voor twee doeleinden: als een salon om vrienden te ontvangen, maar ook met twee bedden, want Paul en Perri sliepen elke nacht daar.

Jeff Dooley, een verpleger, stond pal achter de schuifdeuren. Hij greep Paul stevig bij de schouders en duwde hem verder.

Naar Perri's bed, een afstand van slechts een paar stappen, maar verder weg dan het ongeziene Parijs, ook verder weg dan het onbegeerde Rome. Het vloerkleed leek aan zijn voeten te kleven, zoals modder aan schoenen. De lucht vulde zijn longen als water, waardoor hij amper verder kon lopen.

Naast het bed keek Joshua Nunn, huisvriend en dokter, op toen Paul naderde. Hij kwam overeind alsof hij een loodzwaar juk torste.

Het hoofdeinde van het bed stond schuin omhoog en Perri lag op haar rug. Met gesloten ogen.

Tijdens de crisis was een wagentje met een zuurstoffles naar het bed gerold. Het zuurstofmasker lag naast haar op het kussen.

Meestal had ze geen extra zuurstof nodig. Vandaag, hoognodig, had het niet geholpen.

Het beademingstoestel dat Joshua moest hebben aangelegd lag nutteloos op het bed naast haar. Ze had het zelden nodig gehad en dan alleen 's nachts.

De eerste jaren van haar ziekte was ze langzaam de ijzeren long ontwend. Tot haar zeventiende had ze nog een beademingstoestel nodig gehad, maar langzamerhand was ze sterk genoeg geworden om zonder hulp te ademen.

'Het was haar hart,' zei Joshua Nunn.

Een groot hart had ze altijd al gehad. Toen ziekte haar lichaam uitmergelde, en haar broos achterliet, leek haar grote hart onaangedaan door haar lijden, groter dan het lichaam dat het bevatte. Polio, hoofdzakelijk een ziekte bij jonge kinderen, had haar twee weken voor haar vijftiende verjaardag, dertig jaar geleden, geveld. In zijn zorg voor Perri had Joshua de lakens teruggetrokken. De stof van de bleekgele pyjamabroek kon niet verhullen hoe verschrikkelijk uitgemergeld haar benen waren: twee staken.

De polio was bij haar zo ernstig geweest dat krukken nooit ter sprake waren gekomen. Revalidatie was zonder effect gebleven.

De mouwen van haar pyjamajasje waren omhooggetrokken en onthulden nog meer welk moorddadig kwaad de ziekte haar had aangedaan. De pezen van haar onbruikbare linkerarm waren verschrompeld; de ooit zo gracieuze hand verkrampt, alsof ze iets onzichtbaars vasthield, misschien wel de hoop die ze nooit had opgegeven.

Omdat ze zich had kunnen verheugen in een beperkt gebruik van haar rechterarm, was deze minder geslonken dan haar linker, alhoewel die ook niet helemaal normaal was. Paul trok die mouw van haar pyjama omlaag.

Liefdevol dekte hij het gehavende lichaam van zijn vrouw toe tot aan haar broze schouders. Maar haar rechterarm liet hij op de dekens liggen. Hij streek het teruggeslagen laken glad.

De ziekte had haar hart niet aangeraakt, evenmin als haar gezicht. Mooi was ze, en dat was ze altijd geweest.

Hij ging op de rand van het bed zitten en hield haar rechterhand vast. Ze was nog maar zo kortgeleden gestorven dat haar huid nog warm voelde.

Zonder een woord te zeggen trokken Joshua Nunn en de verpleger zich terug in de hal. De schuifdeuren gingen dicht.

Zoveel jaren samen en toch zo'n korte tijd...

Paul kon zich niet herinneren wanneer hij van haar was gaan houden. Zeker niet op het eerste gezicht. Maar wel voordat ze polio kreeg. Hij was geleidelijk van haar gaan houden. En toen zijn liefde eenmaal bloeide, ging die heel diep.

Het moment dat hij wist dat hij met haar wilde trouwen, stond hem nog goed bij: het was tijdens zijn eerste jaar op de universiteit, toen hij met Kerstmis naar huis was gekomen. Op school had hij haar elke dag gemist, en het moment dat hij haar terugzag, brak de spanning en voor het eerst sinds maanden voelde hij zich vredig.

Zij woonde toen nog bij haar ouders. Die hadden de eetkamer voor haar in een slaapkamer veranderd.

Toen Paul op bezoek kwam met een kerstcadeau, lag Perri in een rode Chinese pyjama in bed Jane Austen te lezen. Een slimme constructie van riemen, katrollen en gewichten hielp haar haar rechterarm soepeler te bewegen dan anders mogelijk zou zijn geweest. Het boek steunde op een leesplank, maar ze kon zelf de pagina's omslaan.

Hij hield haar die middag gezelschap en mocht blijven dineren. Hij at naast haar bed, terwijl hij haar ondertussen voerde. Hij zorgde ervoor dat ze gelijktijdig hun borden leeg hadden. Zoiets had hij nog nooit eerder gedaan, maar hij was er best handig in, of zij was dat geweest, en later herinnerde hij zich slechts het gesprek en niet de handelingen.

Toen hij haar in april daaropvolgend om haar hand vroeg, weigerde ze. 'Je bent een lieverd, Paul, maar je mag om mij je leven niet vergooien. Jij... jij bent een prachtig schip dat heel ver kan zeilen, naar sprookjesachtige landen, en ik zou alleen maar je anker zijn.'

'Een schip zonder anker komt nooit tot rust, dat is een speelbal van de golven,' antwoordde hij.

Ze wierp tegen dat haar zieke lichaam een man niets te bieden had, en evenmin de kracht bezat om een bruid te zijn.

'Je geest is nog steeds even boeiend,' zei hij. 'Je ziel nog steeds even prachtig. Hoor nou eens, Per, al vanaf dat we dertien zijn, ben ik nooit op de eerste plaats op je lichaam uit geweest. Maak jezelf niet wijs dat je lichaam zo onweerstaanbaar was voordat je polio kreeg.'

Openheid en stoere taal vond ze leuk, want te veel mensen gingen met haar om alsof haar geest net zo broos was als haar lichaam. Ze moest hard om hem lachen – maar weigerde hem even zo goed. Tien maanden later kreeg hij haar echt zo ver. Ze ging op zijn aanzoek in en ze spraken een datum af voor de trouwerij.

Die nacht, in tranen, vroeg ze hem of de verplichting die hij op zich genomen had, hem niet bang maakte.

Om de waarheid te zeggen, hij was doodsbang. Al ging zijn behoefte aan haar gezelschap zo diep dat het uit zijn merg leek te komen, maar iets in hem bleef zich verwonderen – en bleef huiveren – om zijn wens om haar te winnen.

Toch antwoordde hij die avond toen ze op zijn aanzoek was ingegaan en vroeg of hij niet bang was: 'Niet meer.'

Zijn verborgen angst nam af onder de litanie van hun geloftes. Hij wist bij de eerste kus van man en vrouw dat dit zijn lot was. Wat een groot avontuur hadden ze de afgelopen drieëntwintig jaar samen beleefd. Een avontuur waarop Doc Savage jaloers had kunnen zijn.

Zorg voor haar dragen in iedere betekenis van het woord had hem veel gelukkiger gemaakt dan hij anders geweest zou zijn – en deugdzamer ook.

En nu had ze hem niet meer nodig. Hij staarde naar haar gezicht, hield haar hand vast die al kouder werd; zijn anker was van hem losgemaakt, en hijzelf op drift geraakt.

48

Toen hij na de tweede nacht in de Sleepie Tyme Inne bij het aanbreken van de dag ontwaakte, voelde Junior zich uitgerust, verfrist – en meester over zijn darmen.

Hij wist niet wat hij denken moest van zijn huidige aandoening. Symptomen van voedselvergiftiging openbaren zich meestal binnen twee uur na de maaltijd. De afschuwelijke darmkrampen hadden hem zeker zes uur nadat hij had gegeten overvallen. Trouwens, als het voedselvergiftiging was, zou hij overgegeven hebben; maar hij had die neiging helemaal niet gehad.

Hij vermoedde dat het door zijn buitengewone gevoeligheid voor geweld, dood en verlies kwam. Eerder had het zich gemanifesteerd in explosieve braakneigingen, deze keer als een lozing van lagere regionen.

Dinsdagochtend, onder het douchen met een zwemmende kakkerlak die net zo uitbundig was als een golden retriever in het lauwwarme water van het motel, nam Junior zich voor nooit meer te doden. Behalve uit zelfverdediging.

Hij had die eed eerder afgelegd. Je zou kunnen zeggen dat hij die gebroken had.

Als hij Vanadium niet gedood had, zou de maniakale politieman hem ongetwijfeld van de wereld geblazen hebben. Dat was duidelijk een geval van zelfverdediging.

Hoe dan ook, alleen een oneerlijke of gedesillusioneerde man kon het doden van Victoria als zelfverdediging rechtvaardigen. Tot op zekere hoogte was hij gemotiveerd geweest door woede en passie, en daar wilde Junior best voor uitkomen.

In deze wereld, waar sociale acceptatie en financieel succes drijven op de stroom van oneerlijkheid, dacht Zedd dat je wel tot op zekere hoogte bedrog moest plegen om verder te komen. Maar je mocht nooit jezelf wat voorliegen, anders hield je niemand over die je kon vertrouwen.

Ditmaal nam hij zich plechtig voor nooit meer te doden, behalve uit zelfverdediging, *ongeacht de provocatie*. Deze strengere voorwaarde beviel hem. Je kon nu eenmaal geen beter mens worden door jezelf lagere normen te stellen.

Toen hij het douchegordijn opzijschoof en uit bad stapte, liet hij de kakkerlak levend en wel in de natte badkuip achter.

Voordat hij het motel verliet, liep Junior snel nog eens vierduizend namen in het telefoonboek na, op zoek naar Bartholomeus. De dag tevoren, veroordeeld tot zijn kamer, had hij zijn vijand gezocht tussen twaalfduizend andere namen. Bij elkaar had hij er nu veertigduizend gehad.

Weer in de auto, met niet meer bagage dan de doos van Caesar Zedd, koerste Junior zuidwaarts naar San Francisco. Het vooruitzicht van het stadsleven trok hem wel aan.

Zijn jaren in het slaperige Spruce Hills waren rijk geweest aan romantiek. Een gelukkig huwelijk en financieel succes. Maar wat aan het stadje ontbrak, was een intellectuele stimulans. Om echt tot leven te komen was meer nodig dan alleen maar de ervaring van lichamelijke genoegens; niet alleen maar een vol, emotioneel bestaan, maar ook een rijk leven van de geest.

Hij koos een route die hem door Marin County en over de Golden Gate Bridge voerde. De metropool, die hij nooit eerder had bezocht, verrees in al zijn grandeur op de heuvels boven de glinsterende baai.

Een glorieus uur lang volgde hij willekeurig en op zijn gevoel de straten van de stad, zich verbazend over de architectuur, de verbluffende vergezichten, de spannende roetsjbanen van de steil aflopende wegen. Al gauw was Junior even dronken van San Francisco als hij ooit van wijn was geweest.

Hier werden hem in overvloed intellectuele activiteiten en kansen op zelfontplooiing geboden; fantastische musea, kunstgalerieën, universiteiten, concertzalen, boekwinkels, bibliotheken, het Mount Hamilton-observatorium...

Hier in deze zelfde stad waren minder dan een jaar geleden in een toonaangevend etablissement de eerste topless danseressen op het toneel verschenen. Nu werd deze gedurfde kunstvorm al bedreven in vele grote steden in navolging van het avant-gardistische San Francisco. En Junior kon niet wachten zelf bij zo'n optreden aanwezig te mogen zijn, hier in de bakermat van de nieuwste dansvorm.

Tegen drie uur nam hij zijn intrek in een befaamd hotel op Nob Hill. Zijn kamer bood een weids uitzicht.

In een modieuze herenkledingzaak in de lobby schafte hij zich een aantal nieuwe pakken aan om zijn gestolen kleding te vervangen. Alles werd passend gemaakt en voor zes uur op zijn kamer afgeleverd.

Tegen zevenen genoot hij van een cocktail in de elegante lounge van het hotel. Een pianist in smoking speelde romantische muziek op niveau.

Verscheidene mooie vrouwen, in het gezelschap van andere mannen, flirtten heimelijk met Junior. Het object van begeerte te zijn was niet nieuw voor hem. Deze nacht echter was het hem te doen om slechts deze ene dame, San Francisco zelf, en hij wilde alleen met haar zijn.

Er kon in de lounge gegeten worden. Junior liet zich een superieure filet mignon serveren met een glas delicate Cabernet Sauvignon. Het enige kwade moment van de avond kwam toen de pianist 'Someone to watch over me' speelde.

Voor zijn geestesoog zag Junior een kwartje van knokkel naar knokkel gaan. En hij hoorde de monotone dreun van de maniakale politieman: *Er bestaat een mooi liedje van George en Ira Gershwin dat 'Someone to watch over me' heet. Iemand waakt over mij. Ken je dat, Enoch? Ik ben die iemand voor jou, maar natuurlijk niet in romantische zin.*

Toen Junior de melodie herkende schoot zijn vork lelijk uit. Zijn hart sloeg een slag over en het zweet stond hem plotseling in de handen.

Nu en dan hadden klanten wat papiergeld in een goudviskom boven op de piano laten vallen, bedoeld als tip voor de muzikant. Enkelen hadden om een verzoeknummer gevraagd.

Tot dan toe had Junior geen aandacht geschonken aan mensen die naar de pianist liepen – anders zou hem een zekere dikkerd in een goedkoop pak wel zijn opgevallen.

De waanzinnige vertegenwoordiger van de wet zat niet aan een van de tafels. Daar was Junior zeker van, want met een waarderend oog voor mooie vrouwen had hij meermalen een blik door de ruimte geworpen.

En hij had geen aandacht geschonken aan de gasten die achter hem aan de bar zaten. Nu draaide hij zich om op zijn stoel om die te bestuderen.

Een mannelijke vrouw. Verscheidene vrouwelijke mannen. Maar geen dikke gestalte die, zelfs niet in vermomming, de idiote politieman zou kunnen zijn.

Trage, diepe ademhaling. Traag. Diep. Een slokje wijn.

Vanadium was dood. Met tin neergeslagen en verdronken in een ondergelopen groeve. Voorgoed uit de weg.

De rechercheur was niet de enige in de wereld die een zwak had voor 'Someone to watch over me'. Iedereen in de lounge kon er om gevraagd hebben. Of misschien was het een vast nummer op het repertoire van de pianist.

Aan het eind van het lied voelde Junior zich beter. Zijn hart begon weer gewoon te kloppen. Het zweet op zijn handpalmen droogde.

Tegen de tijd dat hij crème brûlée als dessert bestelde, was hij in staat om zichzelf te lachen. Had hij soms verwacht een geest aan de bar te zien met een cocktail en een bordje gratis cashewnoten?

49

Woensdag, twee hele dagen nadat hij met Agnes de honing-rozijnen-perentaarten had bezorgd, kon Edom zichzelf ertoe brengen Jacob te bezoeken.

Al grensden hun woningen boven de garage aan elkaar, ze hadden ieder hun eigen trap. Ze betraden zo zelden elkaars domein dat ze net zo goed op honderd kilometer van elkaar hadden kunnen wonen. In Agnes' gezelschap waren Edom en Jacob gewoon broers, op hun gemak met elkaar. Maar met z'n tweeën, zonder Agnes, gedroegen ze zich nog stugger dan vreemden, want vreemden hebben geen gedeelde geschiedenis met elkaar te overbruggen.

Edom klopte aan, Jacob deed open.

Jacob stapte terug van de drempel, Edom stapte binnen.

Ze stonden niet echt pal tegenover elkaar. De deur bleef open.

Edom voelde zich weinig op zijn gemak in dit domein van een vreemde god. De god die zijn broer vreesde, was de mensheid, met alle duistere impulsen, met alle hoogmoed. Edom, aan de andere kant, vreesde de Natuur, wier gramschap zo groot kon zijn dat ze op een dag alles zou vernietigen, als ze het hele universum zou samenpersen tot een keutel van materie, niet groter dan een erwt.

Voor Edom was de mensheid duidelijk niet de grootste van deze twee destructieve krachten. Man en vrouw maakten deel uit van de natuur, waren er niet boven verheven, en vandaar dat hun kwaad slechts een bewijs te meer was van de kwalijke bedoelingen van de natuur. Daar hadden ze het al jarenlang niet meer over, omdat geen van beiden enig geloof hechtte aan het dogma van de ander.

Edom vertelde Jacob beknopt van zijn bezoek aan Obadja, de magiër met de verminkte handen. Toen zei hij: 'Toen we weggingen, volgde ik Agnes, en Obadja hield me tegen en zei: "Je geheim is veilig bij mij."'

'Welk geheim?' vroeg Jacob, fronsend neerkijkend op Edoms schoenen.

'Ik dacht dat jij dat zou weten,' zei Edom, zijn blik gericht op de kraag van Jacobs groene flanellen hemd.

'Hoe zou ik dat weten?'

'Het kwam in me op dat hij mij voor jou heeft aangezien.'

'Waarom zou hij dat doen?' Jacob keek fronsend naar Edoms borstzak.

'We lijken een beetje op elkaar,' antwoordde Edom die zijn blik verplaatste naar Jacobs linkeroor.

'We zijn identieke tweelingen, maar ik ben jou niet en jij bent mij niet.'

'Dat is duidelijk voor ons, maar niet altijd voor de anderen. Dit moet een paar jaar geleden gebeurd zijn.'

'Wát moet een paar jaar geleden gebeurd zijn?'

'Dat je Obadja tegenkwam.'

'Heeft hij gezegd dat ik hem tegenkwam?' vroeg Jacob langs Edom turend naar het heldere zonlicht achter de open deur.

'Zoals ik al zei, hij kan mij voor jou hebben aangezien,' antwoordde Edom die zijn blik niet kon losmaken van de keurig geordende naslagwerken in de boekenkast.

'Is hij in de war of zoiets?'

'Nee, hij heeft ze allemaal op een rijtje.'

'Stel dat hij gek is, zou hij je dan voor een lang geleden verloren broer aanzien, of zoiets?'

'Hij is niet gek.'

'Als je tegen hem doordraafde over aardbevingen, tornado's, uitbarstende vulkanen en zo meer, hoe kan hij jou dan voor mij hebben aangezien?'

'Ik draaf niet door. Trouwens, Agnes was al die tijd aan het woord.' Weer zijn aandacht richtend op zijn eigen schoenen zei Jacob: 'Nou en...? Wat moet ik daarvan maken?'

'Ken je hem?' vroeg Edom met een verlangende blik naar de open deur. 'Obadja Sepharad?'

'Aangezien ik de afgelopen twintig jaar hier binnen heb gezeten, en aangezien ik geen auto heb, hoe zou ik een zwarte goochelaar zijn tegengekomen?'

'Nou, goed dan.'

Toen Edom over de drempel stapte, naar buiten, naar de overloop boven aan de trap, volgde Jacob hem, zijn geloof verkondigend: 'Kerstmis 1940, St. Anselmo's Weeshuis, San Francisco. Joseph Krepp vermoordde elf jongens, tussen de zes en elf jaar oud... Vermoordde ze in hun slaap en sneed uit ieder van hen een aparte trofee – een oog hier, een tong daar.'

'Elf?' vroeg Edom, niet onder de indruk.

'Van 1604 tot 1610 martelde en vermoordde Erzebet Bathory, zuster van de Poolse koning, met behulp van haar bedienden, zeshonderd meisjes. Ze beet ze dood, dronk hun bloed, vilde hun gezichten, verminkte hun geslachtsdelen en trok zich niets aan van hun jammerklachten.'

Terwijl hij de trap afdaalde, zei Edom: 'De 18de september 1906 werd Hongkong getroffen door een tyfoon. Meer dan tienduizend mensen stierven. De wind ging er zo ongelooflijk hard tekeer, dat honderden mensen werden gedood door scherpe stukken afval – houtsplinters, puntige staven, spijkers, glasscherven – die als kogels op hen afgeschoten werden. Een man werd getroffen door een weggeblazen scherf van een urn uit de Han-dynastie, die zijn gezicht doorboorde, zijn schedel binnendrong en vast kwam te zitten in zijn hersenen.'

Toen Edom beneden aan de trap stond, hoorde hij boven zich de deur dichtgaan.

Jacob hield iets voor hem verborgen. Voor hij over Joseph Krepp begon, waren al zijn antwoorden eigenlijk vragen geweest. Zoals hij altijd bij voorkeur iedere conversatie vermeed waarbij hij zich ongemakkelijk voelde.

Terugkerend in zijn eigen woning moest Edom onder de takken van de majestueuze eik door die het grote erf domineerde, tussen het huis en de garage.

Met gebogen hoofd, alsof zijn bezoek aan Jacob hem terneerdrukte, hield hij zijn aandacht bij de grond. Anders zou hij niet stilgestaan hebben bij de raadselachtige en prachtige patronen van zonlicht en schaduw waarop hij zijn voeten zette.

Dit was een Californische eik, zelfs in de winter groen, al had hij nu minder bladeren dan in een warmer seizoen. Het ingewikkelde patroon van takken die allemaal hun schaduw op hem wierpen leek op een delicaat en vloeiend net dat over een mozaïek van zonverlicht gras lag. En iets in dat patroon raakte hem opeens, trof hem, ontroerde hem. Deed hem iets. Hij had het gevoel dat hij balanceerde op de rand van een overweldigend inzicht.

Toen keek hij op naar de massieve takken boven zijn hoofd en zijn stemming sloeg om: het gevoel van dagend inzicht week voor de angst dat zo'n enorme tak zou kunnen afbreken, en op hem neerkomen met het gewicht van een ton, of dat de Grote Klap nu zou komen en de hele eik zou ontwortelen.

Edom vluchtte terug naar zijn woning.

50

Nadat hij de hele woensdag de toerist had uitgehangen, ging Junior op donderdag op zoek naar een geschikte woning. Ondanks zijn nieuwe rijkdom was hij niet van plan voor lange tijd een hotel te betalen.

Momenteel waren de huren erg hoog. De eerste dag van zoeken sloot hij af met de vaststelling dat hij zelfs voor een eenvoudig onderkomen meer zou moeten betalen dan hij verwacht had.

Donderdagavond, zijn derde dag in het hotel, keerde hij terug in de lobby voor een drankje en een biefstuk. Dezelfde muzikant in smoking zat aan de piano.

Junior was op zijn hoede. Hij hield iedereen in de gaten die in de buurt van de piano kwam, of ze nu wel of niet geld in de goudviskom lieten vallen.

Toen de pianist op een zeker moment 'Someone to watch over me' begon te spelen, leek hij dat niet te doen op verzoek van een gast, aangezien hij eerst nog andere nummers had gespeeld na de laatste tip. Het liedje behoorde dus toch tot zijn vaste repertoire.

Uit Junior week het laatste restje spanning. Het verbaasde hem een beetje dat hij zich nog steeds zorgen had gemaakt over het liedje.

De rest van de maaltijd zette hij het verleden uit zijn hoofd om zich alleen nog met de toekomst bezig te houden. Tot...

Toen Junior de maaltijd afsloot met een cognac, hield de pianist een pauze en was alleen het geroezemoes van de gasten hoorbaar. Zodat hij zelfs aan zijn tafeltje het gedempte overgaan van de bartelefoon kon horen.

Het getemperde elektronische rinkelen had dezelfde toon als de telefoon in Vanadiums benauwde eenkamerflat, de afgelopen zondagavond. Op slag keerde Junior terug naar dat moment in de tijd. Het antwoordapparaat.

Voor zijn geestesoog verscheen het apparaat met ongewone scherpte. Dat merkwaardige ding boven op het bekraste verweerde vurenhouten bureaublad.

In werkelijkheid was het een alledaags voorwerp, gewoon een vierkant ding. In zijn herinnering had het iets onheilspellends, beladen met de dreiging van een atoombom.

Hij had naar de boodschap geluisterd en er niets van begrepen, het niet van belang geacht.

Opeens begon het hem te dagen dat het bericht hem net zo zeer aanging als wanneer Naomi vanuit haar graf de rechercheur had gebeld om een belastende verklaring af te leggen.

Die drukke avond, met Vanadiums lijk in de Studebaker en dat van Victoria in haar huis wachtend op een vurige vernietiging, was Junior te zeer afgeleid geweest om het belang van de boodschap te onderkennen. Nu bleef het hem kwellen vanuit een donkere nis in zijn onderbewustzijn.

Caesar Zedd leert dat elke ervaring in ons leven, tot de kleinste en simpelste toe, in ons geheugen bewaard blijft, met inbegrip van het meest onbeduidende gesprek dat we ooit hebben moeten voeren met de grootste domkop die we zijn tegengekomen. Daarom had hij een boek geschreven waarin hij waarschuwde tegen dommen en dwazen en hoe je van zulke mensen af moest komen, vol strategieën waarmee we hen uit ons leven kunnen bannen, tot moord aan toe, waaraan hij ironisch de voorkeur gaf.

Al predikt Zedd dat men moet leven in de toekomst, toch erkent hij de noodzaak van een volledig besef van het verleden als het absoluut nodig is. Een van zijn favoriete technieken om herinneringen los te schudden wanneer het onbewuste ze koppig vast blijft houden, is het nemen van een ijskoude douche waarbij je ijs tegen je genitaliën drukt, totdat je je de gewenste feiten herinnert, of onderkoeld raakt.

In de luxe lounge van het elegante hotel moest Junior wel gebruik maken van een van Zedds andere technieken – plus nog een cognac – om uit zijn onbewuste de naam van de beller op het antwoordapparaat naar boven te halen. Max. De beller had gezegd: *Met Max*.

En nu de boodschap... Iets over een ziekenhuis. Iemand ging dood. Een hersenbloeding.

Terwijl Junior probeerde zich nog meer details te herinneren, keerde de pianist terug. Het eerste nummer dat hij speelde was van de Beatles, 'I Want to Hold Your Hand', bewerkt in zo'n traag tempo dat het aangename muziek was voor slaapwandelaars. Deze invasie van Engelse popmuziek, hoe vermomd ook, leek voor Junior een signaal dat hij gaan moest.

Eenmaal terug in zijn hotelkamer raadpleegde hij Vanadiums zakagenda die hij bewaard had. Daar stond een Max in. Max Bellini. Het adres was in San Francisco.

Dat was niet zo best. Hij had gedacht dat alles wat met Thomas Vanadium te maken had tot het verleden behoorde. En nu was hier opeens deze onverwachte schakel met San Francisco, waar Junior een nieuw leven wilde opbouwen.

Er stonden twee telefoonnummers bij Bellini's adres. Het eerste onder *werk*, het tweede onder *thuis*.

Junior keek op zijn horloge. Negen uur.

Wat Bellini ook voor werk mocht doen, hij zou op dit tijdstip waarschijnlijk wel thuis zijn.

Toch besloot Junior het nummer van Bellini's werk eerst te bellen in de hoop op een bandje iets over zijn werktijden te horen. Als hij achter de naam van Bellini's firma kon komen, zou dat weleens nuttig kunnen zijn. Al was het maar om te weten wat de man voor werk deed. Hoe meer Junior over Bellini te weten kwam voordat hij hem thuis belde, hoe beter.

De telefoon ging drie keer over. Een norse mannenstem zei: 'Moordzaken.'

Heel even dacht Junior dat het een beschuldiging was.

'Hallo?' zei de man aan de andere kant van de lijn.

'Met wie... Met wie spreek ik?' informeerde Junior.

'Hoofdbureau van politie. Moordzaken.'

'Sorry. Verkeerd verbonden.'

Hij hing op en trok zijn hand snel terug van de telefoon alsof hij zich gebrand had.

Hoofdbureau van politie.

De kans was groot dat Bellini een rechercheur was, net als Vanadium. Hem thuis opbellen leek niet zo'n goed idee.

Nu was het van groot belang dat Junior zich ieder woord zou herinneren van het bericht dat Bellini aan zijn verre collega in Oregon had doorgegeven. Maar de rest van de boodschap bleef hem ontglippen.

Het kwam goed uit dat het kamermeisje wanneer ze 's avonds het bed de dekens terugsloeg en een pepermuntje in cellofaan op het kussen legde, ook de koeler met ijs vulde. Bekkentrekkend bij het vooruitzicht wat hem te wachten stond, droeg hij de koeler naar de badkamer.

Hij kleedde zich uit, draaide de koude kraan open, en stapte onder de douche. Hij hield het even vol, in de hoop dat de schok sterk genoeg zou zijn om de vereiste herinneringen op te wekken. Mooi niet.

Aarzelend, maar met de overgave die iedere gelovige in het geloof moet hebben, graaide Junior een handvol ijsblokjes uit de koeler en drukte die tegen de warmste plek van zijn lijf.

Een paar huiveringwekkende minuten later, hevig rillend en jammerend van zelfmedelijden, maar nog verre van flauwvallen, herinnerde hij zich de rest van het bericht op het antwoordapparaat. *Arme meid... hersenbloeding... baby leeft nog.*

Hij draaide de kraan dicht, stapte onder de douche vandaan, droogde zich stevig af, deed twee onderbroeken aan, stapte in bed en trok de dekens op tot aan zijn kin. En begon te piekeren.

Vanadium op het kerkhof, met een witte roos in zijn hand, lopend langs de grafstenen om stil te staan naast Junior bij Naomi's graf. Junior had hem gevraagd voor wiens begrafenis hij was gekomen. *De dochter van een vriend. Verkeersongeluk in San Francisco, zeggen ze. Ze was nog jonger dan Naomi.*

De vriend bleek dominee White te zijn. Zijn dochter – Seraphim. Blijkbaar had Vanadium vermoed dat de doodsoorzaak geen verkeersongeluk was geweest, en had hij daarom Max Bellini gebeld om de zaak te onderzoeken.

Seraphim was dood... maar de baby leefde nog.

Een doodeenvoudig rekensommetje leerde Junior dat Seraphims zwangerschap het gevolg was van hun heftige samenzijn in de pastorie, onder begeleiding van de stem van haar vader op de band die zijn preek voorbereidde.

Die lieve Naomi was omgekomen terwijl ze zijn baby droeg. Seraphim was heengegaan terwijl ze zijn baby baarde.

Een groot gevoel van trots verwarmde Juniors verkilde testikels. Hij was een viriele man, die zich op zijn zaad kon verlaten. Dit was geen verrassing voor hem. Niettemin deed zo'n overduidelijke bevestiging hem goed.

Wat afdeed aan zijn opgetogenheid was het besef dat bloed als bewijs kon dienen in een rechtszaak. De autoriteiten waren in staat geweest hem te identificeren als de vader van Naomi's overleden baby. Als ze dat verdacht vonden en de zaak onderzochten, dan zouden ze er weleens achter kunnen komen dat hij ook de vader van Seraphims kind was.

Blijkbaar had de domineesdochter Junior niet genoemd en hem evenmin van verkrachting beschuldigd voor zij was bezweken. Anders had hij nu allang in de cel gezeten. En nu het meisje dood was, konden zelfs laboratoriumtesten, al zouden die Juniors vaderschap bewijzen, geen grond vormen voor vervolging.

Het gevaar dat hij voorvoelde, moest uit een andere hoek komen. Verder piekeren bracht hem op een gedachte. Geschrokken ging hij rechtop in bed zitten.

Nog geen twee weken daarvoor had Junior, in het ziekenhuis van Spruce Hills, zich op een vreemde manier aangetrokken gevoeld door de couveuseafdeling. Hij was gebiologeerd geraakt door de aanblik van de pasgeborenen, en had een golf van angst gevoeld die hem compleet dreigde mee te sleuren. Door een of ander extra zintuig had hij beseft dat de geheimzinnige Bartholomeus iets van doen had met baby's.

Nu sloeg Junior de dekens terug en sprong uit bed. In zijn twee onderbroeken ijsbeerde hij rusteloos door de hotelkamer.

Misschien zou hij niet tot deze slotsom zijn gekomen als hij geen bewonderaar van Caesar Zedd was geweest. Zedd leert ons immers dat de maatschappij ons er al te vaak toe brengt om bepaalde inzichten als onlogisch, of zelfs als paranoïde, af te doen. En dat terwijl zulke inzichten eigenlijk ingegeven worden door onze dierlijke instincten en dichter de pure waarheid benaderen dan we ooit zelf kunnen beseffen.

Bartholomeus had niet alleen iets te doen met baby's. Bartholomeus wás een baby.

Seraphim White was naar Californië gekomen om hem geboren te laten worden zonder haar ouders – en hun parochie – te schande te maken.

Door uit Spruce Hills weg te gaan, had Junior gedacht afstand te scheppen tussen hem en zijn raadselachtige vijand, tijd te winnen om het telefoonboek te bestuderen en zijn zoektocht te vervolgen. In plaats daarvan was hij in het hol van de leeuw terechtgekomen. Baby's van ongetrouwde moeders – en speciaal van dode ongetrouwde moeders, en nog meer van dode ongetrouwde moeders wier vaders dominee waren en als de dood voor maatschappelijke afkeuring – werden gewoonlijk ter adoptie aangeboden. Gezien Seraphim in San Francisco haar baby had gekregen, zou deze – als dat nog niet gebeurd was – geadopteerd worden door een familie in deze stad.

Al ijsberend door de hotelkamer, sloeg Juniors angst om in woede. Het enige dat hij wilde, was met rust gelaten worden, de kans te krijgen zich als persoon te ontwikkelen, de mogelijkheid zichzelf te verbeteren. En nu dít weer. Hoe oneerlijk, hoe onrechtvaardig. Het gevoel dat ze altijd hem moesten hebben, bracht zijn woede tot een kookpunt.

Zijn gezond verstand zei hem dat een baby, van nog geen twee weken oud, geen serieuze bedreiging kon vormen voor een volwassen man.

Junior was niet ongevoelig voor gezonde logica, maar in dit geval onderkende hij de superieure wijsheid van Zedds filosofie. Zijn angst voor Bartholomeus en zijn instinctieve vijandigheid jegens een kind dat hij niet kende, waren buiten proporties en gingen verder dan simpele paranoia; dus moesten die gevoelens wel uit een puur, onfeilbaar instinct voortkomen.

De baby Bartholomeus bevond zich hier in San Francisco. Hij moest gevonden worden. Hij moest opgeruimd worden.

Tegen de tijd dat Junior een plan had uitgewerkt om het kind te vinden, was hij zo door woede verhit dat hij begon te zweten en een van zijn onderbroeken uittrok.

51

De doodgravers hadden weinig moeite met het gewicht van Perri's door polio uitgemergelde lichaam. De predikant bad voor haar ziel, haar vrienden rouwden om haar en de aarde ontving haar.

Paul Damascus kreeg veel uitnodigingen om te komen eten. Niemand vond dat hij alleen mocht zijn op zo'n moeilijke avond.

Toch bleef hij liever alleen. Het medeleven van zijn vrienden kon hij niet verdragen omdat het hem er voortdurend aan herinnerde dat Perri er niet meer was.

Van de kerk naar de begraafplaats was Paul meegereden met Hanna, zijn huishoudster, en nu verkoos hij naar huis te wandelen. De afstand tussen Perri's nieuwe bed en het oude was maar vijf kilometer; en het was mooi weer.

Niet langer had het zin om aan lichaamsbeweging te doen. Drieëntwintig jaar lang had hij zijn gezondheid in de gaten gehouden vanwege zijn verantwoordelijkheden, maar alle verantwoordelijkheden die er iets toe deden, waren van hem afgenomen.

Lopen in plaats van rijden, was nu meer een kwestie van gewoonte, en als hij te voet ging, duurde het langer voordat hij thuis was, het huis dat vreemd was geworden, waarin ieder geluid dat hij maakte, klonk als een echo in een spelonk.

Toen het begon te schemeren en de schemering overging in de nacht, drong het tot hem door dat hij Bright Beach al weer uit was en over de snelweg langs de kust had gelopen tot aan het volgende dorp. Zo'n vijftien kilometer.

Hij kon zich de wandeling amper herinneren.

Dat vond hij helemaal niet vreemd. Onder de vele dingen die er niet meer toe deden, vielen de begrippen van afstand en tijd.

Hij keerde om, liep terug naar Bright Beach en ging naar huis.

Het huis was leeg, stil. Hanna was er alleen overdag. Nellie Oats, Perri's gezelschapsdame, had hier niets meer te doen.

De woonkamer deed niet langer dienst als slaapkamer. Perri's ziekenhuisbed was weggehaald. Pauls bed was naar boven verhuisd, waar hij de afgelopen drie dagen had geprobeerd te slapen.

Hij ging naar boven en trok zijn donkerblauwe pak en zijn gehavende zwarte schoenen uit.

Op zijn nachtkastje vond hij een envelop die Hanna daar blijkbaar had achtergelaten nadat ze die uit zijn apothekersjas had gehaald voordat ze die naar de wasserij had gebracht. De envelop bevatte de brief over Agnes Lampion die Paul had geschreven aan dominee White in Oregon.

Hij had nooit de kans gekregen de brief aan Perri voor te lezen of van haar oordeel te profiteren. Nu hij neerkeek op zijn eigen precieze handschrift, leken de woorden hem dom, ontoereikend, verward toe.

Hoewel hij overwoog de brief te verscheuren en weg te gooien, wist hij dat zijn waarneming troebel werd door droefenis en het geschrevene er mogelijk beter uit zou zien als hij het terugzag in een minder sombere stemming. Hij deed de brief terug in de envelop en legde die in de la van zijn nachtkastje.

In de la bevond zich ook een pistool dat hij ter zelfverdediging had aangeschaft. Hij staarde ernaar, en overwoog of hij naar beneden zou gaan om een boterham te maken of zelfmoord te plegen.

Paul pakte het pistool uit de la. Het wapen voelde niet zo goed aan in zijn hand als altijd het geval was bij pulphelden.

Hij vreesde dat zelfmoord hem in de Hel zou doen belanden, en hij wist dat schuldeloze Perri niet daar in die onderwereld op hem zou wachten.

Zich vastklampend aan een wanhopig verlangen naar een uiteindelijke hereniging legde hij het pistool terug, ging naar de keuken en maakte voor zichzelf een boterham: kaastosti met piccalilly.

52

Privé-detective Nolly Wulfstan had de tanden van een god en een gezicht zo rampzalig, dat het een overtuigend bewijs was tegen het bestaan van de voorzienigheid.

Wit als de winter van de vikingen was dit schitterende gebit, en zo recht als de randen van Wodans verheven tafel, een machtig gesloten geheel. Fabelachtige snijtanden, voorkiezen stonden voorbeeldig in het gelid tussen hoektanden en kiezen.

Voordat Junior fysiotherapeut werd, had hij overwogen tandheelkunde te gaan studeren Omdat hij de stank van slechte adem en rottend tandvlees niet kon verdragen, had hij daarvan afgezien. Maar een uitzonderlijk goed gebit als dit kon hij nog steeds waarderen.

Nolly's tandvlees was ook kerngezond: stevig, roze en nauwsluitend om iedere tand.

Deze briljante mondvol was niet het werk van de natuur alleen. Met het geld dat Nolly voor zo'n lach had neergelegd, had een steenrijke tandarts een maîtresse tijdens haar beste jaren met juwelen kunnen overladen.

Helaas, deze stralende lach benadrukte slechts door het contrast de jammerlijke tekortkomingen van het gezicht waartoe het behoorde. Lomp, pokdalig, wrattig, met een eeuwige blauwe schaduw van baardstoppels, viel aan dit uiterlijk zelfs door de beste plastische chirurgen ter wereld geen eer te behalen, ongetwijfeld de reden waarom Nolly zijn geld uitsluitend besteedde aan zijn gebit.

Vijf dagen daarvoor had Junior Simon Magusson in Spruce Hills gebeld voor een vertrouwelijk advies, ervan uitgaand dat een gewetenloze jurist een wel minstens zo gewetenloze privé-detective zou kennen, zelfs over de grens. Blijkbaar bestond er zoiets als een Broederschap der Foeilelijken, waarvan de leden elkaar werk toeschoven. Magusson – met zijn te grote hoofd, te kleine oren en uitpuilende ogen – had Junior naar Nolly Wulfstan verwezen.

Gebogen over zijn bureau, samenzweerderig naar voren leunend, zijn varkensogen glinsterend als die van een menseneter die zijn favoriete recept voor het koken van kinderen bespreekt, zei Nolly: 'Ik heb kans gezien uw vermoedens te bevestigen.'

Junior had de speurneus vier dagen eerder benaderd met een zakelijk voorstel dat respectabeler detectives zenuwachtig zou maken. Hij wilde weten of Seraphim White eerder die maand in een ziekenhuis in San Francisco was bevallen, en waar de baby zich zou kunnen bevinden. Aangezien hij niet bereid was uit de doeken te doen in welke relatie hij tot Seraphim stond en hij weigerde een smoes te bedenken omdat hij ervan uitging dat iedere zichzelf respecterende detective die meteen zou doorzien, moest zijn belangstelling voor deze baby onvermijdelijk verdacht overkomen.

'Mejuffrouw White werd 5 januari jongstleden in Sint Mary's opgenomen,' deelde Nolly mee, 'met een gevaarlijk hoge bloeddruk als gevolg van haar zwangerschap.'

Zodra hij het pand gezien had waarin Nolly zijn kantoor had – een oud bakstenen gebouw van drie verdiepingen, met op de benedenverdieping een sjofele striptent – wist Junior dat hij bij de juiste soort speurder beland was. Het kantoor van de detective bevond zich boven in het trappenhuis, zes smalle trappen op – geen lift – aan het eind van een sombere gang met versleten linoleum en muren vol vlekken waarvan je de oorsprong maar beter niet kon weten. Het rook er naar goedkope ontsmettingsmiddelen, sigaretten, verschaald bier en vervlogen hoop.

'In de vroege ochtend van 7 januari,' vervolgde Nolly, 'stierf juffrouw White tijdens de bevalling, zoals u al begrepen had.'

Aan het kantoor van de speurder – voorzien van een minuscuul wachtkamertje – ontbrak een secretaresse, maar niet één soort ongedierte.

Gezeten in de bezoekersstoel, tegenover Nolly aan zijn bureau vol brandplekken, dacht Junior het geritsel van kleine knaagdierenpootjes te horen en het knabbelen aan papier in de roestige dossierkasten. Herhaaldelijk wreef hij over zijn nek en zijn enkels ervan overtuigd dat hij belaagd werd door insecten.

'De baby,' vertelde Nolly, 'is bij een katholieke instelling ter adoptie aangeboden.'

'Ze is protestants.'

'Ja, maar het is een katholiek ziekenhuis, en die mogelijkheid wordt alle ongehuwde moeders geboden, ongeacht hun geloof.'

'Waar is het kind nu?'

Als Nolly zuchtte en zijn voorhoofd fronste, leek zijn lompe gezicht van zijn schedel te glijden, als griesmeel van een lepel. 'Meneer Cain, hoezeer het me ook spijt, ik ben bang dat ik de helft van het honorarium dat ik van u heb ontvangen, terug zal moeten geven.'

'Hè? Waarom?'

'De wet verbiedt het openbaar maken van adoptiegegevens, en daar wordt zo nauwlettend op toegezien, dat het makkelijker is om aan een complete lijst van agenten van de CIA te komen dan deze baby te vinden.'

'Maar u hebt toch de kans gehad de dossiers van het ziekenhuis in te zien...'

'Nee, de informatie die ik u heb gegeven komt van de lijkschouwer. Maar zelfs als ik kans zou zien de archieven van St. Mary's in te kijken, zou ik er niet achter kunnen komen waar de instantie deze baby heeft geplaatst.'

Omdat hij een dergelijk probleem voorzien had, haalde Junior een stapel krakend nieuwe biljetten van honderd dollar uit zijn binnenzak. De wikkel zat er nog omheen met het stempel $ 10.000. Junior legde het geld op het bureau. 'Zorg dan dat u die archieven kunt inzien.'

De detective staarde net zo verlangend naar het geld als een smulpaap naar een pudding, net zo begerig als een sater naar een blote blondine. 'Onmogelijk, die lieden zijn veel te integer. U kunt me net zo goed vragen naar het Buckingham Palace te gaan en de onderbroek van de Queen voor u te stelen.'

Junior leunde naar voren en schoof de bankbiljetten over het bureau naar de detective. 'Dit is nog lang niet alles.'

Nolly schudde zijn hoofd waardoor een leger van wratten en levervlekken op zijn hangwangen in beweging kwam. 'Vraag het iedereen die als kind geadopteerd werd en als volwassene achter de naam van zijn ouders heeft willen komen. Dat is nog moeilijker dan een goederentrein met je tanden uit het ravijn te trekken.'

Jij hebt daar de tanden voor, dacht Junior, maar hij weerhield zich ervan dat te zeggen. 'Het kan toch zo niet doodlopen?'

'Dat doet het wel.' Uit een lade van zijn bureau haalde Nolly een envelop die hij boven op het geld legde. 'Ik geef u vijfhonderd van uw duizend terug.' Hij duwde de hele stapel naar Junior toe.

'Waarom hebt u niet van tevoren gezegd dat het onmogelijk was?'

De detective haalde zijn schouders op. 'Die meid kon haar baby in een derderangs ziekenhuis gekregen hebben waar ze de regels niet zo strikt naleven. Of het kind kon ter adoptie aangeboden zijn door iemand die het alleen om het geld te doen was. Dan hadden we de kans gehad meer aan de weet te komen. Maar zo gauw ik erachter kwam dat het St. Mary's betrof, wist ik dat we het wel konden schudden.'

'Als er dossiers van bestaan, moet je erbij kunnen komen.'

'Ik ben geen inbreker, meneer Cain. Voor geen geld ter wereld riskeer ik de bajes. Zelfs als je hun dossiers kunt stelen, kom je er waarschijnlijk achter dat de identiteit van die baby gecodeerd is. En waar blijf je zonder de code?'

'Dit is hoogst inadequaat,' sprak Junior die zich het woord herinnerde uit zijn cursus taalverbetering zonder dat hij daarvoor ijsblokjes tegen zijn genitaliën hoefde te drukken.

'Wat zegt u?' sprak de detective die, uitgezonderd zijn tanden, niet aan zelfverbetering deed.

'Ontoereikend,' verklaarde Junior.

'Ik snap wat u bedoelt. Meneer Cain, ik zou nooit zo'n klauw geld aan mij voorbij laten gaan als er een manier bestond het te verdienen.'

Hoe schitterend ook, de glimlach van de detective bleef melancholiek. Wat bewees dat hij oprecht was waar het de opsporing van Seraphims baby betrof.

Toen Junior over het gebarsten linoleum van de gang liep en de zes trappen naar de straat afdaalde, ontdekte hij dat er een dunne motregen viel. Het werd donkerder, zelfs nu hij zijn gezicht hemelwaarts keerde. En de koude, druipnatte stad die ergens in zijn stenen ingewanden Bartholomeus verborg, liet zich niet langer als een bakermat van cultuur en verfijning aanzien, maar als een streng, vervaarlijk rijk, een kant die hij nooit eerder had gezien. Vergeleken daarbij zag de striptent – met zijn gloed van neonlicht, zijn fonkeling van vele lampjes – er warm en gezellig uit, uitnodigend. Het uithangbord beloofde topless dansers. Al bevond Junior zich al langer dan een week in San Francisco, deze vorm van avant-gar- dekunst had hij nog niet beproefd.

Hij kwam in de verleiding naar binnen te gaan.

Enig probleem: Nolly Wulfstan, Quasimodo zonder bochel, zou waarschijnlijk na zijn werk deze geschikte gelegenheid aandoen voor een paar biertjes. Want dit moest stellig de enige manier zijn waarop hij ook maar in de buurt van een beetje aantrekkelijke vrouw kon komen. De detective zou weleens kunnen denken dat hij en Junior daar om dezelfde reden kwamen – om zich te verga- pen aan halfnaakte vrouwen en genoeg indrukken van deinende borsten op te doen om hen de nacht door te helpen – en hij zou niet kunnen begrijpen dat het Junior alleen om de dans te doen was, de intellectuele ontroering die het ervaren van een nieuw cul- tuurverschijnsel met zich meebracht.

Op vele manieren gefrustreerd haastte Junior zich terug naar de parkeerplaats waar hij zijn nieuwe Chevrolet Impala convertible achtergelaten had. Deze kersenrode wagen zag er zelfs in de regen nog mooier uit dan gepoetst en wel in de showroom.

Alle schittering en kracht en comfort ten spijt, kon de auto hem niet in een betere stemming brengen terwijl hij door de stad reed. Ergens in deze donkerglanzende straten, in deze huizen en op de- ze aan aardbevingen onderhevige heuvels en dalen, ging de jongen schuil: halfzwart, halfblank, noodlot van Junior Cain.

53

Nolly voelde zich een beetje voor gek lopen, in de hoofdstraten van North Beach onder een witte paraplu met rode stippen. Maar hij bleef droog, en voor Nolly telden praktische overwegingen al- tijd zwaarder dan die van mode en stijl.

Een verstrooide klant had het ding een halfjaar geleden in zijn kan- toor laten staan. Anders zou Nolly helemaal geen paraplu gehad hebben.

Hij was best een goede detective, maar de besognes van het dagelijkse leven in acht genomen, was hij niet zo georganiseerd als hij wel zou willen. Hij dacht er nooit aan zijn versleten sokken te laten stoppen en ooit had hij bijna een jaar lang een hoed gedragen met een kogelgat erin, voordat hij ertoe kwam een nieuwe te kopen.

Niet veel mannen droegen hoeden tegenwoordig. Vanaf zijn tienerjaren gaf Nolly de voorkeur aan een bolhoed met een smalle rand. San Francisco kon vaak kil zijn, en al jong begon hij haar te verliezen. De kogel was afgevuurd door een gesjeesde smeris die als schutter al net zo in de fout ging als hij deed als politieman. Hij had op Nolly's kruis gemikt.

Dat was tien jaar geleden, de eerste en meteen laatste keer dat iemand op Nolly schoot. Het echte werk van een privé-detective had niets van doen met de mooie vertoning die ze er in films en boeken van maakten. Dit beroep kende weinig risico's en veel saaie dagen, zolang je maar de juiste klussen aannam – wat inhield dat je uit de buurt bleef van klanten als Enoch Cain.

Vier straten van zijn kantoor verwijderd, in een chiquere buurt, bereikte Nolly het Tollman Building. Het was gebouwd in de jaren dertig in art-decostijl. Voor publiek toegankelijke gedeelten waren geplaveid met nepmarmer en er waren muurschilderingen die het machinetijdperk verheerlijkten.

De suite van dr. Klerkle bevond zich op de vierde etage, waar de deur halfopen stond. Het was na kantoortijd en de kleine wachtkamer was verlaten.

Op de wachtkamer kwamen drie even bescheiden kamers uit. Twee ervan waren volledig ingericht als tandartspraktijk, en de derde diende als benauwd kantoortje voor de tandarts en de assistente.

Was Kathleen Klerkle een man geweest, dan zou ze het genoegen gesmaakt kunnen hebben van een grotere praktijkruimte in een beter gebouw, in een chiquer deel van de stad. Ze had meer aandacht en respect voor haar patiënten dan alle mannelijke tandartsen die Nolly ooit gekend had, maar vrouwen hadden te kampen met vooroordelen bij hun werk.

Terwijl Nolly zijn regenjas en zijn bolhoed in de gang aan de kapstok hing, verscheen Kathleen Klerkle in de deuropening van de voorste behandelkamer. 'Klaar voor de marteling?'

'Niks menselijks is me vreemd.'

Hij nam plaats op de stoel zonder te aarzelen.

'Als ik weinig verdoving gebruik,' zei ze, 'is die tegen etenstijd uitgewerkt.'

'Hoe vind je het om getuige te zijn van zo'n historisch moment?'
'Lindberghs landing in Frankrijk was niets hierbij vergeleken.'
Ze verwijderde een noodkroon van de tweede kies in de linker-
onderkaak en verving die door de porseleinen kroon die 's ochtends door het lab was afgeleverd.
Nolly mocht graag naar haar handen kijken terwijl ze bezig was.
Die waren tenger, sierlijk, de handen van een meisje.
Hij mocht ook graag haar gezicht zien. Ze gebruikte geen make-
up en droeg haar bruine haar strak naar achteren in een knot. Je
zou kunnen zeggen dat ze iets weg had van een muis, maar het
enige muizige dat Nolly aan haar zag, was het kokette puntje van
haar wipneus dat haar iets snoezigs gaf.
Na afloop gaf ze hem een spiegel zodat hij het resultaat van haar
werk kon bewonderen.
Na een behandeling van vijf jaar, waarin ze Nolly's pijngrens nooit
overschreden had, was Kathleen erin geslaagd het werk van de natuur te verbeteren en Nolly een perfect gebit en een buitengewone lach te geven. Die laatste kies was de kroon op het werk.
Ze maakte haar haar los en kamde het uit. En Nolly nam haar
mee uit eten in hun favoriete restaurant. Chique en met een hemels uitzicht. Ze waren daar zo vaak geweest dat de gerant hen
bij de naam kende, en de kelner ook.
Nolly was, zoals altijd, gewoon 'Nolly' voor iedereen, maar Kathleen heette hier 'mevrouw Wulfstan'.
Ze bestelden martini's, en toen Kathleen over het menu haar echtgenoot raadpleegde, stelde hij voor: 'Oesters?'
'Ja, die zul je nodig hebben.' Haar lachje deed helemaal niet meer
aan een muis denken.
Terwijl ze van hun ijskoude martini's genoten, informeerde ze naar
Nolly's klant, en kreeg te horen: 'Hij vloog erin. Die zie ik niet
meer terug.'
Het adoptiedossier van Seraphim Whites baby was niet geheim,
want de voogdij van het kind lag bij de familie.
'En als hij erachter komt?' vroeg Kathleen bezorgd.
'Dan zal hij denken dat ik een onhandige detective ben.'
'En als hij zijn vijfhonderd komt terugvragen?'
'Dan kan hij die krijgen.'
Het licht van een kandelaar weerkaatste in een donker glas. Voor
Nolly leek Kathleens gezicht in dit schemerlicht nog stralender dan
de vlam van de kaars.
Een gedeelde belangstelling voor stijldansen had geresulteerd in

hun kennismaking toen ieder van hen een nieuwe partner zocht voor een foxtrot- en swingwedstrijd. Nolly zat al vijf jaar op dansles toen hij Kathleen ontmoette.

'Heeft die griezel eindelijk gezegd waarom hij die baby wil vinden?'

'Nee. Maar ik ben er zeker van dat het kind maar beter niet door zo'n type gevonden kan worden.'

'Hoe weet hij zo zeker dat het een jongetje is?' vroeg ze.

'Al sla je me dood. Ik heb in ieder geval niets losgelaten. Hoe minder hij weet, hoe beter. Ik heb geen idee waar het hem om gaat, maar als je zijn spoor zou moeten volgen, zou je op zoek moeten gaan naar gespleten hoeven.'

'Pas wel op, Sherlock.'

'Ik ben niet bang voor hem,' zei Nolly.

'Dat ben je voor niemand. Maar een goede bolhoed is niet goedkoop.'

'Hij bood me tienduizend om bij de katholieke voogdijraad in te breken.'

'Dan heb je zeker gezegd dat het gangbare tarief twintig is?'

Later, thuis in bed, nadat Nolly de kwaliteit van de oesters bewezen had, lagen ze hand in hand. Na een kameraadschappelijke stilte, zei hij: 'Ik kan het maar niet begrijpen.'

'Wat niet?'

'Dat jij met mij bent.'

'Je bent lief, menselijk, sterk.'

'Is dat genoeg?'

'Dom mannetje.'

'Die Cain ziet eruit als een filmster.'

'Heeft hij een goed gebit?' vroeg ze.

'Goed, niet volmaakt.'

'Zoen me dan maar, meneer Volmaakt.'

54

Iedere moeder vindt haar baby de allermooiste, en dat blijft ze vinden, zelfs al wordt ze honderd en is haar kind door de last van tachtig zware jaren getekend.

Iedere moeder gelooft ook dat haar baby slimmer is dan andere baby's. Hoe betreurenswaardig dat ze daar later door de keuzes van haar kind vaak op terug zal moeten komen, wat ze nooit zal doen als het om zijn uiterlijk gaat.

De eerste vijf jaar van Barty's bestaan werd Agnes' geloof in zijn buitengewone intelligentie alleen maar bevestigd door de vorderingen die hij maakte. Aan het eind van de tweede maand lachen baby's meestal terug als er tegen ze wordt gelachen. En in hun vierde maand lachen ze uit zichzelf. Barty lachte vaak, al in zijn tweede wéék. Veel baby's van drie maanden kunnen hardop lachen, maar Barty deed dat al toen hij zes weken was.

Niet pas in zijn vijfde maand, maar al in zijn derde lukte het hem klinkers en medeklinkers te combineren: 'Ba-ba-ba, ga-ga-ga, la-la-la, ka-ka-ka.'

Tegen het eind van de vierde maand, in plaats van in de zevende, riep hij: 'Mama,' en hij wist duidelijk wat dat betekende. Hij herhaalde het als hij haar aandacht wilde trekken.

Met vijf maanden, in plaats van acht, was hij in staat kiekeboe te spelen, en met zes maanden kon hij, als hij zich aan iets vasthield, overeind komen.

Als je Agnes mocht geloven, kende hij negentien woorden toen hij pas elf maanden oud was, terwijl zelfs een voorlijk kind er meestal hoogstens maar drie of vier kent.

Het eerste woord dat hij na 'mama' kon zeggen, was 'papa', dat ze hem leerde aan de hand van foto's van Joey. Zijn derde woord was: 'taart'.

Edom noemde hij 'E-bom'. Maria werd 'Me-ah'.

Toen Bartholomeus voor het eerst 'Kay-jub' zei en daarbij zijn handje naar zijn oom uitstak, begon Jacob tot verrassing van Agnes te huilen van blijdschap.

Na tien maanden waggelde Barty en na elf maanden liep hij goed. Twaalf maanden oud was hij zindelijk, en telkens als hij op zijn felgekleurde potje moest, verkondigde hij trots en herhaaldelijk aan iedereen: 'Bartie pottie.'

Op 1 januari 1966, vijf dagen voor Barty's eerste verjaardag, trof Agnes hem in de box aan, terwijl hij op een ongewone manier met zijn tenen speelde. Dat was geen simpel, willekeurig spelletje meer. Hij nam de kleine teen van zijn linkervoet stevig tussen duim en wijsvinger, en kneep vervolgens in elke teen tot aan de grote teen. Daarna verschoof hij zijn aandacht naar zijn rechtervoet, waar hij bij de grote teen begon en systematisch omlaag werkte naar de kleine teen.

Al die tijd zag Barty er ernstig en bedachtzaam uit. Toen hij bij de laatste teen was, bleef hij er met gefronst voorhoofd naar staren. Hij hield een hand voor zijn gezicht en bestudeerde de vingers. Vervolgens de andere hand.

Hij kneep in al zijn tenen, op precies dezelfde manier als daarvoor. En toen nog eens een voor een.

Agnes kreeg de krankzinnige indruk dat hij zijn tenen telde, terwijl hij natuurlijk nog geen notie van getallen kon hebben.

'Schatje,' zei ze, gehurkt voor de spijlen van de box, 'wat doe je daar?'

Hij lachte en hield zijn voet omhoog.

'Dat zijn je teentjes,' zei ze.

'Teentjes,' herhaalde hij onmiddellijk met zijn lieve tinkelstemmetje. Hij had er weer een nieuw woord bijgeleerd.

Tussen de spijlen van de box door kietelde Agnes de roze teentjes van zijn linkervoet. 'Teentjes.'

Barty giechelde. 'Teentjes,' herhaalde hij.

'Je bent een slimmerdje, Barty.'

Hij wees naar zijn voeten. 'Teentjes, teentjes, teentjes, teentjes, teentjes, teentjes, teentjes, teentjes, teentjes, teentjes.'

'Een slimmerdje, maar nog geen briljante prater.'

Hij hield een hand omhoog en bewoog de vingers, en zei: 'Teentjes, teentjes, teentjes, teentjes, teentjes.'

'Vingertjes,' verbeterde ze.

'Teentjes, teentjes, teentjes, teentjes, teentjes.'

'Nou, je zult het wel beter weten.'

Vijf dagen later, op Barty's verjaardag, waren Agnes en Edom in de keuken bezig met het voorbereiden van de bezoekjes die Agnes de liefkozende bijnaam van Taartenvrouwtje hadden bezorgd. En Barty zat in zijn kinderstoel een in de melk gedoopte vanillewafel te eten. Iedere keer dat er een kruimel viel, plukte het jongetje die op en stak hem keurig in zijn mond.

Naast elkaar op de keukentafel stonden druiven-appeltaarten. De hoog opbollende deklagen met diepe insnijdingen hadden de donkergouden kleur van kostbare munten.

Barty wees naar de tafel. 'Taart, taart, taart, taart, taart, taart, taart, taart.'

'Niet voor jou,' wees Agnes hem terecht. 'Die van jou staat in de koelkast.'

'Taart, taart, taart, taart, taart, taart, taart, taart,' herhaalde Bar-

ty op dezelf verrukte toon waarmee hij altijd 'Bartie pottie' zei.
'We beginnen de dag niet met taart,' zei Agnes. 'Wacht maar tot na het avondeten.'
Met zijn vingertje naar de tafel wijzend bij iedere herhaling van het woord, hield Barty vrolijk vol: 'Taart, taart, taart, taart, taart, taart, taart, taart.'
Edom vergat de kruidenierswaren die hij aan het inpakken was. Hij keek fronsend naar de uitgestalde taarten en zei: 'Je zou denken…'
Agnes keek haar broer even aan. 'Wat denken?'
'Niet dat het kan,' zei Edom.
'Taart, taart, taart, taart, taart, taart, taart, taart.'
Edom pakte twee taarten van de tafel en zette die naast de oven op het aanrecht.
Barty volgde met zijn blik wat zijn oom deed en keek toen weer naar de tafel. 'Taart, taart, taart, taart, taart, taart.'
Weer haalde Edom twee taarten van de tafel weg.
Vier keer met zijn vingertje naar de tafel wijzend, sprak Barty: 'Taart, taart, taart, taart.'
Met bevende handen en knikkende knieën haalde Agnes nog twee taarten weg.
Barty priemde een wijsvingertje naar de twee overgebleven lekkernijen en zei: 'Taart, taart.'
Agnes zette de twee taarten weer terug.
'Taart, taart, taart, taart.' Barty lachte tegen haar.
Verbluft staarde Agnes naar haar baby. De brok in haar keel die haar het spreken belette, werd daar deels door trots gevormd, deels door verbijstering en deels door angst, al wist ze niet meteen waarom die verbazende voorlijkheid haar beangstigen zou.
Een, twee, drie, vier – Edom zette alle overgebleven taarten weg. Hij wees naar Barty en toen naar de lege tafel.
Barty zuchtte teleurgesteld. 'Niette taart.'
'Ach, lieve hemel,' zei Agnes.
'Nog een jaar,' zei Edom, 'en Barty kan het autorijden van me overnemen.'
Agnes besefte opeens dat haar angst veroorzaakt werd door haar vaders talloze malen uitgesproken overtuiging dat iedere poging om ergens in uit te blinken een zonde was die ooit streng gestraft zou worden. Alles wat leuk was, was zondig in zijn ogen, en ieder die zelfs maar naar iets leuks op zoek was, zag hij als een zondaar; maar zij die wensten anderen te amuseren, waren de ergste zondaars, want zij handelden uit trots, streefden uit te blinken en God

te evenaren in hun zucht naar glorie. Acteurs, muzikanten, zangers, schrijvers waren verdoemd door hun creaties, waarmee ze in hun zelfverheerlijking de Schepper probeerden te evenaren. Ergens in uit willen blinken was eigenlijk een teken van een verdorven ziel, of je nou erkend wilde worden als een meestertimmerman of als topautomonteur of als kweker van bekroonde rozen. In haar vaders ogen was talent niet een gift van God maar van de duivel, bedoeld om ons af te houden van gebed, boete en plicht.

Natuurlijk zou er zonder talent geen beschaving zijn geweest, geen vooruitgang, geen vreugde; en het verraste Agnes dan ook, dat deze scherpe uitingen van haar vaders levensopvatting zo diep in haar onbewuste zaten vastgehaakt, en haar zoveel onnodige last bezorgden. Ze had gedacht dat ze allang van zijn invloed bevrijd was. Als haar prachtige zoon een wonderkind zou blijken, zou ze God daarvoor op haar knieën danken en alles doen om hem te helpen zijn doel te bereiken.

Ze liep naar de tafel toe en veegde met haar hand over het blad, als om te benadrukken dat dat leeg was.

Barty volgde met zijn blik de bewegingen van haar hand, keek haar aan, aarzelde en vroeg toen: 'Niette taart?'

'Zo is het,' zei ze en knikte hem toe.

Stralend door haar lach, riep het kind: 'Niette taart!'

'Niette taart,' beaamde Agnes. Ze nam zijn hoofdje tussen haar twee handen en bedekte zijn lieve gezichtje met kussen.

55

Voor Amerikanen van Chinese afkomst – en daar zijn er velen van in San Francisco – was 1965 het Jaar van de Slang. Maar voor Junior Cain was het het Jaar van het Pistool, al liet het zich aanvankelijk niet zo aanzien.

Zijn eerste jaar in San Francisco was een jaar vol gebeurtenissen voor het land en de wereld. Winston Churchill, onbetwist de grootste man van de eeuw, stierf. De Verenigde Staten voerden de eerste luchtaanvallen op Noord-Vietnam uit en Lyndon Johnson verhoogde het aantal manschappen dat hij die oorlog in stuurde tot honderdvijftigduizend man. Een Russische astronaut was de eerste die een ruimtewandeling maakte vanuit een ruimteschip. In Watts waren heftige rassenrellen die vijf dagen duurden. De Voting Rights Act werd in 1965 wettelijk bekrachtigd. Sandy Koufax, een pitcher van de Dodgers uit Los Angeles, gooide een perfecte wedstrijd waarin geen enkele slagman het eerste honk bereikte. T.S. Eliot overleed en Junior kocht een van de boeken van de dichter via de Boekenclub. Andere beroemdheden stierven: Stan Laurel, Nat King Cole, Le Corbusier, Albert Schweitzer, Somerset Maugham... Indira Gandhi werd de eerste vrouwelijke premier van India en het onbegrijpelijke en irritante succes van de Beatles bleef maar doorgaan.

Afgezien van de aanschaf van het boek van T.S. Eliot, dat hij nog niet gelezen had, was Junior zich slechts zijdelings bewust van de gebeurtenissen, omdat deze, goed beschouwd, van het nu waren, terwijl hij zich juist altijd wilde richten op de toekomst. Het dagelijkse nieuws was voor hem slechts vage achtergrondmuziek, als een liedje op de radio in een andere flat.

Hij woonde hoog op Russian Hill in een witgekalkt gebouw met gebeeldhouwde Victoriaanse versieringen. Zijn tweekamerwoning bevatte een grote keuken met een eethoek en een ruime woonkamer met ramen die uitzagen op de kronkelende Lombard Street.

Junior had een vage herinnering aan het Spartaanse interieur van het huis van Thomas Vanadium, en hij richtte zijn woning in met de stijl van de rechercheur in zijn achterhoofd. Het meubilair bleef tot het minimum beperkt, maar het was nieuw en van betere kwaliteit dat die rommel in het huis van Vanadium: sierlijk, modern, Deens – notenhout en ongebleekte linnen bekleding.

De muren waren leeg. De enige kunst in die kamer was een sculptuur. Junior volgde een voortgezette universitaire opleiding in kunstgeschiedenis en liep bijna dagelijks de talloze galerieën van de stad af, voortdurend zijn kennis verdiepend en verfijnend. Hij was van plan pas een collectie aan te leggen als zijn kennis van kunst net zo groot was als die van welke directeur van welk museum in de stad ook.

Het kunstwerk dat hij had gekocht, was van de hand van Bavol Poriferan, een jonge kunstenaar uit Bay Area, over wiens kwaliteiten de kunstkenners uit het hele land het met elkaar eens waren: hij was voorbestemd voor een lange en grootse carrière. De sculptuur had meer dan negenduizend dollar gekost, een enorme uitgave voor een man die moest leven van het inkomen uit zijn moeizaam vergaarde en verstandig geïnvesteerde kapitaal, maar de aanwezigheid van de sculptuur moest hem in de ogen van echte kenners onderscheiden als iemand met een goede smaak en fijnzinnig inzicht.

Het bijna twee meter hoge beeld stelde een naakte vrouw voor, gesmeed uit metaalresten die voor een deel verroest of aangevreten waren. De voeten bestonden uit tandwielen, variërend in grootte, en het verbogen metaal van afgedankte slagersmessen. Zuigers, pijpen en prikkeldraad vormden haar benen. Ze had een boezem: borsten van gedeukte soepketels, de tepels kurkentrekkers. Harkerige handen waren zedig over de misvormde borsten gekruist. In het gezicht, dat bestond uit gebogen vorken en de bladen van een ventilator, gaapten lege, zwarte oogkassen in een woest en afschuwwekkend lijden, en de wijdopen mond schreeuwde de wereld een stil maar onmiskenbaar verwijt toe.

Af en toe kwam Junior thuis na een dag galeries aflopen of een avond in een restaurant en dan joeg de IJzeren Vrouw hem de stuipen op het lijf. Meer dan eens gaf hij een schreeuw van schrik voordat hij zich realiseerde dat het alleen maar zijn onvolprezen Poriferan was.

Ontwakend uit een boze droom dacht hij soms het schrapen van haar tandwielvoeten te horen. Het snerpende scharnieren van gebarsten, roestige, ijzeren gewrichten, het ratelen van harkerige vingers over elkaar.

Gewoonlijk bleef hij stil liggen, gespannen luisterend, tot de stilte hem ervan overtuigde dat hij die geluiden alleen maar in zijn droom gehoord had en niet in het echt. Als de stilte hem niet kon geruststellen, ging hij de woonkamer in, slechts om erachter te komen dat ze nog steeds stond waar ze moest staan, haar schrootgezicht verwrongen in een geluidloze schreeuw.

Dat is natuurlijk de bedoeling van kunst: je te verontrusten, je onbehagelijk te maken met jezelf en wantrouwig jegens de wereld, je gevoel voor de werkelijkheid te ondermijnen, zodat je al het vertrouwde herzien moet. De beste kunst moet je emotioneel door elkaar schudden, je verstand op hol doen slaan, je lichamelijk ziek achterlaten, je vervullen met afschuw voor al die culturele tradities die ons verstikken en onderdompelen in een zee van algemeenheden. Zoveel had Junior wel geleerd van zijn cursus kunstgeschiedenis.

Begin mei zocht hij zelfverbetering door op Franse les te gaan. De taal van de liefde.

In juni kocht hij een pistool.

Hij was niet van plan er iemand mee dood te schieten.

Inderdaad zou hij in de rest van 1965 niemand meer vermoorden.

Het niet-fatale schietincident in september zou betreurenswaardig, heel slordig en pijnlijk zijn – maar onvermijdelijk en bedoeld om zo weinig mogelijk schade toe te brengen.

Maar eerder, begin juli, stopte hij met Franse les. Dat kon je geen taal noemen. Alleen al de uitspraak. Belachelijke zinsconstructies. Bovendien bleek niet één mooie vrouw die hij had ontmoet Frans te spreken of onder de indruk te zijn van zijn Frans.

In augustus kreeg hij belangstelling voor meditatie. Hij begon met concentratiemeditatie – de techniek genaamd 'kernmeditatie' – waarbij je je ogen sluit, je een bepaald voorwerp voorstelt en je geest voor de rest leegmaakt.

Zijn leermeester, Bob Chicane – die twee keer per week een uur langskwam – raadde hem aan een volmaakte vrucht te kiezen als object voor zijn meditatie. Een appel, een sinaasappel, een druif, wat dan ook.

Daar kon Junior niks mee. Als hij zich een vrucht voorstelde – appel, perzik, banaan – dwaalden zijn gedachten vreemd genoeg naar seks af. Hij raakte opgewonden, en daarmee was de kans op een lege geest verkeken.

Uiteindelijk koos hij voor het beeld van een kegel als zijn 'kern'. Dat was een glad, elegant gevormd object waarover hij lang kon nadenken zonder dat het zijn libido in beroering bracht.

Op dinsdag 7 september ging Junior, na een halfuur in de lotushouding te hebben gezeten, zonder ergens anders aan te denken dan aan een witte kegel met twee zwarte banden en het getal 1 erop geschilderd, tegen elf uur naar bed en zette zijn wekker op 3 uur 's morgens, met de bedoeling het pistool tegen zichzelf te gebruiken. Hij sliep goed, werd verkwikt wakker en gooide de dekens van zich af.

Op zijn nachtkastje wachtte een glas met water op een onderzetter en een apotheekfles met zware pijnstillers. Die had hij indertijd gestolen uit de medicijnkast toen hij nog in het revalidatiecentrum werkte. Een deel ervan had hij verkocht; deze had hij bewaard.

Hij nam een pil met een slok water. Hij zette het flesje terug op het nachtkastje.

Rechtop zittend in bed wachtte hij de werking van het medicijn af terwijl hij zijn favoriete, aangestreepte passages in Zedds *De wereld ben jij* las. Het boek bevatte een briljant en gedurfd betoog dat egoïsme de meest misverstane menselijke drijfveer was, moreel, rationeel en moedig.

De pijnstiller bevatte geen morfine en hij werd er niet slaperig of zelfs maar suf van. Na veertig minuten was hij er evengoed zeker van dat het middel zijn werk gedaan had en hij legde het boek opzij. Het pistool lag op zijn nachtkastje, geladen en wel.

Op blote voeten in zijn donkerblauwe zijden pyjama ging hij door de vertrekken om de lichten aan te doen in een weloverwogen patroon, waarover hij lang had nagedacht.

Uit de keuken haalde hij een schone theedoek en nam die mee naar een bureautje met een marmeren bovenblad. Hij ging bij de telefoon zitten. Eerder had hij daar met een pen gezeten om een boodschappenlijstje te maken. Nu, in plaats van met een pen, zat hij daar met zijn Italiaanse .22-pistool.

Na nog eens overwogen te hebben wat hij moest zeggen, raapte hij al zijn moed bij elkaar en belde het alarmnummer.

Toen de politiecentrale opnam begon Junior te gillen: 'Ze hebben op me geschoten! Jezus! Geschoten! Help me, een ziekenwagen! O, o, o, o, verdomme! Kom toch!' De telefoniste probeerde hem te kalmeren, maar hij bleef hysterisch. Tussen kreten van voorgewende pijn door gaf hij stamelend zijn naam, adres en telefoonnummer door.

Ze zei hem aan de lijn te blijven, wat er ook gebeurde, zei hem tegen haar te blijven praten, en hij hing op.

Hij schoof zijn stoel dichter naar het bureau en leunde naar voren met het pistool in beide handen.

Tien, twintig, bijna dertig seconden later rinkelde de telefoon.

Bij de derde keer overgaan schoot Junior de grote teen van zijn linkervoet eraf.

Jeminee.

Het schot klonk luider – en het deed minder pijn – dan hij had verwacht. Boem-boem, boem-boem. De explosie echode heen en terug onder het hoge plafond.

Hij liet het pistool vallen. Toen de telefoon voor de zevende keer overging, pakte hij de hoorn op.

Ervan overtuigd dat het de politiecentrale was, schreeuwde Junior het uit van pijn, waarbij hij zich afvroeg of hij wel overtuigend genoeg klonk, want dit had hij niet kunnen instuderen. Maar toen, pijnstiller of niet, werd zijn schreeuwen meer dan echt.

Wanhopig snikkend liet hij de hoorn op het bureaublad vallen en reikte naar de theedoek. Die bond hij stevig om de verbrijzelde stomp om het bloeden te stelpen.

Zijn afgeschoten teen lag elders in de kamer op de witte tegels. De teen stond stijf overeind met een glanzende nagel, alsof de vloer sneeuw was en de teen het enige dat van een lichaam onder de sneeuw uitstak.

Hij kreeg het gevoel dat hij flauw zou vallen.

Meer dan drieëntwintig jaar had hij weinig aandacht aan zijn grote teen geschonken, die voor lief genomen, behandeld met schandelijke onverschilligheid. En nu leek dit nederige lichaamsdeel ineens kostbaar, een naar verhouding klein stompje vlees, maar net zo belangrijk voor zijn zelfbeeld als zijn neus of een van zijn ogen.

Duisternis besloop hem in de hoeken van zijn blikveld.

Duizelig viel hij uit de stoel en belandde op de vloer.

Hij zag kans de theedoek om zijn voet te houden, al werd die donkerrood en walgelijk drabbig.

Hij mocht niet flauwvallen, dat kon hij niet riskeren.

De nasleep was niet van belang. Het ging alleen om de actie. Sla geen acht op de bus vol nonnen, vermorzeld op de rails, maar blijf bij de voortrazende trein, blijf in beweging, kijk vooruit, altijd vooruit.

Tot dan toe had deze instelling altijd bij hem gewerkt. Maar geen acht slaan op de nasleep lukte niet zo best als het je eigen arme, afgeschoten teen betrof. Ja, zo'n arme, verbrijzelde, afgeschoten teen viel oneindig veel moeilijker te negeren dan zo'n bus vol dode nonnen.

Vechtend om bij kennis te blijven, dwong Junior zichzelf om in de toekomst te kijken, in de toekomst te léven, los van het nutteloze verleden en het ingewikkelde heden, maar hij kon niet zover in de toekomst reiken dat hij de pijn achter zich liet.

Hij dacht de schrapende, snerpende, knerpende sluiptred van de IJzeren Vrouw weer te horen. In de woonkamer. Nu in de gang. Naderend.

Doordat hij onbeheerst bleef hijgen en snikken, kon Junior niet goed uitmaken of de geluiden van het naderbij sluipende beeld echt of niet echt waren. Hij wist dat het verbeelding moest zijn, maar het vóélde niet als verbeelding.

Buiten zichzelf kroop hij over de vloer tot hij om de hoek kon kijken. Door zijn tranen heen verwachtte hij een spookachtige schaduw in de gang te zien opdagen, gevolgd door het creatuur zelf, knarsend met haar vorken van tanden, de kurkentrekkers van haar tepels ronddraaiend.

De deurbel ging.

De politie. Die stomme politie. Aanbellen terwijl ze wisten dat je neergeschoten was. Verdomme nog aan toe, aanbellen terwijl hij hulpeloos op de grond lag, ten prooi aan de IJzeren Vrouw, zijn teen aan de andere kant van de keuken, aanbellen terwijl hij genoeg bloed verloor om een heel ziekenhuis van een transfusie te voorzien. Die klootzakken verwachtten blijkbaar dat hij opendeed met een serveerblad vol thee en koekjes en nog wat papieren parasolletjes toe.

'Trap de deur in!' schreeuwde hij.

Junior had de deur op slot gedaan, want anders zou het lijken alsof hij hun komst verwacht had en dat zou maar verdacht zijn, en ze wantrouwig kunnen maken over de hele toestand.

'Trap die verdomde deur in!'

Nadat die stomme hufters hun krant uitgelezen hadden, of een paar sigaretten hadden gerookt, trapten ze eindelijk de deur in. Dat was nog eens drama: het versplinteren van hout, de klap.

Daar waren ze dan, met getrokken pistolen, op alles voorbereid. Andere uniformen, maar toch deden ze hem aan de smerissen in Oregon denken, indertijd aan de voet van brandtoren. Dezelfde smoelen: met priemende ogen, achterdochtig.

Als Vanadium tussen deze mannen zou verschijnen, zou Junior niet alleen over zijn nek gaan, maar zelfs zijn eigen ingewanden uitspuwen, tot de laatste toe, en daarna al zijn botten uitkotsen, tot alleen zijn huid overbleef.

'Ik dacht dat ik een inbreker hoorde,' kreunde Junior, maar hij was wel zo wijs om niet met het hele verhaal ineens te komen, want dat zou klinken alsof hij een lesje uit zijn hoofd had geleerd.

Na de politie, die zich door het hele huis verspreidde, kwamen algauw de ambulancebroeders, zodat Junior de theedoek los kon laten.

Binnen een paar minuten kwam een van de agenten terug en hurkte tussen de bezige verplegers naast hem neer.

'Geen inbreker te bekennen.'

'Ik dácht er een te horen.'

'Niks van inbraak te zien.'

Met een vertrokken gezicht kon Junior slechts uitbrengen: 'Ongeluk.'

De smeris pakte het .22-pistool op met behulp van een pen zodat hij geen vingerafdrukken zou uitwissen.

'Van mij,' zei Junior met een knikje naar het pistool.

Opgetrokken wenkbrauwen accentueerden de vraag: 'Je schoot op jezelf?'

Junior probeerde aangeslagen te klinken. 'Dacht dat ik iets hoorde. Ging zoeken.'

'Je schoot jezelf in je voet?'

'Ja,' zei Junior, en hij had er haast *stomme debiel* aan toegevoegd. 'Hoe kan dat?'

'Zenuwen,' zei hij, en hij gaf een schreeuw toen een van de verplegers zich ontpopte als een vermomde sadist.

Nog twee agenten kwamen binnen, klaar met het doorzoeken van het huis. Ze zagen er geamuseerd uit.

Junior had ze allemaal overhoop willen schieten, maar hij zei: 'Neem maar mee. Hou het maar. Neem het alsjeblieft mee.'

'Uw pistool?' vroeg de gehurkte politieman.

'Uit mijn ogen ermee. Ik haat pistolen. Verdomme, wat doet het pijn.'

Toen per ambulance naar het ziekenhuis. Rechtstreeks naar de operatietafel. En voor de rest, goddank, een tijdje bewusteloosheid.

De verplegers hadden zijn afgeschoten teen in een plastic koelkastdoosje uit zijn eigen keuken meegenomen. Dat zou Junior nooit meer voor een restje soep gebruiken.

Hoe vakkundig ze ook waren, de chirurgen zagen geen kans de versplinterde teen weer aan zijn voet te zetten. Daar was de schade aan bot, zenuwen en bloedvaten te groot voor.

De stomp werd dichtgenaaid en Junior was de grote teen aan zijn linkervoet voorgoed kwijt. Hij mocht al blij zijn met dit resultaat, want het succesvol aanzetten zou een ramp zijn geweest.

Vrijdagochtend, 10 september, bijna achtenveertig uur na het schietincident, voelde Junior zich goed en in een opperbeste stemming.

Welgemoed tekende hij het politieformulier waarbij hij afstand deed van het pistool dat hij eind juni had gekocht.

Het beleid van het stadsbestuur was om alle in beslag genomen wapens om te smelten tot ploegijzers of xylofoons of de verbindingen van een oosterse waterpijp.

Donderdag 23 september, ten gevolge van Juniors ongeluk en operatie, had de dienstplichtcommissie – die hem weer volledig oproepbaar had verklaard, na de vrijstelling die hij had gekregen als revalidatietherapeut – ermee ingestemd hem in december een herkeuring te geven.

Gezien de bescherming die hij erdoor zou krijgen in een wereld vol oorlogsstokers, zag Junior het verlies van de teen, hoe tragisch ook, als een noodzakelijke verminking. Tegen de artsen en het verplegend personeel maakte hij grappen over verminkingen en trok bij dit alles een dapper gezicht, waarvoor hij – wist hij – heel erg bewonderd werd.

Hoe dan ook, hoe traumatisch ook, de schietpartij was niet het ergste dat hem dat jaar gebeurde.

Tijdens het herstel had hij tijd genoeg om te mediteren. Hij werd zo goed in het focussen op de denkbeeldige bowlingkegel, dat hij doof en blind werd voor al het andere. Een snerpend rinkelende telefoon kon hem niet uit zijn concentratie halen. Zelfs zijn leraar, Bob Chicane, die toch alle kneepjes van het vak kende, kon niet tot hem doordringen als Junior verenigd was met zijn kegel.

Ook had hij nu tijd genoeg voor zijn zoektocht naar Bartholomeus. De afgelopen januari had het teleurstellende verslag van Nolly Wulfstan hem niet kunnen overtuigen dat de detective grondig genoeg te werk was gegaan bij zijn onderzoek. Hij vermoedde dat de man even lui als lelijk was.

Onder een valse naam, waarbij hij zich voordeed als iemand die geadopteerd was, informeerde hij bij verscheidene adoptie-instellingen. Hij kwam erachter dat Wulfstan de waarheid had verteld. Adoptiearchieven moesten geheim blijven ter bescherming van de biologische ouders, en inzage krijgen was zo goed als onmogelijk. Terwijl hij wachtte op inspiratie voor een betere aanpak, nam hij het telefoonboek weer ter hand, op zoek naar de juiste Bartholomeus. Ditmaal niet het telefoonboek van Spruce Hills en omgeving, maar dat van San Francisco.

De stad mocht dan niet groter zijn dan tien kilometer in doorsnee, met een oppervlakte van nog geen honderdtwintig vierkante kilometer, maar Junior had zich een onmogelijke taak gesteld. Ruim een half miljoen mensen woonde binnen de stadsgrenzen.

Erger nog, de mensen die Seraphims baby geadopteerd hadden, konden tot ver in de omtrek wonen. Miljoenen namen in het telefoonboek om na te lopen.

Zichzelf voorhoudend dat de aanhouder won en dat je de zonzijde van de dingen moest zien, startte Junior met de stad zelf en met mensen die Bartholomeus als achternaam hadden. Dat viel nog te overzien.

Hij belde iedere Bartholomeus waarbij hij zich voordeed als iemand van een adoptie-instelling, met een vraag die verband hield met een recente adoptie. Degenen die stomverbaasd reageerden en zeiden geen kind te hebben geadopteerd, streepte hij van de lijst. In een paar gevallen, als zijn wantrouwen gewekt werd ondanks hun ontkenning, ging Junior kijken. Hij sloeg die mensen in hun woning gade en informeerde – zo subtiel mogelijk – bij de buren tot hij gerustgesteld was dat zijn prooi zich elders bevond.

Tegen het midden van maart was hij door de lijst achternamen heen. Toen hij zijn teen er afschoot in september, had hij het eerste kwart miljoen voornamen afgewerkt.

Vanzelfsprekend zou Seraphims kind geen telefoon hebben. Dat was nog maar een baby; op een onduidelijke manier een bedreiging voor Junior, maar evengoed een baby.

Bartholomeus was een ongewone naam en hij kon ervan uitgaan dat als een baby Bartholomeus genoemd werd het de naam van de pleegvader was. Om die reden moest het nalopen van al die namen zijn vruchten wel afwerpen.

Hoewel Junior zich bedreigd bleef voelen, op zijn instinct bleef afgaan, besteedde hij niet al zijn tijd aan deze zoektocht. Hij wilde ook nog van het leven genieten, zichzelf verbeteren, kunstgaleries aflopen, vrouwen versieren.

Hoogstwaarschijnlijk zou hij Bartholomeus' pad kruisen als hij dat het minst verwachtte, niet als resultaat van zijn zoektocht, maar als een alledaags toeval. Als dat gebeurde, moest hij erop voorbereid zijn de dreiging op welke manier dan ook direct te elimineren.

Zodoende bleef hij na het onaangename schietincident zoeken én van het leven genieten.

Na een maand van herstel en revalidatie kon Junior weer twee keer per week terugkeren naar zijn colleges kunstgeschiedenis. Ook hernam hij zijn bijna dagelijkse bezoeken aan de betere kunstgaleries en musea van de stad.

De lege plek aan zijn verminkte voet kon opgevuld worden met een op maat gemaakte rubberen teen. Zo kon hij alle soorten schoenen dragen en tegen november hinkte Junior zelfs niet meer.

Alleen toen hij zich moest melden voor de herkeuring voor militaire dienst, woensdag 15 december, liet hij de prothese in zijn schoen zitten en hinkte als acteur Walther Brennan, het oude hulpje van sheriff John Wayne in Rio Bravo.

Junior werd prompt afgekeurd door de keuringsarts. Rustig maar vol vuur drong Junior erop aan zich voor het leger te mogen bewijzen, maar de keuringsarts bleef ongevoelig voor zijn vaderlandsliefde, en wilde alleen maar opschieten met zijn rij dienstplichtigen.

Om dit succes te vieren gunde Junior zichzelf een nieuwe kunstaanschaf. Geen beeld ditmaal, maar een schilderij.

Hoewel niet zo jong als Bavol Poriferan, werd de kunstenaar net zo geprezen door de critici en alom als een genie beschouwd. Hij ging door het leven onder de enkelvoudige en mysterieuze naam Sklent, en op de publicatiefoto in de galerie zag hij er gevaarlijk uit. Het meesterwerk dat Junior kocht was klein, een doek van veertig bij veertig centimeter, maar het kostte zevenentwintighonderd dollar. Het schilderij – dat *De kanker loert ongezien, versie 1* heette – was helemaal zwart op een stukje galgroen en pusgeel in de rechterbovenhoek na. Het was het bedrag meer dan waard.

Hij voelde zich heel gelukkig, hij boekte dagelijks in alles vooruitgang, alles ging zo goed – en toen gebeurde hem iets nog ergers dan het schietincident. Het verpestte zijn dag, zijn week, de rest van het jaar.

Nadat hij geregeld had dat de galerie zijn nieuwe aanschaf zou bezorgen, ging Junior in een naburige cafetaria lunchen. Het snelbuffet was gespecialiseerd in gehaktbrood, gebraden kip, macaronischotels.

Hij nam plaats aan de bar en bestelde een cheeseburger, koolsla, patat en een cola.

Op het programma van Juniors zelfverbetering stond ook de wens een fijnproever en wijnkenner te worden. Geen betere leerschool dan San Francisco met zijn talloze eersteklas restaurants die een keus boden uit alle exotische schotels van de wereld.

Maar af en toe viel hij weleens terug op het gewone snackbarwerk. Vandaar de cheeseburger en de rest.

Hij werd op zijn wenken bediend – zelfs meer dan dat. Toen hij de bovenste helft van zijn bolletje optilde om mosterd op zijn cheeseburger te doen, ontdekte hij een glimmend kwartje in de half gesmolten kaas.

Draaiend op zijn kruk, de mosterdfles in zijn hand geklemd, overzag Junior de lange, smalle ruimte, rondkijkend of hij de maniakale smeris zag. De dóde maniakale smeris. Hij verwachtte half en half Thomas Vanadium te zien: zijn hoofd vol bloed, zijn gezicht tot pulp geslagen, onder de modder en druipend van het water alsof hij net uit de Studebaker-doodskist was gekropen.

Al was maar de helft van de plaatsen bezet en zat er niemand dicht in zijn buurt, er zaten genoeg klanten aan de tafeltjes. Sommigen met hun rug naar hem toe, en drie van hen hadden het postuur van Vanadium.

Hij haastte zich de hele ruimte door, duwde serveersters opzij, bekeek die drie vanuit alle hoeken, maar natuurlijk, geen van hen was de dode rechercheur – of iemand die Junior kende. Wat had hij gedacht te zien? – een geest? Een geest, wraaklustig of niet, zou toch niet tegen lunchuur plaatsnemen in een cafetaria om hem te achtervolgen?

Junior geloofde trouwens niet in geesten. Hij geloofde wel in vlees en bloed, steen en cement, geld en macht, in zichzelf en in de toekomst.

Hij had hier niet met een geest te maken, niet met een rondwandelende dode. Dit moest iets anders zijn. Maar tot hij wist wat erachter zat, wie het deed, kon hij alleen maar naar Vanadium op zoek gaan.

Elk tafeltje stond bij het raam en elk tafeltje keek uit op de straat. Maar Vanadium liep ook niet buiten. Keek niet vanaf het trottoir naar binnen: geen glimp van zijn platte gezicht in het december-zonnetje.

Terwijl iedereen in de cafetaria naar hem keek, alle gezichten naar hem toe waren gekeerd, alle blikken hem volgden, liet hij het halve bolletje en de mosterdfles op de vloer vallen. Hij denderde door de klapdeuren aan het eind van de toonbank naar de kleine werkruimte erachter.

Hij wurmde zich langs twee dienstertjes en langs de kok die eieren, burgers en spek aan het bakken was op de open kookplaat en grill. Wat er ook van Juniors gezicht te lezen viel, het moest bedreigend zijn geweest, want ze lieten hem gealarmeerd maar zonder protest passeren.

Zoals de mosterdfles hem ontglipte, zo ontglipte hem zijn zelfbeheersing. Stormen van woede en angst wervelden steeds woester door hem heen.

Hij wist dat hij zichzelf weer in bedwang moest zien te krijgen. Maar het lukte hem niet om langzaam en diep te ademen, hij kon zich geen van Zedds succesvolle methodes van zelfbeheersing herinneren, wist geen enkele meditatieve techniek meer.

Toen hij weer langs zijn eigen kruk kwam en het kwartje in de kaas zag glimmen, begon hij te vloeken.

En nu, hier, de keuken in, via de deur met het ronde raam in het midden. Te midden van gesis en gekletter, de damp die afsloeg van gebakken uien, en de aroma's van kippenvet en patat die goudgeel kleurde in de kokende olie.

Keukenpersoneel. Alleen maar mannen. Sommigen keken verrast op, anderen hadden hem niet in de gaten. Hij waarde rond tussen de fornuizen. Tranen in zijn ogen van de hitte en de dampen, op zoek naar Vanadium, naar een verklaring.

Junior had nog geen verklaring gevonden toen de eigenaar hem de weg naar de voorraadkamer versperde. Tegelijk zwetend en rillend vervloekte Junior hem en de confrontatie werd bijzonder onvriendelijk.

De eigenaar bond enigszins in toen Junior over het kwartje begon, en nog meer toen ze samen terugkeerden naar de cheeseburger waarin het bewijs pronkte. Zijn terechte verontwaardiging veranderde in nederige verontschuldigingen.

Junior wenste geen verontschuldiging. Het aanbod van een gratis lunch – of van een hele week gratis lunch – kon geen glimlach bij hem teweegbrengen. Een appeltaart die hij mee naar huis kon nemen, kon hem niet vermurwen. Wat hij wenste, was een verklaring, maar die kon niemand hem geven, want niemand begreep de betekenis van het kwartje.

Met een lege maag en zonder verklaring verliet hij de cafetaria.

Eenmaal buiten werd hij zich bewust van de vele gezichten achter de ramen, allemaal even stompzinnig als de koppen van herkauwende koeien. Die hadden iets om over te praten, als ze na de lunch terugkeerden naar hun winkels en kantoren. Hij had zichzelf belachelijk gemaakt tegenover vreemden, zichzelf voor even geschaard in het stadsleger van excentriekelingen.

Hij stond van zichzelf te kijken.

Op weg naar huis: langzaam en diep ademen, langzaam en diep, niet op een draf, maar wandelend, in een poging zich te ontspannen en zich te concentreren op goede dingen, zoals zijn volledige ongeschiktheid voor militaire dienst en zijn aanschaf van het nieuwe schilderij.

Niet langer straalde San Francisco een vroege kerstsfeer uit. De glans en schittering van het seizoen waren geweken voor een donkere somberheid, zo dreigend als *De kanker loert ongezien, versie 1*.

Toen hij in zijn flat terugkeerde, wist Junior niets beters te doen dan Simon Magusson, zijn advocaat in Spruce Hills, te bellen.

Hij belde in de keuken, waar het bloed natuurlijk allang van de vloer was geveegd en de schade die de ricocherende kogel had aangericht, was hersteld.

Als hij in deze ruimte was, begon zijn ontbrekende teen gek genoeg te jeuken. Het had geen zin zijn schoen en sok uit te trekken om over de stomp te wrijven, want dat hielp toch niet. De jeuk zat in de fantoomteen zelf, en daar viel niets aan te doen.

Toen zijn advocaat eindelijk aan de lijn kwam, klonk hij geïrriteerd, alsof Junior een soort lastige teen was die je eraf zou willen schieten.

Dat rund met zijn dikke kop, uitpuilende ogen en streepmond had 850.000 dollar uit Naomi's dood weten te slepen, dus die kon op z'n minst weleens een beetje informatie verschaffen. Hij zou waarschijnlijk zijn uren in rekening brengen, hoe dan ook.

Juniors daden die laatste nacht in Spruce Hills, elf maanden terug, in overweging genomen, moest hij wel op zijn hoede zijn. Zonder zichzelf verdacht te maken door onwetendheid te veinzen, hoopte hij erachter te komen of zijn zorgvuldig geplande scenario aangaande Victoria's dood en Vanadiums plotselinge verdwijning de autoriteiten had overtuigd – of dat er iets mis was gegaan waardoor het kwartje in zijn cheeseburger verklaard kon worden.

'Meneer Magusson, u hebt me eens gezegd dat als rechercheur Vanadium me ooit lastig zou vallen, u hem tot de orde zou roepen. Nou, ik geloof dat het tijd is geworden.'

Magusson klonk verrast. 'U bedoelt toch niet dat hij contact met u heeft gezocht?'

'Nou, iemand valt me lastig...'

'Vanadium?'

'Ik verdenk hem ervan dat hij...'

'Hebt u hem gezien?' drong Magusson aan.

'Nee, maar ik...'

'Gesproken?'

'Nee, nee. Maar laatst...'

'U weet toch wel wat er hier gebeurd is met Vanadium?'

'Hè? Ik geloof het niet,' loog Junior.

'De laatste keer dat u belde voor het adres van een privé-detective, was de vrouw net dood gevonden en Vanadium bleek verdwenen, maar toen zag nog niemand het verband.'

'Vrouw?'

'In ieder geval, als de politie wist hoe het in elkaar zat, dan hadden ze het nog niet openbaar gemaakt. Destijds zag ik geen reden er tegenover u over te beginnen. Ik wist nog niet eens dat Vanadium verdwenen was.'

'Waar hebt u het over?'

'Het schijnt dat Vanadium een vrouw vermoord heeft, een verpleegster van het ziekenhuis hier. Een ruzie tussen geliefden misschien. Hij heeft haar huis in brand gestoken met haar lijk erin om de sporen uit te wissen, maar hij zal wel gesnapt hebben dat ze hem toch zouden verdenken, dus hij is ervandoor gegaan.'

'Waarheen?'

'Wie zal het zeggen? Hij heeft zich niet meer laten zien. Tot nu.'

'Nee, ik heb hem niet gezien,' verbeterde Junior zijn advocaat. 'Ik dacht alleen, toen ik hier lastiggevallen werd...'

'U zou de politie moeten bellen, dat ze uw huis bewaken en hem oppakken als hij zich vertoont.'

Aangezien de politie geloofde dat Junior zichzelf per ongeluk in zijn voet had geschoten bij de jacht op een niet-bestaande inbreker, stond hij al te boek als een idioot. Als hij zou proberen uit te leggen hoe Vanadium hem getreiterd had met een kwartje en hoe dat kwartje uitgerekend in zijn cheeseburger terecht was komen, zouden ze zeker denken dat hij een hopeloos geval was.

Los daarvan wilde hij niet dat de politie van San Francisco te weten zou komen dat een collega van hen hem ervan verdacht zijn vrouw in Oregon vermoord te hebben. Stel je voor dat een van die smerissen zo nieuwsgierig zou zijn om een kopie van het dossier over Naomi's dood op te vragen, en dat Vanadium daarin melding gemaakt had van Juniors nachtmerrie en zijn angstige roepen van de naam *Bartholomeus*. Wat zou er dan gebeuren als Junior uiteindelijk de ware Bartholomeus zou vinden en de kleine rotzak om zeep zou helpen en de smeris die het dossier gelezen had de ene Bartholomeus met de andere in verband zou brengen? Die zou dan misschien vragen gaan stellen. Toegegeven, dat was vergezocht. Evengoed hoopte hij dat de politie hem zo vlug mogelijk zou vergeten en hem uit het oog zou verliezen.

'Wilt u dat ik ze opbel en bevestig hoe Vanadium u hier lastigviel?' vroeg Magusson.

'Wie opbel?'

'De politie, om uw verhaal te bevestigen.'

'Nee, dat is niet nodig,' zei Junior zo gewoon mogelijk. 'Nu ik weet hoe het zit, kan het Vanadium natuurlijk niet zijn die me lastigvalt. Ik bedoel, nu hij op de loop is, zal hij wel wat anders aan zijn hoofd hebben dan helemaal hier naartoe te komen om me te treiteren.'

'Je weet het nooit met zulke gekken,' waarschuwde Magusson.

'Nee. Hoe meer ik erover nadenk, hoe meer het mij een geval van kattenkwaad lijkt. Van kinderen, snapt u. Die doen dat soort dingen. Die Vanadium zal me meer op mijn zenuwen gewerkt hebben dan ik gedacht had, zodat ik niet helder meer kon denken.'

'Nou, als u van gedachten verandert, hoor ik het wel.'

'Bedankt, maar ik ben er nu zeker van dat het kinderen geweest zijn.'

'U klonk anders niet zo verrast,' zei Magusson.

'Hè, wat moet me dan verrast hebben?'

'Dat van Vanadium die de verpleegster vermoord heeft en toen verdween. Daar stond iedereen hier van te kijken.'

'Eerlijk gezegd heb ik altijd al gedacht dat hij ze niet allemaal op een rijtje had. Dat heb ik u toch gezegd, toen in uw kantoor.'

'Dat hebt u gezegd,' bevestigde Magusson. 'Maar ik beschouwde hem als een te gedreven mens die op kruistocht was. Het ziet ernaar uit dat u hem beter doorhad, meneer Cain.'

Wat zijn advocaat hem zei, verraste Junior. Waarschijnlijk zou Magusson het nooit over zijn lippen kunnen krijgen om te zeggen: *Misschien hebt u uw vrouw helemaal niet vermoord*, maar hij was nu eenmaal een klerelijer, dus zelfs een verhuld excuus was meer dan Junior ooit van hem kon verwachten.

'Hoe is het leven in de stad?' wilde de advocaat weten.

Junior was niet zo dom te denken dat Magussons veranderde houding inhield dat ze opeens vrienden waren die vertrouwelijkheden of zo uitwisselden. Als die hebberige slijmbal ooit een vriend zag, was het de man in de spiegel. Als hij ontdekte dat Junior de tijd van zijn leven had na Naomi's dood, zou Magusson die informatie zeker tegen hem gebruiken zodra het hem uitkwam.

'Eenzaam,' antwoordde Junior. 'Ik mis... zo erg.'

'Ze zeggen dat het eerste jaar het moeilijkst is. Daarna gaat het makkelijker.'

'Het is nu bijna een jaar, maar ik voel me alleen maar rotter,' loog hij.

Nadat hij opgehangen had, staarde Junior diep verontrust naar de telefoon.

Hij was niet veel wijzer geworden dan dat ze Vanadium en zijn Studebaker nog niet uit de groeve gevist hadden.

De vondst van het kwartje in de cheeseburger had Junior er half van overtuigd dat de maniakale smeris de doodsklap overleefd had. Misschien had Vanadium ondanks zijn ernstige verwondingen kans gezien boven te komen uit water van dertig meter diep en de kant te bereiken in plaats van te verdrinken.

Na zijn gesprek met Magusson begon hij wel in te zien dat zijn angst irrationeel was. Als de rechercheur op wonderbaarlijke wijze aan het koude water van de groeve was ontsnapt, zou hij dringend medische hulp nodig hebben gehad. Hij moest dan wankelend of kruipend de snelweg hebben bereikt op zoek naar hulp, niet wetend dat Junior hem de schuld van Victoria's dood in zijn schoenen had willen schuiven, en hij zou te erg gewond zijn om aan iets anders te denken dan medische hulp.

Als Vanadium nog steeds vermist werd, lag hij nog steeds in zijn achtcilinder doodskist.

Bleef over het kwartje.

In de cheeseburger.

Iemand had dat gedaan.

Als het Vanadium niet was geweest, wie dan wel?

56

Barty leerde lopen, Barty liep en uiteindelijk droeg Barty een taart voor zijn moeder op een van de dagen dat ze bestellingen rond-bracht, met zorg voor zijn evenwicht en met ernst voor zijn taak.

Hij verhuisde van een spijlenbed naar een ledikant, maanden eer-der dan een gemiddelde kleuter. Binnen een week wilde hij de op-staande zijkanten van het ledikant omlaag hebben.

Acht nachten lang legde Agnes opgevouwen dekens aan weers-kanten van het kinderbed, uit angst dat hij er 's nachts uit zou val-len. De achtste ochtend ontdekte ze dat Barty de dekens had te-ruggebracht naar de kast waarin ze hoorden te liggen. Daar lagen ze niet op een hoop – het echte kinderwerk – maar zo netjes op-gevouwen en opgestapeld als Agnes zelf zou hebben gedaan.

De jongen zei er niets over en de moeder maakte zich geen zorgen meer dat hij uit bed zou vallen.

Tussen zijn eerste en zijn derde verjaardag maakte Barty alle boe-ken over kinderopvoeding en wat jonge moeders van hun kinde-ren konden verwachten overbodig. Barty volgde een eigen groei-schema en een eigen programma.

Hoe uitzonderlijk de jongen was, bleek vaker uit wat hij niet deed dan uit wat hij wel deed. Bijvoorbeeld van de moeilijke tweejari-genfase waarmee de gemiddelde peuter de ouders op de zenuwen werkt, had hij geen last. Geen woedeaanvallen voor de zoon van het Taartenvrouwtje. Geen nee-zeggen, geen driftbuien.

Hij was ongewoon gezond en kreeg geen kroep, geen griep, geen voorhoofdsholteontsteking, leed aan geen enkele kinderziekte.

Vaak kreeg Agnes te horen dat ze een agent voor Barty moest zoeken, omdat hij verbazend fotogeniek was; een carrière als model of als acteur lag zeker voor hem in het verschiet. Al was haar zoon beslist een mooie jongen, toch wist Agnes dat iedereen zich op zijn uiterlijk verkeek. Wat hem zo bijzonder mooi maakte, was niet zijn uiterlijk, maar lag aan iets anders: een ongewone sierlijkheid voor een kind, zoals de soepele bewegingen waarmee hij alles deed, waardoor het leek alsof hij in een vreemde relatie stond met de tijd en er twintig jaar over had mogen doen om drie te worden; een gelijkmoedig temperament, een glimlach die zijn hele gezicht deed stralen, met inbegrip van zijn fascinerende blauwgroene ogen. Misschien was het meest opvallende wel de weelderige glans van zijn dikke haar, de blos op zijn gebruinde wangen, waardoor hij bij tijden letterlijk leek te stralen.

In juli 1967, toen hij tweeënhalf was, liep hij zijn eerste verkoudheid op, een ongewoon virus dat er diep inhakte. Zijn keel raakte ontstoken, maar hij zeurde daar niet over. Hij slikte zonder protest zijn medicijnen, en al moest hij vaak rusten, hij speelde nog net zo graag met zijn speelgoed en las nog net zo graag in zijn prentenboeken als tevoren.

De tweede dag dat hij ziek was, vond Agnes hem 's morgens aan de keukentafel in zijn pyjama tevreden kleurend in zijn kleurboek. Toen ze hem prees dat hij zo flink was en zijn verkoudheid zonder klagen verdroeg, haalde hij zijn schouders op. Zonder op te kijken van zijn kleurboek, antwoordde hij: 'Het is er nu eenmaal.'

'Hoe bedoel je?'

'Mijn griep.'

'Je griep is er nu eenmaal?'

'Ja, hij is nu eenmaal hier.'

'Hoe bedoel je hier?'

'Hij is niet ergens anders.'

Agnes had plezier in hun gesprekken. Barty lag wat taal betreft ver voor op andere kinderen, maar hij bleef een kind, en zijn observaties hadden de charme van het onschuldige. 'Je bedoelt dat je verkoudheid in je neus zit en niet in je voet?'

'Nee, mammie, verkoudheid gaat niet in je voets zitten.'

'Voeten.'

'Ja,' bevestigde hij, terwijl hij een blauw kleurpotlood koos voor een lachend konijn dat met een eekhoorn danste.

'Je bedoelt dat de kou nu bij jou is in de keuken en niet als je de kamer in gaat? Je kou heeft een eigen wil?'

'Dat is echt raar,' zei hij.

'Jij zei toch dat je kou alleen maar hier was? Misschien zit hij in de keuken te wachten op een stukje taart.'

'Mijn kou is alleen hier,' legde hij uit. 'En niet overal waar ik ga.'

'Dus... je bent niet alleen maar hier met je kou?'

'Nee.'

'Waar ben je dan nog meer, meneer Lampion? Speel je dan soms ook nog in de tuin?'

'Ja, ergens.'

'Zit je ook te lezen in de kamer?'

'Ergens, ja.'

'En dat allemaal op hetzelfde moment?'

Met zijn tong tussen zijn tanden van de concentratie om binnen de lijnen van zijn kleurwerk te blijven, knikte Barty. 'Ja.'

De telefoon ging en maakte een einde aan hun gesprek, maar Agnes zou er later weer aan moeten denken, de dag voor Kerstmis, toen Barty ging wandelen in de regen en voorgoed zijn moeders begrip van de wereld en van haar eigen bestaan zou veranderen...

In tegenstelling tot de meeste andere kleine kinderen wende Barty met gemak aan veranderingen. Van zuigfles naar drinkglas, van wieg naar ledikant, van vertrouwde hapjes naar nieuwe smaken, hij vond het allemaal even leuk. Al was Agnes meestal in de buurt, Barty was ook graag in het gezelschap van Maria Gonzalez of in dat van Edom, en hij lachte al even vrolijk naar zijn zure oom Jacob als tegen iedereen.

Hij voelde zich nooit te groot voor omhelzingen en kussen. Hij was een aanhankelijk ventje dat niet afkerig was van een knuffel. De onverklaarbare aanvallen van angst die bijna iedereen in zijn kinderjaren kan hebben, verstoorden de vredige loop van Barty's eerste drie jaren niet. Hij was niet bang voor de dokter of de tandarts of de kapper, ook was hij niet bang om in slaap te vallen, en als hij eenmaal sliep, leek hij alleen maar leuke dromen te hebben. Barty was niet bang in het donker, die bron van kinderangst die veel volwassenen nooit ontgroeien. Ook al brandde er een tijdje een Mickey Mouse-nachtlampje in zijn kamer, dat was ter geruststelling van zijn moeder, niet om hem, want zij maakte zich zorgen dat hij wakker zou liggen in het donker.

Misschien dat deze speciale angst niet voortkwam uit gewone moederlijke zorg. Als het waar is dat we allemaal een zesde zintuig hebben, dan voorvoelde Agnes onbewust misschien de tragedie die komen zou: de tumor, de operatie, de blindheid.

Agnes' vermoeden dat Barty een wonderkind was, werd bevestigd op zijn eerste verjaardag toen hij in de kinderstoel taarten zat te tellen. En in de twee jaren daarna kreeg ze nog veel meer bewijzen van zijn hoge intelligentie en verbazende talenten.

Om precies te zeggen wat voor soort wonderkind Barty wel was, viel niet mee. Hij bleek over zoveel talenten te beschikken.

Toen hij een kinderharmonica cadeau kreeg, improviseerde hij versimpelde versies van liedjes die hij op de radio had gehoord. Van de Beatles 'All You Need is Love', van de Box Tops 'The Letter'. Van Stevie Wonder 'I Was Made to Love Her'. Hij hoefde maar één keer een melodie gehoord te hebben, of hij kon die min of meer naspelen.

Al was het een speelgoedharmonica en geen echt muziekinstrument, de jongen wist er verrassend gecompliceerde muziek uit tevoorschijn te halen. Voorzover Agnes kon zeggen, speelde hij nooit een valse noot.

Een van zijn mooiste kerstcadeaus in 1967 was een echte chromatische mondharmonica met achtenveertig tonen, waarmee hij drie octaven kon bereiken. Zelfs in zijn kleine handen en met de beperking van zijn kleine mond kon hij op dit meer toereikende instrument complete versies spelen van alle liedjes die hij maar had gehoord.

Hij had ook een talenknobbel.

Van kleins af aan bleef Barty tevreden luisteren als zijn moeder voorlas zonder iets van de ongedurigheid te vertonen van andere kleine kinderen. Hij gaf er de voorkeur aan naast haar te zitten, waarbij ze moest aanwijzen wat ze las, zodat hij het woord voor woord kon volgen. Zodoende kon hij op zijn derde jaar lezen.

Algauw hadden de prentenboeken afgedaan en werden die vervangen door korte verhalen voor gevorderde lezers, en daarna door boeken bedoeld voor jonge volwassenen. De avonturen van Tom Swift en de belevenissen van Nancy Drew hielden hem de hele zomer en het vroege najaar bezig.

Schrijven leerde hij tegelijk met lezen en hij begon al gauw aantekeningen te maken in een schrift over interessante dingen die hij in een verhaal tegenkwam. Zijn *Dagboek van een boekenlezer*, zoals hij het noemde, fascineerde Agnes, die toestemming kreeg het te lezen; zijn notities waren enthousiast, serieus en ontroerend – maar ze moest vaststellen dat die letterlijk per maand minder naïef en meer complex en beschouwend werden.

Terwijl ze al jaren Engels gaf aan twintig volwassenen en aan Maria Elena Gonzalez, die accentloos Engels had leren spreken, had Agnes haar zoon weinig te leren. Nog meer dan andere kinderen wilde hij het waarom van alles weten, waarom dit en waarom dat. Maar zonder ooit iets twee keer te vragen. En vaak wist hij het antwoord al en zocht hij alleen de bevestiging bij haar. Hij was zo'n autodidact dat hij zichzelf beter dingen kon leren dan welk college van professors ook kon doen.

Agnes vond deze ontwikkeling verbazend, amusant, ironisch – en een beetje treurig. Ze zou zo graag de jongen lezen en schrijven hebben geleerd, gezien hebben hoe zijn kennis en vaardigheid geleidelijk groeiden onder haar goede zorgen. Al steunde ze Barty's verkenning van zijn talenten en was ze trots op zijn verbluffende prestaties, toch had ze het gevoel dat zijn snelle ontwikkeling haar iets van het gedeelde genoegen van zijn kindertijd ontnam, ook al bleef hij in veel opzichten een kind.

Afgaand op het grote plezier waarmee Barty leerde, kwam hij niets te kort. Voor hem was de wereld een sinaasappel met eindeloos veel partjes, die hij een voor een met smaak verorberde.

Tegen november 1967 raakte Barty geboeid door de detectiveverhalen van Father Brown, geschreven door G.K. Chesterton voor volwassenen met een hang naar ingewikkelde plots. Deze reeks boeken zou de rest van zijn leven een bijzondere plaats in zijn hart behouden – evenals Robert Heinleins *Het Sterrenbeest*, een van zijn kerstcadeaus van dat jaar.

Maar nog groter dan zijn liefde voor lezen en muziek leek zijn belangstelling voor wiskunde te zijn. Voordat hij zichzelf leerde lezen, leerde hij zichzelf rekenen en klokkijken. De betekenis van tijd maakte meer indruk op hem dan Agnes begreep. Misschien omdat het ontwikkelen van een besef van de oneindigheid van het universum en de eindigheid van ieder mensenleven – en het volledig leren begrijpen van de implicaties daarvan bij de meesten van ons duurt tot we volwassen zijn geworden of nog langer, terwijl Barty de weidse glorie van het heelal en de relatieve onbeduidendheid van het menselijke bestaan al binnen een paar weken herkende en doorzag.

Een tijdje amuseerde hij zichzelf met het berekenen van het aantal seconden dat verlopen was sinds een speciale historische gebeurtenis. Kreeg hij een datum op, dan deed hij de berekening uit zijn hoofd en het duurde niet langer dan een paar seconden, hooguit een minuut, voordat hij met het juiste antwoord kwam.

Slechts twee keer controleerde Agnes het antwoord.

De eerste keer had ze een pen en papier nodig en negen minuten om het aantal verlopen seconden na te rekenen sinds een gebeurtenis die 125 jaar, zes maanden en acht dagen eerder had plaatsgevonden. Haar antwoord verschilde met dat van hem, maar toen ze haar becijfering nakeek, besefte ze dat ze vergeten was rekening te houden met de schrikkeljaren.

De tweede keer, gewapend met het vooraf berekende feit dat elk jaar gewoon uit 3.153.600 seconden bestaat en dat een schrikkeljaar er nog eens 86.400 bij krijgt, controleerde ze Barty's antwoord in slechts vier minuten. Sindsdien accepteerde ze zijn uitkomsten zonder die na te rekenen.

Kennelijk zonder enige inspanning hield Barty het aantal seconden bij dat hij leefde en het aantal woorden in elk boek dat hij las. Agnes controleerde nooit het aantal woorden per boek, maar als ze een pagina in een boek aanhaalde dat hij net had gelezen, wist hij het aantal woorden ervan.

Zijn muzikale talenten waren wellicht het gevolg van zijn buitengewone aanleg voor wiskunde. Hij noemde muziek getallen en wat hij scheen te bedoelen was dat hij nagenoeg bijna direct de tonen van een melodie in een persoonlijke numerieke code kon omzetten en die melodie kon herhalen door de opgeslagen code te herhalen. Als hij bladmuziek las, zag hij combinaties van getallen.

Toen ze over wonderkinderen las, kwam Agnes erachter dat de meeste, zo niet alle, wiskundetalenten ook muzikaal waren. In iets mindere, maar toch indrukwekkende mate, waren veel jonge genieën in de muziekwereld ook heel goed in wiskunde.

Barty's vaardigheid in lezen en schrijven leek ook te maken te hebben met zijn aanleg voor wiskunde. Voor hem was taal in de eerste plaats klank, een soort muziek die dingen en ideeën vertegenwoordigde, en die muziek werd vervolgens vertaald in geschreven lettergrepen met behulp van het alfabet – dat hij zag als een wiskundig systeem dat gebruikmaakte van zesentwintig cijfers in plaats van tien.

Door erover te lezen ontdekte Agnes dat Barty geen superwonderkind was. Sommige wiskundebollen raakten geheel bezeten van algebra en zelfs van meetkunde nog voor ze drie waren. Jascha Heifetz was een volleerd violist op zijn derde, en op zijn zesde speelde hij de concerten van Mendelssohn en Tsjaikovski; Ida Händel deed dat op haar vijfde.

Uiteindelijk kwam Agnes erachter dat zijn grootste talent en diepste passie, ondanks al het plezier dat de jongen aan wiskunde beleefde en het gevoel dat hij voor getallen had, elders lagen. Hij was op weg naar een bestemming die verbazingwekkender en vreemder was dan de levens van de vele andere wonderkinderen over wie ze had gelezen.

Het genie van Bartolomeus had bedreigend kunnen zijn, zelfs ontmoedigend, als hij niet naast het geniale ook nog eens gewoon kind was. Net zoals hij vermoeiend zou zijn geweest als hij onder de indruk was gekomen van zijn eigen talenten.

Maar ondanks al zijn virtuositeit was Barty nog altijd een jongen die het heerlijk vond te rennen, te springen en koppeltje te duikelen. Die een gewone schommel had aan de eik in de achtertuin. Die in vervoering raakte toen hij een driewieler kreeg. Die opgetogen lachte als zijn oom Jacob eindeloos lang een kwartje over zijn knokkels liet lopen en andere eenvoudige trucs deed met munten.

En hoewel Barty niet verlegen was, was hij ook geen opschepper. Hij viste niet naar complimentjes voor wat hij allemaal kon, en dat was feitelijk ook buiten de directe familie amper bekend. Zijn bevrediging haalde hij volledig uit het leren, het verkennen en het groeien.

En terwijl hij groeide, leek de jongen tevreden met zijn eigen gezelschap, dat van zijn moeder en van zijn ooms. Toch maakte Agnes zich zorgen omdat er geen kinderen van zijn leeftijd in de buurt woonden. Ze meende dat hij gelukkiger zou zijn als hij een paar speelgenootjes had.

'Ik heb ze wel ergens,' verzekerde hij haar op een avond toen ze hem instopte.

'O? En waar heb je die dan – achter in je kast?'

'Nee, daar wonen de monsters,' zei Barty, wat een grap was, omdat hij nooit bang was geweest voor het donker – of voor iets anders.

'Ho, ho,' zei ze, terwijl ze door zijn haar woelde. 'Ik heb mijn eigen kleine Red Skelton.'

Barty keek niet zoveel televisie. Hij was een paar keer langer opgebleven om Red Skelton te zien, maar die komiek ontlokte hem altijd enorme lachsalvo's.

'Ergens,' zei hij, 'zijn er buurjongens.'

'De laatste keer dat ik heb gekeken, woonde miss Galloway links van ons. Gepensioneerd. Nooit getrouwd. Geen kinderen.'

'Ja, nou, ergens is ze een getrouwde vrouw met kleinkinderen.'

'Ze leeft dus twee levens, hè?'

'Veel meer dan twee.'

'Honderden!'

'Veel meer.'

'Selma Galloway, de geheimzinnige vrouw.'

'Zou kunnen, soms.'

'Overdag een gepensioneerde universiteitsdocent, 's nachts een Russische spion.'

'Misschien niet overal een spion.'

Pas op die avond, bij het bed van haar zoon, begon Agnes vaag het vermoeden te krijgen dat de amusante gesprekken met Barty misschien niet zo verzonnen waren als ze leken, dat hij op een kinderlijke manier een waarheid vertelde waarvan zij altijd had gedacht dat het fantasie was.

'En rechts van ons,' zei Agnes om hem uit de tent te lokken,' is Janey Carter vorig jaar naar de universiteit gegaan en zij is hun enige kind.'

'De Carters wonen daar niet altijd,' zei hij.

'O? Verhuren zij hun huis aan piraten met kleine piratenkinderen, clowns met kleine clownskinderen?'

Barry giechelde. 'Jíj ben Red Skelton.'

'En jij hebt een grote fantasie.'

'Niet echt. Ik hou van je, mama.' Hij geeuwde en viel in slaap met een snelheid die haar altijd verbaasde.

En toen veranderde alles in een tel van verbijstering. Veranderde ingrijpend en totaal.

De dag voor Kerstmis, langs de Californische kust. Hoewel de zon de ochtend verguldde, verschenen er 's middags wolken, maar geen sneeuw die het voor de slee-ijzers op het dak makkelijker zou maken.

Notencakes, kaneeltaarten opgeslagen in geïsoleerde koelboxen, cadeautjes in felgekleurd papier en met glimmende linten: Agnes deed haar ronde langs vrienden die op haar lijst van behoeftigen stonden, maar ook langs vrienden die gezegend waren met veel. Het zien van elk bemind gezicht, elke omhelzing, elke kus, elke lach, elk opgewekt: 'Vrolijk Kerstmis' bij elk adres, versterkte haar hart voor de trieste taak die op haar lag te wachten als alle cadeautjes vergeven waren.

Barty reed met zijn moeder mee in haar groene Chevrolet stationcar. Omdat er te veel cakes, taarten en cadeautjes waren om in één auto mee te nemen, volgde Edom hen in zijn flitsender geel met witte Ford Country Squire uit 1954.

Agnes noemde hun stoet van twee auto's een kerstkaravaan, iets dat Barty's gevoel voor magie en avontuur wel aansprak. Herhaaldelijk draaide hij zich op zijn stoel om en ging op zijn knieën zitten om enthousiast naar oom Edom achter hen te zwaaien.

Zoveel stops, zo weinig tijd overal, een pracht aan kerstbomen allemaal in een eigen stijl versierd, boterkoekjes en warme chocola of citroenballetjes met advocaat, praatjes in keukens vol heerlijke etensgeuren en – 's middags, toen het al koeler was – goede wensen uitgesproken voor de open haard, uitwisseling van cadeautjes, koekjes in ruil voor notentaarten, 'Silver Bells' en 'Hark How the Bells' en 'Jingle-Bell Rock' op de radio. Om drie uur 's middags waren ze klaar, op kerstavond nog voordat de kerst was begonnen. Zijn Country Squire volgeladen met koekjes, rozijnencakes, zelfgemaakte karamelmaïs met amandelen en cadeautjes, reed Edom direct naar huis toen ze van Obadja Sepharad, hun laatste adres, vertrokken. Hij scheurde weg alsof hij tornado's en vloedgolven voor wilde zijn.

Voor Agnes en Barty bleef er nog één stop over waar iets van de vreugde van de kerst altijd begraven zou blijven bij de man die ze nog elke dag miste en de vader die hij nooit zou kennen.

De oprijlaan naar het kerkhof was omgeven door cipressen. Hoog en ernstig hielden de bomen de wacht, alsof ze daar stonden om rusteloze geesten te verhinderen door het land der levenden te gaan. Joey rustte niet onder de strenge wakende cipressen, maar bij een Californische peperboom. Met zijn sierlijke afhangende takken leek hij in meditatie of in gebed.

De lucht was koel, maar nog niet koud. Een zwakke bries geurde naar de zee achter de heuvel.

Ze kwamen met rode en witte rozen bij het graf. Agnes droeg de rode en Barty de witte.

In de lente, zomer en herfst versierden ze het graf met de rozen die Edom kweekte in de tuin naast het huis. In dit minder rozenvriendelijke seizoen werden de kerstrozen in een bloemenwinkel gehaald. Al sinds zijn tienerjaren was Edom geïnteresseerd in tuinieren en vooral in het kweken van hybriderozen. Hij was net zestien toen een van zijn bloemen de eerste prijs op een bloementoonstelling won. Toen hun vader over de wedstrijd hoorde, beschouwde hij de prijs die Edom had gewonnen als een ernstige zonde. Voor straf moest Edom drie dagen in bed blijven, en toen hij ten slotte beneden kwam, ontdekte hij dat zijn vader alle rozenstruiken uit de grond had gerukt.

Elf jaar later, een paar maanden nadat hij met Agnes was getrouwd, nodigde Joey Edom heel geheimzinnig uit om een eindje met hem te gaan rijden, en hij reed met zijn verbijsterde zwager naar een kwekerij. Ze kwamen thuis met balen speciale muls, trokken de zoden uit de tuin naast het huis, keerden de aarde en prepareerden de grond voor de enorme variëteit aan hybride planten die de week daarop geleverd zouden worden.

Dit rosarium was Edoms enige relatie met de natuur die in hem geen angst opwekte. Agnes geloofde dat Joey's enthousiasme voor het herstel van de tuin voor een deel de reden was dat Edom niet zover in zichzelf teruggetrokken bleef als Jacob en waarom hij nog steeds beter dan zijn tweelingbroer functioneerde buiten de muren van zijn flat.

De bloemen in de verzonken vazen in de hoeken van Joey's grafplaat waren niet door Edom gekweekt, maar wel door Edom gekocht. Hij was zelf naar de bloemist gegaan, had persoonlijk elke roos uitgezocht die ze bij zich hadden, maar hij had niet de moed gehad Agnes en Barty te vergezellen.

'Houdt papa van Kerstmis?' vroeg Barty, die in het gras voor de grafplaat zat.

'Je vader hield niet alleen van Kerstmis, hij was er dól op. In juni begon hij al met de voorbereidingen. Als er niet al een kerstman was geweest, zou je vader die baan hebben genomen.'

Gebruikmakend van een schone doek om de gegraveerde voorkant van het gedenkteken op te wrijven, zei Barty: 'Is hij net zo goed met getallen als ik?'

'Nou, hij was verzekeringsagent en in dat soort werk zijn cijfers belangrijk. En hij was ook een goede investeerder. Niet zo'n tovenaar als jij, maar ik weet zeker dat je iets van zijn talent hebt.'

'Leest hij Father Brown-detectives?'

Agnes hurkte naast de jongen neer terwijl hij probeerde glans in het graniet te poetsen, en zei: 'Barty, schat, waarom...?'

Hij hield op met poetsen en keek haar aan. 'Wat?'

Hoewel ze zich belachelijk zou hebben gevoeld wanneer ze deze vraag in deze woorden aan een andere driejarige had gesteld, bestond er geen betere manier om het haar bijzondere zoon te vragen: 'Jongen... besef je wel dat je in de tegenwoordige tijd over je vader praat?'

Barty had nooit de grammaticale regels geleerd, maar had ze in zich opgenomen zoals de wortels van Edoms rozen het voedsel uit de grond opnamen. 'Natuurlijk. Houdt en is.'

'Waarom?'

De jongen haalde zijn schouders op.

Het kerkhof was voor de feestdagen gemaaid. De geur van vers gesneden gras werd sterker naarmate Agnes langer in de stralende groenblauwe ogen van haar zoon keek, tot de geur uitzonderlijk heerlijk werd.

'Schat, je begrijpt toch wel... natuurlijk begrijp je dat... dat je vader gestorven is?'

'Natuurlijk. Op de dag dat ik werd geboren.'

'Inderdaad.'

Dankzij zijn intelligentie en zijn persoonlijkheid was Barty zo duidelijk aanwezig voor iemand van zijn leeftijd, dat Agnes neigde te denken dat hij fysiek veel langer en sterker was dan in werkelijkheid. Terwijl de geur van het gras voller en nog heerlijker werd, zag ze haar zoon duidelijker dan anders: heel klein, zonder vader maar toch dapper, opgezadeld met een gave die een zegen was, maar die tevens een normale jeugd onmogelijk maakte, en gedwongen sneller op te groeien dan een kind eigenlijk hoorde te doen. Barty was pijnlijk broos, zo kwetsbaar dat Agnes, als ze naar hem keek, iets van het vreselijke gevoel van hulpeloosheid voelde dat op Edom en Jacob drukte.

'Ik wou dat je vader je gekend had,' zei Agnes.

'Ergens doet hij dat.'

Eerst dacht ze dat Barty bedoelde dat zijn vader naar hem keek vanuit de hemel, en zijn woorden troffen een gevoelige plek bij haar waardoor iets van pijn door haar glimlach zichtbaar werd.

Toen bracht de jongen nieuwe en verwarrende nuances aan, want hij zei: 'Hier is pap doodgegaan, maar hij is niet overal waar ik ben gestorven.'

Ze herinnerde zich wat hij in juli had gezegd: *Mijn verkoudheid is alleen maar hier, niet overal waar ik ben.*

De peperboom fluisterde in de bries en de rozen wuifden met hun helder gekleurde koppen. Toen kwam er een stilte over het kerkhof, alsof die opsteeg vanuit het gras, vanuit die stad der doden.

'Hier is het voor mij eenzaam,' zei Barty, 'maar het is niet overal eenzaam.'

Uit een gesprek aan zijn bed in september: *Ergens zijn er buurjongens.*

En ergens was Selma Galloway, hun buurvrouw, geen oude vrijster, maar een getrouwde vrouw met kleinkinderen.

Plotseling viel Agnes, door een vreemde zwakte en een vormloze vrees, vanuit haar hurkzit op haar knieën naast de jongen.

'Soms is het hier verdrietig, mama. Maar het is niet overal ver-drietig. Op veel plaatsen is papa bij jou en bij mij, en zijn we ge-lukkiger en is alles goed.'

Hier weer die vreemde grammaticale constructies, waarvan ze soms had gedacht dat het gewoon fouten waren die zelfs een won-derkind kon maken en die ze soms had geïnterpreteerd als de uit-drukkingen van fantasievolle bedenksels, maar waarvan ze de laat-ste tijd was gaan geloven dat het ingewikkelder – en misschien duisterder – lag. Nu kreeg haar vrees vorm en ze vroeg zich af of de persoonlijkheidsstoornissen die de levens van haar broers had-den bepaald niet alleen hun oorsprong hadden in de mishandeling door hun vader, maar ook in een genetisch erfenis die zich in haar zoon kon manifesteren. Ondanks zijn enorme talenten was Barty misschien voorbestemd tot een beperkt leven door een psychisch probleem van unieke – of in ieder geval verschillende – aard, met als eerste aanwijzingen die gesprekken zo nu en dan die niet hele-maal samenhangend leken.

'En in een heleboel van die ergensen,' zei Barty, 'zijn de dingen er-ger voor ons dan hier. Sommige ergensen ben jij ook doodgegaan toen ik werd geboren, waardoor ik jou ook nooit heb ontmoet.'

Deze verklaring klonk haar zo kronkelig en bizar in de oren, dat Agnes' groeiende angst voor Barty's geestelijke gezondheid sterker werd.

'Alsjeblieft, schatje... alsjeblieft...'

Ze wilde hem zeggen niet van die rare dingen te vertellen, niet zo te praten, maar ze kon het niet. Als Barty haar vroeg waarom, wat hij beslist zou doen, zou ze moeten zeggen dat ze bang was dat er iets vreselijks met hem aan de hand was, maar die angst zou ze niet kunnen uiten tegen haar zoon, dat zeker niet. Hij was de steun-balk van haar hart, de hoeksteen van haar ziel, en als hij misluk-te door haar gebrek aan vertrouwen in hem, zou ze zelf in duizend stukjes uit elkaar vallen.

Een plotselinge regen bespaarde haar de noodzaak de zin af te ma-ken. Een paar vette druppels dwongen hen allebei naar de lucht te kijken, en op het moment dat ze gingen staan, veranderde de kor-te roffel van een regenbuitje in een serieuze stortbui.

'Laten we opschieten, jochie.'

Omdat ze rozen bij zich hadden gehad bij hun aankomst, hadden ze niet de moeite genomen paraplu's mee te nemen. En hoewel de lucht dreigend had geleken, had het weerbericht voorspeld dat er geen neerslag zou komen.

Hier is regen, maar ergens wandelen we in de zon.

De gedachte deed Agnes schrikken, verontrustte haar – en toch, op onverklaarbare wijze – bracht die een zekere mate van warme troost in haar verkilde hart.

Hun stationcar stond ergens op de toegangsweg, op minstens honderd meter van het graf. Omdat er geen wind stond, viel de regen verticaal naar beneden als de strengen van een kralengordijn, en achter deze parelwitte sluiers leek de auto een flauwe, donkere luchtspiegeling.

Terwijl ze Barty vanuit haar ooghoek in de gaten hield, hield ze gelijke tred met zijn korte beentjes, waardoor ze doorweekt en verkild was toen ze de stationcar bereikten.

De jongen schoot op het rechterportier af. Agnes ging niet achter hem aan, omdat ze wist dat hij beleefd maar vastberaden zou weigeren geholpen te worden met iets dat hij zelf wel kon.

Tegen de tijd dat Agnes het portier aan de bestuurderskant open had en achter het stuur schoof, werkte Barty zich op de stoel naast haar. Grommend trok hij met beide handen zijn portier dicht terwijl zij de sleutel in het contact stak en de motor startte.

Ze was doorweekt en huiverde. Water stroomde uit haar kletsnatte haar langs haar gezicht en ze veegde met een druipende hand haar wimpers af.

Terwijl de geur van natte wol en kletsnatte spijkerstof van haar kleren opsteeg, zette Agnes de verwarming aan en richtte de openingen van de middelste ventilator op Barty. 'Schat, richt die andere ventilator ook op jezelf.'

'Dat hoeft niet.'

'Straks krijg je longontsteking,' waarschuwde ze terwijl ze met haar hand voor de jongen langs de verwarming op hem wilde richten.

'Jij hebt de verwarming nodig, mama. Ik niet.'

En toen ze hem ten slotte recht aankeek, knipperend met haar ogen waardoor haar wimpers druppeltjes regen in het rond sproeiden, zag Agnes dat Barty droog was. Er zat geen enkele regendruppel op zijn dikke donkere haar of op de gladde babytrekken van zijn gezicht. Zijn hemd en trui waren droog alsof ze net van een hanger kwamen of uit een kast. Een paar druppels zaten op de pijpen van zijn kakibroek – maar Agnes besefte dat het water was dat van haar af kwam toen ze de verwarming in wilde stellen.

'Ik heb gerend waar de regen niet was,' zei hij.

Opgevoed door een vader voor wie elke vorm van amusement blasfemie was, had Agnes pas een goochelaar zien optreden toen ze ne-

gentien was, en Joey Lampion, destijds haar vrijer, haar had meegenomen naar een voorstelling. Konijnen die uit hoeden getoverd
werden, duiven die verschenen uit rookpluimen, assistentes die
doormidden werden gezaagd en daarna weer aan elkaar gezet; elke illusie die in de tijd van Houdini al oud was, was voor haar die
avond een adembenemend gebeuren. Nu herinnerde ze zich een truc
waarbij de goochelaar een kan melk leegschonk in een trechter die
van een krant was gemaakt; de melk verdween en de krant, toen
die opengevouwen werd, was droog. De opwinding die toen door
haar heen was gegaan, was 1 op de schaal van Richter vergeleken
met de 10 die nu door haar heen ging bij het zien van Barty die zo
droog was alsof hij de hele middag bij de open haard had gezeten.
Hoewel ze nat was tot op het bot, gingen de haartjes in haar nek
recht overeind staan. Het kippenvel dat over haar armen kroop,
had niets te maken met haar koude, natte kleren.

Toen ze 'hoe' probeerde te zeggen, wist ze niet meer hoe ze moest
praten en ze zat daar stom alsof nooit eerder een woord haar lippen had gepasseerd.

Terwijl ze wanhopig haar gedachten weer bij elkaar probeerde te
krijgen, staarde Agnes naar de stortbui op het onder water gezette kerkhof waar de rouwende bomen en de bij elkaar staande monumenten vervaagden in de murmelende stromen die onophoudelijk op de voorruit neerkwamen. Elke verwrongen vorm, elke veeg
kleur, elk spoortje licht en elke huiverende schaduw wist zich te
verzetten tegen haar pogingen ze met de wereld zoals ze die kende in verband te brengen, alsof de glinsteringen voor haar het landschap van een droom waren.

Ze zette de ruitenwissers aan. Steeds weer werd het kerkhof in de
kromming van schoongemaakt glas haarscherp, en toch was de
plek haar niet meer helemaal vertrouwd. Haar hele wereld was
veranderd door Barty's droge wandeling door nat weer.

'Dat is niets anders... dan een oude grap,' hoorde ze zichzelf zeggen als van ver weg. 'Je liep toch niet echt tússen de druppels door?'
Het tinkelende lachje van de jongen klonk even vrolijk als slee-
bellen, zijn kerstgedachte onaangetast. 'Niet ertussendoor, mam.
Niemand kan dat. Ik rende alleen maar waar geen regen was.'

Ze durfde hem weer aan te kijken.

Hij was nog altijd haar zoon. Nog steeds haar zoon, Bartholomeus. Barty. Haar lieveling. Haar jochie.

Maar hij was meer dan ze zich ooit had kunnen voorstellen, meer
dan alleen maar een wonderkind.

'Hoe, Barty? Lieve hemel, hoe?'

'Voel je het niet?'

Zijn hoofd schuin. Onderzoekende blik. Schitterende ogen, even mooi als zijn geest.

'Wat voelen?' vroeg ze.

'Zoals de dingen zijn. Voel je het niet... zoals de dingen echt zijn?'

'Echt zijn? Ik weet niet wat je bedoelt.'

'Jemig, voel je het dan echt niet?'

Ze voelde de stoel van de auto onder haar achterste, natte kleren die tegen haar huid kleefden, de verzadigde vochtige lucht, en ze voelde een angst voor het onbekende, als een enorme donkere leegte waar ze in dreigde te vallen, maar ze voelde niet waarover hij het had, omdat hij moest glimlachen om wat hij voelde.

Haar stem was het enige droge aan haar, droog en verschrompeld en gebarsten, en ze verwachtte dat ze zand zou spuwen. 'Wat voelen? Leg het me eens uit.'

Hij was zo jong en nog zo onberoerd door het leven dat zijn frons geen lijnen kon trekken in zijn gladde voorhoofd. Hij staarde naar buiten naar de regen en zei ten slotte: 'Jee, ik heb er niet de juiste woorden voor.'

Hoewel Barty's vocabulaire veel groter was dan dat van een gemiddeld kind van drie, en hoewel hij las en schreef op het niveau van een vierdeklasser, begreep Agnes waarom hij er de woorden niet voor had. Zelfs zij met haar veel grotere woordenschat was sprakeloos door wat hij had gedaan.

'Schat, heb je dit ooit eerder gedaan?'

Hij schudde zijn hoofd. 'Heb nooit geweten dat ik het kon.'

'Je hebt nooit geweten dat je het kon... lopen waar de regen niet was?'

'Nee. Pas toen ik het moest.'

Warme lucht die uit de openingen in het dashboard stroomde, bracht haar verkilde botten geen warmte. Terwijl ze een pluk nat haar uit haar gezicht veegde, merkte ze dat haar handen trilden.

'Wat is er aan de hand?' vroeg Barty.

'Ik ben... ik ben een beetje bang, Barty.'

Van verbazing gingen zijn wenkbrauwen en zijn stem omhoog: 'Waarom?'

Omdat jij in de regen kunt lopen zonder nat te worden, omdat je op een andere plaats kunt lopen en god mag weten waar die andere plaats is en of je daar niet op de een of andere manier vast kunt komen te zitten, vast kunt komen te zitten waardoor je nooit

meer terugkomt, en als je dit kunt, zijn er zeker nog andere din-
gen die je kunt, en zelfs zo slim als jij bent, kun je niet de gevaren
van al die dingen weten – niemand kan het weten – en dan heb je
nog die mensen die in je geïnteresseerd zullen raken als ze wisten
dat je dit kunt, wetenschappers die in jou willen wroeten en, er-
ger nog dan wetenschappers, gevaarlijke mensen die zouden zeg-
gen dat de nationale veiligheid voor de rechten gaat van een moe-
der op haar kind, mensen die je zouden kunnen stelen waardoor
ik je nooit meer te zien krijg, wat voor mij de dood zal betekenen,
want ik wil dat je een normaal, gelukkig leven leidt, een goed le-
ven, en ik wil je beschermen en je op zien groeien tot de fijne man
die je zult worden, dat weet ik, omdat ik meer van jou hou dan
van wat ook, en omdat je zo lief bent en niet beseft hoe plotseling,
hoe vreselijk dingen fout kunnen lopen.

Dat alles dacht ze. Maar ze sloot haar ogen en zei: 'Het gaat zo
wel weer. Geef me heel even, goed?'

'Je hoeft nergens bang voor te zijn,' verzekerde Barty haar.

Ze hoorde het portier en toen ze haar ogen opende was de jongen
al uit de auto geglipt, weer de stortregen in. Ze riep hem terug,
maar hij bleef lopen.

'Mama, moet je kijken.' Hij draaide zich rond in de wolkbreuk,
met zijn armen uitgestrekt. 'Niet eng!'

Terwijl haar de adem steeds weer in de keel stokte, haar hart bonsde, keek Agnes door het open portier naar haar zoon.

Ronddraaiend in kringetjes, hield hij zijn hoofd achterover, bood
zijn gezicht aan de stromende regen en lachte.

Ze zag nu wat ze niet had kunnen zien toen ze met hem over het
kerkhof had gerend, want nu keek ze rechtstreeks naar hem. Toch,
dit zien maakte het nog niet makkelijk te geloven.

Barty stond in de regen, omgeven door de regen, geranseld door
de regen, mét de regen. Verzadigd gras maakte een zuigend geluid
onder zijn gympen. De druppels, met miljoenen, bogen en draaiden niet magisch om zijn gestalte heen, veranderden niet sissend
in stoom op slechts een millimeter van zijn huid. Toch bleef hij
droog als het kindje Mozes in de door zijn moeder gemaakte bie-
zen mand op de rivier.

De avond van Barty's geboorte, toen Joey dood in de door de pick-
up truck aangereden Pontiac lag, en ziekenbroeders Agnes' brancard naar de achterdeur van de ambulance hadden gereden, had
ze haar man daar zien staan, net zo onaangeraakt door de regen
als haar zoon nu. Maar de droge Joey in die regenbui was een geest

geweest, of een illusie veroorzaakt door shock en bloedverlies.

In het namiddaglicht, op kerstavond, was Barty geen geest, geen illusie.

Voor de stationcar, zwaaiend naar zijn moeder, schreeuwde Barty: 'Niet eng!'

Verrukt, bang maar met stomheid geslagen, leunde Agnes naar voren en keek met iets samengeknepen ogen door de heen en weer zwiepende ruitenwissers.

Hij kwam dichterbij, langs het voorspatbord, vrolijk op en neer springend als op een springstok, nog altijd zwaaiend.

De jongen was niet doorzichtig als de geest van zijn vader was geweest op die druilerige januarimiddag, bijna drie jaar geleden. Hetzelfde verdronken licht, op deze grijze namiddag, toonde de grafzerken en de druipende bomen zoals het ook Barty liet zien, en geen straling van een andere wereld scheen spookachtig door hem heen zoals door de dode en herrezen Joey.

Naast het raampje stond Barty rare gezichten naar zijn moeder te trekken en overdreven in zijn neus te peuteren. 'Niet eng, mam.'

In reactie op een verschrikkelijk gevoel van gewichtsloosheid werd Agnes' tweehandige greep op het stuur zo strak dat haar handen pijn deden. Ze hield zich uit alle macht vast, alsof ze werkelijk risico liep uit de auto omhoog te vliegen naar de bron van de rafelende strengen regen.

Aan de andere kant van het raampje deed Barty niet wat Agnes verwachtte van een jongen die niet helemaal deel uitmaakt van een dag in de regen: hij flikkerde niet als een beeld op een tv-scherm met storing; hij trilde niet als een spookfiguur in de luchtspiegeling van een Sahara-hitte, hij vervaagde niet als een weerspiegeling in een beslagen spiegel.

Hij was net zo echt als elke jongen. Hij was wel in de dag, maar niet in de regen. Hij liep naar de achterkant van de auto.

Zich omdraaiend op haar stoel en haar nek strekkend, probeerde Agnes haar zoon in het zicht te houden.

Ze raakte hem kwijt. Angst klopte, klopte op de deur van haar hart, omdat ze er zeker van was dat hij was verdwenen, zoals er blijkbaar schepen verdwenen in de Bermuda-driehoek.

Toen zag ze hem naar voren komen langs de rechterkant van de auto.

Haar vreselijke gevoel van gewichtsloosheid werd iets dat veel beter was: een opgewektheid, een stimulerende lichtheid van de ziel. Angst bleef ze houden – angst om Barty en de vreemde complexiteit van de schepping waar ze net een glimp van had opgevangen – maar verwondering en woeste hoop temperden die.

Hij bereikte het open portier en grijnsde. Geen grijns van de Cheshire kat, hangend in de lucht, zonder lijf, tanden zonder strepen. Een grijns met een volledige Barty.

Hij stapte in de auto. Een jongen. Klein. Fragiel. Droog.

57

Het Jaar van het Paard, 1966, en het Jaar van het Schaap, 1967, boden Junior Cain vele mogelijkheden voor persoonlijke groei en zelfontwikkeling. Ook al was hij met Kerstmis 1967 nog niet in staat om droog door de regen te wandelen, toch was het een periode van succes en veel plezier voor hem.

Ook een periode vol onrust.

Terwijl het paard en het schaap ieder hun twaalf maanden uitgraasden, viel er per ongeluk een H-bom uit een B-52 en raakte zoek in de zee voor Spanje, om pas na twee maanden gevonden te worden. Mao Tse Toeng begon zijn culturele revolutie en vermoordde 30 miljoen mensen ten behoeve van de Chinese samenleving. James Meredith, voorvechter voor de mensenrechten, liep een schotwond op tijdens een mars in Mississippi. In Chicago vermoordde Richard Speck acht verpleegsters in een slaapzaal en een maand later beklom Charles Whitman de toren van de universiteit van Texas vanwaar hij twaalf mensen doodschoot. Artritis dwong Sandy Koufax, de held van de Dodgers, zich terug te trekken. De astronauten Grissom, White en Chaffee kwamen om in een vuurzee die hun Apollo-ruimteschip wegvaagde tijdens een natuurgetrouwe lanceringssimulatie. Onder de beroemdheden die het tijdelijke voor het eeuwige verwisselden, bevonden zich Walt Disney, Spencer Tracy, saxofonist John Coltrane, schrijver Carson McCullers, Vivien Leigh en Jane Mansfield. Junior kocht *Het hart als een havik* van McCullers en al twijfelde hij er niet aan dat zij een goede schrijfster was, hij vond haar werk naar zijn smaak een beetje te ver gaan. In de loop van deze jaren werd de wereld door elkaar geschud door aardbevingen, overvallen door orkanen en tyfoons, geteisterd door overstromingen, droogtes en politici, verwoest door ziektes. En in Vietnam waren de vijandelijkheden nog altijd aan de gang.

Junior had geen belangstelling meer voor Vietnam en hij was ook niet nieuwsgierig naar de rest van het nieuws. Die twee jaren maakte hij zich alleen zorgen om Thomas Vanadium.

Al was hij uit de weg geruimd, de maniakale smeris bleef een bedreiging voor hem.

Een tijdlang wist Junior zichzelf half en half te overtuigen dat het kwartje in de cheeseburger in december 1965 een toevalligheid was geweest, die niets met Vanadium te maken had. Zijn korte bezoek aan de keuken op zoek naar de schuldige had hem alle aanleiding gegeven te geloven dat het daar met de hygiëne niet zo best gesteld was. Terugdenkend aan de smoezelige personeelsleden van dat culinaire doodseskader mocht het nog een geluk heten dat hij niet een dode rat in de gesmolten kaas had gevonden, of een oude sok. Maar op 23 maart 1966, na een kwalijke ontmoeting met Frieda Bliss – een verzamelaarster van het werk van Jack Lientery, een belangrijke nieuwe schilder – beleefde Junior iets dat hem hevig verontrustte, omdat het meer betekenis gaf aan het incident in de cafetaria. Hij wilde nu maar dat hij zijn pistool niet had afgestaan aan de politie om het te laten omsmelten.

Maar in de drie maanden die eraan voorafgingen was het leven goed.

Van Kerstmis tot eind februari ging hij om met een mooie effectenmakelaar – Tammy Bean – die was gespecialiseerd in het taxeren van firma's die winstgevende contacten onderhielden met onmenselijke dictators.

Ook hield ze van katten, en ondersteunde het heilzame werk van Kattenopvang die zwerfkatten redde van de gasdood in het stadsasiel. Ze ging over de investeringen van deze liefdadigheidsinstelling. Binnen tien maanden zette Tammy twintigduizend dollar aan fondsgelden om in een kwart miljoen door te speculeren in effecten van een Zuid-Afrikaanse firma die omhoogschoot op de markt door de verkoop van biochemische oorlogstechnologie aan Noord-Korea, Pakistan en de republiek Tanzania, die voornamelijk sisal exporteerde.

Een tijdlang deed Junior enorm zijn voordeel met Tammy's adviezen en had hij geweldige seks met haar. Bij wijze van beloning voor alle orgasmes schonk Tammy hem een Rolex. Hij stoorde zich niet aan haar vier katten, zelfs niet toen het er zes werden en daarna acht.

Helaas, op 28 februari, om twee uur 's nachts, werd Junior alleen wakker in Tammy's bed, en toen hij ging kijken waar ze was, bleek ze te zitten eten in de keuken. Zonder vork, met haar blote vingers, zat ze een blik kattenvoer leeg te schrokken, de happen wegspoelend met grote slokken koffiemelk.

Sindsdien stond het idee om haar te kussen hem tegen en liep hun relatie stuk.

In diezelfde periode – hij had een abonnement op de opera – woonde hij de voorstelling bij van Wagners *Der Ring des Nibelungen*. Geboeid door de muziek maar niet in staat om een woord van de tekst te verstaan, nam hij Duitse les bij een privé-leraar.

Intussen bekwaamde hij zich in het mediteren. Onder leiding van Bob Chicane liet Junior kernmeditatie geleidelijk los en kon hij het ten slotte zonder het beeld van de kegel stellen. Deze geavanceerde vorm is veel moeilijker, en heeft de bedoeling om de geest totaal leeg te maken.

Ongeleide meditaties zonder kern, als ze langer dan een uur duren, houden risico's in. Daar zou Junior tot zijn schrik in september achter komen.

Maar eerst de 23ste maart: de kwalijke ontmoeting met Frieda Bliss en wat hij in zijn woning aantrof toen hij die nacht thuiskwam.

Even rondborstig als de toen nog levende Jane Mansfield droeg Frieda nooit een beha. In 1966 zag je die losse stijl niet zo vaak. Aanvankelijk had Junior niet door dat het niet-dragen van een beha voor Frieda een uiting was van haar feminisme; hij dacht dat ze gewoon een slet was.

Hij had haar leren kennen op een cursus zelfontwikkeling met de titel 'Verhoogde assertiviteit door middel van gecontroleerd geschreeuw'. Deelnemers leerden in zichzelf schadelijke onderdrukte emoties te onderkennen en die te uiten door het zo authentiek mogelijk imiteren van dierengeluiden.

Diep onder de indruk van het hyenagekrijs waarmee Frieda zichzelf bevrijdde van een kindertrauma veroorzaakt door een autoritaire grootmoeder, vroeg Junior haar mee uit te gaan.

Ze had een pr-bureau dat was gespecialiseerd in kunstschilders. En onder het eten praatte ze aan één stuk door over het werk van Jack Lientery. Zijn laatste werken – uitgeteerde baby's tegen een achtergrond van rijp fruit en andere symbolen van overvloed – hadden de critici in vervoering gebracht.

Opgetogen over zijn omgang met iemand die tot aan haar nek in de kunst zat – zeker na twee maanden met Tammy Bean die alleen maar met geld bezig was – viel het Junior tegen dat Frieda bij hun eerste afspraak niet meteen met hem naar bed ging. Meestal was hij onweerstaanbaar, zelfs voor vrouwen die géén sletten waren.

Maar na hun tweede afspraak vroeg Frieda Junior binnen in haar appartement, om haar Lientery-collectie te bekijken en ongetwijfeld een ritje te maken op Cains seksmachine. Ze bezat zeven doeken van de schilder, deels als betaling voor haar pr-werk.

Lientery's werk voldeed aan de eisen van grote kunst, waarover Junior in zijn colleges kunstgeschiedenis geleerd had. Het tastte zijn gevoel voor werkelijkheid aan, verwarde hem, vervulde hem met angst en afschuw voor het menselijke bestaan, en maakte dat hij wilde dat hij niet net gegeten had.

Terwijl ze commentaar gaf op elk meesterwerk, praatte Frieda steeds onsamenhangender. Ze had een paar cocktails gedronken, een halve fles Cabernet Sauvignon en twee cognacjes.

Junior hield van vrouwen die veel dronken. Die waren gewoonlijk geneigd tot vrijen – of op zijn minst daar gemakkelijk toe over te halen.

Tegen de tijd dat ze aan het zevende schilderij toe waren, waren alcohol en de rijke Franse keuken en Jack Lientery's krachtige kunst Frieda te veel geworden. Ze kokhalsde, leunde met een hand tegen het schilderij, boog haar hoofd en pleegde een daad van slechte public relations.

Junior sprong bijtijds achteruit om uit de gevarenzone te komen. Dat zette een streep onder iedere hoop op romantiek en hij voelde zich erg teleurgesteld. Een man met minder zelfbeheersing zou de bronzen vaas gepakt hebben die vlak bij hem stond – met de vorm van een dinosaurusdrol – en haar erin geprop hebben of andersom.

Toen Frieda uitgekotst en uitgevloerd was, liet Junior haar liggen waar ze lag en ging op ontdekkingstocht door haar huis.

Sinds hij veertien maanden eerder Vanadiums huis doorzocht had, had Junior het genoegen ontdekt om andere mensen in hun afwezigheid te leren kennen via hun huizen. Omdat hij geen arrestatie wegens inbraak wilde riskeren, waren deze onderzoekingstochten zeldzaam, afgezien van de huizen van vrouwen die hij lang genoeg kende om hun sleutel te krijgen. Gelukkig was een week van geslaagde seks in deze gouden eeuw van vertrouwen en losse relaties genoeg om elkaars huissleutel te krijgen.

Aan de andere kant moest Junior vaak zijn sloten verwisselen.

En nu hij niet van plan was opnieuw met deze vrouw af te spreken, greep hij de enige kans die hij ooit zou krijgen om de intieme en excentrieke details van haar leven te leren kennen. Hij begon in haar keuken, bekeek de inhoud van de kasten en koelkast en eindigde zijn tocht in haar slaapkamer.

Van alle bijzonderheden die Junior ontdekte, interesseerde Frieda's wapens hem het meest. Door het hele huis lagen wapens: revolvers, pistolen en twee geweren. Al met al zestien stuks.

Voor het merendeel waren de vuurwapens geladen en klaar voor gebruik, maar vijf ervan lagen in dozen onder in haar slaapkamerkast. Gezien de verkoopbon op de buitenkant van de originele verpakking had ze deze wapens legaal verkregen.

Junior kon alleen maar gissen wat de oorzaak van haar paranoia was – te meer daar hij tot zijn verrassing zes boeken van Caesar Zedd tegenkwam in haar kleine boekenkast. Ze zaten vol ezelsoren en grote delen van de tekst waren dik onderstreept.

Ze had er duidelijk niet veel van opgestoken. Geen enkele oprechte en attente student van Zedd zou zoveel gebrek aan zelfbeheersing hebben als Frieda Bliss.

Junior pakte een van de 9mm semi-automatisch pistolen uit. Er zouden misschien maanden overheen gaan voordat ze dat ding zou missen, en tegen die tijd zou ze niet meer weten wie dat had meegenomen.

Verborgen onder dameslingerie trof Junior een voorraad ammunitie aan, waaronder een doos met de juiste 9mm-patronen.

Junior vertrok, Frieda bewusteloos en stinkend achterlatend, een toestand waarin haar behaloze borsten hem niet meer konden opwinden.

Eenmaal thuis, twintig minuten later, schonk hij zichzelf een sherry met ijs in. Hij nam het drankje mee naar zijn woonkamer om zijn twee schilderijen te bewonderen.

Met een deel van zijn winst van Tammy Beans effectenhandel had hij een tweede schilderij van Sklent gekocht, getiteld *In het brein van de baby wacht de parasiet van de verdoemenis, versie 6*. Het was zo heerlijk weerzinwekkend dat er geen twijfel kon bestaan over het talent van de geniale schilder.

Ten slotte bleef Junior staan voor zijn IJzeren Vrouw, in al haar glorie van schroot. Haar borsten van pannen deden hem denken aan Frieda's weelderige boezem en, helaas, haar wijdopen schreeuwende mond herinnerde hem aan Frieda's kotsen.

Zijn kunstbeleving werd aangetast door deze associaties, en toen Junior zich afkeerde van de IJzeren Vrouw, werd zijn aandacht ineens getrokken door de kwartjes. Drie lagen er op de vloer bij haar getandwielde voeten. Die hadden daar nog niet eerder gelegen.

Nog steeds hield ze haar metalen handen defensief over haar borsten gekruist. De beeldhouwer had grote achthoekige bouten aan haar spindunne vingers gelast die de knokkels moesten voorstellen, en balancerend op een bout lag een vierde kwartje.

Alsof ze aan het oefenen was geweest tijdens Juniors afwezigheid. Alsof er eerder die avond iemand geweest was om haar de truc te leren.

Het 9mm-pistool en de ammunitie lagen binnen bereik. Met bevende handen laadde Junior het vuurwapen.

Terwijl hij zijn best deed het gekmakende jeuken van zijn fantoomteen te negeren, doorzocht hij zijn huis. Hij liep behoedzaam, vastbesloten zich deze keer niet per ongeluk in zijn voet te schieten. Vanadium was nergens te bekennen, dood noch levend.

Junior belde een slotenmaker die 24 uur per dag bereikbaar was en betaalde het dubbele tarief om al zijn deursloten te vervangen.

De volgende dag zei hij zijn Duitse lessen af. Onmogelijke taal. Zulke lange woorden.

Los daarvan hield hij nu niet veel tijd meer over voor nieuwe talen of opera's. Hij had het al zo druk dat hij onvoldoende tijd had om Bartholomeus te zoeken.

Dierlijk instinct zei Junior dat het gedoe met het kwartje in de cafetaria en de kwartjes hier iets te maken had met het vinden van Bartholomeus, het bastaardkind van Seraphim White. Hij had geen logische verklaring voor die relatie; maar zoals Zedd leerde, was dierlijk instinct de enig onbesmette waarheid die we ooit zullen kennen.

Als gevolg daarvan trok hij elke dag meer tijd uit voor de telefoonboeken. Hij had alle telefoonboeken van de Bay Area aangeschaft: die van de negen districten en van de stad zelf.

Iemand genaamd Bartholomeus had Seraphims zoon geadopteerd en het kind naar zichzelf genoemd. Dankzij door meditatie veroverd geduld nam hij die taak ter hand, en al snel dreunde er een mantra in zijn hoofd die gelijk opliep met het nalopen van alle namen. *Vind de vader, dood de zoon.*

Seraphims kind moest al net zo lang leven als Naomi dood was, bijna vijftien maanden. In vijftien maanden moest Junior de kleine bastaard vinden en afmaken.

Af en toe werd hij 's nachts wakker en hoorde zichzelf de mantra mompelen, die hij blijkbaar in zijn slaap onophoudelijk herhaald had: 'Vind de vader, dood de zoon.'

In april ontdekte Junior drie Bartholomeusen. Na onderzoek, bereid om een moord te plegen, kwam hij erachter dat geen van hen een zoon had die Bartholomeus heette of zelfs ooit een kind geadopteerd had.

In mei vond hij een andere Bartholomeus, niet de juiste.

Junior hield alles op papier zorgvuldig bij, maar het was zijn instinct dat hem vertelde dat een van hen de ware moest zijn, zijn dodelijke vijand. Hij kon ze allemaal vermoorden om zeker te zijn, maar zo'n hoeveelheid dode Bartholomeusen zou toch vroeg of laat de aandacht van de politie trekken.

Op 3 juni vond hij een nieuwe onbruikbare Bartholomeus, en op zaterdag de 25ste vonden twee zeer verontrustende incidenten plaats. Hij zette de radio aan en ontdekte dat 'Paperback Writer', weer een liedje van de Beatles, de top had gehaald, en hij kreeg een telefoontje van een dode vrouw.

Lager op de tophitlijst stonden Tommy James en de Shondells, echte Amerikaanse jongens, met 'Hanky Panky', een beter nummer dan dat van de Beatles volgens Junior. Dat zijn landgenoten faalden zulk talent van eigen bodem te steunen, ergerde hem. De natie leek geneigd zich over te geven aan de cultuur van vreemden.

De telefoon ging om tien voor halfvier in de middag, net nadat hij walgend de radio had afgezet. Hij had bijna gezegd *Vind de vader, dood de zoon*, in plaats van 'hallo'.

'Spreek ik met Bartholomeus?' vroeg een vrouw.

Junior was met stomheid geslagen.

'Kan ik alstublieft met Bartholomeus spreken?' smeekte de vrouw dringend.

Ze sprak zacht, bijna fluisterend, maar haar stem klonk gespannen; onder andere omstandigheden zou hij sexy geklonken hebben.

'Met wie spreek ik?' vroeg hij.

Maar zijn woorden kwamen er te dun en beverig uit.

'Ik móét Bartholomeus waarschuwen.'

'Met wie spreek ik?'

Een spookachtige stilte volgde op die vraag. Toch bleef hij luisteren. Hij voelde dat ze er nog was, ondanks de grote afstand.

Zich bewust van het gevaar dat hij de verkeerde dingen kon zeggen, klemde Junior zijn kaken op elkaar en wachtte.

Toen ten slotte de vrouw opnieuw sprak, klonk haar stem koninkrijken ver. 'Zult u Bartholomeus vertellen...'
Junior drukte de hoorn zo stevig tegen zijn hoofd dat zijn oor er zeer van deed.
Heel ver weg: 'Zult u hem vertellen...'
'Wát moet ik hem vertellen?'
'Vertel hem dat Victoria heeft gebeld om hem te waarschuwen.'
Klik.
Weg was ze.

Hij geloofde niet in rusteloze doden. Helemaal niet.
Omdat hij de stem van Victoria Bressler zo lang niet had gehoord – en dan nog maar twee keer – en de vrouw zo zacht gesproken had, kon Junior niet uitmaken of het een en dezelfde stem was geweest. Nee, onmogelijk. Anderhalf jaar geleden had hij Victoria vermoord. Wie dood was, was voorgoed verdwenen.
Junior geloofde niet in goden, duivels, hemel, hel, leven na de dood. Hij geloofde maar in één ding: zichzelf.
Toch gedroeg hij zich sindsdien, sinds het telefoontje in de zomer van 1966, als een man die spoken zag. Ieder zuchtje wind, zelfs warme, verkilde hem en dwong hem zich om te draaien om de oorzaak ervan te vinden. Midden in de nacht kon het meest onschuldige geluid hem het bed uit jagen om zijn woning te doorzoeken, beducht voor iedere onschuldige schaduw en alles wat in de hoeken van zijn ogen onzichtbaar bleef.
Soms, onder het scheren of terwijl hij zijn haar kamde, dacht Junior iets van een dreiging in de spiegel te zien. Duister en nevelig, nog minder duidelijk dan rook. Ergens achter hem. Bij andere gelegenheden leek dat iets binnen ín de spiegel te bewegen. Hij kon het niet vatten, niet bestuderen, want zo gauw hij zich ervan bewust werd, was het verdwenen.
Zijn fantasie sloeg natuurlijk op hol van de stress.
Meer en meer viel hij terug op meditatie om onder de druk uit te komen. Hij werd zo bedreven in concentratiemeditatie – het leegmaken van zijn geest – dat een halfuur ervan opwoog tegen een hele nacht slapen.
Maandag 19 september, laat in de middag, keerde Junior vermoeid naar huis terug na weer een mislukte zoektocht naar Bartholomeus, deze keer aan de overkant van de baai in Corte Madera. Uitgeput van zijn eindeloze taak, gedeprimeerd door het gebrek aan succes, zocht hij zijn heil in meditatie.

In zijn slaapkamer, slechts gekleed in een onderbroek, ging hij zitten op een zijden kussen gevuld met ganzendons. Zuchtend nam hij de lotushouding aan: rug gestrekt, benen in kleermakerszit, handen in rust met de palmen omhoog.

'Een uur,' kondigde hij aan, zich voornemend binnen zestig minuten uit zichzelf weer tot zijn positieven te komen.

Toen hij zijn ogen sloot, zag hij een kegel, een restbeeld uit zijn kernmeditatietijd. Binnen een minuut lukte het hem de kegel te dematerialiseren en zijn geest te vullen met een blanke leegte: geen beeld, geen geluid, helemaal leeg.

Het witte niets.

Na een tijdje verbrak een stem de stilte. Bob Chicane. Zijn leraar. Bob probeerde hem beetje bij beetje terug te halen uit zijn diepe meditatieve staat, terug, terug, terug...

Dit was een herinnering, geen echte stem. Zelfs al werd je nog zo bekwaam in mediteren, je geest bleef zich verzetten tegen zo'n diepe val in weldadige onbewustheid, en saboteerde die met alle soorten herinneringen.

Gebruikmakend van zijn vermogen tot concentratie, dat aanzienlijk was, probeerde Junior het spook Chicane tot zwijgen te brengen. Aanvankelijk vervaagde de stem, maar toen nam deze weer toe en werd nog nadrukkelijker.

Junior voelde een druk op zijn ogen en de witte leegte week voor visuele hallucinaties die zijn innerlijke rust verstoorden. Hij voelde hoe iemand aan zijn oogleden trok en het bezorgde gezicht van Bob Chicane – met de scherpe trekken van een vos, zwart krulhaar en een walrussnor – verscheen vlak voor hem.

Hij nam aan dat Chicane niet echt was.

Algauw begreep hij dat dit een verkeerde veronderstelling moest zijn, want toen de leraar hem uit zijn lotushouding probeerde te halen, verloor Junior zijn defensieve ongevoeligheid en voelde hij pijn. Een marteling.

Hij had kramp over zijn hele lichaam. In zijn benen het ergst, ze waren vol met hete pijnscheuten.

Chicane was niet alleen. Sparky Vox, de conciërge van het gebouw, stond gebukt achter hem. Hij was al tweeënzeventig, maar hij had de lenigheid van een dier. Sparky liep niet zozeer, maar holde als een kapucijnaap.

'Het was toch wel goed dat ik hem binnenliet, meneer Cain?' Sparky had ook het uitstekende bovengebit van een kapucijnaap. 'Hij zei dat het een noodgeval was.'

Nadat hij Junior uit zijn meditatieve positie had gehaald, duwde Chicane hem op zijn rug en begon woest – waarlijk woest – zijn dijen en kuiten te masseren. 'Heel erge spierkramp,' legde hij uit. Junior merkte dat er kwijl uit zijn rechtermondhoek liep. Hij bracht zijn hand omhoog om het weg te vegen.

Blijkbaar kwijlde hij al een hele tijd. Waar zijn kin en keel niet kleverig aanvoelden, lag er een korst van gedroogd speeksel op zijn huid.

'Toen je niet opendeed, begreep ik wat er gebeurd moest zijn,' vertelde Chicane aan Junior.

Toen zei hij iets tegen Sparky die het vertrek verliet.

Van ellende kon Junior niet spreken, zelfs niet jammeren. Alle speeksel was uit zijn open mond gelopen, zodat zijn keel droog en rauw aanvoelde. Het was alsof hij op een mondvol zoute scheermesjes had gekauwd. Zijn adem leek te knisperen. De ruwe massage begon juist een beetje de pijn in zijn benen te verlichten toen Sparky terugkwam met zes plastic zakken vol ijs. 'Meer hadden ze niet in de winkel.'

Chicane legde het ijs tegen Juniors dijen. 'Hevige kramp veroorzaakt ontstekingen. Twintig minuten ijs afgewisseld met twintig minuten massage en je hebt het ergste gehad.'

Maar het ergste moest nog komen.

Tegen die tijd begon Junior te beseffen dat hij opgesloten had gezeten in een meditatieve trance van minstens achttien uur. Hij was op maandagmiddag in de lotushouding gaan zitten – en Bob Chicane was verschenen voor hun wekelijkse sessie op dinsdagochtend elf uur.

'Je bent beter in kernloze meditatie dan iedereen die ik ken, zelfs beter dan ik. En dat is precies waarom juist jij nóóit in je eentje zo'n lange sessie mag doen,' schold Chicane hem uit. 'Je had op z'n minst je elektronische meditatiewekker moeten gebruiken. Die zie ik nergens liggen, of wel soms?'

Schuldbewust schudde Junior zijn hoofd.

'Nee, nergens,' herhaalde Chicane. 'Met een meditatiemarathon schiet je niets op. Twintig minuten moeten genoeg zijn, man. Hooguit een halfuur. Jij vertrouwde zeker op je innerlijke klok?'

Beschaamd knikte Junior.

'En die had je op een uur afgesteld, waar of niet?'

Voordat Junior bevestigend kon knikken, kwam het ergste: verlamming van de blaas.

Hij mocht blij zijn dat hij gedurende zijn lange trance zichzelf niet had bepist. Nu leek iedere vernedering hem minder erg toe dan deze gemene kramp.

'O, heremijntijd,' kreunde Chicane terwijl hij en Sparky Junior samen naar de badkamer sleepten. De behoefte om zich te ontlasten was overweldigend, en de drang om te urineren overrompelend. En toch kon hij niet plassen. Achttien uur lang waren zijn natuurlijke behoeftes opgeschort door zijn meditatie. Nu bleek de gouden vaas gesloten. Iedere keer dat hij probeerde te plassen, werd hij getroffen door een nieuwe kramp. Hij had het gevoel alsof zijn blaas een heel meer bevatte, dat was afgesloten door een dam.

Zijn hele leven had Junior nog niet zo'n pijn ervaren zonder eerst iemand te vermoorden.

Omdat hij niet wilde vertrekken voordat zijn leerling fysiek, emotioneel en mentaal buiten gevaar was, bleef Bob Chicane tot halfvier. Toen hij vertrok, had hij slecht nieuws voor Junior: 'Ik moet je schrappen van mijn cursistenlijst, man. Het spijt me, maar jij gaat me te ver. Veel te ver. Dat gaat voor alles op wat je doet. Al die vrouwen met wie je uitgaat. Dat hele kunstgedoe. Dat geklooi met die telefoonboeken – en nou weer die meditatie. Veel te ver. Sorry. Het ga je goed, man.'

In zijn eentje zat Junior te ontbijten, met een kan koffie en een hele chocoladecake.

Toen de krampen voorbij waren en het meer in Juniors blaas was leeggelopen, had Chicane hem veel koffie met suiker aangeraden, als middel tegen een onwaarschijnlijke, maar niet onmogelijke spontane terugval in de staat van trance.

'Hoe dan ook, als je zo'n lange tijd van de wereld bent geweest, zal je voorlopig geen behoefte aan slapen hebben.'

En zowaar, al voelde hij zich zwak en verkrampt, toch voelde Junior zich geestelijk verfrist en verbazend helder.

Het werd tijd dat hij eens serieus nadacht over zijn situatie en zijn toekomst. Zelfverbetering bleef een prijzenswaardig doel, maar vereiste een duidelijker doelstelling.

Hij bezat het vermogen om in alles tot het uiterste te gaan. Daarin had Bob Chicane de spijker op zijn kop geslagen: Junior ging verder dan wie dan ook, beschikte over meer talent en energie dan gewone mensen.

Achteraf bezien werd het hem duidelijk dat meditatie niets voor hem was. Dat was een passieve handeling, terwijl hij van nature een man van actie was, het gelukkigst als hij kon handelen.

Hij had zijn heil gezocht in meditatie omdat hij zich gefrustreerd voelde door de voortdurende mislukking van zijn jacht op Bartholomeus. En verontrust door zijn ogenschijnlijk paranormale ervaringen met kwartjes en telefoontjes uit het dodenrijk. Veel meer verontrust dan hij zichzelf had willen toegeven.

Angst voor het onbekende is een zwakheid, want het veronderstelt dimensies in het leven die buiten de menselijke controle vallen. Zedd leert dat niets buiten onze controle valt, dat de natuur niets anders is dan een gedachteloze versnipperaar, met niet meer geheimzinnigheid in zich dan een appeltaart.

Erger nog, angst voor het onbekende is ook een zwakte omdat het ons vernedert. Nederigheid, leert Caesar Zedd, is voorbehouden aan verliezers. Met het oog op maatschappelijk en financieel voordeel moeten we ons nederig voordoen – sloffend en met het hoofd gebogen en onszelf kleinerend – want bedrog is wat de beschaving doet draaien. Maar als we ons ooit overgeven aan echte nederigheid, zullen we niet verschillen van de massa die, zoals Zedd het noemt, niets anders is dan 'sentimenteel rioolslib dat dol is op mislukking en het vooruitzicht van zijn eigen ondergang'.

Zich volproppend met cake en koffie als wapen tegen een spontane terugval in meditatieve catatonie, erkende Junior ronduit dat hij zwak was geweest, dat hij angstig op het onbekende gereageerd had en het niet moedig onder ogen had willen zien. Omdat ieder van ons niemand anders in de wereld kan vertrouwen dan alleen zichzelf, is zelfbedrog gevaarlijk. Hij mocht zichzelf meer na deze oprechte bekentenis van zwakte.

Afgestraft door de recente gebeurtenissen, nam hij zich heilig voor niet meer aan meditatie te doen en niet meer passief te reageren op de uitdagingen van het leven. Hij moest het onbekende onderzoeken in plaats van ervoor op de vlucht te gaan. Bovendien zou hij daarmee bewijzen dat het onbekende niets anders was dan appeltaart of griesmeel, of zoiets.

Om te beginnen moest hij alles te weten zien te komen over geesten, spoken en de wraakzucht van de doden.

In de rest van het jaar 1966 overkwamen Junior Cain slechts twee ogenschijnlijk paranormale dingen. Om te beginnen op woensdag 5 oktober.

Op zijn tocht langs de nieuwste kunstwerken in zijn favoriete galeries kwam Junior ten slotte terecht bij de vitrine van Galerie Coquin. In het oog vallend voor voorbijgangers in de drukke straat stonden de beeldhouwwerken van Wroth Griskin opgesteld: twee grote sculpturen, ieder zeker met een gewicht van meer dan 200 kilo, en zeven veel kleinere bronzen beelden op een voetstuk.

Griskin, een ex-gevangene, had elf jaar gezeten voor doodslag totdat hij voorwaardelijk vrijkwam door de inspanningen van een groep kunstenaars en schrijvers. Hij was heel getalenteerd. Nooit eerder had iemand kans gezien eenzelfde mate van woede en gewelddadigheid uit te drukken in brons. En Junior had al heel lang het werk van deze kunstenaar op zijn verlanglijstje staan.

Acht van de negen beelden maakten zo'n verontrustende indruk dat veel voorbijgangers er slechts uit hun ooghoeken naar durfden te kijken en zich dan verder haastten. Niet iedereen kan een kunstkenner zijn.

Het negende beeld had helemaal niets met kunst te maken en behoorde zeker niet tot het werk van Griskin, en niemand zou er ook maar half zo erg door verontrust raken als Junior. Op een zwart voetstuk stond een tinnen kandelaar die in alles leek op de kandelaar waarmee de schedel van Thomas Vanadium was ingeslagen en die nieuwe dimensies aan het voorheen platte gezicht van de smeris had toegevoegd.

Het grijze tin was gepatineerd met een zwart laagje, misschien roet, alsof het in een vuur had gelegen.

Boven aan de kandelaar was het metaal bevlekt met wijnrode spatten, de kleur van oude bloedvlekken.

Uit deze onheilspellende vlekken liepen draadjes omlaag die vastgekleefd zaten aan het tin. Ze leken op mensenhaar.

Angst deed Juniors bloed stollen en hij bleef stokstijf staan in de drukke mensenstroom, ervan overtuigd dat hij ieder moment een hartstilstand zou kunnen krijgen.

Hij sloot zijn ogen. Telde tot tien. Deed ze open.

De kandelaar stond nog steeds op het voetstuk.

Terwijl hij zichzelf voorhield dat de natuur domweg een machine was, totaal zonder geheimen, en dat het onbekende je altijd bekend bleek zodra je de sluier durfde op te lichten, kwam Junior weer in beweging. Elk van zijn voeten leek minstens zoveel te wegen als een van Wroth Griskins bronzen beelden, maar hij zag kans de stoep over te steken en Galerie Coquin binnen te gaan.

Geen klant of medewerker te bekennen in de eerste van de drie grote zalen. Alleen in de goedkopere galeries trof je veel bezoekers en zalvende verkopers aan. In zo'n chique zaak als Coquin werd het plebs ontmoedigd zich te vergapen, terwijl de hoge kwaliteit en de grote bezienswaardigheid van de kunst vielen af te lezen aan de bijna ziekelijke afkeer van het personeel om de handel aan te prijzen.

De tweede en derde zaal bleken ook verlaten en net zo gedempt als de gecapitonneerde ruimtes in een uitvaartcentrum. Maar helemaal achter in de laatste zaal bevond zich een kantoor. Toen Junior door de derde zaal liep, blijkbaar in de gaten gehouden door een gesloten videocircuit, gleed er een man te voorschijn om hem te begroeten.

De galeriehouder was lang, had zilverkleurig haar, scherpe gelaatstrekken, en de alwetende, koninklijke houding van een gynaecoloog aan het hof. Hij droeg een goed gesneden grijs pak en zijn gouden Rolex was er zo een waarvoor Wroth Griskin een moord zou hebben begaan in zijn jonge jaren.

'Ik zou een van de kleinere werken van Griskin willen bekijken,' zei Junior zo bedaard mogelijk, al was zijn mond droog van angst en tolden in zijn geest krankzinnige beelden rond van de maniakale smeris, dood en in staat van ontbinding, maar even goed loerend in de straten van San Francisco.

'O, ja?' vroeg de zilverharige eminentie die zijn neus optrok als verdacht hij de klant ervan te willen vragen of de zwarte sokkel bij de prijs was inbegrepen.

'Ik ben meer geboeid door schilderijen dan door de meeste objecten,' legde Junior uit. 'Eigenlijk is het enige beeld dat ik heb aangeschaft een Poriferan.'

De IJzeren Vrouw, die hij had aangeschaft voor iets meer dan negenduizend dollar, iets langer dan anderhalf jaar geleden en bij een andere galerie, zou nu op zijn minst dertigduizend dollar opbrengen, zo snel was de ster van Bavol Poriferan gerezen.

De ijzige houding van de galeriehouder ontdooide enigszins bij dit bewijs van smaak en financiële draagkracht. Hij lachte of trok een grimas bij een vaag maar onaangenaam luchtje – het viel moeilijk te zeggen welk – en stelde zichzelf voor als de eigenaar, Maxim Coquin.

'Het stuk dat me trof,' onthulde Junior, 'is dat ene dat nogal lijkt op een k-k-kandelaar. Dat verschilt nogal van die andere.'

Met gespeelde verbazing ging de galeriehouder hem voor door de drie zalen naar de vitrine, glijdend over de gepolitoerde vloer alsof hij wieltjes onder zijn schoenen had.

De kandelaar was verdwenen. Op het voetstuk waar hij gestaan had, stond nu een bronzen beeldhouwwerk van Griskin, zo verbijsterend briljant dat één blik al genoeg was om zowel nonnen als moordenaars nachtmerries te bezorgen.

Toen Junior uitleg probeerde te geven, trok Maxim Coquin een gezicht dat deed denken aan dat van een politieman die het alibi aanhoort van een verdachte met bebloede handen. Toen: 'Ik weet heel zeker dat Wroth Griskin geen kandelaars maakt. Als u dat zoekt moet u in een warenhuis wezen.'

Zowel boos als vernederd, maar even goed nog bang, vol tegenstrijdige emoties, verliet Junior de galerie.

Buiten draaide hij zich om en keek nog eens in de etalage. Hij verwachtte de kandelaar te zien, mogelijk alleen zichtbaar vanaf deze kant van de ruit, maar die was er niet.

Gedurende de herfst las Junior boeken over geesten, klopgeesten, spookhuizen, spookschepen, seances, geestenbezweringen, geestenmanifestaties, geestenoproepingen, magie, exorcisme, astrale projectie, Ouija en elke andere vorm van spiritisme, en over borduren.

Hij was gaan geloven dat ieder compleet mens een bezigheid moest hebben waarin hij uitblonk, en borduren sprak hem meer aan dan pottenbakken of papierknippen. Voor pottenbakken zou hij een draaischijf nodig hebben en een omvangrijke oven; en papierknippen gaf te veel rommel met al die lijm en dat vernis. Tegen december begon hij aan zijn eerste project: een kleine kussenhoes met daarop een geometrisch patroon om een citaat van Caesar Zedd heen: 'Nederigheid is voor sukkels.'

Op 13 december 's ochtends om acht minuten voor halfvier, na een drukke dag vol geestenonderzoek, het zoeken naar Bartholomeus in het telefoonboek en zijn borduurwerk, werd Junior gewekt door zingen. Een stem. Geen instrumentale begeleiding. Een vrouw.

Aanvankelijk dacht Junior, nog slaperig tussen de weelderige luxe van zijn katoenen Pratesi-lakens met zwartzijden versiersels, dat hij in de schemerzone verkeerde tussen waken en slapen en dat het zingen nog een restant was van een droom. De stem, harder en zachter wordend, klonk zo zwak dat hij de melodie niet direct kon thuisbrengen, maar toen hij 'Someone to watch over me' herkende, ging hij rechtop in bed zitten en gooide de dekens van zich af.

Junior knipte de lichten aan terwijl hij zocht naar de bron van de muziek. Hij had het 9mm-pistool in zijn hand, waar hij niets aan zou hebben gehad als de bezoeker een geest was, maar het vele lezen over geesten had hem er niet van overtuigd dat ze echt bestonden. Zijn vertrouwen in de doeltreffendheid van kogels – en van tinnen kandelaars, trouwens – bleef ongebroken.

Hoewel zwak en enigszins hol, was het zingen van de vrouw zuiver en zo toonvast dat deze a capella-uitvoering even zoet was voor het gehoor als een stem die werd begeleid door een orkest. Toch had de stem ook iets verontrustends, een griezelig hunkerende toon, een toon van verlangen, van een doordringende droefheid. Bij gebrek aan een beter woord: haar stem was spookachtig.

Junior achtervolgde haar, maar ze ontweek hem steeds. Altijd leek het lied uit de andere kamer te komen, maar als hij door de deur dat vertrek in liep, klonk de stem uit de kamer die hij net had verlaten.

Drie keer verdween de stem, maar twee keer, net toen hij dacht dat ze opgehouden was, begon ze weer te zingen. De derde keer bleef de stilte.

Dit eerbiedwaardige oude gebouw, even solide als een kasteel, was goed geïsoleerd; geluiden uit andere appartementen drongen bijna nooit door in dat van Junior. Nooit eerder had hij de stem van een buur duidelijk genoeg gehoord om wat er gezegd werd – of in dit geval gezongen – te verstaan.

Hij betwijfelde het of de zangeres Victoria Bressler, de dode verpleegster, was geweest, maar hij geloofde wel dat het dezelfde stem was die hij op de vijfentwintigste juni over de telefoon had gehoord, toen iemand zich voordeed als Victoria en belde met een dringende waarschuwing voor Bartholomeus.

Om één minuut over halfvier voelde Junior, ook al was het zo aan het begin van de winter nog lang niet licht, zich te wakker om weer naar bed te gaan. Hoewel mooi, hoewel melancholiek, nooit onheilspellend, had hij zich toch door het spookachtige zingen... bedreigd gevoeld.

Hij overwoog een douche te nemen en dan maar vroeg met de dag te beginnen. Maar hij bleef denken aan *Psycho*: Anthony Perkins, in vrouwenkleren, die met een vleesmes aan het zwaaien was.

Borduren bracht geen verlichting. Juniors handen trilden gewoon te veel om nette steken te maken.

In zijn toestand was lezen over klopgeesten en dergelijke uitgesloten. In plaats daarvan ging hij met zijn telefoonboeken in de ontbijthoek zitten en hervatte zijn vermoeiende zoektocht naar Bartholomeus.

Vind de vader, dood de zoon.

In een tijd van negen dagen ging Junior met vier mooie vrouwen naar bed: een op kerstavond, de volgende op eerste kerstdag, de derde op oudjaar en de vierde op nieuwjaar. Voor het eerst in zijn leven – en dat gold voor alle vier – beleefde hij maar weinig genoegen aan de daad.

Niet dat hij het er slecht afbracht. Als altijd was hij een stier, een hengst, een onverzadigbare sater. Geen van zijn partners had iets te klagen; geen van hen had nog de energie om te klagen als hij eenmaal klaar met ze was.

Toch miste hij iets.

Hij voelde zich leeg. Onvoldaan.

Hoe mooi ze ook waren, geen van deze vrouwen kon hem zoveel bevrediging schenken als Naomi.

Hij vroeg zich af of wat hij miste misschien liefde was.

Met Naomi was seks iets bijzonders geweest, iets met meer diepgang, iets met meer dan de buitenkant alleen. Ze waren zo dicht tot elkaar gekomen, zo emotioneel en intellectueel verbonden, dat vrijen met haar was als vrijen met zichzelf; zo'n grote intimiteit zou hij nooit meer ervaren.

Hij snakte naar een nieuwe zielsverwant. Hij wist heus wel dat geen enkel verlangen van de verkeerde vrouw de juiste kon maken. Je kon liefde niet dwingen, plannen of fabriceren. Liefde moest je overvallen als een verrassing. Je overrompelen wanneer je het het minst verwachtte, zoals Anthony Perkins in een jurk.

Hij kon alleen maar wachten en hopen.

Hopen werd makkelijker toen het einde van 1966 en 1967 de grootste vooruitgang brachten in de mode voor de vrouw sinds de uitvinding van de naainaald: de minirok en daarna de superminirok. Mary Quant – een Britse ontwerpster, nota bene – had Engeland en Europa al veroverd met haar schitterende creaties; en nu haalde ze Amerika uit de middeleeuwen van psychopathische preutsheid.

Overal waren nu in de legendarische stad kuiten, knieën en prachtig strakke dijen te zien. En dit haalde weer de dromerige romanticus in Junior naar boven, en meer dan ooit verlangde hij hevig naar de perfecte vrouw, de ideale minnares, de ontbrekende helft van zijn incomplete hart.

Toch was de langste relatie die hij dat hele jaar had, die met de spookzangeres.

Op 18 februari kwam hij op een middag, na een cursus in het richten van de geest, thuis en hoorde het zingen al toen hij zijn voordeur openmaakte. Diezelfde stem. En hetzelfde hatelijke liedje. Net zo zacht als ervoor, steeds sterker en zwakker wordend.

Snel zocht hij naar de bron, maar binnen een minuut, voor hij de stem kon traceren, verdween die. En in tegenstelling tot die nacht in december keerde het zingen niet terug.

Junior was ontdaan door de gedachte dat de geheimzinnige zangeres had opgetreden toen hij niet thuis was. Hij voelde zich binnengedrongen, geweld aangedaan.

Er was niemand binnen geweest. En nog altijd geloofde hij niet in spoken, dus hij dacht niet dat er tijdens zijn afwezigheid een geest door zijn huis had gewaard.

Toch werd het gevoel van binnengedrongen worden toen hij door de nu stille kamers liep, verward en gefrustreerd.

Op 19 april begon de onbemande *Surveyor 3*, die op de maan was geland, foto's naar de aarde te sturen, en toen Junior die ochtend uit de douche stapte, hoorde hij weer dat griezelige gezang dat afkomstig leek van een plek die veel verder weg en veel buitenaardser was dan de maan.

Naakt en druipend dwaalde hij door de woning. Net als in die nacht van 13 december leek de stem overal vandaan te komen: voor hem, daarna achter hem, dan weer rechts en vervolgens weer links.

Maar het zingen duurde deze keer langer dan voorheen; voor hem lang genoeg om de buizen van het verwarmingssysteem te wantrouwen. Deze kamers waren drie meter hoog en de buizen zaten hoog in de muren.

Gebruikmakend van een keukentrapje met drie treden kon hij hoog genoeg komen om een van de verwarmingsroosters in de woonkamer te inspecteren en te kijken of daar de bron van het lied lag. Precies op dat moment hield het zingen op.

Later die maand hoorde Junior van Sparky Vox dat het gebouw een verwarmings- en airconditioningsysteem had met een apart buizenstelsel voor elke flat. Stemmen konden niet van de ene woning naar de andere dragen omdat de buizen niet doorliepen.

Tijdens de lente, zomer en herfst van 1967 ontmoette Junior nieuwe vrouwen, ging met een paar naar bed en twijfelde er niet aan dat elke verovering van hem iets ongekends had ervaren. Toch bleef hij die leegte in zijn hart voelen.

Na een of twee afspraakjes liet hij deze schoonheden vallen, en geen van hen kwam meer achter hem aan toen hij eenmaal klaar met hen was, hoewel ze zeker verdrietig zo niet diepbedroefd zouden zijn door hem kwijt te raken.

De spookzangeres was minder terughoudend dan haar zusters van vlees en bloed in het achtervolgen van haar man.

Op een ochtend in juli bezocht Junior de openbare bibliotheek en liep langs de rijen boeken, op zoek naar zeldzaam occult werk, toen de spookstem dichtbij klonk. Hier klonk het zingen zachter dan in zijn flat, nauwelijks een gemurmel en ook ijler.

Hij had twee medewerkers bij de balie gezien. Ze waren nu niet te zien, en te ver weg om het gezang te horen. Junior had voor de deur staan wachten toen de bibliotheek openging en was tot dan toe geen andere bezoekers tegengekomen.

Hij kon het volgende gangpad niet zien tussen de boeken door omdat de planken aan de achterkant dicht waren.

De boeken vormden een netwerk, een web van woorden.

Eerst liep hij voorzichtig van gangpad naar gangpad, maar al gauw liep hij sneller, ervan overtuigd dat de zangeres om de volgende hoek te zien zou zijn, en daarna weer de volgende. Was dat haar schaduw die hij daar om de hoek zag schieten? Was het haar vrouwelijke geur die hij opving?

Hij liep andere paden van het doolhof door, kwam daarna weer bij zijn eigen afdeling terug, hoek na hoek omslaand, van de occulte naar de moderne literatuur, van geschiedenis naar populair-wetenschappelijk, en dan weer het occulte, en altijd die schaduw die hij zo kort vanuit een ooghoek kon zien dat het verbeelding had kunnen zijn, de geur van de vrouw heel even opgevangen waarna die meteen weer opging in de geur van oude boeken en boekbinderslijm, hoek na hoek, terugkerend, tot hij abrupt zwaar ademend bleef staan, tot staan gebracht door het besef dat hij het zingen al enige tijd niet meer had gehoord.

In de herfst van 1967 had Junior honderdduizenden telefoonnummers nagelopen, en af en toe was hij een enkele Bartholomeus tegengekomen. In San Rafael of in Marinwood. In Greenbrae of San Anselmo. Gevonden, nagetrokken en geschrapt door het ontbreken van enige connectie met Seraphim Whites baby.

Tussen nieuwe vrouwen en het borduren van kussens in nam hij ook deel aan seances, volgde hij lezingen door geestenbezweerders, bezocht hij spookhuizen en las hij nog meer vreemde boeken. Hij nam zelfs plaats voor de camera van een befaamd medium die soms op een foto de aura's van goede of slechte geesten rond haar cliënt kon zien, maar in zijn geval viel er niets van een geest te bekennen. Op 15 oktober schafte Junior zich een derde schilderij van Sklent aan: *Het hart is een thuis voor krioelende en wriemelende wormen en torren, versie 3.*

Om zijn nieuwe aanschaf te vieren, ging hij direct na zijn vertrek uit de galerie naar de cafetaria in het Fairmont Hotel boven op Nob Hill, vastbesloten daar van een biertje en een cheeseburger te genieten.

Al at hij vaker wel dan niet buiten de deur, hij had al in 22 maanden geen cheeseburger meer besteld, sinds de vondst van het kwartje in december 1965. Sterker nog, hij had sindsdien geen enkel broodje meer geriskeerd in welk restaurant dan ook, en nam alleen nog maar eten dat open op een bord werd geserveerd.

In de cafetaria bestelde Junior patat, een cheeseburger en koolsla. Hij vroeg alle ingrediënten van de hamburger apart opgediend te krijgen: de twee helften van het bolletje open naast elkaar op het bord, het vlees daarnaast, een plakje tomaat en de ui naast de burger en het plakje niet-gesmolten kaas op een apart bordje.

Verwonderd maar gedienstig bracht de serveerster zijn hamburger precies zoals hij had gevraagd.

Junior prikte de burger aan een vork, vond eronder geen kwartje en legde het vlees op een helft van het bolletje. Hij deed alle ingrediënten op het broodje, deed er ketchup en mosterd op en nam een grote, heerlijke, bevredigende hap.

Toen hij een blondine in de gaten kreeg die vanaf een ander tafeltje naar hem zat te staren, lachte hij en gaf haar een knipoog. Hoewel ze niet mooi genoeg was naar zijn smaak, was dat nog geen reden om onbeleefd te zijn.

Ze moest zijn keurende blik gevoeld hebben en hebben beseft dat ze bij hem maar weinig kans maakte, want ze keerde zich meteen af en keek niet één keer meer zijn kant op.

Na zonder problemen zijn cheeseburger verorberd te hebben en door de aanschaf van zijn derde Sklent voor zijn verzameling, voelde Junior zich vrolijker dan hij zich in lange tijd had gevoeld. In belangrijke mate droeg ook het feit dat hij de spookzangeres al in drie maanden niet gehoord had bij aan zijn betere stemming.

Twee nachten later, dromend van wormen en torren, werd hij gewekt door haar gezang.

Tot zijn eigen verrassing ging hij rechtop in bed zitten en schreeuwde: 'Hou je bek, hou je bek, hou je bek!'

Vaag bleef 'Someone to watch over me' doorklinken.

Junior moest vaker 'Hou je bek' geroepen hebben dan hij zelf besefte, want de buren begonnen op de muur te bonken om hem tot zwijgen te brengen.

Niets van wat hij geleerd had over het bovennatuurlijke, had hem dichter bij een geloof in geesten gebracht of in iets dat met geesten te maken had. Hij geloofde nog steeds alleen maar in Enoch Cain Junior en weigerde op zijn altaar ruimte te maken voor iets of iemand anders dan zichzelf.

Hij kroop diep onder de dekens, stopte zijn hoofd onder een kussen om het gezang niet te horen en herhaalde 'vind de vader, dood de zoon' tot hij ten slotte van uitputting in slaap viel.

De volgende ochtend, bij het ontbijt, gekalmeerd, keek hij terug op zijn middernachtelijke woedeaanval en vroeg zich af of hij misschien gek aan het worden was. Hij besloot van niet.

In november en december bestudeerde Junior esoterische teksten over het bovennatuurlijke, werkte drie nieuwe vrouwen af met een vaart die zelfs hem buitensporig leek, ontdekte drie Bartholomeusen en borduurde tien kussens.

Niets van wat hij gelezen had, gaf voldoende verklaring voor wat hem was overkomen. Geen van de vrouwen kon het gat in zijn hart vullen en alle Bartholomeusen bleken ongevaarlijk. Alleen het borduren schonk hem enige voldoening. Maar al was Junior trots op zijn handvaardigheid, hij zag wel in dat een volwassen man niet tot vervulling kon komen met borduren alleen.

Op 18 december, toen het nummer van de Beatles, 'Hello Goodbye,' omhoogschoot op de hitlijsten, draaide Junior door uit frustratie over zijn onvermogen om liefde of Seraphims baby te vinden, dus reed hij de Golden Gate Bridge over naar Marin County, naar het stadje Terra Linda, waar hij Bartholomeus Prosser vermoordde.

Prosser, zesenvijftig, weduwnaar en boekhouder – had een dochter van dertig, Zelda, een juriste in San Francisco. Junior was eerder in Terra Linda geweest om de gangen van de boekhouder na te gaan; hij wist al dat Prosser in geen enkel verband stond tot Seraphims gedoemde kind.

Van de drie Bartholomeusen die hij het laatst gevonden had, koos hij Prosser omdat hij, zelf opgezadeld met de naam Enoch, sympathie voelde voor het kind dat door de ouders was gestraft met de naam Zelda.

De boekhouder woonde in een wit huis in een straat met grote, oude pijnbomen.

Om acht uur 's avonds parkeerde Junior zijn auto twee straten verder. Hij wandelde terug naar het huis van Prosser, zijn gehandschoende handen in de zakken van zijn regenjas en zijn kraag omhoog.

Dichte, witte, trage wolken van nevel dreven door de straten, vermengd met de geur van ontelbare open haarden, alsof alles van hier tot aan de Canadese grens in vuur en vlam stond.

Juniors adem kwam in wolken uit zijn mond alsof er binnen in hem ook een vuur brandde. Zijn adem sloeg neer op zijn gezicht, koud en stimulerend.

In veel huizen brandde kerstverlichting, snoeren van lampjes hingen rond vensters en deuren – allemaal zo door de mist vervaagd dat Junior dacht door een droomlandschap met Japanse lantaarns te lopen.

De avond was stil, op het blaffen van een hond in de verte na. Hol, veel zachter dan het spookachtige zingen dat Junior de laatste tijd gekweld had, klonk de ruige stem van de hond, die hem evengoed op de een of andere manier het hart beroerde.

Hij belde bij Prosser aan en wachtte.

Met de punctualiteit die je mag verwachten van een goede boekhouder liet Bartholomeus Prosser hem niet zo lang wachten dat hij een tweede keer moest aanbellen. Het buitenlicht ging aan.

Ver weg, waar nacht en mist samenvielen, brak het blaffen van de hond af, alsof het beest op iets wachtte.

Minder op zijn hoede dan je van een boekhouder zou verwachten, misschien vanwege de tijd van het jaar, deed Prosser zonder aarzelen open.

'Dit is voor Zelda,' sprak Junior en hij stak zijn mes naar voren. Grote opwinding vlamde in hem op als vuurwerk aan een nachtelijke hemel, en deed hem denken aan de opwinding die hij had gevoeld tijdens zijn moedige daad op de brandtoren. Gelukkig had Junior geen emotionele binding met Prosser, zoals met Naomi; daardoor werd de zuiverheid van zijn daad niet bedorven door een gevoel van spijt of door medelijden.

Wat ging dat snel, dit geweld. Het was al voorbij voordat het begonnen was. Omdat de afloop hem niet interesseerde, voelde Junior zich niet teleurgesteld dat het zo snel voorbijging. Het verleden was het verleden. En toen hij de deur dichtdeed en over het lichaam heen stapte, hield hij zijn blik op de toekomst gericht.

Hij handelde overmoedig, roekeloos, zonder na te gaan of er behalve Prosser nog iemand in huis was. Al woonde de boekhouder alleen, er had een bezoeker kunnen zijn.

Op alles voorbereid luisterde Junior naar het huis, tot hij er zeker van was dat hij zijn mes niet nog eens hoefde te gebruiken.

Hij liep rechtstreeks naar de keuken en schonk zich een glas water in. Hij slikte twee antibraaktabletten die hij voor alle zekerheid bij zich had gestoken.

Voordat hij van huis was gegaan, had hij al een preventieve dosis antidiarreepillen genomen. Zijn darmen zouden voorlopig niet opspelen.

Als altijd, uit nieuwsgierigheid naar hoe andere mensen leefden – of in dit geval: hadden geleefd – verkende Junior het huis, en opende alle laden en deuren. Voor een weduwnaar had Bartholomeus Prosser zijn boeltje netjes op orde.

Zoals dat ging met huisvisites, bleek deze nog minder interessant dan andere. De boekhouder bleek geen geheimen te hebben, geen perversiteiten die hij voor het oog van de wereld verborgen wilde houden.

Het meest genante dat Junior tegenkwam was de 'kunst' aan de muren. Smakeloos, sentimenteel realisme. Van die landschappen, stillevens met fruit en bloemen, zelfs een geïdealiseerd familieportret van Prosser, zijn overleden vrouw en Zelda. Niet een van die schilderijen gaf iets weer van de leegte en de verschrikking van het menselijke bestaan: gewoon decoratie, geen kunst.

In de woonkamer stond een kerstboom en daaronder lagen drie kleurrijk verpakte cadeaus. Junior maakte ze allemaal gretig open, maar hij trof niets aan dat hij zou willen houden.

Hij ging door de achterdeur naar buiten, om het bloederige gedoe in de hal te omzeilen. Nevel sloot hem in, koel en verfrissend.

Op weg naar huis smeet Junior zijn mes in een goot in Larkspur. Hij gooide zijn handschoenen in een container in Corte Madera. Terug in de stad stopte hij even om zijn regenjas weg te geven aan een dakloze die geen erg had in die paar vreemde vlekken. Deze zielige zwerver nam de dure jas dankbaar in ontvangst, trok hem aan – en begon toen zijn begunstiger uit te schelden, te bespugen en hem te bedreigen met een klauwhamer.

Junior was realistisch genoeg om geen dankbaarheid te verwachten. Weer in zijn woning, bij een cognacje en een handvol pistachenoten, terwijl het van maandag dinsdag werd, besloot hij maatregelen te nemen voor het geval hij, ondanks al zijn voorzorgen, ooit ergens bewijslast zou achterlaten. Hij zou een deel van zijn vermogen op de bank moeten omzetten in iets waardevols dat makkelijk mee te nemen en anoniem was, zoals gouden munten en diamanten. Nog twee of drie andere identiteiten zouden ook verstandig zijn, met alle papieren die erbij hoorden.

De afgelopen paar uur had hij zijn leven opnieuw veranderd, minstens zo dramatisch als hij dat drie jaar eerder op de brandtoren had gedaan.

Toen hij Naomi duwde, was zijn motief geldelijk gewin. Victoria en Vanadium had hij gedood uit zelfverdediging. Die drie doden waren noodzakelijk geweest.

Prosser echter had hij alleen maar doodgestoken uit frustratie, en om weer eens wat te beleven in die dagen van de saaie jacht op Bartholomeus en liefdeloze seks. Meer opwinding vroeg om meer risico; om het risico te verkleinen, had hij meer zekerheid nodig.

In het donker, in bed, verbaasde Junior zich over zijn roekeloze aard. Hij bleef zichzelf altijd weer verrassen.

Van schuldgevoel of spijt had hij geen last. Goed of slecht, juist of niet juist, dat alles zei hem niets. Je daden waren doeltreffend of niet, slim of dom, maar verder hadden ze geen betekenis.

Hij zat ook niet in over zijn geestelijke gezondheid, zoals iemand die zichzelf minder ontwikkeld had misschien zou doen. Een gek zou niet proberen zijn vocabulaire te verbeteren of meer belangstelling te krijgen voor cultuur.

Wel vroeg hij zich af waarom hij juist deze nacht verkozen had voor zo'n gewaagde onderneming, in plaats van een maand eerder of later. Instinctief wist hij dat hij zich genoodzaakt had gevoeld zichzelf te testen, dat er een crisis ophanden was, en dat hij er klaar voor moest zijn. Hij had zichzelf ervan moeten overtuigen dat hij kon doen wat gedaan moest worden als het zover was. Terwijl hij in slaap viel, kreeg hij het vermoeden dat Prosser niet zomaar een inval was geweest, eerder een voorbereiding.

Meer voorbereiding – de aanschaf van gouden munten en diamanten, het zorgen voor valse identiteitspapieren – moest uitgesteld worden als gevolg van de netelroos. Een uur voor zonsopgang werd Junior gewekt door een hevige jeuk die niet beperkt bleef tot zijn fantoomteen. Jeuk over zijn hele lijf, prikkend, tintelend en brandend – en jeukend.

Terwijl hij zichzelf verwoed krabde, struikelde hij de badkamer in. In de spiegel zag hij een gezicht dat hij nauwelijks terugkende: gezwollen, opgeblazen, bedekt met rode vlekken.

Twee dagen lang pompte hij zich vol met voorgeschreven antihistamine, dook hij in badkuipen vol ijskoud water en wreef hij zichzelf in met verkoelende smeersels. In zijn ellende, vol zelfmedelijden, durfde hij niet te denken aan het 9mm pistool dat hij had gestolen van Frieda Bliss.

Tegen donderdag was de aanval voorbij. Omdat hij de beheersing had gehad zichzelf niet te krabben, kon hij zich in de stad vertonen; maar als de mensen op straat de korsten en ontstoken plekken op zijn lichaam hadden kunnen zien, dan zouden ze op de vlucht zijn geslagen in de veronderstelling dat de pest of erger onder hen was uitgebroken.

In de daarop volgende tien dagen haalde hij geld van verschillende bankrekeningen en zette ook waardepapieren om in baar geld. Ook zocht hij een professionele vervalser voor nieuwe identiteitspapieren. Dat bleek makkelijker te zijn dan hij had gedacht. Een verrassend groot aantal vrouwen met wie hij naar bed was geweest, bleek drugs te gebruiken, en de laatste paar jaar had hij een aantal van hun dealers leren kennen. Van de onbetrouwbaarste onder hen kocht hij voor vijfduizend dollar cocaïne en LSD om een betrouwbare indruk te wekken, waarna hij informeerde naar een vervalser van documenten.

Tegen een vindersloon werd Junior in contact gebracht met een vervalser genaamd Google, de Loenser. Dat was niet zijn echte naam, maar met zijn schele ogen, dikke, rubberachtige lippen en fors uitstekende adamsappel paste die naam uitstekend bij hem.

Omdat drugs alle zelfverbetering in de weg staan, had Junior geen cocaïne of LSD nodig. Hij durfde de drugs niet te verkopen om zijn geld terug te krijgen; zelfs vijfduizend dollar was het risico van een arrestatie niet waard. Daarom gaf hij ze aan een groepje jongens dat aan het basketballen was op een schoolplein en wenste hen prettig kerstfeest.

De vierentwintigste december zette in met regen, maar de bui trok al gauw verder. Zonneschijn verguldde de stad en de straten vulden zich met mensen die op het laatste moment nog inkopen moesten doen.

Junior liep met de meute mee, al had hij geen verlanglijstje en deden de feestdagen hem niks. Hij wilde alleen niet in zijn woning blijven, want hij was er zeker van dat de spookzangeres hem dan gauw weer een serenade zou brengen.

Ze had niet meer gezongen sinds de ochtend van de 18de oktober en sindsdien hadden zich ook geen andere paranormale gebeurtenissen voorgedaan. Het wachten op nieuwe verschijnselen werkte Junior op de zenuwen, erger nog dan de verschijnselen zelf.

Iets stond te gebeuren in deze vreemde, langdurige, bijna achteloze kwelling die hij nu al langer dan twee jaar te verduren had, sinds het kwartje in de cheeseburger. Terwijl iedereen op straat een vrolijke drukte uitstraalde, sjokte Junior voort in een slechte stemming, even niet in staat de zonzijde van het leven te zien.

Onvermijdelijk, kunstkenner die hij was, kwam hij bij een aantal galerieën terecht. In de vitrine van de vierde, niet een van zijn favoriete galerieën, zag hij een foto van Seraphim White.

Het meisje glimlachte net zo adembenemend mooi als hij haar zich herinnerde, maar ze was niet langer vijftien, zoals toen hij haar de laatste keer had gezien. Na haar dood bij de geboorte van haar kind, bijna drie jaar eerder, was ze rijper en mooier geworden.

Was Junior niet zo'n rationele man geweest, geschoold in logica en rede door de boeken van Caesar Zedd, dan zou hij daar op dat moment ingestort zijn en misschien bevend en huilend in een psychiatrische inrichting zijn beland, maar al voelden zijn trillende knieën als gelei, ze bleven hem dragen. Hij kon even niet ademhalen, en voor zijn ogen werd het een beetje donker. Het lawaai van het voorbijkomende verkeer klonk ineens als het gekrijs van mensen die gemarteld werden, maar hij bleef lang genoeg bij zinnen om zich te realiseren dat de naam onder de foto die deel uitmaakte van een poster, in koeienletters, Celestina luidde en niet Seraphim.

De poster kondigde een tentoonstelling aan getiteld 'Deze gedenkwaardige dag' van de jonge kunstenares die zichzelf Celestina White noemde. De tentoonstelling werd gehouden van vrijdag 12 tot zaterdag 27 januari.

Behoedzaam waagde Junior zich de galerie binnen om verder te informeren. Hij verwachtte dat het personeel weer verbaasd zou opkijken bij de naam Celestina White en dat de poster uit zichzelf zou zijn verdwenen als ze in de etalage gingen kijken.

In plaats daarvan kreeg hij een kleine brochure mee waarin afbeeldingen van het werk van de kunstenares stonden. Die bevatte ook dezelfde foto van het lachende gezicht die hij in de etalage had gezien.

Volgens de korte biografie onder de foto was Celestina White afgestudeerd aan de Kunstacademie in San Francisco. Ze was geboren en getogen in Spruce Hills, in Oregon, en de dochter van een dominee.

58

Agnes genoot altijd van het diner op kerstavond met Edom en Jacob, want zelfs die toonden zich van hun vrolijkste kant op deze bijzondere gelegenheid. Of ze in de kerststemming waren of hun zuster nog meer dan anders een plezier wilden doen, dat wist ze niet. Als de zachtmoedige Edom over rampzalige tornado's vertelde, of als dierbare Jacob het had over enorme explosies, legden ze geen van beiden zoals gewoonlijk de nadruk op de rampzalige dodenaantallen, maar op staaltjes van heldenmoed tijdens de catastrofe, en verhaalden ze van verbluffende reddingen en miraculeuze ontsnappingen.

Met Barty erbij waren de kerstdiners nog leuker geworden. Zeker dat jaar toen hij bijna drie was. Hij praatte over de bezoeken die hij en zijn moeder en Edom die dag afgelegd hadden, over Father Brown, alsof deze geestelijke speurder echt bestond, over de padden die in de plassen in de achtertuin hadden gekwaakt toen hij en zijn moeder thuiskwamen van het kerkhof; en zijn gebabbel was hartveroverend, vol kinderlijke charme, maar ook met voldoende juiste observaties om voor volwassenen boeiend te kunnen zijn.

Vanaf de maïssoep via de gebraden ham tot aan de plumpudding sprak hij niet over zijn droge wandeling in het natte weer.

Agnes had hem niet gevraagd dit vreemde staaltje voor zijn ooms geheim te houden. Ze was, om eerlijk te zijn, in zo'n vreemde geestesgesteldheid thuisgekomen dat ze zelfs, terwijl ze samen met Jacob het eten bereidde en Edom hielp de tafel te dekken, had geaarzeld te vertellen wat er was gebeurd toen ze van Joey's graf naar de stationcar renden. Ze werd heen en weer geslingerd tussen ingehouden euforie en angst die aan paniek grensde, en ze durfde er eigenlijk niet over te praten tot ze de tijd had gehad het op zich in te laten werken.

Die nacht, in Barty's kamer, nadat hij zijn gebedje had gezegd en ze hem voor de nacht had ingestopt, ging ze op de rand van zijn bed zitten.

'Schatje, ik vroeg me af... Nu je erover na hebt kunnen denken, kun je me uitleggen wat er gebeurd is?'

Hij schudde zijn hoofd op het kussen. 'Nee. Het is nog steeds iets dat je voelen moet.'

'Zoals met alles.'

'Ja.'

'We moeten het er nog vaak over hebben, als we allebei de tijd hebben gehad erover na te denken.'

'Dat zal wel.'

Gedempt door de Chinese lampenkap gaf de schemerlamp een goudkleurig schijnsel op zijn kleine, gladde gezicht, maar kleurde zijn ogen saffier en smaragd.

'Je hebt niks tegen oom Edom en oom Jacob gezegd,' zei ze.

'Beter van niet.'

'Waarom?'

'Je zat erover in, hè.'

'Ja.' Ze vertelde hem niet dat haar angst niet minder was geworden door zijn geruststellingen of door zijn tweede wandeling in de regen.

'En jij,' zei Barty, 'jij bent anders nergens bang voor?'

'Bedoel je... dat Edom en Jacob toch al voor alles zo bang zijn?'

De jongen knikte. 'Als we het hun hadden verteld, hadden ze het misschien in hun broek gedaan.'

'Waar heb je dat nou weer vandaan?' vroeg ze, terwijl ze amper haar lachen kon houden.

Barty grinnikte ondeugend. 'Van ergens waar we vandaag waren. Een paar van die grote jongens. Ze hadden een enge film gezien en zeiden dat ze het in hun broek gedaan hadden van angst.'

'Grote jongens zijn niet altijd slimmer omdat ze groter zijn.'

'Ja, weet ik.'

Ze aarzelde. 'Edom en Jacob hebben het niet makkelijk gehad, Barty.'

'Hebben ze in de mijnen gewerkt?'

'Hoezo?'

'Op de tv zeiden ze dat mijnwerkers het moeilijk hebben.'

'Niet alleen mijnwerkers. Al ben je nog zo bijdehand, er zijn nog dingen die je niet kunt begrijpen. Ik zal het je wel een keer uitleggen.'

'Oké.'

'Weet je nog dat we het hebben gehad over de verhalen die ze altijd vertellen?'

'Orkaan. Galveston, in Texas, in 1900. Zesduizend doden.'

Agnes fronste haar voorhoofd en zei: 'Ja, die verhalen. Lieverd, als oom Edom en oom Jacob het steeds maar hebben over grote stormen waarbij mensen worden weggeblazen, en explosies waardoor mensen worden opgeblazen... daar gaat het leven niet om.'

'Het gebeurt,' zei de jongen.

'Ja. Ja, dat is waar.'

Agnes had er de laatste tijd moeite mee Barty uit te leggen dat zijn ooms de moed hadden opgegeven en ook om te verklaren wat het inhield moedeloos te leven – en hoe de jongen dit allemaal te vertellen zonder hem op zo'n jonge leeftijd te zwaar te belasten. Hoe hem te vertellen wat zijn monsterlijke grootvader haar en haar broers had aangedaan. Dat ging haar boven haar macht. Het feit dat Barty zo voorlijk was, maakte het haar niet makkelijker, want om haar te kunnen begrijpen, had hij ook ervaring en emotionele rijpheid nodig, niet alleen maar intellect.

In haar onmacht zei ze eenvoudig: 'Als Edom en Jacob het over die dingen hebben, moet je maar in gedachten houden dat het in het leven gaat om leven en gelukkig zijn, niet om doodgaan.'

'Ik wou dat zíj dat wisten,' zei Barty.

'Dat zou ik ook willen, schat. O, lieve heer, dat zou ik ook willen.' Ze kuste zijn voorhoofd. 'Hoor eens, ondanks hun verhalen en hun gekke manieren, zijn jouw ooms goede mensen.'

'Weet ik toch.'

'En ze houden heel veel van je.'

'Ik ook van hen, mam.'

Eerder die dag hadden de grauwe wolken zich leeggeperst. En nu droop het niet langer uit de bomen die over het huis hingen. De nacht was zo stil dat Agnes een kilometer verderop de zee zachtjes hoorde breken op het strand.

'Heb je slaap?' vroeg ze.

'Een beetje.'

'De kerstman komt niet, als je niet slaapt.'

'Ik weet niet of hij wel echt bestaat.'

'Hoe kom je daarbij?'

'Heb ik ergens gelezen.'

Een scheut van teleurstelling ging door haar heen omdat haar kind door zijn voorlijkheid deze mooie fantasie al zou moeten missen, zoals zij die gemist had door toedoen van haar chagrijnige vader.

'Hij bestaat echt,' beweerde ze.

'Denk je?'

'Ik denk het niet alleen en ik weet het niet alleen, ik vóél het. Net zoals jij al die dingen voelt. Wedden dat jij het ook voelt.'

Barty's diamanten ogen waren altijd al helder, maar nu begonnen ze nog helderder te schijnen als de stralen van het noorderlicht.

'Misschien voel ik het ook wel.'

'Anders werkt je gevoel niet. Moet ik je voorlezen tot je in slaap valt?'

'Nee, hoor. Dat hoeft niet. Ik doe mijn ogen dicht en vertel mezelf wel een verhaal.'

Ze kuste zijn wang en hij haalde zijn armen onder de dekens vandaan om haar te omhelzen. Zulke kleine armen, maar zo'n stevige omhelzing.

Toen ze hem opnieuw instopte, zei ze: 'Barty, misschien moet je niemand anders laten zien dat je door de regen kunt lopen zonder nat te worden. Edom niet en Jacob niet. Helemaal niemand. En alles wat je nog meer ontdekt over jezelf... dat zou een geheim tussen ons moeten blijven.'

'Waarom?'

Haar wenkbrauwen fronsend en haar ogen half gesloten alsof ze hem een standje wilde geven, bracht ze langzaam haar gezicht naar hem toe tot hun neuzen elkaar raakten, en ze fluisterde: 'Omdat het léúker is als het geheim blijft.'

Al net zo fluisterend als zijn moeder, duidelijk met de lol van een samenzweerder, antwoordde hij: 'Onze eigen geheime club.'

'Wat zou jij weten van geheime clubs?'

'Nou, uit boeken en van de tv.'

'Wat dan?'

Zijn ogen gingen wijdopen en zijn stem werd schor van voorgewende angst. 'Die zijn altijd... slécht.'

Ze fluisterde zachter maar nog heser: 'Mogen we slecht zijn?'

'Misschien.'

'Wat gebeurt er met de mensen van slechte geheime clubs?'

'Die gaan naar de gevangenis,' fluisterde hij ernstig.

'Laten we dan maar niet slecht zijn.'

'Goed.'

'Onze club zal een góede geheime club zijn.'

'We moeten een geheime begroeting hebben.'

'Welnee, iedere geheime club heeft zijn geheime begroeting. Wij doen het zo.' Haar gezicht was nog heel dicht bij dat van hem en ze wreef haar neus tegen de zijne aan.

Hij onderdrukte een giechel. 'En een wachtwoord.'

'Eskimo.'

'En een naam.'

'De Noordpoolclub van de niet slechte avonturiers.'

'Da's een goeie naam.'

Agnes wreef weer haar neus tegen de zijne, kuste hem en stond op. Omhoogstarend zei Barty: 'Je hebt een lichtkrans om je hoofd, mama.'

'Wat ben je toch een schat.'

'Nee, echt.'

Ze deed de lamp uit. 'Slaap lekker, engel van me.'

Het licht van de gang drong niet ver in de kamer door.

Uit de zachte schaduwen van zijn bed verrees Barty's stem: 'O, kijk, kerstlichtjes.'

In de veronderstelling dat de jongen zijn ogen gesloten had en tegen zichzelf praatte, ergens zwevend tussen zijn zelfbedachte verhaaltje en een droom in, verliet Agnes de kamer en liet de deur op een kier staan.

'Welterusten, mammie.'

'Welterusten,' fluisterde ze. Ze deed het licht in de gang uit, bleef bij de halfopen deur staan luisteren.

Er hing zo'n stilte in het huis dat Agnes zelfs niet het gemompel van voorbije treurnis hoorde.

Al had ze nog nooit sneeuw gezien, behalve dan op foto's en in films, toch riep deze diepe rust het beeld voor haar op van vallende sneeuwvlokken, van met wit bedekte heuvels, en ze zou helemaal niet verbaasd zijn geweest, als ze toen buiten een prachtig winterlandschap zou zien, koud en glashelder, daar op de nimmer besneeuwde heuvels van de Californische kusten.

Haar bijzondere kind dat kon lopen waar het niet regende, leek alle dingen mogelijk te maken.

Uit de duisternis van zijn kamer sprak Barty nu de woorden waarop Agnes had gewacht. Zacht fluisterend en toch goed verstaanbaar in het stille huis: 'Welterusten, papa.'

Ze had het eerder gehoord en was erdoor geraakt geweest. Die kerstnacht echter vervulde het haar met verwondering, want ze dacht terug aan hun gesprek bij Joey's graf.

Ik wou dat je papa je gekend had.

Dat doet hij ook, ergens. Hij is hier doodgegaan. Maar niet op alle plaatsen waar ik kom. Hij heeft me hier alleen gelaten, maar niet overal.

Geluidloos, met tegenzin, sloot Agnes de deur van de slaapkamer, ging naar de keuken waar ze in haar eentje koffie dronk en aan mysteriën knabbelde.

Van alle cadeaus die Barty op kerstochtend kreeg, was het boek van Robert Heinlein *Het sterrenbeest* hem het liefst. Onmiddellijk gegrepen door de belofte van een boeiend buitenaards schepsel, ruimtereizen, een exotische toekomst en tal van avonturen, kon hij het niet laten de hele dag door in het boek te bladeren en Bright Beach achter zich te laten voor vreemder plaatsen.

Zo introvert als zijn tweelingooms waren, zo extravert was Barty en hij nam gretig deel aan alle festiviteiten. Agnes hoefde hem er niet aan te herinneren dat familieleden en gasten belangrijker waren dan zelfs de meest boeiende fantasiefiguren, en zijn plezier in het gezelschap van anderen verheugde zijn moeder en maakte haar trots.

Van de vroege ochtend tot de avond was het een komen en gaan van mensen, werden glazen geheven op een zalige Kerstmis en vrede op aarde, op gezondheid en geluk, werden herinneringen opgehaald aan andere jaren, en werd verbazing uitgesproken over de eerste harttransplantatie in het verre Zuid-Afrika en gebeden dat de soldaten in Vietnam spoedig zouden thuiskomen, en dat Bright Beach geen dierbare zonen zou verliezen in die verre rimboes.

De weldadige golven van vrienden en buren hadden door de jaren heen bijna alles weggewassen wat de duistere woede van Agnes' vader in dit huis had achtergelaten. Ze hoopte maar dat haar broers ooit zouden inzien dat haat en woede alleen maar oppervlakkige ribbels maakten op het strand, terwijl liefde de aanrollende golf was die eeuwig het zand gladstreek.

Maria Elena Gonzalez – niet langer een naaister in een stomerij, maar eigenares van Elena's Fashions, een kleine modezaak dicht bij het stadsplein – hield Agnes, Barty, Edom en Jacob die kerstavond gezelschap. Ze bracht haar dochters mee, Bonita van zeven en Francesca van zes, die hun nieuwste barbiepoppen bij zich hadden – Barbies vriendinnen Casey en Tutti, haar zuster Skipper en de ideale man Ken – en al snel hadden de meisjes Barty enthousiast een fantasiewereld binnengehaald die erg verschilde met de wereld waarin de tienerheld van Heinlein een opmerkelijk buitenaards huisdier had met acht poten, het temperament van een jonge kat en trek in alles, van grizzlyberen tot aan Buicks.

Later, toen ze met z'n zevenen om de eettafel zaten, hieven de volwassenen een glas met Chardonnay en de kinderen hun bekers met cola, en Maria tooste: 'Op Bartholomeus, het evenbeeld van zijn vader, de liefste man die ik ooit heb gekend. Op mijn Bonita en mijn Francesca, het licht van mijn ogen. Op Edom en Jacob, waarvan… van wíé ik zoveel heb geleerd over de breekbaarheid van het leven, en over hoe kostbaar iedere dag is. En op Agnes, mijn liefste vriendin, die me o zoveel gegeven heeft, waaronder al deze woorden. Dat God ons mag zegenen, ieder van ons.'

'Dat God ons mag zegenen, ieder van ons,' herhaalde Agnes te midden van haar uitgebreide familie, en na een slok wijn verdween ze met een smoes naar de keuken, waar ze haar hete tranen droogde met een koele, ietwat vochtige theedoek om te voorkomen dat iedereen kon zien dat ze gehuild had.

Het kwam wel vaker voor dat ze zichzelf erop betrapte dat ze dingen van het leven aan Barty uitlegde die ze niet had verwacht zo snel al ter sprake te brengen. Ze vroeg zich af hoe ze hem dit aan zijn verstand kon brengen: het leven kan zo heerlijk zijn, zo vol, dat soms geluk net zo intens kan zijn als angst, en de spanning ervan je hart kan doen kloppen als bij pijn.

Nadat ze de theedoek had weggelegd, keerde ze terug naar de eetkamer, waar ze zelf een toost wilde uitbrengen. Ze hief haar glas en zei: 'Op Maria, die me dierbaarder is dan een vriendin. Zuster van mij, ik kan je niet laten spreken over wat ik je gegeven zou hebben zonder je kinderen te vertellen dat je me meer teruggegeven hebt. Je hebt me geleerd dat de wereld net zo simpel in elkaar zit als naaiwerk, dat de ergste problemen hersteld kunnen worden.' En nog een beetje hoger hief ze haar glas. 'In de eerste kip lag het eerste ei al klaar. God zegen ons.'

'God zegen ons,' zei iedereen.

Maria vluchtte, na één enkele slok Chardonnay, naar de keuken, zogenaamd voor de abrikozenvla die ze had meegenomen, maar in werkelijkheid om een koele, ietwat vochtige theedoek tegen haar ogen te drukken.

De kinderen stonden erop te weten wat er werd bedoeld met die zin over de kip. En dit leidde tot een heleboel waarom-stak-de-kip-de-weg-over-moppen, die Edom en Jacob zich herinnerden uit hun kindertijd, toentertijd een daad van verzet tegen hun humorloze vader.

Later, toen Bonita en Francesca de door hun moeder gemaakte porties vla, in de vorm van een kerstboom, uitserveerden, boog Barty zich dicht naar zijn moeder toe, wees naar de tafel, en zei zacht maar opgewonden: 'Kijk de regenbogen eens!'

Ze volgde zijn uitgestoken vinger, maar zag niet waar hij het over had.

'Tussen de kaarsen,' legde hij uit.

Ze zaten te eten bij kaarslicht. Naar vanille geurende kaarsen stonden op het buffet, door de hele kamer, en glinsterden in het glas, maar Barty wees naar de vijf rode stompkaarsen die in het kerststuk van dennentakken en witte anjers stonden.

'Tussen de vlammetjes, zie je, regenbogen.'

Agnes zag geen gekleurde boog tussen de kaarsen en ze dacht dat hij bedoelde dat ze moest kijken naar de vele kristallen wijnglazen die de vlammen reflecteerden. Hier en daar verschenen door het kristal weerspiegelingen van de vlammetjes in het totale spectrum van rood-oranje-geel-groen-blauw-indigo-violet op de schuine facetten.

Toen iedereen vla had en de dochtertjes van Maria weer op hun plaatsen zaten, knipperde Barry met zijn ogen naar de kaarsen en zei: 'Ze zijn nu weg,' hoewel de kleine spectrums nog altijd in de kristallen glazen speelden. Hij richtte zijn volledige aandacht op de vla met zo'n enthousiasme dat zijn moeder al snel niet meer piekerde over de regenbogen.

Nadat Maria, Bonita en Francesca waren vertrokken, en Agnes en haar broers gezamenlijk de tafel hadden afgeruimd en hadden afgewassen, kuste Barty hen goedenacht om in zijn kamer te gaan lezen in *Het sterrenbeest*.

Het was al twee uur over bedtijd. De laatste maanden had hij de onregelmatige slaapgewoontes van oudere kinderen aangenomen. Op sommige nachten leek het terugkerende ritme van uilen en vleermuizen hem in bezit te nemen; na een dag van sloomheid werd hij tegen de schemering wakker en energiek en bleef hij lezen tot na middernacht.

Daar stond niets over in alle boeken over opvoeding uit de bibliotheek. Barty's unieke talenten stelden Agnes voor speciale opvoedingsproblemen. En, toen hij vroeg of hij mocht opblijven om te lezen over John Thomas Stuart en Lummox, Johns huisdier uit de andere wereld, stond ze dat toe.

Om kwart voor twaalf, op weg naar bed, keek Agnes nog even in Barty's kamer en zag hem rechtop tegen de kussens zitten. Het boek was niet bepaald groot, maar het was groot in verhouding tot de jongen; niet in staat om het open te houden met zijn handen alleen, had hij zijn hele arm nodig.

'Spannend?' vroeg ze.

Hij keek op – 'Fantastisch!' – en las weer verder.

Toen Agnes om tien voor twee wakker werd, had ze een vaag voorgevoel dat ze niet kon thuisbrengen.

Gebroken maanlicht viel door het raam naar binnen.

De grote eik in de tuin sliep in het ademloze bed van de nacht.

In het huis was alles stil. Daar liepen geen indringers of geesten rond.

Evengoed toch niet op haar gemak ging Agnes kijken in de kamer van haar zoon, Hij sliep in dezelfde houding als waarin hij gelezen had. Ze trok *Het sterrenbeest* uit zijn armen, en legde het boek op zijn nachtkastje.

Terwijl Agnes de extra kussens onder zijn rug vandaan haalde en hem weer onderstopte, werd Barty half wakker, iets mompelend over hoe de politie die arme Lummox ging doden die het zo kwaad niet bedoeld had, maar opgeschrikt was door het geweervuur. En als je zes ton woog en acht poten had, kom je soms niet uit de voeten in nauwe plaatsen zónder iets omver te stoten.

'Het zit wel goed,' fluisterde ze. 'Lummox redt zich wel.'

Hij sloot zijn ogen weer en leek te slapen. Maar toen ze de lamp uitdeed, mompelde hij: 'Je hebt je lichtkrans weer.'

's Morgens, nadat Agnes zich gedoucht en aangekleed had en naar beneden was gegaan, trof ze Barty aan de keukentafel aan, waar hij zat te lezen en havermout at. Klaar met zijn ontbijt, keerde hij terug naar zijn kamer, al die tijd verdiept in zijn boek.

Tegen lunchtijd had hij de laatste pagina uit, en hij was zo vervuld van het verhaal dat er geen ruimte meer over was voor eten. Terwijl zijn moeder erop aandrong dat hij moest eten, onthaalde hij haar op details uit John Thomas Stuwarts grote avonturen met Lummox, alsof ieder woord dat Heinlein had geschreven geen sciencefiction was, maar werkelijkheid.

Toen krulde hij zich op in een van de grote leunstoelen in de woonkamer en begon het boek opnieuw te lezen. Het was voor het eerst dat hij een boek opnieuw las – en hij had het uit tegen middernacht.

De volgende dag, woensdag 27 december, reed zijn moeder hem naar de bibliotheek waar hij twee titels van Heinlein leende die hem aangeraden werden: *De rode planeet* en *De rollende steen*. Te oordelen naar zijn opwinding op weg naar huis, leek zijn reactie op eerdere boeken slechts een flirt, terwijl dit echte, diepe liefde was.

Agnes kwam erachter dat het kijken naar haar kind dat volledig werd gegrepen door een nieuw enthousiasme, een onuitsprekelijk groot genoegen was. Door Barty werd ze zich pijnlijk bewust hoe haar eigen kindertijd geweest had kunnen zijn als haar vader dat had toegestaan. En bij tijden, terwijl ze luisterde hoe haar jongen vertelde over de ruimtevarende familie Stone, of de geheimen van Mars, werd ze zich bewust dat op z'n minst een deel van haar kinderlijkheid nog steeds in haar leefde, onaangeraakt door wreedheid noch tijd.

Tegen drie uur, donderdagmiddag, holde Barty heel opgewonden de keuken binnen waar Agnes rozijnentaarten aan het bakken was, terwijl hij *De rode planeet* openhield op de pagina's 104 en 105, en op hoge toon klaagde dat er iets aan het bibliotheekboek ontbrak. 'De regels lopen door elkaar, hele rare letters. Je kunt niet eens lezen wat er staat. Kunnen we ons eigen boek kopen? Ons eigen boek, *nou meteen?*'

Nadat ze de bloem van haar handen had geveegd, pakte Agnes het boek en kon niets verkeerds ontdekken. Ze bladerde van voor naar achter, maar de regels waren allemaal helder en duidelijk. 'Laat me eens zien waar het is, schat.'

De jongen gaf niet eens antwoord. En toen Agnes opkeek uit *De rode planeet* zag ze hem vreemd naar haar staren. Hij kneep met zijn ogen en zei: 'Het is net zo onduidelijk als jouw gezicht.'

Het vage voorgevoel waarmee ze dinsdagnacht wakker was geworden, was sindsdien telkens teruggekeerd. Nu was het er weer, verstikkend en benauwend, en begon ten slotte vorm te krijgen.

Barty keerde zich van haar af, nam de keuken in zich op en zei: 'Ach, het ligt aan mij.'

Lichtkransen en regenbogen doemden op in haar geheugen, dreigender dan ze ooit geweest waren.

Agnes ging op een knie zitten en hield de jongen in een tedere omarming. 'Laat me eens kijken,'

Hij kneep zijn ogen halfdicht tegen haar.

'Open die kijkers, jochie.'

Hij deed zijn ogen open.

Saffieren en smaragden, oogverblindende edelstenen, gezet in het mooiste wit, zwarte pupillen in het midden. Prachtig geheimzinnig deze ogen, maar niet anders dan anders voorzover ze kon zien. Ze had het probleem kunnen wijten aan overbelasting van zijn ogen door al dat lezen dat hij de laatste tijd had gedaan. Ze had hem oogdruppels kunnen geven, en hem een tijdje alle boeken kunnen verbieden en hem naar buiten sturen om te spelen. Ze had misschien zichzelf moeten inprenten niet een van die paniekerige moeders te zijn, die bij iedere hoest longontsteking vermoedden en bij elke hoofdpijn een hersentumor.

In plaats daarvan, in een poging Barty niets te laten merken van haar bezorgdheid, liet ze hem zijn jas aantrekken, en ze trok haar eigen jas aan, en de taart latend voor wat die was, reed ze hem naar de dokter, want hij was haar levensadem, de klop van haar hart, haar hoop en vreugde, haar eeuwige band met haar verloren echtgenoot.

Dokter Joshua Nunn mocht dan pas achtenveertig zijn, maar Agnes was hem gaan zien als een grootvader sinds de eerste keer dat ze hem geraadpleegd had na de dood van haar vader, meer dan tien jaar geleden. Hij was al wit geweest voor zijn dertigste. Iedere vrije dag was hij ijverig aan het werk aan zijn vissersboot, *Hippocratic Boat*, die hij eigenhandig schuurde, schilderde, poetste en repareerde, of waar hij in rondtufte, vissend alsof zijn leven ervan afhing. Ten gevolge van zoveel buitenleven op zee en in de zon, was zijn eeuwig gebruinde gezicht verweerd en zag hij eruit als de volmaakte grootvader. Joshua beijverde zich net zoveel voor het onderhoud van zijn ronde buik en onderkin als voor het onderhoud van zijn boot, en gezien zijn zonnebril, zijn vlinderdas, zijn bretels en de elleboogstukken van zijn jasje, scheen hij opzettelijk zijn uiterlijk die vorm te hebben gegeven om zijn patiënten op hun gemak te stellen, zoals hij ook met die bedoeling zijn garderobe had samengesteld.
Als altijd wist hij goed met Barty om te gaan, en deze keer maakte hij meer grapjes dan gewoonlijk met de jongen terwijl hij probeerde hem de Snellen-kaart op de muur te laten lezen. Toen dimde hij het licht in de behandelkamer om zijn ogen te bestuderen met een oftalmometer en een oftalmoscoop.
Vanaf haar stoel in de hoek vond Agnes dat Joshua veel tijd nodig had voor wat gewoon een vluchtig onderzoek was. Ze maakte zich zo ongerust dat het grondige onderzoek van de arts ditmaal niet veel goeds leek te voorspellen.
Na afloop excuseerde Joshua zich en verliet de kamer. Hij was misschien vijf minuten weg, en toen hij terugkeerde, stuurde hij Barty naar de wachtkamer waar de assistente een glazen pot vol kleurige zuurtjes had. 'Op sommige staat jouw naam, Bartholomeus.'
De subtiele gezichtsstoornis waardoor regels door elkaar liepen, leek Bartholomeus overigens niet te storen. Hij bewoog even snel en zeker als altijd, en met zijn gebruikelijke elegantie.
Eenmaal alleen met Agnes zei de dokter: 'Je moet met Barty naar een specialist in Newport Beach, Franklin Chan. Hij is een kundig oogarts en oogchirurg, en op dit moment zit er niet zo iemand hier in de stad.'
Ze klemde haar handen stevig ineen op haar schoot, zo stevig dat

de spieren in haar onderarmen pijn deden. 'Wat is er aan de hand?'

'Ik ben geen oogspecialist, Agnes.'

'Maar je vermoedt iets.'

'Ik wil niet dat je je onnodig zorgen maakt als...'

'Alsjeblieft. Bereid me voor.'

Hij knikte. 'Kom hier zitten.' Hij klopte op de onderzoektafel.

Ze ging op het uiteinde van de tafel zitten, waar Barty had gezeten, nu op ooghoogte met de staande huisarts.

Voor Agnes haar vingers weer in elkaar kon klemmen, stak Joshua zijn gebruinde werkhanden naar haar uit. Dankbaar greep ze die vast.

Hij zei: 'Er zit iets wits in Barty's rechterpupil... waarvan ik denk dat het een gezwel is. Als hij zijn rechteroog dichtdoet, blijft hij last met kijken houden, hoewel anders, wat betekent dat er ook een probleem is met zijn linkeroog, ook al kan ik daar niets ontdekken. Dokter Chan zit morgen vol, maar omdat ik het vraag, kun je daar terecht voordat zijn praktijk opengaat, morgenochtend vroeg. Je zult vroeg moeten vertrekken.'

Newport Beach was ongeveer een uur rijden langs de kust naar het noorden.

'En,' waarschuwde Joshua, 'je kunt je maar beter voorbereiden op een lange dag. Het zou me niets verbazen als dokter Chan een oncoloog wil raadplegen.'

'Kanker,' fluisterde ze, en bijgelovig verweet ze zichzelf dat woord hardop gezegd te hebben, alsof daardoor de kwaadaardige tumor werkelijk tot leven kon komen.

'Dat weten we nog niet,' zei Joshua.

Maar zij wist het wel.

Barry, even vrolijk als altijd, scheen zich niet veel zorgen te maken over zijn problemen met het zien. Hij leek te denken dat ze voorbij zouden gaan als een niesbui of een verkoudheid.

Het enige dat hem interesseerde was *De rode planeet* en wat er zou gebeuren na pagina 103. Hij had het boek meegenomen naar de praktijk van de dokter, en onderweg terug naar huis sloeg hij het herhaaldelijk open, keek ingespannen naar de regels en probeerde om of door de 'verwarde' regels heen te lezen. 'Jim, Frank en Willis zitten zwaar in de puree.'

Agnes maakte voor hem zijn lievelingseten klaar: hotdogs met kaas en patat. Priklimonade in plaats van melk.

Ze zou tegenover Barty niet zo openhartig zijn als ze Joshua Nunn had gevraagd tegen haar te zijn, voor een deel omdat ze te geschokt was om die openheid aan te kunnen.

Erger nog, ze vond het moeilijk om met haar zoon op de gebruikelijke ongedwongen manier te praten. Ze hoorde een spanning in haar stem waarvan ze wist dat hij die vroeg of laat zou opmerken. Ze maakte zich zorgen dat hij, als haar angst besmettelijk zou blijken te zijn en die op haar zoon oversloeg, minder goed in staat zou zijn te vechten tegen het kwaadaardige gezwel in zijn rechteroog.

Ze werd gered door Robert Heinlein. Bij de hotdogs en patat las Agnes Barty voor uit *De rode planeet*, te beginnen boven aan bladzijde 104. Hij had haar eerder al zoveel over het boek verteld dat Agnes zich verbonden voelde met het verhaal, en al snel ging ze daar zo in op dat ze haar angst beter kon verbergen.

Daarna naar zijn kamer, waar ze naast elkaar op bed gingen zitten met een bord chocoladekoekjes tussen hen in. De rest van de avond verlieten ze de aarde met alle problemen en vertrokken naar een wereld van avontuur, waar vriendschap, loyaliteit, moed en eer het konden opnemen tegen elke kwaadaardige ziekte.

Toen Agnes de laatste woorden op de laatste pagina had uitgesproken, was Barty druk aan het speculeren en babbelde over water-misschien-verder-zou-gebeuren met de personages die zijn vrienden waren geworden. Hij praatte onafgebroken, onder het uitkleden, onder het plassen, onder het tandenpoetsen, en Agnes vroeg zich af hoe ze hem in slaap zou krijgen.

Dat deed hij zelf natuurlijk. Eerder dan ze verwachtte was hij onder zeil.

Een van de moeilijkste dingen die ze ooit had gedaan, was op dat moment weggaan en hem daar alleen in zijn kamer achterlaten, terwijl dat ellendige in zijn oog stilletjes door bleef groeien. Ze wilde de leunstoel dicht bij het bed schuiven en de hele nacht over hem waken.

Maar als hij wakker zou worden en haar daar zo zou zien zitten, zou Barty begrijpen hoe slecht hij er misschien aan toe was.

Dus ging Agnes alleen naar haar slaapkamer, en daar, zoals zovele avonden, zocht ze troost bij de rots die ook haar lamp was, bij de lamp die ook haar fort was, bij het fort dat ook haar herder was. Ze vroeg om barmhartigheid en als barmhartigheid niet mogelijk was, vroeg ze om de wijsheid die ze nodig zou hebben om de zin van het lijden van haar lieve zoon te begrijpen.

59

Vroeg op kerstavond keerde Junior met een handvol galeriebrochures terug naar zijn woning, peinzend over geheimen die niets te maken hadden met wegwijzende sterren en maagdelijke geboortes.

Aan de andere kant van de ramen viel de winterse nacht geruststellend boven de twinkelende stad, terwijl hij in zijn woonkamer zat met een glas droge sherry in de ene hand en de foto van Celestina White in de andere.

Hij wist zeker dat Seraphim dood was gegaan bij de geboorte van haar kind. Hij had op het kerkhof het gezelschap van negers gezien bij haar begrafenis, op de dag dat Naomi werd begraven. Hij had de boodschap van Max Bellini gehoord op het antwoordapparaat van de maniakale smeris.

Hoe dan ook, als Seraphim nog leefde, zou ze nu pas negentien zijn, te jong om afgestudeerd te zijn aan de Kunstacademie.

De opvallende gelijkenis tussen deze kunstenares en Seraphim, plus de persoonlijke gegevens onder de foto, pleitten ervoor dat het twee zusters waren.

Daar stond Junior van te kijken. Voorzover hij zich kon herinneren had Seraphim in al die weken dat ze bij hem was gekomen voor fysiotherapie, het nooit over een oudere zuster gehad, en ook niet over een jongere.

Eigenlijk, hoe hij ook zijn best deed, kon hij níéts uit zijn herinnering opvissen van wat Seraphim gezegd had, alsof hij stokdoof was geweest in die dagen. Het enige dat hij nog wist, waren sensuele indrukken: de schoonheid van haar gezicht, de soepelheid van haar huid, de stevigheid van haar vlees onder zijn tastende handen.

Weer gooide hij zijn geheugenlijn uit in het donkere water van vier jaar geleden, hengelend naar de gepassioneerde nacht die hij met Seraphim had doorgebracht in de pastorie. En weer kon hij zich niets voor de geest halen, behalve haar heerlijke aanblik en de soepele perfectie van haar lichaam.

In het huis van de dominee had Junior geen enkele aanwijzing aangetroffen van een zuster. Geen familiefoto's, geen ingelijste schoolportretten. Natuurlijk had hij geen belangstelling voor haar familie gehad, was hij alleen maar met Seraphim bezig geweest.

Bovendien probeerde hij, als een man die vooruitkeek en geloofde dat het verleden beter als een dode last afgeschud kon worden,

348

nooit herinneringen te koesteren. Sentimenteel wentelen in nostalgie, zoals zoveel mensen deden, trok hem niet aan.

Deze door sherry gesteunde poging zich iets voor de geest te halen, bracht één herinnering bij hem terug, naast alle heerlijke geile beelden van de naakte Seraphim. De stem van haar vader. Op de bandrecorder. De dominee sprak maar door terwijl Junior zijn vrome dochter op het matras drukte.

Hoe pervers en opwindend het ook was geweest om met het meisje te vrijen terwijl de recorder de ruwe versie van de preek afdraaide, toch kon Junior zich niets herinneren van wat de predikant had gezegd, slechts de toon en het timbre van zijn stem. Of het nu zijn instinct was, nervositeit, of de sherry, de gedachte bleef hem hinderen dat hem iets van betekenis ontging wat die preek betrof.

Hij draaide de brochure om en bekeek de voorkant weer. Langzaam begon hij te vermoeden dat de titel van de tentoonstelling wellicht verband hield met de niet-herinnerde preek.

Deze gedenkwaardige dag.

Junior sprak die drie woorden hardop uit en voelde een vreemde resonantie tussen hem en zijn vage herinnering aan de stem van dominee White in die nacht, lang geleden. Toch kon hij het verband, als dat al bestond, niet leggen.

In de brochure stonden afbeeldingen van schilderijen van Celestina White, die Junior alleen maar naïef, saai en uiterst nietszeggend kon vinden. Haar werk was doordrenkt met alles waar échte kunstenaars niets van moesten hebben: realistische details, een thema, schoonheid, optimisme en zelfs charme.

Dat was geen kunst. Dat was mooimakerij, alleen maar decoratie, meer geschikt om op fluweel dan op linnen te schilderen.

Terwijl hij de brochure bekeek, vond Junior dat de beste reactie op het werk van deze schilderes was linea recta naar de badkamer te gaan, een vinger in zijn keel te steken en te kotsen. Gezien zijn medische verleden kon hij maar beter van zo'n expressieve kritiek afzien.

Toen hij terugging naar de keuken om zich nog een sherry met ijs in te schenken, keek hij in het telefoonboek van San Francisco bij *White, Celestina*. Haar nummer stond erin, haar adres niet.

Hij overwoog haar te bellen, maar hij wist niet hij moest zeggen als ze opnam.

Al geloofde hij niet in voorbestemdheid, in noodlot, alleen maar in zichzelf en zijn eigen vermogen om zijn toekomst vorm te geven, toch kon Junior niet ontkennen hoe buitengewoon het was

349

dat deze vrouw juist op dit moment van zijn leven zijn pad kruiste, nu hij zich zo gefrustreerd voelde dat hij bijna een hersenbloeding kreeg door zijn onvermogen om Bartholomeus te vinden, op zijn zenuwen werd gewerkt door de spookzangeres en andere bovennatuurlijke gebeurtenissen en over de hele linie zo erg in een dal zat als nooit tevoren. Hier lag een link met Seraphim en, via Seraphim, met Bartholomeus.

Adoptiearchieven zouden net zo ontoegankelijk zijn voor Celestina als voor ieder ander. Maar misschien wist ze íéts over het lot van het kind van haar zuster dat Junior niet wist, een klein detail dat voor haar onbelangrijk leek, maar dat hem misschien eindelijk op het juiste spoor zette.

Hij moest haar behoedzaam benaderen. Hij mocht zich niet haasten. Er goed over nadenken, een strategie bepalen. Deze mooie gelegenheid mocht niet verspild worden.

Met zijn gevulde glas liep Junior terug naar de zitkamer en bestudeerde onderwijl Celestina's foto in de brochure. Ze was net zo mooi als haar zuster, maar in tegenstelling tot haar arme zuster was ze niet dood. En daarom een verleidelijke mogelijkheid voor romantiek. Als ze wat wist dat hem kon helpen in de jacht op Bartholomeus, dan moest hij daarachter zien te komen zonder haar wantrouwen te wekken. Tegelijkertijd was dat nog geen reden dat ze niet iets met elkaar konden hebben, een verhouding, misschien zelfs een serieuze toekomst samen.

Hoe ironisch zou het zijn als Celestina, de tante van Seraphims buitenechtelijke zoontje, de partner zou blijken te zijn naar wie Junior na al die jaren van onbevredigde seksuele relaties had verlangd. Dat leek onwaarschijnlijk gezien de kinderlijke kwaliteit van haar schilderijen, maar misschien kon hij haar helpen zichzelf te ontwikkelen tot een echte kunstenares. Hij was een ruimdenkend mens, zonder vooroordelen, waardoor alles mogelijk was nadat hij het kind had gevonden en gedood.

De sensuele herinneringen aan zijn heftige avond met Seraphim hadden Junior opgewonden gemaakt. Helaas, de enige vrouw in zijn buurt was de IJzeren Vrouw, en zo wanhopig was hij nu ook weer niet.

Hij was uitgenodigd voor een kerstviering met een satanisch thema, maar hij was niet van plan geweest te gaan. Het feest werd niet gegeven door echte satanisten, wat misschien interessant zou zijn geweest, maar door een groepje jonge kunstenaars, atheïsten, die hetzelfde droge gevoel voor humor deelden.

Bij nader inzien besloot Junior wel naar het feest te gaan, in de hoop een vrouw te ontmoeten met meer mogelijkheden dan het beeld van Bavol Poriferan.

Vlak voor hij vertrok, kwam de gedachte bij hem op de brochure van 'Deze gedenkwaardige dag' in zijn zak te stoppen. Het kon weleens leuk worden om een groep scherpzinnige jonge kunstenaars los te laten op Celestina's ansichtkaarten-werk. Los daarvan, aangezien de Kunstacademie de belangrijkste in zijn soort was aan de Westkust, zouden sommige feestgangers haar misschien wel kennen en hem waardevolle achtergrondinformatie kunnen geven.

Het feest was in volle gang in een spelonkachtige ruimte op de tweede – en hoogste – verdieping van een verbouwde fabriekshal, de woon- en werkruimte van een groep artiesten die geloofden dat je met kunst, seks en politiek een gewelddadige revolutie kon losbeuken, of iets dergelijks.

Een bombardement van geluid kwam uit de geluidsinstallatie: de Doors, Jefferson Airplane, de Mamas and the Papas, Strawberry Alarm Clock, Country Joe and the Fish, de Lovin' Spoonful, Donovan (helaas), de Rolling Stones (ergerlijk) en de Beatles (om woest van te worden). Vele decibellen knalden van de bakstenen muren terug, deden de ruitjes in de stalen lijst van de ramen trillen als de trommelvellen van een snel marcherende militaire kapel en creëerden tegelijk een stimulerend opwindend gevoel van mogelijkheid en een gevoel van verdoemenis, het gevoel dat armageddon in aantocht was, maar dat dat heel léúk zou worden.

Zowel de rode als de witte wijn was te goedkoop naar Juniors smaak, dus dronk hij Dos Equis-bier en werd hij op twee manieren high door het passief meeroken van zoveel tweedehands hasjdamp dat de hele jaarlijkse hamproductie van de staat Virginia ermee gerookt kon worden. Van de twee- tot driehonderd feestgangers waren sommigen onder invloed van LSD, anderen opgefokt door speed, en weer anderen opgewonden en uitgelaten door coke, maar Junior bezweek voor geen van deze verleidingen. Zelfverbetering en zelfcontrole vond hij belangrijk; hij keurde zoveel genotzucht af.

Bovendien had hij ontdekt dat gebruikers de neiging hadden overdreven sentimenteel te worden, waarna ze vertrouwelijk werden en rust probeerden te vinden in rammelende zelfanalyses en ontboezemingen. Junior was te gesloten om zich aan zoiets over te geven. Trouwens, als hij ooit onder invloed van drugs aan bekentenissen begon, zou het gevolg daarvan weleens de elektrische stoel of gifgas of een dodelijke injectie kunnen zijn. Dat hing af van het rechtsgebied en het jaar waarin hij zo tot ontboezemingen zou overgaan.

Over boezems gesproken, overal op de bovenverdieping waren meisjes zonder beha in sweaters en minirokken, zonder beha in t-shirts en minirokken, zonder beha in met zijde afgewerkte leren vesten en spijkerbroeken, zonder beha met ontbloot middel en broeken met wijde pijpen. Er liepen ook een heleboel jongens door het gezelschap, maar die vielen Junior nauwelijks op.

De enige mannelijke feestganger die hem interesseerde – héél erg interesseerde – was Sklent, de kunstschilder met de korte naam wiens drie doeken als enige vorm van kunst aan de muren van zijn woning hingen.

De kunstenaar, minstens een meter negentig lang en met een gewicht van ruim honderd kilo, zag er in levenden lijve veel gevaarlijker uit dan op zijn enge publiciteitsfoto. Hij was nog geen dertig en hij had al wit haar dat lang en sluik op zijn schouders viel. Een lijkbleke huid. Zijn diep weggezonken ogen, grijs als regen, met een albino-roze ondertoon, hadden een roofdierenglans, net zo verkillend als de ogen van een panter. Gruwelijke littekens doorgroefden zijn gezicht, en zijn grote handen zaten onder de rode hasjstrepen alsof hij zich bij herhaling met blote handen had moeten verdedigen tegen mannen met zwaarden.

Ook als je ver van de stereospeakers stond, moest je je stem luid verheffen, zelfs als je iets vertrouwelijks wilde vertellen. Maar de schepper van *In het brein van de baby rust de parasiet van verdoemenis, versie 6*, bezat een stem die net zo diep, snijdend en doordringend was als zijn talent.

Sklent bleek een kwade, achterdochtige, lichtgeraakte man te zijn, maar ook iemand met een geweldige intellectuele kracht. Hij was een diepzinnige en verbluffende gesprekspartner, en orakelde adembenemende inzichten over de menselijke conditie, verbijsterende maar onweerlegbare opinies over kunst en revolutionaire filosofische inzichten. Later kon Junior zich – uitgezonderd het onderwerp over geesten – geen woord van wat Sklent had gezegd herinneren, behalve dat het allemaal heel briljant en vreselijk hip was geweest.

Geesten. Sklent was een atheïst, maar hij geloofde wel in geesten. Dat zit zo in elkaar: hemel, hel en God bestaan niet, maar de mens bestaat uit zowel energie als vlees; en als dat vlees bezwijkt, komt de energie vrij. 'Wij zijn het meest weerbarstige, egoïstische, hebberige, vrekkige, kwaadaardige, psychotische, boosaardige schepsel in het universum,' legde Sklent uit. 'En sommigen van ons verdommen het gewoon om dood te gaan. De geest is een stekelige klis energie die soms blijft haken aan plaatsen of mensen die ooit voor ons van belang zijn geweest, vandaar dat je spookhuizen hebt, stakkers die nog steeds getreiterd worden door hun dode vrouwen en nog meer van die onzin. En soms blijft die klis kleven aan een embryo in de een of andere slet die ze met jong hebben geschopt, waardoor je dus reïncarnatie krijgt. Daar heb je helemaal geen god voor nodig. Zo gaan die dingen nu eenmaal. Leven en leven na de dood, dat vindt allemaal hier plaats, hier en nu, en we zijn met z'n allen een grote bende smerige, schurftige apies, die op een holletje achter elkaar aan zitten zonder dat er ooit een eind aan komt.'

Twee jaar lang, sinds het kwartje in de cheeseburger, had Junior gezocht naar een metafysica die hij kon bevatten, die overeenstemde met alle waarheden die hij van Zedd had geleerd en die niet van hem vroeg een hogere macht te erkennen dan zichzelf. Bingo. Onverwacht. Compleet. Dat van die apies begreep hij niet helemaal, maar de rest was voor hem duidelijk. En een zekere vrede daalde over hem neer.

Junior zou graag met Sklent van gedachten gewisseld hebben over spirituele zaken, maar te veel andere feestgangers eisten de aandacht van de grote man op. Bij zijn vertrek wilde hij de artiest toch even aan het lachen brengen, dus haalde Junior de brochure van *Deze gedenkwaardige dag* tevoorschijn en vroeg bedeesd naar zijn mening over de schilderijen van Celestina White.

Het was duidelijk dat Sklent nooit om iets lachte, hoe leuk de mop ook was. Hij boog zich fronsend over de schilderijen in de brochure, gaf die aan Junior en snauwde: 'Doodschieten die teef.'

In de veronderstelling dat deze kritiek een amusante overdrijving was, begon Junior te lachen, maar Sklent wierp hem een blik toe met zijn kleurloze ogen waarbij Junior het lachen verging. 'Nou, misschien gebeurt dat nog wel,' zei hij, in een poging Sklent bij te vallen. Maar hij had meteen spijt dat gezegd te hebben waar anderen bij waren.

Met de brochure als smoes ging Junior de mensen af, op zoek naar iemand die op de Kunstacademie had gezeten en misschien Celestina White kende. De kritieken op haar schilderijen waren allemaal negatief en vaak hilarisch. Maar niet een was er zo beknopt en gewelddadig als die van Sklent.

Ten slotte zei een blondine zonder beha met glanzende, witte plastic laarzen in een witte minirok en een roze T-shirt met het hoofd van Albert Einstein erop: 'Die ken ik wel. We volgden soms dezelfde lessen. Ze is best wel aardig, maar ze is een beetje truttig, zeker voor een Afro-Amerikaanse. Ik bedoel, die zijn toch nooit truttig, of heb ik geen gelijk?'

'Je hebt gelijk, op Buckwheat na misschien.'

'Wie?' schreeuwde ze, al zaten ze zij aan zij op een zwartleren bankje.

Junior verhief zijn stem nog meer: 'In die oude films. *De Boefjes*.'

'Ikzelf, ik geef niet om oud. Die meid van White had een raar zwak voor oude mensen, oude gebouwen, alles wat oud was. Alsof ze niet in de gaten heeft dat ze jóng is. Je zou haar willen vastpakken, door elkaar schudden en zeggen: "Hé, kom op, muts!", weet je wel.'

'Wat geweest is, is geweest.'

'Is wat?' schreeuwde ze.

'Geweest!'

'Mijn idee.'

'Maar mijn vrouw zaliger vond die *Boefjes*-films leuk.'

'Ben je getrouwd?'

'Ze is dood.'

'Zo jong al?'

'Kanker,' antwoordde hij. Dat leek hem veel tragischer en minder verdacht dan een smak van een brandtoren.

Vol medeleven legde ze haar hand op zijn dij.

'Het is me wel een tijd geweest,' zei hij. 'Haar dood... en dan zelf levend uit Vietnam terugkomen.'

De blondine zette grote ogen op. 'Ben je dáár geweest?'

Hij vond het moeilijk om zo'n pijnlijke, persoonlijke ontboezeming oprecht te laten klinken terwijl hij moest schreeuwen, maar hij deed het toch zo goed dat ze vochtige ogen kreeg: 'Een stuk van mijn linkervoet is bij een aanval weggeschoten.'

'O, pech voor jou, zeg. Wat vreselijk. Man, ik haat die oorlog.'

De blondine zocht toenadering, net als een aantal andere vrouwen had gedaan sinds zijn binnenkomst. Dus Junior probeerde een midden te vinden tussen verleiding en het inwinnen van informatie. Hij legde zijn hand op de hand die zachtjes in zijn dij kneep en zei: 'In Vietnam trok ik met haar broer op. Toen raakte ik gewond, werd teruggevlogen, verloor het contact met hem. Ik zou hem nog weleens willen zien.'

Verbaasd vroeg de blondine: 'Wie z'n broer?'

'Van Celestina White.'

'Heeft die een broer?'

'Toffe vent. Weet je misschien haar adres, of een manier waarop ik met haar in contact kan komen over haar broer?'

'Zo goed heb ik haar niet gekend. Ze kwam niet vaak op feestjes – zeker na de baby niet.'

'Dus ze is getrouwd?' zei Junior en hij bedacht dat Celestina misschien toch niet de vrouw van zijn leven was.

'Zou kunnen. Ik heb haar al een tijd niet meer gezien.'

'Nee, ik bedoel, omdat je baby zei.'

'O. Nee, van haar zus. Maar die is dood...'

'Ja, dat weet ik. Maar...'

'Toen nam Celestina de zorg op zich.'

'Van wat?'

'Dat kind. De baby.'

Junior vergat de versiertoer. 'Heeft ze... heeft ze het kind van haar zus geadopteerd?'

'Raar, hè?'

'Is het een jongetje dat Bartolomew heet?' vroeg hij.

'Ik heb het nooit gezien.'

'Maar heette het Bartolomew?'

'Weet ik veel.'

'Wat?'

'Ik zei, weet ik veel.' Ze trok haar hand terug. 'Wat moet je trouwens met die Celestina?'

'Neem me niet kwalijk,' zei Junior.

Hij verliet het feest en bleef een tijdje op straat staan, haalde diep adem, inhaleerde frisse nachtlucht in plaats van hasjrook, haalde langzaam en diep adem, opeens ontnuchterd ondanks al het bier, haalde langzaam en diep adem, tot op het bot verkild, maar niet door de koude lucht.

Hij stond ervan te kijken dat adoptiearchieven zo geheim en zo ontoegankelijk waren, wanneer een kind werd geplaatst bij een direct familielid, bij de zus van de moeder.

Hij kon maar twee verklaringen bedenken. Een: bureauklerken volgen regels op, zelfs als die regels onzin zijn. Twee: de lelijkste privédetective in de wereld, Nolly Wulfstan, was een incompetente stomkop.

Het kon Junior niet schelen welke verklaring de juiste was. Het ging maar om één ding: het einde van de jacht op Bartholomeus kwam in zicht.

Op woensdag 27 december ontmoette Junior Google, de documentenvervalser, in de bioscoop tijdens een middagvoorstelling van *Bonnie en Clyde*.

Zoals hem gezegd was door de telefoon schafte hij zich in de hal een grote doos studentenhaver en een doos chocoladerepen aan en nam daarna plaats in het midden van een van de laatste drie rijen, chocola etend en bekkentrekkend vanwege de kleverige geluiden die zijn schoenen maakten op de smerige vloer, terwijl hij wachtte tot Google hem zou vinden.

Door alle naweeën erin was de film te heftig naar zijn smaak. Hij had liever afgesproken bij een voorstelling van *Dr. Dolittle* of *The Graduate*. Maar Google die zo paranoïde was als een laboratoriumrat na een leven vol elektrische schokken, stond erop zelf de bioscoop te kiezen.

Al stond het thema van moreel realisme en persoonlijke autonomie in een waardeneutrale wereld hem wel aan, hij hield niet van gewelddadige scènes en hij sloot zijn ogen zodra het bloederig werd. Vol ongenoegen zat hij negentig minuten van de film uit, voordat Google eindelijk naast hem plaatsnam.

De loensende ogen van de vervalser glansden in het licht dat reflecteerde van het filmdoek. Hij likte zijn sponsachtige lippen en zijn prominente adamsappel ging op en neer: 'In die Faye Dunaway zou ik weleens willen leeglopen. Jij niet?'

Junior bekeek hem met onverholen afkeer.

Google had daar geen erg in. Hij trok met zijn wenkbrauwen in de klaarblijkelijke veronderstelling dat ze mannen onder elkaar waren en stootte Junior met zijn elleboog aan.

Slechts een paar bioscoopgangers hadden voor de matinee gekozen. Er zat niemand in hun buurt, zodat Google en Junior op hun gemak konden ruilen. Een grote envelop van Google tegen een kleine envelop van Junior.

De vervalser haalde een bundel biljetten van honderd dollar uit de envelop die hij had gekregen en controleerde die in het schijnsel van het filmdoek. 'Ik ga nu, maar jij blijft die film uitzitten.'

'Waarom ga ik niet en blijf jij?'

'Omdat je dan een mes in je oog krijgt.'

'Ik vraag het maar,' zei Junior.

'En, luister, als je te snel na mij vertrekt, heb ik nog een maat op de uitkijk staan. En hij schiet je met een holle punt achtendertig voor je flikker.'

'Het is alleen maar dat ik de pest aan die film heb.'

'Je bent maf. Het is een klassieker. Zeg, moet je die studentenhaver niet?'

'Heb ik toch al door de telefoon gezegd, ik lust het niet.'

'Geef op dan.'

Junior gaf Google de studentenhaver en die ging ervandoor met het snoepgoed en het geld.

De slowmotion-scène waarin Bonny en Clyde doorzeefd worden met kogels, was het ergste dat Junior ooit in een film had gehoord. Hij zag er maar een glimp van, want hij hield zijn ogen stijf dicht.

Negen dagen eerder had Junior, op aanwijzing van Googgle, postbussen gehuurd bij twee verschillende kantoren, een op naam van John Pinchbeck, de ander op naam van Richard Gammoner, en had vervolgens de vervalser de postnummers gegeven. Dat waren de twee identiteiten die Google voor zijn kunstige en overtuigende papieren had gebruikt.

Op donderdag 28 december opende Junior, met behulp van de valse rijbewijzen en identiteitskaarten, spaarrekeningen en huurde hij twee kluisjes voor Pinchbeck en Gammoner bij verschillende banken waarmee hij nooit eerder zaken had gedaan, gebruikmakend van de postbusnummers die hij net had aangevraagd.

Op elke spaarrekening zette hij vijfhonderd dollar. In elke kluis deed hij twintigduizend dollar in knisperende bankbiljetten.

Voor zowel Gammoner als voor Pinchbeck had Google gezorgd: een rijbewijs dat werkelijk geregistreerd stond bij het Californische Bureau van Kentekenregistratie en dat daardoor elke politiecontrole zou doorstaan; een legitieme identiteitskaart; een geboortebewijs dat werkelijk in de archieven van de genoemde burgerlijke stand te vinden was; en een authentiek, geldig paspoort. Junior bewaarde beide valse rijbewijzen in zijn portefeuille, naast het exemplaar met zijn werkelijke naam. Al het andere stopte hij bij zijn geld in de kluizen van Pinchbeck en Gammoner.

Ook trof hij regelingen om een rekening te openen voor Gammoner bij een bank op de Caymaneilanden en een voor Pinchbeck in Zwitserland.

Die avond voelde hij zich avontuurlijker dan hij zich sinds zijn aankomst in de stad had gevoeld. Dus trakteerde hij zich op drie glazen superieure bordeaux en een filet mignon in dezelfde elegante hotellounge waar hij de eerste avond in San Francisco gegeten had, bijna drie jaar daarvoor.

De chique ruimte bleek onveranderd. Zelfs de man achter de piano leek dezelfde als toen, al waren de geelroze bloem in zijn knoopsgat en waarschijnlijk ook zijn smoking nieuw.

Er zaten een paar aantrekkelijke vrouwen in hun eentje, het bewijs dat de maatschappelijke codes drastisch veranderd waren in drie jaar. Junior was zich bewust van hun hitsige blikken en hun verlangen en wist dat hij ze stuk voor stuk zou kunnen krijgen.

De stress waaronder hij nu stond, viel ditmaal niet met vrouwen af te voeren. Dit was een stimulerende spanning, een niet-onaangename spanning, een heerlijke verwachting die hij helemaal wilde beleven – tot aan de opening van Celestina's tentoonstelling op 12 januari. Deze spanning viel niet op te heffen met seksueel contact, maar slechts met het doden van Bartholomeus, en als dat lang verwachte moment kwam, verwachtte Junior een ontlading zoals geen enkel orgasme hem zou kunnen geven.

Hij had overwogen Celestina – en haar buitenechtelijke kind – voor de opening van de tentoonstelling op te sporen. Het inschrijfbureau van de universiteit zou een mogelijkheid kunnen zijn. Verdere navraag in de kunstwereld zou hem ongetwijfeld wel haar adres kunnen opleveren.

Maar na de moord op de kleine Bartholomeus zouden mensen zich misschien de man herinneren die vragen had gesteld over de moeder, Celestina. Junior was niet zomaar iemand; onweerstaanbaar knap als hij was, liet hij een diepe indruk op mensen na, vooral op vrouwen. Onvermijdelijk zou de politie vroeg of laat aan zijn deur verschijnen.

Natuurlijk had hij de identiteiten van Pinchbeck en Gammoner achter de hand als ontsnappingsroutes. Maar daar wilde hij geen gebruik van maken. Hij had het naar zijn zin op Russian Hill en dat leventje zou hij erg missen.

Nu hij wist waar Celestina zou zijn op 12 januari, had het geen zin risico's te lopen om haar eerder te vinden. Er bleef tijd genoeg over om zich voor te bereiden op hun ontmoeting en van de voorpret te genieten.

Junior wilde net de rekening betalen en dacht na over de hoogte van de tip toen de pianist 'Someone to watch over me' begon te spelen. Al was hij er de hele avond op voorbereid geweest, toch schrok hij toen hij de melodie herkende.

Bij zijn twee eerdere bezoeken – zijn eerste avond in de stad en twee dagen later – had hij zichzelf ervan doordrongen dat het nummer gewoon tot het repertoire van de pianist behoorde. Hier was niets ongewoons aan de hand.

Evengoed zette hij een bevende handtekening op de rekening.

Junior had geen last gehad van buitengewone ervaringen sinds 18 oktober, toen hij 's ochtends vroeg ontwaakte uit een boze droom over wormen en torren en de spookzangeres hoorde zingen. Haar toeschreeuwend dat ze haar mond moest houden, had hij de buren gewekt.

Nu werkte de gehate melodie op zijn zenuwen. Hij raakte ervan overtuigd dat als hij alleen naar huis ging, de spookzangeres zich weer zou laten horen – of ze nu de wraakzuchtige geest van Victoria Bressler was of iets anders. Hij wilde toch gezelschap hebben en afleiding.

Een bijzonder aantrekkelijke vrouw, alleen aan de bar, wekte zijn begeerte op. Glanzend zwart haar, de lange lokken zo donker als de nachtelijke hemel, olijfkleurige huid, zo glad als de schil van een nectarine. Ogen zo vol schittering als glanzende meren met een reflectie van eeuwigheid en sterren.

Wauw. Ze wekte de dichter in hem.

Haar elegantie was aanlokkelijk. Een roze Chanel-pakje met een rokje tot boven de knieën, een parelketting. Haar figuur mocht er zijn, maar ze liep er niet mee te koop. Ze droeg zelfs een beha. In dat tijdperk van uitdagende, erotische mode, was haar onderkoelde stijl enorm verleidelijk.

Plaatsnemend op de onbezette barkruk naast deze schoonheid bood Junior haar een drankje aan, en dat accepteerde ze.

Renee Vivi sprak met een zangerig zuidelijk accent. Levendig zonder aanstellerij. Geschoold en belezen, maar zonder pretenties, rechtstreeks in haar uitspraken zonder grof of vooringenomen te lijken, was ze charmant gezelschap.

Ze moest voor in de dertig zijn, misschien zes jaar ouder dan Junior, maar daar had hij geen bezwaar tegen. Hij had geen vooroordeel tegen mensen die ouder waren, net zo min als tegen mensen van een ander ras.

Of hij nu de liefde bedreef of iemand vermoordde, hij was nooit onverdraagzaam. Hij moest er zelf een beetje om lachen, maar het was waar.

Hij vroeg zich af hoe het zou zijn om met Renee te vrijen en haar dan te vermoorden. Eenmaal eerder had hij iemand zonder een goede reden gedood, en dat was een van die ergerlijke Bartholomeusen geweest, Prosser in Terra Linda. Een man. Bij die gelegenheid had hij geen seksuele opwinding gevoeld, dit zou de eerste keer zijn.

Junior Cain was absoluut geen geschifte lustmoordenaar, hij werd niet gedreven door bizarre driften die hij niet kon beheersen. Eén enkele nacht van seks en dood – een eenmalige zwakte – zou geen ernstig zelfonderzoek vereisen of een bijstellen van zijn zelfbeeld. Twee keer zou een gevaarlijke manie betekenen. Drie keer viel niet te verdedigen. Maar één keer was een gezond experiment. Een leerzame ervaring.

Elke ware avonturier zou dat begrijpen.

Toen Renee, zich heerlijk onbewust van wat haar boven het hoofd hing, beweerde de erfgename te zijn van een aanzienlijk industrieel fortuin, dacht Junior dat ze dat verzon of in ieder geval het bedrag aandikte om zichzelf nog aantrekkelijker te maken. Maar toen hij haar vergezelde naar haar huis, ontdekte hij een mate van luxe die bewees dat ze niet zomaar een verkoopster met een rijke fantasie was.

Haar thuisbrengen vereiste geen auto of een lange wandeling, want ze woonde in het hotel boven het restaurant. De bovenste drie verdiepingen van het gebouw bestonden uit enorme koopflats.

Haar woonruimte betreden was hetzelfde als het door middel van een tijdmachine betreden van een andere eeuw, en ook naar een ander land. Naar het Europa van Lodewijk xiv. Het oog raakte overweldigd door de grote, hoge kamers met de weelderige donkere kleuren en de zware vormen van barokke kunst en meubels. Schelpen, acanthusbladeren, krullen, guirlandes en volutes – vaak verguld – versierden de antieke Indiase kisten, stoelen, tafels, massieve spiegels, pronkkasten en etagères, alles van museumkwaliteit.

Junior besefte dat Renee deze nacht doden een onvoorstelbare verspilling zou zijn. In plaats daarvan kon hij haar eerst trouwen en een tijdje van haar genieten, en ten slotte een ongeluk of een zelfmoord in scène zetten waardoor hij in het bezit kon komen van haar hele vermogen – of althans een aanzienlijk deel ervan.

Dit was geen lustmoord – iets dat, nu hij erover had kunnen nadenken, beneden zijn waardigheid was, zelfs als het zijn persoonlijke groei zou dienen. Dit zou moord zijn met een goede gerechtvaardigde reden.

In de afgelopen jaren had hij ontdekt dat een luizige paar miljoen nog meer vrijheid verschafte dan hij had gedacht toen hij Naomi van de brandtoren duwde. Een enorm fortuin, vijftig of honderd miljoen, zou niet alleen meer vrijheid geven, en niet alleen de mogelijkheid tot meer zelfverbetering, maar ook mácht.

Het vooruitzicht van macht intrigeerde Junior.

Hij twijfelde er absoluut niet aan dat hij Renee uiteindelijk tot een huwelijk zou kunnen bewegen, ongeacht haar rijkdom en haar beschaving. Hij kon vrouwen omvormen naar zijn verlangen, net zo gemakkelijk als Sklent zijn briljante visies op het doek kon zetten; nog gemakkelijker dan Wroth Griskin brons tot verontrustende kunstwerken kon gieten.

Los daarvan, nog zelfs voordat hij zijn charme volledig had ingezet, voordat hij haar had laten zien dat een ritje op de liefdesmachine van Junior Cain andere mannen voorgoed in de schaduw zou stellen, geilde Renee al zozeer op hem dat het verstandig leek een fles champagne te openen voordat haar spontane ontbranding haar Chanel-pakje zou doen scheuren.

In de woonkamer bood een groot raam, omlijst door zware brokaten gordijnen, uitzicht op een magnifiek panorama. Een bovenmaatse, handgeschilderde en zwaar vergulde chaise longue, bekleed met een kostbare stof, stond tegen die achtergrond van stad en zware zijde, en Renee trok Junior op de bank, hevig verlangend overmeesterd te worden.

Haar mond was zowel gretig als rijp, en haar soepele lichaam straalde vulkanische hitte uit. Junior stak zijn hand onder haar rok en dacht aan seks, rijkdom en macht, tot hij ontdekte dat zijn erfgename een erfgenaam was, met genitaliën die geschikter waren voor een boxershort dan voor zijden lingerie.

Hij sprong van Renee af met de explosiviteit van een geweer van zwaar kaliber. Verbijsterd, walgend, vernederd trok hij zich terug, veegde zijn mond schoon en vloekte.

Tot zijn verbijstering kwam Renee achter hem aan, slinks en verleidelijk, om hem te kalmeren en hem te verlokken tot een nieuwe omhelzing.

Junior wilde haar vermoorden. Hém vermoorden. Wat maakte het uit. Maar hij vermoedde dat Renee het een en ander wist van straatvechten, en dat de afloop van een gewelddadige confrontatie niet eenvoudig te voorspellen viel.

Toen Renee begreep dat ze totaal en finaal afgewezen werd, veranderde zij – hij, wat dan ook – van een zoetgevooisde zuidelijke schone in een gemeen, giftig reptiel. Met ogen glinsterend van woede, de tanden ontbloot en de mond vertrokken, schold ze hem verrot, de ene belediging na de andere moeiteloos aaneenrijgend, zodat ze hem meer bijbracht op taalgebied dan alle cursussen die hij doorlopen had bij elkaar. 'En zie het onder ogen, mooie jongen, je wist waar je aan toe was vanaf het moment dat je me een drankje aanbood. Je wist het en je wilde het, begeerde het, begeerde mij, en nu het zover is, ben je ineens bang geworden. Je bent ineens bang geworden, mooie jongen, al wil je me nog steeds.'

Terwijl hij terugdeinsde en probeerde tastend zijn weg te vinden naar de gang en de buitendeur, bang dat zij, als hij over een stoel zou struikelen, zich op hem zou storten zoals een krijsende havik op een muis, ontkende Junior haar beschuldiging. 'Je bent gek. Hoe had ik het kunnen weten? Moet je zien, hoe had ik dat in godsnaam kunnen weten?'

'Ik heb nogal een opvallende adamsappel, of niet soms?' krijste ze

Ja, die had ze zeker, maar niet zo'n opvallende, vergeleken bij die joekel van Google was het gewoon een klein pestappeltje, makkelijk over het hoofd te zien, niet overdreven voor een vrouw.

'En mijn handen dan, mooie jongen, mijn handen?' bitste ze.

Ze had de meest vrouwelijke handen die hij ooit had gezien. Tenger, zacht, mooier dan die van Naomi. Hij wist niet waarover ze het had.

Hij zette alles op alles, keerde haar de rug toe en ging ervandoor. En in tegenstelling tot wat hij verwachtte, liet ze hem ontsnappen. Later, thuis, gebruikte hij een halve fles naar pepermunt smakende mondspoeling, nam de langste douche van zijn leven en gebruikte daarna de andere helft van het mondwater.

Hij gooide zijn stropdas weg, want in de lift naar beneden, weg van het penthouse van Renee – of René – en teruglopend naar huis, had hij er zijn tong mee afgeveegd. Bij nader inzien gooide hij alles weg wat hij had gedragen, zelfs zijn schoenen.

Hij bezwoer zichzelf ook alle herinneringen aan dit gebeuren weg te gooien. In Caesar Zedds bestseller *Hoe overwin ik de macht van het verleden*, bood de auteur een reeks van technieken aan om alle herinneringen onder te spitten aan gebeurtenissen die ons psychologische schade, pijn of zelfs schaamte konden bezorgen. Junior ging naar bed met het kostbare boek en een tot aan de rand gevuld glas cognac.

Hij kon iets belangrijks opsteken van zijn ontmoeting met Renee Vivi: veel dingen in het leven zijn niet wat ze op het eerste gezicht lijken. Maar aan Junior was die les niet besteed als het inhield dat hij verder moest leven met de levendige herinnering aan zijn vernedering.

Dankzij Caesar Zedd en Rémy Martin gleed Junior uiteindelijk weg in de golvende stromingen van de slaap. En terwijl hij wegdreef op die fluwelen stroming, vond hij troost bij de gedachte dat wat er ook zou gebeuren, de 29ste december een betere dag zou zijn dan de 28ste.

Daar vergiste hij zich in.

Op de laatste vrijdag van elke maand, bij regen of zonneschijn, maakte Junior gewoontegetrouw een wandeling langs zijn zes favoriete galeries, overal op zijn gemak rondkijkend en babbelend met de galeriehouders, met een lunch om één uur in het St. Francis Hotel. Dit was traditie voor hem en altijd voelde hij zich aan het einde van zo'n dag heerlijk behaaglijk.

Vrijdag 29 december was een prachtige dag: koel maar niet koud; hoge, verspreide wolken sierden een strakblauwe hemel. Het was gezellig druk op straat, niet zo volgestouwd als de gangen van een bijenkorf zoals soms gebeurde. De inwoners van de stad, normaal al prettige mensen, waren nog steeds in een kerststemming waardoor ze vrolijker en hoffelijker waren dan anders.

Na een schitterende lunch en na de vierde galerie van zijn lijstje op weg naar de vijfde, zag Junior niet meteen de bron van de kwartjes. Sterker nog, toen de eerste drie snel afgeschoten munten de zijkant van zijn gezicht raakten, wist hij niet eens wat het was. Geschrokken dook hij ineen en keek naar beneden toen hij ze rinkelend op de stoep hoorde neerkomen.

Klik, klik, klik! Weer drie kwartjes kaatsten tegen de linkerkant van zijn gezicht – slaap, wang, kaak.

Toen het ongewenste kleingeld rinkelend op het beton viel, zag Junior – klik, klik – de bron van de volgende twee salvo's. Ze werden uitgespuwd door de verticale geldsleuven van een krantenautomaat; een raakte zijn neus, de andere ketste rinkelend af op zijn tanden.

De automaat, een in een rij van vier, was niet gevuld met gewone kranten, die slechts een dubbeltje kostten, maar met ranzige seksblaadjes bestemd voor heteroseksuele mannen.

Het bonzen van Juniors hart klonk hem even luid in de oren als mortiervuur. Hij stapte achteruit, weg uit de vuurlijn van de automaat.

Alsof een van de kwartjes in zijn oor terecht was gekomen en een gouwe ouwe in de jukebox van zijn geest liet draaien, hoorde Junior Vanadiums stem in de ziekenhuiskamer in Spruce Hills: op de nacht van de dag dat Naomi was gestorven. *Toen jij de snaar van Naomi doorknipte, maakte je een eind aan de gevolgen die haar muziek op het leven van anderen kon hebben en op de vormgeving van de toekomst...*

Een andere automaat, naast de eerste, vol tijdschriften met onver-hulde artikelen voor homoseksuelen, schoot een kwartje af dat Junior tegen het voorhoofd raakte. De volgende kwam tegen zijn neusbrug aan.

... Jij sloeg een wanklank aan die, hoe zwak ook, tot het alleruiterste einde van het universum gehoord kon worden...

Zou Junior tot aan zijn borst in het beton hebben gezeten, dan zou hij zich beter hebben kunnen bewegen dan nu. Hij had geen gevoel in zijn benen.

Niet in staat weg te rennen, bracht hij zijn handen defensief omhoog, kruiste die voor zijn gezicht, ook al deden de munten geen pijn. Zijn vingers, handpalmen en polsen werden getroffen door salvo's.

... Die wanklank brengt weer een heleboel andere trillingen op gang, waarvan sommige naar je terug zullen keren op een manier die je misschien verwacht...

De automaten waren gemaakt om kwartjes te ontvangen, niet om ze weg te schieten. Ze maakten geen kleingeld. Mechanisch gezien was dit hele gebeuren onmogelijk.

... en sommige op manieren die je nooit aan zult zien komen...

Twee tienerjongens en een oude vrouw kropen over het trottoir rond, grabbelend naar de regen van rinkelende munten. Ze kregen er een paar te pakken, maar andere stuiterden draaiend door hun graaiende vingers heen en rolden tollend in de goot.

... van de dingen die je niet aan hebt kunnen zien komen, ben ik de ergste...

Naast deze aasgieren was er een andere entiteit aanwezig, onzichtbaar maar niet onvoelbaar. De kilte van die onzichtbare entiteit drong bij Junior door tot op het merg: de koppige, kwaadaardige, psychotische, klittende geest van Thomas Vanadium, de maniakale smeris, die niet tevreden was met spoken door het huis waarin hij was gestorven, nog niet klaar om op zoek te gaan naar reïncarnatie, maar die in plaats daarvan zelfs na zijn dood zijn hevig op de proef gestelde verdachte achtervolgde, rondrennend – om Sklent te citeren – als een onzichtbare, vieze, schurftige aap, hier in deze straat, op klaarlichte dag.

Van de dingen die je niet aan hebt kunnen zien komen, ben ik de ergste.

Een van de muntenverzamelaars botste tegen Junior aan waardoor hij uit zijn verlamming schoot, maar toen hij struikelend uit de vuurlinie van de tweede automaat kwam, begon een derde automaat kwartjes op hem af te schieten.

Van de dingen die je niet aan hebt kunnen zien komen, ben ik de
ergste... ben ik de ergste... ben ik de ergste...
Bespot door het metalige *ping-ting-rinkel* van de maniakale detective die zijn onzichtbare zakken leegde, sloeg Junior op de vlucht.

60

Kathleen in het kaarslicht, de vlammetjes weerkaatsend in haar amberkleurige ogen. Gekoelde martini's, extra olijven in een ondiep wit schaaltje. Achter het venster bij de tafel, de legendarische baai die ook glinsterde, donkerder en kouder dan Kathleens ogen, maar niet half zo diep.
Nolly, die vertelde over zijn werk van die dag, onderbrak zijn verhaal toen de ober twee krabsalades bracht.
'Nolly, mevrouw Wulfstan, eet smakelijk.'
Nolly stelde de conversatie uit tot ze de eerste hapjes krab met een knapperig beschuitkorstje geproefd hadden. Heerlijk.
Kathleen sloeg hem met duidelijk plezier gade, wetend dat hij van haar nieuwsgierigheid al net zo genoot als van het voorgerecht.
Pianomuziek zweefde het restaurant binnen vanuit de aangrenzende bar, zo zacht en ijl dat daardoor het getinkel van bestek ook op muziek leek.
Ten slotte zei hij: 'En daar staat hij dan, met zijn handen voor zijn gezicht, de kwartjes die van hem af kaatsen. En die kinderen en dat oude vrouwtje kruipend om hem heen op zoek naar wat kleingeld.'
Kathleen zei met een grijns: 'Dus die truc werkte echt?'
Nolly knikte. 'Jimmy Gadget is zijn geld beslist waard deze keer.'
De leverancier die de kwartjesspuwende automaten gemaakt had, heette James Hunnicolt, maar iedereen noemde hem Jimmy Gadget, Jimmy Trukendoos. Hij was een specialist in elektronische afluisterapparatuur, wist camera's en recorders in de meeste voorwerpen in te bouwen, en op het gebied van inventieve, mechanische ontwerpen en constructies kon hij vrijwel alles.
'Een paar kwartjes raakten zijn tanden,' vertelde Nolly.
'Ik ben vóór alles wat tandartsen werk bezorgt.'

'Je had hem moeten zien. Zo wit als een lijk. Het busje staat vlakbij, twee parkeerplaatsen van de automaten vandaan...'

'Eerste rang.'

'Het was zo vermakelijk dat ik eigenlijk voor die zitplaatsen had moeten betalen. Wanneer de derde automaat ook kwartjes op hem af begint te schieten, gaat hij ervandoor als een jochie dat zich 's nachts op het kerkhof gewaagd heeft.' Nolly moest lachen bij de herinnering.

'Leuker dan echtscheidingszaakjes, hè?'

'Je had het moeten zien, Kathleen. Hij loopt mensen ondersteboven als hij ze niet ontwijken kan. Jimmy en ik keken die gek drie straten ver na tot hij de hoek omsloeg, drie straten steil omhoog, zo steil dat een Olympisch atleet het zou opgeven, maar hij loopt er geen stap trager om.'

'Alsof een spook achter hem aan zat.'

'Dat moet hij wel gedacht hebben.'

'Wat een rare, heerlijke zaak is dit,' zei ze hoofdschuddend.

'Zo gauw Cain uit het zicht is, halen we die trukendozen weg en zetten de echte terug, die we in het busje hebben. Het loopt gesmeerd. De mensen lopen nog kwartjes op te rapen als we al klaar zijn. En, weet je – ze willen weten waar de camera staat.'

'Bedoel je...'

'Ja, die denken dat het voor de verborgen camera is. Dus Jimmy wijst op een bestelwagen aan de overkant en zegt dat de camera's daarin zitten.'

Ze klapte verrukt in haar handen.

'Als we wegrijden, staan er mensen naar die bestelwagen te wuiven, en de chauffeur ziet dat, snapt er niets van en begint terug te wuiven.'

Nolly hield van haar lach, zo muzikaal en meisjesachtig. Hij zou zich wel als een gek willen aanstellen, alleen maar om die lach te horen.

De hulpkelner haalde de lege schotels weg en de ober verscheen tegelijkertijd met salades. Nieuwe martini's volgden.

'Waarom denk je dat hij zoveel geld uitgeeft aan die flauwekul?' vroeg Kathleen zich hardop af, niet voor het eerst.

'Hij zegt dat het een morele verplichting is.'

'Ja, maar daar heb ik over nagedacht. Als hij daarover inzit... waarom heeft hij dan die zaak van Cain eigenlijk op zich genomen?'

'Hij is advocaat, en dan komt er een rouwende echtgenoot met een fikse schadeclaim. Daar valt iets te verdienen.'

'Zelfs als hij denkt dat hij zijn vrouw misschien geduwd heeft?'
Nolly haalde zijn schouders op. 'Dat kan hij nooit zeker weten.
En trouwens, hij kreeg dat idee van duwen pas toen hij de zaak al
had aangenomen.'
'Cain kreeg miljoenen. Wat kreeg Simon?'
'Twintig procent. Achthonderdvijftigduizend dollar.'
'Met aftrek van wat hij jou betaald heeft, houdt hij er nog steeds
achthonderd over.'
'Simon is oké. Nu hij bijna zeker weet dat Cain zijn vrouw ge-
duwd heeft, is hij daar niet zo gelukkig mee, ondanks het vele geld.
En in deze zaak is hij niet Cains advocaat, waardoor je geen ver-
strengeling van belangen hebt, geen ethische problemen, dus hij
heeft de gelegenheid dingen een beetje recht te zetten.'
In januari 1965 had Magusson Cain als klant naar Nolly gestuurd
zonder precies te weten waarom de griezel een privé-detective nodig had. Dat bleek toen om de baby van Seraphim White te gaan.
Simons waarschuwing om uit te kijken voor Enoch Cain had Nolly ertoe gebracht de verblijfplaats van het kind geheim te houden.
Tien maanden later had Simon weer gebeld in verband met Cain,
maar ditmaal was de advocaat de klant en Cain het doelwit. Wat
Simon van Nolly verlangde was op z'n zachtst gezegd nogal vreemd
en je zou het lastigvallen kunnen noemen, maar het was niet echt
illegaal. En twee jaar lang, om te beginnen met het kwartje in de
cheeseburger en eindigend met de kwartjes spuwende automaten,
was het dolle pret geweest.
'Nou,' zei Kathleen, 'ik zal het missen, en heus niet alleen maar
om het geld.'
'Ik ook. Maar tot we de man ontmoeten, is het nog niet echt afgelopen.'
'Nog twee weken. Dat wil ik meemaken. Ik heb al mijn afspraken
afgezegd.'
Nolly hief zijn martiniglas voor een toost. 'Op Kathleen Klerkle-
Wulfstan, tandarts en mededetective.'
Ze beantwoordde zijn toost. 'Op mijn Nolly, echtgenoot en liefste vriendje.'
God, wat hield hij van haar.
'Een koningsmaal,' zei de ober, en hij zette de schotels kalfsvlees
voor hen neer. En na een hap bleek hij niets te veel gezegd te hebben.
De glinsterende baai en het flakkerende amberkleurige kaarslicht
boden de volmaakte atmosfeer voor het lied dat nu van de piano
in de bar klonk.

Al bevond de piano zich op enige afstand en was het een beetje rumoerig in het restaurant, toch herkende Kathleen de melodie meteen. Ze keek op van haar bord, met pretlichtjes in haar ogen.
'Op verzoek,' gaf hij toe. 'Ik hoopte al dat je zou gaan zingen.'
Zelfs in het zachte licht zag Nolly dat ze bloosde als een meisje. Ze keek om zich heen naar de andere tafels.
'Als je bedenkt dat ik je beste vriendje ben en dit ons liedje is...'
Ze trok vragend haar wenkbrauwen op bij *ons liedje*.
Nolly zei: 'We dansen zo vaak, maar toch hebben we nooit een eigen liedje gehad. Wat denk je van dit? Maar tot dusver heb je het alleen maar voor een andere man gezongen.'
Ze legde haar vork neer, keek nog eens het restaurant door en boog zich naar hem toe. Met een hoogrode kleur zong ze zachtjes de eerste regels van 'Someone to watch over me'.
Een oudere vrouw aan een aangrenzend tafeltje zei: 'Wat heb je een mooie stem, kind.'
Verlegen hield Kathleen op met zingen, maar Nolly zei tegen de vrouw: 'Het is écht een mooie stem, hè? Een stem die je achtervolgt.'

61

Naar het noorden rijdend over de kustweg naar Newport Beach, zag Agnes kilometer na kilometer slechte voortekens.
De groene heuvels naar het oosten lagen als sluimerende reuzen onder dekens van wintergras, helder in de ochtendzon. Maar toen de schaduwen van wolken vanuit zee aan kwamen drijven en zich boven het land verzamelden, werden de hellingen uiterst donkergroen, somber als lijkkleden, en een landschap dat eerder op slapende reuzen had geleken, werd nu doods en koud.
In het begin was de oceaan niet te zien door een ondoorzichtige mist. Maar toen later de mist optrok, werd de zee zelf een voorbode van blindheid: vlak en kleurloos in het licht van de ochtend, deed het glasachtige water haar denken aan de peilloze ogen van blinden, aan die vreselijke trieste leegte als er geen zicht meer is.
Toen Barty wakker werd, kon hij weer lezen. Op de pagina draaiden de drukletters niet meer door elkaar heen.

Hoewel Agnes zich altijd aan hoop vasthield, wist ze dat zomaar hoop meestal valse hoop was, en ze mocht van zichzelf niet denken, zelfs niet even, dat het probleem vanzelf was overgegaan. Andere symptomen – stralenkransen, regenbogen – waren nu even verdwenen, maar zouden later weer terugkeren.

Agnes had de vorige avond de laatste helft van *De rode planeet* aan Barty voorgelezen, maar hij had het boek meegenomen om het opnieuw te lezen.

Hoewel in haar ogen de wereld die ochtend iets dreigends had, bleef ze de enorme schoonheid ervan zien. Ze wilde dat Barty elk schitterend vergezicht, elk prachtig detail in zich opsloeg.

Kleine jongens evenwel zien de schoonheid om zich heen niet, vooral niet als ze met hun gedachten avonturen beleven op Mars.

Barty las hardop voor terwijl Agnes reed, omdat zij het boek alleen maar vanaf pagina 104 kende. Hij wilde met haar de lotgevallen delen van Jim en Frank en Willis, hun metgezel van Mars.

Hoewel ze zich zorgen maakte dat lezen te veel van zijn ogen zou vergen waardoor zijn toestand zou verslechteren, zag ze ook het irrationele van haar angst in. Spieren verschrompelden niet door gebruik, en ogen raken niet vermoeid door te veel kijken.

Na kilometers vol zorgen, schoonheid van de natuur, allerlei voortekenen en het roestrode zand van Mars, bereikten ze ten slotte de praktijk van Franklin Chan in Newport Beach.

Dr. Chan was klein en slank, bescheiden als een boeddhistische monnik, zelfverzekerd en elegant als een keizer uit het oude China. Zijn optreden was kalm, het effect ervan was rust.

Een halfuur lang bestudeerde hij Barty's ogen met uiteenlopende apparaten en instrumenten. Daarna maakte hij onmiddellijk een afspraak met een oncoloog, precies zoals Joshua Nunn had voorspeld.

Toen Agnes aandrong op een diagnose, legde dr. Chan kalm uit dat hij meer informatie nodig had. Nadat Barty de oncoloog had bezocht en aanvullende onderzoeken had ondergaan, zouden hij en zijn moeder die middag terugkomen voor een diagnose en mogelijke behandelmethoden.

Agnes was dankbaar voor de snelheid waarmee alles geregeld werd, maar ze was ook verontrust. Chans prompte behandeling van Barty kwam voor een deel door zijn vriendschap met Joshua, maar tijdens zijn onderzoek van de jongen ontstond er ook een urgentie vanuit een vermoeden dat hij niet graag onder woorden wilde brengen.

Dr. Morley Schurr, de oncoloog, die praktijk hield in een gebouw vlak bij het Hoag Ziekenhuis, bleek lang en gezet, hoewel verder ongeveer net zoals Franklin Chan: aardig, rustig en zelfverzekerd. Maar Agnes was bang voor hem, om dezelfde redenen waardoor een bijgelovige primitief trilde in de aanwezigheid van een toverdokter. Hoewel hij arts was, leek zijn duistere kennis van de geheimen van kanker hem een goddelijke kracht te geven; zijn oordeel was de stem van lotsbestemming en noodlot.

Nadat hij Barty had onderzocht, stuurde dr. Schurr hem naar het ziekenhuis voor verdere onderzoeken. Daar verbleven ze de rest van de dag, op een lunchpauze van een uur na die ze in een hamburgertent doorbrachten.

In dat uur en alle verdere uren in het ziekenhuis als poliklinische patiënt, liet Barty uit niets blijken dat hij de ernst van de situatie begreep. Hij bleef opgewekt, nam de artsen en ander personeel voor zich in met zijn lieve persoonlijkheid en vroegwijze gebabbel.

's Middags kwam dr. Schurr naar het ziekenhuis om de testresultaten te bekijken en om Barty weer te onderzoeken. Toen de winterse schemering overging in de avond, stuurde hij hen terug naar dr. Chan. Agnes drong niet bij Schurr aan op een uitspraak. De hele dag had ze naar een diagnose verlangd, maar plotseling zag ze ertegen op de feiten te horen te krijgen.

Tijdens de korte rit terug naar de oogarts kreeg Agnes de krankzinnige gedachte bij de praktijk van Chan gewoon door te rijden, gewoon door te rijden – verder en verder – de glinsterende decembernacht in, niet terug naar Bright Beach, waar het slechte nieuws gewoon over de telefoon zou worden meegedeeld, maar naar plaatsen die zo ver weg waren dat de diagnose hen nooit in kon halen, ergens waar de ziekte geen naam zou krijgen en daardoor geen macht over Barty zou krijgen.

'Mama, wist je dat een dag op Mars zevenendertig minuten en zevenentwintig seconden langer duurt dan bij ons?'

'Grappig, maar geen van mijn Martiaanse vrienden heeft dat ooit verteld.'

'Raad eens hoeveel dagen een jaar op Mars heeft.'

'Nou, die is verder van de zon af...'

'Tweehonderdvijftig miljoen kilometer!'

'Nou... vierhonderd dagen?'

'Veel meer. Zeshonderdzevenentachtig. Ik zou best op Mars willen wonen, jij niet?'

'Dan duurt het wel langer voordat het weer Kerstmis wordt,' zei ze. 'En voordat je weer jarig bent. Dat scheelt me een hoop geld wat betreft cadeautjes.'

'Dat zou je nooit doen, ik ken je. Dan zouden we tweemaal per jaar Kerstmis vieren en hálve verjaardagen.'

'Jij denkt dat ik een jandoedel ben, hè?'

'Nee, maar je bent wel een heel lieve mama.'

Alsof hij haar weerzin voelde om terug te gaan naar dr. Chan, had Barty haar beziggehouden met zijn gebabbel over de rode planeet tot ze bij de praktijk aankwamen, terwijl ze van de straat de oprit opdraaiden en tot stilstand kwamen op de parkeerplaats, waar ze uiteindelijk haar fantasie over almaar door blijven rijden opgaf.

Om kwart voor zes, lang nadat de praktijk gesloten was, was het rustig in de spreekkamer van dr. Chan.

De assistente, Rebecca, was gebleven om Barty gezelschap te houden in de wachtkamer. Toen ze naast de jongen op een stoel ging zitten, vroeg hij of ze wist wat de zwaartekracht op Mars was, en toen ze toegaf het niet te weten, zei hij: 'Maar zevenendertig procent van de zwaartekracht hier. Op Mars kun je écht springen.'

Dr. Chan ging Agnes voor naar zijn spreekkamer en sloot discreet de deur.

Haar handen trilden, haar hele lichaam schokte en in haar hoofd klonk het scherpe gekletter van angst als de wielen van een wagentje op de achtbaan die over hobbelige naden ratelden.

Toen de oogarts haar verdriet zag, werd zijn vriendelijke gezicht nog vriendelijker en werd zijn medelijden bijna tastbaar.

Op dat moment wist ze dat er iets vreselijks ging gebeuren, hoewel nog niet de bijzonderheden.

In plaats van achter zijn bureau te gaan zitten, nam hij een stoel naast haar. Dat was ook een teken van slecht nieuws.

'Mevrouw Lampion, in zo'n geval als dit kunnen we maar beter ronduit praten. Uw zoon heeft retinoblastoom. Een kwaadaardig gezwel in het netvlies.'

Hoewel ze de afgelopen drie jaar Joey echt had gemist, had ze hem nog nooit zo erg gemist als nu. Het huwelijk is een uitdrukking van liefde, respect, vertrouwen en hoop in de toekomst, maar de vereniging van man en vrouw was ook een bondgenootschap tegen de tegenslagen en tragedies van het leven, een belofte van *met mij in je buurt, kom je er nooit alleen voor te staan.*

'Het gevaar,' legde dr. Chan uit, 'is dat de kanker van het oog naar de oogkas uitzaait, en vandaar via de oogzenuw naar de hersenen.'

Toen ze Franklin Chans medelijden zag, die de hopeloosheid van Barty's aandoening aangaf, sloot Agnes haar ogen. Maar ze deed ze direct weer open, omdat de zelfverkozen duisternis haar eraan herinnerde dat een ongewilde duisternis misschien wel Barty's toekomst werd.

Haar angst dreigde haar zelfbeheersing aan te tasten. En ze was Barty's moeder en vader, zijn steun en toeverlaat, en ze moest altijd sterk voor hem zijn. Ze klemde haar tanden op elkaar, rechtte haar rug en bedwong met haar wil langzaam haar angst.

'Retinoblastoom is gewoonlijk enkelzijdig,' vervolgde dr. Chan, 'meestal in één oog. Bartholomeus heeft een tumor in beide ogen.'

Dat Barty letters over elkaar heen zag spelen als hij willekeurig een van beide ogen sloot, had Agnes voorbereid op dit akelige nieuws. Toch was het verdriet, ondanks de voorkennis die haar had gewapend, tot diep in haar voelbaar.

'Meestal is de kwaadaardige tumor in een van beide ogen veel verder gevorderd. Als de omvang van de tumors dat noodzakelijk maakt, verwijderen we het oog met het grootste gezwel en bestralen we het andere oog.'

Ik vertrouw op uw genade, dacht ze wanhopig, troost zoekend in Psalm 13:6.

'Gewoonlijk zijn de symptomen zo vroeg zichtbaar dat bestraling van een of beide ogen kans op succes heeft. Soms kan scheelheid – waarbij de ogen onafhankelijk van elkaar naar binnen of naar buiten zijn gericht – een vroege aanwijzing zijn, hoewel we het vaker pas merken als de patiënt problemen met zien krijgt.'

'Elkaar overlappende beelden.'

Chan knikte. 'Gezien het vergevorderde stadium van de tumors bij Bartholomeus had hij eerder problemen moeten hebben'

'De symptomen komen en gaan. Vandaag kan hij lezen.'

'Dat is ook ongewoon en ik wou dat de oorzaak van deze ziekte, die we heel goed kennen, ons een reden gaf te hopen dat de symptomen weer voorbij zullen gaan... maar dat is niet zo.'

Heb genade met me, uw woord indachtig.

Slechts weinig mensen zijn bereid het grootste deel van hun jeugd te studeren om na veel inspanning medisch specialist te worden, behalve degenen die het als een soort roeping beschouwen. Franklin Chan was een arts wiens passie het was mensen hun gezichtsvermogen te laten behouden. Agnes zag dat zijn pijn, hoewel slechts een zwakke afspiegeling van die van haar, oprecht en diep gevoeld was.

'De grootte van deze tumors geeft aan dat de kanker zich snel van het oog naar de oogkas zal verspreiden – als het niet al gebeurd is. De kans dat bestraling nu nog zal helpen, is er bijna niet meer. Was die er wel dan hebben we te weinig tijd. Eigenlijk helemaal geen tijd. Dokter Schurr en ik zijn het erover eens dat we, om Bartholomeus' leven te redden, beide ogen direct moeten weghalen.'

Hier, vier dagen na Kerstmis, na twee kwellende dagen, kende Agnes de vreselijke waarheid: haar lieve zoon zou of zonder ogen verder moeten of sterven. Het was kiezen tussen blindheid of hersenkanker.

Ze had iets verschrikkelijks verwacht, hoewel misschien niet zoiets verschrikkelijks als dit, en ze had ook verwacht dat ze er kapot door zou zijn, volkomen kapot. Hoewel ze altijd alle ellende had weten te overleven, dacht ze niet de kracht te hebben om het lijden van haar onschuldige kind te dragen. Maar ze luisterde en ze kreeg de vreselijke last van het nieuws op haar schouders te torsen, en haar botten veranderden niet in stof hoewel ze op dat moment de voorkeur gaf aan de gevoelloosheid van stof.

'Direct,' zei ze. 'Wat houdt dat in?'

'Morgenochtend.'

Ze keek naar haar verstrengelde handen. Gemaakt om te werken, die handen, en altijd bereid elke taak op zich te nemen. Sterke, vaardige, betrouwbare handen, maar nu voor haar zonder nut, niet in staat dat ene wonder te verrichten dat ze nodig had. 'Barty is over acht dagen jarig. Ik hoopte…'

De houding van dr. Chan bleef professioneel en gaf Agnes de kracht die ze nodig had, maar de pijn die hij voelde was duidelijk toen zijn zachte stem nog zachter werd: 'Die tumors zijn zo ver gevorderd dat we pas na de operatie weten of die kanker is uitgezaaid. Misschien zijn we al te laat. En als we te laat zijn, hebben we nog maar een heel kleine kans. Een echt kleine kans. En acht dagen wachten betekenen te veel risico.'

Ze knikte. En kon haar ogen niet van haar handen afhouden. Kon hem niet in de ogen kijken, bang dat zijn bezorgdheid op haar zou overslaan, ook bang dat zij, door zijn meelevende blik, haar flinterdunne greep op haar emoties zou verliezen,

Na een tijdje vroeg Franklin Chan: 'Wilt u dat ik erbij ben als u het hem vertelt?'

'Ik denk… alleen hij en ik.'

'Hier in mijn spreekkamer?'

'Oké.'

'Wilt u een tijdje alleen zijn voordat ik hem breng?'

Ze knikte.

Hij stond op en opende de deur. 'Mevrouw Lampion...?'

'Ja?' antwoordde ze zonder op te kijken.

'Het is een heerlijk joch, zo intelligent, zo levenslustig. Blindzijn zal moeilijk worden, maar het is niet het einde. Hij zal ermee kunnen leven. In het begin zal het vreselijk moeilijk zijn, maar deze jongen... uiteindelijk komt hij er wel overheen.'

Ze beet op haar onderlip, hield haar adem in, onderdrukte de snik die zich naar buiten wilde werken en zei: 'Weet ik.'

Dr. Chan sloot de deur achter zich.

Agnes boog zich naar voren in haar stoel, met haar verstrengelde handen op haar knieën en liet haar hoofd op haar handen rusten. Ze had gedacht dat ze al alles wist van deemoed, over de noodzaak ervan, de macht ervan die de geest tot rust kon brengen en het hart kon genezen, maar de volgende paar minuten leerde ze meer over deemoed dan ze ooit eerder had geweten.

Het beven keerde terug, werd heviger dan eerder – en verdween toen weer.

Een tijdlang kon ze bijna geen lucht meer krijgen. Voelde zich verstikt. Moeizaam en huiverend haalde ze adem en dacht dat ze nooit meer rustig zou worden. Maar ze werd weer rustig.

Bang dat haar tranen Barty ongerust zouden maken, hield Agnes de zilte stromen binnen. De plicht van een moeder bleek het spul te zijn waarmee dammen werden gebouwd.

Ze kwam uit de stoel, liep naar het raam en trok de luxaflex op om naar buiten te kijken.

De nacht, de sterren.

Het universum was eindeloos en Barty was klein, toch maakte zijn onsterfelijke ziel hem net zo belangrijk als sterrenstelsels, net zo belangrijk als alles in de schepping. Dat geloofde Agnes. Zonder de overtuiging dat alles een betekenis en een plan had, zou ze niet met het leven om kunnen gaan, maar soms had ze het gevoel dat ze een mus was die ongezien uit de lucht was gevallen.

Barty zat op de rand van het bureau van de dokter en liet zijn beentjes bungelen, *De rode planeet* in zijn handen, een vinger in het boek om aan te geven waar hij was gebleven.

Agnes had hem daarop getild. Nu streek ze zijn haar glad, trok zijn hemd goed, knoopte zijn losgeraakte schoenveters en vond het nog moeilijker dan ze had verwacht om te zeggen wat ze moest zeggen.

Misschien dat ze toch de aanwezigheid van dr. Chan nodig had.

Toen, plotseling, vond ze de juiste woorden. Of beter, ze leken via haar te worden doorgegeven, want ze was zich niet bewust dat ze de zinnen formuleerde. De inhoud van wat ze zei en de manier waarop ze het zei waren zo perfect dat het bijna leek alsof een engel haar van die taak had ontheven door net zo lang bezit van haar te nemen dat ze haar zoon kon helpen te begrijpen wat er moest gebeuren en waarom.

De talenten van Barty voor wiskunde en lezen gingen die van de meeste achttienjarigen te boven, maar hoe briljant hij ook was, hij werd over een paar dagen pas drie. Wonderkinderen waren niet per se emotioneel al net zo ontwikkeld als intellectueel, maar Barty luisterde met een serieuze aandacht, stelde vragen en bleef toen zwijgend zitten, starend naar het boek in zijn handen, zonder verdriet of zichtbare angst.

Ten slotte zei hij: 'Denk je dat de dokters het het beste weten?'

'Ja, schat, dat denk ik.'

'Goed.'

Hij legde het boek neer op het bureau en stak zijn armen naar haar uit.

Ze pakte hem vast en tilde hem van het bureau, omhelsde hem stevig, met zijn hoofd tegen haar schouder en zijn gezicht in haar hals, terwijl zij hem als een baby wiegde.

'Kunnen we tot maandag wachten?' vroeg hij.

Ze had wat informatie voor hem achtergehouden: dat de kanker al uitgezaaid kon zijn, dat hij ook nog dood kon gaan als zijn ogen waren weggehaald – en dat als de kanker nog niet was uitgezaaid, dat wel snel zou kunnen gebeuren.

'Waarom maandag?' vroeg ze.

'Ik kan nu lezen. Het loopt niet meer door elkaar heen.'

'Dat komt terug.'

'Maar in het weekend kan ik misschien een paar laatste boeken lezen.'

'Heinlein, hè?'

Hij kende de titels die hij wilde lezen: '*Tunnel in de lucht, Tussen planeten, Sterrenman Jones.*'

Terwijl ze hem naar het raam droeg en omhoog naar de sterren en de maan keek, zei ze: 'Ik zal je altijd voorlezen, Barty.'

'Maar dat is anders.'

'Ja, ja, dat is zo.'

Heinlein droomde van reizen naar verre werelden. Voor zijn dood had John Kennedy beloofd dat er eind jaren zestig mannen op de maan zouden lopen. Barty wilde niet zoiets grandioos, hij wilde alleen een paar verhalen lezen, om de heerlijke gewaarwording van je te verliezen in boeken, omdat gauw elk verhaal alleen nog maar een luisterervaring zou worden, en niet langer een persoonlijke reis. Zijn adem was warm tegen haar keel: 'En ik wil naar huis om een paar gezichten te zien.'

'Gezichten?'

'Van oom Edom. Oom Jacob. Tante Maria. Zodat ik me gezichten kan herinneren als... je weet wel.'

De hemel was diep en koud.

De maan flikkerde en de sterren werden vaag – maar slechts even, want haar toewijding aan dit joch was een fel brandende oven die het staal van haar ruggengraat hardde en een drogende hitte naar haar ogen bracht.

Zonder de algehele goedkeuring van Franklin Chan, maar met zijn volledige begrip, nam Agnes Barty mee naar huis. Op maandag zouden ze terugkeren naar het Hoag Ziekenhuis, waar Barty op dinsdag geopereerd zou worden.

De bibliotheek van Bright Beach was vrijdags open tot negen uur 's avonds. Ze kwamen daar een uur voor sluitingstijd aan en leverden de boeken van Heinlein in die Barty al had gelezen en namen de drie delen mee die hij wilde lezen. In een opwelling van optimisme leenden ze een vierde roman: *Podkayne van Mars*.

Weer in de auto, een straat van huis vandaan, zei Barty: 'Misschien kun je het beter pas zondagavond tegen oom Edom en oom Jacob zeggen. Die zullen daar niet zo goed op reageren. Weet je?'

Ze knikte. 'Ik weet het.'

'Als je het ze nu vertelt, krijgen we geen leuk weekend.'

Leuk weekend. Zijn houding verbaasde haar, en zijn kracht in het aangezicht van de duisternis gaf haar moed.

Eenmaal thuis had Agnes geen trek, maar ze maakte voor Barty een kaasboterham, schepte aardappelsalade op een bord, deed er een zak maïschips en een cola bij, en ze serveerde deze late maaltijd op een dienblad in zijn kamer, waar hij al in bed *Tunnel in de lucht* zat te lezen.

Edom en Jacob kwamen naar het huis en vroegen wat dr. Chan had gezegd. Agnes loog tegen hen. 'We krijgen maandag pas een paar onderzoeksresultaten, maar hij denkt dat het wel goed komt met Barty.'

Als een van hen het idee had dat Agnes loog, was het Edom. Hij keek alsof hij er niets van begreep, maar drong niet verder aan.

Ze vroeg Edom te blijven, zodat Barty niet alleen was als zij voor een uurtje of twee naar Maria Gonzalez ging. Hij wilde het graag doen en ging voor de televisie zitten om een documentaire te zien over vulkanen, waarin ook verhalen aan de orde zouden komen over de uitbarsting van de Mont Pelee op Martinique van 1902, waarbij 28.000 mensen binnen een paar minuten de dood hadden gevonden, plus nog andere rampen van kolossale afmetingen.

Ze wist dat Maria thuis op een telefoontje over Barty zat te wachten.

De woning boven Elena's Fashion was bereikbaar via een trap aan de achterzijde van het huis. De klim had Agnes nooit enige moeite bezorgd, maar ditmaal, toen ze eindelijk boven was, had ze geen adem meer en trilden haar benen.

Maria keek verslagen toen ze opendeed, want intuïtief wist ze dat een bezoek in plaats van een telefoontje het allerergste betekende. In Maria's keuken, nog altijd slechts vier dagen na Kerstmis, liet Agnes ten slotte haar stoïcijnse masker vallen en huilde.

Later, thuis, nadat Agnes Edom terug naar zijn appartement had gestuurd, maakte ze de fles wodka open die ze op de weg terug van Maria had gekocht. Ze mixte die met sinaasappelsap in een waterglas.

Ze ging aan de keukentafel zitten en staarde naar het glas. Na een tijdje gooide ze het leeg in de gootsteen zonder een slok genomen te hebben.

Ze schonk zich een glas koude melk in en dronk het snel leeg. Toen ze het glas afspoelde, had ze het gevoel alsof ze moest overgeven, maar dat gebeurde niet.

Lange tijd bleef ze alleen in de donkere woonkamer zitten, in Joey's lievelingsstoel, en dacht aan veel dingen, maar telkens weer kwam ze terug op de herinnering aan Barty's droge wandeling door de regen.

Toen ze die nacht om tien over twee naar boven ging, trof ze de jongen in diepe slaap in het zachte lamplicht, met *Tunnel in de lucht* naast zich.

Ze rolde zichzelf op in de leunstoel en keek naar Barty. Ze moest hem zien. Ze dacht dat ze niet in zou dommelen, dat ze de hele nacht over hem zou waken, maar de uitputting won het.

Zaterdagochtend, even na zessen, werd ze wakker uit een enerverende droom en zag Barty rechtop in bed zitten lezen.

Die nacht was hij wakker geworden, had haar in de stoel zien zitten en een deken over haar heen gelegd.

Glimlachend, terwijl ze de deken strakker om zich heen trok, zei ze: 'Je past wel op je oude moedertje, hè?'

'Je maakt lekkere taarten.'

Ze lachte, door de grap op het verkeerde been gezet. 'Nou ik ben blij dat ik nog ergens goed in ben. Is er misschien een speciale taart die ik vandaag voor je moet bakken?'

'Pindakaastaart. Kokoscrème. En chocoladecrème.'

'Drie taarten, hè? Je wordt nog eens een vet varkentje.'

'Ik eet ze niet alleen op,' verzekerde hij haar.

En zo begon de eerste dag van het laatste weekend van hun oude leven.

Maria kwam zaterdag op bezoek, en ging in de keuken de kraag en manchetten van een blouse zitten borduren terwijl Agnes taarten bakte.

Barty zat aan de keukentafel *Tussen planeten* te lezen. Agnes ontdekte dat hij van tijd tot tijd naar haar keek of dat hij Maria's gezicht en bezige handen bestudeerde.

Met zonsondergang stond de jongen in de achtertuin en staarde omhoog door de takken van de reusachtige eik terwijl de oranje hemel van koraalrood, naar rood, naar paars, naar indigo kleurde.

De volgende ochtend vroeg gingen hij en zijn moeder naar de zee om de aanrollende golven, vol schuim en verguld met het goud van de opkomende zon te zien, naar de rondcirkelende meeuwen te kijken, en om brood te strooien zodat de gevleugelde massa naar de grond kwam.

Zondag, oudejaarsavond, kwamen Edom en Jacob eten. Na het dessert, toen Barty naar zijn kamer ging om verder te lezen in *Sterrenman Jones*, waarin hij laat die middag was begonnen, vertelde Agnes haar broers de waarheid over de ogen van hun neefje.

Hun worsteling om hun medeleven in woorden om te zetten, ontroerde Agnes, niet omdat ze zo hevig aangedaan waren, maar omdat ze zich uiteindelijk helemaal niet meer konden uitdrukken. Door het ontbreken van de opluchting die volgt op het uitspreken, werkte hun angst verlammend. Door hun levenslange introversie hadden ze niet de sociale vaardigheid dingen van zich af te zetten of troost te geven aan anderen. Erger nog, hun obsessie voor de dood, in alle vormen en constructies, had hen op Barty's kanker voorbereid, waardoor ze noch geschokt noch in staat waren troost te bieden, maar louter gelaten leken. Uiteindelijk was elk van de tweeling door de enorme frustratie slechts in staat tot halve zinnen, onhandige gebaren, stille tranen – en werd Agnes de enige die troost bood.

Ze wilden naar Barty's kamer, maar dat verbood ze hun, omdat ze voor de jongen niets meer konden doen dan ze al voor haar hadden gedaan. 'Hij wil *Sterrenman Jones* uitlezen en ik laat daar niets tussenkomen. Morgenochtend om zeven uur vertrekken we naar Newport Beach en dan kunnen jullie hem zien.'

Even na negen uur, een uur nadat Edom en Jacob waren vertrokken, kwam Barty met het boek in zijn handen naar beneden. 'Het dubbelzien is weer terug.'

Voor allebei schepte Agnes een bolletje vanille-ijs in een groot glas priklimonade. Daarna gingen ze, na snel hun pyjama's aangetrokken te hebben, naast elkaar op Barry's bed zitten en las zij, terwijl ze genoten van hun lekkernij, hardop de laatste zestig pagina's van *Sterrenman Jones* voor.

Nooit was een weekend zo snel voorbijgegaan, en geen middernacht was zo vervuld geweest van zo'n vrees.

Die nacht sliep Barty bij zijn moeder in bed.

Vlak nadat Agnes het licht had uitgedaan, zei ze: 'Jochie, het is al een week geleden dat jij liep waar geen regen was, en ik heb er heel veel over nagedacht.'

'Het is niet eng,' stelde hij haar weer gerust.

'Nou, voor mij nog steeds wel. Maar ik vroeg me af... als je praat over hoe de dingen zijn... is er een plek waar je niet dit probleem met je ogen hebt?'

'Natuurlijk. Zo gaat het met alles. Alles wat kan gebeuren, gebéurt ook en elke keer dat er iets op een andere manier gebeurt, krijg je weer een heel nieuwe plek.'

'Dat kan ik helemaal niet volgen.'

Hij zuchtte. 'Weet ik.'

'Zie je die andere plaatsen?

'Ik voel ze alleen.'

'Ook als je daar loopt?'

'Ik loop er niet echt in. Ik loop min of meer... in het idee ervan.'

'Ik denk niet dat je dat wat duidelijker kunt maken voor je oude moeder, hè?'

'Misschien ooit. Niet nu.'

'Dus… hoe ver weg zijn al die plaatsen?'

'Ze zijn nu allemaal hier.'

'Andere Barty's en andere Agnessen in andere huizen zoals dit – zijn hier nu allemaal samen.'

'Ja.'

'En in sommige leeft je papa nog.'

'Ja.'

'En in sommige stierf ik misschien op de nacht dat je werd geboren en woon je alleen met je vader.'

'Op sommige plaatsen moet het zo zijn.'

'En zijn op sommige plaatsen je ogen in orde?'

'Er zijn een heleboel plaatsen waar ik helemaal geen slechte ogen heb. En ook weer een heleboel plaatsen waar ik het erger heb, of ik heb het niet zo erg, maar toch een beetje.'

Agnes begreep nog steeds niets van wat hij zei, maar de week ervoor, op de door regen overspoelde begraafplaats, was ze erachter gekomen dat er iets wezenlijks in zat.

Ze zei: 'Lieveling, wat ik me afvraag… zou je daar waar je geen slechte ogen hebt kunnen lopen, zoals je liep waar het niet regende… en die tumors op die andere plek kunnen achterlaten? Zou je daar kunnen lopen waar je gezonde ogen hebt en daarmee terug kunnen komen?'

'Zo werkt het niet.'

'Waarom niet?'

Hij dacht er een tijdje over na. 'Ik weet het niet.'

'Wil je er voor mij over nadenken?'

'Natuurlijk. Het is een goede vraag.'

Ze glimlachte. 'Dank je. Ik hou van je, lieverd.'

'Ik ook van jou.'

'Heb je je stille gebeden al gezegd?'

'Ik zal het nu doen.'

Agnes zei die van haar ook.

Ze lag naast de jongen in de duisternis naar het raam te staren, waar het zachte schijnsel van de maan door de jaloezie heen kwam en een andere wereld suggereerde, vol onbekend leven net achter een dun membraan van licht.

Slaapdronken mompelde Barty tegen zijn vader op alle plaatsen waar Joey nog in leven was. 'Welterusten, papa.'

Agnes' vertrouwen zei haar dat de wereld uiterst complex was en vol mysterie, en op een bijzondere wijze steunde Barty's gepraat over oneindige mogelijkheden haar geloof en dat gaf haar de troost om te slapen.

Maandagochtend, op nieuwjaarsdag, droeg Agnes twee koffers de achterdeur uit en zette die op de veranda. Ze knipperde verrast met haar ogen toen ze Edoms geel met witte Ford Country Squire op de oprit voor de garage geparkeerd zag staan. Hij en Jacob waren hun koffers in de auto aan het zetten.
Ze kwamen naar haar toe, pakten de bagage op die ze had neergezet en Edom zei: 'Ik rij.'
'Ik ga bij Edom voorin zitten,' zei Jacob. 'Jij gaat samen met Barty achterin.'
Hun hele leven had geen van de tweeling ooit een voet buiten Bright Beach gezet. Ze leken allebei nerveus, maar vastbesloten.
Barty kwam het huis uit met het boek uit de bibliotheek, *Podkayne van Mars*, dat zijn moeder had beloofd voor te lezen in het ziekenhuis. 'Gaan we met z'n allen?' vroeg hij.
'Ziet ernaar uit,' zei Agnes.
'Jemig.'
'Precies.'
Ondanks de dreiging van enorme aardbevingen, exploderende vrachtwagens vol dynamiet op de snelweg, tornado's die ergens rondkolkten, de grimmige waarschijnlijkheid van een grote dam die onderweg brak, monsterlijke ijsregens die lagen opgeslagen in de onvoorspelbare wolkenmassa's, neerstortende vliegtuigen, op hol geslagen treinen die de snelweg langs de kust kruisten, en de mogelijkheid van een plotselinge kanteling van de aardas die de hele beschaving zou wegvagen – riskeerden ze het zich buiten de grenzen van Bright Beach te begeven en naar het noorden te rijden, naar het grote onbekende van vreemde en gevaarlijke gebieden.
Terwijl ze langs de kust reden, begon Agnes Barty voor te lezen uit *Podkayne van Mars*: 'Mijn hele leven heb ik naar de aarde willen gaan. Niet om er te wonen, natuurlijk – maar gewoon om het daar te zien. Zoals iedereen weet is Terra een prachtige plek om een keer te komen, niet om te leven. Niet echt geschikt voor menselijke bewoning.'
Voorin stemden Edom en Jacob mompelend in met de ideeën van de schrijver.

Maandagavond boekten Edom en Jacob twee kamers naast elkaar in een motel bij het ziekenhuis. Ze belden Barty's kamer om Agnes het telefoonnummer te geven en te melden dat ze achttien motels hadden bekeken voor ze er een hadden gevonden dat betrekkelijk veilig leek.

In verband met Barty's jonge leeftijd had dr. Franklin Chan ervoor gezorgd dat Agnes de nacht in de kamer van haar zoon kon doorbrengen, in het tweede bed, dat op dat moment niet gebruikt hoefde te worden voor een patiënt.

Voor het eerst sinds maanden wilde Barty niet in het donker slapen. Ze lieten de deur van de kamer open waardoor iets van het tl-schijnsel uit de gang naar binnen kon vallen.

De nacht leek langer dan een maand op Mars. Agnes dommelde bij vlagen, werd meer dan eens bezweet en trillend wakker uit een droom waarin haar zoon haar stukje bij beetje werd afgepakt: eerst de ogen, daarna zijn handen, vervolgens zijn oren, zijn benen...

Het ziekenhuis was angstaanjagend stil, buiten af en toe het knerpen van rubberen zolen op de vinyltegels van de gang.

Bij het eerste licht verscheen een verpleegster om Barty voor te bereiden op de operatie. Ze trok het haar van de jongen naar achteren en stopte het onder een strak zittende kap. Met schuim en een veiligheidsscheermes schoor ze zijn wenkbrauwen af.

Toen de verpleegster weg was en hij, alleen met zijn moeder zat te wachten op een ziekenbroeder met een verrijdbare brancard, zei Barty: 'Kom eens dichterbij.'

Ze stond al naast zijn bed. Ze boog zich naar hem toe.

'Dichterbij,' zei hij.

Ze liet haar gezicht tot bij dat van hem zakken.

Hij hief zijn hoofd op en wreef zijn neus tegen die van haar. 'Eskimo.'

'Eskimo,' herhaalde ze.

Barty fluisterde: 'De Noordpoolclub van niet slechte avonturiers is nu bijeen.'

'Alle leden present,' zei ze.

'Ik heb een geheim.'

'Geen lid van de club zal ooit een geheim doorvertellen,' verzekerde Agnes hem.

'Ik ben bang.'

Tijdens de drieëndertig jaar van haar leven had Agnes vaak sterk moeten zijn, maar nooit in zo'n mate als nu nodig was om haar emoties in bedwang te houden en voor Barty een rots in de branding te zijn. 'Wees niet bang, lieverd. Ik ben bij je.' Ze nam een van zijn kleine handen in haar twee handen. 'Ik wacht. Je zult nooit zonder mij zijn.'

'Ben jij niet bang?'

Als hij een andere driejarige zou zijn geweest, zou ze een barmhartige leugen hebben verteld. Maar hij was haar bijzondere kind, haar wonderkind, en hij zou een leugen meteen herkennen.

'Ja,' gaf ze toe, haar gezicht nog steeds dicht bij dat van hem. 'Ik ben bang. Maar dr. Chan is een goede chirurg en dit is een heel goed ziekenhuis.'

'Hoe lang gaat het duren?'

'Niet zo lang.'

'Voel ik er iets van?'

'Je slaapt dan, lieverd.'

'Kijkt God toe?'

'Ja. Altijd.'

'Het lijkt alsof Hij niet kijkt.'

'Hij is hier net zo zeker als ik hier ben, Barty. Hij heeft het heel druk. Hij heeft een heel universum waar Hij voor moet zorgen, zoveel mensen die Hij in de gaten moet houden, niet alleen hier, maar ook op andere planeten, zoals waar jij over hebt gelezen.'

'Ik dacht niet aan andere planeten.'

'Nou, met zoveel aan Zijn hoofd kan Hij ons niet altijd direct in de gaten houden, weet je, met de hele tijd Zijn volle aandacht, maar Hij houdt altijd minstens de boel in de gaten vanuit Zijn ooghoek. Met jou komt het goed. Ik weet het zeker.'

De brancard arriveerde, met één rammelend wiel. De jonge ziekenbroeder erachter, helemaal in het wit gekleed. En weer de verpleegster.

'Eskimo,' fluisterde Barty.

'Eskimo,' antwoordde ze.

'Deze vergadering van de Noordpoolclub van niet slechte avonturiers is nu officieel gesloten.'

Ze hield zijn gezicht in beide handen en kuste zijn ogen, twee juweeltjes. 'Ben je klaar?'

Een breekbare glimlach. 'Nee.'

'Ik ook niet,' gaf ze toe.

'Laten we dan maar gaan.'

De ziekenbroeder tilde Barty op de brancard.

De verpleegster legde een laken over hem heen en schoof een kussen onder zijn hoofd.

Edom en Jacob hadden de nacht overleefd en stonden in de gang te wachten. Ze kusten allebei hun neefje, maar geen van beiden kon iets zeggen.

De verpleegster liep voorop, terwijl de ziekenbroeder de brancard bij Barty's hoofdeinde duwde.

Agnes wandelde naast haar zoon mee en hield zijn rechterhand stevig vast.

Edom en Jacob liepen aan weerskanten van de brancard en hielden allebei door het laken heen een voet van hem vast, en escorteerden hem met dezelfde ijzige vastberadenheid die je zag op gezichten van agenten van de geheime dienst die aan weerskanten van de president van de Verenigde Staten meeliepen.

Bij de liften stelde de ziekenbroeder voor dat Edom en Jacob de volgende lift zouden nemen om elkaar weer op de operatieafdeling te treffen.

Edom beet op zijn onderlip, schudde zijn hoofd en bleef koppig naar Barty's linkervoet staren.

Jacob bleef Barty's rechtervoet vasthouden en merkte op dat één lift misschien veilig beneden kon komen, maar dat als ze er twee namen, een van beide beslist beneden op de vloer van de schacht te pletter zou vallen vanwege de onbetrouwbaarheid van alle door de mens gemaakte machines.

De verpleegster zei dat de maximale belasting van de lift toeliet dat ze allemaal dezelfde lift gebruikten, als ze het niet erg vonden een beetje in te dikken.

Ze vonden het niet erg, en zo gingen ze naar beneden in een rustige afdaling die voor Agnes toch te snel ging.

De deuren gleden open en ze rolden Barty van gang naar gang, langs de ontsmettingswastafels naar een wachtende operatiezuster met een groene kap, een groen masker en een groen uniform. Zij zou hem in haar eentje naar de operatiekamer begeleiden.

Toen hij met zijn hoofd naar voren de operatiekamer werd binnengereden, kwam Barty iets omhoog van het kussen. Hij richtte zijn blik op zijn moeder tot de deur tussen hen dichtklapte.

Agnes bewaarde haar glimlach zo goed mogelijk, vastbesloten dat de laatste glimp van haar zoon op haar gezicht hem niet de herinnering zou geven van haar vertwijfeling.

Met haar broers ging ze naar de wachtkamer waar ze zwarte koffie uit de automaat dronken uit kartonnen bekertjes.

Ineens bedacht ze dat de jonker was gekomen, zoals voorspeld door de kaarten op die avond lang geleden. Ze had verwacht dat de jonker een man zou zijn, met scherpe ogen en een gemeen hart, maar de vloek was kanker en helemaal geen man.

Sinds haar gesprek met Joshua Nunn de afgelopen donderdag, had ze meer dan vier dagen de tijd gehad zich te wapenen tegen het ergste. Ze had zich voorbereid zoals elke moeder zou hebben gedaan, zolang ze maar bij zinnen bleef.

Toch wilde ze in haar hart de hoop op een wonder niet opgeven. Dit was een verbazingwekkende jongen, een jongen die kon lopen waar het niet regende, op zichzelf al een wonder, en het scheen dat alles kon gebeuren, dat dr. Chan plotseling de wachtkamer binnen kon komen rennen met zijn operatiemasker bungelend om zijn hals, en met het nieuws dat de kanker spontaan was verdwenen.

Op zeker moment verscheen de chirurg ook, met het goede nieuws dat geen van beide kwaadaardige tumors in de oogkassen en oogzenuwen was uitgezaaid, maar een groter wonder had hij niet te melden.

Op 2 januari 1968, vier dagen voor zijn verjaardag, gaf Bartholomeus Lampion zijn ogen op zodat hij kon blijven leven, en accepteerde hij een leven als blinde zonder hoop ooit nog het licht te zien tot hij, te zijner tijd, deze wereld zou verruilen voor een betere.

62

Paul Damascus liep langs de noordelijke kust van Californië: van Point Reyes Station naar Tomales, en naar Bodega Bay, en verder naar Stewarts Point, Gualala en Mendocino. Op sommige dagen haalde hij niet meer dan vijftien kilometer en op andere dagen haalde hij er meer dan vijfenveertig.

Op 3 januari 1968 was Paul op minder dan vierhonderd kilometer van Spruce Hills in Oregon. Hij was zich echter niet bewust van de nabijheid van dat stadje, en op dat moment was het ook niet zijn bestemming.

Met de vastberadenheid van een pulpbladavonturier, liep Paul door regen en zonneschijn. Hij liep door hitte en kou. Wind schrok hem niet af, bliksem evenmin.

In de drie jaar sinds de dood van Perri had hij duizenden kilometers gelopen. Hij had de totale afstand niet bijgehouden, want hij probeerde niet in het *Guinness Boek* te komen of iets te bewijzen. Tijdens de eerste maanden liep hij dagelijks twaalf of vijftien kilometer: langs de kust noordelijk en zuidelijk van Bright Beach, en landinwaarts naar de woestijn achter de heuvels. Hij vertrok van huis en keerde dezelfde dag terug.

Zijn eerste wandeling met een overnachting, in juni 1965, was naar La Jolla, noordelijk van San Diego. Zijn rugzak was te groot en hij droeg een kakibroek terwijl hij in die zomerhitte een korte broek had moeten dragen.

Dat was de eerste – en tot nu toe de laatste – lange wandeling die hij had gemaakt met een doel. Hij ging een held ontmoeten.

In een tijdschriftartikel over de held werd terloops melding gemaakt van een restaurant waar de grote man zo af en toe ontbeet. Na het invallen van de duisternis was Paul langs de kustweg naar het zuiden gelopen. Hij werd begeleid door de windvlagen van passerende auto's, maar later alleen door zo af en toe de kreet van een blauwe reiger, het gefluister van een zoute bries door het helmgras en het gemurmel van de branding. Zonder zichzelf op te jagen, bereikte hij La Jolla bij het aanbreken van de dag.

Het restaurant stelde weinig voor: een soort cafetaria. De heerlijke geur van sissend spek en gebakken eieren. De warme kaneelgeur van vers gebak, de verkwikkende geur van sterke koffie. Schoon, met een prachtige omgeving.

Paul had geluk. De held was er en zat te ontbijten. Hij en twee andere mannen waren druk in gesprek aan een hoektafeltje.

Paul ging alleen aan een tafeltje aan de andere kant zitten. Hij bestelde sinaasappelsap en wafels.

Het korte stukje door de cafetaria naar het tafeltje van de held leek hem afschrikwekkender dan de tocht die hij zojuist had volbracht. Hij was niemand, een apotheker in een kleine stad, die met de maand minder te doen kreeg, die in toenemende mate op zijn bezorgde personeel vertrouwde om hem te dekken, en die zeker zijn zaak kwijt zou raken als hij zichzelf niet een keer aanpakte. Hij had nooit iets groots verricht, nooit een leven gered. Hij had het recht niet zich aan deze man op te dringen, en nu wist hij dat hij ook het lef niet had.

Hij kon zich niet herinneren dat hij van zijn stoel was opgestaan, maar toch bleek dat hij zijn rugzak om zijn schouders had gedaan en de ruimte was overgestoken. De drie mannen keken verwachtingsvol op.

Bij elke stap tijdens die lange nachtelijke wandeling had Paul nagedacht over wat hij moest zeggen als deze ontmoeting ooit zou plaatsvinden. Nu waren alle gerepeteerde woorden hem ontschoten.

Hij opende zijn mond, maar bleef sprakeloos. Hij hief zijn rechterhand op. Bewoog zijn vingers in de lucht alsof de benodigde woorden uit de ether getokkeld konden worden. Hij voelde zich stompzinnig, belachelijk.

Klaarblijkelijk was de held gewend aan dit soort ontmoetingen. Hij ging staan en trok een vierde stoel onder het tafeltje vandaan. 'Kom erbij zitten.'

Deze hoffelijkheid gaf Paul niet zijn spraak terug. In plaats daarvan voelde hij zijn keel dichtsnoeren, waardoor zijn stem nog heviger knel kwam te zitten.

Hij wilde zeggen: *De ijdele, op macht beluste politici die gejuich aan onwetende menigten ontfutselen, sporthelden en uitgestreken acteurs die zichzelf helden horen noemen en er geen bezwaar tegen maken, zouden allemaal dienen te sterven van schaamte bij het noemen van uw naam. Uw visie, uw inspanningen, al die jaren van afmattend werk, uw onwankelbare geloof waar anderen twijfelden, de risico's die u nam met uw carrière en reputatie – het is een van de meest fantastische verhalen van de wetenschap, en het zou me een eer zijn als ik u de hand mocht schudden.*

Geen woord hiervan wilde uit Paul naar buiten komen, maar zijn frustrerende sprakeloosheid was misschien voor hem wel het beste. Volgens alles wat hij over deze held wist, zou zo'n lofbetuiging hem in verlegenheid brengen.

In plaats daarvan haalde hij, toen hij op de aangeboden stoel ging zitten, een foto van Perri uit zijn portefeuille. Het was een oude zwart-wit schoolfoto, iets geel geworden door de tijd, genomen in 1933, het jaar dat hij verliefd op haar begon te worden, toen ze allebei dertien waren.

Alsof hij veel vaker onder dit soort omstandigheden met foto's geconfronteerd werd, nam Jonas Salk de foto aan. 'Uw dochter?'

Paul schudde zijn hoofd. Hij overhandigde een tweede foto van Perri, genomen tijdens eerste kerstdag in 1964, nog geen maand voordat ze stierf. Ze lag in bed in de woonkamer, haar lichaam verschrompeld, maar haar gezicht zo mooi en levend.

Toen hij ten slotte zijn stem hervond, klonk die rauw, met iets van smartelijke scherpte. 'Mijn vrouw, Perri. Perris Jean.'

'Ze is prachtig.'

'Drieëntwintig jaar... getrouwd.'

'Wanneer kreeg ze het?' vroeg Salk.

'Ze was bijna vijftien... 1935.'

'Een verschrikkelijk jaar voor het virus.'

Perri was zeventien jaar voordat het vaccin van Jonas Salk latere door de ziekte getroffen generaties redde van de vloek van polio. Paul zei: 'Ik wilde u... ik weet het niet... ik wilde gewoon dat u haar zag. Ik wilde zeggen dat... dat...'

De woorden ontsnapten hem weer en hij keek de cafetaria rond, alsof iemand zou kunnen opstaan om voor hem te praten. Hij besefte dat mensen zaten te staren en de gêne legde een dubbele knoop in zijn tong.

'Waarom gaan we niet een eindje lopen?' vroeg de dokter.

'Het spijt me. Ik stoorde. Ik heb een scène gemaakt.'

'Helemaal niet,' verzekerde dr. Salk hem. 'Ik moet met u spreken. Als u me iets van uw tijd zou willen geven...'

Het woord 'moet' in plaats van 'wil', bracht Paul ertoe om de dokter door de cafetaria te volgen.

Buiten besefte hij dat hij niet voor zijn sap en wafels had betaald. Toen hij terugkeerde naar de cafetaria zag hij door een van de ramen dat een medewerker van Salk de rekening van zijn tafel oppakte.

Terwijl hij een arm om Pauls schouders legde, liep dr. Salk met hem door een straat met eucalyptussen en pijnbomen naar een nabijgelegen parkje. Ze gingen op een bankje in de zon zitten en keken naar waggelende eenden op de oever van een kunstmatig meertje.

Salk had nog steeds de twee foto's in zijn hand. 'Vertel me over Perri.'

'Ze... ze is dood.'

'Dat spijt me.'

'Vijf maanden geleden.'

'Ik zou heel graag meer over haar willen weten.'

Terwijl Paul in totale verwarring was geraakt toen hij zijn bewondering voor Salk wilde uiten, kon hij uitgebreid en gemakkelijk over Perri praten. Haar intelligentie, haar liefde, haar wijsheid, haar liefheid, haar schoonheid, haar goedheid, haar moed, het waren allemaal draden van een verhalentapijt waaraan Paul de rest van zijn leven had kunnen weven. Sinds haar dood had hij met niemand die hij kende meer over haar kunnen praten, omdat zijn vrienden zich op hem richtten, op zijn verdriet. Terwijl hij alleen maar wilde dat ze Perri beter begrepen, zodat ze beseften wat voor uitzonderlijk mens zij was geweest. Hij wilde dat mensen zich haar na haar dood zouden herinneren en respecteren, wilde dat ze bleven denken aan haar charme en haar standvastigheid. Ze was te

mooi om geruisloos te verdwijnen, en de gedachte dat de herinnering aan haar zou sterven als Paul ook overleed, was kwellend.
'Ik kan tegen u praten,' zei hij tegen Salk. 'U zult het begrijpen. Ze was een held, de enige die ik ooit heb gekend sinds ik u heb ontmoet. Ik heb mijn hele leven over helden gelezen, in pulpbladen en paperbacks. Maar Perri... zij was een echte. Ze redde niet het leven van tienduizenden – honderdduizenden – kinderen zoals u, veranderde de wereld niet zoals u dat hebt gedaan, maar ze ging elke dag zonder klagen tegemoet, en ze leefde voor anderen. Niet dóór anderen. Vóór hen. Mensen belden haar om hun problemen aan haar kwijt te kunnen, en ze luisterde met liefde, en ze belden haar met goed nieuws, omdat ze daar zo van genoot. Ze vroegen haar om raad, en zij, hoewel ze in zekere zin geen enkele ervaring had, zo weinig ervaring had in zoveel opzichten, wist altijd wat ze moest zeggen, dokter Salk. Altijd het juiste. Ze had een groot hart en natuurlijke wijsheid, en ze had zoveel liefde.'

Terwijl hij naar de foto's keek, zei Jonas Salk: 'Ik wou dat ik haar gekend had.'

'Ze was een held, net zoals u. Ik wilde dat u... dat u haar zag en wist hoe ze heette. Perri Damascus. Dat was haar naam.'

'Ik zal het nooit vergeten,' beloofde dr. Salk. Met zijn aandacht nog steeds bij de foto's van Perri zei hij: 'Maar ik ben bang dat u me te veel eer geeft. Ik ben geen superheld. Ik heb het werk niet alleen gedaan. Er waren zoveel toegewijde mensen bij betrokken.'

'Ik weet het. Maar iedereen zegt dat u...'

'En u geeft uzelf veel te weinig eer,' vervolgde Salk vriendelijk. 'Ik twijfel er geen moment aan dat Perri een heldin was. Maar ze was ook getrouwd met een held.'

Paul schudde zijn hoofd. 'O, nee. Mensen keken naar ons huwelijk en dachten dat ik zoveel opgegeven had, maar ik kreeg veel meer terug dan ik gaf.'

Dr. Salk gaf de foto's terug, legde een hand op Pauls schouder en glimlachte. 'Maar zo gaat dat altijd, weet u? Helden krijgen altijd meer terug dan ze geven. Dat ze geven zorgt ervoor dat ze terugkrijgen.'

De dokter ging staan en Paul ging ook staan.

Voor het park stond een auto aan de stoeprand te wachten. De twee medewerkers van dr. Salk stonden ernaast en leken daar al een tijdje te hebben staan wachten.'

'Kunnen we u ergens afzetten?' vroeg de held.

Paul schudde zijn hoofd. 'Ik ben aan het wandelen.'

'Ik ben heel blij dat u me benaderd hebt.'

Paul wist niets meer te zeggen.

'Denk aan wat ik u gezegd heb,' zei dr. Salk dringend. 'Uw Perri zou willen dat u daaraan dacht.'

Toen stapte de held in de auto met zijn vrienden en ze reden weg in de zonovergoten ochtend.

Te laat dacht Paul aan dat ene dat hij nog had willen zeggen. Hoewel het te laat was, zei hij het toch maar: 'God zegen u.'

Hij bleef staan kijken tot de auto uit het zicht was verdwenen, en zelfs toen hij in een stipje was veranderd en in de verte verdween, bleef hij naar het punt staren waar hij hem het laatst had gezien, bleef staren terwijl een bries speels van richting veranderde en de eucalyptusbladeren rond zijn voeten omhoogblies, hij bleef staren tot hij zich ten slotte omdraaide en aan de lange wandeling terug naar huis begon.

Sinds die tijd was hij blijven wandelen, tweeënhalf jaar, met korte onderbrekingen in Bright Beach.

Omdat hij het niet waarschijnlijk achtte dat hij zich ooit nog serieus aan zijn vak zou kunnen wijden, verkocht Paul de apotheek aan Jim Kessel, al tijden zijn rechterhand en medevennoot.

Hij behield het huis, want dat was een altaar voor zijn leven met Perri. Van tijd tot tijd kwam hij er terug om zijn geest weer op te laden.

De rest van dat eerste jaar wandelde hij naar Palm Springs en terug, een wandeling van meer dan driehonderd kilometer, en naar het noorden naar Santa Barbara.

In de lente en zomer van 1966 vloog hij naar Memphis in Tennessee, bleef een paar dagen en liep 463 kilometer naar St. Louis. Van St. Louis trok hij 407 kilometer naar het westen naar Kansas City, in Missouri, en vervolgens naar het zuidwesten naar Wichita. Van Wichita naar Oklahoma City. Van Oklahoma City naar het oosten naar Fort Smith, in Arkansas, waarvandaan hij naar huis in Bright Beach reed met Greyhound-bussen.

Hij sliep af en toe buiten en overnachtte verder in goedkope motels, pensions en jeugdherbergen.

In zijn lichte rugzak zaten een extra stel kleren, extra sokken, repen en een fles water. Hij plande zijn reis zo dat hij elke avond in een stad was waar hij het ene stel kleren waste en het andere aantrok.

Hij doorkruiste prairies, bergen, valleien, kwam door akkers met de meest uiteenlopende gewassen, liep door enorme bossen en over brede rivieren. Hij liep door woeste onweersbuien terwijl de donder de hemel deed schudden en bliksem de lucht doorkliefde, liep door winden die de kale aarde vilden en groene takken van bomen schoren, en liep ook in de zon, op dagen die zo blauw en schoon waren als destijds in de Hof van Eden.

De spieren van zijn benen werden hard als het landschap waar hij doorheen liep. Granieten dijen, kuiten als marmer, bekabeld met aderen.

Ondanks de duizenden uren dat Paul onderweg was, dacht hij zelden na over waarom hij liep. Hij kwam onderweg mensen tegen die dat vroegen en hij had dan een antwoord voor hen, maar hij wist nooit of die antwoorden wel waar waren.

Soms dacht hij dat hij voor Perri liep en de voetstappen zette die zij nooit had gezet, en zo uitdrukking gaf aan haar onvervulde verlangen naar reizen. Andere keren dacht hij dat hij liep voor de eenzaamheid om zich hun leven tot in de finesses te herinneren – of om te vergeten. Om rust te vinden – of het avontuur te zoeken. Om begrip te vinden door na te denken – of om alle gedachten uit zijn herinnering te vagen. Om de wereld te zien – of om ervan af te komen. Misschien hoopte hij dat coyotes hem achterna zouden komen in een kille schemering of een hongerige poema hem zou aanvallen op een ochtend, of dat een dronken bestuurder hem doodreed.

Uiteindelijk was de reden voor het lopen het lopen zelf. Lopen gaf hem iets te doen, een zin die hij nodig had. Beweging was gelijk aan betekenis. Beweging werd een medicijn tegen melancholie, een voorbehoedsmiddel tegen krankzinnigheid.

Door in mist gehulde heuvels, dichtbegroeid met eiken, esdoorns, aardbeibomen en peperbomen, door bossen met sequoia's die negentig meter omhoogstaken, kwam hij op de avond van 3 januari 1968 in Weott aan, waar hij de nacht doorbracht. Als Paul nog een noordelijker doel mocht hebben, was het de stad Eureka, bijna tachtig kilometer verderop – en om geen andere reden daar de originele Humboldt Bay-krabben te eten, want dat was een van Perri's lievelingsgerechten geweest.

Vanuit zijn motelkamer belde hij Hanna Rey in Bright Beach. Ze zorgde nog steeds parttime voor zijn huis, betaalde de rekeningen van een aparte bankrekening als hij op reis was en hield hem op de hoogte van de gebeurtenissen in zijn woonplaats. Van Hanna hoorde hij dat Barty Lampion zijn ogen had moeten missen ten gevolge van kanker.

Paul herinnerde zich de brief die hij een paar weken na de dood van Joey Lampion aan dominee Harrison White had geschreven. Hij had die van de apotheek mee naar huis genomen op de dag dat Perri stierf om haar mening te vragen. De brief was nooit verstuurd.

De inleidende zin stond nog steeds in zijn geheugen gegrift, omdat hij die met veel zorg geschreven had: *Gegroet op deze gedenkwaardige dag. Ik schrijf u over een buitengewone vrouw, Agnes Lampion, wier leven u hebt geraakt zonder het te weten en wier geschiedenis u misschien interesseert.*

Zijn gedachten toen waren dat dominee White misschien in Agnes, het geliefde Taartenvrouwtje van Bright Beach, een onderwerp zou vinden voor een vervolg op een preek die Paul – zelf geen baptist en ook geen regelmatige kerkganger – diep had geraakt toen hij die, meer dan drie jaar geleden, op de radio hoorde.

Maar nu dacht hij niet aan wat de geschiedenis van Agnes voor de eerwaarde White kon betekenen, maar aan wat de predikant misschien kon doen om ten minste iets van troost te schenken aan Agnes, die haar hele leven al anderen troostte.

Na het avondeten in een wegrestaurant ging Paul terug naar zijn kamer en bestudeerde een gescheurde kaart van westelijk Amerika, het zoveelste exemplaar nadat hij er de laatste jaren als verschillende had versleten. Afhankelijk van het weer en de bodemgesteldheid zou hij Spruce Hills in Oregon misschien in tien dagen kunnen bereiken.

Voor het eerst sinds hij naar La Jolla was gelopen om Jonas Salk te ontmoeten, plande Paul een reis met een speciale bedoeling.

Veel nachten was zijn slaap niet half zo verkwikkend als hij wel zou willen, want hij droomde er vaak van door een woestenij te lopen. Soms over zoutvlakten die zich in alle richtingen uitstrekten met zo hier en daar een monument van een door het weer geteisterde rots, blakerend onder een genadeloze zon. Soms was het zout vervangen door sneeuw en waren de monumentale rotsblokken ijswanden in het harde schijnsel van een koude zon. Wat het landschap ook was, hij liep langzaam, hoewel hij de wens en de energie had sneller op te schieten. Zijn frustratie groeide tot die zo onverdraaglijk werd dat hij ontwaakte terwijl hij rusteloos en geïrriteerd met zijn voeten in de verwarde lakens schopte.

Die nacht in Weott, met de ernstige stilte van het hoge sequoiabos dat hem de volgende ochtend zou omarmen, sliep hij zonder dromen.

63

Na het incident met de kwartjes spuwende automaten wilde Junior weer een Bartholomeus vermoorden, het maakte niet uit welke, ook al moest hij ervoor naar zo'n verre buitenwijk als Terra Linda, ook al moest hij verder rijden en overnachten in een Holiday Inn en gestoomde maaltijden eten van een buffet, vol bacteriën en haren van andere gasten.

Hij zou het ook gedaan hebben en daarmee een patroon hebben uitgezet dat de politie op zou vallen; maar het zachte stemmetje van Zedd leidde hem ook nu, als zo vaak, en vertelde hem kalm te blijven, geconcentreerd te blijven.

In plaats van direct iemand te vermoorden, keerde Junior de middag van 29 december naar huis terug, en ging naar bed, met al zijn kleren aan. Om kalm te worden. Om over concentratie na te denken.

Concentratie, leert Caesar Zedd, is de enige kwaliteit die miljonairs onderscheidt van luizige, zwervende, naar urine stinkende alcoholisten die in kartonnen dozen leven en die de wijnjaren van Château Migraine bepraten met hun lievelingsrat. Miljonairs hebben het, alcoholisten niet. Op dezelfde manier is het alleen het vermogen tot concentratie waarmee een olympisch kampioen zich onderscheidt van een invalide die een been is kwijtgeraakt in een auto-ongeluk. De atleet heeft concentratie en de invalide niet. Daarbij, zoals Zedd opmerkt, als de invalide het wel had, zou hij een betere bestuurder zijn geweest, olympisch kampioen en miljonair.

Onder de vele talenten die Junior had, was zijn vermogen tot concentratie misschien wel het belangrijkst. Bob Chicane, zijn voormalige leraar in meditatieve zaken, had hem intens en zelfs obsessief genoemd na het pijnlijke incident van de kernloze meditatie; maar intensiteit en obsessie waren valse beschuldigingen. Junior was gewoon geconcentreerd.

Hij was om eerlijk te zijn geconcentreerd genoeg om Bob Chicane te vinden, de beledigende schoft te vermoorden en er ongestraft mee weg te komen.

Maar de harde ervaring had hem geleerd dat het vermoorden van iemand die hij kende, hoewel zo nu en dan noodzakelijk, de stress niet wegnam. Of het nam de stress even weg, maar dan zorgden onvoorziene consequenties altijd voor nog grotere stress in de toekomst.

Aan de andere kant was het vermoorden van een vreemde, zoals Bartholomeus Prosser, een betere manier om stress te verdrijven dan seks. Zinloze moord was voor hem net zo ontspannend als meditatie zonder kern en waarschijnlijk minder gevaarlijk.

Hij zou iemand die Henry of Larry heette kunnen vermoorden zonder het risico een Bartholomeus-patroon te creëren dat als een scherpe geur de bloedhondenneuzen van de rechercheurs van de moordbrigade van Bay Area zou prikkelen. Maar hij hield zichzelf in.

Concentratie.

Nu moest hij zich erop concentreren klaar te zijn voor de avond van 12 januari: de vernissage van de tentoonstelling van Celestina White. Zij had het kind van haar zuster geadopteerd. Zij had de kleine Bartholomeus onder haar hoede, en binnenkort zou het joch binnen bereik van Junior zijn.

Als het vermoorden van de verkeerde Bartholomeus al een dam in Junior had doen breken en een vloed van spanning had vrijgemaakt, zou het om zeep helpen van de echte Bartholomeus een oceaan van opgebouwde spanning vrijmaken, en hij zou zich vrij voelen zoals hij zich niet meer had gevoeld sinds de brandtoren. Vrijer dan hij zijn hele leven was geweest.

Als hij de enige echte Bartholomeus doodde, zou het achtervolgd worden ook stoppen. In Juniors geest waren Vanadium en Bartholomeus onlosmakelijk met elkaar verbonden, omdat de maniakale smeris als eerste Junior in zijn slaap 'Bartholomeus' had horen roepen. Sloeg dit ergens op? Nou, de ene keer meer dan de andere, maar altijd meer dan al het andere. Om van die dode, maar vasthoudende rechercheur af te komen moest hij Bartholomeus elimineren.

Dan zou het stoppen. De kwelling zou stoppen. Zeker weten. Zijn gevoel te drijven, doelloos van de ene dag in de andere te glijden, zou van hem afgenomen worden en hij zou weer een doel vinden in vastberaden zelfverbetering. Hij zou beslist Frans en Duits gaan leren. Hij zou een kookcursus volgen, een culinaire meester worden. Karate ook.

Op de een of andere manier had de kwaadaardige geest van Vanadium ook schuld aan Juniors falen een nieuwe liefde te vinden, ondanks alle vrouwen die hij gehad had. Ongetwijfeld zouden, als Bartholomeus dood was en Vanadium samen met hem verdween, romantiek en ware liefde weer opbloeien.

Op zijn zij liggend in bed, aangekleed en met schoenen aan, de knieën opgetrokken, de armen voor zijn borst gekruist, de handen onder zijn kin, als een foetus wachtend tot hij geboren werd, probeerde Junior de logische keten te vinden die tot deze lange en moeilijke jacht op Bartholomeus had geleid. Maar de keten ging drie jaar terug in het verleden, wat voor Junior een eeuwigheid was, en niet alle schakels zaten meer op de juiste plek.

Maakte niets uit. Hij was een op de toekomst gericht, geconcentreerd man. Het verleden is voor sukkels. Nee, wacht, nederigheid is voor sukkels. 'Het verleden is de tiet die degenen voedt die te zwak zijn om de toekomst onder ogen te zien.' Ja, dat was de zin van Zedd die Junior op een kussen had geborduurd.

Concentratie. Wees bereid Bartholomeus en iedereen die probeert Bartholomeus te beschermen te doden op 12 januari. Wees op alles voorbereid.

Junior woonde een oudejaarsavondfeest bij dat een nucleair holocaustthema had. De feestelijkheden vonden plaats in een herenhuis dat gewoonlijk vol hing met puntgave kunst, maar alle schilderijen waren vervangen door foto's op posterformaat van het verwoeste Nagasaki en Hiroshima.

Een buitengewoon sexy roodharige begon met hem te flirten toen hij een keuze maakte uit allerlei bomvormige toastjes op een blad dat werd opgehouden door een bediende in lompen en met een beroet gezicht die eruitzag als een slachtoffer van de ramp. Myrtle, de roodharige, gaf er de voorkeur aan Boef genoemd te worden, wat Junior volledig begreep. Ze droeg een groene minirok van Day-Glo, een witte trui en een groene baret.

Boef had fantastische benen en ze droeg geen beha, waardoor er niet te twijfelen viel aan de weelderige echtheid van haar borsten, maar na een uur praten over het een of ander, voordat hij voorstelde samen te vertrekken, manoeuvreerde Junior haar naar een redelijk afgezonderde plek en legde discreet een hand op haar rok, alleen maar om vast te stellen dat zijn vermoedens over haar sekse correct waren.

Ze hadden een opwindende nacht samen, maar het was geen liefde.

De spookzangeres zong niet.

Toen Junior voor het ontbijt een grapefruit doormidden sneed, vond hij er geen kwartje in.

Op dinsdag 2 januari had Junior een ontmoeting met de drugsdealer die hem in contact had gebracht met Google, de documentenvervalser, en hij regelde de aanschaf van een 9mm-handwapen met een speciaal gemaakte geluiddemper.

Hij had nog steeds het pistool dat hij uit de verzameling van Frieda Bliss had meegenomen, maar dat had geen geluiddemper. Hij wilde op alles voorbereid zijn. Concentratie.

Naast het vuurwapen deed hij een bestelling voor een automatische slothaak. Dit apparaat dat automatisch elk slot kon openen met slechts een paar halen aan de trekker, werd uitsluitend en alleen aan politiedepartementen verkocht en de verkoop ervan stond onder strenge controle. Op de zwarte markt werd er zo'n hoge prijs voor gevraagd dat Junior voor nog iets meer een klein schilderij van Sklent had kunnen kopen.

Voorbereiding. Details. Concentratie.

Die nacht werd hij verscheidene keren wakker, met gespitste oren of hij geen spookachtige serenade hoorde, maar hij hoorde geen zingen van gene zijde.

Boef bleef hem woensdag in vervoering brengen. Het was geen liefde, maar het was troostend dat hij de uitrusting van zijn partner kende.

Op donderdag 4 januari kocht hij, gebruikmakend van zijn John Pinchbeck-identiteit, een nieuwe Ford bestelwagen met contant geld. Hij huurde onder de naam Pinchbeck een parkeerplaats in een privé-garage bij de Presidio en parkeerde het busje daar.

Diezelfde dag durfde hij twee galeries te bezoeken. Geen ervan had een tinnen kandelaar in de vitrine.

Toch was de vijandige geest van Thomas Vanadium, die vreselijke vasthoudende klit van koppige energie, nog niet klaar met Junior. Tot Bartholomeus dood was zou die vasthoudende, schurftige apengeest almaar terug blijven komen, en hij zou zeker gewelddadiger worden.

Junior wist dat hij waakzaam moest blijven. Waakzaam en geconcentreerd, tot 12 januari aanbrak en weer voorbij was. Nog acht dagen.

Vrijdag bracht Boef weer, alles van Boef, de hele dag, op alle manieren, een volledige Boef, waardoor hij op zaterdag geen enkele energie meer had om iets te doen behalve om te douchen.

Zondag hield Junior zich verborgen voor Boef en gebruikte hij zijn antwoordapparaat om haar telefoontjes eruit te zeven en hij werkte met zo'n verbazende concentratie aan zijn borduurwerk dat hij die avond vergat naar bed te gaan. Maandagochtend om tien uur viel hij boven zijn borduurkussen in slaap.

Dinsdag 9 januari, nadat hij de voorafgaande tien dagen een aantal investeringen te gelde had gemaakt, maakte hij telefonisch anderhalf miljoen dollar over naar de rekening van Gammoner bij de bank op de Caymaneilanden.

In een kerkbank van de Old St. Mary's Church in Chinatown nam Junior de bestelde automatische slothaak en het niet-geregistreerde 9mm-pistool met de geluiddemper in ontvangst – zoals eerder was afgesproken. De kerk was leeg om tien uur 's ochtends. Het sombere interieur en de dreigende heiligenbeelden bezorgden hem de rillingen.

De tussenpersoon – een jong boefje zonder duimen, met ogen die zo koud waren als die van een dode huurmoordenaar – bezorgde het wapen in een tas van een afhaal-Chinees. De tas bevatte twee glanzend witte kartonnen dozen (moo goo gai pan, gestoomde rijst), een grote helderroze doos met amandelkoekjes en – onderin – een tweede roze doos met de slothaak, het pistool, de demper en een leren schouderholster waaraan een kaartje was bevestigd met de handgeschreven boodschap: *Met onze complimenten. Bedankt voor uw aankoop.*

Bij een wapenhandel kocht Junior tweehonderd patronen. Later leek het aantal kogels hem overdreven. Weer later kocht hij er nog eens tweehonderd.

Hij kocht messen. En vervolgens schedes voor die messen. Hij schafte zich een slijpset aan en was de hele verdere avond messen aan het scherpen.

Geen kwartjes. Geen gezang. Geen telefoontjes van de doden.

Woensdagochtend 10 januari liet hij anderhalf miljoen dollar van de rekening van Gammoner naar die van Pinchbeck in Zwitserland overmaken. Vervolgens hief hij de rekening bij de bank op de Caymaneilanden op.

Omdat hij merkte dat de spanning ondraaglijk begon te worden, besloot Junior dat hij Boef meer nodig had dan hij haar vreesde. De rest van de woensdag, tot donderdagochtend, bleef hij bij de onvermoeibare roodharige, die in haar slaapkamer een eindeloze reeks geurige massageoliën had, waarvan de hoeveelheid voldoende was om de helft van het rollende materieel van elk spoorwegbedrijf westelijk van de Mississippi geurig te smeren.

Ze bezorgde hem pijn op plaatsen waar hij nooit eerder pijn had gehad. Toch was hij op donderdag nog gespannener dan hij op woensdag was geweest.

Boef was een vrouw met vele talenten, met een huid gladder dan een onthaarde perzik, met meer heerlijke rondingen dan Junior kon noemen, maar ze bleek niet de remedie tegen zijn spanning te zijn. Pas als hij Bartholomeus had gevonden en vernietigd, zou hij rust vinden.

Hij bezocht de bank waar hij een kluis had onder de naam John Pinchbeck. Hij haalde er de twintigduizend dollar in contanten en alle valse documenten uit.

In zijn auto, op dat moment een Mercedes, maakte hij drie ritjes tussen zijn huis en de garage waarin hij de Ford had geparkeerd onder de naam van Pinchbeck. Hij zorgde ervoor dat hij niet gevolgd werd.

Hij laadde twee koffers vol kleren en toiletspullen – plus de inhoud van de Pinchbeck-kluis – in het busje en voegde daar die kostbare spullen bij die hij niet graag kwijt zou willen raken als de aanslag op Bartholomeus mislukte, waardoor hij zijn leven op Russian Hill moest opgeven en moest vluchten om niet gearresteerd te worden. De werken van Caesar Zedd. De drie briljante schilderijen van Sklent. De geborduurde kussens waarop hij de wijsheden van Zedd in felle kleuren had aangebracht, maakten het grootste deel uit van de dingen die hij mee wilde nemen: 102 kussens in alle mogelijke vormen en maten, die hij gemaakt had in dertien maanden van koortsachtig borduren.

Als hij Bartholomeus doodde en zonder problemen weg kon komen, zoals hij eigenlijk verwachtte, zou hij daarna alles in het busje terug kunnen brengen naar zijn appartement. Hij nam alleen maar voorzorgsmaatregelen voor zijn toekomst, omdat de toekomst hoe dan ook de enige plek was waarin hij leefde.

Hij zou graag de IJzeren Vrouw ook mee hebben genomen, maar ze woog een kwart ton. Alleen kon hij haar niet tillen en hij durfde niemand in te huren, zelfs geen illegale buitenlander, om hem te helpen omdat hij daarmee de identiteit en het busje van Pinchbeck in gevaar zou brengen.

Hoe dan ook – en vreemd genoeg – begon de IJzeren Vrouw voor hem steeds meer op Boef te lijken. Door aan aantal geschaafde en brandende slijmvliezen die hem eraan bleven herinneren, had hij even meer dan genoeg van Boef.

Eindelijk brak de dag aan: vrijdag 12 januari.

Elke zenuw in Juniors lichaam was een strakgespannen draad. Als iemand er over een zou struikelen, zou hij misschien zo hevig ontploffen dat hij zichzelf een gekkenhuis in schoot.

Gelukkig herkende hij zijn kwetsbaarheid. Tot de receptie van Celestina White 's avonds moest hij elk uur van de dag bezig zijn met rustgevende activiteiten, zichzelf kalmeren om ervoor te zorgen dat hij, wanneer de tijd daar was, koel en effectief op zou treden. Langzaam, diep ademhalen.

Hij nam een lange douche, zo heet als hij maar kon verdragen, tot zijn spieren zacht als boter voelden.

Bij het ontbijt meed hij suiker. Hij at koude rosbief en dronk melk met een flinke scheut cognac.

Het weer was goed, dus hij ging wandelen, hoewel hij herhaaldelijk de straat overstak om krantenautomaten te mijden.

Het kopen van modeaccessoires ontspande Junior. Een paar uur was hij aan het winkelen, op zoek naar schakelkettingen, zijden pochets en ongewone riemen.

Terwijl hij in een warenhuis met de roltrap van de eerste naar de tweede verdieping ging, zag hij op de roltrap naar beneden, vijf meter van hem vandaan, Vanadium.

Voor een geest leek de maniakale smeris verontrustend stevig. Hij droeg een tweed sportjasje en een broek die hij, voor zover Junior wist, ook had gedragen op de avond dat hij stierf. Blijkbaar waren zelfs de geesten van Sklents atheïstische spirituele wereld voor eeuwig gedoemd de kleren te blijven dragen waarin ze gestorven waren.

Junior ving eerst in profiel een glimp van Vanadium op – en daarna, toen de smeris naar beneden ging, alleen de achterkant van zijn hoofd. Hij had de man al bijna drie jaar niet gezien, toch wist hij meteen zeker dat dit geen toevallige dubbelganger was. Daar ging de geest van het smerige-schurftige-aapje zelf.

Toen hij de tweede verdieping bereikte, rende Junior naar de roltrap die naar beneden ging.

De gezette geest stapte op de eerste verdieping van de roltrap af en verdween naar de afdeling sportkleding voor vrouwen.

Junior daalde de roltrap af met twee treden tegelijk, te gehaast om stil te blijven staan. Maar toen hij de eerste verdieping bereikte, merkte hij dat de geest van Vanadium had gedaan wat geesten het beste konden: verdwijnen.

Hij liet zijn zoektocht naar de perfecte schakelketting voor wat die was, maar was vastbesloten kalm te blijven en ging lunchen in het St. Francis Hotel.

De trottoirs waren vol zakenlieden in pakken, hippies in flamboyante gewaden, groepen keurig geklede vrouwen uit de buitenwijken die naar de stad waren gekomen om te winkelen en verder de slechtgeklede grijze massa. Sommigen lachend, sommigen nors, sommigen mompelend, maar even wezenloos als etalagepoppen, die wat hem betrof net zo goed huurmoordenaars als dichters konden zijn, excentrieke miljonairs in oosterse kledij of kermisartiesten die hun geld verdienden door levende kippen de kop af te bijten.

Zelfs op zijn goede dagen, als hij niet werd lastiggevallen door de geesten van dode smerissen en niet bezig was met de voorbereidingen voor een moord, voelde Junior zich niet op zijn gemak in dit soort drukte. Deze middag voelde hij zich bijzonder claustrofobisch terwijl hij zich door de menigte werkte – en, toegegeven, ook paranoïde.

Behoedzaam hield hij onder het lopen de mensen in de gaten en soms keek hij over zijn schouder. Bij een van die blikken achterom raakte hij van zijn stuk, maar niet echt verrast, toen hij de geest van Vanadium zag.

De spooksmeris liep twaalf meter achter hem, achter rijen andere voetgangers, die allemaal stuk voor stuk wat hem betrof zonder gezicht hadden kunnen zijn, glad en zonder trekken van voorhoofd tot kin, omdat Junior plotseling alleen nog maar het gelaat van de lopende dode man kon zien. Het spookgezicht ging op en neer, terwijl de macabere geest voortstiefelde, verdwijnend en weer opduikend en daarna weer verdwijnend, tussen al die op en neer gaande hoofden van de mensen tussen hen in.

Junior versnelde zijn pas en wrong zich door de menigte heen, herhaaldelijk achteromkijkend; en hoewel hij slechts korte glimpen opving van het gezicht van de dode smeris, wist hij dat er iets verschrikkelijk mis mee was. Vanadium, toch al niet zo'n kandidaat voor een schoonheidsprijs, zag er aanmerkelijk veel slechter uit dan vroeger. De portrode wijnvlek plakte nog steeds om zijn rechteroog. Zijn gezicht was niet langer plat en effen, zoals vroeger, maar... verwrongen.

Ingeslagen. Zijn gezicht leek ingeslagen te zijn. Door tin ingeslagen.

Bij de volgende hoek werkte Junior zich agressief door de tegemoetkomende voetgangers heen en sloeg, in plaats van door te lopen, rechts af, stapte van de stoep en stak over, hoewel het voetgangerslicht op rood stond. Auto's toeterden, een stadsbus reed hem bijna van de sokken, maar hij haalde de overkant ongedeerd.

Toen hij de overkant bereikte, sprong het voetgangerslicht op groen, en toen hij keek of hij gevolgd werd, zag hij hem. Daar had je Vanadium, die had moeten huiveren omdat hij geen overjas droeg en als hij van vlees echt was geweest.

Junior liep verder, weefde door de mensenmassa heen, ervan overtuigd dat hij de voetstappen van de spooksmeris duidelijk kon horen boven de tred van al die legioenen levenden uit, een geluid dat door het geraas en het getoeter van het verkeer heen drong. De voetstap van de dode man, hol, echode niet alleen in Juniors oren, maar ook door zijn lichaam en botten.

Een deel van hem wist dat het zijn hartslag was, niet de voetstap van een achtervolger van gene zijde, maar dat deel was op het moment niet dominant. Hij ging sneller lopen, niet echt rennen, maar hij haastte zich als een man die te laat is voor een afspraak.

Elke keer dat Junior achteromkeek, zag hij Vanadium in zijn kielzog. Gedrongen, maar bijna glijdend door de menigte. Meedogenloos, meedogenlozer. Afschuwelijk. En dichterbij.

Links van Junior verscheen een steeg. Hij stapte uit de meute de smalle steeg in die werd begrensd door hoge gebouwen, en ging harder lopen. Nog steeds niet echt rennend, want hij bleef geloven dat hij de onwankelbare kalmte en zelfbeheersing bezat van een uiterst beheerst mens.

Halverwege de steeg vertraagde hij zijn pas en keek over zijn schouder.

Geflankeerd door containers en vuilnisbakken, door stoom die opsteeg uit roosters in de straat, langs geparkeerde bestelwagens, kwam de dode rechercheur. Hij rende.

Plotseling, zelfs in het hart van een fantastische stad, leek de steeg net zo verlaten als een Engels heidelandschap, en geen slimme plek om te schuilen voor een wraakzuchtige geest. Terwijl hij alle pretenties van zelfbeheersing van zich af gooide, sprintte Junior naar de volgende straat, waar het zien van de talloze mensen, krioelend in de winterse zon, hem niet meer met paranoia of zelfs maar ongemak vervulde, maar met een ongeëvenaard gevoel van broederschap.

Van de dingen die je niet aan hebt kunnen zien komen, ben ik het ergste.

De zware hand zou neerkomen op zijn schouder, hij zou tegen zijn wil omgedraaid worden, en daar voor hem zouden die spijkerharde ogen zijn, de portrode wijnvlek, het gezicht ingeslagen door een kandelaar...

Hij bereikte het einde van de steeg, struikelde de stroom voetgangers in, liep bijna een oudere Chinese man ondersteboven, draaide zich om en ontdekte... geen Vanadium.

Verdwenen.

Containers en bestelwagens drukten tegen de muren van de gebouwen. Stoom steeg op uit de straatroosters. De grijze schaduwen werden niet langer verstoord door een rennende schaduw in een tweed sportjasje.

Te zeer van slag om te gaan lunchen in het St. Francis Hotel of ergens anders, keerde Junior terug naar zijn flat.

Thuis aarzelde hij zijn deur open te maken. Hij verwachtte Vanadium binnen te treffen.

Maar niemand wachtte hem op, behalve de IJzeren Vrouw.

Borduren, meditatie en zelfs seks hadden hem de laatste tijd niet voldoende ontspanning kunnen bieden. De schilderijen van Sklent en de boeken van Zedd lagen in de bestelbus zodat hij daar op dat moment geen troost aan kon ontlenen.

Nog een glas melk met cognac hielp, maar niet veel.

Terwijl de namiddag langzaam overging in een onheilspellende schemering, en de receptie van Celestina White naderbij kwam, prepareerde Junior zijn messen en pistolen.

Lemmeten en kogels kalmeerden zijn zenuwen een beetje.

Hij snakte wanhopig naar een einde in de zaak van Naomi's dood. Daar was het de afgelopen drie jaar en met deze bovennatuurlijke gebeurtenissen allemaal om gegaan.

Zoals Sklent het zo goed had verwoord: sommigen van ons leven na de dood verder, leven voort als geest, omdat we gewoon te koppig, zelfzuchtig, hebzuchtig, wrokkig, gemeen, psychotisch en slecht zijn om ons overlijden te accepteren. Geen van die omschrijvingen was van toepassing op Naomi, die veel te aardig, lief en meegaand was om als geest voort te leven toen haar heerlijke vlees het af liet weten. Nu, verbonden met de aarde, was Naomi geen bedreiging meer voor Junior, en de staat had gedokt voor haar overlijden, en de hele zaak zou gesloten móéten zijn. Er waren slechts twee hindernissen voor een volledige en uiteindelijke oplossing: ten eerste de koppige, zelfzuchtige, hebzuchtige, wrokkige, gemene, psychotische en slechte geest van Thomas Vanadium; en ten tweede Seraphims bastaardkind – de kleine Bartholomeus.

Een bloedtest zou kunnen uitwijzen dat Junior de vader was. Vroeg of laat zouden er beschuldigingen tegen hem ingebracht kunnen worden door bittere en van haat vervulde leden van haar familie, misschien zelfs niet met de hoop hem naar de gevangenis te sturen, *maar uitsluitend met de bedoeling een aanzienlijk deel van zijn vermogen in handen te krijgen in de vorm van alimentatie voor het kind.*

Dan zou de politie vast wel willen weten waarom hij had liggen vozen met een minderjarig negermeisje, als zijn huwelijk met Naomi zo perfect en zo volmaakt was geweest als hij beweerde. Hoe oneerlijk het ook lijkt, moord verjaart niet. Gesloten dossiers kunnen worden afgestoft en weer geopend; het onderzoek kan hervat worden. En hoewel de autoriteiten weinig of geen hoop zouden koesteren hem veroordeeld te krijgen wegens moord op een of ander flinterdun stukje bewijs, *hij zou gedwongen worden een ander aanzienlijk deel van zijn vermogen uit te geven aan advocaatkosten.*

Hij zou zichzelf niet toestaan ooit bankroet te raken, en daarmee weer arm te zijn. Nooit. Zijn fortuin was tegen enorme risico's binnengehaald – uiterst vastberaden en vastbesloten. Hij moest dat tegen elke prijs verdedigen.

Als Seraphims buitenechtelijke kind dood was, zou het bewijs van zijn vaderschap – en elke eis tot alimentatie – ook sterven. Zelfs Vanadiums koppige, zelfzuchtige, hebzuchtige, wrokkige, gemene, psychotische, slechte geest zou moeten erkennen dat alle hoop om Junior onderuit te halen vergeefs was, en hij zou ten slotte of oplossen van frustratie of reïncarneren.

Het einde kwam naderbij.

Voor Junior Cain leek de logica van dit alles onbetwistbaar.

Hij prepareerde zijn messen en pistolen. Lemmeten en kogels. Vrouwe Fortuna begunstigt de stoutmoedigen, de zelfverbeteraars, de zelfontwikkelden, de geconcentreerden.

64

Nolly zat achter zijn bureau, zijn jasje hangend over de rugleuning van zijn stoel, zijn dophoed nog steeds op zijn hoofd, zoals vrijwel altijd, behalve als hij sliep, douchte, in een restaurant at of vrijde.

Een smeulende sigaret, gewoonlijk bungelend in een hoek van een harde mond die tot een cynische grijns was vertrokken, was typerend voor de harde privé-detectives, maar Nolly rookte niet. Zijn onvermogen deze slechte gewoonte te ontwikkelen resulteerde in een minder smoezelige atmosfeer dan de cliënten van een privé-detective misschien verwachtten.

Gelukkig had het bureau wel brandplekken van sigaretten omdat hij het samen met het kantoor gehuurd had. Het was eigendom geweest van een eigenaar van een incassobureau die Otto Zelm heette en die goed had kunnen boeren met het werk dat Nolly uit verveling vermeed: het opsporen van de wanbetalers en het terughalen van hun voertuigen. Tijdens een surveillance was Zelm in zijn auto in slaap gevallen terwijl hij rookte, waarmee hij tegelijk de uitbetaling van zowel levens- als ongevallenverzekering in werking stelde als de huur van deze gemeubileerde ruimte opzegde.

Zelfs zonder de bungelende sigaret en zonder de cynische grijns bezat Nolly een hardheid die Sam Spade niet zou misstaan, voornamelijk omdat het gezicht dat hem door moeder natuur was gegeven een prachtige vermomming vormde voor de sentimentele kwast die erachter zat. Met zijn stierennek, met zijn sterke handen, met zijn opgerolde mouwen waardoor zijn harige onderarmen te zien waren, maakte hij nogal een intimiderende indruk: alsof Humphrey Bogart, Sidney Greenstreet en Peter Lorre in een blender waren gedaan en daarna in één pak waren gegoten.

Kathleen Klerkle, mevrouw Wulfstan, die op de rand van Nolly's bureau zat, keek er schuin overheen naar de bezoeker in de cliëntenstoel. Nolly had twee stoelen voor zijn klanten. Kathleen zou in de tweede hebben kunnen zitten, maar dit leek een geschiktere positie voor het liefje van een speurder. Niet dat ze probeerde er goedkoop uit te zien; ze dacht aan Myrna Loy als Nora Charles in *The Thin Man* – mondain maar elegant, hard maar geamuseerd. Tot ze Nolly ontmoette, had Kathleens leven net zo weinig romance gekend als een zouteloos zoutje smaak had. Haar kindertijd en zelfs haar tienertijd waren zo kleurloos geweest dat ze besloot tandarts te worden omdat het, vergeleken met wat ze kende, een exotisch en opwindend beroep leek te zijn. Ze had een paar vriendjes gehad, maar al die mannen waren saai en geen van allen aardig. Lessen in stijldansen – en uiteindelijk wedstrijden – beloofden de romantiek die haar werk als tandarts en haar vriendjes haar niet hadden gegeven, maar zelfs het dansen was min of meer teleurstellend verlopen, tot haar dansleraar Kathleen voorstelde aan deze kalende, lompe, van een stierennek voorziene, uiterst heerlijke Romeo.

Of de bezoeker in de bezoekersstoel nu veel romantiek had gekend of niet, ontegenzeggelijk had hij te veel avonturen en zeker zijn deel aan tragedie gekend. Het gezicht van Thomas Vanadium was als een door een aardschok verwoest landschap: doorkruist door witte littekens als vuillijnen in lagen graniet; voorhoofd, wangen en kaak in een vreemde verhouding tot elkaar. Het hemangioom dat zijn rechteroog omgaf en zijn gezicht verkleurde, had hij al sinds zijn geboorte, maar de vreselijke schade aan zijn gezicht was het werk van een mens, niet van God.

In de indrukwekkende ravage van zijn gezicht waren de rookgrijze ogen van Thomas Vanadium heel opvallend, vol prachtige... treurnis. Geen zelfmedelijden. Hij zag zichzelf duidelijk niet als slachtoffer. Dit, zo voelde Kathleen, was de treurnis van een man die te veel van het lijden van anderen had gezien, die de duivelse zaken van de wereld kende. Dit waren ogen die jou in een oogwenk kenden, die schitterden van medeleven als je dat verdiende, en die woest vonkten met een vernietigend oordeel als er geen medeleven paste.

Vanadium had de man die hem van achteren had neergeknuppeld en zijn gezicht met een tinnen kandelaar had bewerkt, niet gezien, maar toen hij de naam Enoch Cain uitsprak, viel er geen medeleven in zijn ogen te lezen. Er waren geen vingerafdrukken achtergelaten, geen bewijs in de nasleep van de brand in het huis van Bressler of in de Studebaker die uit Quarry Lake was getakeld.

'Maar u denkt dat hij het was,' zei Nolly.

'Ik wéét het.'

Na die nacht had Vanadium acht maanden lang, tot eind september 1965, in coma gelegen en zijn artsen hadden niet gedacht dat hij weer bij bewustzijn zou komen. Een passerende automobilist had hem naast de weg bij het meer gevonden, doorweekt en onder de modder. Toen hij, na zijn lange slaap, in het ziekenhuis wakker werd, vermagerd en zwak, kon hij zich niets herinneren van wat er was gebeurd nadat hij Victoria's keuken was binnengelopen – buiten vage, droomachtige beelden van omhoogzwemmen uit een zinkende auto.

Hoewel Vanadium zo goed als zeker wist wie de aanvaller was geweest, was intuïtie zonder bewijs niet voldoende om de autoriteiten in actie te brengen – niet tegen een man met wie de staat en het district een regeling van 4.250.000 dollar hadden getroffen na de dodelijke val van zijn vrouw. Het zou lijken alsof ze incompetent waren geweest in het onderzoek naar de dood van Naomi Cain, of dat ze Enoch in deze nieuwe zaak vervolgden uit pure wraak. Zonder stapels bewijs waren de politieke risico's te groot om stappen te ondernemen louter op grond van de intuïtie van een politieman.

Simon Magusson – in staat om de duivel zelf te verdedigen als het honorarium maar hoog genoeg was, maar ook in staat tot oprechte wroeging – bezocht Vanadium, direct nadat hij had gehoord dat de rechercheur in het ziekenhuis uit een coma was gekomen. De advocaat deelde de overtuiging dat Cain de schuldige partij was en dat hij ook zijn vrouw had vermoord.

Magusson beschouwde de aanvallen op Victoria en Vanadium als zware misdaden, natuurlijk, maar hij zag ze ook als een belediging van zijn eigen waardigheid en reputatie. Hij verwachtte van een criminele cliënt die was beloond met vier en een kwart miljoen in plaats van met een gevangenisstraf, dat hij dankbaar zou zijn en daarna het rechte pad op zou gaan.

'Simon is een vreemde vogel,' zei Vanadium, 'maar ik mag hem wel en ik vertrouw hem zonder meer Hij wilde weten of hij kon helpen. Aanvankelijk kon ik niet goed praten. Ik had een gedeeltelijke verlamming van mijn linkerarm, en ik was twintig kilo lichter geworden. Ik was niet van plan lang naar Cain te zoeken, maar Simon bleek te weten waar hij zat.'

'Omdat Cain hem had gebeld om te vragen of hij hier in San Francisco een goede privé-detective wist,' zei Kathleen. 'Om erachter te komen wat er was gebeurd met het kind van Seraphim White.'

Vanadiums glimlach, in dat tragisch vernielde gezicht, zou de meeste mensen aan het schrikken hebben gebracht, maar Kathleen vond hem aantrekkelijk door de onverwoestbaarheid die eruit sprak.

'Wat me de afgelopen tweeënhalf jaar op de been heeft gehouden, was de wetenschap dat ik meneer Cain te pakken zou kunnen krijgen als ik uiteindelijk weer goed genoeg was om iets aan hem te doen.'

Als rechercheur van de moordbrigade had Vanadium in zijn carrière de reputatie achtennegentig procent van alle zaken die hij in handen kreeg op te lossen en tot een veroordeling te laten komen. Als hij er eenmaal van overtuigd was dat hij de schuldige partij had gevonden, vertrouwde hij niet alleen maar op degelijk politieonderzoek. Hij voegde aan de onderzoeksprocedures en -technieken zijn persoonlijke psychologische oorlogsvoering toe – soms subtiel, soms niet – waardoor de overtreder vaak werd aange-moedigd fouten te maken die hem aanwezen als schuldige.

'Het kwartje in de hamburger,' zei Nolly, omdat dat de eerste stunt was waarvoor Magusson hem had betaald.

Op magische wijze was een glanzend kwartje in Thomas Vanadi-ums rechterhand verschenen. Het draaide om en om, van knokkel naar knokkel, verdween tussen duim en wijsvinger en verscheen weer bij de pink, om opnieuw de reis over de hand te maken.

'Toen ik eenmaal uit het coma kwam en een week lang stabiel was, werd ik overgebracht naar een ziekenhuis in Portland, waar ik elf operaties moest ondergaan.'

Hij bemerkte hun goed verborgen verrassing of hij nam aan dat ze nieuwsgierig zouden zijn naar de reden waarom hij, ondanks al die operaties, nog steeds dat Boris Karloff-gezicht had.

'De artsen,' vervolgde hij, 'moesten de schade herstellen aan de lin-ker voorhoofdsholte, de neusholte en de sinusholte, die allemaal deels verbrijzeld waren door die tinnen kandelaar. Het bot in mijn voorhoofd, de neusbrug, het jukbeen en het verhemelte moesten weer helemaal opnieuw opgebouwd worden om mijn rechteroog te kunnen bevatten, omdat het min of meer... nou, het hing eruit. Dat om te beginnen, en er moest ook een heleboel gebeuren aan mijn gebit. Ik koos ervoor geen plastische chirurgie te laten doen.'

Hij zweeg even, om hun de kans te geven de voor de hand liggende vraag te stellen – en glimlachte toen ze het niet deden.

'Ik was sowieso al geen Cary Grant,' zei Vanadium, terwijl hij het kwartje nog steeds over zijn vingers liet rollen, 'dus ik had geen grote emotionele relatie met mijn uiterlijk. Plastische chirurgie zou weer een hersteltijd van een jaar geven, waarschijnlijk nog veel lan-ger, en ik stond te popelen om achter Cain aan te gaan. Het leek me dat dit smoel van me juist dat was wat nodig was om hem zo bang te maken dat hij een fout zou maken, misschien wel een be-kentenis zou doen.'

Kathleen vond het wel een plausibele verklaring. Zelf was ze niet zo bang van het uiterlijk van Thomas Vanadium; maar ze was voorbereid geweest voordat ze hem voor de eerste keer zag. En ze was geen moordenaar die bang was aangepakt te worden, en voor wie juist dit gezicht de personificatie van het laatste oordeel leek.

'Bovendien leef ik mijn eed zo goed mogelijk na, hoewel ik het langste verlof heb gehad uit de geschiedenis.' Een glimlach op dat kapotgeslagen gezicht kon ontroerend zijn, maar een ironische uit-drukking werkte minder goed; Kathleen kreeg er de rillingen van.

'IJdelheid is een zonde die ik wat makkelijker heb kunnen vermijden dan een paar andere.'

Tussen zijn operaties in en vele maanden daarna had Vanadium zijn energie besteed aan het volgen van spraaktherapie, revalidatie en het bedenken van periodieke kwellingen voor Enoch Cain, die Simon Magusson via Nolly en Kathleen elke paar maanden had laten uitvoeren. Het was niet de bedoeling om Cain voor het gerecht te krijgen door zijn geweten aan te pakken, omdat hij zijn geweten al lang geleden overboord had gezet, maar om hem uit balans te brengen en daardoor het effect van de eerste directe confrontatie met een uit de dood herrezen Vanadium groter te maken.

'Ik moet toegeven,' zei Nolly, 'dat ik verrast ben dat die paar grappen hem zo van streek hebben gemaakt.'

'Hij is een leeg mens,' zei Vanadium. 'Hij gelooft in niets. Lege mensen zijn kwetsbaar voor iedereen die iets biedt waarmee die leegte gevuld kan worden zodat ze zich minder leeg gaan voelen. Dus...'

De munt draaide niet langer tussen de knokkels en, alsof hij een eigen wil had, glipte hij weg in de kromming van de gebogen wijsvinger. Met een snelle beweging van zijn duim schoot hij het kwartje de lucht in.

'... ik geef hem goedkope en makkelijke mystiek...'

Op het moment dat hij de munt wegschoot, opende hij in een zwierig, afleidend gebaar beide handen – met de handpalmen naar boven, de vingers gespreid.

'... een meedogenloos achtervolgende geest, een wraakzuchtig spook...'

Vanadium wreef beide handen over elkaar.

'... ik bezorg hem angst...'

Alsof Amelia Earhart, de lang geleden verdwenen vliegenierster, haar hand vanuit het schemergebied had uitgestoken en het kwartje had gegrepen, glinsterde er geen kwartje in de lucht boven het bureau.

'... zoete angst,' besloot Vanadium.

Fronsend zei Nolly: 'Hé... zit het in je mouw?'

'Nee, in jouw borstzak,' antwoordde Vanadium.

Geschrokken controleerde Nolly zijn borstzak en haalde er een kwartje uit. 'Dat is niet hetzelfde.'

Vanadium trok zijn wenkbrauwen op.

'Je moet hem in mijn zak hebben gedaan toen je binnenkwam,' concludeerde Nolly.

'Waar is dan de munt die ik net heb opgegooid?'

'Angst?' vroeg Kathleen, die meer geïnteresseerd was in Vanadiums woorden dan in zijn gegoochel. 'Je zei dat je Cain angst bezorgde... alsof dat iets is dat hij wil hebben.'

'In zekere zin wel,' zei Vanadium. 'Als je zo leeg bent als Enoch Cain, doet die leegte pijn. Wanhopig probeert hij die te vullen, maar hij heeft niet het geduld of de betrokkenheid om die met iets waardevols te vullen. Liefde, menselijkheid, vertrouwen, wijsheid – zulke deugden haal je pas na veel inspanning binnen, met betrokkenheid en geduld, en we winnen die slechts mondjesmaat. Cain wil snel gevuld worden. Hij wil dat die leegte binnen in hem volgegoten wordt, in snelle, grote stromen, en op dit moment.'

'Een heleboel mensen schijnen dat tegenwoordig te willen,' zei Nolly.

'Inderdaad,' beaamde Vanadium. 'Dus een man als Cain heeft de ene obsessie na de andere – seks, geld, eten, macht, drugs, alcohol, alles wat maar betekenis aan zijn dagen lijkt te geven, maar wat geen werkelijke ontdekking van jezelf of opoffering van jezelf vereist. Heel even voelt hij zich compleet. Maar er zit geen wezenlijkheid in datgene waarmee hij zichzelf heeft gevuld, dus snel verdampt dat weer en is hij weer leeg.'

'En jij zegt dat angst zijn leegte net zo goed kan vullen als seks of drank?' vroeg Kathleen.

'Beter. Door angst hoeft hij geen vrouw te verleiden of een fles whisky te kopen. Hij moet zichzelf er alleen voor openstellen, en dan raakt hij net zo gevuld als een glas onder een kraan. Het is misschien moeilijk te begrijpen is, maar Cain zou liever tot aan zijn nek in een bodemloze plas van verschrikking zitten, wanhopig proberend te blijven drijven, dan lijden aan die niet te vullen leegte. Angst kan inhoud en betekenis geven aan zijn leven, en ik ben niet zozeer van plan hem te vullen met angst, als wel om hem erin te verdrinken.'

Gezien zijn kapotgeslagen en weer opgelapte gezicht, gezien ook zijn tragische en kleurrijke geschiedenis, sprak Vanadium met opmerkelijk weinig drama. Zijn stem klonk kalm, bijna vlak, met zo weinig buigingen dat hij bijna monotoon sprak.

Toch was Kathleen net zo gebiologeerd door elk woord als ze ooit was geweest door het fantastische spel van Laurence Olivier in *Rebecca* en *Woeste Hoogten*. In Vanadiums rust en zijn ingetogenheid hoorde ze overtuiging en waarheid, maar ze ontdekte nog iets. Slechts langzaam besefte ze dat het het volgende was: de subtiele resonantie afkomstig van een goed mens, wiens ziel niet één lege kamer kende, maar vol zat met die lepel voor lepel gewonnen deugden die niet verdampen.

Ze zaten zwijgend bij elkaar en er hing zo'n tastbare verwachting in de lucht dat het Kathleen niet verrast zou hebben als het verdwenen kwartje plotseling in de lucht verscheen en blinkend tollend midden op Nolly's bureau zou neerkomen, en daar eeuwig zou blijven ronddraaien tot Vanadium besloot het op te pakken.

Nolly verbrak uiteindelijk de stilte. 'Nou, man... je bent een behoorlijke psycholoog.'

Die verlossende glimlach bracht de harmonie weer terug in het kapotte gezicht vol littekens. 'Ik niet. Zoals ik het zie is psychologie ook een van die gemakkelijke bronnen om valse betekenis aan het leven te geven – zoals seks, geld en drugs. Maar ik moet toegeven dat ik een paar dingen over het kwaad weet.'

Het daglicht had zich teruggetrokken van de ramen. Een winterse nacht, gewikkeld in sluiers van mist, als een melaatse bedelmonnik, ratelde een adem uit alsof hij hun aandacht vroeg aan de andere kant van het glas.

Huiverend zei Kathleen: 'We zouden meer willen weten over waaróm we die dingen voor je hebben gedaan. Waarom de kwartjes? Waarom het liedje?'

Vanadium knikte. 'En ik zou graag Cains reacties wat gedetailleerder willen horen. Ik heb jullie verslagen natuurlijk gelezen, en ze zijn heel grondig, maar noodgedwongen beknopt. Er zijn natuurlijk nog een hoop subtiliteiten die pas als we erover praten duidelijk worden. Vaak zijn het de ogenschijnlijk onbeduidende details die voor mij het belangrijkste zijn als ik een strategie ontwikkel.'

Terwijl hij opstond uit zijn stoel en zijn mouwen naar beneden rolde, zei Nolly: 'Als je met ons wilt gaan eten, denk ik dat we allemaal een fascinerende avond zullen hebben.'

Een ogenblik later, in de gang, terwijl Nolly de deur naar zijn kantoor op slot deed, haakte Kathleen haar arm door die van Vanadium. 'Moet ik je rechercheur Vanadium noemen, broeder of eerwaarde?'

'Noem me alsjeblieft Tom. Ik ben door de staatspolitie van Oregon vervroegd met pensioen gestuurd, volledig arbeidsongeschikt door dit gezicht, dus ik ben officieel geen rechercheur meer. Maar tot Enoch Cain achter de tralies zit, waar hij thuishoort, blijf ik een politieman, officieel of niet.'

65

Angel was net zo rood gekleed als de duivel zelf: helderrode schoenen, rode sokken, rode legging, rood rokje, rode trui en een rode jas tot op haar knieën met een rode capuchon.

Ze stond bij de voordeur van de flat zichzelf te bewonderen in een manshoge spiegel en wachtte geduldig op Celestina, die poppen, kleurboeken, tekenblokken en een enorme collectie kleurpotloden in een tas met een rits aan het doen was.

Hoewel ze een week geleden pas drie was geworden, koos Angel altijd haar eigen kleren uit en kleedde zich met zorg aan. Gewoonlijk gaf ze de voorkeur aan een eenkleurige outfit, soms met een enkel kleuraccent in de vorm van een riem, of een hoedje of een sjaal. Als ze verschillende kleuren door elkaar droeg, leek dat op het eerste gezicht kakelbont – maar bij een tweede keer kijken begon je te zien dat die onwaarschijnlijke combinaties harmonieuzer waren dan ze aanvankelijk hadden geleken.

Een tijdje was Celestina bezorgd geweest dat het meisje later was gaan lopen dan andere kinderen, langzamer met praten was en meer moeite had met haar woordenschat, ook al las Celestina haar iedere dag voor uit verhalenboeken. Daarna, de afgelopen zes maanden, had Angel in een ijltempo de boel ingehaald, hoewel ze dat op een ietwat andere manier had gedaan dan in boeken over kinderen werd beschreven. Haar eerste woord was 'mama', wat tamelijk normaal was, maar haar tweede was 'blauw', dat een tijdje als 'bouw' werd uitgesproken. Op driejarige leeftijd zou een gewoon kind het al heel goed doen als ze vier kleuren kon onderscheiden; Angel kende er negen, plus zwart en wit, want het lukte haar om roze van rood te onderscheiden en paars van blauw.

Wally – dr. Walter Lipscomb, die Angel had gehaald en haar peetvader was geworden – maakte zich nooit zorgen dat het kind zich te langzaam zou ontwikkelen en zei dat elk kind een individu was met een eigen tempo. Wally's specialismen – verloskunde en kindergeneeskunde – gaven hem natuurlijk geloofwaardigheid, maar Celestina had zich toch zorgen gemaakt.

Zorgen maken kunnen moeders als geen ander. Celestina was haar moeder, wat Angel betrof, en het kind was nog niet oud genoeg om te horen en te begrijpen dat ze was gezegend met twee moeders: de moeder die haar had gebaard en de moeder die haar opvoedde.

Kort daarvoor had Wally Angel een aantal tests laten doen betreffende associatieve waarneming voor kinderen van drie jaar, en de resultaten gaven aan dat ze nooit een wiskunde- of een talenknobbel zou hebben, maar dat ze misschien hoogbegaafd zou zijn op andere terreinen. Haar kleurkennis, haar aangeboren begrip van de kleuren die ontstaan uit de primaire kleuren, haar gevoel voor ruimte en haar herkenning van de elementaire geometrische vormen, ongeacht vanuit welke hoek bezien, waren allemaal veel groter dan die van andere kinderen van haar leeftijd. Volgens Wally was ze eerder visueel dan verbaal begaafd, en zou ze zich zonder twijfel ontwikkelen in artistieke richting, en zou ze misschien de lijn van Celestina's carrière volgen. En misschien was ze wel een wonderkind.

'Roodkapje,' zei Angel, terwijl ze zichzelf in de spiegel bekeek. Celestina ritste ten slotte de tas dicht. 'Je kunt maar beter uitkijken voor de grote boze wolf.'

'Ik niet. Wolf kan beter uitkijken,' verklaarde Angel.

'Jij dacht de wolf een schop te geven, hè?'

'*Bam*,' zei Angel, naar haar spiegelbeeld kijkend terwijl ze een denkbeeldige wolf een schop gaf.

Terwijl ze een jas uit de kast haalde en zich erin wurmde, zei Celestina: 'Je had beter groen kunnen dragen, juf Kapje. Dan zou de wolf je nooit herkennen.'

'Voel me vandaag geen kikker.'

'Daar lijk je ook niet op.'

'Je bent mooi, mama.'

'Nou, dank je wel, snoes.'

'Ben ik knap?'

'Het is niet beleefd om naar complimentjes te vissen.'

'Maar ben ik knap?'

'Je bent verrukkelijk.'

'Soms weet ik het niet,' zei Angel, terwijl ze fronsend naar zichzelf in de spiegel keek.

'Geloof me. Je bent een stuk.'

Celestina liet zich voor Angel op een knie zakken om het koord van haar capuchon onder de kin van het meisje te strikken.

'Mama, waarom hebben honden bont?'

'Waar komen die honden vandaan?'

'Dat vraag ik me ook af.'

'Nee,' zei Celestina, 'ik bedoel, waarom hebben we het ineens over honden?'

'Omdat die op wolven lijken.'
'O, natuurlijk. Nou, God heeft ze bont gegeven.'
'Waarom heeft God mij geen bont gegeven?'
'Omdat Hij niet wilde dat jij een hond werd.' Ze was klaar met het strikken van het koord. 'Ziezo. Je lijkt precies op een M&M.'
'Dat is snoep.'
'Nou, je bent toch zoet? En je bent helemaal rood aan de buitenkant en van melkchocola aan de binnenkant,' zei Celestina terwijl ze een zacht kneepje gaf in de lichtbruine neus van het meisje.
'Ik ben liever een meneer Goodbar.'
'Dan zul je geel moeten dragen.'
In de gang tussen de twee flats op de begane grond troffen ze Rena Moller, de oude vrouw die in de flat tegenover die van hen woonde. Ze wreef het donkere hout van haar voordeur op met limoenolie, het onmiskenbare teken dat haar zoon met zijn gezin zou komen eten.
'Ik ben een M&M,' zei Angel trots tegen de buurvrouw terwijl Celestina haar deur op slot deed.
Rena was opgewekt, klein en compact. Haar omvang was wel tweederde van haar lengte en ze gaf er de voorkeur aan bloemetjesjurken te dragen die haar omvang nog benadrukten. Met een Duits accent en een stem die altijd leek te moeten eindigen in een enorme lachbui, zei ze: '*Mädchen lieb*, voor mij zie je eruit als een kerstkaars.'
'Kaarsen smelten. Ik wil niet smelten.'
'M&M's smelten ook,' zei Rena waarschuwend.
'Houden wolven van snoep?'
'Misschien. Ik weet niets van wolven, *liebling*.'
Angel zei: 'U ziet eruit als een bloementuin, mevrouw Moller.'
'Ja, hè,' zei Rena, terwijl ze met een hand de plooien van haar helder gekleurde rok opentrok.
'Een gróte tuin.'
'Angel!' zei Celestina geschrokken.
Rena lachte. 'O, maar waar. En niet zomaar een tuin. Ik ben een veld vol bloemen!' Ze liet haar rok los die glinsterde als een waterval van bloemblaadjes. 'Dus het wordt een schitterende avond, Celestina.'
'Wens me geluk, Rena.'
'Enorm succes, alles verkocht. Dat voorspel ik je.'
'Ik zou al opgelucht zijn als we één schilderij verkopen.'
'Allemaal! Je bent zo goed. Je houdt er niet een over. Dat wéét ik.'

'Ik hoop dat God het hoort.'

'Zou niet voor het eerst zijn,' verzekerde Rena haar.

Buiten pakte Celestina Angels hand toen ze de trap naar de straat afliepen.

Hun flat bevond zich in een Victoriaans huis van vier verdiepingen met veel tierelantijnen, in de exclusieve wijk van Pacific Heights. Jaren voordat Wally het kocht was het gesplitst in appartementen, met behoud van de oorspronkelijke architectuur.

Wally's eigen huis lag in dezelfde wijk, anderhalve straat verderop, een Victoriaans juweeltje van drie verdiepingen dat hij in zijn eentje bewoonde.

De bijna verdwenen schemering, paars in het westen, zorgde voor een violette lijn langs de bovenkant van een naderende mistbank, alsof de mist was doorschoten met een lichtgevende neonbaan, waardoor de hele glinsterende stad in een stijlvol cabarettheater veranderde dat net open was gegaan. De nacht, zacht als een vrouw die uit dansen gaat, droeg een staalachtige kou in zijn zwartzijden panden mee.

Celestina keek op haar polshorloge en zag dat ze laat was. Met de korte beentjes van Angel en haar vele lagen rood, had het geen zin zich te haasten.'

'Waar gaat het blauw naartoe?' vroeg Angel.

'Welk blauw, snoes?'

'Het blauw van de hemel.'

'De zon achterna.'

'Waar gaat de zon naartoe?'

'Hawaï.'

'Waarom Hawaï?'

'Daar heeft hij een huis.'

'Waarom daar?'

'De huizen zijn daar goedkoper.'

'Dat geloof ik niet.'

'Zou ik liegen?'

'Nee. Maar wel plagen.'

Ze bereikten de eerste hoek en staken het kruispunt over. Hun adem was zichtbaar in de koude lucht. *Ademende geesten*, noemde Angel dat.

'Je gedraagt je vanavond,' zei Celestina.

'Blijf ik bij oom Wally?'

'Bij mevrouw Ornwall.'

'Waarom woont ze bij oom Wally?'

'Dat weet je. Ze is zijn huishoudster.'
'Waarom woon jij niet bij oom Wally?'
'Ik ben toch niet zijn huishoudster?'
'Is oom Wally vanavond niet thuis?'
'Hij moet even weg. Hij komt naar de galerie, en als de receptie voorbij is, gaan we samen eten.'
'Ga je kaas eten?'
'Misschien.'
'Ga je kip eten?'
'Wat kan het jou schelen wat we eten?'
'Ik ga kaas eten.'
'Ik weet zeker dat mevrouw Ornwall voor jou wel een gebakken kaasboterham maakt als je dat wilt.'
'Moet je onze schaduwen zien. Dan zijn ze voor ons en dan zijn ze weer achter ons.'
'Omdat we langs straatlantaarns lopen.'
'Ze zijn vast smerig, hè?'
'De straatlantaarns?'
'Onze schaduwen. Ze liggen altijd op de grond.'
'Ik weet zeker dat ze smerig zijn.'
'Waar gaat het zwart dan naartoe?'
'Welk zwart?'
'De zwarte lucht. 's Ochtends. Waar gaat het naartoe, mama?'
'Ik heb geen idee.'
'Ik dacht dat je alles wist.'
'Normaal wel.' Celestina zuchtte. 'Op dit moment werken mijn hersenen niet zo goed.'
'Moet je kaas eten.'
'Hebben we het daar weer over?'
'Het is hersenvoedsel.'
'Kaas? Wie zegt dat?'
'De kaasman op de tv.'
'Je moet niet alles geloven wat ze op de tv zeggen, snoes.'
'Kapitein Kangoeroe liegt niet.'
'Nee. Maar kapitein Kangoeroe is niet de kaasman.'
Wally's huis was een halve straat verderop. Hij stond op de stoep met een taxichauffeur te praten. Haar taxi was al gearriveerd.'
'Even opschieten, snoes.'
'Kennen zij elkaar?'
'Oom Wally en de taxichauffeur? Ik denk het niet.'
'Nee. Kapitein Kangoeroe en de kaasman.'

'Waarschijnlijk wel.'

'Dan moet de kapitein zeggen dat hij niet mag liegen.'

'Dat zal hij zeker doen.'

'Wat is dan wel hersenvoedsel?'

'Misschien vis. Denk eraan vanavond je gebeden te zeggen.'

'Dat doe ik altijd.'

'Denk eraan God te vragen mij, oom Wally en opa en oma te zegenen.'

'Ik ga ook bidden voor de kaasman.'

'Dat is een goed idee.'

'Ga je brood eten?'

'Vast en zeker.'

'Doe er wat vis op.'

Lachend strekte Wally zijn armen uit en Angel rende op hem af. Hij tilde haar van de stoep en zei: 'Je ziet eruit als een rode peper.'

'De kaasman is een vuile leugenaar,' zei ze.

Terwijl ze de tas aan Wally gaf, zei Celestina: 'Poppen, kleurpotloden en haar tandenborstel.'

Tegen Angel zei de taxichauffeur: 'Nou, je ziet er echt prachtig uit, jongedame.'

'God wilde niet dat ik een hond werd,' zei Angel tegen hem.

'Nee maar.'

'Hij gaf me geen bont.'

'Geef me een kus, snoes,' zei Celestina, en haar dochter gaf een natte smakkerd op haar wang. 'Waar ga je over dromen?'

'Jou,' zei Angel, die zo nu en dan nachtmerries had.

'Wat voor soort droom wordt het dan?'

'Een leuke.'

'Wat gebeurt er als die stomme boeman in je droom durft te komen?'

'Dan geef je hem een schop tegen zijn harige kont,' zei Angel.

'Heel goed.'

'Laten we opschieten,' zei Wally die licht een drogere kus op de andere wang van Celestina gaf.

De receptie was van zes tot halfnegen. Als ze daar op tijd wilde aankomen, zou er op alle verkeerslichten een beschermengel moeten zitten.

Terwijl de taxi invoegde in het verkeer, zei de chauffeur: 'Meneer daar zegt dat jij de ster van de avond bent.'

Celestina draaide zich om op haar stoel om naar Wally en Angel te kijken die stonden te zwaaien. 'Ik denk van wel.'

'Zeggen ze in de kunstwereld ook "toi toi toi"?'

'Ik zie niet in waarom niet.'

'Toi toi toi dan.'

'Bedankt.'

De taxi ging een hoek om. Wally en Angel waren niet meer te zien. Weer naar voren kijkend, begon Celestina plotseling te lachen.

Terwijl hij een blik in de achteruitkijkspiegel wierp, zei de chauffeur: 'Nogal opbeurend, hè? Je eerste grote tentoonstelling?'

'Ik denk het, maar dat is het niet. Ik dacht aan iets wat mijn dochtertje zei.'

Celestina onderdrukte een giechelbui. Voordat het haar lukte, had ze twee tissues nodig om haar neus te snuiten en om de lach uit haar ogen te wrijven.

'Ze lijkt me een heel speciaal kind,' zei de chauffeur.

'Dat weet ik wel zeker. Voor mij is ze alles. Ik vertel haar dat ze de maan en de sterren is. Ik verwen haar waarschijnlijk vreselijk.'

'Nee. Van ze houden is niet hetzelfde als ze verwennen.'

Lieve heer, wat hield ze van haar snoes, haar kleine M&M. Drie jaar waren er voorbijgegaan, maar het leek een maand, en hoewel er spanning en strijd waren geweest, te weinig uren in een dag, minder tijd om te schilderen dan ze gewild zou hebben, en weinig tot geen tijd voor zichzelf, zou ze het moederschap voor geen geld ter wereld, voor niets hebben willen missen... behalve voor de terugkeer van Phimie. Angel was de maan, de zon, de sterren en alle kometen die door oneindige sterrenstelsels schoten: een eeuwig schijnend licht.

Wally's hulp, niet alleen in de vorm van de flat, maar ook in de vorm van tijd en liefde, was van onschatbare waarde geweest.

Celestina dacht vaak aan zijn vrouw en de tweeling – Rowena, Danny en Harry – zes jaar eerder bij een vliegtuigongeluk omgekomen, en soms werd ze doorboord door een gevoel van verlies dat zo pijnlijk was alsof het leden van haar eigen familie betrof. Ze had net zoveel verdriet over hun verlies van Wally als over Wally's verlies van hen, en ze vroeg zich af, hoe blasfemisch ook, waarom God zo wreed had kunnen zijn om zo'n gezin te scheiden. Rowena, Danny en Harry hadden alle wateren van het lijden overgestoken en leefden nu voor eeuwig in het koninkrijk. Op een dag zouden ze weer herenigd worden met de bijzondere echtgenoot en vader die ze waren kwijtgeraakt; maar zelfs de hemelse beloning leek niet voldoende compensatie voor die vele jaren hier op aarde die hun waren ontzegd met een man die zo goed, en aardig en groot van hart was als Walter Lipscomb.

Hij had Celestina meer hulp willen bieden dan ze wilde aanvaarden. Ze bleef nog twee jaar 's avonds werken als serveerster, terwijl ze haar studie aan de kunstacademie afmaakte en ze zegde haar baantje pas op toen ze haar schilderijen begon te verkopen en ze daaruit een inkomen kreeg dat overeenkwam met haar loon en fooien.

In het begin had Helen Greenbaum van Galerie Greenbaum drie doeken genomen en die binnen een maand verkocht. Ze nam er nog vier en vervolgens weer drie toen twee van de vier snel weg waren. Tegen de tijd dat ze er tien was kwijtgeraakt aan verzamelaars, besloot Helen Celestina bij een tentoonstelling van zes nieuwe kunstenaars te betrekken. En nu had ze al een eigen tentoonstelling.

Haar eerste jaar op de academie had ze alleen maar gehoopt op een dag de kost te verdienen als illustrator van tijdschriften of in dienst van een reclamebureau. Een carrière in de kunst was natuurlijk de droom van elke schilder, de volledige vrijheid om haar talent te ontplooien; maar ze zou al dankbaar zijn geweest voor het realiseren van een veel nederiger droom. Ze was nu pas drieëntwintig en de wereld hing al voor haar als een rijpe pruim en ze scheen hoog genoeg te kunnen grijpen om die van de tak te plukken.

Soms verwonderde Celestina zich erover hoe direct en onontwarbaar de ranken van tragedie en vreugde met elkaar verstrengeld waren in de wijnstok van het leven. Verdriet was vaak de oorsprong van latere vreugde, en vreugde kon het zaad zijn van zorg die nog moest komen. De gelaagde patronen in de wijnstok waren zo ingewikkeld, zo fascinerend in de weelderige details en zo beangstigend in hun woeste onvermijdelijkheid, dat ze in vele levens als kunstenares ontelbare doeken zou kunnen vullen, in een poging de enigmatische aard van het bestaan te bevatten, in heel zijn duistere en stralende schoonheid, om ten slotte slechts een flauwe schaduw van het mysterie op te weten roepen.

En het toppunt van ironie: terwijl haar talent zich verdiepte tot een niveau dat ze niet had durven hopen, met verzamelaars die zich verenigden met haar visie in een mate die ze nooit voor mogelijk had gehouden, en terwijl ze haar doelen al ruimschoots bereikt had, met al die enorme vergezichten aan mogelijkheden die zich voor haar openden, zou ze alles, met enige spijt weliswaar, maar zonder bitterheid, loslaten als ze moest kiezen tussen de kunst en Angel, want het kind had bewezen de grootste zegening te zijn.

Phimie was er niet meer, maar Phimies geest gaf het leven van haar zuster brood en water en zorgde voor een enorme overvloed.

'We zijn er,' zei de chauffeur, die remde en tot stilstand kwam aan de stoeprand voor de galerie.

Haar handen trilden toen ze de ritprijs plus een fooi uit haar portefeuille haalde. 'Ik ben doodsbang. Misschien kunt u me beter gewoon weer terug naar huis brengen.'

De chauffeur draaide zich om, keek geamuseerd hoe Celestina met het geld rommelde en zei: 'Jij bent niet bang, jij niet. Terwijl jij daar het grootste deel van de weg zo stilletjes achterin zat, dacht je niet na over beroemd worden. Je zat aan je dochtertje te denken.'

'Inderdaad.'

'Ik ken je, meisje. Jij kunt nu alles aan, of de tentoonstelling uitverkoopt of niet, of je nu beroemd wordt of gewoon een grijze muis.'

'U moet aan iemand anders hebben gedacht,' zei ze terwijl ze een stapeltje bankbiljetten in zijn hand drukte. 'Ik, ik ben een kwal op hoge hakken.'

De chauffeur schudde zijn hoofd. 'Ik wist alles al van je wat ik moest weten toen ik je kind hoorde vragen wat er zou gebeuren als die stomme boeman in haar droom verscheen.'

'Ze heeft daar de laatste tijd nachtmerries over.'

'En je bent vastbesloten er zelfs in haar dromen voor haar te zijn. Er was een boeman, en ik twijfel er niet aan dat je hem een schop tegen zijn harige reet zal geven, en hij zal nooit meer terugkomen. Ga jij dus maar deze galerie in, laat al die hotemetoten maar eens zien wie je bent, pak hun geld en word beroemd.'

Misschien kwam het omdat Celestina de dochter van haar vader was, met zijn geloof in de mens, dat ze altijd diep werd geroerd door de vriendelijkheid van vreemden en ze zag in hen de vorm van een grotere genade. 'Weet uw vrouw wel hoe gelukkig ze is?'

'Als ik een vrouw had, zou ze zich niet al te gelukkig voelen. Ik ben niet iemand die een vrouw wil, schat.'

'Er is dus een man in uw leven?'

'Al achttien jaar dezelfde.'

'Achttien jaar. Dan moet hij wel weten hoe gelukkig hij is.'

'Ik zorg ervoor het hem minstens twee keer per dag te zeggen.'

Ze stapte uit de taxi en bleef op de stoep voor de galerie staan, haar benen net zo wankel als die van een pasgeboren veulen.

De poster van haar expositie leek enorm, reusachtig, veel groter dan ze zich herinnerde, krankzinnig-roekeloos groot. De omvang alleen al daagde critici uit negatief te zijn, daagde het noodlot uit haar triomf te vieren door de stad op dat moment met de aardbeving van de eeuw weg te vagen. Ze wilde dat Helen Greenbaum in plaats daarvan gekozen had voor een paar regeltjes op een archiefkaart, vastgeplakt op het glas.

Bij het zien van haar foto voelde ze zichzelf blozen. Ze hoopte dat geen van de voetgangers die tussen haar en de galerie langsliepen van de foto naar haar zou kijken, dan naar haar gezicht, en haar zou herkennen. Wat had ze gedacht? De met lovertjes en pluimen versierde hoed van beroemdheid was te opzichtig voor haar; zij was de dochter van een dominee uit Spruce Hills, in Oregon, en voelde zich gemakkelijker met een honkbalpetje.

Twee van haar grootste en beste schilderijen hingen, dramatisch verlicht, in de etalage. Ze waren indrukwekkend. Ze waren vreselijk. Ze waren prachtig. Ze waren afzichtelijk.

Deze tentoonstelling was hopeloos, rampzalig, stom, dwaas, pijnlijk, heerlijk, prachtig, schitterend, mooi.

Het enige dat eraan ontbrak waren haar ouders. Ze waren van plan geweest die ochtend naar San Francisco te komen vliegen, maar de vorige avond laat was een parochielid en dierbare vriend overleden. Een dominee en zijn vrouw hadden soms verplichtingen jegens hun parochianen die belangrijker waren dan al het andere.

Hardop sprak ze de naam van de tentoonstelling uit: 'Deze gedenkwaardige dag.'

Ze haalde diep adem. Ze hief haar hoofd, rechtte haar schouders en liep naar binnen, waar haar een nieuw leven wachtte.

66

Junior Cain dwaalde te midden van de cultuurbarbaren door het grijze land van de eenvormigheid, zoekend naar één – slechts één! – verfrissend afstotelijk doek, en vond alleen maar doeken die uitnodigden en zelfs bekoorden. Hij smachtte naar échte kunst en naar de kwaadaardige emotionele draaikolk van wanhoop en walging die daardoor opgewekt werd. Maar hij zag alleen maar thema's ter opbeuring en beelden van hoop, werd omgeven door mensen die alles goed leken te vinden, van de schilderijen en broodjes tot aan de koude januariavond, mensen die waarschijnlijk zelfs niet één dag van hun leven hadden nagedacht over de onvermijdelijke nucleaire vernietiging voor het eind van de jaren zestig, mensen die te veel lachten om werkelijk intellectueel te zijn. En hij voelde zich eenzamer en heviger bedreigd dan de blinde Samson in Gaza.

Hij was niet van plan geweest de galerie binnen te gaan. Niemand uit zijn omgeving zou deze tentoonstelling bezoeken, behalve zo zwaar onder invloed van een of ander middel dat ze zich de volgende ochtend de tentoonstelling helemaal niet meer zouden herinneren, dus hij zou waarschijnlijk niet herkend of herinnerd worden. Toch leek het onverstandig het risico te lopen geïdentificeerd te worden als aanwezige op de vernissage, als de kleine Bartholomeus van Celestina White en misschien de schilderes zelf later werden vermoord. De politie, in haar gebruikelijke paranoia, zou misschien een verband leggen tussen dit gebeuren en de moorden, waarin ze een motief konden zien om elke bezoeker te ondervragen.

Bovendien stond hij niet op de gastenlijst van Galerie Greenbaum en had hij geen uitnodiging.

Bij de echt goede galeries waar hij wel vernissages bezocht, kwam niemand zonder gedrukte uitnodiging binnen. En zelfs met het juiste papier in de hand kon je nog geweigerd worden als je niet swingend genoeg werd bevonden. De criteria voor 'swingend' waren daar dezelfde als bij de meest flitsende dansclubs, en de uitsmijters die de ingang van de beste avant-garde galeries bewaakten, werkten in werkelijkheid ook bij die clubs.

Junior was langs de grote vitrines van de galerie gelopen en had de twee schilderijen van White bekeken die er voor de voorbijgangers hingen, ontzet door de schoonheid ervan, toen plotseling de deur werd geopend en een medewerker van de galerie hem binnen had genodigd. Er was geen gedrukte uitnodiging vereist, geen test of je wel 'swingend' genoeg was en er stond geen uitsmijter bij de deur. Die gemakkelijke toegang was ook het bewijs – mocht je dat nog nodig hebben – dat dit geen echte kunst was.

Alle voorzichtigheid overboord gooiend stapte Junior naar binnen, om dezelfde reden als waarom een verwoed opera-estheet eens in de tien jaar een concert van countrymuziek bijwoont: om de superioriteit van zijn smaak bevestigd te krijgen en om zich te laten amuseren door wat doorging voor muziek onder het langharige tuig. Sommigen zouden het misschien 'achterbuurtje kijken' noemen.

Celestina White stond in het middelpunt van de belangstelling, voortdurend omgeven door de champagne slurpende, hapjes verslindende bourgeoisie die schilderingen op fluweel zou kopen als ze minder geld had gehad.

Om eerlijk te zijn zou ze door haar buitengewone schoonheid ook in het middelpunt van de belangstelling hebben gestaan bij een groep echte kunstenaars. Junior had alleen maar kans Seraphims buitenechtelijke zoon te pakken te krijgen via deze vrouw en door haar ook te doden; maar als hij geluk bleef hebben en hij Bartholomeus kon doden zonder dat Celestina besefte wie dat gedaan had, dan had hij misschien nog een kans te ontdekken of ze net zo wellustig was als haar zuster en of ze voor hem was voorbestemd.

Toen hij één keer de tentoonstelling was rondgelopen, zonder openlijk te huiveren, probeerde hij binnen gehoorsafstand van Celestina White te komen, maar niet zo dat het leek alsof hij echt meeluisterde.

Hij hoorde haar uitleggen dat de titel van de expositie geïnspireerd was op een van de preken van haar vader, die meer dan drie jaar eerder was uitgezonden tijdens een wekelijks programma van een nationaal radiostation. Het was geen religieus programma, eerder een dat zich richtte op de betekenis van het leven; gewoonlijk werden er interviews met moderne filosofen uitgezonden, en met voordrachten van hen, maar van tijd tot tijd trad er een echte geestelijke in op. De preek van haar vader had van alles wat er in twintig jaar op die zender was uitgezonden de meeste reacties gekregen van luisteraars, en drie weken later werd de preek op algemeen verzoek herhaald.

Terugdenkend aan hoe de titel van de tentoonstelling eerder bij hem weerklank had gevonden toen hij de brochure van de galerie net in zijn bezit had, wist Junior nu zeker dat een eerste opzet van die preek, opgenomen op een bandrecorder, de perverse 'muziek' was geweest die speelde tijdens zijn hartstochtelijke avond met Seraphim. Hij kon zich er geen woord van herinneren, laat staan enig element dat een nationaal radiopubliek diep zou kunnen ontroeren, maar dat betekende niet dat hij weinig diepgang had of een filosofische bespiegeling niet zou kunnen begrijpen. Hij was zo afgeleid geweest door de erotische perfectie van Seraphims jonge lichaam en zo bezig geweest met haar te berijden dat hij zich er ook geen woord van herinnerd zou hebben als Zedd zelf op de rand van het bed had gezeten en met zijn gebruikelijke genialiteit over de menselijke conditie had gesproken.

Hoogstwaarschijnlijk zaten de preken van dominee White net zo vol sentiment en irrationeel optimisme als de schilderijen van zijn dochter, dus Junior had geen enkele haast de naam van het radioprogramma te weten te komen of om de geschreven tekst ervan op te vragen.

Hij wilde net op zoek gaan naar de hapjes toen hij een van de bezoekers de naam Bartholomeus tegen de domineesdochter hoorde noemen. Hij ving alleen de naam op, niet de woorden eromheen.

'O,' antwoordde Celestina White, 'ja, elke dag. Ik ben momenteel bezig met een hele serie werken die geïnspireerd zijn op Bartholomeus.'

Dat zouden ongetwijfeld walgelijk sentimentele schilderijen zijn van het bastaardjoch, met onmogelijk grote en kristalheldere ogen, schattig neergezet tussen kleine hondjes en katjes, beelden die beter geschikt waren voor goedkope kalenders dan voor galeriemuren, en gevaarlijk voor de gezondheid van diabetici.

Toch was Junior opgewonden toen hij de naam Bartholomeus hoorde, en te weten dat degene over wie Celestina sprak de enige Bartholomeus was, de dreigende aanwezigheid in zijn vergeten droom, en de bedreiging van zijn fortuin en toekomst die uit de weg geruimd moest worden.

Toen hij zich dichterbij wurmde om de conversatie beter te horen, werd hij zich bewust van iemand die naar hem staarde. Hij zag twee antracietkleurige ogen, een blik zo scherp als van een vogel, geplaatst in het magere gezicht van een man van ergens in de dertig, magerder dan een hongerige kraai in de winter.

Vijf meter scheidde hen, met ertussenin gasten. Toch voelde Junior zich net zo ongemakkelijk onder die aandacht van de vreemdeling als wanneer hij alleen in het vertrek was geweest op slechts een halve meter afstand.

Maar nog verontrustender was dat hij plotseling besefte dat dit geen vreemde was. Het gezicht kwam hem bekend voor en hij had het gevoel dat hij het eerder, in een onrustig makende context had gezien, hoewel hij de man niet kende.

Met een nerveuze trekking van zijn vogelkop en een omzichtige frons verbrak de man het oogcontact en glipte weg in de babbelende menigte, even snel verdwenen als een slanke oeverloper in een menigte plompe zeemeeuwen.

Net toen de man zich omdraaide, zag Junior in een flits wat hij onder zijn trenchcoat droeg. Tussen de revers van de jas: een wit hemd met een puntboord, een zwarte vlinderdas, een glimp van zwartsatijnen revers als die van een smokingjasje.

Van de toetsen van de spookpiano in Juniors geest klonk een liedje op. 'Someone to watch over me.' De havikachtige bespieder was de pianist uit de elegante hotellounge waar Junior op zijn eerste avond in San Francisco een maaltijd had genuttigd – en daarna nog eens twee keer.

Het was duidelijk dat de muzikant hem herkende, wat onwaarschijnlijk leek, zelfs buitengewoon, aangezien ze nooit met elkaar gesproken hadden, en aangezien Junior een van de duizenden gasten was die er de afgelopen drie jaar in die lounge moesten zijn geweest.

Nog gekker was dat de pianist hem met grote belangstelling had gadegeslagen, wat onverklaarbaar was, aangezien ze in wezen vreemden waren. Toen Junior hem had zien staren, leek hij zich betrapt te voelen, hij had zich snel omgedraaid, vastbesloten verder contact te vermijden.

Junior had gehoopt tijdens dit gebeuren door niemand herkend te worden. Hij betreurde het dat hij zich niet aan zijn oorspronkelijke plan had gehouden: de galerie observeren vanuit zijn geparkeerde auto.

Het gedrag van de muzikant vroeg om een verklaring. Junior werkte zich door de menigte heen en zag de man voor een schilderij staan dat zo flagrant mooi was dat elke connaisseur van échte kunst amper de aandrang zou kunnen onderdrukken het doek aan flarden te snijden.

'Ik heb genoten van uw muziek,' zei Junior.

Geschrokken draaide de pianist zich naar hem om – en deed een stap achteruit, alsof zijn persoonlijke territorium werd betreden. 'O, nou, dank u wel, dat is aardig. Ik hou van mijn werk, weet u, het is zo leuk dat je het nauwelijks werk kunt noemen. Ik speel al sinds mijn zesde piano en ik klaagde nooit, zoals andere kinderen zo vaak doen, over de lessen. Ik kon er gewoon niet genoeg van krijgen.'

Of deze kletskous was altijd een wauwelende sukkel, of Junior had hem flink van zijn stuk gebracht.

'Wat vindt u van de tentoonstelling?' vroeg Junior, die een stap naar de muzikant toe deed, waarmee hij hem klem zette.

Terwijl hij probeerde achteloos te doen, maar duidelijk nerveus was, deed de potlooddunne man weer een stap naar achteren. 'De schilderijen zijn mooi, prachtig, ik ben vreselijk onder de indruk. Ik ben bevriend met de schilderes, weet u. Ze was een huurster van me. Ik was haar huisbaas tijdens haar eerste academiejaren, in haar jonge jaren, een leuke eenkamerflat, voor ze de baby kreeg. Een heerlijk kind, ik heb altijd geweten dat ze succes zou hebben, het was al zichtbaar in haar vroege werk. Ik moest vanavond gewoon komen, hoewel een vriend twee van mijn vier optredens overneemt. Ik kon dit niet missen.'

Slecht nieuws. Dat hij herkend werd door een andere bezoeker, gaf het risico dat Junior later met de moord in verband gebracht kon worden; maar dat hij herkend werd door een goede persoonlijke vriend van Celestina White, was zelfs nog erger. Het werd nu noodzakelijk dat hij wist waarom de pianist hem zo doordringend vanaf de andere kant van de ruimte had gadegeslagen.

Terwijl hij zijn prooi weer vastzette, zei Junior: 'Het verbaast me dat u me hebt herkend, aangezien ik niet zo vaak in het hotel ben geweest.'

De muzikant had geen talent voor liegen. Zijn op en neer gaande kippenogen bleven even op het dichtstbijzijnde schilderij hangen, op andere gasten, op zijn schoenen, overal behalve direct op Junior en in zijn linkerwang trok een zenuw. 'Nou, ik ben heel goed in gezichten, weet u, die blijven me bij, ik weet niet waarom. Joost mag het weten, mijn geheugen is verder een vergiet.'

Terwijl hij zijn hand uitstak en de pianist aandachtig opnam, zei Junior: 'Ik ben Richard Gammoner.'

Even keek de muzikant Junior recht aan, zijn ogen groot van verrassing. Blijkbaar wist hij dat Gammoner gelogen was. Dus hij moest Juniors werkelijke identiteit kennen.

Junior zei: 'Ik zou uw naam van het aanplakbiljet in de lounge moeten kennen, maar ik ben net zo slecht in namen als u goed bent in gezichten.'

Aarzelend schudde de toetsenman zijn hand. 'Ik… ik, eh… Ik ben Ned Gnathic. Iedereen noemt me Neddy.'

Neddy wilde een korte kennismaking: twee keer schudden. Maar Junior bleef vasthouden toen het handen schudden voorbij was. Hij kneep de knokkels van de muzikant niet fijn, dat niet, maar hij bleef gewoon vasthouden, heel stevig. Zijn bedoeling was de man in verwarring te brengen, verder uit zijn evenwicht te halen, gebruikmakend van 's mans overduidelijke afkeer van het feit dat zijn territorium nog werd betreden. Hij hoopte dat Neddy zou vertellen waarom hij Junior had staan bespieden.

'Ik heb altijd zelf piano willen leren spelen,' zei Junior, 'maar ik denk dat je echt jong moet beginnen.'

'O, nee, het is nooit te laat.'

Zichtbaar in verlegenheid gebracht door Juniors vastbeslotenheid zijn hand niet los te laten nu het schudden voorbij was, wilde de pietluttige Neddy niet zo onbeleefd zijn om zijn hand los te rukken of een scène, hoe klein ook, te trappen. Maar Junior, die glimlachend deed alsof hij sociaal net zo herseloos was als beton, reageerde niet op een vriendelijk rukje. Dus Neddy wachtte, liet zijn hand vasthouden, en zijn gezicht, aanvankelijk wit als pianotoetsen, kleurde naar een tint roze die vloekte met zijn rode boutonnière.

'Geef je les?' vroeg Junior.

'Ik, o, nou, nee, niet echt.'

'Geld is geen probleem. Ik kan me ieder bedrag veroorloven. En ik ben een vlijtige leerling.'

'Dat geloof ik zeker, ja, maar ik ben bang dat ik niet het geduld heb om les te geven, ik ben een uitvoerder, geen leraar. Ik veronderstel dat ik u wel de naam van een goede pianoleraar kan geven.'

Hoewel Neddy nu geelroze was geworden, hield Junior nog steeds zijn hand vast, bleef hem in de hoek houden, en hij bracht zijn gezicht nog iets dichter bij de muzikant. 'Als je een leraar aanbeveelt, vertrouw ik erop in goede handen te zijn, maar veel liever leer ik het van jou, Neddy. Ik zou graag willen dat je er nog eens over nadenkt...'

Het geduld van de pianist was nu op. Hij wrikte zijn hand los uit Juniors greep. Nerveus keek hij om zich heen, ervan overtuigd dat iedereen nu naar hen zou kijken, maar de receptiegasten waren natuurlijk verwikkeld in hun onbenullige conversaties, of vol bewondering voor de overdreven sentimentele schilderijen, en niemand was zich dit kleine, stille drama bewust.

Kwaad en met een hoogrood gezicht, terwijl hij zijn stem bijna tot een fluistering liet dalen, zei Neddy: 'Het spijt me, maar u begrijpt me helemaal verkeerd. Ik ben anders dan Renee en u.'

Even zei de naam Renee Junior niets. Onwillig groef hij in zijn geheugen, en hij kreeg de pijnlijke herinnering te pakken: de adembenemende travestiet in het Chanel-pakje, erfgenaam of erfgename van een industrieel fortuin.

'Ik wil niet zeggen dat daar iets mis mee is, begrijpt u,' fluisterde Neddy als een soort heftige verzoening, 'maar ik ben niet homoseksueel, en ik ben er niet in geïnteresseerd u pianoles te geven, of wat anders. Bovendien, na de verhalen die Renee over u heeft verteld, kan ik me niet voorstellen waarom u denkt dat een vriend van hem... haar bij u in de buurt zou willen komen. U hebt hulp nodig. Renee is wat ze is, maar ze is geen slecht mens, ze is edelmoedig en ze is lief. Ze verdient het niet geslagen te worden, mishandeld en... en al die verschrikkelijke dingen die u hebt gedaan. Neem me niet kwalijk.'

In een werveling van trenchcoat en rechtvaardige verontwaardiging draaide Neddy Junior de rug toe en zeilde weg in de knabbelende, babbelende meute.

Alsof de blos door een virus werd overgedragen, kreeg Junior de geelroze besmettelijke ziekte van de pianist.

Aangezien Renee Vivi in het hotel woonde, beschouwde ze de cocktailbar waarschijnlijk als haar persoonlijke oppikplaats. Natuurlijk kenden de mensen die in de lounge werkten haar, gingen ze vriendelijk met haar om. Ze zouden zich elke man herinneren die de erfgename vergezelde naar haar penthouse.

Erger nog, het rancuneuze en gemene kreng – of klootzak, wat dan ook – had smerige verhalen over hem verzonnen die ze op een rustige avond had verteld aan Neddy, aan de barkeeper, aan iedereen die maar wilde luisteren. De werknemers in de lounge geloofden dat Junior een gevaarlijke sadist was. Ongetwijfeld had ze ook andere choquerende verhalen in elkaar geflanst waarin ze hem beschuldigde van een gedegenereerde belangstelling voor menselijke uitwerpselen tot aan verminking van zijn eigen genitaliën toe.

Prachtig. O, perfect. Dus Neddy, een vriend van Celestina, wist dat Junior, die bekendstond als een smerige sadist, op deze receptie was geweest *onder een valse naam*. Als Junior echt een gore smeerlap was met zulke verdorven neigingen dat hij zelfs door het schuim van de wereld gemeden moest worden, zelfs door gestoorde, gemuteerde nazaten van een zichzelf bevruchtende hermafrodiet, dan was hij natuurlijk ook tot moord in staat.

Als hij hoorde van Bartholomeus' – en/of Celestina's – dood, zou Neddy binnen twaalf seconden – misschien veertien – de politie al aan de telefoon hebben en hen naar Junior sturen.

Onopvallend volgde Junior de muzikant door de grote ruimte aan de voorkant, maar in een boog, waarbij hij de babbelende bourgeoisie als dekking gebruikte.

Neddy werkte mee door zich niet te verwaardigen achterom te kijken. Uiteindelijk bleef hij staan bij een jongeman die, gezien het naamplaatje op de revers van zijn blazer, een medewerker van de galerie was. Ze bogen hun hoofden naar elkaar om iets te zeggen en daarna liep de muzikant door een doorgang naar de tweede zaal.

Nieuwsgierig naar wat Neddy had gezegd, stapte Junior snel op dezelfde medewerker af. 'Neem me niet kwalijk, maar ik loop al een hele tijd mijn vriend te zoeken in deze menigte, en toen zag ik hem met u spreken... de man in de trenchcoat en met de smoking – en nu ben ik hem weer kwijt. Hij zei toch niet dat hij vertrok, hè? Ik rij met hem mee naar huis.'

De jongeman verhief zijn stem om boven het gesnater van die kunstklunzen uit te komen. 'Nee, meneer. Hij vroeg me waar de heren-wc was.'

'En waar ís die?'

'Links achter in de tweede zaal is een gang. De wc's liggen aan het einde daarvan, voorbij de kantoren.'

Tegen de tijd dat Junior voorbij de drie kantoren was en de heren-wc had gevonden, hield Neddy die bezet. De deur zat op slot, wat moest betekenen dat er maar één wc was.

Junior leunde tegen de deurlijst.

De gang was verlaten. Toen verscheen een vrouw uit een van de kantoren en liep naar de galerie zonder hem een blik waardig te keuren.

Het 9mm-pistool zat in de bijgeleverde schouderholster onder Juniors leren jas. Maar de geluiddemper zat er niet op; die zat in een van zijn jaszakken. De verlengde loop zou vervelend tegen zijn heup drukken en hoogstwaarschijnlijk aan de holster blijven haken als hij het pistool trok.

Hij wilde de demper ook niet hier in de gang, waar hij gezien kon worden, op het pistool schroeven. Bovendien zouden er ook complicaties kunnen ontstaan als hij onder het bloed van Neddy kwam te zitten. Nasleep was walgelijk, maar werkte ook meteen tegen je. Om dezelfde reden wilde hij geen mes gebruiken.

Een wc werd doorgespoeld.

De laatste twee dagen had Junior alleen maar stoppend voedsel gegeten en vanmiddag laat had hij ook een preventieve dosis antidiarreepillen gebruikt.

Door de deur klonk het geluid van stromend water dat in een wasbak spatte. Neddy waste zijn handen.

De scharnieren zaten niet aan de buitenkant. De deur zou naar binnen toe opengaan.

De kraan werd dichtgedraaid en Junior hoorde het ratelende geluid van het handdoekapparaat.

Niemand in de gang.

Alles draaide om timing.

Junior leunde niet langer achteloos tegen de deurlijst. Hij legde beide handen plat tegen de deur.

Toen hij de *klik* van het slot hoorde dat werd opengedraaid, stormde hij de wc binnen.

Met ruisende regenjas struikelde Neddy Gnathic naar achteren, uit zijn evenwicht en geschrokken.

Voor de pianist kon roepen, drong Junior hem tussen wc en wasbak, sloeg hem zo hard tegen de muur dat hij naar adem hapte en het water in de stortbak ernaast hoorbaar klotste.

Achter hen klapte de deur met kracht terug tegen een rubberen stootdop en sloot met een plof. Maar het slot was niet dicht en ze konden elk ogenblik gestoord worden.

Neddy zat vol muzikaal talent, maar Junior had de kracht. Tegen de muur gepind, zijn nek in de bankschroef van Juniors handen, had Neddy een wonder nodig, wilde hij ooit nog een glissando aan een toetsenbord ontlokte.

Omhoog vlogen zijn handen, wit als duiven, fladderend alsof ze probeerden te ontsnappen aan de mouwen van zijn regenjas, alsof hij een magiër was in plaats van een muzikant.

Terwijl hij een meedogenloze wurgende druk bleef uitoefenen, wendde Junior zijn hoofd af om zijn ogen te beschermen. Hij gaf Neddy een knietje in het kruis, waarmee hij de laatste vechtlust uit hem sloeg.

De handen van de stervende duif fladderden langs Juniors armen, plukten zwakjes aan de leren jas, en bleven ten slotte slap langs Neddy's lichaam hangen.

De ogen van de scherpe vogelblik van de muzikant werden dof. Zijn roze tong stak uit zijn mond, als een half opgegeten worm.

Junior liet Neddy los en liet hem langs de muur naar de grond zakken, draaide zich toen om naar de deur om die op slot te doen. Terwijl hij zijn hand naar het slot uitstak, verwachtte hij plotseling dat de deur zou openvliegen en dat Thomas Vanadium daar stond, uit de dood herrezen. De geest verscheen niet, maar Junior was aangeslagen bij de gedachte alleen al aan zo'n bovennatuurlijke confrontatie midden in deze crisis.

Junior liep van de deur naar de wasbak, terwijl hij nerveus een plastic apothekersflesje uit een jaszak viste, en raadde zichzelf aan kalm te blijven. Langzaam diep ademen. Wat gebeurd is, is gebeurd. Leef in de toekomst. Handel als eerste, niet uit reactie. Geconcentreerd. Kijk naar de zonzijde.

Tot dan toe had hij nog geen antibraakmiddel of antihistamine genomen om het kotsen en de bulten tegen te gaan, omdat hij zo kort mogelijk voor de gewelddaad pas medicijnen in wilde nemen tegen die kwalen, om een maximale bescherming te garanderen. Hij was van plan geweest de dosis pas in te nemen nadat hij Celestina van de galerie naar huis was gevolgd en er redelijk zeker van was dat hij daar het hol van Bartholomeus had gevonden.

Hij trilde zo hevig dat hij het deksel niet van het flesje kreeg. Hij was er trots op dat hij gevoeliger was dan de meeste mensen, dat hij zo vol gevoel zat, maar soms was gevoeligheid een vloek.

Eraf met dat deksel. Gele capsules in de fles, ook blauwe. Het lukte hem er een van elke kleur in zijn linkerhand te schudden zonder de rest op de vloer te laten vallen.

Het einde van zijn zoektocht was nabij, zo nabij, de juiste Bartholomeus bijna binnen schootsafstand. Hij was woest op Neddy Gnathic dat die misschien de boel had verknald.

Hij deed het deksel weer op het flesje, stak het in zijn zak, en schopte vervolgens tegen de dode man. Hij schopte nog een keer en spuugde op hem.

Langzaam diep ademhalen. Concentratie.

Misschien was de zonzijde wel dat de muzikant niet in zijn broek had gepiest of gepoept terwijl hij met zijn doodsstuipen bezig was. Soms, tijdens een relatief langzame dood als verwurging, verloor het slachtoffer de controle over al zijn lichaamsfuncties. Hij had het in een roman gelezen, iets van de Boekenclub, en daardoor zowel levensverrijkend als betrouwbaar. Waarschijnlijk niet Eudora Welty. Misschien Norman Mailer. In ieder geval, de heren-wc rook wel niet zo fris als een bloemenwinkel, maar het stonk er ook niet. Maar als dat de zonzijde was, was het maar een piskleine zonzijde (geen woordspeling), omdat hij nog steeds in de heren-wc vastzat met een lijk, en hij kon hier niet de rest van zijn leven blijven, overlevend op kraanwater en papieren handdoeken. Maar hij kon het lichaam ook niet hier laten liggen zodat het gevonden werd, omdat de politie dan al in de galerie zou rondzwermen voordat de receptie voorbij was, voor hij de kans had Celestina naar huis te volgen.

Een andere gedachte: de jonge galeriemedewerker zou zich herinneren dat Junior naar Neddy had gevraagd en hem was gevolgd naar de heren-wc. Hij zou een beschrijving geven, en omdat hij een kunstkenner was, en dus visueel ingesteld, zou hij waarschijnlijk een goede beschrijving geven. En wat de politietekenaar zou maken, zou geen kubistische versie à la Picasso zijn of een vage impressionistische schets, maar een portret vol levendige en realistische details, zoals een schilderij van Norman Rockwell. Arrestatie gegarandeerd.

Terwijl hij serieus naar de zonzijde zocht, had Junior juist een donkerder kant gevonden.

Terwijl zijn maag ongemakkelijk draaide en zijn hoofdhuid prikte, werd hij bevangen door paniek, ervan overtuigd dat hij zowel gegrepen zou worden door een hevige nerveuze aanval van braken als door een uitbraak van bulten. Hij propte de capsules in zijn mond, maar kon niet voldoende speeksel produceren om ze door te slikken. Dus hij zette een kraan open, maakte een kom van zijn handen, vulde die met water en dronk, morsend op de voorkant van zijn jasje en trui.

Toen hij opkeek in de spiegel boven de wasbak zag hij niet de zelfverbeterde, volledig gerealiseerde man gereflecteerd waaraan hij zo hard had gewerkt, maar het bleke, kleine joch met de ronde ogen dat zich had verstopt voor zijn moeder toen ze in een van haar diepste en meest duistere, door cocaïne geholpen en met amfetamine opgewekte stemmingen zat, voordat ze de koude realiteit inruilde tegen de knusse warmte van het gekkenhuis. Alsof een maalstroom de tijd achterwaarts terug had laten tollen naar dat hatelijke verleden, voelde Junior zijn moeizaam opgebouwde verdediging wegzakken.

Te veel, veel te veel om aan te kunnen, en zo oneerlijk: het vinden van de naald Bartholomeus in de hooiberg, bulten, aanvallen van kotsen en diarree, het kwijtraken van een teen, het kwijtraken van een geliefde vrouw, alleen in een koude en vijandige wereld zonder zielsverwant, vernederd door travestieten, gekweld door wraakzuchtige geesten, te gespannen om te genieten van de voordelen van meditatie, Zedd dood, het vooruitzicht van de gevangenis dat daar altijd om de een of andere reden dreigde, niet in staat rust te vinden in borduren of seks.

Junior had iets nodig in zijn leven, een ontbrekend element, zonder welk hij nooit compleet zou worden, iets meer dan een zielsverwant, meer dan Duits of Frans, of karate. En al zolang als hij zich kon herinneren was hij op zoek geweest naar die geheimzinnige substantie, dit enigmatische ding, deze vaardigheid, dit dinges, dit dingsigheidje, dit gedoetje, dit niksje, deze kracht of persoon, dit inzicht, maar het probleem was dat hij niet wist wát hij zocht. Vaak leek het of hij het gevonden had, maar dan had hij het niet gevonden; daardoor maakte hij zich zorgen dat hij, als hij het echt vond, het misschien weg zou gooien, omdat hij niet zou beseffen wat het was, juist dit dingetje of rommeltje dat hij al sinds zijn kindertijd aan het zoeken was.

Zedd keurt zelfmedelijden goed, maar alleen als je het leert gebruiken als springplank naar woede, omdat woede – net als haat – een gezonde emotie kan zijn als die juist gericht wordt. Woede kan je tot grootse prestaties aanzetten die je anders nooit zou kennen, zelfs de eenvoudige, woedende vastbeslotenheid om de schoften die je wat aangedaan hebben mores te leren, om ze met hun gezichten door jouw succes te halen. Woede en haat zijn de drijfveren van alle grote politieke leiders geweest, van Hitler tot Stalin en Mao, die hun namen onuitwisbaar in de geschiedenis hebben geschreven en die allemaal – ieder op zijn eigen manier – in hun jeugd werden opgevreten door zelfmedelijden.

Terwijl hij in de spiegel keek, die eigenlijk beslagen moest zijn met zelfmedelijden, zocht Junior Cain naar zijn woede en vond die. Het was een zwarte en bittere kwaadheid, even giftig als het gif van een ratelslang; met weinig moeite distilleerde zijn hart daar de puurste woede uit.

Uit zijn wanhoop getild door deze opwekkende toorn, wendde Junior zich van de spiegel af en zocht weer naar de zonzijde. Misschien was dat wel het wc-raam.

67

Toen Wulfstan en zijn gezelschap plaats hadden genomen aan een raamtafeltje, rolden langzaam tuimelenden massa's wollige mist over het zwarte water, alsof de baai wakker was geworden en bij het uit bed stappen enorme bergen lakens en dekens van zich af had geworpen.

Voor de ober was Nolly Nolly, Kathleen was mevrouw Wulfstan en Tom Vanadium was meneer – hoewel niet het gewone plichtmatig beleefde meneer, maar meneer met een eerbiedige nadruk.

De ober kende Tom niet, maar zijn gehavende gezicht gaf hem een zekere plechtstatigheid; bovendien bezat hij een kwaliteit, geheel los van zijn loop, gedrag en houding, een onzegbaar iets dat respect en zelfs vertrouwen opwekte.

Iedereen bestelde een martini. Geen van hen had een gelofte van geheelonthouding afgelegd.

Tom baarde minder opzien in het restaurant dan Kathleen had verwacht. Andere gasten zagen hem natuurlijk wel, maar na een of twee blikken van schok of medelijden, leken ze onverschillig, hoewel die onverschilligheid ongetwijfeld gespeeld was. Dezelfde kwaliteit in hem die het respect bij de ober opwekte, zorgde er klaarblijkelijk voor dat anderen beleefd genoeg zouden zijn om zijn privacy te respecteren.

'Ik vraag me af,' zei Nolly, 'hoe jij, als je niet meer in functie bent, Cain aan gaat pakken.'

Tom Vanadium trok slechts één wenkbrauw op, alsof hij wilde zeggen dat daar eigenlijk meer dan één antwoord op bestond.

'Ik zie je nu niet direct als een verontruste burger,' zei Nolly.

'Ben ik niet. Ik word gewoon het geweten dat Enoch Cain bij zijn geboorte niet heeft meegekregen.'

'Draag je een wapen bij je?' vroeg Nolly.

'Ik wil niet tegen je liegen.'

'Ja dus. Legaal?'

Tom zei niets.

Nolly zuchtte. 'Nou, ik denk dat jij, als je hem alleen maar neer wilde schieten, dat al gedaan zou hebben toen je in de stad aankwam.'

'Ik wil niet iemand zomaar neerknallen, zelfs niet zo'n teil vol wormen als Cain, net zo min als ik zelfmoord zou willen plegen. Denk eraan, ik geloof in eeuwige consequenties.'

Tegen Nolly zei Kathleen: 'Daarom ben ik met jou getrouwd. Om dit soort gesprekken te horen.'

'Eeuwige consequenties, bedoel je?'

'Nee, "neerknallen".'

De ober bewoog zich zo soepel, dat drie martini's op een met kurk afgezet mahoniehouten blad door de ruimte voor hem leken te zweven, daarna naast hun tafel te hangen, terwijl hij de cocktails uitserveerde: eerst de dame, vervolgens de gast en de gastheer als derde.

Toen de ober weer weg was, zei Tom: 'Maak je geen zorgen dat je medeplichtig wordt aan een misdaad. Als ik Cain moest omleggen om te voorkomen dat hij iemand anders wat aan zou doen, zou ik niet aarzelen. Maar verder stel ik me nooit als rechter én jury op.'

Terwijl ze Nolly een por gaf, zei Kathleen: '"Omleggen." Dit is fantastisch.'

Nolly hief zijn glas. 'Op gerechtigheid, in welke vorm dan ook.'

Kathleen nipte aan haar martini. 'Mmm... koud als het hart van een huurmoordenaar en fris als een biljet van honderd dollar uit de portefeuille van de duivel.'

Nu trok Tom beide wenkbrauwen op.

'Ze leest te veel gewelddadige detectives,' zei Nolly. 'En de laatste tijd praat ze erover ze te gaan schrijven.'

'Ik wed dat ik het zou kunnen en ze nog zou verkopen ook,' zei ze. 'Misschien ben ik er niet zo goed in als in tanden, maar wel beter dan sommige die ik heb gelezen.'

'Ik vermoed,' zei Tom, 'dat jij in alles waar je je op richt net zo goed zult zijn als in tanden.'

'Daar bestaat geen twijfel over,' beaamde Nolly, terwijl hij zijn tanden liet flitsen.

'Tom,' zei Kathleen, 'ik denk dat ik weet waarom jij bij de politie bent gegaan. Het weeshuis van St. Anselmo... de moorden op die kinderen.'

Hij knikte. 'Daarna werd ik een ongelovige Thomas.'

'Je vraagt je af,' zei Nolly, 'waarom God onschuldige mensen laat lijden.'

'Ik twijfelde meer aan mezelf dan aan God, maar ook aan Hem. Ik had het bloed van die jongens aan mijn handen. Ik had ze moeten beschermen en het is me niet gelukt.'

'Jij was toen te jong om de leiding van een weeshuis te hebben.'

'Ik was drieëntwintig. Op St. Anselmo was ik hoofd van een slaapzaal. De zaal waar al die moorden hebben plaatsgevonden. Daarna... besloot ik dat ik misschien onschuldige mensen beter zou kunnen beschermen als ik diender was. Een tijdlang gaf de wet me meer houvast dan het geloof.'

'Het is niet zo moeilijk jou als politieman te zien,' zei Kathleen. 'Dat "neerknallen", "omleggen" en "teil vol wormen" rollen zogezegd vanzelf uit je mond. Maar het kost me meer moeite eraan te denken dat je ook priester bent.'

'Priester was,' corrigeerde hij haar. 'Misschien word ik het weer. Op eigen verzoek heb ik al zevenentwintig jaar ontheffing van al mijn geloftes en van mijn verplichtingen. Sinds het moment dat die kinderen vermoord werden.'

'Maar waarom had je voor dat leven gekozen? Je moet wel heel jong op het seminarie zijn gekomen.'

'Veertien. Gewoonlijk zit de familie achter een roeping op zo'n jonge leeftijd, maar in mijn geval heb ik mijn ouwelui over moeten halen.'

Hij staarde naar buiten naar de verzamelde mistgeesten, witte massa's die de baai geheel aan het oog onttrokken, alsof alle zeelieden die ooit op het water omgekomen waren, zich hier hadden verzameld en tegen het raam drukten: oogloze vormen die desalniettemin alles zagen.

'Zelfs toen ik klein was,' vervolgde Tom, 'zag ik de wereld heel anders dan andere mensen. Ik bedoel niet dat ik slimmer was. Ik heb misschien een iets hoger IQ dan gemiddeld, maar niets waar ik trots op kon zijn. Ik zakte twee keer voor aardrijkskunde en een keer voor geschiedenis. Niemand zou me verwarren met Einstein. Het is alleen, ik voelde... zo'n complexiteit en geheim die andere mensen niet voelden, zo'n gelaagde schoonheid, laag op laag als bladerdeeg, elke nieuwe laag nog verbazingwekkender dan de vorige. Ik kan het je niet uitleggen zonder te klinken als een heilige dwaas. Maar als jongen wilde ik al de God dienen die zoveel wonderlijks had geschapen, hoe vreemd en ondoorgrondelijk Hij misschien ook is.'

Kathleen had nooit een religieuze roeping in zulke vreemde woorden horen beschrijven, en ze was zeker verrast een priester met 'vreemd' naar God te horen verwijzen.

Tom draaide zijn gezicht weg van het raam en keek haar aan. Zijn rookgrijze ogen zagen er berijpt uit, alsof de mistgeesten door het raam naar binnen waren gekomen en bezit van hem hadden genomen. Maar toen bewoog de vlam van de kaars op tafel in een luchtstroom, en glanzend licht smolt de kilte uit zijn ogen, en weer zag ze de warmte en het prachtige verdriet waar ze eerder zo van onder de indruk was geraakt.

'Ik ben minder filosofisch dat Kathleen,' zei Nolly, 'dus wat ik me afvraag, is waar je die trucs met het kwartje hebt geleerd. Hoe komt het dat jij priester en agent – en amateur-goochelaar bent?'

'Nou, er was een goochelaar...'

Tom wees naar het bijna lege martiniglas dat voor hem op tafel stond. Balancerend op de rand van het glas: onmogelijk, precair – de munt.

'... die zichzelf Koning Obadja, Farao van het Fantastische, noemde. Hij reisde door het hele land en trad op in nachtclubs...'

Tom plukte het kwartje van het glas, vouwde zijn rechtervuist eromheen, opende vervolgens ineens zijn hand, die nu leeg was.

'... en waar hij ook kwam, tussen de voorstellingen door deed hij altijd gratis optredens in verpleeghuizen, op dovenscholen...'

Kathleen en Nolly verplaatsten hun aandacht naar Toms gesloten linkerhand, hoewel het kwartje onmogelijk van de ene vuist naar de andere had kunnen gaan.

'... en elke keer als de Farao in San Francisco kwam, een paar keer per jaar, kwam hij bij St. Anselmo langs om voor de kinderen op te treden...'

In plaats van zijn linkervuist te openen, tilde Tom met zijn rechter de martini op en op het tafelkleed onder het glas lag de munt.

'... dus ik haalde hem over mij een paar eenvoudige trucs te leren.'

Ten slotte schoot zijn linkerhand open en in zijn handpalm lagen twee dubbeltjes en een stuiver.

'Eenvoudig, bekijk het,' zei Nolly.

Tom glimlachte. 'Ik heb door de jaren heen veel geoefend.'

Even sloot hij zijn hand om de drie munten en vervolgens, met een korte beweging van zijn pols, gooide hij ze naar Nolly die ineendook. Maar of de munten werden niet gegooid of ze verdwenen in de lucht, en zijn hand was leeg.

Kathleen had Tom niet het glas op tafel zien terugzetten op het kwartje. Toen hij het optilde om te drinken, glinsterden twee dubbeltjes en een stuiver op het tafelkleed waar eerder het kwartje had gelegen.

Na enige tijd naar de munten te hebben gekeken, zei Kathleen: 'Volgens mij heeft nog geen enkele detectiveschrijver ooit een reeks boeken over een priester-detective geschreven die óók nog eens goochelaar is.'

Terwijl hij zijn martini oppakte en theatraal naar het tafelkleed gebaarde waar zijn glas had gestaan, alsof het ontbreken van munten bewees dat hij ook over tovenaarskwaliteiten beschikte, zei Nolly: 'Nog een rondje van dit magisch drankje?'

Iedereen stemde in en ze deden hun bestelling toen de ober de voorgerechten bracht: krab voor Nolly, scampi voor Kathleen en calamaris voor Tom.

'Weet je,' zei Tom toen de drankjes arriveerden, 'het is nauwelijks te geloven, maar op sommige plaatsen hebben ze nog nooit van martini's gehoord.'

Nolly huiverde. 'In de woestenij van Oregon. Ik ben niet van plan daarheen te gaan voordat ze daar beschaafd zijn geworden.'

'Niet alleen in Oregon. Zelfs in San Francisco, op sommige plaatsen.'
'Moge God ons helpen,' zei Nolly, 'weg te blijven uit dat soort afschuwelijke buurten.'

Ze klonken met hun glazen in een toost.

68

Door gebrek aan olie piepte het handvat, maar de twee helften van het kelderraam gingen naar buiten toe open naar een steeg.

In de lijst glansden alarmcontacten, maar het systeem was op dat moment niet ingeschakeld.

De onderdorpel was ongeveer een meter vijfendertig van de vloer van de wc. Met beide handen trok Junior zich op.

Omdat beide glazen helften niet plat tegen de buitenmuur kwamen, blokkeerden ze zijn uitzicht. Hij moest zichzelf verder door de opening werken tot hij, balancerend in het raam, de hele steeg kon zien, waarin de galerie zich ongeveer halverwege bevond.

Een dikke mist vervormde alle gevoel voor tijd en plaats. Aan elk eind van de steeg lieten parelkleurige lichtflarden kruisingen met hoofdstraten zien, maar ze verlichtten niet deze smalle doorgang ertussenin. Een paar veiligheidslampen – kale peren onder omgekeerde schalen of opgesloten in draadgaas – gaven de leveranciersingangen van een paar bedrijven aan, maar de dichte witte sluier omhulde en verstrooide ook die lichten, waardoor ze nog minder licht gaven dan gaslampen.

De geluiddempende mist verstilde de stad net zozeer als hij die verduisterde en in de steeg was het verrassend stil. Veel bedrijven waren al voor de nacht gesloten, en voorzover Junior kon zien, stonden er geen bestelwagens of andere auto's in de steeg geparkeerd. Ineens beseffend dat iemand met meer nood dan geduld misschien wel snel op de gesloten deur zou kloppen, liet Junior zich weer in de heren-wc zakken.

Neddy, gekleed voor werk, maar te overdreven gekleed voor zijn eigen begrafenis, hing slap tegen de muur, met gebogen hoofd, kin op zijn borst. Zijn bleke handen lagen met gespreide vingers naast zijn lichaam, alsof hij probeerde akkoorden aan te slaan op de vloertegels.

Junior sleepte de muzikant uit de hoek tussen wc-pot en wasbak vandaan.

'Schriele, fletse babbelmie,' siste hij, nog steeds zo kwaad op Neddy dat hij het hoofd van de pianist in de wc wilde proppen, ook al was hij dood. Zijn hoofd erin proppen en op hem stampen. Hem in de pot stampen. Doorspoelen en doorspoelen, stampen en stampen.

Om er wat aan te hebben, moest kwaadheid gekanaliseerd worden, zoals Zedd uitlegt in een ongebruikelijk poëtisch stukje proza in *De schoonheid van kwaadheid: kanaliseer je woede en word een winnaar.* Juniors huidige, netelige positie zou alleen maar erger worden als hij een loodgieter moest bellen om een muzikant uit het sanitair te laten halen.

Bij die gedachte moest hij lachen. Helaas klonk zijn lachen hoog en beverig, en hij schrok zich een ongeluk.

Door zijn prachtige woede te kanaliseren, tilde Junior het lijk op het raamkozijn en schoof het met het hoofd vooruit de steeg in. De mist ontving hem met iets dat klonk als een slikkend geluid.

Hij volgde de dode man door het raam naar de steeg, waarbij het hem lukte niet op hem te stappen.

Geen vragende stem weerklonk van de muren, geen beschuldigend gegil. Hij was alleen met het lijk in dit in mist gehulde moment van de nachtelijke metropool – maar misschien niet lang meer.

Een ander lijk zou gesleept moeten worden, maar Neddy woog nauwelijks meer dan een soepstengel van een meter achtenzeventig. Junior tilde het lichaam van de grond en nam het op zijn schouders in een brandweergreep.

Verderop stonden een paar grote vuilcontainers, grote, donkere rechthoeken die meer te vermoeden dan te zien waren in de langzaam draaiende duisternis, als vormen in een droom, even onheilspellend als sarcofagen op een kerkhof, allemaal even geschikt voor de dode muzikant.

Eén zorgwekkend probleem: Neddy werd misschien in de container gevonden voor die weggehaald werd, in plaats van op de vuilstortplaats die bij voorkeur zijn op een na laatste rustplaats zou worden. Als zijn lichaam hier werd ontdekt, moest het ver uit de buurt zijn van elke vuilnisbak die de galerie gebruikte. Hoe minder de smerissen Neddy in verband brachten met de waardeloze kunstfabriek van Greenbaum, hoe minder waarschijnlijk het ook werd dat ze de moord met Junior in verband zouden brengen.

Gebogen als een mensaap sjouwde hij de muzikant door de steeg in noordelijke richting. Het oorspronkelijke stenen wegdek was met asfalt bedekt, maar op sommige plaatsen was het materiaal gescheurd en weggesleten, waardoor een verraderlijke laag ontstond die zelfs nog verraderlijker werd door de dunne vochtlaag die er door de mist overheen was gelegd. Hij struikelde en gleed herhaaldelijk uit, maar hij gebruikte zijn woede om in evenwicht te blijven en een winnaar te zijn, tot hij een vuilcontainer vond die ver genoeg uit de buurt was.

De container – rand op ooghoogte, gedeukt, vol roestplekken, parelend van de condensatie – was groter dan de andere in de steeg, had een deksel dat uit twee helften bestond. Beide delen stonden open.

Zonder omhaal of gebed, maar met veel gerechtvaardigde woede, tilde Junior de dode muzikant over de rand van de vuilcontainer. Een vreselijk moment raakte zijn linkerarm verstrikt in de los aangehaalde ceintuur van de trenchcoat. Terwijl hij een schril geluid van angst tussen zijn opeengeklemde tanden liet ontsnappen, schudde hij zich wanhopig los en liet het lichaam vallen.

Het geluid van het neerkomende lijk gaf aan dat op de bodem van de bak een laag dempende vuilnis lag en ook dat hij niet meer dan halfvol was. Dit vergrootte de kans dat Neddy pas ontdekt zou worden als een vuilniswagen hem op een vuilstortplaats dumpte – en zelfs dan zou er misschien geen oog op hem vallen, behalve dat van hongerige ratten.

Weg, weg, als een op hol geslagen trein, laat de dode nonnen – of in ieder geval één dode muzikant – ver achter je.

Naar het open kelderraam, de heren-wc in. Nog steeds ziedend van woede. Kwaad sloot hij de twee halve ramen terwijl lome misttongen door de nauwer wordende opening likten.

Voor het geval iemand op de gang stond te wachten, trok hij de plee voor de vorm door, hoewel het stoppende eten en de antidiarreepillen hem de robuuste ingewanden gaven van een ridder te velde.

Toen hij in de spiegel boven de wasbak durfde te kijken, verwachtte hij een verwilderd gezicht met verzonken ogen te zien, maar de akelige ervaring had geen zichtbare merktekens achtergelaten. Snel kamde hij zijn haar. Hij zag er inderdaad zo goed uit dat vrouwen zoals gewoonlijk hem met hun smachtende ogen zouden liefkozen als hij weer terug was in de galerie.

Zo goed hij kon, inspecteerde hij zijn kleren. Ze zagen er minder verfrommeld uit dan hij verwacht had en niet echt vuil.

Energiek waste hij zijn handen.

Hij nam nog wat medicijnen, gewoon om geen risico te lopen. Een gele capsule, een blauwe.

Een snelle blik op de vloer van de wc. De muzikant had niets achtergelaten, geen afgerukte knoop of rode blaadjes van zijn boutonnière.

Junior haalde de deur van het slot en merkte dat de gang leeg was. De receptie was nog steeds rumoerig aan de gang in beide tentoonstellingsruimtes. Legioenen cultuurbarbaren met een omstreden smaak, behalve in hun waardering voor hors d'oeuvres, kakelden over kunst en spoelden hun lompe meningen weg met middelmatige champagne.

Hij had genoeg van hen en van deze tentoonstelling. Junior wenste bijna dat hij weer zo'n aanval van nerveus braken kreeg. Zelfs in zijn lijden zou hij ervan genieten deze opdringerig aantrekkelijke doeken te besproeien met de stinkende inhoud van zijn ingewanden: kritiek in zijn scherpste vorm.

In de grote zaal, onderweg naar de voordeur, zag Junior Celestina White omringd door adorerende stomkoppen, kwakende kwezels, trillende trutten, sukkels en pummels, klungels en lummels. Ze was nog net zo adembenemend als haar schaamteloos mooie schilderijen. Als de gelegenheid zich voordeed, zou Junior haar beter kunnen gebruiken dan die zogenaamde kunst van haar.

De straat voor de galerie lag ondergedompeld in een zee van mist, net als de steeg aan de achterkant. De koplampen van het voorbijkomende verkeer tastten de duisternis af als de stralen van bergingsduikboten die bezig waren op de bodem van de oceaan.

Hij had een parkeerwacht omgekocht om zijn Mercedes in de gaten te houden die op een verboden plek langs de stoeprand voor een restaurant in de buurt stond geparkeerd. Zodoende zou hij er direct over kunnen beschikken. Hij zou de auto ook achter kunnen laten en Celestina te voet volgen als ze besloot naar huis te gaan lopen.

Omdat hij van plan was de voorkant van de galerie in de gaten te houden van achter het stuur van zijn Mercedes, keek Junior op weg naar zijn auto op zijn horloge. Zijn pols was leeg, zijn Rolex was weg.

Hij bleef vlak bij zijn auto staan, verlamd door een gevoel van naderend onheil.

De op maat gemaakte gouden schakelband van het polshorloge sloot met een klemmetje, waardoor je, als je het openmaakte, het horloge gemakkelijk over de hand kon schuiven. Junior wist met-een dat de klem open was geraakt toen hij met zijn arm verward raakte in de ceintuur van Neddy's regenjas. Toen het lijk loskwam en in de vuilcontainer viel, had het Juniors horloge meegetrokken. Hoewel de Rolex duur was, kon de materiële waarde ervan Junior niets schelen. Hij kon wel een arm vol Rolexen kopen en ze van pols tot schouder dragen.

De kans dat hij een duidelijke vingerafdruk op het glas van het horloge had achtergelaten, leek hem klein. En de schakelarmband had te weinig vlakken om er een voor de politie bruikbare afdruk af te kunnen halen.

Maar op de achterkant van het horloge stond de beschuldigende inscriptie: *Voor Eenie/met liefde/Tammy Bean.*

Tammy – de beursspecialiste, makelaar, en kattenvoer etende kattenfetisjiste – met wie hij van kerst 1965 tot en met februari 1966 was omgegaan. Zij had hem het uurwerk gegeven in ruil voor alle provisies en de perfecte seks die ze van hem had gehad.

Junior was stomverbaasd dat het kreng ongeveer twee jaar daarna in zijn leven was teruggekeerd om hem te vernietigen. Zedd leert dat het heden niets anders is dan een moment tussen gisteren en morgen, waardoor we eigenlijk maar twee keuzes hebben – of we leven in het verleden, of we leven in de toekomst. Het verleden is geleefd en voorbij, en heeft geen consequenties, tenzij je er macht aan toekent door niet volledig in de toekomst te leven. Junior streefde er altijd naar om in de toekomst te leven en hij geloofde dat hij succes had met zijn inspanningen, maar klaarblijkelijk had hij niet geleerd Zedds wijsheid tot in het oneindige toe te passen, want het verleden bleef aan hem trekken. Vurig wenste hij dat hij niet gewoon een einde aan zijn relatie met Tammy Bean had gemaakt, maar haar had gewurgd, dat hij haar had gewurgd, haar lijk naar Oregon had gereden, van een brandtoren had geduwd, haar schedel had ingeslagen met een tinnen kandelaar en dat hij haar naar de bodem van het Quarry Lake had gestuurd met de gouden Rolex in haar mond gepropt.

Hij had dat gedoe van het in de toekomst leven misschien niet geheel en al onder de knie, maar zijn woede was werkelijk wonderbaarlijk.

Misschien werd het horloge niet samen met het lijk gevonden. Misschien raakte het ergens tussen het afval en zou het pas worden gevonden als archeologen de vuilstortplaats over tweeduizend jaar zouden afgraven.

'Misschien' is voor wie niet kan zien, vertelt Zedd ons in *Doe nu, denk later; leer vertrouwen op je intuïtie.*

Hij zou Tammy Bean dood kunnen schieten nadat hij Bartholomeus had vermoord, haar doden voor morgenochtend, voordat de politie haar had opgespoord, zodat zij voor hen niet de 'Eenie' zou kunnen identificeren. Of hij zou terug kunnen gaan naar de steeg, in de vuilcontainer klimmen en de Rolex gaan terughalen.

Alsof de mist een verlammend gas was, bleef Junior midden op de stoep staan. Hij wilde beslist niet in die container klimmen.

Omdat hij altijd zo gewetenloos eerlijk tegenover zichzelf was, besefte hij dat het vermoorden van Tammy zijn probleem niet zou oplossen. Ze zou vrienden en collega's over die Rolex verteld kunnen hebben, net zoals ze zeker met haar vriendinnen de sappigste details over Juniors ongeëvenaarde seksuele prestaties had gesproken. In de twee maanden dat hij en de kattenvrouw met elkaar omgingen, hadden ze gehoord dat zij hem Eenie noemde. Hij kon niet Tammy plus al haar vrienden en collega's vermoorden, in ieder geval niet in een tempo waarmee hij de politie op afstand hield.

Een set voor noodgevallen in de kofferbak van de auto bevatte een zaklantaarn. Hij pakte hem en stopte de parkeerwacht nog iets extra's toe.

Weer naar de steeg. Deze keer niet door de met boerenkinkels volgestouwde galerie. Met stevige pas om het gebouw heen.

Als hij de Rolex niet vond en niet bij zijn auto terug was voor de afloop van de receptie, had hij zijn beste kans verspeeld Celestina naar Bartholomeus te volgen.

In de verte het geklingel van een trolleybus. Hard en duidelijk ondanks de geluiddempende mist.

Junior moest terugdenken aan een scène in een oude film, iets dat Naomi graag zag, een liefdesverhaal ten tijde van de Zwarte Dood: een door een paard getrokken kar die door de straten van een middeleeuws Londen of Parijs reed en de koetsier die met de hand een bel deed rinkelen, roepend: 'Breng uw doden buiten, breng uw doden buiten!' Zou het San Francisco van nu zo'n handige voorziening hebben gehad, dat had hij Neddy Gnathic niet in een vuilcontainer hebben hoeven dumpen.

Natte straatstenen en versleten asfalt. Snel, snel. Voorbij het verlichte kelderraam van de heren-wc van de galerie.

Junior maakte zich ongerust dat hij misschien niet de juiste container zou vinden tussen al die bakken. Toch deed hij zijn zaklantaarn niet aan, in het vermoeden dat hij beter de weg zou vinden als de omstandigheden van duisternis en mist precies zo waren als even eerder. Dat bleek ook zo te zijn en hij herkende direct de massieve container toen hij die bereikte.

Nadat hij de zaklantaarn in zijn riem had gestoken, greep hij de rand van de bak met beide handen. Het metaal was geribbeld, koud en nat.

Een goede timmerman kan een hamer hanteren met een minimum aan inspanning en met een vaardigheid die net zo elegant is als de bewegingen van een dirigent met zijn dirigeerstok. Een agent die het verkeer regelt kan van zijn werk een soort ballet maken. Maar van alle nederige taken die mannen en vrouwen in een visuele poëzie kunnen omzetten door gebruik te maken van hun atletische behendigheid en gratie, heeft het klauteren in een vuilcontainer wel de minste belofte van iets moois.

Junior trok zich op, klauterde op de rand, trok zich eroverheen en viel in de diepe bak, terwijl hij vast van plan was op zijn voeten neer te komen. Maar hij schoot er te ver overheen, sloeg met zijn schouder tegen de achterkant van de container, viel op zijn knieën en kwam languit met zijn gezicht in het vuilnis terecht.

Omdat hij zijn lichaam had gebruikt als de klepel van een klok had hij een diepe, resonerende toon veroorzaakt die als van een slecht gegoten kerkklok plechtig tussen de muren van aangrenzende gebouwen heen en weer kaatste in de mistige nacht.

Hij bleef stil liggen, wachtte tot de stilte terugkeerde, waardoor hij zou kunnen horen of de harde *bong* mensen de steeg in had gelokt.

Het ontbreken van stank gaf aan dat hij niet was neergekomen in een container vol organisch afval. In de duisternis, alleen op de tast, maakte hij op dat bijna alles in plastic vuilniszakken zat met een inhoud die relatief zacht was – waarschijnlijk papierafval.

Maar met zijn rechterkant was hij tegen een ding aangekomen dat harder was dan verpakt papier, een hoekige massa. Toen de doordringende *bong* verdween, waardoor hij meer helderheid van geest kreeg, besefte hij dat iets onplezierigs, iets warms en vochtigs tegen zijn rechterwang drukte.

Als de hoekige massa Neddy was, moest het warme en vochtige iets de uitstekende tong van de gewurgde man zijn.

Sissend van walging schoof Junior weg van het ding, wat het ook was, haalde de zaklantaarn uit zijn riem en luisterde gespannen naar geluiden in de steeg. Geen stemmen. Geen voetstappen. Slechts verkeersgeluiden in de verte, zo gedempt dat ze leken op het gegrom, gekreun en laag dreigende grauwen van dieren op zoek naar voedsel, verdwaalde roofdieren die door de mist in de voorstad op jacht waren.

Ten slotte deed hij het licht aan, en verlichtte de rustende Neddy, zo stil in de dood als hij nog nooit bij zijn leven was geweest: op zijn rug liggend, hoofd naar rechts gedraaid, de opgezwollen tong obsceen uit zijn mond hangend.

Junior wreef heftig met een hand over zijn door het lijk gelikte wang. Daarna veegde hij zijn hand af aan de regenjas van de muzikant.

Hij was blij dat hij de dubbele dosis antibraakmiddel had genomen. Ondanks wat er was gebeurd, voelde zijn maag even solide en veilig als een bankkluis.

Neddy's gezicht bleek niet zo bleek als het tevoren was geweest. Iets van grijs, misschien blauw, verdonkerde de huid.

De Rolex. Omdat het meeste afval in de enorme bak in een zak zat, zou het vinden van het horloge gemakkelijker zijn dan Junior gevreesd had.

Goed dan.

Oké.

Hij moest bezig blijven, gaan zoeken, het horloge vinden, en dan als de sodemieter daar weg wezen, maar onwillekeurig bleef hij naar de muzikant staren. Iets aan het lijk maakte hem nerveus – buiten het feit dat het dood en walgelijk was en dat het, als hij ermee betrapt werd, een enkele reis naar de gaskamer betekende.

Het was niet zo dat dit Juniors eerste confrontatie met een dode was. De afgelopen paar jaar was hij zich net zo op zijn gemak gaan voelen met de overledenen als misschien wel elke begrafenisondernemer. Voor hem waren ze net zo gewoon als cakejes voor een bakker.

Toch klopte zijn hart zwaar en hard tegen zijn ribben, en angst prikte in zijn nek.

Zijn aandacht, even morbide als van een rondcirkelende gier, werd getrokken door de rechter hand van de pianist. De linker was open, met de handpalm naar beneden. Maar de rechter zat verkrampt dicht, palm omhoog.

Hij stak zijn hand uit naar de gesloten hand van de dode man, maar hij kon de moed niet opbrengen die aan te raken. Hij was bang dat hij, als hij de stijve vingers open zou wrikken, een kwartje zou vinden.

Belachelijk. Onmogelijk.

Maar als het wel zo was?

Kijk dan niet.

Concentreren. Concentreren op de Rolex.

In plaats daarvan richtte hij zich op de hand in de straal van de zaklantaarn: vier lange, dunne krijtwitte vingers naar de palm gebogen, de duim opgestoken alsof Neddy hoopte uit de vuilcontainer weg te liften, weg uit de dood, en terug naar zijn piano in de cocktailbar op Nob Hill.

Concentreren. Hij moest angst niet in de plaats laten komen van woede.

Denk aan de schoonheid van woede. Kanaliseer de woede en word een winnaar.

In een plotselinge uitbarsting van energie trok Junior aan de gesloten hand van de dode man, trok de vingers uit elkaar – en vond geen kwartje. Zelfs geen twee dubbeltjes en een stuiver. Zelfs geen vijf stuivers. Niets. Nul. Nada.

Bijna lachte hij om zichzelf, maar hij herinnerde zich de verontrustende lach die uit hem was getrild op de heren-wc, toen hij overwoog Neddy Gnathic in de wc te proppen. Nu kneep hij zijn tong tussen zijn tanden, zo hard dat die bijna ging bloeden, in de hoop dat het kille, vreugdeloze geluid niet weer aan hem zou ontsnappen.

De Rolex.

Eerst zocht hij vlak om de dode man heen, denkend dat het horloge misschien nog vastzat aan de ceintuur van de jas of aan een van de mouwbandjes. Geen geluk.

Hij rolde Neddy op zijn zij, maar onder hem lag geen gouden horloge, dus hij liet de muzikant weer op zijn rug vallen.

Nu was er iets, erger dan de gedachte aan een kwartje in de gesloten hand: Neddy's ogen leken Junior steeds te volgen terwijl hij door de vuilniszakken zocht.

Hij wist dat de enige beweging in die starende, lichtloze ogen de rusteloze weerkaatsing van de straal van de zaklantaarn was terwijl hij ermee het vuilnis doorzocht. Hij wíst dat hij irrationeel was, maar toch wilde hij de dode niet zijn rug toekeren. Tijdens het zoeken schoot zijn hoofd herhaaldelijk omhoog en keek hij meteen naar Neddy, in de overtuiging dat hij, vanuit een ooghoek, had gezien dat de dode blik hem volgde.

Toen dacht hij voetstappen in de steeg naderbij te horen komen. Hij doofde het licht en ging bewegingloos in de absolute stilte zitten, steunend tegen een wand van de container om zichzelf schrap te zetten, omdat zijn voeten in glibberige lagen, door de mist vochtig geworden plastic vuilniszakken stonden.

Als er voetstappen waren geweest, dan waren ze opgehouden op het moment dat Junior verstarde om ernaar te luisteren. Zelfs boven het harde trommelen van zijn hart uit zou hij elk geluid gehoord hebben. De mist leek geluid in de steeg nog effectiever te verstikken dan anders.

Hoe langer hij ineengehurkt zat, het hoofd schuin en zacht ademend door zijn open mond, hoe sterker Junior ervan overtuigd raakte dat hij een man hoorde naderen. Sterker nog, de vreselijke overtuiging groeide dat er iemand direct naast de vuilcontainer stond, het hoofd schuin en ook ademend door zijn open mond, luisterend naar Junior zoals Junior naar hem luisterde.

Als nou...

Nee. Hij zou zichzelf niet met als-nou in paniek brengen.

Ja, maar als nou...

Misschien is voor wie niet kan zien, maar Caesar Zedd had geen diepzinnigheid geleverd waarmee Junior de als-nou even gemakkelijk af kon weren als het misschien.

Als nou de koppige, zelfzuchtige, hebzuchtige, wroetende, gemene, psychotische, duivelse geest van Thomas Vanadium, die eerder Junior op klaarlichte dag door een andere steeg had achternagezeten, hem was gevolgd in deze geestvriendelijker uren van de nacht, en als nou die geest eens buiten de vuilcontainer stond en als hij nu eens die twee halve deksels dichtdeed en een staaf door de ringen op de dekselhelften schoof en als Junior nu eens hier knel kwam te zitten met het grondig gewurgde lijk van Neddy Gnathic en als nu eens de zaklantaarn het niet meer deed als hij probeerde hem aan te doen, en als hij nu eens in het stikdonker Neddy hoorde zeggen: 'Heeft iemand een speciaal verzoeknummer?'

69

Morgenrood is zeemans dood, maar rood in de nacht geeft de zeeman kracht.

In deze januarischemering, terwijl Maria Elena Gonzalez vanuit

Newport Beach langs de kust naar het zuiden reed, moesten alle mannen op zee wel naar flessen rum grijpen om de punchrode lucht te vieren: rijpe kersen in het westen, bloedsinaasappelen boven haar hoofd, trossen donkerpaarse druiven in het oosten.

Dit uitzicht dat zeelui misschien tot een feestje zou inspireren, was ontzegd aan Barty, die samen met Agnes op de achterbank zat. Ook kon hij niet zien hoe de karmozijnrode lucht zijn gekleurde gezicht in de spiegel van de oceaan bekeek of hoe een brandende blos op de golven schitterde, en ook niet hoe de voile van de nacht langzaam de hemelen weer tot bescheidener proporties terugbracht.

Agnes overwoog de zonsondergang aan de blinde jongen te beschrijven, maar haar aarzeling ging over in tegenzin, en tegen de tijd dat de sterren verschenen, had ze met geen woord gerept over de luisterrijke slotscène van de dag. Om te beginnen vreesde ze dat haar beschrijving de realiteit te kort zou doen en dat ze met haar ontoereikende woorden misschien Barty's kostbare herinneringen aan zonsondergangen die hij wel had gezien, zou bezoedelen. Maar voornamelijk lukte het haar niet een opmerking over het schouwspel te maken, omdat ze bang was dat ze door dat te doen hem eraan zou herinneren wat hij allemaal kwijt was geraakt.

Deze afgelopen tien dagen waren de moeilijkste van haar leven geweest, moeilijker zelfs dan die na Joey's dood. Destijds had ze, ook al was ze een echtgenoot, een lieve minnaar en haar beste vriend tegelijk kwijtgeraakt, zonder meer haar geloof behouden, plus haar pasgeboren zoon en de belofte van zijn toekomst. Nog altijd had zij haar allerliefste zoon, ook al was zijn toekomst tot op zekere hoogte beschadigd, en ook het geloof had ze nog, maar minder, en het bood minder troost dan vroeger.

Barty's ontslag uit het Hoag Presbyterian was uitgesteld door een infectie en daarna had hij drie dagen in een revalidatiecentrum bij Newport doorgebracht. De revalidatie betrof voornamelijk een oriëntatie op zijn nieuwe donkere wereld, aangezien zijn verloren functie niet hersteld kon worden door veel oefenen of therapie.

Gewoonlijk was een kind van drie te jong om een blindenstok te leren gebruiken, maar Barty was niet gewoon. Aanvankelijk was er geen stok van zijn maat, dus Barty begon met een meetlat die tot zesenzestig centimeter werd ingekort. Op zijn laatste dag hadden ze voor hem een op maat gemaakte blindenstok, wit met een zwarte punt; toen Agnes die zag en besefte wat dat allemaal inhield, kreeg ze tranen in haar ogen, net toen ze dacht dat haar hart was bestand tegen de taak die voor haar lag.

Onderwijs in braille werd niet aanbevolen voor driejarigen, maar in dit geval werd een uitzondering gemaakt. Agnes zorgde ervoor dat Barty een serie lessen kon volgen, hoewel ze vermoedde dat hij het systeem en hoe hij het moest gebruiken in een of twee lessen in zich op zou nemen.

Kunstogen werden besteld. Hij zou snel terugkeren naar Newport Beach voor een derde keer passen voordat hij ze geïmplanteerd kreeg. Ze waren niet van glas zoals algemeen gedacht werd, maar het waren dunne plastic omhulsels die keurig achter de oogleden in de holtes pasten die na de operatie waren achtergebleven, Op de binnenkant van het transparante namaakhoornvlies zou de iris met de hand geschilderd worden, en beweging van de oogprothese kon mogelijk gemaakt worden door de oogspieren met het bindvlies te verbinden.

Hoezeer Agnes ook onder de indruk was geweest van de voorbeeldexemplaren die ze te zien had gekregen, ze koesterde niet de hoop toe dat de bijzondere schoonheid van Barty's gestreepte smaragdgroene-saffierblauwe ogen nagebootst zou kunnen worden. Hoewel het werk van de kunstenaar misschien wel voortreffelijk was, deze irissen zouden door de hand van een mens zijn geschilderd, niet door die van God.

Barty, zijn lege oogkassen achter zijn niet gesteunde oogleden, reed naar huis met opgevulde ooglappen achter een zonnebril, zijn stok tegen de stoel naast zich, alsof hij gekleed was voor een rol in een stuk vol dickensiaans kinderleed.

De vorige dag waren Jacob en Edom naar Bright Beach teruggereden om alles voor Barty's terugkeer in orde te brengen. Nu kwamen ze aangerend langs de trap van de veranda en over het gras toen Maria over de oprit langs het huis was gereden en had geparkeerd bij de vrijstaande garage achter op het grote terrein.

Jacob was van plan de bagage te pakken en Edom meldde dat hij Barty wilde dragen. Maar de jongen stond erop zelf naar het huis te lopen.

'Maar, Barty,' zei Edom zorgelijk, 'het is donker.'

'Nou en of,' zei Barty. Toen er alleen maar een pijnlijke stilte volgde op zijn opmerking, voegde hij eraan toe: 'Jemig, ik dacht dat het een leuk grapje was.'

Met zijn moeder, zijn ooms en Maria slechts twee stappen achter zich aan, volgde Barty de oprit zonder zijn stok te gebruiken, waarbij hij zijn rechtervoet op het beton hield, zijn linker op het gras tot hij een inkeping in het wegdek vond die hij klaarblijkelijk had gezocht. Hij bleef staan, met zijn gezicht naar het noorden, dacht een ogenblik na en wees vervolgens pal west: 'De eikenboom staat daar.'

'Dat klopt,' bevestigde Agnes.

Met de grote boom negentig graden links van hem, kon hij de positie bepalen van de trap naar de veranda achter. Hij wees met de stok, die hij verder niet had gebruikt. 'De veranda?'

'Perfect,' zei Agnes aanmoedigend.

Noch aarzelend noch roekeloos begon de jongen over het gras naar de verandatrap te lopen. Hij liep in een veel rechtere lijn dan Agnes zou hebben gedaan als ze haar ogen dicht had gehad.

Naast haar vroeg Jacob: 'Wat moeten we doen?'

'Laat hem zijn gang gaan,' raadde ze aan. 'Laat hem gewoon Barty zijn.'

Hij liep verder, onder de uitgespreide zwarte takken van de massieve boom en terwijl hij ononderbroken groen getongde, mompelende aanmoedigingen kreeg van de door de bries bewogen bladeren, bleef Barty Barty, dus vastbesloten en onverschrokken.

Toen hij meende in de buurt van de verandatrap te zijn, gebruikte hij zijn stok. Na twee stappen raakte de punt de onderste tree. Hij tastte naar de leuning. Greep slechts even in de lege lucht. Vond de leuning. Hij klom naar de veranda.

De keukendeur stond open en was vol licht, maar hij miste die op een halve meter. Hij tastte langs de achtermuur van het huis, ontdekte de deurlijst en daarna de opening, zocht met de stok naar de drempel en stapte de deur binnen.

Toen hij zich omdraaide naar de vier begeleiders achter hem die allemaal krom liepen van de spanning en een stijve nek hadden, zei Barty: 'Wat eten we vanavond?'

Jacob was bijna twee dagen bezig geweest om Barty's lievelingstaarten en -cakes en -koekjes te bakken, en hij had ook een maaltijd bereid. Maria's dochtertjes waren die avond bij haar zuster, dus ze at mee. Edom schonk wijn voor iedereen, behalve voor Barty, priklimonade voor de eregast, en hoewel dit geeft feest genoemd mocht worden, voelde Agnes zich langzaam beter door een gevoel van gewoonheid, van hoop, van familie.

Na het eten en opruimen, toen Maria en de ooms waren vertrokken, waagden Agnes en Barty zich ten slotte samen aan de trap. Zij volgde, met de stok in haar hand, waarvan hij had gezegd dat hij die liever niet in huis gebruikte, om hem op te vangen als hij struikelde.

Met een hand op de leuning beklom hij de eerste drie treden langzaam. Hij bleef op elke tree even staan, schoof zijn voet naar voren tot de roe en terug om de diepte te weten in relatie tot zijn kleine voet. Hij ging tussen elke stap met zijn rechtervoet op en neer langs het stootbord om de hoogte te meten.

Barty benaderde het traplopen als een mathematisch probleem, berekende de juiste beweging voor elk been en voor het neerzetten van elke voet om de hindernis te nemen. De volgende drie treden nam hij minder langzaam, en daarna liep hij verder met een groeiend zelfvertrouwen, terwijl hij zijn voeten met een machineachtige precisie op en neer bracht.

Agnes kon zich bijna het driedimensionale geometrische model voorstellen dat haar kleine wonderkind in zijn hoofd had gecreëerd en waar hij nu op vertrouwde om de bovenverdieping zonder al te erge brokken te bereiken. Trots, verwondering en verdriet trokken haar hart in verschillende richtingen.

Nadenkend over haar zoons slimme, ijverige en geduldige aanpassing aan de duisternis, wenste ze dat ze voor hem de oogverblindende zonsondergang had beschreven waaronder zij hun reis naar huis hadden gemaakt. Hoewel haar woorden misschien wel ontoereikend zouden zijn geweest voor het schouwspel, zou hij zich op grond daarvan toch een beeld hebben kunnen vormen; met zijn creatieve talenten zou de wereld die hij was kwijtgeraakt met zijn gezichtsvermogen, misschien in gelijke pracht in zijn verbeelding worden nagemaakt.

Agnes hoopte dat de jongen een nacht of twee in haar kamer zou slapen tot hij weer georiënteerd was in huis. Maar Barty wilde in zijn eigen bed slapen.

Ze was bang dat hij misschien, als hij 's nachts naar de wc moest, halfslapend de verkeerde kant op zou gaan, naar de trap, en zou vallen. Drie keer liepen ze de route van de deur van zijn kamer naar de badkamer in de gang. Ze had het wel honderd keer kunnen lopen en nog niet tevreden zijn, maar Barty zei: 'Goed, ik heb het.'

Tijdens Barty's verblijf in het ziekenhuis waren ze opgeklommen van Heinleins boeken voor jongvolwassenen naar sciencefiction van dezelfde auteur voor het algemene publiek. Nu, pyjama aan en in bed, met zijn zonnebril op het nachtkastje maar zijn ooglappen nog voor, luisterde Barty ademloos naar het begin van *Dubbelster*.

Omdat ze niet langer aan zijn ogen kon zien hoeveel slaap hij had, vertrouwde ze erop dat hij haar wel zou vertellen wanneer ze op moest houden met voorlezen. Op zijn verzoek sloot ze het boek na zevenenveertig bladzijden, aan het eind van hoofdstuk 2.

Agnes boog zich naar Barty toe om hem welterusten te kussen.

'Mam, als ik je om iets vraag, dan doe je het toch, hè?'

'Natuurlijk, schat. Dat doe ik toch altijd?'

Hij duwde het beddengoed van zich af en ging rechtop zitten, steunend tegen de kussens en het hoofdeinde. 'Misschien vind je het moeilijk, maar het is echt belangrijk.'

Ze ging op de rand van het bed zitten, pakte zijn hand en staarde naar zijn prachtig gewelfde mond, zoals ze hem vroeger in de ogen zou hebben gekeken. 'Vertel op.'

'Niet verdrietig zijn. Oké?'

Agnes had gedacht dat ze er in deze beproeving goed in was geslaagd haar kind niet al te zeer te laten merken hoezeer het haar aangreep. Maar hierin, zoals in zoveel andere dingen, bewees de jongen opmerkzamer en volwassener te zijn dan ze had beseft. Nu kreeg ze het gevoel hem in de steek te hebben gelaten en dat gevoel deed pijn als een wond.

Hij zei: 'Jij bent het Taartenvrouwtje.'

'Dat was ik.'

'Dat komt wel weer. En het Taartenvrouwtje... is nooit triest.'

'Soms zelfs het Taartenvrouwtje wel.'

'Als jij ergens bent geweest, voelen de mensen zich goed, net zoals wanneer de kerstman langs is geweest.'

Zacht kneep ze hem in zijn hand, maar ze kon niet praten.

'Het is er zelfs als je me nu voorleest. Dat trieste gevoel, bedoel ik. Het verandert het verhaal, maakt het minder mooi, omdat ik niet kan doen alsof ik niet kan horen hoe triest je bent.'

Na enige inspanning slaagde ze erin te zeggen: 'Het spijt me, schat,' maar haar stem was zo verwrongen door pijn dat ze voor zichzelf als een vreemde in de oren klonk.

Na een stilte vroeg hij: 'Mam, je gelooft me toch altijd, hè?'

'Altijd,' zei ze, omdat ze hem nooit op een leugen had betrapt.

'Kijk je me nu aan?'

'Ja,' verzekerde ze hem, hoewel haar blik van zijn mond naar zijn hand, zo klein in haar handen, was gezakt.

'Mam, zie ik er triest uit?'

Uit gewoonte keek ze naar zijn ogen, omdat ze, hoewel wetenschappers blijven volhouden dat de ogen zelf geen uitdrukking bezitten, wist wat elke dichter wist: om te zien hoe het met het on-

zichtbare hart is gesteld, moet je eerst daar kijken waar wetenschappers beslist niet kijken.

De witte ooglappen weerden haar af en ze besefte dat die verwijdering van beide oogbollen bij de jongen het gemak waarmee ze
zijn stemmingen aflas en wist wat er in hem omging diep had aangetast. Dit was een kleiner verlies dat tot dan overschaduwd was
gebleven door de grote vernietiging. Omdat ze zijn ogen niet meer
als bewijs had, zou ze beter op zijn lichaamstaal – ook veranderd
door zijn blindheid – en stem moeten letten en die moeten interpreteren, want er zou geen ziel te zien zijn in de met de hand geschilderde plastic implantaten.

'Zie ik er triest uit?' herhaalde Barty.

Zelfs het door Chinese zijde getemperde licht van de lamp was te
schel en ze kon er weinig mee; dus ze deed de lamp uit en zei:
'Schuif eens op.'

De jongen maakte ruimte voor haar.

Ze schopte haar schoenen uit en ging naast hem op bed zitten, met
haar rug tegen het hoofdeinde en zijn hand nog altijd in die van
haar. Ook al was de duisternis niet zo intens als die van Barty, Agnes merkte dat het haar beter lukte haar emoties in bedwang te
houden als ze hem niet kon zien. 'Volgens mij moet je wel triest
zijn, jochie. Je verbergt het goed, maar je moet het wel zijn.'

'Maar ik ben het niet.'

'Bullekoek, zoals ze zeggen.'

'Zo zeggen ze het niet,' antwoordde de jongen giechelend, want
door het vele lezen had hij woorden geleerd waarover ze het eens
waren geworden dat hij ze niet zou gebruiken.

'Bullekoek zeggen ze misschien niet, maar het is het ergste wat wíj
zeggen. En eigenlijk wordt in dit huis de voorkeur gegeven aan
dingeskoek.'

'Dingeskoek maakt niet echt indruk.'

'Daar gaat het niet om.'

'Ik ben echt niet triest, mam. Ik ben het niet. Ik vind het niet leuk
om blind te zijn. Het is... moeilijk.' Zijn stemmetje, muzikaal als
de stemmen van de meeste kinderen, ontroerend door de onschuld
erin, spon een dunne draad van muziek in het donker, en leek te
lieflijk om over deze bittere dingen te spreken. 'Heel moeilijk. Maar
triest maakt niet dat ik weer kan zien.'

'Nee, dat is zo,' beaamde ze.

'Bovendien ben ik hier blind, maar ik ben niet blind in alle plaatsen waar ik ben.'

Nou dat weer.

Raadselachtig, zoals altijd over dit onderwerp, vervolgde hij: 'Ik ben waarschijnlijk niet blind op andere plaatsen dan waar ik nu ben. Ja, zeker. Ik zou liever op een van de andere plaatsen zijn waar ik mijn ogen nog heb, maar dit hier ben ik. En weet je wat?'

'Nou?'

'Er is een reden waarom ik op deze plaats blind ben maar niet overal waar ik ben.'

'Welke reden?'

'Er moet iets belangrijks zijn dat ik hier moet doen en wat ik niet overal waar ik ben hoef te doen, iets dat ik beter zal doen als ik blind ben.'

'Zoals wat?'

'Ik weet het niet.' Hij zweeg even. 'Dat zal nog interessant gaan worden.'

Ze bleef lange tijd zwijgen. Toen: 'Jochie, ik weet nog steeds niet wat ik daarmee aan moet.'

'Weet ik, mam. Ooit zal ik het beter begrijpen en dan leg ik het je allemaal uit.'

'Daar kijk ik nu naar uit. Denk ik.'

'En dat is geen dingeskoek.'

'Dat leek me ook niet. En weet je wat?'

'Nou?'

'Ik geloof je.'

'Over triest zijn?' vroeg hij.

'Over triest zijn. Je bent het echt niet, en dat... verbluft me gewoon, jochie.'

'Het frustreert me,' gaf hij toe. 'Om te leren in het donker al die dingen te doen... Ik krijg er de pest over in, zoals ze zeggen.'

'Dat zeggen ze niet,' zei ze plagend.

'Dat zeggen wíj.'

'Eigenlijk, als we het dan toch moeten zeggen, zou ik liever zeggen dat we er genoeg van hebben.'

Hij kreunde. 'Dat geeft het niet echt aan, mam. Als ik dan toch blind moet zijn, denk ik dat ik er de pest over in heb.'

'Misschien heb je gelijk,' gaf ze toe.

'Ik heb er de pest in en ik mis sommige dingen vreselijk. Maar ik ben niet triest. En jij moet ook niet triest zijn, want dat bederft alles.'

'Ik beloof het te proberen. En weet je wat?'

'Nou?'

'Misschien hoef ik het helemaal niet zo vreselijk te proberen als ik denk, omdat jij het zo gemakkelijk maakt, Barty.'

Al langer dan een week was Agnes' hart een plaats vol lawaai geweest, gevuld met het geratel en de knallen van moeilijke emoties, maar nu was er een soort rust gekomen, een rust die, als die bleef, misschien op een dag weer vreugde zou toelaten.

'Mag ik je gezicht aanraken?' vroeg Barty.

'Het gezicht van je oude moeder?'

'Je bent niet oud.'

'Je hebt over de piramides gelezen. Ik was hier eerder.'

'Dingeskoek.'

Feilloos vond hij in de duisternis met beide handen haar gezicht. Hij streelde over haar voorhoofd. Volgde haar ogen met zijn vingertoppen. Haar neus, haar lippen. Haar wangen.

'Er waren tranen,' zei hij.

'Die waren er,' gaf ze toe.

'Maar nu niet. Allemaal opgedroogd. Je voelt net zo mooi als je eruitziet, mam.'

Ze pakte zijn kleine handen en kuste die.

'Ik zal je gezicht altijd kennen,' beloofde hij. 'Zelfs als je weg moet en je er honderd jaar niet bent, zal ik dan nog weten hoe je eruitzag, hoe je voelde.'

'Ik ga nergens heen,' beloofde ze. Ze had gemerkt dat zijn stem zwaar van de slaap was geworden. 'Maar het wordt tijd voor je om naar dromenland te gaan.'

Agnes stapte uit bed, knipte de lamp aan en stopte Barty weer in. 'Zeg je stille gebeden.'

'Doe ik al,' zei hij moeizaam.

Ze stapte in haar schoenen en bleef even naar zijn bewegende lippen kijken toen hij dank zei voor zijn zegeningen en toen hij vroeg om anderen die het nodig hadden te zegenen.

Ze vond de schakelaar en knipte de lamp weer uit. 'Welterusten, jonge prins.'

'Welterusten, koningin-moeder.'

Ze liep naar de deur, bleef staan en draaide zich in het duister naar hem om. 'Jochie van me?'

'Hmmm?'

'Heb ik je ooit verteld wat je naam betekent?'

'Mijn naam… Bartholomeus?' vroeg hij slaperig.

'Nee. Lampion. Ergens tussen de Franse voorouders van je vader moeten lampenmakers hebben gezeten. Een lampion is een kleine lantaarn, een olielamp met een getint lampenglas. Onder andere gebruikten ze, in dat verre verleden, die olielampen op koetsen.'

Glimlachend in het onverschrokken duister luisterde ze naar de ritmische ademhaling van een slapende jongen.

Toen fluisterde ze: 'Jij bent mijn kleine lantaarn, Barty. Jij verlicht mijn weg.'

Die nacht was haar slaap dieper dan hij in lange tijd was geweest, zo diep als ze niet had verwacht dat die ooit weer zou zijn, en ze werd door geen enkele droom geplaagd, geen droom over lijdende kinderen, niet over een rondtollende auto op een beregende straat, niet over duizenden door de wind voortbewogen bladeren die ratelend over een verlaten straat vlogen en die allemaal een jonker van schoppen bleken te zijn.

70

Een gedenkwaardige dag voor Celestina, een avond uit duizenden, en een nieuwe ochtend in het vooruitzicht: hier begon het leven waarover ze als kind al had gedroomd.

Alleen of met z'n tweeën verlieten de feestende bezoekers uiteindelijk de tentoonstelling, maar voor Celestina hing er opwinding in de gebruikelijke stilte van de galerie na het vertrek van het publiek.

Op de tafels alleen nog maar dienbladen met papieren onderleggers vol vlekken, kruimels en lege plastic champagneglazen.

Zelf was ze te nerveus geweest om iets te eten. De hele avond had ze hetzelfde onaangeraakte glas champagne in haar hand gehouden, zich eraan vastgehouden als aan een reddingsboei zodat ze niet weggeslagen zou worden door een storm.

Nu was haar reddingsboei Wally Lipscomb – gynaecoloog, kinderarts, huisbaas en beste vriend –, die halverwege de receptie was verschenen. Toen ze luisterde naar het verkoopresultaat van Helen Greenbaum, hield Celestina Wally's hand zo stevig vast dat hij, als het een plastic champagneflûte was geweest, zou zijn gebarsten.

Volgens Helen was meer dan de helft van de schilderijen aan het eind van de receptie verkocht, een record voor de galerie. Omdat de expositie twee volle weken zou gaan duren, vertrouwde ze erop dat ze wellicht alles zouden verkopen of vrijwel alles.

'Van tijd tot tijd zal er over je worden geschreven,' waarschuwde Helen. 'Wees voorbereid op een paar chagrijnige critici die woedend zijn over je optimisme.'

'Mijn vader heeft me al gewapend,' zei Celestina ter geruststelling. 'Volgens hem is kunst eeuwig, maar zijn critici de zoemende insecten van één enkele zomerse dag.'

Haar leven was zo gezegend dat ze wel een zwerm sprinkhanen had kunnen hebben, laat staan een paar muggen.

Op verzoek van Tom Vanadium had de taxi hem even voor tien uur 's avonds op één straat afstand van zijn nieuwe – en tijdelijke – huis afgezet.

Hoewel de mummificerende mist witte mysteriën om zelfs de gewoonste zaken wikkelde en elke burger in anonimiteit hulde, wilde Vanadium het flatgebouw met uiterste behoedzaamheid benaderen. Hoe lang zijn verblijf hier ook zou duren, hij zou nooit vertrekken of aankomen via de voordeur of zelfs maar via de ondergrondse garage – tot misschien zijn laatste dag.

Hij liep door een steeg naar de dienstingang van het gebouw, waarvoor hij een sleutel had die niet aan andere huurders was verstrekt. Hij maakte de stalen deur open en stapte een klein, vaag verlicht vertrek binnen met grijze muren en een gespikkelde blauwe linoleumvloer.

Links leidde een deur naar een trap achter in het gebouw, te openen met een sleutel die hij al in zijn hand had. Rechts: een met een sleutel te bedienen dienstlift waarvoor hij een andere sleutel had gekregen.

Met de dienstlift, die andere huurders alleen maar mochten gebruiken als ze verhuisden of als er grote meubelstukken bezorgd werden, ging hij naar de tweede van de vier verdiepingen. Een andere lift, vóór in het gebouw, werd te frequent gebruikt naar zijn smaak.

De flat op de tweede verdieping direct boven die van Enoch Cain, was gehuurd door Simon Magusson via zijn bedrijf, sinds die leeg was komen te staan in maart 1966, tweeëntwintig maanden daarvoor.

Tegen de tijd dat deze operatie achter de rug was en de duivelse mr. Cain zijn gerechte straf had gekregen, had Simon misschien twintig of vijfentwintig procent uitgegeven van het percentage dat hij had ontvangen van de financiële regeling inzake de dood van

Naomi Cain. De advocaat stelde hoge prijs op zijn waardigheid en reputatie.

En hoewel Simon het ontkend zou hebben, zelfs de grap zou hebben gemaakt dat geweten een handicap voor een advocaat was, voer hij op een moreel kompas. Als hij te ver van de juiste weg afweek, leidde die magnetische naald hem terug uit het land van de verloren zielen.

De flat was gemeubileerd met slechts twee stoffen klapstoelen en een kale matras in de woonkamer. Het matras lag op de vloer, zonder ledikant of boxspring.

In de keuken stonden een radio, een broodrooster, een koffiekan, goedkoop servies en bestek voor twee personen, een kleine rommelige verzameling borden, koppen en kommen, een vriezer vol kant-en-klaarmaaltijden en Engelse muffins.

Dit Spartaanse geheel was goed genoeg voor Vanadium. Hij was de vorige avond uit Oregon aangekomen met drie koffers vol kleren en persoonlijke bezittingen. Hij verwachtte dat deze unieke combinatie van detectivewerk en psychologische oorlogsvoering Cain binnen een maand in de val zou lokken, voordat zelfs deze accommodatie te sober zou gaan worden voor iemand die alles mooier dan een kloostercel barok zou vinden.

Eén maand rekenen voor de klus zou weleens te optimistisch kunnen zijn. Aan de andere kant had hij veel tijd gehad om een strategie uit te denken.

Vanuit deze flat hadden Nolly en Kathleen een paar schermutselingen van de eerste fase van de oorlog ondernomen, inclusief de spookserenades. Ze hadden de boel netjes achtergelaten. Het enige teken dat ze ooit hier waren geweest, was een pakje tandzijde dat ze hadden achtergelaten op een vensterbank in de woonkamer. De telefoon werkte en Vanadium draaide het nummer van de conciërge van de flat, Sparky Vox. Sparky had een flat in de kelder, op de bovenste van twee ondergrondse verdiepingen, grenzend aan de ingang van de garage.

Sparky was al in de zeventig, maar sterk en vol grappen, en hij hield ervan af en toe een uitstapje naar Reno te maken, een ruk aan de trekautomaten te geven en een paar spelletjes blackjack te spelen. De onderhandse zwarte maandelijkse cheques van Simon werden dankbaar geaccepteerd en zorgden voor de medewerking van de man in deze samenzwering.

Sparky was niet slecht, niet gemakkelijk om te kopen, en als hem was gevraagd een andere huurder dan Cain te verraden, zou hij waarschijnlijk geweigerd hebben. Maar hij had een enorme hekel aan Cain en vond hem 'net zo vreemd en gluiperig als een syfilitische aap'.

De vergelijking met een syfilitische aap trof Tom Vanadium als bizar, maar het bleek een nuchter oordeel dat was gebaseerd op ervaring. Toen hij in de vijftig was, had Sparky als hoofd onderhoud op een medisch onderzoekslaboratorium gewerkt waar – onder andere – apen met opzet met syfilis werden besmet om daarna hun verdere leven te worden geobserveerd. In de laatste fase hadden enkele van de kleine primaten zulk buitenissig gedrag vertoond dat Sparky goed was voorbereid op zijn latere ontmoeting met Enoch Cain.

De vorige avond, in de kelderflat van de conciërge, onder het drinken van een fles wijn, had Sparky Vanadium talrijke vreemde verhalen over Cain verteld: *De nacht dat hij zijn teen eraf schoot, De dag dat hij gered werd uit een meditatieve trance en van een verlamde blaas, De dag dat het psychotische vriendinnetje een Vietnamees dikbuikzwijn naar zijn flat meenam toen hij weg was, het vol laxeermiddelen stopte en daarna in zijn slaapkamer opsloot.*

Na alle ellende die hij had doorstaan vanwege Cain, moest Vanadium tot zijn verbazing lachen om dit kleurrijke verslag van de tegenslagen van de vrouwenmoordenaar. En lachen had ook oneerbiedig geleken tegenover de nagedachtenis aan Victoria Bressler en Naomi, en Vanadium had zich heen en weer getrokken gevoeld tussen de wens meer te horen en het gevoel dat amusementswaarde ontdekken in een man als Cain een vlek op zijn ziel zou nalaten die met geen enkele boetedoening weg te wassen viel.

Sparky Vox – met minder kennis van theologie en filosofie dan zijn gast, maar met een spiritueel inzicht dat een hoogopgeleide jezuïet wel moest bewonderen, al was het met tegenzin – had Vanadiums slechte geweten gesust. 'Het probleem met films en boeken is dat ze slechtheid aantrekkelijk maken, opwindend, terwijl het niet zo is. Het is vervelend en het is deprimerend stompzinnig. Criminelen zijn alleen maar op goedkope kicks en gemakkelijk geld uit, en als ze dat hebben, willen ze alleen nog maar meer van hetzelfde, steeds maar weer. Het zijn oppervlakkige, lege, saaie mensen die nog geen vijf minuten een interessant gesprek met je kunnen voeren als je de stomme pech hebt op een feest met die types terecht te komen. Misschien dat zo af en toe iemand wat apenslimheid kan vertonen, maar ze zijn bijna nooit intelligent. God moet vast en zeker willen dat we om die dwazen lachen, omdat wij, als we niet om hen lachen, hun op de een of andere manier respect betonen. Als je zo'n schooier als Cain niet bespot, als je te bang voor hem bent, of als je hem zelfs maar aankijkt op een min of meer serieuze manier, dan betoon je hem meer eer dan ik ooit van plan ben te geven. Nog een glas wijn?'

Vierentwintig uur later, toen Sparky zijn telefoon opnam en Tom Vanadium hoorde, zei hij: 'Zoek je gezelschap? Ik heb nog zo'n fles Merlot staan.'

'Bedankt, Sparky, maar vanavond niet. Ik dacht eraan beneden eens een kijkje te nemen als meneer Negen Tenen niet aan zijn huis gebakken zit door een geval van een blaasverlamming.'

'Volgens mij is zijn auto weg. Ik zal even kijken.' Sparky legde de hoorn neer en ging in de garage kijken. Toen hij terugkwam, zei hij: 'Ja. Nog steeds weg. Als hij uitgaat, maakt hij het meestal laat.'

'Hoor je hem als hij terugkomt?'

'Wel als ik het wil.'

'Als hij binnen een uur terugkomt, bel me dan in zijn flat zodat ik ervandoor kan gaan.'

'Doe ik. Kijk ook eens naar die schilderijen die hij verzamelt. Mensen betalen er grof geld voor, zelfs mensen die nog nooit in een gekkenhuis hebben gezeten.'

Wally en Celestina gingen eten in het Armeense restaurant waar hij in 1965 eten had gehaald op de dag dat hij haar en Angel had gered van Neddy Gnathic. Rode tafelkleedjes, witte borden, donkere houten betimmering, kaarsen in rode glazen op elke tafel, de lucht geurend naar knoflook en gebakken pepers, kebab en soujoek – plus goed personeel, voornamelijk familie van de eigenaar – zorgden voor een atmosfeer die geschikt was om iets te vieren en voor een intiem gesprek. En Celestina verwachtte beide, omdat dit in meer dan één opzicht een gedenkwaardige dag beloofde te worden.

De afgelopen drie jaren hadden ook Wally het nodige te vieren gegeven. Nadat hij zijn praktijk had verkocht en een pauze van acht maanden had genomen van de zestigurige werkweken die hij zo lang had gehad, was hij vierentwintig uur per week als vrijwilliger gaan werken in een kinderkliniek voor de minderbedeelden. Hij had zijn hele leven hard gewerkt en vlijtig gespaard, en nu kon hij zich volledig richten op die bezigheden waar hij de grootste bevrediging uit haalde.

Voor Celestina was hij een geschenk uit de hemel omdat hij Angel overstelpte met zijn liefde voor kinderen en een nieuw gevoel van blijdschap dat hij in zichzelf had ontdekt. Hij was oom Wally. Waggelende Wally, Wiegelende Wally, Wally Walrus, Wally Weerwolf, Wally Weettutbeter, Wally Wapperoor, Wally Wekker, Wally Watervlug. Hij was jeemieneetje Wally, vriend van alle Waterbewoners. Angel was dol op hem, stapeldol op hem, en hij hield net zoveel van haar als van de zoons die hij had verloren. Overbelast door haar opleiding, haar werk als serveerster, haar schilderwerk, kon Celestina altijd rekenen op Wally wat betreft de zorg voor het kind. Hij was niet alleen Angels plaatsvervangende oom, maar in alle opzichten, behalve wettelijk en biologisch, haar vader; hij was niet alleen maar haar arts, maar ook een beschermengel die zich zorgen maakte over het lichtste koortsje en zich bekommerde over alle manieren waarop een wereld een kind kon verwonden.

'Ik betaal,' zei Celestina beslist toen ze waren gaan zitten. 'Ik ben nu een succesvol kunstenares met talloze critici die me weleens zullen afkraken.'

Hij greep de wijnkaart voordat ze die zelfs maar kon bekijken. 'Als jij betaalt, bestel ik de duurste, hoe die ook smaakt.'

'Klinkt redelijk.'

'Chateau le Bucks, 1886. We kunnen er een fles van nemen of je zou een nieuwe auto kunnen kopen, en persoonlijk denk ik dat dorst boven vervoer gaat.'

Ze zei: 'Heb je Neddy Gnathic gezien?'

'Waar?' Hij keek om zich heen in het restaurant.

'Nee, op de receptie.'

'Het is niet waar!'

'Zoals hij zich gedroeg zou je gezworen hebben dat hij mij en Angel onderdak had geboden tegen de regen, in plaats van dat hij ons er destijds uitzette om in de sneeuw dood te vriezen.'

Geamuseerd zei Wally: 'Jullie artiesten overdrijven graag – of ben ik de grote sneeuwjacht van San Francisco in 1965 vergeten?'

'Hoe kun je die skiërs vergeten die slalommend door Lombard Street gingen.'

'O, ja, nu weet ik het weer. IJsberen die op Union Square toeristen aten, wolven die de Heights onveilig maakten.'

Het gezicht van Wally Lipscomb, lang en smal als altijd, leek in niets meer op het sombere gelaat van een begrafenisondernemer zoals vroeger, maar meer op het rubberen gezicht van die circusclowns die je gemakkelijk aan het lachen kunnen maken door een overdreven trieste frons of door een belachelijke grijns te trekken. Ze zag warmte waar ze ooit onverschilligheid had gezien, kwetsbaarheid waar ze ooit een gewapend hart zag, enorme verwachtingen waar ze toen verschrompelde hoop zag, vriendelijkheid en liefde die daar altijd al hadden gezeten, maar nu in veel grotere mate. Ze hield van zijn lange, smalle, vertrouwde, heerlijke gezicht en ze hield van de man die erbij hoorde.

Er viel veel in te brengen tegen het idee dat zij samen een koppel zouden kunnen vormen. In deze tijd dat ras er zogenaamd niet meer toe deed, leek het er soms jaarlijks wel meer toe te doen. Leeftijd speelde ook een rol, en hij was vijftig, zesentwintig jaar ouder dan zij, oud genoeg om haar vader te zijn, wat haar vader zeker op rustige toon, maar gedecideerd – en herhaalde malen – zou zeggen. Hij was hoogopgeleid en had meerdere medische graden, en zij had op de kunstacademie gezeten.

Ook al waren de obstakels twee keer zo hoog opgestapeld geraakt, het werd tijd in woorden te vatten wat ze voor elkaar voelden en te besluiten wat ze van plan waren eraan te doen. Celestina wist dat in diepte en hevigheid, en ook in de belofte van hartstocht, Wally's liefde voor haar even groot was als die van haar voor hem; uit respect voor haar en misschien omdat de lieve man twijfels had over zijn aantrekkingskracht, probeerde hij de werkelijke kracht van zijn gevoelens te verhullen en dacht dat hij daar ook in slaagde, hoewel hij letterlijk straalde van liefde. Zijn ooit broederlijke kussen op de wang, zijn aanrakingen, zijn bewonderende blikken, waren allemaal nog kuis, maar door de tijd heen veel intiemer geworden; en als hij haar hand vasthield – zoals vanavond in de galerie – of het nu bij wijze van steun was of om haar veilig naar de overkant van een drukke straat te loodsen, werd die lieve Wally overweldigd door een smachtend verlangen dat Celestina zich nog levendig herinnerde van de middelbare school toen jongens van dertien, hun ogen vol pure adoratie, met de mond vol tanden stonden door het conflict tussen verlangen en onervarenheid. Drie keer leek hij de laatste tijd op het punt te hebben gestaan zijn gevoelens te uiten; gevoelens waarvan hij vermoedde dat die haar zouden verrassen, zo niet laten schrikken, maar het moment was nooit helemaal juist geweest.

Voor haar had de groeiende spanning tijdens het eten nauwelijks te maken met het feit of Wally de vraag wel of niet zou stellen, omdat zij, als hij deze keer het onderwerp niet aansneed, van plan was zelf het initiatief te nemen. In plaats daarvan was Celestina gespannener of Wally al dan niet verwachtte dat een oprechte uiting van verbintenis voldoende zou zijn om haar te bewegen met hem te slapen.

Ze was tweeslachtig hierin. Ze wilde hem, wilde vastgehouden en geliefkoosd worden, hem bevredigen en bevredigd worden. Maar ze was de dochter van een dominee. De idee van zonde en gevolgen zat misschien minder diep ingebakken bij sommige dochters van bankiers of bakkers dan bij een kind van een baptistische dominee. Zij was een anachronisme in deze tijd van gemakkelijke seks, maagd uit vrije verkiezing, niet door gebrek aan mogelijkheden. Hoewel ze kortgeleden in een tijdschrift een artikel had gelezen waarin stond dat zelfs in deze tijd van vrije liefde negenenveertig procent van de bruiden op hun huwelijksdag nog maagd was, geloofde ze het niet en nam ze aan dat ze per ongeluk op een publicatie was gestuit die door een werkelijkheidsgat was gevallen tussen deze wereld en een preutsere parallelwereld. Ze was geen tut, maar ze was ook geen verkwister, en haar eer was een schat die niet nonchalant weggegooid mocht worden. *Eer!* Ze klonk als een jonkvrouwe die smachtend in een kasteeltoren op haar sir Lancelot zat te wachten. *Ik ben niet alleen maagd, ik ben een monster!* Maar los van de gedachte aan zonde, aangenomen dat maagdelijke eer even passé was als een hoepelrok, gaf ze er de voorkeur aan te wachten, om te genieten van het moment van intimiteit, om de verwachting groter te laten worden en om hun huwelijkse leven samen te beginnen zonder ook maar het geringste spoortje van spijt. Toch had ze besloten dat ze, als hij klaar was voor de relatie waarvan zij geloofde dat hij al drie keer op het punt had gestaan er uitdrukking aan te geven, ze alle onzekerheid opzij zou schuiven in naam van de liefde en naast hem zou liggen om hem vast te houden en zichzelf aan hem te geven met heel haar hart.

Twee keer tijdens het eten leek hij Het Onderwerp te naderen, maar dan draaide hij eromheen en vloog weer weg, elke keer om iets onbenulligs te melden of om iets grappigs aan te halen dat Angel had gezegd.

Hun glazen waren bijna leeg, ze bestudeerden de dessertkaart, en Celestina begon zich af te vragen of zij, ondanks haar intuïtie en alle aanwijzingen, het misschien fout had wat Wally's hart betrof. De tekenen leken duidelijk en als zijn uitstraling geen liefde was, dan moest hij wel gevaarlijk radioactief zijn – toch kon ze het mis hebben. Zij was een vrouw met enig inzicht, werelds in veel opzichten, met de directe waarnemingen van een kunstenaar; maar

462

op het gebied van de liefde was zij de onschuld zelve, misschien nog wel hopelozer naïef dan ze besefte. Terwijl ze het rijtje taarten en cakes en zelfgemaakt ijs doornam, liet ze twijfel toe, en toen de gedachte postvatte dat Wally misschien toch niet op die manier van haar hield, wilde ze het, om de spanning te beëindigen, wanhopig graag weten, omdat als zij niet voor hem betekende wat hij voor haar betekende, haar vader gewoon zou moeten accepteren dat ze zich bekeerde tot het rooms-katholieke geloof omdat zij en Angel geruime tijd in een nonnenklooster door zouden moeten brengen om haar hart volledig te laten herstellen.

Tussen de eenregelige beschrijving van de baklava en de uitgebreidere woorden op het menu voor de walnoot-mamouls werd de spanning te veel, de twijfel te verraderlijk, en Celestina keek op en zei, met meer meisjesachtige angst in haar stem dan ze wilde: 'Misschien is dit niet de plaats, misschien is het niet de tijd, of misschien is het wel de tijd maar niet de plaats, of wel de plaats maar niet de tijd, of misschien zijn de plaats en de tijd wel juist maar is het weer fout, ik weet het niet – o, Heer, hoor mij nu toch – maar ik moet echt weten of je kunt, of je bent, hoe je voelt, of je voelt, ik bedoel, of je denkt dat je zou kunnen voelen...'

In plaats van haar aan te gapen alsof ze van een raaskallende duivel was bezeten, frummelde Wally haastig een klein doosje uit zijn zak en flapte eruit: 'Wil je met me trouwen?'

Hij trof Celestina met de grote vraag, de enorme vraag, net toen ze even haar geratel onderbrak om diep adem te halen, om vervolgens nog meer nonsens te spuien, waardoor die paniekerige ademhaling in haar borst vast kwam te zitten, zo koppig vastzat dat ze er zeker van was dat ze medische hulp nodig had om weer adem te kunnen halen, maar toen maakte Wally het doosje open en liet een prachtige verlovingsring zien, en bij de aanblik daarvan kwam haar gevangen adem met een explosie naar buiten, en toen werd haar ademhaling weer normaal, hoewel ze snotterde en huilde en gewoon helemaal in de war was. 'Ik hou van je, Wally.'

Grijnzend maar met een vreemd vleugje bezorgdheid op zijn gezicht, dat Celestina zelfs door haar tranen heen kon zien, zei Wally: 'Betekent dat... dat je wilt?'

'Of ik morgen van je wil houden, bedoel je, en de dag na morgen en voor altijd? Natuurlijk, voor altijd, Wally, altijd.'

'Trouwen, bedoel ik.'

Haar hart zakte en haar verwarring schoot omhoog. 'Vroeg je dat dan niet?'

'En is dat dan jouw antwoord?'

'O!' Ze depte haar ogen met haar handen. 'Wacht! Geef me een tweede kans. Ik kan het beter, dat weet ik zeker.'

'Ik ook.' Hij sloot het doosje met de ring. Haalde diep adem. Opende het doosje weer. 'Celestina, toen ik je ontmoette, klopte mijn hart, maar het was dood. Ik was koud vanbinnen. Ik dacht dat ik daar nooit meer warmte zou voelen, maar door jou is het wel gebeurd. Jij hebt me mijn leven teruggegeven, en nu wil ik mijn leven aan jou geven. Wil je met me trouwen?'

Celestina stak haar linkerhand uit, die zo vreselijk trilde dat ze bijna beide wijnglazen omstootte. 'Ja, ik wil.'

Ze waren zich er geen van beiden van bewust dat hun persoonlijke drama, in alle onhandigheid en glorie, ieders aandacht in het restaurant had getrokken. Het gejuich dat opsteeg toen Celestina 'ja' zei op zijn huwelijksaanzoek, deed haar schrikken, waardoor ze de ring uit Wally's hand stootte toen hij probeerde die aan haar vinger te schuiven. De ring stuiterde over de tafel, ze grepen er allebei naar. Wally ving hem en deze keer werd haar verloving op de juiste manier voltrokken onder een luid applaus en gelach.

Ze kregen een dessert van het huis. De ober bracht de vier lekkerste gerechten, zodat ze niet twee kleine keuzes hoefden te maken na zo'n grote beslissing te hebben genomen.

Toen de koffie was opgediend en Celestina en Wally niet langer in het middelpunt van de belangstelling stonden, wees hij met zijn vork naar alle heerlijkheden en zei glimlachend: 'Ik wil dat je weet, Celie, dat dit tot ons trouwen voldoende zaligheden zijn.'

Ze was verbaasd en ontroerd. 'Ik ben een hopeloos ouderwets geval. Hoe kon je weten wat ik in gedachten had?'

'Het was ook in je hart en alles wat in jouw hart zit, kan iedereen zien. Zal je vader ons willen trouwen?'

'Als hij weer bij bewustzijn is.'

'We zullen een grootse trouwerij hebben.'

'Hij hoeft niet groots te zijn,' zei ze met een verleidelijke grijns, 'maar als we wachten, kan de trouwerij maar beter snel zijn.'

Van Sparky had Tom Vanadium een moedersleutel geleend waarmee hij de deur van Cains flat kon openen, maar hij maakte er liever geen gebruik van zolang hij nog via een achterdeur binnen kon komen. Hoe minder hij door de gangen liep die door de bewoners werden gebruikt, hoe beter hij zijn lijfelijke aanwezigheid waarschijnlijk geheim kon houden voor Cain en zijn spookreputatie kon voortzetten. Als te veel huurders zijn gemakkelijk te onthouden gezicht te zien kregen, zou hij een onderwerp van gesprek worden onder buren en dan zou de vrouwenmoordenaar weleens achter de waarheid kunnen komen.

Hij zette het raam in de keuken open en klom naar buiten, op de overloop van de brandtrap. Terwijl hij zich voelde als een hoogvliegende neef van het Spook van de Opera, met dezelfde afschrikwekkende littekens en de onbeantwoorde liefde voor een sopraanzangeres, daalde Vanadium in de mistige nacht de trap af, twee trappen langs de zigzaggende ijzeren treden tot aan de keuken van Cains flat.

Alle ramen die uitkwamen op de brandtrap hadden een gelaagde combinatie van glas met draadgaas om inbrekers een gemakkelijke toegang onmogelijk te maken. Tom Vanadium kende alle trucs van de beste inbraakartiesten, maar hij hoefde niet in te breken om daar binnen te komen.

Tijdens de schoonmaak, het leggen van een nieuw tapijt en het schilderwerk volgend op de verwijdering van het varken met diarree, daar losgelaten door een van Cains ontevreden vriendinnen, had de vrouwenmoordenaar een paar nachten in een hotel doorgebracht. Nolly maakte gebruik van de gelegenheid om zijn medewerker James Hunnicolt – Jimmy Trukendoos – erbij te halen om voor een speciale, niet te ontdekken raamopener aan de buitenkant te zorgen.

Zoals hem was gezegd voelde Vanadium langs de buitenkant van de versierde kalkstenen raamlijst tot hij een stalen pin met een doorsnede van een centimeter vond die tweeënhalve centimeter naar buiten toe uitstak. De pin had groeven om hem beter vast te kunnen pakken. Je moest langdurig en gelijkmatig trekken, maar zoals beloofd ging het schuifje binnen open.

Hij schoof de onderste helft van het hoge dubbele raam omhoog en glipte stilletjes de donkere keuken in. Omdat het raam ook als nooduitgang diende, zat het niet boven een aanrecht en kon je gemakkelijk binnenkomen.

Het vertrek lag niet aan de straat waarlangs Cain thuis zou komen, dus Vanadium deed de lichten aan. Een kwartier deed hij erover de gewone spulletjes in de kasten te bekijken, zonder iets in het bijzonder te zoeken, voornamelijk om een idee te krijgen hoe de verdachte leefde – en, toegegeven, ook hopend op iets dat zou helpen tot een veroordeling te komen, zoals een afgezaagd hoofd in de koelkast of minstens een kilo marihuana in plastic in de vriezer.

465

Hij vond niets van belang, knipte de lichten uit en liep verder naar de woonkamer. Als Cain thuiskwam zou hij vanaf de straat een blik omhoog kunnen werpen en de lichten hier zien branden, daarom nam Vanadium zijn toevlucht tot een kleine zaklantaarn, terwijl hij nauwgezet de straal afschermde met een hand.

Nolly, Kathleen en Sparky hadden hem voorbereid op de IJzeren Vrouw, maar toen de lichtstraal van zijn zaklantaarn weerkaatste van de vorken en fanschoepen van haar gezicht, vertrok Vanadium van schrik. Zonder volledig te beseffen wat hij deed, sloeg hij een kruis.

De witte Buick gleed door de mist als een spookschip door een spookachtige zee.

Wally reed langzaam, voorzichtig, met alle verantwoordelijkheid die je kon verwachten van een gynaecoloog, kinderarts en kersverse verloofde. De rit naar huis in Pacific Heights duurde twee keer zo lang als bij helder weer en op een avond zonder trouwbelofte.

Hij wilde dat Celestina op haar stoel bleef zitten en haar veiligheidsriem gebruikte, maar zij stond erop tegen hem aan te kruipen als een schoolmeisje met haar vriendje.

Hoewel dit misschien de gelukkigste avond van Celestina's leven was, zat er ook een melancholisch tintje aan. Ze moest steeds aan Phimie denken.

Geluk kon vanuit een onbeschrijflijke tragedie opschieten, met zo'n kracht dat het schitterende bloemen voortbracht en weelderige groene bladeren. Dit inzicht diende, voor Celestina, als inspiratie voor haar schilderijen en als bewijs voor de genade in deze wereld, zodat we de belofte van een uiteindelijke vreugde mochten zien en er gesteund door werden.

Uit Phimies vernedering, angst, lijden en dood was Angel voortgekomen, die Celestina in het begin heel even had gehaat, maar die ze nu meer dan Wally liefhad, meer dan ze zichzelf of zelfs maar het leven liefhad. Phimie had Celestina, via Angel, zowel tot Wally gebracht als tot een beter begrip van wat hun vader bedoelde met *deze gedenkwaardige dag*, een gedachte die kracht gaf aan haar schilderijen en zo diep de mensen ontroerde die haar kunst zagen en kochten.

Niet één dag in het leven van mensen, zo leerde hun vader, is een dag zonder belangrijke gebeurtenissen, geen dag is zonder diepe betekenis, hoe saai en vervelend hij ook lijkt, of je nu naaister of koningin bent, schoenpoetser of filmster, een befaamd filosoof of een kind met het Downsyndroom. Omdat er elke dag van je leven kansen bestaan iets aardigs te doen voor iemand, zowel bewust als onbewust. Het kleinste vriendelijke gebaar – een paar woorden van hoop als die nodig zijn, het herinneren van een verjaardag, een compliment dat een glimlach te voorschijn brengt – weergalmt over enorme afstand en tijd, beroert levens die degenen die met hun weldadige geest de bron van die goede echo waren, niet herkennen omdat vriendelijkheid doorgegeven wordt en elke keer dat het doorgegeven wordt groeit, zodat een eenvoudig gebaar jaren later en ver weg een daad van onbaatzuchtige moed wordt. Op dezelfde manier kan elke kleine laagheid, elke gedachteloze uitdrukking van haat, elke daad van jaloezie en bitterheid, hoe klein ook, anderen aansteken, en is daardoor het zaad dat slechte vruchten zal voortbrengen, mensen vergiftigen die je nooit hebt ontmoet of zal ontmoeten. Alle mensenlevens zijn zo diep en complex met elkaar verbonden – die van de doden, de levenden, toekomstige generaties – dat het noodlot van iedereen het noodlot van ieder afzonderlijk is, en de hoop van het mensdom leeft in elk hart en in elk stel handen. Daarom zijn we, na elke mislukking, verplicht weer naar succes te streven, en tegenover het einde van iets, moeten we iets nieuws en beters bouwen op de asresten, net zoals we van pijn en smart hoop moeten weven, want allemaal zijn we een draad die belangrijk is voor de kracht – en het behoud – van het menselijke tapijt. Elk uur in elk leven bevat zo'n vaak niet-herkend potentieel om de wereld te beroeren dat de goede tijden waar we, in onze ontevredenheid, zo vaak naar smachten er al zijn; alle goede tijden en opwindende mogelijkheden zitten altijd samengevat in de gedenkwaardige dag van vandaag.

Of, zoals haar vader vaak zei, daarmee zijn eigen retorische welbespraaktheid bespottend: 'Verhelder de hoek waar je zit en je verlicht de hele wereld.'

'Bartholomeus, hè?' vroeg Wally terwijl hij hen door de laaghangende wolkenbanken stuurde.

Geschrokken zei Celestina: 'Lieve hemel, je bent een griezel. Hoe kon je weten wat ik dacht?'

'Dat heb ik je al gezegd – jouw hart is een open boek.'

In de preek die hem een kortstondige roem bracht die hij even ongemakkelijk had gevonden, had haar vader het leven van Bartholomeus gebruikt om zijn opvatting te illustreren dat elke dag in het leven van iedereen van het hoogste belang is. Bartholomeus is zonder meer de onbekendste van de twaalf discipelen. Sommigen zouden zeggen dat Thaddeus minder bekend is, sommigen zouden misschien zelfs naar Thomas de twijfelaar kunnen wijzen. Maar Bartholomeus werpt zeker een schaduw die veel korter is dan die van Petrus, Mattheus, Jakobus, Johannes en Filippus. De bedoeling van haar vader om Bartholomeus tot de onbekendste van de twaalf uit te roepen, was om vervolgens in levendige details de daden van de apostel te schetsen, die destijds ogenschijnlijk weinig gevolgen hadden, maar die door de geschiedenis heen hadden geresoneerd, door honderden miljoenen levens. Vervolgens beweerde hij dat het leven van elk kamermeisje dat luisterde naar deze preek, het leven van elke automonteur, elke leraar, elke vrachtwagenchauffeur, elke serveerster, elke arts, elke portier, net zo belangrijk was als het leven van Bartholomeus, hoewel ze geen van allen in schijnwerpers stonden en zwoegden zonder applaus te krijgen.

Aan het einde van de beroemde preek had Celestina's vader alle goedbedoelende mensen toegewenst dat het in hun leven zou regenen van de heilzame gevolgen, van de aardige en onzelfzuchtige daden van talloze Bartholomeusen die ze nooit zouden ontmoeten. En hij verzekert hun die zelfzuchtig of naijverig zijn of geen barmhartigheid kennen, of die zelfs daden van enorm kwaad plegen, dat hun daden op hen terug zullen keren, oneindig veel groter, omdat zij handelen in strijd met de zin van het leven. Als de geest van Bartholomeus niet hun harten kan binnengaan en die kan veranderen, dan zou hij hen vinden en het vreselijke oordeel uitspreken dat ze verdienen.

'Ik wist,' zei Wally, remmend voor een rood stoplicht, 'dat je nu aan Phimie dacht, en denken aan haar zou je terugleiden naar de woorden van je vader omdat Phimie, hoe kort haar leven ook geweest mag zijn, een Bartholomeus was. Ze heeft haar stempel gedrukt.'

Phimie zou nu geëerd moeten worden met lachen in plaats van tranen, omdat haar leven Celestina zoveel herinneringen aan vreugde had nagelaten, vreugde in de persoon van Angel. Om niet te huilen, zei ze: 'Hoor eens, Clark Kent, wij vrouwen hebben onze kleine geheimen nodig, onze privé-gedachten. Als je werkelijk mijn hart zo gemakkelijk kunt lezen, denk ik dat ik loden beha's zal moeten gaan dragen.'

'Klinkt ongemakkelijk.'

'Maak je geen zorgen, liefste. Ik zal ervoor zorgen dat de banden zo gemaakt zijn dat jij ze makkelijk loskrijgt.'

'Ah, jij kunt kennelijk mijn gedachten lezen. Dat is enger dan het lezen van een hart. Misschien is er een dunne scheidslijn tussen domineesdochter en heks.'

'Misschien. Dus je kunt me beter niet kwaad maken.'

Het verkeerslicht sprong op groen. Nu huiswaarts.

Met de teruggevonden Rolex glanzend om zijn pols, reed Junior Cain zijn Mercedes met een ingetogenheid die meer zelfbeheersing vroeg dan hij had gedacht te kunnen opbrengen, zelfs onder de leiding van Zedd.

Hij zat zo vol wrok dat hij door de heuvelachtige straten wilde schieten, alle verkeerslichten en stoptekens negerend, de snelheidsmeter in de hoogst mogelijke stand vastzettend. Hij wilde door nietsvermoedende voetgangers heen knallen, hun botten kraken en ze tuimelend alle kanten op laten schieten.

Zo brandend van woede was hij dat zijn auto, door een directe thermische overdracht van zijn handen op het stuur, kersenrood had moeten opgloeien in de januariavond, tunnels van heldere droge lucht schroeiend door de koude mist. Rancune, venijnigheid, bitterheid, onstuimigheid: alle woorden geleerd met het doel van zelfverbetering, hadden nu geen enkele zin voor hem, want geen ervan omschreef adequaat zelfs maar het kleinste deel van zijn woede, die even eindeloos en gesmolten als de zon in hem opzwol, veel heviger dan zijn vlijtig uitgebreide vocabulaire.

Gelukkig verdampte de kille mist niet door de brandende Mercedes, waardoor het achternazitten van Celestina gemakkelijker bleef. De mist omzwachtelde de witte Buick waarin zij reed, waardoor de kans dat Junior haar kwijtraakte groter werd, maar hij omhulde ook de Mercedes en zorgde er min of meer voor dat zij en haar vriend niet zouden beseffen dat de koplampen achter hen steeds die van dezelfde auto waren.

Junior had geen idee wie de bestuurder van de Buick kon zijn, maar hij had een hekel aan de lange slungelige klootzak, omdat hij zich voorstelde dat de man Celestina naaide, die nooit met iemand anders dan Junior genaaid zou hebben als hij haar als eerste ontmoet had, omdat ze net als haar zuster, als alle vrouwen, hem onweerstaanbaar gevonden zou hebben. Hij had het gevoel dat hij het eerste recht op haar had door zijn relatie met de familie; hij was tenslotte de vader van het bastaardjongetje van haar zuster, wat hen tot bloedverwant maakte.

In zijn meesterwerk *De schoonheid van woede: kanaliseer je kwaadheid en word een winnaar,* legt Zedd uit dat elk volledig ontwikkeld mens zijn woede op iemand of iets kan richten, en daarna direct op iemand of iets anders kan richten omdat hij daarmee de macht, de beheersing, of elk doel dat hij zoekt, kan krijgen. Woede hoort geen emotie te zijn die langzaam opkomt bij elke nieuwe te rechtvaardigen zaak, maar moet in het hart blijven bestaan en gekoesterd worden, beheerst maar aanhoudend, zodat de volledige withete kracht ervan direct opgeroepen kan worden wanneer dat nodig is, of er een provocatie is geweest of niet.

Bedrijvig, serieus en met een enorme tevredenheid richtte Junior zijn woede nu op Celestina en de man bij haar. Die twee waren, hoe dan ook, beschermers van de ware Bartholomeus en daardoor Juniors vijanden.

Een vuilcontainer en een dode muzikant hadden hem diep vernederd, net zoals een hevig nerveus braken en de vulkanische diarree hem diep hadden vernederd, en hij had geen zin meer om vernederd te worden. Nederigheid is voor verliezers.

In de donkere container, gekweld door de aanhoudende stortvloed van 'als-nou', ervan overtuigd geraakt dat de geest van Vanadium het deksel dicht zou slaan om hem op te sluiten met een weer tot leven gekomen lijk, was Junior een tijdje teruggebracht tot de staat van hulpeloos kind. Verlamd door angst, teruggetrokken in de hoek in de container, zo ver mogelijk van de ontbindende pianist vandaan, ineengehurkt in vuilnis, had hij zo heftig getrild dat zijn tanden als castagnetten in een krankzinnig flamencoritme hadden geklepperd waarop zijn botten als hakken leken te tappen op een dansvloer. Hij had zichzelf horen jammeren maar had het niet tegen kunnen gaan, had tranen van schaamte op zijn wangen voelen branden, maar kon de stroom niet stoppen, had gevoeld dat zijn blaas op het punt van barsten stond door de naaldprik van angst, maar had wel met een heroïsche inspanning kunnen voorkomen dat hij in zijn broek piste.

Een tijdje dacht hij dat de angst pas zou ophouden als hij zou sterven, maar uiteindelijk verdween die angst en ervoor in de plaats kwam een enorm zelfmedelijden als vanuit een bodemloze put. Zelfmedelijden is natuurlijk de ideale brandstof voor woede, waardoor Junior, de Buick achtervolgend in de mist, nu klimmend naar Pacific Heights, in een moordlustige stemming verkeerde.

Tegen de tijd dat hij Cains slaapkamer bereikte, herkende Tom Vanadium dat de sobere inrichting van de flat waarschijnlijk geïn-

spireerd was geweest door het minimalisme dat de vrouwenmoordenaar had gezien in het huis van de rechercheur in Spruce
Hills. Dit was een griezelige ontdekking, verontrustend op een manier die Vanadium niet helemaal kon plaatsen, maar hij bleef ervan overtuigd dat zijn waarneming juist was.

Cains huis in Spruce Hills, dat hij had bewoond met Naomi, was
helemaal niet zo ingericht geweest. Het verschil tussen daar en hier
– en de gelijkenis met Vanadiums kamers – kon niet verklaard worden door rijkdom alleen, noch door een verandering van smaak
die was veroorzaakt door het leven in een stad.

De kale, witte muren, het kale meubilair strak neergezet, het ri-
goureuze uitbannen van prulletjes en dingen uit het verleden: dit
resulteerde in iets dat het meest leek op een kloostercel buiten een
klooster. De enige kwaliteit van de flat die het tot een woning van
een gewone burger maakte, was de gerieflijke afmeting ervan, en
als de IJzeren Vrouw vervangen zou zijn door een crucifix, zou
zelfs de afmeting ervan onvoldoende zijn geweest om uit te sluiten dat het het huis was van een gefortuneerde monnik.

Dus. Ze waren allebei monnik: een in dienst van het eeuwig brandende licht, de ander in dienst van de eeuwige duisternis.

Voor hij de slaapkamer doorzocht, liep Vanadium snel terug naar
de kamer die hij al had bekeken, omdat hij zich plotseling de drie
bizarre schilderijen herinnerde waarover Nolly, Kathleen en Sparky hadden gesproken en hij vroeg zich af hoe hij die over het hoofd
kon hebben gezien. Ze waren er niet. Maar hij kon de plaatsen
zien waar de kunstwerken aan de muren hadden gehangen, omdat de spijkers en schilderijhaken nog steeds in het pleisterwerk
zaten.

Intuïtief wist Tom Vanadium dat de verwijdering van de schilderijen een betekenis had, maar hij was niet zo'n knappe Sherlock
dat hij ogenblikkelijk wist waarom ze er niet meer hingen.

Terug in de slaapkamer keek hij, voordat hij de inhoud van de
nachtkastjes, de ladekast en de slaapkamerkast controleerde, in de
aangrenzende badkamer, knipte het licht aan omdat er geen raam
was – en vond Bartholomeus op een muur, opengereten en doorboord, verminkt door honderden wonden.

Wally parkeerde de Buick voor het huis waarin hij woonde, en
toen Celestina over de bank naar het portier schoof, zei hij: 'Nee,
wacht hier. Ik haal Angel en rij jullie tweeën naar huis.'

'Jemig, we kunnen hiervandaan lopen, Wally.'

'Het is kil, mistig en laat, en misschien loopt er op dit tijdstip wel tuig rond,' zei hij met een spottende ernst. 'Jullie tweeën zijn nu Lipscomb-vrouwen, of worden dat snel, en Lipscomb-vrouwen lopen nooit zonder begeleiding 's avonds laat op straat.'

'Mmm. Ik voel me meer dan verwend.'

De kus was heerlijk, lang en behaaglijk, vol ingehouden hartstocht die een belofte inhield voor alle nachten die nog zouden komen in het huwelijksbed.

'Ik hou van je, Celie.'

'Ik hou van je, Wally. Ik ben nog nooit zo gelukkig geweest.'

Terwijl hij de motor liet draaien en de verwarming aan liet staan, stapte hij uit de auto, boog zich weer naar binnen en zei: 'Sluit de boel af zo lang ik weg ben,' en daarna deed hij zijn portier dicht. Hoewel Celestina zich een beetje paranoïde voelde door aan haar veiligheid te moeten denken in deze veilige buurt, zocht ze toch naar de centrale knop en deed de portieren op slot.

Lipscomb-vrouwen geven graag gehoor aan de wensen van Lipscomb-mannen – tenzij ze het er natuurlijk niet mee eens zijn, of het er wel mee eens zijn maar zich gewoon willen verzetten.

De vloer van de ruime badkamer bestond uit beige marmeren tegels met ruitvormige tussenstukken van zwart graniet. Het blad naast de wasbak en de douchecabine waren van hetzelfde marmer, en het was ook gebruikt in de muren.

Boven het marmer zat gipsplaat, geen pleisterwerk zoals elders in de flat. Op een ervan had Enoch Cain drie keer *Bartholomeus* geschreven.

Er sprak een enorme woede uit de manier waarop de ongelijke rode blokletters met enorme hanenpoten op de muur waren gezet. Maar het schrift leek op het werk van een kalme en rationele geest vergeleken met wat hij had gedaan nadat hij drie keer Bartholomeus had geschreven.

Met een scherp instrument, waarschijnlijk een mes, had Cain in de rode letters gestoken en gegutst en hij had de muur met zo'n woede bewerkt dat twee van de Bartholomeusen nauwelijks meer te lezen waren. De gipsplaat had tientallen gaten en krassen.

Gezien het uitlopen van de letters en door het feit dat er een paar wåren doorgelopen voor ze droog waren, was het schrijfinstrument geen viltstift geweest zoals Vanadium eerst had gedacht. Een paar rode druppels op het gesloten deksel van de wc en op de beige marmeren vloer, nu allemaal droog, gaven voedsel aan een vermoeden.

Hij spoog op zijn rechterduim, veegde de duim langs een van de opgedroogde druppels, wreef duim en wijsvinger over elkaar en bracht het opgefriste spoor naar zijn neus. Hij rook bloed.
Maar bloed van wie?

Andere driejarigen die na elf uur 's avonds uit hun slaap werden gehaald waren misschien knorrig en zouden zeker traag, slaap-dronken en zwijgzaam zijn. Maar als Angel wakker werd, was ze ook helemaal wakker, volledig gericht op kleur en patronen, vol bewondering voor de barokke kant van de schepping en over het algemeen bereid mee te doen aan elke test die zou uitwijzen dat ze misschien een artistiek wonderkind was.
Toen ze door het open portier op Celestina's schoot klom, zei het meisje: 'Oom Wally heeft me een Oreo gegeven.'
'Heb je hem in je schoen gedaan?'
'Waarom in mijn schoen?'
'Heb je hem onder je capuchon?'
'Hij zit in mijn buik.'
'Dan kun je hem niet eten.'
'Ik héb hem al gegeten.'
'Dan krijg je hem nooit meer terug. Jammer.'
'Het is niet het *enige* Oreo-koekje, weet je. Is dit de ergste mist die er ooit is geweest?'
'De ergste die ik ooit heb gezien.'
Toen Wally achter het stuur ging zitten en zijn portier sloot, zei Angel: 'Mama, waar komt de mist vandaan? En zeg nou niet Ha-waï.'
'New Jersey.'
'Voor ze mij verraadt,' zei Wally, 'ik heb haar een Oreo gegeven.'
'Te laat.'
'Mama dacht dat ik hem in mijn schoen had gestopt.'
'Om haar nog voor maandag in haar schoenen en jas te krijgen, moet je haar omkopen,' zei Wally.
'Wat is mist?' vroeg Angel.
'Dat zijn wolken,' zei Celestina.
'Wat doen wolken hier beneden?'
'Ze zijn naar bed. Ze zijn moe,' vertelde Wally haar toen hij de auto in de versnelling zette en de handrem lostrok. 'Jij niet?'
'Mag ik nog een Oreo?'
'Ze groeien niet aan de bomen, hoor,' zei Wally.
'Heb ik nu een wolk in me zitten?'

Celestina vroeg: 'Waarom denk je dat, snoes?'

'Omdat ik mist heb ingeademd.'

'Hou haar maar goed vast,' zei Wally waarschuwend tegen Celestina toen hij bij een kruising tot stilstand kwam. 'Ze drijft zo weg naar boven en dan moeten we de brandweer erbij roepen om haar naar beneden te halen.'

'Waar groeien ze dan wel aan?' vroeg Angel.

'Bloemen,' antwoordde Wally.

En Celestina zei: 'De Oreo's zijn de bloemblaadjes.'

'Waar hebben ze Oreo-bloemen?' vroeg Angel wantrouwig.

'Hawaï,' zei Wally.

'Dacht ik al,' zei Angel, terwijl ze twijfelend haar gezicht vertrok. 'Mevrouw Ornwall heeft kaas voor me gemaakt.'

'Mevrouw Ornwall kan fantastisch kaas maken,' zei Wally.

'Op een boterham,' verduidelijkte Angel. 'Waarom woont ze bij u, oom Wally?'

'Ze is mijn huishoudster.'

'Zou mama je huishoudster kunnen zijn?'

'Je moeder is kunstenares. Bovendien zou je die arme mevrouw Ornwall toch zeker niet zonder werk willen zetten?'

'Iedereen moet kaas hebben,' zei Angel, wat kennelijk betekende dat mevrouw Ornwall nooit zonder werk zou komen te zitten. 'Mama, je hebt het mis.'

'Mis waarmee, snoes?' vroeg Celestina, toen Wally weer naar de stoep reed en parkeerde.

'De Oreo is niet voor altijd weg.'

'Zit die dan toch in je schoen?'

Terwijl ze zich op Celestina's schoot omdraaide, zei Angel: 'Ruik maar,' en ze hield de wijsvinger van haar rechterhand onder de neus van haar moeder.

'Dat is niet netjes, maar ik moet toegeven dat het lekker ruikt.'

'Dat is de Oreo. Toen ik hem opat, deed het koekje *krak-krak* in mijn vingers.'

'Als ze daar allemaal *krak-krak* gaan, krijg je uiteindelijk een dikke vinger.'

Wally zette de motor uit en doofde de koplampen. 'Thuis, waar je hart is.'

'Welk hart?' vroeg Angel.

Wally opende zijn mond, kon geen antwoord bedenken.

Lachend zei Celestina tegen hem: 'Je kunt het nooit winnen, weet je.'

'Misschien is het niet waar het hart is,' corrigeerde Wally zichzelf, 'misschien is het waar de buffel graast.'

Op de plank naast de wasbak stond een open doos pleisters in diverse afmetingen, een flesje ontsmettingsalcohol en een flesje jodium. Tom Vanadium controleerde de kleine afvalbak naast de wasbak en ontdekte een prop Kleenex vol bloed. De verfrommelde resten van twee pleisters.

Klaarblijkelijk was het bloed van Cain.

Als de vrouwenmoordenaar zichzelf per ongeluk had gesneden, gaf zijn schrijven op de muur een licht ontvlambaar temperament aan en een diep reservoir aan lang gekoesterde haat.

Als hij zichzelf met opzet had gesneden met de bedoeling zijn naam in bloed te schrijven, dan was het reservoir aan woede nog dieper en omhooggestuwd van achter een dam van obsessie.

In beide gevallen was het schrijven van de naam in bloed een rituele daad, en een ritueel van deze aard was een onmiskenbaar symptoom van een ernstig doorgeslagen geest. Blijkbaar zou de vrouwenmoordenaar gemakkelijker te kraken zijn dat hij had verwacht, want zijn buitenkant was al danig gebarsten.

Dit was niet dezelfde Enoch Cain die Vanadium drie jaar geleden in Spruce Hills had leren kennen. De man was toen uiterst meedogenloos geweest, maar geen woest roofdier, ijzig vastbesloten maar niet obsessief. Dié Cain was te berekenend en te zelfbeheerst geweest om in een emotionele woedeaanval dit soort bloederige graffiti te maken en met een mes Bartholomeus symbolisch te verminken.

Terwijl Tom Vanadium de bevlekte en verwoeste muur weer bestudeerde, kropen de koude rillingen traag over zijn hoofdhuid en nek en gingen snel in zijn bloed en botten zitten. Hij had het vreselijke gevoel dat hij niet meer met iets bekends te maken had, niet meer met de gestoorde man die hij dacht te begrijpen, maar met een nieuwe en zelfs nog monsterlijker Enoch Cain.

Wally liep, met de boodschappentas vol met Angels poppen en kleurboeken, voor Celestina uit over de stoep en beklom de trap naar de voordeur.

Zij volgde met Angel in haar armen.

Het meisje zoog een mondvol vermoeide wolken naar binnen. 'Hou me goed vast, mama, anders zweef ik weg.'

'Niet met al die kaas en Oreo's in je buikje, zeker weten van niet.'

'Waarom volgt die auto ons?'

'Welke auto?' vroeg Celestina, die onder aan de trap bleef staan en omkeek.

Angel wees naar een Mercedes die ongeveer tien meter achter de Buick stond geparkeerd, net op het moment dat de koplampen uitgingen.

'Die volgt ons niet, snoes. Het is waarschijnlijk een buurman.'

'Mag ik een Oreo?'

Terwijl ze de trap beklom zei Celestina: 'Je hebt er al een gehad.'

'Mag ik een Snickers?'

'Geen Snickers.'

'Mag ik een Mars?'

'Het gaat er niet om hoe ze heten, het gaat erom dat je geen snoep meer krijgt.'

Wally maakte de voordeur open en stapte opzij.

'Mag ik een vanillewafel?'

Celestina stapte snel met Angel door de deuropening naar binnen.

'Geen vanillewafel. Dan ben je de hele nacht wakker door de suiker.'

Toen Wally hen de hal in volgde, zei Angel: 'Mag ik een auto hebben?'

'Een auto?'

'Ja?'

'Je kunt niet rijden,' zei Celestina.

'Ik leer het haar wel,' zei Wally, verder lopend naar de deur van de flat, terwijl hij een sleutelbos uit zijn zak viste.

'Hij leert het me,' zei Angel triomfantelijk tegen haar moeder.

'Dan denk ik dat we je wel een auto zullen geven.'

'Ik wil er een die vliegt.'

'Ze maken geen vliegende auto's.'

'Jazeker wel,' zei Wally, terwijl hij de twee veiligheidssloten openmaakte. 'Maar je moet eenentwintig zijn om er een rijbewijs voor te krijgen.'

'Ik ben drie.'

'Dan hoef je nog maar achttien jaar te wachten,' zei hij terwijl hij de deur van de flat openmaakte en weer opzij stapte zodat Celestina naar binnen kon gaan.

Terwijl Wally hen naar binnen volgde, grinnikte Celestina tegen hem. 'Van de auto naar de woonkamer, even soepeltjes als een goed ingestudeerd ballet. Een goed begin voor een huwelijk.'

'Ik moet plassen,' zei Angel.

'Dat hoeft niet iedereen te weten,' zei Celestina berispend.

'Wel als we heel erg moeten plassen.'

'Zelfs dan niet.'

'Geef me eerst een kus,' zei Wally.

Het meisje gaf hem een smakkerd op zijn wang.

'Ik, ik,' zei Celestina. 'Verloofdes gaan voor.'

Omdat Celestina Angel nog in haar armen had, kuste Wally haar, en weer was het heerlijk, hoewel korter dan ervoor, en Angel zei: 'Dat is een nátte zoen.'

'Ik kom om acht uur ontbijten,' stelde Wally voor. 'We moeten een datum vaststellen.'

'Is over twee weken te vroeg?'

'Ik moet voor die tijd plassen,' verklaarde Angel.

'Hou van je,' zei Wally en Celestina herhaalde het, en hij zei: 'Ik blijf in de gang staan tot ik je beide sloten hoor sluiten.'

Celestina zette Angel neer en het meisje rende naar de wc toen Wally naar buiten stapte en de deur van de flat dichttrok.

Een slot. Twee.

Celestina bleef staan luisteren tot ze Wally de buitendeur hoorde openen en daarna dichtdoen.

Ze bleef lang tegen de flatdeur leunen terwijl ze de deurknop vasthield en met haar duim het tweede slot verankerde, alsof ze ervan overtuigd was dat ze van de vloer weg zou zweven als een met wolken gevuld kind.

Bartholomeus verscheen als eerste, in een rode jas met een rode capuchon, in de armen van de lange, magere man – die leek op Ichabod Crane – die ook een grote boodschappentas aan zijn schouder had hangen.

De man leek kwetsbaar, zijn handen vol met het kind en de tas, en Junior overwoog de Mercedes uit te vliegen, recht op die Celestina naaiende klootzak af te rennen en hem van dichtbij in zijn gezicht te schieten. Door zijn kop geschoten zou hij sneller tegen de vlakte gaan dan wanneer de man met de zeis hem zou pakken, en het kind zou samen met hem vallen en Junior zou het bastaardjong daarna doodschieten, hem drie keer door het hoofd schieten, vier keer voor alle zekerheid.

Het probleem was Celestina in de Buick, omdat zij, als ze zag wat er gebeurde, misschien achter het stuur zou schuiven en weg zou scheuren. De motor liep, uit de uitlaat kwam witte rook die wegdraaide in de mist, dus misschien zou ze ervandoor gaan als ze een snelle denker was.

Haar te voet achterna gaan. Haar in de auto doodschieten. Misschien. Hij zou vijf patronen overhebben als hij er een voor de man gebruikte en vier voor Bartholomeus.

Maar met de demper erop was het pistool alleen maar nuttig voor gebruik van dichtbij. Na door een demper te zijn gegaan zou de kogel de loop langzamer verlaten dan normaal, misschien met een extra afwijking waardoor de doeltreffendheid op afstand aanzienlijk zou dalen.

Hij was hiervoor gewaarschuwd door de jonge schurk zonder duimen die het wapen had geleverd in een tas van een afhaal-Chinees, in de kerk van Old St. Mary's. Junior was geneigd de waarschuwing te geloven, omdat hij meende dat de achtvingerige crimineel zijn duimen in het verleden was kwijtgeraakt als straf omdat hij was vergeten eenzelfde of net zo belangrijk bericht door te geven aan een klant, waardoor hij tegenwoordig zoveel aandacht aan de details besteedde.

Natuurlijk had hij ook zijn eigen duimen afgeschoten kunnen hebben als dubbele garantie om niet als soldaat naar Vietnam te hoeven gaan.

Hoe dan ook, als Celestina ontsnapte, zou er een getuige zijn en het zou voor een jury weinig uitmaken dat ze een talentloos kreng was dat kitsch schilderde. Ze zou Junior uit de Mercedes hebben zien stappen en zou zeker een vage beschrijving van de auto kunnen geven, ondanks de mist. Hij hoopte nog altijd zijn aangename leven op Russian Hill hier er niet voor op te hoeven geven.

Hij was bovendien geen scherpschutter. Hij zou alleen maar van dichtbij iets kunnen uitrichten.

Ichabod gaf Bartholomeus door het open portier aan Celestina op de passagiersplaats, liep om de Buick heen, zette de boodschappentas achterin en kroop weer achter het stuur.

Als Junior had geweten dat ze maar anderhalve straat zouden rijden, zou hij hen niet in de Mercedes zijn gevolgd. Hij zou de rest te voet zijn gegaan. Toen hij weer langs de stoeprand parkeerde, een paar autolengtes achter de Buick, vroeg hij zich af of ze hem hadden gezien.

Dan, daar, alledrie ineens op straat en kwetsbaar – de man, Celestina, het bastaardjochie.

Er zou een heleboel nasleep komen met drie doden tegelijk, vooral als hij ze doodde met een hoofdschot, maar Junior zat boordevol betrouwbare antibraakmiddelen, antidiarreespullen en antihistaminica, dus hij voelde zich goed beschermd tegen zijn verraderlijke gevoelige kant. En eigenlijk wilde hij deze keer een aanzienlijke hoeveelheid nasleep zien. Want dat zou een positief bewijs zijn dat de jongen dood was en dat aan zijn hele kwelling uiteindelijk een einde was gekomen.

Maar Junior maakte zich zorgen dat ze hem gezien hadden nadat hij twee keer achter hen naar de stoep was gegaan, dat ze hem in de gaten hielden, klaar om ervandoor te gaan als hij uit de auto stapte, en dat ze dan op tijd binnen zouden zijn voordat hij ze neergeschoten had.

En jawel, toen Celestina en het kind de trap naar dit tweede huis bereikten, wees Bartholomeus, en de vrouw draaide zich om om te kijken. Ze leek direct naar de Mercedes te staren, hoewel Junior het niet zeker wist vanwege de mist.

Als ze wantrouwen tegen hem hadden, dan lieten ze dat niet zien. Gedrieën gingen ze naar binnen, en gezien hun gedrag besloot Junior dat ze hem toch niet hadden opgemerkt.

Op de benedenverdieping, rechts van de deur, gingen lichten aan. Wacht hier in de auto. Geef hun tijd om thuis te komen. Op dit tijdstip zouden ze eerst het kind naar bed brengen. Dan zouden Ichabod en Celestina naar hun kamer gaan en zich uitkleden.

Als Junior geduld had, zou hij naar binnen kunnen gaan, Bartholomeus vinden en hem doden, Ichabod als tweede om zeep helpen en nog altijd de kans hebben te vrijen met Celestina.

Hij koesterde niet langer de hoop dat zij een toekomst samen zouden kunnen hebben. Na geproefd te hebben van Junior Cains liefdesmachine, zou Celestina, zoals alle vrouwen, meer willen hebben, maar de tijd voor een serieuze romance was nu voorbij. Maar na alle angsten die hij doorstaan had, verdiende hij ten minste één keer de troost van haar heerlijke lichaam. Een beetje compensatie. Een vergoeding.

Als die sletterige, jongere zuster van Celestina er niet was geweest, zou Bartholomeus niet hebben bestaan. Geen bedreiging. Juniors leven zou anders zijn geweest, beter.

Celestina had ervoor gekozen het bastaardjoch in huis te nemen, en door dat te doen, had ze zichzelf tot Juniors vijand gemaakt, hoewel hij haar nooit iets had gedaan, nooit. Ze verdiende hem niet, echt niet, zelfs geen snelle wip voor het de beurt was aan het pistool, en misschien dat hij haar, nadat hij Ichabod had doodgeschoten, zou laten smeken om een proeve van de Cain-stok en haar die dan ontzeggen.

Een vrachtwagen reed met hoge snelheid voorbij, beroerde de mist, en de witte massa kolkte langs de raampjes van de auto in een desoriënterende werveling.

Junior voelde zich licht in zijn hoofd. Hij voelde zich vreemd. Hij hoopte niet dat hij een griep kreeg.

De middelvinger van zijn rechterhand klopte onder de twee pleisters. Hij had zich gesneden, toen hij bezig was met de elektrische messenslijper, en de wond was erger geworden toen hij Neddy Gnathic had moeten wurgen. Hij zou zichzelf nooit gesneden hebben als het niet nodig was geweest zichzelf goed te bewapen tegen Bartholomeus en zijn bewakers.

De afgelopen drie jaar had hij veel geleden omwille van die zusters, inclusief onlangs nog de vernedering in de vuilcontainer met de dode muzikant, Celestina's magere vriend die hem posthuum nog een lik had gegeven. De herinnering aan die verschrikking was nog zo levendig – elk grotesk detail samengebracht tot een intense en vernietigende herinnering – dat Juniors blaas ineens opgezwollen en vol aanvoelde, hoewel hij lang en tevreden had gepiest in een steeg tegenover de straat met het restaurant waar de schilderes van ansichtkaarten ontspannen met Ichabod had zitten eten. Er was nog iets. Junior had niet geluncht, omdat de geest van Vanadium hem bijna te pakken had toen hij, voor de lunch, op zoek was naar schakelkettingen en zijden pochets. Daarna had hij het avondeten ook overgeslagen, omdat hij Celestina in de gaten moest houden toen ze niet direct van de galerie naar huis ging. Hij had honger. Hij was uitgehongerd. Dat was ook haar schuld. Het kreng. Meer verkeer scheurde langs en weer tolde de dikke mist rond, tolde en tolde.

Je daden... komen onvoorstelbaar groot bij je terug... de geest van Bartholomeus... zal je vinden... en het verschrikkelijke oordeel over je uitspreken dat je verdient.

Die woorden, in een duizelingwekkende spiraal, herhaalden zich in Juniors hoofd, even duidelijk en even treffend – en even onrustbarend – als de herinneringsflits aan de beproeving in de vuilcontainer. Hij kon zich niet herinneren waar hij ze had gehoord, wie ze tegen hem had uitgesproken, maar de openbaring ervan trilde kwellend langs de rand van zijn geest.

Voor hij zijn geheugen opnieuw kon aftasten, zag Junior Ichabod het huis verlaten. De man liep terug naar de Buick, leek door de mist te drijven als een geest op de hei. Hij startte de motor, maakte een snelle u-bocht in de straat en reed heuvelopwaarts naar het huis waar hij eerder Bartholomeus had opgehaald.

In Cains slaapkamer zag Vanadium in het afgeschermde licht van zijn zaklantaarn een boekenkast van bijna twee meter hoog, waarin zo ongeveer honderd boeken stonden. De bovenste plank was leeg, evenals het grootste deel van de tweede.

Hij dacht terug aan de verzameling zelfhulprotzooi van Caesar Zedd dat een ereplaats had ingenomen in het vorige huis van de moordenaar in Spruce Hills. Cain bezat een gebonden en een paperback-versie van al het werk van die Zedd. De dure uitgaven waren nog maagdelijk, alsof ze alleen met handschoenen werden aangepakt, maar de teksten in de paperback-versies waren zwaar onderstreept en van veel pagina's waren de hoeken omgevouwen om favoriete passages aan te geven.

Een snelle controle van deze boekruggen onthulde dat de waardevolle Zedd-collectie niet hier was.

De inloopkast die Vanadium vervolgens inspecteerde, bevatte minder kleren dan hij had verwacht. Slechts de helft van de stang was benut. Een heleboel lege knaapjes rinkelden zacht en spookachtig tegen elkaar aan toen hij zijn oppervlakkige inspectie van Cains klerenkast beëindigde.

Op een plank boven een van de kledingstangen lag een tas van Mark Cross, een elegant en duur ding. De rest van de hoge plank was leeg – voldoende ruimte voor nog eens drie tassen.

Nadat ze had doorgetrokken ging Angel op een krukje staan en waste haar handen in de wasbak.

'Poets ook je tanden,' zei Celestina terwijl ze tegen de deurpost leunde.

'Heb ik al gedaan.'

'Dat was vóór de Oreo.'

'Ik heb mijn tanden niet vies gemaakt,' protesteerde Angel.

'Hoe kan dat?'

'Ik heb niet gekauwd.'

'Dus je hebt hem door je neus gegeten?'

'Ik heb hem in zijn geheel ingeslikt.'

'Wat gebeurt er met mensen die jokken?'

Grote ogen. 'Ik jok niet, mama.'

'Wat doe je dan?'

'Ik...'

'Ja?'

'Ik zei alleen maar...'

'Ja?'

'Ik zal mijn tanden poetsen,' besloot Angel.
'Brave meid. Ik pak je pyjama.'

Junior in de mist. O zo hard bezig om in de toekomst te leven, waar de winnaars leven. Maar meedogenloos teruggezogen in het nutteloze verleden door herinnering.

De geheimzinnige waarschuwing bleef maar door zijn hoofd malen: *de geest van Bartholomeus... zal je vinden... en het verschrikkelijke oordeel over je uitspreken dat je verdient.*

Hij spoelde de woorden terug, speelde ze opnieuw af, maar toch bleef de bron van de bedreiging hem ontgaan. Hij hoorde ze in zijn eigen stem, alsof hij ze ooit in een boek had gelezen, maar hij vermoedde dat ze ooit tegen hem waren gezegd en dat...

Een politiewagen kwam voorbij, zonder sirene, de rij zwaailichten op het dak in werking.

Geschrokken ging Junior rechtop zitten, terwijl hij het van een demper voorziene pistool stevig vastgreep, maar de patrouillewagen remde niet ineens om voor de Mercedes naar de stoep te draaien, zoals hij had verwacht.

De zwaailichten werden minder en wierpen blauwe en rode flitsen door de verstrooiende mist, als lichaamsloze geesten die iemand zochten om bezit van te nemen.

Toen Junior op zijn Rolex keek, besefte hij dat hij niet wist hoe lang hij hier had gezeten sinds Ichabod in zijn Buick was weggereden. Misschien één minuut, misschien tien.

Lamplicht bleef branden achter de ramen op de begane grond, rechts.

Hij gaf er de voorkeur aan het huis binnen te gaan zolang er nog licht brandde. Hij wilde niet in het donker door vreemde kamers sluipen. Het idee alleen al vulde zijn ingewanden met de ene huivering na de andere.

Hij trok een paar dunne operatiehandschoenen van latex aan. Bewoog zijn vingers. Prima.

De auto uit, over de stoep, de trap op, van Mercedes via mist naar moord. Pistool in de rechterhand, automatische slothaak in zijn linker, drie messen in scheden aan zijn lichaam bevestigd.

De voordeur was niet op slot. Dit was niet langer één huis; het was verbouwd tot appartementengebouw.

Van de grote hal op de begane grond leidde een trap naar de andere drie verdiepingen. Hij zou iemand die naar beneden kwam direct horen.

Geen lift. Hij hoefde zich geen zorgen te maken dat met niet meer waarschuwing dan een *ping* deuren open konden schuiven die getuigen in de gang zouden toelaten.

Een flat rechts, een links. Junior liep naar rechts, naar flat 1, waar hij de lichten aan had zien gaan achter de gordijnen.

Wally Lipscomb parkeerde in zijn garage, zette de motor uit en wilde uit de Buick stappen toen hij zag dat Celestina haar tas in de auto had laten liggen.

Nog blozend door de belofte van hun verloving, nog opgewonden door het succes in de galerie, de kleine Angel uitbundig ondanks het late tijdstip en vol Oreo-energie, was hij verbaasd dat ze tijdens het overbrengen van de kleine rode wervelwind van huis naar Buick naar huis alleen maar een tas vergeten waren. Celie noemde het ballet, maar voor Wally was het voornamelijk tijdelijke orde in chaos, de uitdagende-vreugdevolle-frustrerende-heerlijke-opwindende chaos van een leven vol hoop en liefde en kinderen, die hij voor geen kalmte of koninkrijk had willen ruilen.

Zonder zucht of klacht zou hij naar haar terugwandelen met de tas. Dat vond hij geen opgave. Eigenlijk zou het terugbrengen van de tas hem de kans geven op nog een nachtkus.

Een nachtkastje, twee laden.

In de bovenste la vond Tom Vanadium, anders dan hij had verwacht, een brochure voor een schilderijententoonstelling. In de afgeschermde straal van de zaklantaarn zag hij de naam *Celestina White* van het glanzende papier schitteren als was het in reflecterende inkt gedrukt.

In januari 1965, de eerste maand van Vanadiums coma dat acht maanden zou duren, had Enoch Cain de hulp ingeroepen van Nolly om Seraphims pasgeboren kind te zoeken. Toen Vanadium, lange tijd later, dat hoorde van Magusson, nam hij aan dat Cain de boodschap van Max Bellini op zijn antwoordapparaat had gehoord, het verband met Seraphims dood door 'ongeluk' in San Francisco had gelegd, en het kind was gaan zoeken omdat het van hem was. Vaderschap was de enig denkbare reden voor zijn belangstelling voor het kind.

Later, begin 1966, uit zijn coma en voldoende hersteld om bezoekers te ontvangen, had Vanadium een moeizaam gesprek van een uur met zijn oude vriend Harrison White. Uit respect voor de herinnering aan zijn verloren dochter en helemaal niet uit angst voor zijn positie als dominee, had de predikant geweigerd te erkennen dat zijn dochter zwanger was geweest of dat ze was verkracht – hoewel Max Bellini de zwangerschap al bevestigd had en geloofde, op basis van zijn intuïtie als politieman, dat die het gevolg was van een verkrachting. Harrisons houding leek te zijn dat, nu Phimie toch dood was, er niets gewonnen zou worden door deze wond weer open te rijten, en dat zelfs als er een schoft bij betrokken was, het meest christelijke was te vergeven, zo niet te vergeten, en te vertrouwen op Gods gerechtigheid.

Harrison was baptist, Vanadium was katholiek, en hoewel ze hetzelfde geloof vanuit een verschillende hoek benaderden, kwamen ze niet van verschillende planeten, een gevoel dat Vanadium had overgehouden aan hun gesprek. Het was waar dat Enoch Cain niet met succes voor het gerecht gebracht zou kunnen worden voor de verkrachting van Phimie, omdat ze dood was en daardoor geen verklaring meer kon afleggen. En het was ook waar, helaas, dat het onderzoeken van de mogelijkheid dat Cain de verkrachter was de wonden in de harten van iedereen binnen de familie White weer zou openrijten, terwijl het weinig zin had. Toch, om alleen te vertrouwen op Gods gerechtigheid, leek naïef, zo niet moreel bedenkelijk.

Vanadium begreep de diepte van de pijn van zijn oude vriend, en hij wist dat het verdriet om het verlies van een kind de meeste mannen eerder vanuit emotie deed handelen dan uit een juist oordeel, en daarom accepteerde hij het dat Harrison de zaak liever wilde laten rusten. Vanadium bedacht dat van hen beiden, als er voldoende tijd overheen was gegaan om over de zaak na te denken, Harrison de sterkste was wat betreft geloof en dat hijzelf, misschien voor de rest van zijn leven, zich veel beter zou voelen achter een penning dan achter een priesterboord.

Op de dag dat Vanadium de dienst bij het graf van Seraphim bijwoonde en daarna langsging bij dat van Naomi om Cain te stangen, had hij al vermoed dat Phimie niet bij een verkeersongeluk was omgekomen, zoals werd gezegd, maar geen enkel moment had hij gedacht dat de vrouwenmoordenaar ermee te maken had. Nu hij deze galeriebrochure vond in de la van het nachtkastje, leek hij weer een indirect bewijs te hebben van Cains schuld.

De aanwezigheid van de brochure verontrustte Vanadium ook omdat hij aannam dat Cain, na het doodlopende pad van Nolly, had ontdekt dat Celestina de voogdij over de baby had gekregen en haar opvoedde als haar eigen kind. Om de een of andere reden had de man met de negen tenen oorspronkelijk aangenomen dat het kind een jongen was, maar als hij Celestina had gevonden, zou hij nu de waarheid kennen.

Waarom Cain, ook al was hij de vader, geïnteresseerd was in het meisje, was voor Tom Vanadium een mysterie. Voor deze volledig met zichzelf ingenomen, enge, holle man was niets heilig; het vaderschap zou hem niet aanspreken, en hij zou zeker geen enkele verantwoordelijkheid voelen voor het kind dat het resultaat was van zijn overweldiging van Phimie.

Misschien kwam zijn vasthoudendheid voort vanuit pure nieuwsgierigheid, de wens om te zien hoe een kind van hem eruitzag; maar als er iets anders achter zat, dan was het zeker niets goeds. Wat de bedoelingen van Cain ook mochten zijn, hij zou op zijn minst hinderlijk zijn voor Celestina en het meisje – en mogelijk een gevaar. Omdat Harrison met de allerbeste bedoelingen niet had gewild wonden open te rijten, kon Cain overal en elk moment Celestina ontmoeten terwijl zij niet zou weten dat hij misschien wel de verkrachter van haar zuster was. Voor haar was zijn gezicht dat van een willekeurige vreemdeling.

En nu wist Cain van haar bestaan af, was in haar geïnteresseerd. Als Harrison op de hoogte werd gebracht van deze ontwikkeling, zou hij zich zeker bedenken.

Met de brochure in zijn hand liep Vanadium terug naar de badkamer en knipte het plafondlicht aan. Hij staarde naar de vernielde muur, naar de rode en verwoeste naam.

Instinctief, zelfs rationeel, wist hij dat er een verband bestond tussen deze persoon, deze Bartholomeus, en Celestina. De naam had Cain dwarsgezeten in een nachtmerrie, de nacht na de dag dat hij Naomi had vermoord, en Vanadium had die daarom betrokken bij zijn psychologische oorlogsvoering, zonder het belang ervan te kennen voor zijn verdachte. Hoe sterk hij het verband ook voelde, hij kon de link niet leggen. Het ontbrak hem aan een cruciaal stukje informatie.

In dit helderder licht bekeek hij de brochure van de galerie nog wat beter en hij zag Celestina's foto. Zij en haar zuster leken niet zo sterk op elkaar als tweelingen, maar de gelijkenis was opvallend. Als Cain zich aangetrokken had gevoeld tot de ene vrouw om haar uiterlijk, zou hij zich zeker aangetrokken voelen tot de ander. En misschien deelden de zusters iets dat verderging dan schoonheid alleen, waardoor Cain nog sterker werd aangetrokken. Onschuld misschien, of goedheid: allebei voedsel voor een demon.

De titel van de tentoonstelling was: 'Deze gedenkwaardige dag.'
Alsof hij onderdak bood aan een termietensoort met een voorkeur voor mensen boven hout, voelde Vanadium het krioelen in zijn botten.

Hij kende de preek natuurlijk. Het voorbeeld van Bartholomeus. Het thema van kettingreacties in het leven van mensen. De opmerking dat een klein vriendelijk gebaar tot steeds grotere vriendelijke gebaren kan leiden waar we nooit van zullen weten, in andere levens ver weg in zowel tijd als ruimte.

Hij had de door Enoch Cain gevreesde Bartholomeus nooit geassocieerd met de apostel Bartholomeus in de preek van Harrison White, die één keer werd uitgezonden in december 1964, een maand voor de moord op Naomi, en nogmaals in januari 1965. Zelfs nu nog, met het in bloed geschreven *Bartholomeus* op de muur en met *Deze gedenkwaardige dag* voor hem in de brochure, kon Tom Vanadium niet helemaal het verband leggen. Hij deed moeite de gebroken schakels in zijn bewijsketen samen te brengen, maar ze bleven gescheiden door één ontbrekende schakel.

Wat hij vervolgens in de brochure zag, was niet het verband dat hij zocht, maar wel iets dat hem zo hevig verontrustte dat het in drieën gevouwen papier in zijn hand trilde. De opening van Celestina's tentoonstelling was die avond geweest, was drie uur geleden afgelopen.

Toeval. Niets anders. Toeval.

Maar zowel de Kerk als de kwantumfysica stelde dat zoiets niet bestond. Toeval is het resultaat van een geheimzinnig ontwerp en een geheimzinnige bedoeling – of de vreemde orde die er onder een buitenkant van chaos bestaat. Kies maar uit. Of, als je dat liever hebt, geloof rustig dat het een en hetzelfde is.

Geen toeval dus.

Al die gaten in de muur. Halen. Groeven. Daar was zoveel woede voor nodig geweest.

Er leken koffers te ontbreken. Ook kleren. Het zou op een weekend weg kunnen wijzen.

Je kalkt namen op de muur met je eigen bloed, speelt *Psycho* met een gipsplaten vervangster van Janet Leigh – en vliegt dan naar Reno voor een weekendje blackjack, shows en lopende buffetten. Niet waarschijnlijk.

Hij haastte zich naar de slaapkamer en knipte het nachtlampje aan, zonder zich erom te bekommeren of het licht vanaf de straat gezien kon worden.

De ontbrekende schilderijen. De ontbrekende verzameling Zedd-boeken. Die dingen nam je niet mee voor een weekendje Reno. Die nam je mee als je dacht dat je misschien nooit meer terug zou komen.

Ondanks het late tijdstip draaide hij het nummer van Max Bellini's huis.

Hij en de rechercheur van moordzaken waren al bijna dertig jaar vrienden, sinds Max als broekie bij de uniformdienst van San Francisco was begonnen en Vanadium een jonge priester was die net was aangesteld bij het weeshuis van St. Anselmo. Voordat hij politieman werd, had Max overwogen om priester te worden, en misschien had hij destijds gevoeld dat er een agent in Tom Vanadium zat.

Toen Max opnam, slaakte Vanadium een diepe zucht van verlichting en begon bij het inademen al te praten: 'Met Tom, en misschien heb ik ernstig de kriebels, maar er is iets dat je voor me moet doen, en wel zo snel mogelijk.'

'Jij hebt de kriebels niet,' zei Max. 'Je deelt ze uit. Vertel me wat er aan de hand is.'

Twee hoogwaardige veiligheidssloten. Voldoende bescherming tegen de gemiddelde insluiper, maar niet voldoende om een zelfverbeterde man met gekanaliseerde woede buiten te houden.

Junior droeg het 9mm-pistool met demper onder zijn linkerarm tegen zijn zij gedrukt, waardoor hij beide handen vrij had om de automatische slothaak te gebruiken.

Hij voelde zich weer licht in het hoofd. Maar deze keer wist hij waarom. Niet een opkomende griep. Hij verzette zich tegen de cocon van zijn leven tot nu toe, om nieuw en in een betere vorm herboren te worden. Hij was een pop geweest, gevat in een stadium tussen angst en verwarring, maar nu was hij een imago, een volledig ontwikkelde vlinder, omdat hij de kracht van zijn prachtige woede had gebruikt om zichzelf te verbeteren. Als Bartholomeus dood was, zou Junior Cain uiteindelijk zijn vleugels spreiden en vliegen.

Hij drukte zijn rechteroor tegen de deur, hield zijn adem in, hoorde niets en pakte eerst het bovenste slot aan. Stil drukte hij de stift van zijn automatische slothaak in de sleutelopening onder de tuimelaars.

Nu ontstond er een klein maar reëel risico binnen gehoord te worden: hij haalde de trekker over. De vlakke stalen veer in de automatische slothaak zorgde ervoor dat de pen omhoogschoot tegen de tuimelaars. Het waren zachte geluiden, maar iemand aan de andere kant van de deur zou ze waarschijnlijk wel horen. Als zij in een andere kamer was, zou het geluid ervan haar niet bereiken.

Niet alle tuimelaars konden met één trek vrijgemaakt worden. Drie keer de trekker overhalen was minimaal vereist, soms zelfs wel zes keer, dat hing van het slot af.

Hij besloot het instrument gewoon drie keer te gebruiken op elk slot voor hij de deur probeerde. Hoe minder geluid, hoe beter, Misschien had hij geluk.

Tik, tik, tik. Tik, tik, tik.

Hij draaide de knop om. De deur draaide naar binnen, maar hij duwde hem slechts een fractie van een centimeter open.

De volledig ontwikkelde mens hoeft nooit op de goden van het fortuin te wachten, vertelt Zedd ons, omdat hij zijn eigen geluk maakt met zo'n betrouwbaarheid dat hij straffeloos de goden in het gezicht kan spugen.

Junior stak de automatische slothaak in een zak van zijn leren jasje. Het pistool nu in zijn rechterhand, geladen met tien holle patronen, voelde als gevuld met een bovennatuurlijke kracht: voor Bartholomeus als een crucifix voor Dracula, als wijwater voor een duivel, als kryptoniet voor Superman.

Zo rood als Angel was geweest voor haar uitstapje die avond, zo geel was ze nu om naar bed te gaan. Een tweedelige gele jersey pyjama. Gele sokken. Op verzoek van het meisje had Celestina een zachtgele strik in haar weelderig springerige haar geknoopt.

Dat gedoe met strikken was een paar maanden geleden begonnen. Angel had gezegd dat ze er leuk uit wilde zien in haar slaap, voor het geval ze een knappe prins in haar dromen tegenkwam.

'Geel, geel, geel, geel,' zei Angel tevreden toen ze zichzelf bekeek in de spiegel van de kastdeur.

'Nog altijd mijn M&M'etje.'

'Ik ga over kuikens dromen,' zei ze tegen Celestina, 'en als ik helemaal geel ben, denken ze dat ik er ook een ben.'

'Je zou ook over bananen kunnen dromen,' stelde Celestina voor toen ze het bed opensloeg.

'Ik wil geen banaan zijn.'

Door haar nachtmerries wilde Angel af en toe in het bed van haar moeder slapen in plaats van in haar eigen kamer en dit was een van die nachten.

'Waarom wil je een kuiken zijn?'
'Omdat ik nog nooit een kuiken ben geweest. Mama, zijn jij en oom Wally nu getrouwd?'
Verbaasd zei Celestina: 'Hoe kom je dáár nu bij?'
'Jij hebt net zo'n ring als mevrouw Moller aan de overkant.'
Begiftigd met een buitengewoon waarnemingsvermogen, zag het meisje meteen de kleinste veranderingen in haar omgeving. De schitterende verlovingsring aan Celestina's linkerhand was niet aan haar aandacht ontsnapt.
'Hij heeft je een vette zoen gegeven,' voegde Angel eraan toe. 'Als zo'n natte filmkus.'
'Jij bent een echte kleine detective.'
'Krijg ik een andere naam?'
'Misschien.'
'Word ik Angel Wally?'
'Angel Lipscomb, hoewel dat niet zo mooi klinkt als White, hè?'
'Ik wil Wally heten.'
'Gebeurt niet. Hupsakee, in bed jij.'
Angel sprong, fladderde, vloog zo snel als een kuiken in het bed van haar moeder.

Bartholomeus was dood, maar hij wist het nog niet. Met het pistool in de hand, de cocon aan flarden, klaar om zijn vlindervleugels te spreiden, duwde Junior de deur van de flat open, zag een lege, zacht verlichte en aangenaam ingerichte woonkamer, en wilde net over de drempel stappen toen de centrale voordeur openging en Ichabod de hal binnenkwam.
De man had een damestasje bij zich, wat dat ook mocht betekenen, en toen hij door de deur kwam, had hij een belachelijke uitdrukking op zijn gezicht, maar die veranderde toen hij Junior zag. Daar was het dus weer, dat gehate verleden, dat terugkeerde net toen Junior dacht ervan af te zijn. Deze lange, magere, Celestina naaiende klootzak, bewaker van Bartholomeus, was naar huis gereden, maar kon niet in het verleden blijven waar hij thuishoorde, en hij wilde net zijn mond openen om te zeggen *Wie ben je* of misschien om alarm te slaan, dus Junior vuurde drie kogels op hem af.

Terwijl ze de dekens om Angel instopte, zei Celestina: 'Zou je het leuk vinden als oom Wally je papa werd?'
'Dat zou het beste zijn.'

'Dat denk ik ook.'

'Ik heb nooit een papa gehad, weet je.'

'Wally was de moeite van het wachten waard, hè?'

'Gaan we bij oom Wally wonen?'

'Zo gaat het meestal wel.'

'Gaat mevrouw Ornwall dan weg?'

'Dat zien we later allemaal wel.'

'Als zij weggaat, zul jij de kaas moeten maken.'

De geluiddemper maakte het pistool niet helemaal geluidloos, maar de drie zachte ploffen, als een kuch achter een hand, reikten niet verder dan de hal.

De eerste kogel raakte Ichabod in de linkerdij, omdat Junior schoot toen hij het wapen langs zijn lichaam omhoogbracht, maar de twee volgende raakten hem wel vol in de borst. Dit was niet slecht voor een amateur, ook al was de afstand zo gering dat ze elkaar een knal voor het hoofd hadden kunnen verkopen. En Junior bedacht dat hij, als de misvorming van zijn linkervoet hem niet weerhouden had in Vietnam te vechten, zichzelf bijzonder goed in de oorlog onderscheiden zou hebben.

De man viel languit en sidderend tegen de vloer, terwijl hij de handtas bleef vasthouden alsof hij die tegen een tasjesdief wilde beschermen. Hij was zonder te schreeuwen neergegaan, geen laatste kreet van helse pijn, met zo weinig geluid dat Junior hem wilde kussen, behalve dat hij geen mannen kuste, dood noch levend, ook al had een man verkleed als vrouw hem een keer bedonderd en ook al had een dode pianist hem een keer een lik gegeven in het donker.

Met een stem al even vrolijk als haar nachttenue, spirituele zus van alle kuikens, hief gele Angel haar hoofd van het kussen en zei: 'Kom er ook een bruiloft?'

'Een prachtige bruiloft,' beloofde Celestina, terwijl ze een pyjama uit een la haalde.

Angel geeuwde eindelijk. 'Taart?'

'Er is altijd taart op een bruiloft.'

'Ik hou van taart. Ik hou van jonge hondjes.'

Terwijl ze haar blouse openknoopte, zei Celestina: 'Gewoonlijk hebben jonge hondjes niets met bruiloften te maken.'

De telefoon ging.

'We verkopen geen pizza,' zei Angel, omdat ze de laatste tijd een paar keer telefoon hadden gekregen voor een nieuwe pizzeria met een nummer dat één cijfer met dat van hen verschilde.

Terwijl ze de hoorn greep voordat hij de tweede keer overging, zei Celestina: 'Hallo?'

'Mevrouw White?'

'Ja.'

'Met rechercheur Bellini van het hoofdbureau van politie. Is alles in orde met u?'

'In orde? Ja, wat...'

'Is er iemand bij u?'

'Mijn dochtertje,' zei ze, en te laat besefte ze dat dit misschien geen politieman was, maar iemand die probeerde te kijken of zij en Angel alleen in de flat waren.

'Wees alstublieft niet ongerust, mevrouw White, maar er is een patrouillewagen onderweg naar uw huis.'

En plotseling geloofde Celestina dat Bellini een echte agent was, niet omdat zijn stem zo'n gezag bevatte, maar omdat haar hart haar vertelde dat de tijd was aangebroken dat het langverwachte gevaar uiteindelijk was gekomen: de duistere komst waarvoor Phimie haar drie jaar geleden had gewaarschuwd.

'We hebben alle reden om te geloven dat de man die uw zuster heeft verkracht achter u aan zit.'

Hij zou komen. Ze wist het. Ze had het altijd geweten, maar ze was het half vergeten. Er was iets speciaals met Angel en door dat speciale leefde ze onder een dreiging zoals de pasgeboren baby's van Bethlehem die in opdracht van koning Herodes gedood moesten worden. Lang geleden had Celestina hierin een ingewikkeld en geheimzinnig patroon gezien, en voor het oog van de kunstenaar vereiste de symmetrie van het ontwerp dat de vader vroeg of laat zou verschijnen.

'Zijn uw deuren op slot?' vroeg Bellini.

'Ik heb alleen maar een voordeur. Ja. Op slot.'

'Waar bent u nu?'

'In mijn slaapkamer.'

'Waar is uw dochtertje?'

'Hier.'

Angel ging rechtop in bed zitten, knalgeel en klaarwakker.

'Zit er een slot op uw slaapkamerdeur?' vroeg Bellini.

'Niet echt.'

'Doe hem zo goed mogelijk op slot. En hang niet op. Blijf aan de lijn tot de politieagenten daar zijn.'

Junior kon de dode man niet in de gang laten liggen en hopen nog wat leuks met Celestina te hebben.

Nasleep werd altijd ontdekt, vaak op het slechtste moment, dat had hij wel geleerd uit films en misdaadverhalen, en uit persoonlijke ervaring. Ontdekking deed de politie altijd in volle vaart arriveren, met gillende sirenes en vol enthousiasme, omdat die schoften de grootste op het verleden gerichte verliezers van de wereld waren. Ze werden werkelijk vertéérd door hun interesse in nasleep. Hij stak het 9mm-pistool in zijn riem, greep Ichabod bij de voeten en sleepte hem vlug naar de deur van no. 1. Bloedvegen kleurden de bleke kalkstenen vloer achter het lichaam aan.

Dit waren geen bloedplassen, maar vegen, dus Junior kon die snel wegwerken als hij het lichaam eenmaal uit de hal had, maar de aanblik ervan maakte hem nog woedender. Hij was hier om een einde te maken aan alle onafgemaakte zaken uit Spruce Hills, om zichzelf te bevrijden van wraakzuchtige geesten, om zijn leven te beteren en om hiervandaan in een totaal nieuwe toekomst te duiken. Hij was hier verdomme niet om *een gebouw schoon te maken*.

Het snoer was niet zo lang dat Celestina de hoorn mee kon nemen, dus ze legde die op het nachtkastje naast de lamp.

'Wat is er aan de hand?' vroeg Angel.

'Wees stil, snoes,' zei ze, terwijl ze door de kamer naar de deur liep die op een kier stond.

Alle ramen zaten op slot. Daar zorgde ze altijd voor.

Ze wist dat de voordeur ook op slot zat, omdat Wally had gewacht tot hij beide sloten op slot hoorde draaien. Toch stapte ze de gang in, waar geen licht brandde, liep snel langs Angels kamer, kwam bij de toegang tot de woonkamer waar licht brandde – en zag een man die achteruit door de opening van de voordeur liep en iets meesleepte, een donker, groot en zwaar verkreukt iets sleepte, een...

O, lieve heer, néé.

Hij had Ichabod halverwege de drempel gesleept toen hij iemand 'nee' hoorde zeggen.

Junior wierp een blik over zijn schouder op het moment dat Celestina zich omdraaide en wegvluchtte. Hij ving slechts een glimp van haar op toen ze de gang in rende.

Concentreren. Sleep Ichabod helemaal naar binnen. Doe nu, denk later. Nee, nee, een goede concentratie vereiste het nodige begrip: bekijken, analyseren en bepalen wat het eerst moet gebeuren. Grijp het kreng, grijp het kreng! Langzaam diep ademhalen. Kanaliseer die prachtige woede. Een volledig ontwikkeld man is vol zelfbeheersing en kalmte. *Nu, nu, nu!*

Plotseling leken zoveel grondregels van Zedd met elkaar in conflict te komen. Terwijl ze eerder een betrouwbare filosofie en een gids naar succes hadden gevormd.

Een deur sloeg dicht, en na een heel korte innerlijke beraadslaging of hij nu wel of niet iets moest doen, liet Junior Ichabod op de drempel liggen. Hij moest Celestina te pakken zien te krijgen voordat zij een telefoon bereikte en daarna kon hij terugkomen om het lichaam weg te slepen.

Celestina sloeg de deur dicht, drukte het knopje van het slot in, schoof, duwde, werkte het dressoir voor de deur, verbaasd door haar eigen kracht, en hoorde Angel in de hoorn zeggen: 'Mama verschuift meubels.'

Ze griste de hoorn uit Angels hand en zei tegen Bellini: 'Hij is hier,' wierp de hoorn op bed en zei tegen Angel: 'Blijf bij mij in de buurt,' rende naar het raam en rukte de gordijnen open.

Toegedaan en beheerst. Het maakt niet veel uit of je actie voorzichtig of overhaast is, het maakt helemaal niets uit dat de maatschappij in zijn geheel denkt dat wat je doet 'goed' is of 'slecht'. Zolang je het maar met volle overtuiging doet, dan zul je onvermijdelijk het heft in handen krijgen, omdat maar zo weinig mensen zich ooit aan iets binden, goed of slecht, verstandig of onverstandig, dat degenen die er halsoverkop in duiken vaker wel slagen dan niet, ook al zijn hun acties roekeloos en is hun reden idioot.

De reden van Junior was verre van idioot, die ging om overleven en verlossing, en hij gaf zich er met elke vezel van zijn lichaam, met hart en ziel aan over.

Drie deuren in de donkere gang: een rechts, op een kier, en twee links, allebei dicht.

Eerst naar rechts. Trap de deur open, vuur tegelijk twee schoten af, want misschien was dit haar slaapkamer, waar ze een wapen bewaarde. Spiegels gingen aan scherven, een rinkeldekinkel van vallend glas op porselein, glas op keramische tegels, een heleboel meer geluid dan de schoten zelf.

Hij besefte dat hij een lege badkamer was binnengegaan.

Te veel lawaai dat aandacht trok. Geen tijd voor romantiek, geen kans op een dubbele zusterscore. Dood Celestina, dood Bartholomeus en dan weg, weg.

Eerste kamer links. Actie. Trap de deur open. Het gevoel van een grotere ruimte erachter, ditmaal geen badkamer, en donkerder. Zwaai het pistool rond, houd het met beide handen vast. Twee snelle schoten: gedempte kuch, gedempte kuch.

Schakelaar links. Knipperend met zijn ogen tegen het felle licht.

Kinderkamer. Bartholomeus' kamer. Meubeltjes in heldere primaire kleuren. Poster van Pooh aan de muur.

Tot zijn verrassing poppen. Behoorlijk wat poppen. Klaarblijkelijk was het bastaardjong verwijfd, een eigenschap die hij zeer zeker niet van zijn vader had geërfd.

Niemand hier.

Tenzij onder het bed, in de kast?

Tijdverspilling om daar te kijken. Waarschijnlijk hielden de vrouw en jongen zich schuil in de laatste kamer.

Snel en geel vloog Angel op haar moeder af en greep een van de gordijnen alsof ze zich erachter wilde verbergen.

Het raam had kleine ruitjes met dubbel glas, dus Celestina kon niet gewoon het glas breken en naar buiten klimmen.

Een groot openslaand raam. Twee schuifjes rechts, een hoog, een laag. Een losse raamkruk lag op de vensterbank van dertig centimeter breed. Een opening onder in het kozijn waar die in paste. Celestina duwde de kruk op zijn plaats. Wilde niet. Haar handen trilden te hevig. Stalen sleuven op de kruk moesten precies in het gat gestoken worden. Ze probeerde, probeerde…

Lieve Heer, help me alsjeblieft.

De maniak trapte tegen de deur.

Kort daarvoor was hij Angels kamer binnengevallen en dat was luid, maar dit dreunde luider, oorverdovend genoeg om mensen in het hele gebouw wakker te maken.

De kruk kwam op zijn plaats. *Draaien, draaien.*

Waar was de politiewagen? Waarom geen sirene?

De scharnieren van het raam knarsten, de twee hoge ramen begonnen naar buiten toe open te gaan, maar te langzaam, en de koude, witte nacht ademde een kille zucht de kamer binnen.

De maniak trapte nog een keer, maar door het dressoir gaf de deur niet mee, dus hij trapte harder, weer zonder succes.

'Schiet op,' fluisterde Angel.

Junior stapte achteruit en vuurde twee schoten af, gericht op het slot. Eén kogel joeg een splinter uit de deurlijst, maar de andere ging door de deur heen en raakte niet alleen hout, de bronzen deurknop bewoog en viel er bijna uit.

Hij duwde tegen de deur, maar hij voelde nog steeds weerstand en hij verraste zichzelf door een geloei van frustratie te uiten dat juist het tegenovergestelde uitdrukte van zelfbeheersing, hoewel niemand die het hoorde ook maar de geringste twijfel zou hebben over zijn betrokkenheid en doelgerichtheid.

Weer schoot hij op het slot, haalde de trekker een tweede keer over en ontdekte dat er geen kogels meer in het magazijn zaten. Extra kogels zaten in zijn zak.

Hij zou op dit laatste beslissende moment niet pauzeren om te herladen, nu slagen of falen een kwestie van seconden was. Dat zou de keuze zijn van een man die eerst dacht en dan handelde, het gedrag van een geboren verliezer.

Er was een stuk ter grootte van een bord uit de deur geschoten. Door het licht dat er vanuit de kamer doorheen scheen, kon Junior zien dat het hele slot stuk was. Maar door het gat in de deur keek Junior tegen de achterkant van een meubelstuk aan dat er tegenaan was geschoven, waardoor de aard van het probleem hem duidelijk werd.

Hij hield zijn linkerarm stevig tegen zijn lichaam aan gedrukt en wierp zich tegen de deur. Het was een zwaar meubelstuk, maar het bewoog een paar centimeter. Als het een paar centimeter meegaf, zou het meer centimeters meegeven, dus het was te verplaatsen en hij was al zo goed als binnen.

Celestina hoorde geen schoten, maar ze kon zich niet vergissen in de kogels die door de deur heen kwamen.

Het dressoir, dat ook als kaptafel dienst deed, bevatte ook een spiegel. Een kogel drong door het triplex aan de achterkant heen en maakte een spinnenweb in het verzilverde glas, boorde zich in de muur boven het bed – *knal* – en schoot een regen van kalksplinters los.

Toen de twee verticale helften van het raam nog geen twintig centimeter uit elkaar waren, haperden ze. Het scharnier produceerde een armzalig geknars dat klonk als een keelachtige uitspraak van het probleem zelf, *r-r-r-roest*, en gaf het op.

Zelfs Angel, nog geen fractie van een cherubijntje, kon niet door een opening van amper twintig centimeter.

Op de gang gromde de maniak van frustratie.

Dat vreselijke raam. Dat vreselijke, vastzittende raam. Celestina draaide uit alle macht aan de kruk en voelde iets meegeven, wrikte, maar toen schoot de kruk uit het gat en viel op de vensterbank. Deze keer hoorde ze ook geen schoten, maar het harde gekraak van versplinterend hout duidde op het afschieten van minstens nog twee kogels.

Terwijl ze zich omdraaide van het raam, greep Celestina het meisje en duwde haar naar het bed, terwijl ze fluisterde: 'Eronder.'

Angel wilde niet, misschien omdat de boeman soms in haar nachtmerries onder het bed zat.

'Schiet op,' zei Celestina nog een keer heftig.

Uiteindelijk liet Angel zich vallen en kroop weg onder de overhangende dekens in een flits van geel.

Drie jaar geleden, in het St. Mary's ziekenhuis, met Phimies waarschuwing nog vers in haar gedachten, had Celestina gezworen dat ze ervoor klaar zou zijn als het monster kwam. Maar hier was hij, en ze was nog niet zo klaar als nodig was. De tijd verstrijkt, het gevoel van een dreiging neemt af, het leven wordt drukker, je werkt je een slag in de rondte als serveerster, je haalt je eindexamen, je dochtertje groeit op, zo vitaal, zo levendig, zo levend, dat je denkt dat ze het eeuwige leven heeft, en bovendien ben je de dochter van een dominee, iemand die gelooft in de macht van de barmhartigheid, in de Prins van de Vrede, en die erop vertrouwt dat de deemoedige op een dag het aardrijk zal vererven, waardoor je in drie lange jaren geen wapen koopt, ook geen cursus in zelfverdediging volgt, en op de een of andere manier vergeet je dat de deemoedige die op een dag het aardrijk zal vererven diegene is die zich onthoudt van agressie, maar niet zo zielig deemoedig is dat hij zichzelf niet eens verdedigt. Want om je niet tegen het kwaad te verzetten is een zonde, en de bereidwillige weigering je leven te verdedigen is de doodzonde van een passieve zelfmoord. En als je geen klein geel M&M-meisje kunt beschermen, krijg je beslist een kaartje voor dezelfde sneltrein naar de hel als die waarmee de slavenhandelaars naar hun eigen eeuwigdurende slavernij reden, waarop de heersers van Dachau en Joseph Stalin reden, van macht naar straf, dus hier en nu, terwijl het monster zich tegen de deur gooit, terwijl hij de barricade wegschuift, met dat kleine beetje tijd dat je nog hebt: *vecht.*

Junior wurmde zich door de gebarricadeerde deur de slaapkamer in en het kreng sloeg hem met een stoel. Een kleine lattenstoel met een stoffen zitting. Ze sloeg ermee als met een honkbalknuppel en er moet iets van het bloed van Jackie Robinson in de familie White hebben gezeten, want ze had de kracht om een homerun van Brooklyn naar de Bronx te slaan.

Als ze hem links geraakt had, zoals de bedoeling was, had ze misschien bij hem een arm gebroken of een paar ribben gekraakt. Maar hij zag de stoel komen, en even lenig als een verdediger die een sliding van een tegenstander ontweek, draaide hij zich van haar weg en ving de klap met zijn rug op.

Die klap op zijn rug had ook niets met sport te maken, maar leek meer op Vietnam zoals hij soms vrouwen vertelde dat hij het zich herinnerde. Alsof hij door een handgranaat was getroffen ging Junior met zijn kin tegen de vloer, waarbij zijn tanden zo hard op elkaar knalden dat hij zijn tong afgebeten zou hebben als die ertussen had gezeten.

Hij wist dat ze een stap naar achteren zou doen om een schatting van haar slaggemiddelde te maken, dus hij rolde direct verder, buiten bereik, immens opgelucht dat hij zich kon bewegen, omdat hij, gezien de pijn die langs zijn rug schoot, niet verrast zou zijn als zij zijn ruggengraat had gebroken en hem had verlamd. De stoel kletterde weer naar beneden, precies op de plek waar Junior even eerder had gelegen.

Het krankzinnige kreng hanteerde de stoel met zo'n woestheid dat de kracht van het neerkomen op de vloer terugsloeg op haar, en haar armen gevoelloos had moeten maken. Ze struikelde naar achteren, de stoel meeslepend, tijdelijk niet in staat die nog op te tillen.

Toen hij de slaapkamer binnenging, had Junior verwacht zijn pistool weg te gooien en een mes te trekken. Maar hij was niet langer in de stemming voor het fijnere handwerk. Gelukkig had hij het pistool nog.

Hij had te veel pijn om zich snel te herstellen en gebruik te maken van de tijdelijke kwetsbaarheid van de vrouw. Terwijl hij overeind krabbelde, liep hij achterwaarts van haar weg en voelde in zijn zak naar reservekogels.

Ze had Bartholomeus ergens verborgen.

Waarschijnlijk in de kast.

Knal de schilderes neer, vermoord het kind.

Hij was een man met een plan, geconcentreerd, betrokken, klaar om te handelen en dan te denken, zodra hij maar kón handelen.

Een pijnscheut verzwakte zijn hand. Patronen glipten tussen zijn vingers door, vielen op de vloer.

Je daden... komen op je terug, duizendvoudig vergroot.

Weer die dreigende woorden, die duizelig makend door zijn geest draaiden. Deze keer hoorde hij ze echt uitgesproken. De stem trok de aandacht met een dieper timbre en doordringender dictie dan zijn eigen stem.

Hij drukte het magazijn uit de kolf van het pistool. Liet het bijna vallen.

Celestina cirkelde om hem heen, de stoel half dragend, half slepend, misschien omdat haar zenuwen nog weergalmden en haar armen slap waren, misschien omdat ze die slapte speelde en hoopte hem tot een roekeloze actie te verleiden. Junior cirkelde om haar heen terwijl zij rondjes om hem heen draaide, en hij worstelde met zijn pistool zonder zijn ogen van zijn tegenstander af te houden.

Sirenes.

De geest van Bartholomeus... zal je vinden... en het verschrikkelijke oordeel over je uitspreken dat je verdient.

De beschaafde, ietwat theatrale maar toch oprechte stem van dominee White klonk op uit het verleden om dit dreigement in Juniors geest te uiten, zoals hij, toen die avond, uit een bandrecorder, had gedaan, terwijl Junior een bezwete horizontale boogie danste met Seraphim in haar kamer in de pastorie.

Het dreigement van de dominee was vergeten, onderdrukt. Destijds slechts half gehoord, voornamelijk pervers achtergrondgeluid voor het vrijen, hadden die woorden Junior geamuseerd, en hij had niet serieus over de betekenis ervan nagedacht, over de boodschap van wraak die ze bevatten. Nu, op dit moment van extreem gevaar, brak de ontstoken zweer onder de druk open, en Junior was geschokt, verbluft, toen hij besefte dat *de dominee een vloek over hem had uitgesproken!*

Sirenes klonken luider.

Gevallen kogels glommen op het kleed. Bukken om ze op te rapen? Nee. Dat was vragen om een vernietigende klap op zijn hoofd. Celestina, de slaande baptiste, weer in actie, kwam weer op hem af. De stoel was niet meer zo'n formidabel wapen als in het begin, met een gebroken en een gebarsten poot en de rugleuning versplinterd. Ze zwaaide ermee, Junior ontweek, ze sloeg weer naar hem, hij maakte een schijnbeweging, en hijgend draaide ze van hem weg. Het kreng werd moe, maar de kansen die hij in een directe confrontatie met haar had, bevielen Junior nog steeds niet. Haar haar zat in de war. Haar ogen flitsten met zo'n woestheid dat hij er half van overtuigd was dat hij de ovale pupillen zag van een oerwoudkat. Haar lippen waren vertrokken in een grauw.

Ze zag er net zo krankzinnig uit als Juniors moeder.

Te dichtbij die sirenes.

Een andere zak. Meer patronen. Proberen er gewoon twee in het magazijn te drukken, maar zijn handen trilden en waren glibberig van het zweet.

De stoel. Een afschampende slag, geen schade, dreef hem achteruit naar het raam.

De sirenes waren nu hier.

Smerissen aan de deur, het gekke kreng met de stoel, de vloek van de geestelijke – dit alles was veel meer dan zelfs een toegewijd man aankon. Ga weg uit het nu, ga voor de toekomst.

Hij gooide het pistool, het magazijn en de patronen neer.

Terwijl het kreng uithaalde met de stoel, greep Junior ernaar. Hij probeerde hem niet uit haar handen te wringen, maar deed het om haar zo hard mogelijk een zet naar achteren te geven.

Ze trapte op een afgebroken stoelpoot, verloor haar evenwicht en viel achterover tegen de zijkant van het bed.

Even behendig als een seniele kat, schreeuwend van de pijn, sprong Junior toch op de brede vensterbank en wurmde zich tussen de twee ramen. Ze waren voor een deel al open – maar ze zaten ook vast.

Gehurkt op de brede vensterbank, duwend tegen de deels openstaande ruiten van het hoge raam, niet alleen gebruikmakend van zijn spieren maar van zijn hele gewicht, probeerde de maniak weg te komen uit de slaapkamer.

Zelfs boven het zuigergeluid van haar hart en haar bellenblazende ademhaling uit, hoorde Celestina hout breken, een klein ruitje exploderen en metaal piepen. De gluiperd ging ervandoor.

Het raam kwam niet uit op de straat. Het zag uit op een doorgang van anderhalve meter breed tussen dit huis en het volgende. De politie zou hem misschien niet zien weggaan.

Ze zou nog een keer met de stoel op hem af hebben kunnen gaan, maar die viel uit elkaar. Ze verruilde het meubelstuk voor het vuurwapen. Ze liet zich op haar knieën vallen en greep het weggegooide pistool van de vloer.

De gillende sirenes kreunden en vielen stil. De politie moest aan de stoep tot stilstand zijn gekomen.

499

Celestina pakte een koperen kogel van het kleed.

Weer barstte een ruitje. Een ontmoedigend gekraak van hout. Met zijn rug naar haar toe bewerkte de maniak het raam met de grauwende woestheid van een gekooid dier.

Ze had geen ervaring met wapens, maar toen ze had gezien hoe hij probeerde kogels in het magazijn te drukken, wist ze hoe ze moest laden. Ze deed er een patroon in. Toen een tweede. Genoeg. Het verroeste mechanisme van het raam begon mee te geven, net als de scharnieren, en het raam zakte naar buiten toe open.

Aan de andere kant van de flat schreeuwden mannen: 'Politie!' Celestina gilde – 'Hier, hierheen!' – toen zij het magazijn in de kolf van het pistool sloeg.

Nog altijd op haar knieën hief ze het wapen en besefte dat ze de maniak in zijn rug zou schieten, dat ze geen andere keuze had, omdat haar onervarenheid haar niet de ruimte gaf op een arm of een been te mikken. Het morele dilemma overweldigde haar, maar ook een beeld van Phimie dood tussen de bebloede lakens op de operatietafel. Ze haalde de trekker over en schokte door de terugslag.

Net voordat Celestina het schot afvuurde, begaf het raam het. De man viel en verdween uit het zicht. Ze wist niet of ze hem geraakt had.

Naar het raam. De warme kamer zoog koude mist uit de nacht binnen en ze leunde over de vensterbank in de stromende mist.

De smalle met bakstenen bestrate doorgang lag anderhalve meter onder haar. De maniak had vuilnisbakken omvergelopen toen hij wegrende, maar hij was niet gestruikeld over het vuilnis.

Vanuit de mist en de duisternis klonken rennende voetstappen op straatstenen. Hij rende naar de achterkant van het huis.

'Laat het pistool vallen!'

Celestina gooide het wapen neer voordat ze zich omdraaide en toen twee agenten de kamer betraden, riep ze: 'Hij gaat ervandoor!'

Van dienstweg naar steeg naar dienstweg naar straat, de stad, de mist en de nacht in, rende Junior van het Cain-verleden naar de Pinchbeck-toekomst.

Tijdens het verloop van deze gedenkwaardige dag had hij Zedd-technieken gebruikt om zijn wilde kwaadheid te kanaliseren tot een withete woede. Nu, zonder bewuste inspanning van zijn kant, werd de woede tot een gesmolten hete razernij.

Alsof wraakzuchtige geesten al niet erg genoeg waren, had hij drie jaar onwetend geworsteld met de verschrikkelijke kracht van de domineesvloek, voodoo van een zwarte baptist die zijn leven verziekte. Nu wist hij waarom hij geplaagd was door de heftige nerveuze braakaanvallen, door die enorme diarree, door wanstaltige misvormende bulten. Er niet in slagen een zielsverwant te vinden, de vernederende ervaring met Renee Vivi, de twee gemene besmettingen met gonorroe, de rampzalige meditatieve catatonie, zijn onvermogen Frans en Duits te leren, zijn eenzaamheid, zijn leegheid, zijn verijdelde pogingen het bastaardjoch uit Phimies baarmoeder te doden. Al die dingen en meer, veel meer, waren de smerige consequenties van de kwaadaardige, wrekende voodoo van die hypocriete christen. Als buitengewoon zelfverbeterde, volledig ontwikkelde, geëngageerde man die zich prima voelde met zijn pure instincten, hoorde Junior over kalme zeeën door het leven te varen, onder voortdurend zonnige hemelen, met zijn zeilen altijd bol van de wind, maar in plaats daarvan werd hij voortdurend wreed gepakt en door de storm heen en weer geschud in een onverbiddelijke nacht, niet door enige tekortkoming van geest of hart of karakter, maar door zwarte magie.

71

In het St. Mary's ziekenhuis, waar Wally drie jaar geleden Angel deze wereld binnen had gehaald, vocht hij nu voor zijn leven, voor een kans het meisje te zien opgroeien en de vader te zijn die ze nodig had. Hij werd al geopereerd toen Celestina en Angel een paar minuten na de ambulance arriveerden.
Ze werden in een politieauto naar het St. Mary's gereden door rechercheur Bellini. Tom Vanadium – een vriend van haar vader die ze een paar keer in Spruce Hills had ontmoet, maar die ze niet goed kende – was bijrijder. Hij was heel gespannen, en hield alle inzittenden van andere auto's in de gaten alsof een van hen beslist de maniak moest zijn.
Voorzover Celestina wist, was Tom rechercheur bij de staatspolitie van Oregon, en ze begreep niet wat hij hier deed.
Evenmin kon ze zich ook maar een voorstelling maken van de ramp die hem was overkomen en waardoor zijn gezicht zo gehavend en

misvormd was geraakt. Ze had hem voor het laatst gezien op de begrafenis van Phimie. Een paar minuten geleden, bij haar deur, had ze hem alleen maar herkend aan zijn portrode wijnvlek.

Haar vader respecteerde en bewonderde Tom, dus ze was dankbaar voor zijn aanwezigheid. En een man die zo'n ramp kon overleven als waaraan hij dat kubistische gezicht had overgehouden, was iemand die ze wel bij haar team kon gebruiken in crisistijd.

Terwijl ze de doodsbange Angel stevig vasthield op de achterbank van de auto, was Celestina verbaasd door haar eigen moed tijdens het gevecht en door de kalmte die ze had weten te bewaren. Ze was niet aangedaan door de gedachte aan wat er met haar en met haar dochter had kunnen gebeuren, omdat haar gedachten en hart bij Wally waren – en omdat ze haar hele leven met hoop gelaafd was, had ze een diep reservoir om op terug te vallen in tijden van droogte.

Bellini verzekerde Celestina dat ze niet verwachtten dat Enoch Cain zo brutaal zou zijn politieauto's te volgen en zijn aanval op haar in het St. Mary's te hervatten. Toch posteerde hij een geüniformeerde politieagent op de gang buiten de wachtkamer voor vrienden en familie van de patiënten op de intensive care. En gezien de strenge bewaking door de politieman had Bellini niet helemaal de mogelijkheid uitgesloten dat Cain zou verschijnen om af te maken wat hij in Pacific Heights was begonnen.

Net als alle wachtkamers van de intensive care waar de Dood geduldig zit te wachten, bij voorbaat glimlachend, was deze kamer schoon maar saai en de noodzakelijke meubels maakten hem niet fraaier, alsof heldere kleuren en comfort Magere Hein zouden irriteren en hem zouden motiveren meer patiënten mee te nemen dan hij anders zou hebben gedaan.

Zelfs op dit nachtelijke uur was de wachtkamer soms net zo vol bezorgde, geliefde vrienden en familie als op een andere tijd van de dag. Maar die ochtend leek het enige leven dat onder de dreiging van de zeis leefde, dat van Wally te zijn; de enige wake die werd gehouden was voor hem.

Getraumatiseerd door het geweld in de slaapkamer van haar moeder, zich niet volledig bewust van wat er met Wally was gebeurd, was Angel huilerig en angstig. Een attente dokter gaf haar een glas sinaasappelsap met een licht kalmerend middel en een zuster zorgde voor kussens. Ze lag op twee van kussens voorziene stoelen, in een rooskleurige badjas over haar gele pyjama, en gaf zich net zo volledig aan de slaap over, als anders zonder kalmerend middel, net zoals ze zich overdag volledig aan het leven overgaf.

Na een eerste verklaring van Celestina vertrok Bellini om een rechter uit zijn bed te halen voor een huiszoekingsbevel voor de woning van Enoch Cain, terwijl hij al een politiebewaking had geregeld voor de flat in Russian Hill. Celestina's beschrijving van haar aanvaller kwam precies overeen met Cain. Bovendien stond de Mercedes van de verdachte nog bij haar flat. Bellini klonk overtuigd dat ze de man snel zouden vinden en arresteren.

Tom Vanadium daarentegen was er zeker van dat Cain, die voorbereidingen getroffen zou hebben voor als er iets misging tijdens zijn aanval op Celestina, niet zo makkelijk te vinden en te arresteren zou zijn. In Vanadiums optiek had de maniak of een schuilplaats in de stad – of hij was al buiten het rechtsgebied van San Francisco.

'Nou, misschien heb je gelijk,' zei Bellini ietwat wrang voordat hij vertrok, 'maar jij had het voordeel van een illegaal bezoekje, terwijl ik gehinderd word door van die fijne huiszoekingsbevelen.'

Celestina voelde een gerieflijke vriendschap tussen die twee mannen, maar ook spanning die misschien te maken had met die toespeling op een illegale huiszoeking.

Toen Bellini vertrokken was, ondervroeg Tom Celestina uitgebreid, met nadruk op de verkrachting van Phimie. Hoewel het onderwerp pijnlijk was, was ze blij met de vragen. Zonder deze afleiding, ondanks haar enorme bron van hoop, had ze misschien haar verbeelding de gelegenheid gegeven de ene verschrikking na de andere op elkaar te stapelen tot Wally wel honderd keren in haar hoofd was overleden.

'Jouw vader ontkent dat de verkrachting ooit heeft plaatsgevonden, klaarblijkelijk uit wat ik zou noemen een misplaatst vertrouwen in Gods gerechtigheid.'

'Voor een deel,' beaamde ze. 'Maar aanvankelijk wilde papa dat Phimie het zou zeggen, zodat de man aangeklaagd en berecht zou worden. Hoewel hij een echte baptist is, is papa niet geheel zonder wraakgevoelens.'

'Ik ben blij dat te horen,' zei Tom. Zijn vage glimlach zou ironisch kunnen zijn, hoewel het niet zo makkelijk was enige subtiele uitdrukking op zijn ingebeukte gezicht te lezen.

'En toen Phimie dood was... hoopte hij nog altijd de naam van de verkrachter aan de weet te komen om hem in de gevangenis te laten zetten. Maar toen veranderde hij ergens door van mening... o, misschien twee jaar geleden. Plotseling wilde hij het loslaten, het oordeel aan God overlaten. Hij zei dat als de verkrachter net zo verwrongen was als Phimie had beweerd, Angel en ik weleens gevaar zouden kunnen lopen als we ooit achter zijn naam kwamen en naar de politie gingen. Je moet niet in een nest vol horzels porren, je moet slapende honden niet wakker maken, dat soort dingen. Ik weet niet waarom hij van mening is veranderd.'

'Ik wel,' zei Tom. 'Nu. Dankzij jou. Wat hem van mening deed veranderen, was dat ik... mijn gezicht. Cain heeft me dit aangedaan. Het grootste deel van 1965 heb ik in coma gelegen. Toen ik eruit kwam en voldoende hersteld was om bezoek te krijgen, vroeg ik je vader te komen. Ongeveer twee jaar geleden... zoals je zei. Van Max Bellini hoorde ik dat Phimie tijdens de bevalling was overleden, geen ongeluk, en instinctief hield Max het op verkrachting. Ik legde je vader uit waarom Cain de man was. Ik wilde alle informatie die hij kon hebben. Maar ik veronderstel... toen hij daar zat en naar mijn gezicht keek, besloot hij dat Cain beslist het grootste horzelnest is waar je ooit in kunt porren, en hij wilde niet zijn dochter en kleindochter in een groter gevaar brengen dan nodig was.'

'En nu dit.'

'Nu dit. Maar zelfs als je vader had meegewerkt, zou er niets veranderd zijn. Aangezien Phimie nooit zijn naam heeft genoemd, zou ik nooit op een andere of doeltreffender manier achter Cain aan hebben kunnen gaan.'

Op het bed van twee stoelen naast haar moeder kreunde Angel van angst in haar slaap. Wat ze in haar droom ook mocht zien, het waren geen gele kuikentjes.

Terwijl ze troostende woorden zei, legde Celestina een hand op het hoofd van het meisje en streelde haar voorhoofd, en haar haar, tot de aanraking de nare droom verdreef.

Omdat hij nog steeds zocht naar een paar ontbrekende feiten, naar enig inzicht dat hem zou kunnen helpen de obsessie van de maniak voor Bartholomeus te begrijpen, stelde Tom nog meer vragen, tot Celestina plotseling besefte wat die informatie was die hij misschien zocht en het hem zei: Cains perverse aandringen om de ruwe versie van de preek 'Deze gedenkwaardige dag' op band af te spelen tijdens zijn lange verkrachting van haar zuster.

'Volgens Phimie vond die gluiperd het grappig, maar papa's stem als achtergrondmuziek... nou, dat wond hem ook op, misschien omdat het haar extra vernederde en omdat hij wist dat het ook onze vader zou vernederen. Maar dat detail hebben we papa nooit verteld. Geen van ons zag er enig nut in om het hem te vertellen.'

Een tijdlang, voorovergebogen op zijn stoel en starend naar de vloer met een intensiteit en een uitdrukking die niet geïnspireerd konden zijn door de smakeloze vinyltegels, overpeinsde Tom wat ze hem had verteld. Toen: 'Er is een verband, hoewel het me nog niet helemaal duidelijk is. Dus hij ontleende een pervers plezier aan haar te verkrachten met de preek van jullie vader als achtergrondmuziek... en misschien kwam, zelfs zonder dat hij het besefte, de preek van de dominee diep in zijn hoofd te zitten. Ik zou niet denken dat onze laffe vrouwenmoordenaar enig talent voor schuldgevoel heeft... hoewel je vader misschien een soort van wonder verrichtte en dat zaad heeft geplant.'

'Volgens mam zullen varkens ooit een keer kunnen vliegen als papa zin krijgt ze ervan te overtuigen dat ze vleugels hebben.'

'Maar in "Deze gedenkwaardige dag" is Bartholomeus alleen maar de apostel, de historische figuur, en hij is ook de metafoor voor de onvoorziene consequenties van zelfs onze onbeduidendste daden.'

'Dus?'

'Hij is niet echt een bestaand figuur, niet iemand die Cain hoeft te vrezen. Dus hoe ontwikkelde hij deze obsessie iemand te vinden die Bartholomeus heet?' Hij keek Celestina in de ogen alsof zij het antwoord misschien voor hem had. 'Bestaat er een echte Bartholomeus? En wat heeft dat te maken met die aanval op jou? Of bestaat er helemaal geen verband?'

'Ik denk dat we net zo krankzinnig zouden kunnen worden als hij, als we maar lang genoeg probeerden deze verwrongen logica te begrijpen.'

Hij schudde zijn hoofd. 'Volgens mij is hij slecht, niet krankzinnig. En stom op de manier zoals slechte mensen vaak zijn. Te arrogant en te ijdel om zijn eigen stompzinnigheid te zien – en daardoor altijd verstrikt in vallen die hij zelf opzet. Maar desalniettemin gevaarlijk door zijn stompzinnigheid. Eigenlijk veel gevaarlijker dan een verstandiger man met oog voor de consequenties.'

Tom Vanadiums eentonige, maar vreemd hypnotiserende stem, zijn positieve houding, zijn prachtige, grijze ogen in dat gebroken gezicht, zijn afgemeten melancholische manier van doen en zijn overduidelijke intelligentie gaven hem een aanwezigheid die tegelijkertijd even enorm was als een massa graniet maar ook onaards.

'Zijn alle politiemensen zo filosofisch als jij?' vroeg Celestina.

Hij glimlachte. 'Degenen die eerst priester waren – ja, we zijn een piekerend zootje. Van de anderen – niet veel, maar waarschijnlijk meer dan je denkt.'

Voetstappen in de gang trokken hun aandacht naar de deuropening waar de chirurg verscheen in zijn wijde groene kledij.

Celestina stond op, haar hart plotseling bonzend in haar borst, als de zware voetstappen die wegrennen van de brenger van slecht nieuws. Maar zelf kon ze niet wegrennen, ze kon alleen maar blijven staan, geworteld in haar hoop – en in haar gedachten zes versies van een slechte prognose horen in de twee seconden voordat de arts daadwerkelijk sprak.

'Hij heeft de operatie goed doorstaan. Hij blijft een tijdje daar, wordt dan hierheen gebracht naar de intensive care. Zijn toestand is kritiek, maar daar heb je gradaties in en ik geloof dat we hem er binnenkort, voor de dag voorbij is, weer bovenop hebben. Hij gaat het halen.'

Deze gedenkwaardige dag. In elk einde een nieuw begin. Maar, godzijdank, hier geen einde.

Voor even bevrijd van de behoefte sterk te zijn voor haar slapende dochtertje of voor Wally, draaide Celestina zich om naar Tom Vanadium, zag in zijn grijze ogen zowel het leed van de wereld als een hoop die overeenkwam met die van haar, zag in zijn vernielde gezicht de belofte van triomf over kwaadheid, leunde tegen hem aan voor steun en durfde eindelijk te huilen.

72

In zijn Ford-busje, vol borduurwerk, Sklent en Zedd, verliet Junior Cain – Pinchbeck voor de buitenwereld – Bay Area via een achterdeur. Hij nam de State Highway 24 naar Walnut Creek, waar ze al dan niet walnoten hadden, maar wel een berg en een staatspark dat naar de duivel was vernoemd: Mount Diablo. State Highway 4 naar Antioch bracht hem bij een oversteek van een rivierdelta, westelijk van Bethel Island. Bethel, voor hen die een gevorderdencursus vocabulaire-uitbreiding hadden gevolgd, betekende 'heilige plaats'.

Van de duivel naar het heilige, en dan verder. Junior reed over de State Highway 160 naar het noorden, die trots werd verkondigd als 'toeristische route', hoewel in deze uren voor zonsopkomst alles naargeestig en zwart was. Via de kronkelende loop van de Sacramento Rivier, kwam Highway 160 langs een handvol kleine, ver uit elkaar liggende stadjes.

Tussen Isleton en Locke werd Junior zich voor het eerst bewust van verscheidene pijnlijke plekken op zijn gezicht. Hij voelde geen zwellingen, geen snijwonden of krabben en de achteruitkijkspiegel toonde slechts het gezicht dat meer vrouwenharten op hol had doen slaan dan alle amfetaminen die er ooit gefabriceerd waren.

Zijn lichaam deed ook zeer, vooral zijn rug, van het pak slaag dat hij had gekregen. Hij herinnerde zich dat hij met zijn kin tegen de vloer was gevallen en dat hij meer klappen in zijn gezicht had gekregen dan hij besefte of zich herinnerde. Als dat zo was, zouden de plekken snel zichtbaar worden, maar blauwe plekken verdwenen met de tijd; in de tussentijd zouden die hem misschien nog wel aantrekkelijker maken voor vrouwen, die hem zouden willen troosten en de pijn wegkussen – vooral als ze ontdekten dat hij zijn verwondingen had opgelopen in een wreed gevecht, waarbij hij een buurvrouw redde van een potentiële verkrachter.

Toch stopte hij toen de plekken op zijn voorhoofd en wangen pijnlijker werden, bij een tankstation in de buurt van Courtland, kocht een fles Pepsi uit een automaat en spoelde nog een capsule antihistamine weg. Hij nam ook weer een antibraakmiddel, vier aspirines en – hoewel hij geen trillingen in zijn ingewanden voelde – een dosis antidiarree.

Zo gewapend bereikte hij ten slotte een uur voor zonsopgang de stad Sacramento. Sacramento, dat 'sacrament' betekent in het Italiaans en in het Spaans, noemt zichzelf de Cameliastad van de wereld, en houdt begin maart een cameliafestival van tien dagen. De camelia is vernoemd naar G.J. Camellus, een jezuïetenpater die struik en bloem in de achttiende eeuw uit Azië meenam naar Europa.

Duivelsbergen, heilige eilanden, gewijde rivieren en steden, jezuïeten: die spirituele verwijzingen bij elke bocht maakten Junior ongerust. Dit was een spooknacht, daar bestond geen twijfel over. Hij zou niet eens heel erg verrast zijn geweest als hij in zijn achteruitkijkspiegel de blauwe Studebaker Lark Regal van Thomas Vanadium vlak achter zich had zien zitten, niet de echte auto, herrezen uit Quarry Lake, maar een spookversie met de smerige-schurftige-apengeest van de smeris achter het stuur. En een Naomi in ectoplasma naast hem, Victoria Bressler en Ichabod en Bartholomeus Prosser en Neddy Gnathic achterin; de Studebaker vol geesten als een volgepropte clownsauto in het circus, hoewel er niets grappigs zou zijn aan die wraakzuchtige spoken als de portieren open zouden zwaaien en zij naar buiten getuimeld kwamen. Tegen de tijd dat hij het vliegveld bereikte, een charterbedrijfje had gevonden, de eigenaar had opgespoord via de nachtwaker en had geregeld naar Eugene in Oregon gevlogen te worden, waren, eenmaal aan boord van een tweemotorige Cessna, de pijnlijke plekken in zijn gezicht gaan kloppen.

De eigenaar, ook de piloot, was verheugd vooraf contant betaald te worden, in kersverse biljetten van honderd dollar, in plaats van met een cheque of creditcard. Maar hij accepteerde het geld aarzelend en, met een onverhulde grimas alsof hij bang was een besmetting op te lopen van de biljetten: 'Wat is er met uw gezicht gebeurd?'

Onder Juniors haarlijn, op zijn wangen, zijn kin en zijn bovenlip was een twintigtal harde kleine bulten opgekomen, vurig rood en warm bij aanraking. Omdat hij nog niet zo lang geleden een gemene aanval van netelroos had gehad, besefte Junior dat dit iets nieuws – en ergers was. Tegen de piloot zei hij: 'Een allergische reactie.'

Een paar minuten na zonsopgang vlogen ze in uitstekend weer van Sacramento naar Eugene. Junior zou van het uitzicht genoten hebben als zijn gezicht niet aangevoeld had alsof het was gegrepen door een twintigtal withete tangen in de handen van kwaadaardige trollen die alle sprookjes bevolkten die zijn moeder hem had verteld toen hij klein was.

Even na halftien 's ochtends landden ze in Eugene en de taxichauffeur die Junior naar het grootste winkelcentrum van de stad reed, staarde meer in de achteruitkijkspiegel naar zijn geteisterde passagier dan naar de weg. Junior stapte uit de taxi en betaalde via het open raampje naast de chauffeur. De taxichauffeur wachtte zelfs niet eens tot zijn afschrikwekkende passagier zich volledig afwendde voor hij een kruis sloeg.

Juniors aandoening had hem misschien kunnen laten janken als een dolle hond of op zijn knieën kunnen brengen als hij die pijn niet had gebruikt om zijn woede te voeden. Zijn knobbelige gezicht was zo gevoelig dat de lichte bries zijn huid teisterde alsof het prikkeldraad was. Gevoed door woede die zelfs nog mooier was dan zijn gezicht monsterlijk was, stak hij de parkeerplaats over en keek door de raampjes van auto's in de hoop dat er ergens sleuteltjes in het contact hingen.

In plaats daarvan kwam hij een oude vrouw tegen die uit een rode Pontiac met een vossenstaart aan de antenne stapte. Een snelle blik om zich heen bevestigde dat niemand keek, dus hij sloeg haar op haar achterhoofd met de kolf van zijn 9mm-pistool.

Hij had zin haar dood te schieten, maar dit wapen was niet voorzien van een geluiddemper. Hij had dat exemplaar in Celestina's slaapkamer achtergelaten. Dit was het pistool dat hij uit de verzameling van Frieda Bliss had meegenomen, en er zat net zoveel geluid in als er braaksel in Frieda had gezeten.

De oude vrouw zakte ruisend in elkaar alsof ze een kunstig gevouwen stukje origami was. Ze zou een tijdje bewusteloos blijven, en als ze weer bijkwam, zou ze zich waarschijnlijk niet meer herinneren wie ze was, laat staan welk merk auto ze had, tot Junior goed en wel uit Eugene weg was.

De portieren van een pick-uptruck naast de Pontiac waren niet op slot. Junior tilde het omaatje op de voorbank van de bestelwagen. Ze was zo licht, zo eng knokig en ze ruiste zo hevig dat ze wel een reusachtig nieuw gemuteerd insect kon zijn dat een menselijke gedaante had aangenomen. Toch was hij blij dat hij haar niet had gedood: de plakkerige geest van grootje zou weleens net zo moeilijk uit te roeien kunnen zijn als een kakkerlakkenplaag. Huiverend wierp hij haar handtas boven op haar en sloeg het portier van de auto dicht.

Hij griste de autosleuteltjes van de vrouw van de grond, schoof achter het stuur van de Pontiac en reed weg, op zoek naar een apotheek, de enige stop die hij nog wilde maken voordat hij Spruce Hills bereikte.

73

Wally was niet met de Dood mee naar huis gegaan, maar ze hadden beslist met elkaar gedanst.

Al meteen toen Celestina zijn kamertje op de ic binnenkwam, schrok ze van zijn gezicht, ondanks de geruststellende woorden van de chirurg. Grijs was hij, met ingevallen wangen – alsof dit de achttiende eeuw was en ze zoveel medische bloedzuigers op hem gezet hadden dat een groot deel van zijn noodzakelijke levenssappen uit hem gezogen was.

Hij was bewusteloos en lag aan een hartmonitor en een infuus.

Een zuurstofslang, aan zijn neus bevestigd, siste zwak en uit zijn open mond klonk de nauwelijks hoorbare, piepende ademhaling. Lange tijd bleef ze naast het bed staan en hield zijn hand vast, erop vertrouwend dat hij zich ergens bewust was van haar aanwezigheid, hoewel hij op geen enkele manier aangaf dat hij wist dat ze er was.

Ze had kunnen gaan zitten. Maar dan zou ze zijn gezicht niet meer hebben kunnen zien.

Na verloop van tijd verstrakte zijn hand een heel klein beetje in die van haar. En vlak na dat hoopvolle teken trilden zijn oogleden, en gingen open.

Eerst was hij verdwaasd, keek fronsend naar de hartmonitor en de standaard met het infuus die naast zijn bed stond. Toen zijn ogen die van Celestina vonden, verhelderde zijn blik, en de glimlach die hij voor haar wist op te brengen, bracht net zoveel licht in haar hart als de diamanten ring die hij nog maar een paar uur geleden aan haar vinger had geschoven.

De glimlach werd snel gevolgd door een frons en hij zei zwakjes: 'Angel...?'

'Ze heeft niets. Ongedeerd.'

Een matroneachtige verpleegster verscheen, gewaarschuwd door een telemetrieapparaatje aan de hartmonitor dat de patiënt bij bewustzijn was gekomen. Ze ging driftig aan de slag, nam zijn temperatuur en schepte twee dunne schijfjes ijs in zijn uitgedroogde mond. Toen ze wegging, wierp ze Celestina een veelbetekenende blik toe en tikte op haar horloge.

Weer alleen met Wally, zei Celestina: 'Ze hebben me gezegd dat ik je, als je weer bij bewustzijn was, maar tien minuten per keer mag bezoeken, en ook niet zo vaak.'

Hij knikte: 'Moe.'

'De artsen hebben me gezegd dat je weer helemaal zult herstellen.' Weer glimlachend, en pratend met een stem die nauwelijks boven een fluistering uitkwam, zei hij: 'Ik moet trouwen.'

Ze boog zich over hem heen en kuste hem op de wang, op zijn rechteroog, zijn linker, zijn voorhoofd, zijn droge, gebarsten lippen. 'Ik hou zoveel van je. Ik wilde dood toen ik dacht dat je niet meer bij ons zou zijn.'

'Zeg nooit dood.'

Terwijl ze haar ogen depte met een Kleenex, zei ze: 'Oké. Nooit meer.'

'Was het... Angels vader?'

Ze was verrast door zijn intuïtie. Drie jaar geleden, toen ze net naar Pacific Heights verhuisde, had Celestina tegen hem over haar angst gesproken dat het monster hen op een dag zou vinden, maar ze hadden misschien wel tweeënhalf jaar niet meer over die mogelijkheid gesproken.

Ze schudde haar hoofd. 'Nee. Het was Angels vader niet. Jij bent haar vader. Het was gewoon die schoft die Phimie heeft verkracht.'

'Hebben ze hem te pakken gekregen?'

'Ik bijna. Met zijn eigen pistool.'

Wally trok zijn wenkbrauwen op.

'En ik heb hem geslagen met een stoel, dat heeft hij gevoeld.'

'Wauw.'

Ze zei: 'Je wist niet dat je met een amazone zou trouwen, hè?'

'Tuurlijk wel.'

'Hij wist ervandoor te gaan net voordat de politie kwam. En volgens hen is hij psychotisch en gek genoeg om het weer te proberen als ze hem niet snel vinden.'

'Volgens mij ook,' zei hij bezorgd.

'Ze willen niet dat ik terugga naar huis.'

'Doe wat ze zeggen.'

'En ze maken zich zelfs ook zorgen dat ik te lang in St. Mary's ben, omdat hij verwacht dat ik bij jou zal zijn.'

'Met mij komt het goed. Ik heb een heleboel vrienden hier.'

'Morgen mag je van de intensive care, wed ik. Dan krijg je een telefoon en dan bel ik. En ik kom zodra ik kan.'

Hij vond de kracht om haar hand met net iets meer kracht dan daarvoor te drukken. 'Pas op jezelf. Pas op Angel.'

Ze kuste hem weer. 'Twee weken,' herinnerde ze hem.

Hij glimlachte ironisch. 'Misschien dat ik over twee weken klaar ben om te trouwen, maar niet voor een huwelijksreis.

'We hebben de rest van ons leven voor de huwelijksreis.'

74

Toen Paul Damascus aan het eind van vrijdagmiddag 12 januari ten slotte de pastorie bereikte, kwam hij te voet, zoals hij dat tegenwoordig overal deed.

Een koude wind veroorzaakte een jammerlijk gekreun, rondjagend in de bronzen holte van de klok boven in de torenspits van de kerk; hij schudde dode naalden uit de dennen, en verzette zich tegen Pauls vorderingen als met boze opzet. Kilometers terug, tussen de stadjes Brookings en Pistol River, had hij besloten in deze tijd van het jaar nooit meer zo ver naar het noorden te lopen, ook al beweerden alle reisgidsen dat de kust van Oregon in de winter een relatief gematigd klimaat had.

Hoewel hij een onbekende was die onaangekondigd verscheen en naar ieders oordeel een beetje excentriek leek, werd Paul door Grace en Harrison White warm en vriendschappelijk ontvangen. Bij de deur, terwijl hij zijn stem verhief om boven de jammerende wind uit te komen, vertelde hij gehaast van zijn missie, alsof ze terug zouden deinzen van zijn door de wind verfomfaaide uiterlijk als hij niet snel genoeg sprak: 'Ik ben hier van Bright Beach in Californië naartoe komen lopen om u te vertellen over een uitzonderlijke vrouw wier leven nog lang zal naklinken in dat van talloze anderen, ook als ze er allang niet meer is. Haar man overleed op de avond dat hun zoon werd geboren. Hij had nog net de gelegenheid om de jongen Bartholomeus te noemen, omdat hij zo onder de indruk was geraakt van "Deze gedenkwaardige dag". Nu is deze jongen blind en ik hoop dat u in staat en bereid bent enige troost aan de moeder te bieden.' De Whites deinsden niet achteruit, gaven zelfs geen krimp bij het nogal ongelukkig geformuleerde doel van zijn bezoek. In plaats daarvan nodigden ze hem binnen uit, nodigden hem later uit voor het avondeten en vroegen hem nog later te blijven overnachten in hun logeerkamer.

Ze waren de vriendelijkste mensen die hij ooit had ontmoet, maar ze leken ook oprecht geïnteresseerd in zijn verhaal. Hij was niet verrast dat Agnes Lampion hen boeide, want haar leven was een leven met inhoud. Maar dat ze net zo geïnteresseerd leken in zíjn verhaal, verraste Paul wel. Misschien waren ze alleen maar vriendelijk, en toch, duidelijk gefascineerd, wilden ze zoveel bijzonderheden weten over zijn lange wandelingen, over de plaatsen waar hij was geweest en de redenen waarom, van zijn leven met Perri.

Vrijdagnacht sliep hij dieper dan hij had gedaan sinds hij uit de apotheek naar huis was gekomen en Joshua Nunn en de ziekenbroeders in ernstig stilzwijgen naast Perri's bed had aangetroffen. Hij droomde niet van trektochten door woestenijen, over zoutvlakten of van sneeuwjachten over ijswerelden, en toen hij 's ochtends wakker werd, voelde hij zich verkwikt van lichaam, geest en ziel. Harrison en Grace hadden hem ontvangen, ondanks het feit dat een vriend en parochielid op donderdag was overleden, waardoor ze met een zwaar verlies en met kerkelijke verplichting zaten.

'U bent door de hemel gezonden,' verzekerde Grace hem zaterdagochtend aan het ontbijt. 'Met al uw verhalen heeft u ons opgemonterd toen we dat heel hard nodig hadden.'

De begrafenis was om twee uur, waarna familie en vrienden van de overledene in de pastorie zouden samenkomen om het brood te breken en herinneringen aan de geliefde overledene uit te wisselen.

Die zaterdagochtend maakte Paul zich nuttig door Grace te helpen met de voorbereidingen van het eten en door borden, bestek en glazen op het buffet in de eetkamer te zetten.

Om tien voor halftwaalf was hij in de keuken bezig met het glaceren van een grote chocoladetaart, terwijl de predikant bedreven een kokostaart glaceerde.

Grace, die net een gootsteen vol borden had afgewassen, stond haar handen afdrogend, naar hen te kijken toen de telefoon ging. Net toen ze de hoorn oppakte en 'Hallo' zei, explodeerde de voorkant van het huis.

Een enorme *Boem.* De schok deed de vloer schudden, deed de muren trillen en de dakbalken janken alsof onopgemerkte kolonies vleermuizen met duizenden tegelijk op hetzelfde moment waren gaan vliegen.

Grace liet de hoorn vallen. Harrison liet het glaceermes uit zijn vingers glippen.

Door de kakofonie van versplinterend glas, brekend hout en krakend pleisterwerk heen hoorde Paul het luide gebrul van een motor, het geloei van een claxon en hij vermoedde wat er zojuist was gebeurd. De een of andere dronken of roekeloze automobilist was met hoge snelheid tegen de pastorie aan gereden.

Harrison, die tot deze zelfde verbazende maar toch voor de hand liggende conclusie was gekomen, zei: 'Er zal wel iemand gewond zijn.' Hij haastte zich de keuken uit, naar de eetkamer, met Paul vlak achter zich aan.

In de buitenmuur, aan de voorkant van de woonkamer, waar een mooie erker had gezeten, lag de pastorie open voor de zonnige dag. Afgerukt struikgewas, van buiten naar binnen geschoven, toonde het pad van vernietiging. Precies in het midden van de kamer, tegen een omgevallen sofa en een enorme opeenhoping van gebroken meubilair, enigszins naar opzij gezakt door kapotte veren en lekke banden, een gedeukte, rode Pontiac. Een deel van de gebarsten voorruit trilde en viel naar binnen, terwijl wolken stoom sissend van onder de ingedeukte motorkap opstegen.

Hoewel ze al vermoedden dat dit de oorzaak van de explosie was, bleven ze geschokt staan door de aanblik van deze totale vernieling. Ze hadden verwacht een auto te zien die zich in de muur had geboord, niet een die binnen stond. De snelheid die nodig was geweest om zich zo ver door het huis heen naar binnen te boren, ging Pauls rekenvaardigheid te boven en hij vroeg zich af of roekeloosheid en alcohol zelfs maar voldoende waren om zo'n catastrofe te veroorzaken.

Het portier van de bestuurder ging open waardoor een beschadigd theetafeltje opzij werd geschoven, en een man klom uit de Pontiac. Twee dingen aan hem waren opmerkelijk. Te beginnen bij zijn gezicht. Zijn hoofd was omzwachteld met wit verbandgaas, waardoor hij eruitzag als Claude Rains in *The Invisible Man* of als Humphrey Bogart in die film over de ontsnapte gevangene die plastische chirurgie laat doen om de politie te misleiden en een nieuw leven met Lauren Bacall te beginnen. Boven het verband staken blonde haren uit. Verder waren alleen zijn ogen, neusgaten en zijn lippen onbedekt.

Het tweede opmerkelijke aan hem was het wapen in zijn hand.

Toen de dominee het zwaar verbonden gezicht zag, dat kennelijk alle medelijden bij hem opwekte, kwam hij bij zijn positieven en begon naar voren te lopen – tot hij het wapen zag.

Voor een chauffeur die net een verpletterende confrontatie met een huis had gehad, stond de gemummificeerde man stevig op zijn benen en hij aarzelde niet in zijn acties. Hij draaide zich naar Harrison White en schoot hem tweemaal in de borst.

Paul had niet gemerkt dat Grace hen naar de woonkamer was gevolgd, tot ze schreeuwde. Ze wilde langs hem heen naar haar man lopen, op het moment dat Harrison viel.

Met het pistool in zijn uitgestrekte arm als iemand die een terechtstelling uitvoert, liep de man op de gevallen dominee af.

Grace White was tenger en Paul niet. Anders zou hij haar vastberaden ren naar haar man misschien niet hebben kunnen onderbreken, haar misschien niet op hebben kunnen tillen om haar in zijn armen in veiligheid te brengen.

De pastorie was een schoon, respectabel en zelfs charmant huis, maar niets ervan zou je statig hebben kunnen noemen. Geen open wenteltrap waar Scarlett O'Hara van af had kunnen komen. In plaats daarvan een afgesloten trap, slechts toegankelijk via een deur in een hoek van de woonkamer.

Paul was vlak bij die hoek toen hij Grace in haar ren naar een gewisse dood tegenhield. Voor hij werkelijk besefte wat hij deed, had hij de deur opengemaakt en al de helft van de lange trap naar boven genomen, net zo vast van tred als Doc Savage of de Saint of de Whistler of een andere pulpheld wiens daden zo'n lange tijd zijn plaatsvervangende avonturen waren.

Achter hem dreunden twee schoten en Paul wist dat de dominee niet langer onder de levenden was.

Grace wist het ook, want ze werd slap van ellende in zijn armen en verzette zich niet langer.

Maar toen hij haar boven in de gang neerzette, gilde ze om haar man – 'Harry!' – en probeerde de smalle trap weer af te lopen.

Paul trok haar terug. Vriendelijk maar vastberaden duwde hij haar door de open deur de logeerkamer in waar hij de nacht had doorgebracht. 'Blijf daar wachten.'

Aan het voeteneinde van het bed: een cederhouten kist. Een meter twintig lang, zestig centimeter breed en misschien negentig centimeter hoog. Koperen grepen.

Gezien Grace' uitdrukking toen Paul de kist van de vloer tilde, nam hij aan dat hij zwaar was. Hij kon het niet zeker weten, want hij bevond zich in een vreemde toestand, zo vol adrenaline dat zijn hart het bloed door zijn aderen pompte met een snelheid die Zeus niet had kunnen evenaren met de snelste bliksemschicht in zijn koker. De kist voelde niet zwaarder aan dan een kussen, wat niet zo kon zijn, zelfs niet als hij leeg was.

Zonder zich duidelijk bewust te zijn dat hij de kamer had verlaten, keek Paul van de trap naar beneden.

De omzwachtelde man stormde omhoog vanuit de verwoeste woonkamer, terwijl het gaas rond zijn lippen fladderde, en zijn zware ademhaling leek te bewijzen dat hij niet een dode farao was die weer tot leven was gewekt om een onvoorzichtige archeoloog te straffen die alle waarschuwingen had genegeerd en zijn graf had geschonden. Dus dit was geen aflevering van *Weird Tales*.

Paul gooide de kist de trap af.

Een schot. Houtsplinters.

Gillend van pijn, niet in staat de kist te ontwijken, werd de moordenaar door het geurige gewicht en onder een gerinkel en gekletter van de koperen grepen naar beneden gesleurd.

Paul was weer in de logeerkamer. Veegde een bedlampje op de vloer en tilde het nachtkastje op.

Toen weer boven aan de trap.

Beneden had de moordenaar de cederhouten kist van zich af geduwd en hij klauterde overeind. Vanuit zijn losgeraakte Toetanchamon-windsels loerde hij naar boven naar Paul en vuurde zonder te richten, bijna halfslachtig, een schot af voordat hij in de woonkamer verdween.

Paul zette het nachtkastje neer en wachtte, klaar om het meubelstuk de trap af te schuiven mocht de omzwachtelde schutter terug durven komen.

Beneden klonken twee schoten, en even na het tweede werd de pastorie door elkaar geschud door een explosie alsof de lang beloofde Dag des Oordeels was aangebroken. Dit was een echte explosie, niet weer een Pontiac die door de muur heen kwam.

In de woonkamer bloeide een oranje vuur op, een golf van hitte spoelde over Paul heen, en direct achter de hitte volgde een vette massa draaiende, zwarte rook die in het trapgat werd gezogen als in een schoorsteen.

De logeerkamer. Breng Grace naar het raam. Haal de klink los. Werkt niet. Zit klem of is vastgeschilderd. Kleine ruitjes, stevige raamstijlen die heel moeilijk stuk te krijgen waren.

'Hou je adem in en kom snel mee,' zei hij dringend terwijl hij haar achter zich aan de gang in trok.

Verstikkende rook, verblindende roetwalmen. De hitte vertelde hem dat het vuur de rook de trap op was gevolgd en nu gevaarlijk dichtbij in de duisternis was gekomen.

Naar de voorkant van het huis, door een gang die plotseling net zo donker was als een tunnel, naar een vaag licht in de kolkende duisternis. En dan een raam aan het einde van de gang.

Dit schuift gemakkelijk omhoog. Frisse, koude lucht, hallo daglicht.

Buiten kolkten vlammen links en rechts van de opening. De voorgevel van het huis stond in brand.

Geen weg terug. In de kokende duisternis zouden ze binnen een paar tellen gedesoriënteerd raken, vallen, en beslist stikken en verbranden. Bovendien zorgde het open raam voor een trek die het vuur snel door de gang achter hen naderbij zou brengen.

'Snel, heel snel,' waarschuwde hij, terwijl hij Grace door het met vuur omringde raam hielp naar het dak van de veranda.

Hoestend, speeksel spugend dat bitter was van de giftige stoffen, volgde Paul haar terwijl hij als een gek op zijn kleding sloeg toen zijn hemd schroeide door het vuur.

Als herfstrode wingerd kropen weelderige vlammen tegen het huis omhoog. De veranda onder hen stond ook in lichterlaaie. De planken smeulden en het hele dak waarop ze stonden was omgeven door vuur.

Grace liep naar de rand.

Paul schreeuwde dat ze moest blijven staan.

Hoewel de afstand tot de grond slechts drie meter was, zou ze toch te veel riskeren door blindelings van het dak af te rennen en over het vuur aan de rand heen te springen. Als ze op het gras neerkwam, was er waarschijnlijk niets aan de hand. Maar als ze neerkwam op de stoep zou ze een been of haar rug kunnen breken, afhankelijk van hoe ze neerkwam.

Weer was ze als bij toverslag in Pauls armen en hij begon te rennen toen het vuur door de cederhouten planken van het dak heen brak en het dak onder hen trilde. Door de lucht in een kolkende rook. Over de vlammen heen die even aan de zolen van zijn schoenen likten.

Hij probeerde tijdens de val naar achteren te leunen, in de hoop dat hij tijdens het neerkomen onder haar terecht zou komen, waardoor hij haar val zou breken als ze op de stoep neerkwamen in plaats van op het gras.

Blijkbaar leunde hij niet ver genoeg naar achteren, omdat hij wonderlijk genoeg op zijn voeten neerkwam in het vaal geworden wintergras. Door de schok zakten zijn benen door en kwam hij op zijn knieën terecht. Hij liet Grace, die hij nog steeds in zijn armen hield, langzaam en net zo zachtjes op de grond zakken als hij de breekbare Perri op haar bed had neergelegd – precies alsof hij het zo had bedoeld.

Hij sprong overeind, of misschien kwam hij slechts wankelend overeind, afhankelijk van of het beeld dat hij van zichzelf had nu pulp was of echt, en keek om zich heen, op zoek naar de omzwachtelde man. Een paar buren kwamen over het grasveld op Grace af en anderen kwamen over de weg aanlopen. Maar de moordenaar was er niet meer.

De sirenes gilden zo hard dat hij die voelde meetrillen in zijn tandvullingen, en met piepende remmen kwam een grote rode wagen de hoek om, meteen gevolgd door een tweede.

Te laat. De pastorie ging volledig in vlammen op. Maar met een beetje geluk zouden ze de kerk kunnen redden.

Pas nu, nu de golf adrenaline begon af te nemen, vroeg Paul zich af wie er in 's hemelsnaam een man van vrede en van God wilde vermoorden, zo'n goed mens als Harrison White.

Deze gedenkwaardige dag, dacht hij en hij huiverde met een plotselinge vrees bij de onvermijdelijkheid van een nieuw begin.

75

De genereuze onkostenvergoeding van Simon Magusson was voldoende voor een driekamersuite in een gerieflijk hotel. Een slaapkamer voor Tom Vanadium, een voor Celestina en Angel.

Omdat de suite voor drie nachten was geboekt, verwachtte Tom dat hij heel wat minder nachtelijke uurtjes in zijn bed zou doorbrengen dan wakend in de gezamenlijke zitkamer.

Zaterdagochtend om elf uur, net nadat ze zich hadden geïnstalleerd in het hotel na hun vertrek uit het St. Mary's, wachtten ze tot de politie van het hoofdbureau de koffers met kleren en toiletgerei zou brengen die door Rena Moller, Celestina's buurvrouw, op haar aanwijzingen had gepakt. Terwijl ze zaten te wachten, nam het drietal een vroege lunch – of een laat ontbijt – aan een tafeltje van roomservice in hun zitkamer.

De komende paar dagen zouden ze al hun maaltijden in de suite gebruiken. Hoogstwaarschijnlijk was Cain uit San Francisco vertrokken. En zelfs als de moordenaar niet op de vlucht was geslagen, was dit een grote stad waar de kans op een ontmoeting met hem onwaarschijnlijk was. Maar omdat hij de rol van bewaker op zich had genomen, wilde Tom Vanadium beslist geen enkel risico nemen, omdat de onnavolgbare mr. Cain had bewezen een meester in het onwaarschijnlijke te zijn.

Tom kende geen bovennatuurlijke gaven aan deze moordenaar toe. Enoch Cain was een gewone sterveling, niet alziend en niet alwetend. Maar kwaadaardigheid en domheid gaan vaak samen en arrogantie is de vrucht uit dit huwelijk, zoals Tom Celestina al eerder had gezegd. Een arrogant man, nog niet half zo slim als hij denkt, zonder enig besef van goed en kwaad, zonder talent voor spijt, kan soms zo adembenemend roekeloos zijn dat, ironisch genoeg, zijn roekeloosheid zijn grootste kracht wordt. Omdat hij tot álles in staat is en risico's neemt die een pure krankzinnige zelfs niet in overweging neemt, kunnen zijn tegenstanders nooit van tevoren weten wat hij gaat doen, en de verrassing is zijn grootste kracht. Als hij daarbij ook nog een dierlijke sluwheid bezit, een soort diepe intuïtieve schranderheid, kan hij snel op de negatieve gevolgen van zijn roekeloosheid reageren – en kan daardoor inderdaad bovenmenselijk lijken.

Voorzichtigheid eiste dat ze te werk gingen alsof Enoch Cain Satan in eigen persoon was, alsof elke vlieg, tor en rat de ogen en oren van de moordenaar waren, alsof gewone voorzorgsmaatregelen hem nooit zouden kunnen tegenhouden.

Tom had niet alleen over de strategie nagedacht, maar ook veel over schuld: die van hem, niet die van Cain. Door gebruik te maken van de naam die hij Cain in een droom had horen uitspreken, door daarvan gebruik te maken in deze psychologische oorlogsvoering, was hij de aanstichter geweest van de obsessie die de moordenaar voor Bartholomeus had. En zo niet de aanstichter dan toch zeker een helpende hand. Als Cain nooit gedwongen was geweest die richting in te gaan, zou hij dan een andere weg genomen hebben die hem ver van Celestina en Angel had gebracht?

De moordenaar was slecht; en zijn slechtheid zou er op een of andere manier uit zijn gekomen, ongeacht de krachten die invloed hadden op zijn daden. Als hij Naomi niet op de brandtoren vermoord had, zou hij haar ergens anders hebben vermoord, als zich een andere mogelijkheid om zichzelf te verrijken had aangediend. Als Victoria niet het slachtoffer was geworden, zou er een andere vrouw gestorven zijn. Als Cain niet geobsedeerd was geraakt door de vreemde overtuiging dat iemand die Bartholomeus heette zijn dood betekende, zou hij zijn lege hart gevuld hebben met een net zo vreemde obsessie die hem toch naar Celestina geleid zou hebben, maar die zeker geweld zou hebben toegebracht aan iemand anders, als het niet aan haar was geweest.

Tom had met de beste bedoelingen gehandeld – maar ook met de intelligentie en het juiste oordeel dat God hem had gegeven en dat hij zijn leven lang scherp had gehouden. Goede bedoelingen alleen kunnen de stenen zijn waarmee de weg naar de hel geplaveid is; maar goede bedoelingen, gevormd uit veel zelftwijfel en veel kritiek achteraf, zoals bij Tom, geleid via een wijsheid die was verkregen uit ervaring, is alles wat van ons gevraagd kan worden. Onbedoelde gevolgen die voorzien hadden kunnen worden, zijn – dat wist hij – het juiste materiaal voor verdoemenis, maar die welke we niet kunnen voorzien, hoopte hij, maakten deel uit van een plan waarvoor we niet verantwoordelijk gesteld kunnen worden.

Toch piekerde hij zelfs bij het ontbijt, ondanks de vertroosting van slagroom en bessen, rozijnenscones en kaneelboter. In betere werelden kozen verstandiger Tom Vanadiums andere tactieken die tot minder ellende leidden dan deze, en tot een veel snellere veroordeling van Enoch Cain. Maar hij was niet een van die Tom Vanadiums. Hij was alleen maar deze Tom, met zijn gebreken en zijn worstelingen, en hij kon geen troost halen uit het feit dat hij elders een beter mens was.

Zittend op een stoel met twee dikke kussens om haar de juiste hoogte te geven, trok Angel een doorbakken stukje spek van haar club sandwich en vroeg aan Tom. 'Waar komt spek vandaan?'

'Je weet waar het vandaan komt,' zei haar moeder met een geeuw, die verraadde hoe vermoeid ze was na een nacht zonder slaap en te veel drama.

'Ja, maar ik wil kijken of híj dat weet,' legde het meisje uit.

Net wakker uit haar door kalmeringsmiddelen geholpen slaap, die pas was afgelopen in de taxi van het ziekenhuis naar het hotel, bewees Angel net zo veerkrachtig te zijn als elk kind dat zijn onschuld nog heeft. Ze begreep niet hoe ernstig Wally gewond was, natuurlijk, maar als ze al ernstig van streek was door de aanval van Cain die ze had zien gebeuren van onder het bed van haar moeder, leek ze niet het gevaar te lopen er een levenslang trauma aan over te houden.

'Weet je waar spek vandaan komt?' vroeg ze Tom weer.

'Uit de supermarkt,' zei Tom.

'Waar krijgt de supermarkt het vandaan?'

'Van boeren.'

'Waar krijgen boeren het vandaan?'

'Ze kweken het op spekstruiken.'

Het meisje giechelde. 'Denk je dat echt?'

'Ik heb ze gezien,' verzekerde Tom het meisje. 'Schatje, niets ruikt zo lekker als een veld vol spekstruiken.'

'Dommie,' zei Angel.

'Nou, waar komt volgens jou spek dan vandaan?'

'Varkens!'

'Echt waar? Denk je dat echt?' vroeg hij met zijn vlakke stem, waarvan hij soms wenste dat die muzikaler was geweest, maar die, wist hij, aan alles wat hij zei een ernstige lading gaf. 'Denk jij dat zoiets heerlijks van een vet, stinkend, smerig varken af kan komen?'

Fronsend bestudeerde Angel het lekkere stukje vlees dat ze tussen haar vingers geklemd hield, terwijl ze weer nadacht over alles wat ze wist over de oorsprong van spek.

'Wie heeft dat van die varkens gezegd?' vroeg hij.

'Mama.'

'Ah. Nou, mama liegt nooit.'

'Nee,' zei Angel, terwijl ze achterdochtig naar haar moeder keek. 'Maar ze plaagt wel.'

Celestina glimlachte afwezig. Sinds ze een uur geleden in het hotel was aangekomen, was ze met zichzelf al openlijk in discussie gegaan over de vraag of ze nu haar ouders in Spruce Hills wel of niet zou bellen, of dat ze zou wachten tot het einde van de middag, waarbij ze misschien niet alleen kon melden dat ze een verloofde had, en ook niet dat ze een verloofde had die was neergeschoten en bijna was vermoord, maar ook dat zijn toestand van kritiek naar ernstig was gegaan. En zoals ze aan Tom had uitgelegd zou ze hen, naast hen ongerust maken met het nieuws over Cain, overrompelen met de mededeling dat ze ging trouwen met een blanke man die twee keer zo oud was als zij. 'Mijn ouders hebben geen enkel vooroordeel hierover, maar ze hebben wel degelijk hun eigen ideeën over wat juist en wat onjuist is.' Dit zou zeker de grote klok boven in de schaal van wat onjuist is voor de familie White doen luiden. Bovendien waren ze bezig met de voorbereidingen van de begrafenis van een parochielid, en uit eigen ervaring wist Celestina dat ze een drukke dag zouden hebben. Maar om tien over elf, na wat van haar ontbijt gegeten te hebben, besloot ze ten slotte toch op te bellen.

Terwijl Celestina op de sofa ging zitten met de telefoon op haar schoot, aarzelend om het nummer te draaien tot ze een beetje meer moed had verzameld, zei Angel tegen Tom: 'Wat is er met je gezicht gebeurd?'

'Angel!' zei haar moeder bestraffend van de andere kant van de kamer. 'Dat is onbeleefd.'

'Weet ik. Maar hoe moet ik het anders weten als ik het niet vraag?'

'Je hoeft niet alles te weten.'

'Wel waar,' wierp Angel tegen.

'Ik ben door een neushoorn omvergelopen,' legde Tom uit.

Angel keek hem met knipperende ogen aan. 'Zo'n groot lelijk beest?'

'Precies.'

'Heeft gemene oogjes en zo'n hoornding op zijn neus?'

'Precies zo een.'

Angel trok een grimas. 'Ik hou niet van neushoorns.'

'Ik ook niet.'

'Waarom liep hij je omver?'

'Omdat ik hem in de weg stond.'

'Waarom stond je hem in de weg?'

'Omdat ik zonder uit te kijken de weg overstak.'

'Ik mag niet alleen de weg oversteken.'

'Begrijp je nu waarom?' vroeg Tom.

'Ben je verdrietig?'

'Waarom zou ik verdrietig zijn?'

'Omdat je gezicht er zo geprakt uitziet.'

'O, heer,' zei Celestina geïrriteerd.

'Het geeft niet,' zei Tom tegen haar. Tegen Angel zei hij: 'Nee, ik ben niet verdrietig. En weet je waarom?'

'Waarom?'

'Zie je dit?' Hij zette het pepervaatje van roomservice voor haar op de tafel en hield het zoutvaatje verborgen in zijn hand.

'Peper,' zei Angel.

'Maar laten we doen alsof ik het ben, goed? Dus hier heb je mij, en ik stap van de stoep af zonder naar beide kanten te kijken...'

Hij bewoog het vaatje over het tafelkleed, bewoog het heen en weer om aan te geven dat hij volkomen argeloos aan het wandelen was.

'... en *knal!* De neushoorn raakt me en loopt verder zonder zelfs ook maar sorry te zeggen...'

Hij tikte het pepervaatje omver en zette het kreunend weer rechtop.

'... en toen ik weer overeind kwam van de straat, waren mijn kleren een puinhoop en had ik dit gezicht.'

'Je moet een rechtszaak beginnen.'

'Eigenlijk wel,' beaamde Tom, 'maar waar het om gaat...' Met de geraffineerdheid van een goochelaar toverde hij het zoutvaatje uit zijn handpalm en zette dat naast het pepervaatje neer. 'Dit ben ik ook.'

'Nee, dit ben jij,' zei Angel terwijl ze op het pepervaatje tikte.

'Nou, weet je, dat is het leuke aan alle belangrijke beslissingen die we nemen. Als we echt een enorm slechte keuze maken en we doen het allerslechtste, krijgen we nog een kans om de juiste richting te kiezen. Dus op het moment dat ik zo stom ben om zonder te kijken van de stoep te stappen, maakte ik een andere wereld waarin ik wel naar beide kanten keek en de neushoorn aan zag komen. En dus...'

Met in elke hand een vaatje liet Tom ze lopen, eerst een beetje uit elkaar, maar daarna volledig parallel aan elkaar.

'... hoewel deze Tom een door een neushoorn gedeukt gezicht heeft, heeft deze andere Tom, in zijn eigen wereld, een gewoon gezicht. Arme kerel, zo gewoontjes.'

Terwijl ze zich vooroverboog om het zoutvaatje te bestuderen, zei Angel: 'Waar is zijn wereld?'

'Ook hier, bij de onze. Maar we kunnen hem niet zien.'

Ze keek door de kamer. 'Is die onzichtbaar zoals de Cheshire kat?'

'Zijn hele wereld is net zo echt als die van ons, maar we kunnen hem niet zien, en mensen in zijn wereld kunnen ons niet zien. Hier, op deze zelfde plaats, bestaan wel miljoenen werelden, en ze zijn onzichtbaar voor elkaar, zodat we steeds maar weer de kans krijgen om een goed leven te leiden en het juiste te doen.'

Mensen als Enoch Cain kiezen natuurlijk nooit tussen het goede en het slechte, maar tussen twee kwaden. Voor zichzelf creëren ze wereld na wereld van wanhoop. Voor anderen maken ze werelden vol pijn.

'Dus,' zei hij, 'begrijp je nu waarom ik niet verdrietig ben?'

Angel keek van het zoutvaatje naar Toms gezicht, bestudeerde een tijdje zijn littekens en zei: 'Nee.'

'Ik ben niet verdrietig,' zei Tom, 'omdat ik, hoewel ik in deze wereld dit gezicht heb, weet dat er nog een ik bestaat – eigenlijk een heleboel Tom Vanadiums, die dit gezicht helemaal niet hebben. Ergens gaat het heel goed met me, dank je.'

Na erover nagedacht te hebben, zei het meisje. 'Ik zou verdrietig zijn. Hou je van honden?'

'Wie houdt er niet van honden?'

'Ik wil een jong hondje. Heb je ooit een jong hondje gehad?'

'Toen ik klein was.'

Op de sofa had Celestina ten slotte de moed bij elkaar gesprokkeld om het nummer van haar ouders in Spruce Hills te bellen.

'Denk je dat honden kunnen praten?' vroeg Angel.

'Weet je,' zei Tom, 'ik heb er eigenlijk nooit over nagedacht.'

'Op de tv zag ik een pratend paard.'

'Nou, als een paard kan praten, waarom een hond dan niet?'

'Dat dacht ik ook.'

Toen de verbinding tot stand kwam, zei Celestina: 'Hallo, mam, met mij.'

'En katten?' vroeg Angel.

'Als honden het wel kunnen, waarom katten dan niet?'

'Mam, wat is er aan de hand?' vroeg Celestina, met plotseling bezorgdheid in haar stem.

'Dat denk ik ook,' zei Angel.

Tom duwde zijn stoel van de tafel, kwam overeind en liep naar Celestina.

Ze schoot van de bank – 'Mam, ben je daar?' – en draaide zich om naar Tom terwijl haar gezicht lijkbleek werd.

'Ik wil een prátende hond,' zei Angel.

Toen Tom Celestina bereikte, zei ze: 'Schoten.' Ze zei: 'Pistoolschoten.' Ze hield de hoorn in één hand en trok met de ander aan haar haar, alsof ze met het toebrengen van een beetje pijn wakker zou worden uit een nachtmerrie. Ze zei: 'Hij zit in Oregon.'

De onnavolgbare mr. Cain. De tovenaar van de verrassingen. Meester van het onwaarschijnlijke.

76

'Steenpuisten.'

In een gestolen zwarte Dodge Charger 440 Magnum scheurde Junior Cain Spruce Hills uit in een rechte lijn – voorzover dat mogelijk was met de bochtige wegen in Zuid-Oregon – naar Eugene en bleef uit de buurt van de Interstate 5, waar de politiecontrole intensiever was.

'Karbonkels om precies te zijn.'

Tijdens de rit had hij afwisselend enorme uitbarstingen van opgetogen lachen en heftige huilbuien vanwege de pijn en het zelfmedelijden. De voodoo-baptist was dood, de vloek was verbroken met de dood van degene die hem opgelegd had. Toch moest Junior deze laatste vernietigende plaag verduren.

'Een steenpuist is een ontstoken, met pus gevuld haarzakje of porie.'

In een straat op zo'n kilometer van het vliegveld van Eugene vandaan, zat hij in de geparkeerde Dodge en wikkelde voorzichtig het verband los, gebruikte een tissue om de stinkende maar nutteloze zalf die hij in een apotheek had gekocht af te vegen. Hoewel hij

de Kleenex zo zacht tegen zijn gezicht drukte dat hij de opper-
vlaktespanning van een plas water nog niet gebroken zou hebben,
was de pijn van de aanraking zo groot dat hij bijna van zijn stok-
je ging. In de achteruitkijkspiegel zag hij verzamelingen afschuwelijke, grote, rode bulten met glinsterende gele koppen, en toen
hij zichzelf zag, raakte hij inderdaad een paar minuten buiten bewustzijn, lang genoeg om te dromen dat hij een grotesk maar niet
begrepen wezen was dat op een stormachtige nacht achtervolgd
werd door meutes boze dorpelingen met toortsen en hooivorken,
maar daarna kwam hij weer bij door de kloppende pijn.
'Karbonkels zijn met elkaar verbonden verzamelingen steenpuisten.'
Junior wenste dat hij het gaas op zijn gezicht had laten zitten, maar
hij was bang dat de radio al het nieuws bracht van de omzwachtelde man die een dominee in Spruce Hills had vermoord. Hij liet
de Dodge achter en haastte zich terug naar het privé-vliegveldje
waar de piloot uit Sacramento wachtte. Bij het zien van zijn passagier werd de piloot bleek en zei: *Allergische reactie waarop?* En
Junior zei: *Camelia's*, omdat Sacramento de cameliahoofdstad van
de wereld was, en hij alleen maar terug wilde naar de plaats waar
hij zijn nieuwe Fordbus had staan en zijn Sklents en zijn Zedd-collectie en alles wat hij nodig had om in de toekomst verder te leven. De piloot kon zijn intense walging niet verbergen en Junior
wist dat hij daar zou zijn gestrand als hij de retourvlucht niet vooruit had betaald.
'Gewoonlijk zou ik aanbevelen dat je elke twee uur warme kom-
pressen gebruikt om het ongemak wat te verminderen en om het
pus te draineren, en ik zou je naar huis sturen met een recept voor
een antibioticum.'
Nu lag Junior in een bed op de eerste hulp van een ziekenhuis van
Sacramento, op een zaterdagmiddag, slechts zes weken voor het
cameliafestival. Hij onderging een pijnlijke behandeling bij een se-
mi-arts, die zo jong was dat je sterk het vermoeden kreeg dat hij
alleen maar doktertje speelde.
'Maar ik heb nog nooit zo'n geval gezien. Gewoonlijk verschijnen
steenpuisten in de nek. En op vochtige plekken zoals de oksels en
de lies. Niet zo vaak in het gezicht. En nooit met zoveel tegelijk.
Echt waar, ik heb nog nooit zoiets gezien.'
Natuurlijk heb je nog nooit zoiets gezien, waardeloze puberale zak.
Je bent nog niet oud genoeg om wat dan ook gezien te hebben, en
zelfs al was je ouder dan je eigen grootvader, dan nog zou je zoiets

nooit hebben gezien, dokter Kildare, omdat dit hier een echt geval van baptisten-voodoo-steenpuisten is, en die komen niet zo vaak voor!

'Ik weet niet wat het ongewoonst is – de plaats van de uitbarsting, het aantal steenpuisten of de grootte ervan.'

Geef me een mes terwijl je daarover nadenkt, dan snij ik je de strot af, hersenloze pseudo-arts.

'Ik zal adviseren dat u de nacht hier blijft en dat we deze in het ziekenhuis openmaken. Sommige kunnen we met een steriele naald doen, maar een aantal is zo groot dat we een lancet nodig zullen hebben, en mogelijk ook de kern van de karbonkel weg zullen moeten halen. Dit wordt gewoonlijk gedaan met plaatselijke verdoving, maar in dit geval, hoewel ik niet denk dat een volledige verdoving noodzakelijk is, zullen we u waarschijnlijk een kalmerend middel toedienen – dat wil zeggen, u in een schemerslaap brengen.'

Ik zal jóú in een schemerslaap brengen, lul de behanger. Waar heb je je medische bul gehaald, kletsmajoor? Botswana? Het koninkrijk Tonga?

'Hebben ze u direct hierheen gebracht of hebt u uw verzekeringspapieren afgegeven bij de balie, meneer Pinchbeck?'

'Contant,' zei Junior. 'Ik betaal contant, elk bedrag dat nodig is.'

'Dan zal ik direct alle voorbereidingen treffen,' zei de arts, terwijl hij zijn hand uitstak naar het gordijn dat om Juniors bed heen hing.

'In godsnaam,' zei Junior smekend, 'kunt u me alstublieft iets tegen de pijn geven?'

Het wonderkind draaide zich weer naar Junior om en trok een medelijdend gezicht dat zo onecht was, dat hem, als hij de rol van dokter had gespeeld in zelfs de slechtste soapserie, zijn kaart van de acteursvakbond afgenomen zou worden en waarschijnlijk tijdens een speciale live-uitzending afgeranseld zou zijn. 'De ingreep gebeurt vanmiddag, dus ik kan u niets tegen de pijn geven zo vlak voor de verdoving en het kalmerende middel. Maar maakt u zich geen zorgen, meneer Pinchbeck. Als we die steenpuisten eenmaal opengesneden hebben, zult u bij het wakker worden merken dat negentig procent van de pijn is verdwenen.'

In de diepste ellende lag Junior te wachten tot hij onder het mes zou komen, heviger verlangend opengesneden te worden dan hij nog maar een paar uur geleden voor mogelijk zou hebben gehouden. De belofte van deze operatie alleen al bracht hem meer opwinding dan alle seks die hij ooit had gehad vanaf zijn dertiende tot aan afgelopen donderdag.

De puberale dokter keerde terug met drie collega's die bij elkaar gingen staan achter het gordijn en verkondigden dat geen van hen ook maar in de verste verte zo'n geval eerder had gezien. De oudste – een bijziende kale dwerg – stond erop Junior vragen te stellen over zijn huwelijkse staat, zijn familierelaties, zijn dromen en zijn gevoel van eigenwaarde; de man bleek een klinisch psychiater te zijn die openlijk speculeerde over de mogelijkheid van een psychosomatische component.

De debiel.

Eindelijk: de vernederende rugloze jas, de heerlijke verdoving, zelfs een knappe verpleegster die hem scheen te mogen, en vervolgens vergetelheid.

77

Maandagavond 15 januari arriveerde Paul Damascus met Grace White in het hotel in San Francisco. Hij had meer dan twee dagen over haar gewaakt in Spruce Hills, had beide nachten op de vloer in de gang voor haar kamer geslapen, was dicht in haar buurt gebleven als ze onder de mensen was. Ze hadden bij vrienden van haar gelogeerd tot Harrisons begrafenis die ochtend, waren daarna naar het zuiden gevlogen voor de hereniging van moeder en dochter.

Tom Vanadium mocht deze man meteen. Zijn politie-instinct vertelde hem dat Damascus eerlijk en betrouwbaar was. Priesterlijk inzicht suggereerde zelfs nog indrukwekkender kwaliteiten.

'We wilden net eten bestellen bij roomservice,' zei Tom, terwijl hij Paul het menu overhandigde.

Grace wilde niets eten, maar Tom bestelde toch voor haar, waarbij hij die dingen uitkoos waarvan hij wist dat Celestina ze lekker vond, in de veronderstelling dat de dochter de smaak van haar moeder had.

De twee getroffen vrouwen gingen bij elkaar zitten aan een kant van de zitkamer, huilend, elkaar omhelzend en zacht pratend, waarbij ze zich afvroegen of ze op een of andere manier elkaar konden helpen deze plotselinge, diepe en vreselijke leegte te vullen.

Celestina had naar Oregon willen gaan voor de rouwdienst, maar Tom, Max Bellini, de politie van Spruce Hills en Wally Lipscomb – met wie ze sinds zondag bijna dagelijks een uur lang over de telefoon sprak – waren fel tegen deze reis. Een man die zo gek en roekeloos was als Enoch Cain, die verwachtte haar in de rouwkamer te treffen, zou zich niet laten afschrikken door politiebewaking, hoe omvangrijk die ook was.

Angel zat niet bij de rouwende vrouwen, maar op de grond voor de televisie te zappen tussen *Gunsmoke* en *The Monkees*. Ze was te jong om er echt iets van te begrijpen, maar toch maakte ze zo nu en dan schietgeluiden als Marshal Dillon in een gevecht gewikkeld raakte, of bedacht haar eigen teksten om mee te zingen met de Monkees.

Eén keer liep ze van de tv vandaan naar Tom die met Paul zat te praten. 'Het is alsof *Gunsmoke* en *The Monkees* tegelijk op de televisie zijn, en allebei op dezelfde tijd. Maar de Monkees kunnen de cowboys niet zien – en de cowboys kunnen de Monkees niet zien.'

Hoewel het voor Paul gewoon kinderlijk gebabbel was, wist Tom meteen dat het meisje doelde op zijn uitleg waarom hij niet verdrietig was over zijn beschadigde gezicht: de zout- en pepervaatjes die twee Toms voorstelden, de neushoorn die hem omver had gelopen, de verschillende werelden op één plek. 'Ja, Angel. Dat is zoiets als waarover ik het had.'

Ze liep terug naar de televisie.

'Dat is een bijzonder meisje,' zei Tom nadenkend.

'Echt lief,' beaamde Paul.

Lief was niet bepaald wat Tom in gedachten had.

'Hoe neemt ze de dood van haar grootvader op?' vroeg Paul.

'Als een dapper meisje.'

Soms scheen Angel aangedaan te zijn door wat haar was verteld over haar grootvader, en op die momenten leek ze terneergeslagen, somber. Maar ze was pas drie, te jong om het onherroepelijke van de dood te bevatten. Ze zou waarschijnlijk niet verbaasd zijn geweest als Harrison White na een tijdje binnen was komen lopen, tijdens *The Man from U.N.C.L.E* of *The Lucy Show*.

Terwijl ze zaten te wachten op de bediende van roomservice, kreeg Tom van Paul een gedetailleerd verslag van de aanval van Enoch Cain op de pastorie. Hij had het meeste al gehoord van vrienden bij de moordbrigade van de staatspolitie die de wetsdienaars van Spruce Hills bijstand hadden verleend. Maar Pauls relaas was levendiger. De woestheid van de aanslag overtuigde Tom ervan dat wat de verwrongen motieven van de dader ook mochten zijn, Celestina en haar moeder – en niet in het minst Angel – in gevaar verkeerden zolang Cain vrij rondliep. Misschien wel zo lang hij leefde.

Het eten arriveerde en Tom haalde Celestina en Grace ertoe over aan tafel te komen omwille van Angel, ook al hadden ze geen trek. Na zoveel chaos en verwarring had het kind zoveel mogelijk stabiliteit en regelmaat nodig. Niets bracht zoveel gevoel van orde en normale omstandigheden op een wanordelijke en smartelijke dag als het samen met familie en vrienden aan de eettafel zitten.

Hoewel ze, door een onuitgesproken afspraak, het vermeden over verlies en dood te praten, bleef de stemming akelig. Angel zat stil voor zich uit te kijken en schoof het voedsel op haar bord rond in plaats van het te eten. Haar houding intrigeerde Tom en hij merkte dat het haar moeder bezorgd maakte, die er een andere interpretatie aan gaf dan hij.

Hij schoof zijn bord van zich af. Uit een zak haalde hij een kwartje, waarmee hij net zoveel succes bij kinderen had als bij moordenaars.

Angel klaarde op toen ze de munt over zijn knokkels zag buitelen. 'Dat kan ik ook leren,' verklaarde ze.

'Als je handen groter zijn,' bevestigde Tom. 'Ik weet zeker dat je het kunt. Luister, op een dag zal ik het je leren.'

Terwijl hij zijn rechterhand rond het kwartje sloot, bewoog hij met zijn linker over de rechterhand en zei: 'Simsalabim.' Hij opende zijn rechterhand en de munt was verdwenen.

Angel hield haar hoofd schuin en keek naar zijn linkerhand die hij had gesloten toen hij zijn rechterhand opende. Ze wees. 'Daar zit hij.'

'Ik ben bang dat je het mis hebt.' Toen Tom zijn linkerhand opendeed, was zijn hand net zo leeg als die van een blinde bedelaar in een land van dieven. Ondertussen had hij zijn rechterhand weer tot vuist gebald.

'Waar is die naartoe?' vroeg Grace haar kleindochter, in een poging omwille van haar de stemming wat luchtiger te maken.

Terwijl ze wantrouwig naar Toms gebalde rechterhand keek, zei Angel: 'Daar niet.'

'De prinses heeft gelijk,' bekende hij en hij liet zien dat zijn hand nog steeds leeg was. Toen greep hij naar het oor van het meisje en haalde daar het kwartje vandaan.

'Dat is geen magie,' verklaarde Angel.

'Voor mij lijkt het wel degelijk op magie,' zei Celestina.

'Voor mij ook,' beaamde Paul.

Angel bleef halsstarrig. 'Nee. Ik zou dat kunnen leren. Net zoals mezelf aankleden en dankjewel zeggen.'

'Dat kun je ook,' bevestigde Tom.

Met zijn gebogen duim tegen zijn wijsvinger schoot hij het kwartje de lucht in. Op het moment dat de munt van zijn duimnagel schoot en door de lucht begon te tollen, zwaaide Tom beide handen omhoog, met gespreide vingers om te laten zien dat ze leeg waren, en om de zaak af te leiden. Maar toen ze weer omhoogkeken, was de munt niet meer te zien, tolde hij niet langer rond – wink, wink – voor hun verbijsterde ogen. Hij was verdwenen in de sleuf van een sprookjesautomaat die er mysterie voor in de plaats gaf.

De volwassenen rond de eettafel applaudisseerden, maar het kritische deel van het publiek keek scheef naar het plafond, naar waar zij geloofde dat de munt was gegooid, en vervolgens naar de tafel, waar die neer had moeten komen tussen de waterglazen of in haar maïs. Ten slotte keek ze naar Tom en zei: 'Geen magie.'

Grace, Celestina en Paul reageerden vrolijk en verbaasd op Angels kritische oordeel.

Onaangedaan zei het meisje: 'Geen magie. Maar misschien kan ik deze nooit leren.'

Als door statische elektriciteit beroerd, trilden de kleine haartjes op Toms hand en een golf van hoop ging door hem heen.

Sinds hij kind was had hij op dit moment gewacht – als dit werkelijk Het Moment was – en hij was bijna alle hoop kwijtgeraakt dat die langverwachte ontmoeting ooit nog zou plaatsvinden. Hij had verwacht anderen met dezelfde ervaringen als hij te vinden onder natuur- of wiskundigen, onder monniken en priesters, maar nooit in de gedaante van een meisje van drie, helemaal gekleed in het nachtblauw met een rode riem en twee rode haarstrikken.

Zijn mond was droog toen hij tegen Angel zei: 'Nou, mij lijkt het wel magisch – die omhooggegooide munt.'

'Magie is gewoon als mensen niet weten hoe het gebeurt.'

'En jij weet wat er met het kwartje is gebeurd?'

'Natuurlijk.'

Hij had niet voldoende speeksel om de schorheid uit zijn stem te halen: 'Dan zou jij het ook kunnen leren.'

Ze schudde haar hoofd en de twee rode strikken gingen heen en weer. 'Nee. Omdat jij het niet hebt verplaatst.'

'Verplaatst?'

'Van deze hand in die, of ergens anders.'

'Wat heb ik er dan mee gedaan?'

'Je hebt het in *Gunsmoke* gegooid,' zei Angel.

'Wáár?' vroeg Grace.

Met bonkend hart haalde Tom een ander kwartje uit zijn broekzak. Omwille van de volwassenen deed hij de juiste voorbereidingen – een beetje babbelen, het gedoe met de tien vingers – omdat bij magie net als bij juwelen elke diamant de juiste setting moet hebben wil hij op zijn mooist schitteren.

Bij het uitvoeren was hij al net zo voorzichtig, want hij wilde niet dat de volwassenen hetzelfde zagen als Angel; hij had liever dat zij geloofden dat het vingervlugheid was – of magie. Na de gebruikelijke handelingen sloot hij zijn rechterhand even rond de munt en gooide die met een snelle beweging van zijn pols naar Angel waarbij hij tegelijkertijd de aandacht afleidde met een heleboel zwierige gebaren.

De drie volwassenen gilden toen het kwartje verdween, applaudisseerden weer en keken veelbetekenend naar Toms hand die zich na alle poespas weer had gesloten.

Maar Angel richtte zich op een punt boven de tafel. Kleine rimpels verschenen even op haar voorhoofd, maar toen ging de frons over in een glimlach.

'Is deze ook naar *Gunsmoke* gegaan?' vroeg Tom schor.

'Misschien,' zei Angel. 'Of misschien naar *The Monkees*... of misschien naar waar jij niet door een neushoorn omver bent gelopen.'

Tom opende zijn lege handen en pakte met één hand zijn glas water. De rinkelende ijsklontjes loochenden zijn kalme gezichtsuitdrukking.

Tegen Paul Damascus zei Angel: 'Weet jij waar spek vandaan komt?'

'Varkens,' zei Paul.

'Neeeeeee,' zei Angel. Ze moest giechelen om zijn onwetendheid.

Celestina staarde nieuwsgierig naar Tom Vanadium. Ze had gezien dat de munt verdwenen was, hoewel ze de munt niet echt in de lucht had zien gaan. Toch scheen ze te voelen dat er net iets meer dan alleen maar vingervlugheid aan te pas kwam, of dat de truc een betekenis had die haar ontging.

Voor Celestina ernaar kon vragen en misschien een tipje van de sluier zou oplichten, begon Tom over het verhaal te vertellen van Koning Obadja, de farao van het fantastische, die hem alles wat hij van vingervlugheid wist, had geleerd.

Later, toen ze klaar waren met eten maar nog aan tafel zaten met de koffie, werd het gesprek ernstig, hoewel het onderwerp even niet de overleden Harrison White was. Hoe lang moesten de twee vrouwen en het meisje zich verborgen houden, wanneer en waar zouden ze weer een normaal leven kunnen oppakken, als dat nog mogelijk zou zijn: daar ging het gesprek over.

Hoe langer ze zich angstig gedeisd zouden moeten houden, hoe waarschijnlijker het werd dat Celestina alle voorzichtigheid opzijzette en weer terugkeerde naar Pacific Heights. Tom kende haar goed genoeg om te weten dat ze liever vocht dan vluchtte. Het frustreerde haar dat ze zich schuil moest houden. Dag na dag, uur na uur zonder duidelijke datum waarop ze een normaal leven zou kunnen hervatten, zou ze snel haar geduld verliezen. Zo hevig gekwetst als ze was, zouden haar gevoel van eigenwaarde en gevoel van rechtvaardigheid haar tot handelen dwingen – misschien eerder gevoelsmatig dan rationeel.

Om zoveel mogelijk tijd te winnen nu de aanval van Enoch Cain Celestina nog zo vers in het geheugen lag, stelde Tom voor dat zij zich nog twee weken verborgen zouden houden, tenzij de moordenaar eerder gegrepen werd. 'Dan gaan jullie hiervandaan naar Wally's huis, installeren het beste alarmsysteem dat er te krijgen is en houden jullie je een tijdje rustig, huur beveiliging in als je dat kunt betalen. Het slimste zou zijn uit San Francisco weg te gaan, zodra Wally hersteld is. Hij is toch met werken gestopt? En een schilder kan overal schilderen. Verkoop alles hier en begin ergens anders opnieuw, en verhuis zo, dat je niet makkelijk terug te vinden bent. Ik kan jullie ermee helpen.'

'Is het zo erg?' vroeg Celestina triest, hoewel ze het antwoord al kende. 'Ik hou van San Francisco. Ik krijg inspiratie van die stad. Ik heb hier een leven opgebouwd. Is het echt zo erg?'

'Zo erg en nog wel erger,' zei Grace beslist. 'Zelfs als ze hem pakken, blijf je nog met de stille angst leven dat hij op een dag misschien ontsnapt. Zolang jij weet dat hij je kan vinden, zul je nooit echt rust hebben. En als je zoveel van deze stad houdt dat je Angel ermee in gevaar kunt brengen... naar wie heb je dan al die jaren geluisterd, meisje? Niet naar mij in ieder geval.'

Er was al besloten dat Grace bij Celestina zou intrekken en daarna – na de bruiloft – bij Celestina en Wally. In Spruce Hills had ze lieve vrienden die ze zou missen, maar verder had ze niets in Oregon waardoor ze terug zou moeten, behalve het smalle plekje naast Harrison waar ze verwachtte ooit begraven te worden. De brand in de pastorie had al haar persoonlijke dingen en alle familiestukken vernietigd, van de medailles die Celestina op de lagere school had behaald voor taalwedstrijden tot aan de laatste dierbare foto toe. Ze wilde alleen nog maar dicht in de buurt van haar enig overgebleven dochter en haar kleinkind zijn, om deel uit te maken van het nieuwe leven dat zij met Wally Lipscomb zouden beginnen.

Celestina zuchtte toen ze het advies van haar moeder ter harte nam. 'Goed. Laten we maar bidden dat ze hem pakken. Maar als ze dat niet doen... twee weken, en daarna de rest van het plan zoals jij hebt gezegd, Tom. Behalve dat ik twee weken in een hotel niet zie zitten, opgesloten, bang om de straat op te gaan, geen zon, geen frisse lucht.'

'Ga met mij mee,' zei Paul Damascus ineens. 'Naar Bright Beach. Het is ver van San Francisco en hij zal er nooit op komen jullie daar te zoeken. Waarom zou hij? Jullie hebben geen enkele connectie met dat stadje. Mijn huis is groot genoeg. Jullie zijn welkom. En je zit dan niet tussen vreemden.'

Celestina kende Paul amper en ondanks dat hij het leven van haar moeder had gered, wekte zijn aanbod toch enige twijfel bij haar op. In Graces antwoord klonk geen enkele aarzeling. 'Dat is heel genereus van je, Paul. En ik neem het in ieder geval aan. Is dat het huis waar je met Perri hebt gewoond?'

'Ja,' bevestigde hij.

Tom had geen flauw idee wie Perri kon zijn, maar iets aan de manier waarop Grace de vraag stelde en de manier waarop ze naar Paul keek, vertelden hem dat ze iets over Perri wist dat een enorm ontzag en bewondering bij haar opgewekt had.

'Goed,' gaf Celestina toe, en ze zag er opgelucht uit. 'Dank je, Paul. Je bent niet alleen een heel moedig mens, maar ook nog eens heel erg vriendelijk.'

Pauls mediterrane gelaatskleur verried niet snel een blos, maar Tom meende zijn gezicht te zien kleuren tot het een paar tinten dichter bij de kleur van zijn roestbruine haar kwam. Zijn ogen, gewoonlijk direct, ontweken Celestina.

'Ik ben geen held,' zei Paul. 'Ik heb je moeder daar alleen maar uitgehaald toen ik mezelf in veiligheid wilde brengen.'

'Dat zeg je maar,' zei Grace, hem vriendelijk berispend voor zijn bescheidenheid.

Angel, die al die tijd bezig was geweest met een koekje, likte kruimels van haar lippen en vroeg Paul: 'Heb jij een hondje?'

'Geen hondje, helaas.'

'Heb je een geit?'

'Zou het wat uitmaken als ik er een had?'

'Hangt ervan af,' zei Angel.

'Waarvan?'

'Woont de geit in het huis of buiten?'

'Om eerlijk te zijn heb ik geen geit.'

'Goed. Heb je kaas?'

Celestina gebaarde naar Tom dat ze hem alleen wilde spreken. Terwijl Angel door bleef gaan met haar eindeloze ondervraging, ging Tom met haar moeder voor het grote raam aan de andere kant van de kamer staan, ver weg van de eettafel.

De nacht waaierde weer uit over de stad en wierp donkere netten uit om miljoenen lichten als lichtgevende vissen te vangen.

Celestina staarde een tijdje naar buiten en draaide toen haar hoofd om om Tom aan te kijken, met zowel de duisternis van de nacht als het oplichten van de metropool in haar ogen. 'Waar ging dat allemaal over?'

Even overwoog hij zich van de domme te houden, maar hij wist dat ze daar te slim voor was. '*Gunsmoke* bedoel je? Luister, ik weet dat je al het mogelijke zult doen om Angel te beschermen omdat je heel veel van haar houdt. Liefde geeft je een grotere kracht en vastberadenheid dan welk ander motief ook. Maar je moet ook weten... je moet haar ook beschermen om een andere reden. Ze is bijzonder. Ik wil je niet uitleggen waarom dat zo is en waarom ik dat weet, omdat dit niet de plaats en de tijd is, nu je vader net dood is, Wally in het ziekenhuis ligt en jij nog steeds van streek bent door de aanval.'

'Maar ik moet het weten.'

Hij knikte. 'Inderdaad. Ja. Maar niet nu meteen. Later, als je kalmer bent, en je de zaken duidelijker ziet. Het is te belangrijk om het je nu even snel te vertellen.'

'Wally heeft haar tests afgenomen. Ze heeft voor een meisje van haar leeftijd een buitengewoon gevoel voor kleur, ruimte en geometrische vormen. Misschien is ze wel een visueel wonderkind.'

'O, dat weet ik zeker,' zei hij. 'Ik weet hoe helder ze ziet.'

Oog in oog met Tom werd Celestina zelf ook een beetje helderziend. 'Jij bent ook heel bijzonder, dat is duidelijk zichtbaar. Maar net als Angel ben je ook bijzonder op een geheime manier... toch?'

'Ik heb een kleine gave en het is een ongebruikelijke gave,' gaf hij toe. 'Niet wereldschokkend. Eigenlijk is het meer een bijzondere waarneming die ik heb. Angels gave schijnt anders te zijn dan die van mij, maar hangt ermee samen. In vijftig jaar is zij de eerste die ik ben tegengekomen die een beetje is zoals ik. Vanbinnen sta ik nog te trillen door de schok dat ik haar heb gevonden. Maar alsjeblieft, laten we dit bewaren voor Bright Beach en een betere avond. Jij gaat daar morgen met Paul naartoe, goed? Ik blijf hier om voor Wally te zorgen. Als hij weer kan reizen, neem ik hem mee. Ik weet dat je wilt dat hij ook hoort wat ik te zeggen heb. Is dat afgesproken?'

Heen en weer getrokken tussen nieuwsgierigheid en emotionele uitputting, keek Celestina hem nadenkend in de ogen en zei ten slotte: 'Afgesproken.'

Tom staarde naar beneden in de oceanische diepten van de stad, door de kloven van de gebouwen naar lampvis-auto's die in scholen door de diepe geulen trokken.

'Ik zal je iets vertellen over je vader waar je misschien troost uit haalt,' zei hij, 'maar je mag me niet vragen meer te zeggen dan ik nu bereid ben te doen. Het maakt allemaal deel uit van waar ik het met jou in Bright Beach over wil hebben.'

Ze zei niets.

Tom vatte haar zwijgen op als instemming en vervolgde: 'Je vader is hier weg, voor altijd weg, maar hij leeft nog in andere werelden. Dit is niet alleen iets wat ik geloof. Als Albert Einstein nog zou leven en hier zou zijn, zou hij je vertellen dat het waar is. Op veel plaatsen is je vader nog bij je, net als Phimie. Op veel plaatsen is ze niet gestorven terwijl ze een kind kreeg. In sommige werelden is ze niet verkracht, haar leven nooit verwoest. Maar er zit ook iets ironisch aan, vind je niet? Omdat in die werelden Angel niet bestaat – toch is Angel een wonder en een zegen.' Hij keek van de stad naar de vrouw. 'Dus als je vanavond in bed ligt en niet kunt slapen van verdriet, denk dan niet alleen aan wat je kwijt bent geraakt met je vader en Phimie. Denk eraan dat je wat je in deze wereld hebt, nooit zult kennen in andere – Angel. Of God nu katholiek, baptist, jood, moslim of kwantumfysicus is, Hij geeft ons compensatie voor onze pijn, compensatie juist in deze wereld, niet alleen maar in die parallelle werelden en het leven hierna. Altijd compensatie voor de pijn... als we het maar herkennen wanneer we het zien.'

Haar ogen, glimmende poelen, wilden dolgraag weten, maar ze respecteerde de afspraak. 'Ik begrijp dat allemaal maar voor de helft en ik weet zelfs niet welke helft, maar op een vreemde manier voel ik dat het waar is. Dank je. Ik zal er vannacht aan denken als ik niet kan slapen.' Ze deed een stap naar voren en kuste hem op de wang. 'Wie ben je, Tom Vanadium?'

Hij glimlachte en haalde zijn schouders op. 'Vroeger viste ik op mensen. Nu jaag ik op ze. En op een in het bijzonder.'

78

Dinsdagmiddag laat in Bright Beach, terwijl een donkerder blauw en een iriserend getij langs de hemel rolden, roeiden zeemeeuwen naar hun veilige havens en leunden op het land beneden schaduwen die de hele dag rechtop hadden gewerkt nu achterover terwijl ze zich voorbereidden op de avond.

Vanuit San Francisco naar het zuiden, naar het vliegveld van Orange County op een volle forensenvlucht, daarna verder naar het zuiden langs de kust in een huurauto, bracht Paul Damascus Grace, Celestina en Angel naar huize Lampion. 'Voor we naar mijn huis gaan is er iemand die ik jullie heel graag wil voorstellen. Ze verwacht ons niet, maar ik weet zeker dat het goed is.'

Met een veeg bloem op een wang, terwijl ze haar handen afdroogde aan een rood met wit geruite theedoek, deed Agnes open, zag de auto op de oprit staan en zei: 'Paul! Ben je niet aan het wandelen?'

'Ik kon deze drie dames niet dragen,' zei hij. 'Hoe slank ze ook zijn, ze wegen toch meer dan een rugzak.'

Ze stelden zich snel aan elkaar voor, lopend van de veranda naar de hal, en Agnes zei: 'Ga mee naar de keuken. Ik ben taarten aan het bakken.'

De heerlijke geuren zouden de wil van de meest toegewijde vastende monniken hebben gebroken.

Grace zei: 'Wat ruikt er zo lekker?'

'Perziktaart, druiventaart en walnotentaart,' zei Agnes, 'met een gewone taartbodem en een deklaag van chocolade.'

'Hier worden dus de donkere chocoladetaarten gemaakt,' zei Celestina.

In de keuken zat Barty aan tafel en Pauls hart kromp ineen bij het zien van de jongen met de ooglappen.

'Jij zal wel Barty zijn,' zei Grace. 'Ik heb alles over je gehoord.'

'Ga zitten, ga zitten,' drong Agnes aan. 'Ik heb nu koffie en straks taart.'

Celestina had een vertraagde reactie op Barty's naam. Een vreemde blik kwam op haar gezicht. 'Barty? Is dat de afkorting van... Bartholomeus?'

'Dat ben ik,' zei Barty.

Tegen haar moeder zei Celestina: 'Wat bedoelde je toen je zei dat je alles over Barty had gehoord?'

'Paul vertelde het ons de avond dat hij bij de pastorie aankwam. Over Agnes... en wat er met Barty is gebeurd. En alles over zijn overleden vrouw, Perri. Ik heb het gevoel dat ik Bright Beach al ken.'

'Dan ben je een stapje voor en zul je ons alles over jullie zelf moeten vertellen,' zei Agnes. 'Ik ga koffie zetten... tenzij je wilt helpen.'

Grace en Celestina voegden zich naadloos in de keukenarbeid, niet alleen koffie zettend, maar ook Agnes helpend met de taarten.

Zes grote stoelen stonden om de grote ronde tafel, een voor iedereen, inclusief Agnes, maar alleen Paul en Barty bleven zitten.

Gefascineerd door deze nieuwe omgeving ging Angel op onderzoek uit en ze keerde zo af en toe terug naar haar stoel om van haar appelsap te drinken en haar laatste ontdekkingen te melden: 'Ze hebben geel kastpapier. Ze hebben aardappelen in een la. Ze hebben vier soorten zuur in de koelkast. Ze hebben een broodrooster onder een sok met vogeltjes erop.'

'Het is geen sok,' legde Barty uit. 'Het is een muts.'

'Een wat?'

'Een toastermuts.'

'Waarom staan er vogeltjes op? Houden vogeltjes van toost?'

'Natuurlijk,' zei Barty. 'Maar ik denk dat Maria de vogeltjes heeft geborduurd omdat ze mooi waren.'

'Heb je een geit?'

'Ik hoop het niet,' zei Barty.

'Ik ook niet,' zei Angel. Vervolgens ging ze weer verder met haar verkenning.

Agnes, Celestina en Grace waren al snel samen aan het werk met een harmonie die pure keukenpoëzie was. Paul had gemerkt dat de meeste vrouwen elkaar al binnen een minuut na de eerste kennismaking mochten of niet mochten, en als ze elkaar aanstonden, waren ze zo open en makkelijk met elkaar alsof ze elkaar al jaren kenden. Binnen een halfuur klonken deze drie vrouwen alsof zij dezelfde leeftijd hadden en sinds hun kindertijd onafscheidelijk waren geweest. Hij had Celestina en Grace al die tijd zien rouwen na de dood van de dominee, maar hier waren ze in staat voor het eerst hun pijn van zich af te zetten door het taarten bakken en het plezier van het maken van een nieuwe vriendin.

'Mooi,' zei Barty, alsof hij Pauls gedachten las.

'Ja, mooi,' beaamde hij.

Hij sloot zijn ogen om de keuken te zien zoals Barty hem zag. De heerlijke geuren, het muzikale geluid van lepels, het lichte gerinkel van pannen, het vloeibare geruis van een garde die geroerd werd, de warmte van de ovens, de stemmen van de vrouwen: langzaam aan, door zijn zicht uit te schakelen, werd hij zich ervan bewust dat de andere zintuigen scherper werden.

'Mooi ook,' zei Paul, maar hij opende zijn ogen.

Angel kwam terug bij de tafel voor appelsap en om te melden: 'Ze hebben een Jezus als koekblik.'

'Maria heeft dat meegenomen uit Mexico,' zei Barty. 'Zij vond het heel grappig. Het is om te lachen. Volgens mam is het niet echt blasfemie, omdat het niet zo bedoeld was door de mensen die het hebben gemaakt en omdat Jezus zou willen dat je een koekje nam, en bovendien herinnert het ons eraan dankbaar te zijn voor alle dingen die we hebben.'

'Je moeder is wijs,' zei Paul.

'Meer dan alle uilen in de wereld,' beaamde de jongen.

'Waarom heb je mutsen voor je ogen?' vroeg Angel.

Barty lachte. 'Dat zijn geen mutsen.'

'Nou, het zijn ook geen sokken.'

'Het zijn ooglappen,' legde Barty uit. 'Ik ben blind.'

Angel tuurde aandachtig en wantrouwend naar de lappen. 'O ja?'

'Ik ben al vijftien dagen blind.'

'Waarom?'

Barty haalde zijn schouders op. 'Dat is weer eens iets anders.'

Deze kinderen hadden dezelfde leeftijd, toch was het alsof je Angel innemend hoorde babbelen tegen een volwassene met veel geduld, gevoel voor humor en een besef van de ironie van het leven.

'Wat is dat op tafel?' vroeg Angel.

Terwijl hij een hand op het voorwerp legde dat ze bedoelde, zei Barty: 'Mam en ik luisterden naar een boek toen jullie hier kwamen. Dit is een gesproken boek.'

'Spreken boeken?' vroeg Angel.

'Dat doen ze als je stekeblind bent en als je weet waar je ze moet halen.'

'Denk je dat honden praten?' vroeg ze.

'Als ze dat deden, zou een ervan nu president zijn geweest. Iedereen houdt van honden.'

'Paarden praten.'

'Alleen op televisie.'

'Ik krijg een jong hondje dat kan praten.'

'Als iemand dat kan, ben jij dat wel,' zei Barty.

Agnes nodigde iedereen voor het avondeten uit. De taarten waren nog niet klaar of grote kookpannen, koekenpannen, vergieten en ander zwaar geschut werden aangesproken uit het culinaire arsenaal van de Lampions.

'Maria komt langs met Francesca en Bonita,' zei Agnes. 'We moeten de tafel maar uitschuiven. Barty, bel oom Jacob en oom Edom en nodig ze uit voor het avondeten.'

Paul keek terwijl Barty van zijn stoel sprong en de volle keuken zonder aarzelen in een rechte lijn naar de telefoon aan de muur doorstak.

Angel volgde hem en keek hoe hij op een keukentrapje klom en de hoorn van de haak pakte. Hij draaide het nummer met weinig pauze tussen de cijfers en sprak met beide ooms.

Van de telefoon liep Barty direct naar de koelkast. Hij opende de deur, pakte een blikje sinas en keerde zonder aarzeling terug naar zijn stoel aan tafel.

Angel volgde op twee passen afstand en toen ze naast zijn stoel stond en toekeek hoe hij het blikje openmaakte, zei Barty: 'Waarom volgde je mij?'

'Hoe wist je dat ik het was?'

'Ik wist het.' Tegen Paul zei hij: 'Dat was toch zo, hè?'

'Overal waar je ging,' bevestigde Paul.

Angel zei: 'Ik wilde je zien vallen.'

'Ik val niet. Tenminste niet zo vaak.'

Maria Gonzalez arriveerde met haar dochters, en hoewel Angel zich gewoonlijk aangetrokken voelde tot het gezelschap van oudere meisjes, had ze alleen maar belangstelling voor Barty.

'Waarom lappen?'

'Omdat ik mijn nieuwe ogen nog niet heb.'

'Waar koop je nieuwe ogen?'

'De supermarkt.'

'Je mag me niet plagen,' zei Angel. 'Jij bent anders.'

'Dan wie?'

'Volwassenen. Het is prima als zij het doen. Maar als jij het doet, is het gewoon gemeen.'

'Oké. Ik krijg mijn nieuwe ogen van een dokter. Het zijn geen echte ogen, gewoon van plastic, om in te vullen waar mijn ogen hebben gezeten.'

'Waarom?'

'Voor mijn oogleden. En omdat ik er, zonder ogen in de kassen, belachelijk uitzie. Mensen gaan over hun nek. Oude dametjes vallen flauw. Kleine meisjes zoals jij plassen in hun broek en gaan er gillend vandoor.'

'Laat maar eens zien,' zei Angel.

'Heb je een schone onderbroek bij je?'

'Ben je bang om ze te laten zien?'

De ooglappen werden door twee elastieken bandjes op hun plaats gehouden, dus Barty klapte ze allebei tegelijk open.

Woeste piraten, meedogenloze geheime agenten, hersen etende buitenaardse wezens van verre sterrenstelsels, supercriminelen, vastbesloten om de wereld te overheersen, bloeddorstige vampiers, baby etende weerwolven, woest Gestapo-tuig, krankzinnige wetenschappers, satanische cultleden, krankzinnige kermisfreaks, haatvolle Ku Klux Klanleden, messen zwaaiende kickmoordenaars, en emotieloze robot-soldaten van andere planeten hadden uitgehaald, gestoken, verbrand, geschoten, gewurgd, verscheurd, doodgeslagen, verpletterd, vernietigd, opgehangen, gebeten, van ingewanden ontdaan, onthoofd, vergiftigd, verdronken, bestraald, opgeblazen, gemangeld, verminkt en ontelbare slachtoffers gemarteld in de pulpbladen die Paul sinds zijn jeugd had gelezen. Niet een van die vele honderden uitgaven van kleurrijke verhalen raakte een hoek van zijn ziel zo hevig als de lege oogkassen van Barty. Het was absoluut geen bloedig, zelfs geen gruwelijk gezicht. Paul kromp ineen en keek weg, alleen maar omdat de handicap van de jongen hem zo scherp deed denken aan de kwetsbaarheid van de onschuldigen in de goederentreinroute van de natuur, en het dreigde de kwetsbare korst weg te krabben van het verdriet dat hij nog steeds voelde over Perri's dood.

In plaats van Barty direct aan te kijken, keek hij naar Angel terwijl zij de oogloze jongen bestudeerde. Ze had geen schrik getoond bij de vlakke gesloten oogleden, en toen een van de oogleden omhoogkwam om de donkere oogkas te tonen, had ze geen weerzin laten zien. Nu kwam ze dichter bij Barty's stoel, en toen ze zijn wang aanraakte, net onder het ontbrekende linkeroog, toonde de jongen geen enkele verrassing.

'Was je bang?' vroeg ze.

'Heel erg.'

'Deed het pijn?'

'Niet echt.'

'Ben je nu bang?'

'Meestal niet.'

'Soms wel?'

'Soms.'

Paul besefte dat het stil was geworden in de keuken, dat de vrouwen zich hadden omgedraaid naar de twee kinderen en nu onbeweeglijk als figuren in een wassenbeeldenmuseum stonden toe te kijken.

'Herinner je je nog dingen?' vroeg het meisje, haar vingertoppen nog steeds licht tegen zijn wang gedrukt.

'Je bedoelt hoe die eruitzien?'

'Ja.'

'Natuurlijk herinner ik me dingen. Het is pas twee weken geleden.'

'Zul je het vergeten?'

'Ik weet het niet. Misschien.'

Celestina, die naast Agnes stond, sloeg een arm om haar middel, zoals ze misschien vroeger bij haar zus had gedaan.

Angel verplaatste haar hand naar Barty's rechteroog en weer kromp hij niet ineen toen haar vingers licht zijn gesloten en hangende ooglid aanraakte. 'Ik zal zorgen dat je het niet vergeet.'

'Hoe dan?'

'Ik kan zien,' zei ze. 'En ik kan praten zoals je gesproken boeken.'

'Jij kunt zeker praten,' beaamde Barty.

'Dus ik ben jouw pratende ogen.' Terwijl ze haar hand van zijn gezicht liet zakken, zei Angel: 'Weet je waar spek vandaan komt?'

'Varkens.'

'Hoe kan zoiets lekkers van een dik, stinkend, vuil, snurkend oud varken komen?'

Barty haalde zijn schouders op. 'Een mooie gele citroen ziet er zoet uit.'

'Dus jij zegt varken?' vroeg Angel.

'Wat anders?'

'Weet je het zeker?'

'Ja. Spek komt van varkens.'

'Dat denk ik ook. Mag ik een sinas?'

'Ik pak er wel een voor je.'

'Ik weet waar ze staan.'

Ze haalde een blikje sinas, keerde terug naar de tafel en ging zitten alsof ze klaar was met haar verkenningstocht. 'Jij bent aardig, Barty.'

'Jij ook.'

Edom en Jacob arriveerden en het eten werd opgediend. Hoewel het eten heerlijk was, waren de gesprekken nog beter – ook al spraken de twee broers zo nu en dan over hun uitgebreide kennis van treinongelukken en dodelijke vulkaanuitbarstingen. Paul zei niet veel, omdat hij liever luisterde. Als hij geen van deze mensen zou hebben gekend, als hij de kamer binnen was gekomen terwijl ze aan het eten waren, zou hij hebben gedacht dat ze familie waren, omdat de warmte en intimiteit – en in het geval van de tweeling, het buitenissige – van de conversatie anders was dan hij bij zulke kersverse vrienden verwachtte. Er was geen sprake van pretentie, niet van valsheid, en moeilijke onderwerpen werden niet vermeden, wat inhield dat er soms tranen vloeiden omdat de dood van dominee White nog zo'n verse wond was in de harten van hen die van hem hielden. Maar in de heilzame manier van doen van de vrouwen, die voor Paul geheimzinnig bleef, ook al zag hij ze bezig, werden tranen gevolgd door herinneringen die een glimlach opwekten en kalmeerden, en hoop bleef steeds de bloem die opbloeide uit elk zaadje van hopeloosheid.

Toen Agnes tot haar verrassing ontdekte dat Barty's naam geïnspireerd was door de beroemde preek van de dominee, schrok Paul. Hij had 'Deze gedenkwaardige dag' bij de eerste uitzending gehoord, en had, toen hij erachter kwam dat die drie weken later op veler verzoek opnieuw zou worden uitgezonden, Joey aangeraden te luisteren. Joey had hem op zondag de tweede januari 1965 gehoord – net vier dagen voor de geboorte van zijn zoon.

'Hij moet hem gehoord hebben op de autoradio,' zei Agnes, gravend in de opgestapelde dagen van haar volgepakte koffer met herinneringen. 'Hij wilde vooruitwerken zodat hij in de buurt kon blijven in de week na de geboorte van de baby. Dus hij maakte ook op zondag afspraken met potentiële klanten. Hij werkte veel, en ik probeerde voor de grote dag mijn taarten af te leveren en aan mijn andere verplichtingen te voldoen. We hadden niet zoveel tijd met elkaar als anders, en hij was niet in de gelegenheid geweest mij te vertellen hoeveel indruk die preek op hem had gemaakt. Het een na laatste dat hij tegen me zei was... "Bartholomeus". Hij wilde dat ik de baby Bartholomeus noemde.'

Deze relatie tussen de familie Lampion en de familie White, waarover Grace al had gehoord van Paul, was net zo nieuw voor Celestina als voor Agnes. Het haalde nog meer herinneringen op aan de overleden echtgenoten en de weemoedige wens dat Joey en Harrison elkaar ontmoet zouden hebben.

'Ik wou dat mijn Rico jouw Harrison ook ontmoet had,' zei Maria tegen Grace, doelend op de man die haar in de steek had gelaten. 'Misschien had de dominee met woorden kunnen bereiken wat mij niet is gelukt met mijn voeten tegen zijn *trasero*.'

Barty zei: 'Dat is Spaans voor kont.'

Angel moest hier hard om lachen en Agnes zei lankmoedig: 'Bedankt voor je taalles, meester Lampion.'

Wat Paul níét als een verrassing trof, was Agnes' besluit dat de Whites, tijdens de periode dat ze zich schuil moesten houden, bij haar en Barty zouden verblijven.

'Paul,' zei ze, 'je hebt een heerlijk huis, maar Celestina en Grace zijn doeners. Ze moeten beziggehouden worden. Ze worden knettergek als ze niets om handen hebben. Heb ik geen gelijk, dames?'

Ze waren het met haar eens, maar stelden wel dat ze haar niet tot last wilden zijn.

'Onzin,' zei Agnes, 'het is geen last. Jullie zouden me enorm kunnen helpen met het bakken en het bezorgen van de taarten, al het werk dat ik heb laten liggen tijdens de operatie en het herstel van Barty. Het wordt of leuk, of jullie raken oververmoeid, maar in ieder geval zullen jullie je niet vervelen. Ik heb twee kamers vrij. Een voor Celie en Angel en een voor Grace. Als jouw Wally komt, kunnen we Angel bij Grace stoppen, of ze slaapt bij mij.'

De vriendschap, het werk en in belangrijke mate het gevoel van ergens thuis zijn en erbij horen dat iedereen binnen een paar ogenblikken voelde als hij bij Agnes over de drempel stapte, spraken Celestina en Grace aan. Maar ze wilden Paul niet het gevoel geven dat ze zijn gastvrijheid niet waardeerden.

Hij stak een hand omhoog om dit beleefdheidsgesprek te stoppen. 'De reden dat ik eerst hier ben langsgegaan voor ik jullie naar mijn huis bracht, is dat ik jullie koffers niet nog eens na moest brengen nadat Agnes jullie had overgehaald. Hier zullen jullie je het lekkerst voelen, hoewel je altijd welkom bent als zij wil dat jullie je doodwerken.'

De hele avond hadden Barty en Angel – die tegenover Paul naast elkaar aan tafel zaten – zo nu en dan naar de volwassenen geluisterd en er soms tijdens de gesprekken wat aan toegevoegd, maar voornamelijk spraken ze met elkaar. Als de hoofden van de kinderen niet samenzweerderig naar elkaar toe gebogen waren, hoorde Paul hun gebabbel en, afhankelijk van wat er verder rond de tafel gezegd werd, luisterde hij soms mee. Hij hoorde het woord 'neushoorn', stemde op hen af, verliet hen weer, maar een paar momenten later stemde hij weer op hen af toen hij besefte dat Celestina, die twee plaatsen van hem vandaan aan tafel zat, van haar stoel was opgestaan en vol verbazing naar de kinderen staarde.

'Dus waar hij het kwartje heen gooide,' zei Barty, terwijl Angel gespannen luisterde en met haar hoofd knikte, 'was niet echt naar *Gunsmoke*, omdat dat geen plaats is, maar gewoon een film, begrijp je. Misschien gooide hij het naar een plaats waar ik niet blind ben, of naar een plaats waar hij niet dat verminkte gezicht heeft, of een plaats waar jij om de een of andere reden niet vandaag hier bent gekomen. Er zijn meer plaatsen dan iemand ooit kan tellen, zelfs ik, en ik kan behoorlijk goed tellen. Maar dat voel je, hè – al die manieren waarop de dingen zijn?'

'Ik zie het. Soms. Heel snel. Een korte flits. Zoals wanneer je tussen twee spiegels staat. Weet je wel?'

'Ja,' zei Barty.

'Tussen twee spiegels ga je almaar door, steeds maar weer.'

'Zie je dat soort dingen?'

'Heel even. Soms. Is er een plek waar Wally niet is neergeschoten?'

'Is Wally de man die jouw vader wordt?'

'Ja, die.'

'Natuurlijk. Er zijn een heleboel plaatsen waar hij niet is neergeschoten, maar er zijn ook plaatsen waar hij is neergeschoten en dood is.'

'Dat vind ik geen leuke plaatsen.'

Hoewel Paul Tom Vanadiums handige trucje met de munt had gezien, begreep hij de rest van hun gesprek niet en hij nam aan dat het voor ieder ander – behalve voor Angels moeder – net zo ondoorgrondelijk was. Maar door het opstaan van Celestina was iedereen tot zwijgen gebracht.

Zich er niet van bewust dat iedereen naar haar en Barty keek, zei Angel: 'Krijgt hij de kwartjes ooit terug?'

'Waarschijnlijk niet.'

'Dan zal hij wel echt rijk zijn. Als je kwartjes weggooit.'

'Een kwartje is niet zoveel geld.'

'Het is een heleboel,' hield Angel vol. 'De laatste keer dat ik hem zag heb ik een Oreo van Wally gekregen. Hou je van Oreo's?'

'Ze zijn lekker.'

'Zou je een Oreo naar een plek kunnen gooien waar je niet blind bent of misschien ergens waar Wally niet neergeschoten is?'

'Ik denk dat je, als je een kwartje kunt gooien, ook een Oreo kunt gooien.'

'Zou je een varken kunnen gooien?'

'Misschien dat hij dat zou kunnen als hij hem op kan tillen, maar ik zou geen varken of een Oreo of wat dan ook naar een andere plaats kunnen gooien. Het is iets waarvan ik niet weet hoe het moet.'

'Ik ook niet.'

'Maar ik kan door de regen lopen en niet nat worden,' zei Barty. Aan de andere kant van de tafel schoot Agnes overeind van haar stoel toen haar zoon 'regen' zei, en toen hij 'nat' zei, zei ze waarschuwend: 'Barty!'

Terwijl hij zijn bedekte ogen draaide in de richting van zijn moeder, zei Barty: 'Oeps.'

Iedereen keek Agnes aan met een gezicht vol verwondering en verwachting, en zij keek van de een naar de ander. Paul. Maria. Francesca. Bonita. Grace. Edom. Jacob. Ten slotte Celestina.

De twee vrouwen staarden elkaar aan en uiteindelijk zei Celestina: 'Lieve hemel, wat gebeurt hier?'

79

De volgende dinsdagmiddag in Bright Beach vlogen zeemeeuwen, langs een hemel zo zwart als de kookpot van een heks, uit een toverbrouwsel naar hun veilige slaapplaatsen, en op het land eronder verzamelden zich de vochtige schaduwen van een aankomende storm, opgeroepen door een vloek die was gebrouwen met een oog van een watersalamander, de poot van een kikker, wol van een vleermuis en de tong van een hond.

Door de lucht, van San Francisco naar het zuiden naar het vliegveld van Orange County, vervolgens verder langs de kust naar het zuiden in een huurauto, een week na Paul Damascus en zijn drie passagiers, bracht Tom Vanadium, met een routebeschrijving van Paul, Wally Lipscomb naar het huis van de Lampions.

Er waren elf dagen verstreken sinds Wally door de drie kogels was geraakt. Hij had nog wat last van zwakte in zijn armen, was eerder moe dan voordat hij aan de verkeerde kant van een pistool was terechtgekomen, klaagde over stijfheid in zijn spieren en maakte gebruik van een wandelstok om niet zijn volle gewicht op zijn gewonde been te laten rusten. De medische zorg die hij verder nog nodig had, evenals zijn fysieke revalidatie, kon hij net zo goed in Bright Beach als in San Francisco krijgen. In maart zou hij helemaal weer de oude moeten zijn, aangenomen dat de definitie van 'de oude' inhield: enorme littekens en een inwendig gat waar zijn milt had gezeten.

Celestina verwelkomde hen bij de voordeur en sloeg haar armen om Wally heen. Hij liet zijn wandelstok los – Tom ving hem op – en beantwoordde haar omhelzing met zo'n vuur, kuste haar zo heftig, dat hij blijkbaar geen last meer had van zijn zwakte.

Tom kreeg ook een enorme knuffel en een zusterlijke kus, en hij was er dankbaar voor. Hij was te lang een eenling geweest, zoals een jager op mensen ook diende te zijn als hij op een lange weg van herstel zat en vervolgens op een missie van wraak, ook al noemde hij het een missie van gerechtigheid. Tijdens de paar dagen die hij met Celestina, Grace en Angel in San Francisco had doorgebracht, en daarna tijdens de week met Wally, had Tom het gevoel gehad deel uit te maken van een familie, ook al was het een familie van vrienden, en hij was verrast geweest te beseffen hoezeer hij dat gevoel nodig had.

'Iedereen zit te wachten,' zei Celestina.

Tom was zich ervan bewust dat er iets was gebeurd in de afgelopen week, een belangrijke ontwikkeling die Celestina over de telefoon had genoemd, maar waar ze niet over had willen spreken. Hij koesterde geen enkele verwachting over wat hij zou aantreffen toen zij hem en Wally voorging naar de eetkamer van de Lampions, maar als hij had geprobeerd zich het tafereel voor te stellen dat hem daar wachtte, zou hij beslist niet aan een seance hebben gedacht.

Aanvankelijk leek het op een seance. Acht mensen zaten om de eettafel die verder leeg was. Geen eten, geen drinken, geen versierselen. Allemaal droegen ze die glanzende uitdrukking op hun gezicht van mensen die nerveus de onthullingen van een medium afwachtten: voor een deel angstvallig, voor een deel met een enorme verwachting.

Tom kende maar drie van de acht mensen. Grace White, Angel en Paul Damascus. De anderen werden snel door Celestina voorgesteld. Agnes Lampion, hun gastvrouw. Edom en Jacob Isaacson, broers van Agnes. Maria Gonzalez, de beste vriendin van Agnes. En Barty.

Telefonisch was hij al voorbereid op deze jongen. Hoe vreemd het ook leek Bartholomeus in hun midden te hebben, gezien de vreemde obsessie van Enoch Cain, was Tom het desondanks met Celestina eens dat de moordenaar op geen enkele manier van deze jongen had kunnen weten – en dat hij zeker geen logische reden zou kunnen hebben bang voor hem te zijn. Het enige dat ze gemeen hadden, was de preek van Harrison White, die tot de naam van dit jongentje had geleid en die misschien het zaad van schuldgevoel in Cains geest had geplant.

'Tom, Wally, sorry voor deze abrupte kennismaking,' verontschuldigde Agnes Lampion zich. 'Tijdens het avondeten zullen we tijd genoeg hebben om elkaar beter te leren kennen. Maar de mensen in deze kamer hebben een hele week gewacht om jou te horen, Tom. We kunnen geen moment langer meer wachten.'

'Mij te horen?'

Celestina gebaarde Tom aan het hoofd van de tafel te gaan zitten, tegenover Agnes, die aan het andere einde zat. Terwijl Wally zich op de lege stoel links van Tom liet zakken, pakte Celestina twee voorwerpen van het dressoir en zette die voor Tom neer, waarna ze zelf rechts van hem ging zitten.

Een zout- en een pepervaatje.

Van het andere einde van de tafel zei Agnes: 'Om te beginnen, Tom, willen we eerst van jou over de neushoorn en de andere jou horen.'

Hij aarzelde omdat hij, tot aan zijn summiere uitleg aan Celestina in San Francisco, nooit die speciale waarneming met iemand had besproken, buiten twee biechtvaders in het klooster. In het begin voelde hij zich ongemakkelijk over deze zaken tegen vreemden te praten – alsof hij biechtte bij een leek die geen absolutie mocht geven – maar al pratend tegen dit doodstille en intens luisterende gehoor, vielen zijn twijfels weg en schenen zijn openbaringen even natuurlijk als het praten over het weer.

Met het zout- en het pepervaatje leidde Tom hen door het 'waarom ik niet verdrietig ben over mijn gezicht'-verhaal dat hij Angel tien dagen eerder had verteld.

Aan het eind, met de zout-Tom en de peper-Tom naast elkaar in verschillende maar parallelle werelden, zei Maria: 'Lijkt op science fiction.'

'Science, wetenschap. Kwantummechanica. Dat is een natuurkundige... theorie. Maar met theorie bedoel ik geen woeste speculatie. Kwantummechanica werkt. Het ligt aan de basis van televisie. Voor het einde van deze eeuw, misschien zelfs al in de jaren tachtig, zal de techniek die op kwantummechanica is gebaseerd, ons sterke en goedkope computers voor thuis geven, computers zo klein als een aktetas, zo klein als een portefeuille, een polshorloge, die meer en veel sneller data kunnen verwerken dan die grote, lompe machines die we nu hebben. Computers zo klein als postzegels. We zullen draadloze telefoons hebben die je overal bij je kunt dragen. Uiteindelijk zal het mogelijk zijn computers met een enorm vermogen van slechts een molecule te maken en zal de technologie – en eigenlijk de hele menselijke samenleving – zo veranderen dat het ons begrip te boven gaat, maar altijd ten goede.'

Hij zocht bij zijn gehoor naar ongeloof en glazige ogen.

'Maak je geen zorgen,' zei Celestina tegen hem, 'na wat we de afgelopen week hebben gezien, kunnen we je nog steeds volgen.'

Zelfs Barty scheen op te letten, maar Angel had zich heel tevreden met kleurpotloden op een kleurboek geworpen en neuriede zachtjes in zichzelf.

Tom geloofde dat het meisje een intuïtief begrip had van de werkelijke complexiteit van de wereld, maar ze was hoe dan ook pas drie en ook nog niet klaar of in staat om de wetenschappelijke theorie die haar intuïtie ondersteunde in zich op te nemen.

'Oké. Nou... jezuïeten worden aangemoedigd zich verder te verdiepen in elk onderwerp dat hen interesseert, en niet alleen theologie. Ik was erg geïnteresseerd in natuurkunde.'

'Door een bepaald bewustzijn dat je als kind al had,' zei Celestina, doelend op wat hij haar in San Francisco had verteld.

'Ja. Daarover straks meer. Maar laat me duidelijk stellen dat een interesse in natuurkunde je nog niet tot natuurkundige maakt. Zelfs al was ik dat, dan nog zou ik kwantummechanica niet in een uur of een jaar kunnen uitleggen. Sommige mensen zeggen dat kwantummechanica zo vreemd is, dat niemand alle mogelijkheden ervan volledig kan begrijpen. Sommige dingen die in de kwantumexperimenten worden bewezen, schijnen het gezond verstand te boven te gaan, en ik zal een paar voorbeelden geven. Om te beginnen, op subatomair niveau komt gevolg soms voor de oorzaak. Met andere woorden: iets kan gebeuren voordat de oorzaak ervan is opgetreden. Nog zoiets vreemds... in een experiment met een menselijke waarnemer, gedragen subatomaire deeltjes zich anders dan wanneer het experiment zonder waarneming wordt gedaan en de resultaten pas na het feit worden bestudeerd – wat erop zou kunnen duiden dat de menselijke wil, zelfs onbewust, werkelijkheid schept.'

Hij simplificeerde en combineerde begrippen, maar hij wist geen andere manier om hun snel het gevoel te geven voor het wonder, het raadsel, de pure krankzinnigheid van de wereld die door de kwantummechanica onthuld werd.

'En wat vinden jullie hiervan?' vervolgde hij. 'Elk punt in het universum is direct verbonden met elk ander punt, ongeacht de afstand. Dus elk punt op Mars is, op een geheimzinnige manier, even dicht bij mij als ieder van jullie. Wat betekent dat de informatie – en objecten, zelfs mensen – direct verplaatst kan worden van hier naar Londen zonder draadverbindingen of microgolf-overdracht. Eigenlijk van hier direct naar een verre ster. We zijn er nog niet achter waardoor het gebeurt. Erger nog, op een structureel niveau is elk punt in het universum hetzelfde punt. Deze onderlinge verbondenheid is zo volledig, dat een grote vlucht vogels die boven Tokio met hun vleugelslagen de lucht beroeren, zorgt voor weersveranderingen in Chicago.'

Angel keek naar hem op van haar kleurboek. 'Hoe staat het met varkens?'

'Wat is daarmee?' vroeg Tom.

'Kun je een varken daarheen gooien waar je het kwartjes gooide?'

'Daar kom ik straks op,' beloofde hij.

'Jemig,' zei ze.

'Hij bedoelt niet dat hij een varken gaat gooien,' zei Barty tegen haar.

'Ik wed van wel,' zei Angel, die zich weer op haar kleurpotloden richtte.

'Een van de fundamentele dingen die kwantummechanica suggereert,' ging Tom verder, 'is dat er een oneindig aantal werkelijkheden bestaat, andere werelden, parallel aan die van ons, en die we niet kunnen zien. Bijvoorbeeld... werelden waarin, *door bepaalde beslissingen en acties van zekere mensen aan beide kanten*, Duitsland de Tweede Wereldoorlog heeft gewonnen. En andere werelden waarin de Verenigde Staten de Burgeroorlog hebben verloren. En werelden waarin de atoomoorlog tussen Amerika en Rusland al is uitgevochten.'

'Werelden,' waagde Jacob, 'waarin de benzinetankauto destijds in 1960 nooit stilhield op de treinrails in Bakersfield. Dus de trein is

er nooit tegenaan gereden en die zeventien mensen zijn nooit omgekomen.'

Dit commentaar bracht Tom in verlegenheid. Hij dacht dat Jacob iemand had gekend die bij dat ongeluk om het leven was gekomen – toch klonk de stem van die man alsof hij wilde beweren dat de wereld zonder dat treinongeluk in Bakersfield minder vrolijk was dan met.

Zonder erop te reageren, ging Tom verder: 'En werelden precies zoals die van ons – behalve dan dat mijn ouders elkaar nooit zou-den hebben ontmoet en ik nooit zou zijn geboren. Werelden waar-in Wally nooit was neergeschoten omdat hij te onzeker van zich-zelf was of gewoon te stom om Celestina die avond mee uit eten te nemen of haar ten huwelijk te vragen.'

Inmiddels kenden alle aanwezigen Celestina zo goed dat Toms laat-ste voorbeeld een liefdevolle lach aan de hele groep ontlokte.

'Zelfs in een oneindig aantal werelden,' wierp Wally tegen, 'is er niet een waarin ik zó stom was.'

Tom zei: 'Nu zal ik een menselijke benadering en een spirituele draai aan dit alles geven. Wanneer een van ons op een punt komt dat hij een belangrijke morele beslissing moet nemen inza-ke de ontwikkeling van zijn karakter en het leven van anderen, en elke keer dat hij dan een minder goede beslissing neemt, denk ik dat een nieuwe wereld zich afsplitst. Als ik een immorele of gewoon stomme keuze maak, wordt er een andere wereld ge-creëerd waarin ik het júíste heb gedaan en in die wereld krijg ik de kans een tijdje een betere versie van de Tom Vanadium te wor-den die in de andere wereld van de verkeerde keuze leeft. Er zijn zoveel werelden met imperfecte Tom Vanadiums, maar ook al-tijd een plaats... ergens waarin ik gestaag naar een staat van gena-de ga.'

'Elk leven,' zei Barty Lampion, 'is zoals de eik in onze achtertuin, alleen veel groter. Eén stam om mee te beginnen, en daarna alle takken, miljoenen takken, en elke tak is hetzelfde leven dat in een nieuwe richting gaat.'

Verrast leunde Tom op zijn stoel voorover om wat aandachtiger naar het blinde jongetje te kijken. Over de telefoon had Celestina alleen gezegd dat Barty een wonderkind was, wat niet helemaal de toepasslijkheid van de metafoor van de eik verklaarde.

'En misschien,' deed Agnes een duit in het zakje, 'dat als je leven ten einde loopt in al die vele takken, je uiteindelijk wordt beoor-deeld op de vorm en de schoonheid van de boom.'

'Als je te veel slechte keuzes maakt,' zei Grace White, 'krijg je te veel takken – een knoestige, gedraaide, lelijke groei.'

'Te weinig,' zei Maria, 'betekent misschien dat je een bewonderenswaardig klein aantal morele fouten hebt gemaakt, maar dat je ook hebt nagelaten een redelijk aantal risico's te nemen en het leven niet ten volle hebt benut.'

'Au,' zei Edom, en dat leverde hem een liefdevolle glimlach op van Maria, Agnes en Barty.

Tom begreep Edoms commentaar niet en evenmin de liefhebbende blikken, maar aan de andere kant was hij onder de indruk van het gemak waarmee deze mensen in zich opzogen wat hij had gezegd en door de fantasie waarmee ze voortborduurden op zijn veronderstellingen. Het leek bijna alsof ze al heel lang de vorm kenden van wat hij hun had verteld en hij alleen maar een paar bevestigende details invulde.

'Tom, daarnet,' zei Agnes, 'had Celestina het over je... "bepaalde bewustzijn". Wat is dat precies?'

'Als kind al had ik dit... bewustzijn, deze waarneming van een oneindig ingewikkelder werkelijkheid dan die me werd aangereikt door mijn vijf basiszintuigen. Een helderziende beweert de toekomst te voorspellen. Ik ben geen helderziende. Ongeacht wat ik ben... ik kan heel veel andere mogelijkheden van een bepaalde situatie aanvoelen, en weten dat ze tegelijkertijd naast mijn werkelijkheid bestaan. Elke wereld net zo echt als die van mij. In mijn botten, in mijn bloed...'

'Je voelt alle manieren waarop de dingen zijn,' zei Barty.

Tom keek naar Celestina. 'Een wonderkind, hè?'

Glimlachend zei ze: 'Vandaag gaat een bijzonder gedenkwaardige dag worden.'

'Ja, Barty,' zei Tom. 'Ik voel diepte in het leven, laag op laag. Soms is het... angstig. Meestal inspireert het me. Ik kan die andere werelden niet zien, kan me niet van de ene wereld naar de andere verplaatsen. Maar met dit kwartje kan ik bewijzen dat wat ik voel geen verbeelding is.' Hij haalde een kwartje uit een zak van zijn jasje, hield het tussen duim en wijsvinger zodanig dat iedereen behalve Barty het kon zien. 'Angel?'

Het meisje keek op van haar kleurboek.

Tom zei: 'Hou je van kaas?'

'Vis is goed voor de hersens, maar kaas smaakt lekkerder.'

'Heb je ooit Zwitserse kaas gegeten?'

'Velveeta is het lekkerst.'

'Waar denk je het eerst aan als je aan Zwitserse kaas denkt?'
'Koekoeksklokken.'
'Wat verder?'
'Boterhammen.'
'En verder?'
'Velveeta.'
'Barty,' zei Tom, 'help me even.'
'Gaten,' zei Barty.
'O, ja, gaten,' zei Angel.
'Vergeet Barty's boom even en zie al die verschillende werelden als op elkaar gestapelde plakjes kaas. Door sommige gaten zie je alleen het volgende plakje. Door andere zie je twee of drie of vijf plakjes. Het zijn kleine gaten tussen op elkaar gestapelde werelden, maar ze verplaatsen, veranderen voortdurend. En ik kan ze niet echt zien, maar ik heb er een geheimzinnig gevoel voor. Let op.'
Deze keer schoot hij het kwartje niet recht de lucht in. Hij kantelde zijn hand en met zijn duim schoot hij het kwartje recht op Agnes af.
Midden boven de tafel, direct onder de kroonluchter, draaide het zilverkleurige schijfje door de lucht, draaide, draaide, draaide deze wereld uit naar een andere.
Een enkele uitroep van bewondering. Lief gegiechel en een applaus van Angel. De reacties waren verrassend zwak.
'Gewoonlijk gebruik ik een hoop hocus-pocus, veel gebaren en gebabbel om mensen af te leiden, waardoor ze zelfs niet beseffen dat wat ze hebben gezien echt is. Ze denken dat het verdwijnen in de lucht gewoon een truc is.'
Iedereen keek hem verwachtingsvol aan, alsof er nog meer tovenarij zou volgen, alsof het schieten van een munt naar een andere werkelijkheid iets was dat je iedere week in de *Ed Sullivan-show* zag, tussen acrobaten en jongleurs die tien borden op tien lange stokken tegelijkertijd draaiende konden houden.
'Nou,' zei Tom, 'die mensen die denken dat het een truc is, reageren gewoonlijk enthousiaster dan jullie, en júllie weten dat het echt is.'
'Wat kun je nog meer?' vroeg Maria, hem nog meer verbazend.
Ineens, zonder een salvo kanonvuur, zonder aanvallende artillerie van lichtflitsen, brak het onweer los. Even luid als marcherende legers klaterde de regen op het dak neer.
Als één man hieven ze allemaal hun ogen naar het plafond en glimlachten bij het geluid van de regendruppels. Barty, met ooglapjes over zijn lege kassen, keek ook glimlachend omhoog.

Verbijsterd door hun vreemde reactie en ietwat uit zijn evenwicht gebracht, beantwoordde Tom Maria's vraag. 'Ik ben bang dat ik verder niets kan... niets dat zo fantastisch is.'

'Je deed het heel goed, Tom, heel goed,' zei Agnes op een troostende toon die ze gebruikt zou kunnen hebben voor een jongen wiens spel tijdens een pianorecital goed maar niet echt bijzonder was geweest. 'We waren allemaal erg onder de indruk.'

Ze schoof haar stoel naar achteren en ging staan, en iedereen volgde haar voorbeeld.

Opstaand zei Celestina tegen Tom: 'Afgelopen dinsdagnacht moesten we de tuinsproeiers aanzetten. Dit is veel beter.'

Terwijl hij naar het dichtstbijzijnde raam keek waar de natte nacht het glas kuste, zei hij: 'Tuinsproeiers?'

De verwachting waarmee Tom bij zijn aankomst was begroet, was even ijl als de lucht op de top van de Himalaya vergeleken met de rijke verwachting die nu kookte.

Hand in hand brachten Barty en Angel de volwassenen via de keuken naar de achterdeur. De stoet had iets ceremonieels dat Tom intrigeerde, en tegen de tijd dat ze op de veranda stonden, was hij heel erg ongeduldig om te weten waarom iedereen – behalve hij en Wally – emotioneel zo hoog in de lucht zat dat het bijna aan euforie grensde.

Toen ze allemaal bij elkaar op de veranda stonden, naast elkaar boven aan de trap en langs de balustrade, in een kille, vochtige lucht die vaag naar ozon rook en minder vaag naar jasmijn, zei Barty: 'Meneer Vanadium, jouw truc met het kwartje is echt gaaf. Maar hier komt iets uit Heinlein.'

Met een hand losjes op de balustrade liep de jongen snel de lage trap af en stapte op het drassige gras de regen in.

Zijn moeder, die Tom zacht naar voren duwde, naar de trap, scheen zich geen zorgen te maken over de wandeling van haar zoontje in de regen.

Onder de indruk door de zekerheid en de snelheid waarmee de blinde jongen de trap was afgelopen en op het gras was gestapt, zag Tom aanvankelijk niet iets ongewoons aan de wandeling door de zondvloed.

Het licht op de veranda was niet aan. Geen bliksemschichten boven het landschap verlichtten de achtertuin. Barty was een grijze schaduw die door duisternis en de nachtelijke regen liep.

Naast Tom zei Edom: 'Zware regen.'

'Zeker weten.'

'Augustus 1931. Langs de Huang He Rivier in China. Drie miljoen zevenhonderdduizend mensen dood door een enorme overstroming,' zei Edom.

Tom wist niet wat hij met deze informatie aan moest, dus hij zei: 'Dat is een heleboel.'

Barty liep in een rechte lijn van de veranda naar de grote eik.

'13 september 1928, Lake Okeechobee, in Florida. Tweeduizend mensen kwamen om tijdens een overstroming.'

'Niet zo slecht, tweeduizend,' hoorde Tom zichzelf idioot genoeg zeggen. 'Ik bedoel, vergeleken met die bijna vier miljoen.'

Ongeveer drie meter van de stam van de eik week Barty van zijn rechte lijn af en begon om de boom heen te lopen.

Na eenentwintig dagen was de aanpassing van de jongen aan zijn blindheid verbazingwekkend, maar het was duidelijk dat iedereen stond te wachten op iets dat opmerkelijker was dan dit ononderbroken lopen en feilloze gevoel voor richting.

'27 september 1962, Barcelona, in Spanje. 445 mensen kwamen om tijdens een overstroming.'

Tom wilde naar rechts bewegen, weg van Edom, maar daar stond Jacob. Hij moest weer denken aan het vreemde commentaar dat de meest stuurse van de tweeling over het treinongeluk in Bakersfield had gezegd.

Het enorme baldakijn van de eik beschermde het grasveld eronder niet. De bladeren lepelden de regen uit de lucht, wogen die en lieten die in een gestage druilregen naar beneden vallen, in plaats van druppel voor druppel.

Barty liep om de boom heen en keerde terug naar de veranda. Hij beklom de trap en ging voor Tom staan.

Ondanks de duisternis was het duidelijk wat de jongen had verricht: zijn kleren en haar waren droog alsof hij een jas met een capuchon had gedragen.

Vol ontzag liet Tom zich op een knie voor Barty vallen en bevoelde de mouw van het hemd van de jongen.

'Ik liep waar geen regen was,' zei Barty.

Vijftig jaar lang, tot hij Angel ontmoette, had Tom niemand anders gevonden die was zoals hij – en nu een tweede in iets meer dan een week. 'Ik kan niet wat jij hebt gedaan.'

'Ik kan dat met het kwartje niet,' zei Barty. 'Misschien kunnen we het elkaar leren.'

'Misschien.' Maar om eerlijk te zijn geloofde Tom er niet in dat dit geleerd kon worden, ook niet van de ene ingewijde aan de andere. Ze waren geboren met hetzelfde speciale waarnemingsvermogen, maar met verschillende en strikt beperkte vermogens om met de veelheid aan werelden die ze konden waarnemen om te gaan. Hij kon zichzelf niet eens uitleggen hoe hij een munt of een klein object naar Elders kon sturen; het was iets dat hij gewoon vóélde en elke keer dat de munt verdween werd dat gevoel bevestigd. Hij vermoedde dat als Barty daar liep waar geen regen was, de jongen geen bewuste technieken gebruikte; hij besloot gewoon in een droge wereld te lopen en niet in deze natte te blijven – en hij *dééd* het dan. Als jammerlijk incomplete magiërs, tovenaars met slechts een paar trucs, hadden ze geen geheim boek vol spreuken en bezweringen om een leerling iets te leren.

Tom Vanadium kwam overeind en keek, met één hand op Barty's schouder, naar de gezichten van alle mensen op de veranda. De meesten had hij net ontmoet, dat waren dus nagenoeg vreemden. Toch, voor het eerst sinds zijn jonge jaren in het weeshuis van St. Anselmo, had hij een plek gevonden waar hij hoorde. Dit voelde als thuis.

Agnes stapte naar voren en zei: 'Als Barty mijn hand vasthoudt en met mij door de regen loopt, word ik nat terwijl hij droog blijft. Hetzelfde geldt voor alle anderen hier... behalve voor Angel.'

Het meisje had Barty's hand al vastgepakt. De twee kinderen liepen de trap af, de regen in. Ze liepen niet om de eik heen, maar bleven onder aan de trap staan en draaiden zich naar het huis om. Nu Tom wist waarnaar hij moest kijken, kon de duisternis de ongelooflijke waarheid niet verhullen.

Ze stonden in de regen, de zware, glasheldere, dreunend stromende regen, precies zo een als waarin Gene Kelly had gezeten in die film toen hij danste, zong en huppelde over een door onweer geteisterde straat, maar terwijl de acteur aan het eind van het liedje doorweekt was, bleven deze twee kinderen droog. Tom pijnigde zijn ogen om deze paradox te verklaren, ook al wist hij dat alle wonderen geen verklaring hadden.

'Goed, kinders,' zei Celestina, 'tijd voor de volgende act.'

Barty liet de hand van het meisje los, en hoewel hij droog bleef, had het noodweer haar onmiddellijk gevonden waar zij zich schuilhield in de zilverkleurige, zwarte plooien van zijn gordijn.

Angel, volledig in het roze gekleed dat rood werd toen ze doorweekt raakte, gilde en liep bij Barty weg. Gevlekt, doorweekt, drijfnat, met neptranen op haar wangen, met een donker glinsterende kroon van regenjuwelen in haar haar, rende ze de trap op, als een prinses die door haar koetsier uit de koets was gegooid, en liet zich optillen door haar grootmoeder.

'Zo krijg je nog een longontsteking,' mopperde Grace.

'En welke wonderen kan Angel verrichten?' vroeg Tom aan Celestina.

'We hebben er nog geen gezien.'

'Alleen dat ze zich bewust is van alle manieren waarop de dingen zijn,' voegde Maria eraan toe. 'Net als jij en Barty.'

Toen Barty naar de veranda klom zonder gebruik te maken van de leuning en zijn rechterhand uitstak, zei Paul Damascus: 'Tom, we vragen ons af of Barty jou die bescherming kan geven die hij Angel in de regen geeft. Misschien wel... aangezien jullie alle drie dat... bewustzijn delen, dit inzicht, of hoe je het ook wilt noemen. Maar dat weet hij pas als hij het probeert.'

Tom pakte de hand van de jongen – zo'n kleine hand, maar met zo'n vastberaden greep – maar ze hoefden niet de hele trap af te lopen naar het gazon om te weten dat de onzichtbare mantel van het wonderkind, in tegenstelling tot het meisje, hem niet zou beschermen. Tom werd meteen geraakt door een koele, doordrenkende regen en hij tilde Barty van de trap zoals Grace Angel had opgetild en keerde terug naar de veranda.

Agnes kwam op hen af terwijl ze Grace met Angel meetrok. Haar ogen stonden helder van opwinding. 'Tom, jij bent een man van het geloof, ook al heb je het daar soms moeilijk mee gehad. Vertel me wat jij hiervan vindt.'

Hij wist wel wat zíj ervan dacht en hij kon zien dat de anderen op de veranda het ook wisten en op dezelfde manier kon hij zien dat zij allemaal van hem wilden dat hij de conclusie waartoe Agnes, al lang voordat hij hier vanavond met Wally was gearriveerd, was gekomen, zou bevestigen. Al in de eetkamer, vóór het bewijs in de regen, had Tom die speciale connectie herkend tussen het blinde joch en dit vrolijke meisje. Hij had eigenlijk tot geen andere conclusie kunnen komen dan die van Agnes, omdat hij, net als zij, geloofde dat de gebeurtenissen van elke dag een geheimzinnig patroon onthulden, als je het maar wilde zien, en dat elk leven een diepe bedoeling had.

'Van alle dingen die ik misschien moet doen in mijn leven,' zei hij tegen Agnes, 'geloof ik dat niets meer betekenis heeft dan het kleine aandeel dat ik heb gehad in het bij elkaar brengen van deze twee kinderen.'

Hoewel het enige licht op de veranda afkomstig was van de bleke banen licht die door de gordijnen van de keuken kwamen, schenen al deze gezichten lichtgevend te zijn met een bijna bovennatuurlijke gloed, als de versteende gezichten van sommige heiligen in een donkere kerk, slechts verlicht door de vlammen van de votiefkaarsen. De regen – een soort muziek, en de jasmijn en wierook, en het gewijde moment.

Terwijl hij het gezelschap rondkeek, zei Tom: 'Als ik denk aan alles wat er heeft moeten gebeuren om ons hier vanavond samen te brengen, zowel de tragedies als de gelukkige momenten, als ik denk aan de vele manieren waarop dingen hadden kunnen zijn, dat we elkaar misschien niet hadden gekend, weet ik dat we hier horen, want we zijn hier tegen alle verwachtingen in terechtgekomen.' Hij keek weer naar Agnes en hij gaf haar het antwoord waarvan hij wist dat ze het hoopte te horen: 'Deze jongen en dit meisje waren voorbestemd elkaar te ontmoeten, om redenen die slechts met de tijd duidelijk zullen worden, en wij allemaal samen... wij zijn de instrumenten van een of ander vreemd noodlot.'

Een gevoel van verbondenheid in buitengewone tijden bracht iedereen dichter bij elkaar, om elkaar te omhelzen, elkaar aan te raken, om het wonder te delen. Lange tijd, zelfs in de symfonie van de storm, ondanks al de plink-plonk-siss-pletsgeluiden die opstegen van alle door de regen getroffen, door mens en natuur gemaakte voorwerpen, leken ze daar in een stilte te staan die dieper was dan Tom ooit had gehoord.

Toen zei Angel: 'Ga je nu dat varken gooien?'

80

De ochtend dat het gebeurde was helder en blauw. Het was in maart, twee maanden nadat Barty met Angel droog door de regen had gewandeld, zeven weken nadat Celestina en Wally waren getrouwd en vijf weken nadat het pasgetrouwde stel huize Galloway, naast huize Lampion, had gekocht. Selma Galloway, een al jaren gepensioneerde docente, trok zich verder uit het leven terug door van de opbrengst van het huis waarin ze zo lang had gewoond een fraaie flat aan zee in het nabijgelegen Carlsbad te kopen.

Celestina keek uit het keukenraam en zag Agnes op de oprit van

557

de Lampions waar de uit drie auto's bestaande karavaan werd samengesteld. Ze was haar stationcar aan het inladen.

Celestina en Wally hadden de hele dertig meter hoge stalen omheining tussen beide stukken land weggehaald – waarbij Grace zich druk maakte dat er iemand gewond kon raken –, want ze waren één familie geworden met veel namen: Lampion, White, Lipscomb, Isaacson. Toen beide achtertuinen waren samengevoegd en er een verbindingspad was gestort, werden de uitstapjes van Barty van het ene naar het andere huis veel gemakkelijker en waren de bezoeken van de andere takken – Gonzalez, Damascus en Vanadium – ook eenvoudiger.

'Agnes is ons voor, mam.'

In de open keukendeur, haar armen beladen met een stapel van vier taartdozen, zei haar moeder: 'Wil jij die laatste vier taarten daar op tafel voor me pakken? En plet ze niet, schat.'

'O, ja, dat is waar ook. Ik sta op de FBI-lijst van de gevaarlijkste taartenpletters.'

'Dat zou wel moeten,' zei Grace, terwijl ze haar taarten naar de Suburban bracht die Wally speciaal voor dit werk had gekocht.

Terwijl ze probeerde geen verdorven taartenpletster te zijn, volgde Celestina.

Deze zachte ochtend in maart, vol gezang van zwaluwen die duidelijk deze buurt prefereerden boven het bekendere adres van San Juan Capistrano, was ideaal voor het afleveren van taarten. Agnes en Grace hadden een verzameling heerlijke vanille-amandeltaarten en koffiekarameltaarten gebakken, een banketbakkerij waardig.

Onder leiding van Celestina hadden de mannen – Wally, Edom, Jacob, Paul, Tom – dozen ingepakt met ingeblikt en gedroogd voedsel, plus een heleboel dozen met nieuwe voorjaarskleding voor de kinderen op hun route. Alle spullen waren de avond ervoor in de auto's gezet.

Pasen was pas over een paar weken, maar Celestina was al begonnen met het versieren van meer dan honderd mandjes, zodat er op het laatste moment alleen nog maar snoepgoed in gedaan hoefde te worden. Haar woonkamer was een pakhuis van mandjes, linten, strikken, kralen, hangers, gerimpeld cellofaan in groen, paars, geel en roze en decoratieve kleine paashaasjes en kuikentjes.

Ze besteedde de helft van haar werktijd aan de behoeftige-buren-route die Agnes had opgesteld en de andere helft werkte ze gestaag aan haar schilderijen. Ze had geen haast met het opzetten van een nieuwe tentoonstelling; trouwens, ze durfde ook niet het contact met Galerie Greenbaum te herstellen, of met wie ook uit haar vorige leven, voordat de politie Enoch Cain had gevonden.

Ook had de tijd dat ze Agnes hielp haar aan ontelbare nieuwe onderwerpen voor schilderijen geholpen en had haar werk een nieuwe diepte gegeven die haar verrukte. 'Als je jouw zakken leegstort in de zakken van anderen,' had Agnes een keer gezegd, 'ben je de volgende ochtend rijker dan de avond ervoor.'

Terwijl Celestina en haar moeder de laatste taarten in de koeling van de Suburban zetten, kwamen Paul en Agnes terug van haar stationcar aan het hoofd van de karavaan.

'Klaar om te gaan?' vroeg Agnes.

Paul controleerde de achterkant van de Suburban, aangezien hij zichzelf zag als karavaanleider. Hij wilde er zeker van zijn dat de goederen zodanig waren geladen dat ze niet zouden gaan schuiven of beschadigen. 'Goed gestouwd. Ziet er goed uit,' zei hij en hij sloot de achterdeur.

Vanuit haar Volkswagenbus in het midden van de rij, kwam Maria bij hen staan. 'Voor als we elkaar kwijtraken, Agnes, ik heb geen routebeschrijving.'

Karavaanleider Damascus haalde er prompt een tevoorschijn.

'Waar is Wally?' vroeg Maria.

Bij wijze van antwoord kwam Wally aangerend met zijn zware dokterstas, omdat hij nu de arts was van sommige mensen op de taartenroute. 'Het weer is veel beter dan ik had verwacht, dus ik heb even wat andere kleren aangetrokken.'

Zelfs op een koele dag kon de taartenroute aan het einde van de reis behoorlijk wat zweet opleveren, want nu de mannen ook bij het ambitieuze project betrokken waren, brachten ze niet alleen bestellingen rond, maar ze deden ook klusjes die de ouderen en invaliden zelf niet konden opknappen.

'Laten we gaan,' zei Paul, en hij liep terug naar de stationcar als bijrijder van Agnes.

In de Suburban met Wally en Grace, terwijl ze wachtten om te vertrekken, zei Celestina: 'Hij heeft haar dinsdagavond weer meegenomen naar de film.'

Wally zei: 'Wie, Paul?'

'Wie anders? Volgens mij zit er romantiek in de lucht. Als je die koeienogen ziet waarmee hij haar aankijkt, gaat hij ter plekke tegen de vlakte als ze hem alleen maar een knipoog zou geven.'

'Niet roddelen,' vermaande Grace vanaf de achterbank.

'Dat moet jij zeggen,' zei Celestina. 'Jij was degene die ons vertelde dat ze hand in hand zaten in de schommelstoel op de veranda.'
'Dat was geen roddel,' zei Grace nadrukkelijk. 'Ik vertelde jullie alleen dat Paul de schommel had gemaakt en weer had opgehangen.'
'En dat je met haar boodschappen ging doen en dat ze toen zonder enige reden dat sporthemd voor hem kocht, alleen maar omdat ze dacht dat het hem leuk zou staan.'
'Ik vertelde je dat alleen,' zei Grace, 'omdat ik het een heel mooi hemd vond en ik dacht dat jij er misschien een voor Wally zou willen kopen.'
'O, Wally, ik maak me zorgen. Ik maak me grote zorgen. Mijn moeder krijgt nog een eersteklas kaartje naar de brandende hellepoel als ze door blijft gaan met dit gedraai.'
'Ik geef het drie maanden,' zei Grace, 'voor hij een aanzoek doet.'
Zich omdraaiend op haar stoel en grijnzend naar haar moeder, zei Celestina: 'Een maand.'
'Als hij en Agnes van jouw leeftijd waren, zou ik het met je eens zijn. Maar zij is tien jaar ouder dan jij, en hij twintig, en de oudere generaties waren niet zo wild als die van jou.'
'Trouwen met een blanke en zo,' zei Wally plagend.
'Precies,' antwoordde Grace.
'Maximaal vijf weken,' zei Celestina, die haar voorspelling iets bijstelde.
'Tien weken,' antwoordde haar moeder.
'Wat zet je in?' vroeg Celestina.
'Ik doe een maand jouw deel van het werk in huis. Als ík het dichtst in de buurt kom, ruim jij een maand lang al mijn keukentroep op – de schalen, de pannen, de mixers, alles.'
'Afgesproken.'
Aan het hoofd van de stoet wuifde Paul met een rode zakdoek uit het raampje van de stationcar.
Terwijl hij de Suburban in de versnelling zette, zei Wally: 'Ik wist niet dat baptisten zich met wedden bezighielden.'
'Dit is geen wedden,' verklaarde Grace.
'Precies,' zei Celestina tegen Wally. 'Dit is geen wedden. Wat heb je?'
'Als dit geen wedden is,' zei hij, 'wat is het dan wel?'
Grace zei: 'De band tussen moeder en dochter.'
'Ja. Een band,' beaamde Celestina.
De stationcar trok op, de Volkswagenbus volgde en Wally sloot de gelederen. 'Karavaan, vooruit!' zei hij.

De ochtend dat het gebeurde, ontbeet Barty bij de Lampions in de keuken met Angel, oom Jacob en twee hersenloze vrienden.

Jacob bakte maïsbrood, kaasomeletten met peterselie en patat met uienzout.

De ronde tafel bood plaats aan zes personen, maar ze hadden maar drie stoelen nodig, want de twee hersenloze vrienden waren poppen van Angel.

Terwijl Jacob at, bladerde hij door een nieuw boek over rampen. Hij praatte meer in zichzelf dan tegen Barty en Angel terwijl hij de tekst las en de foto's bekeek. 'O, hemel,' zei hij dan met sonore stem. Of heel somber: 'O, wat verschrikkelijk.' Of verontwaardigd: 'Misdadig. Misdadig dat ze het zo slecht hebben gebouwd.' Soms klakte hij met zijn tong, of zuchtte, kreunde vol medelijden. Blind zijn had slechts weinig voordelen, maar Barty vond het niet kunnen kijken naar de archieven en boeken van zijn ooms er wel een. In het verleden had hij nooit echt, in zijn hart, die afbeeldingen willen zien van dode mensen die waren geroosterd tijdens een theaterbrand, en die verdronken lichamen die door ondergelopen straten dreven, maar een paar keer had hij stiekem gekeken. Zijn moeder zou zich voor hem geschaamd hebben als ze zijn zonde had ontdekt. Maar het mysterie van de dood had ontegenzeglijk iets engs, en soms bevredigde een goed detectiveverhaal van Father Brown zijn nieuwsgierigheid niet. Hij had er achteraf altijd spijt van als hij naar die foto's had gekeken en de gruwelijke verslagen van rampen had gelezen, en nu bleef die spijt hem door zijn blindheid bespaard.

Met Angel aan het ontbijt in plaats van alleen maar oom Jacob had Barty in ieder geval iemand om mee te praten, hoewel zij er meestal op stond via haar poppen te spreken in plaats van direct. Kennelijk zaten de poppen op tafel, steunend tegen schalen. De eerste, miss Pixie Lee, had een hoog, kwakend stemmetje. De tweede, miss Velveeta Cheese, sprak zoals een driejarige dacht dat een ietwat hese, wereldse dame sprak, hoewel voor Barty de stem meer paste bij een speelgoedbeer.

'*Je ziet er heel erg goed uit vanmorgen, meneer Barty,*' piepte Pixie Lee, die altijd een beetje aan het flirten was. '*Je ziet eruit als een bekende filmster.*'

'Vind je het ontbijt lekker, Pixie Lee?'

'*Ik zou liever Kix of Cheerio's hebben gehad, met chocolademelk.*'

'Nou, oom Jacob begrijpt niets van kinderen. Trouwens, dit is best lekker eten.'

Jacob gromde, waarschijnlijk niet omdat hij had gehoord wat er over hem werd gezegd, maar omdat hij net een bladzijde had omgeslagen en op een stapel dood vee was gestuit dat was omgekomen in een of ander ondergelopen stadje in Arkansas.

Buiten werden motoren gestart en de taartenkaravaan vertrok van de oprit.

'*Waar ik vandaan kom in Georgia eten we Froot Loops met chocolademelk als avondeten.*'

'Iedereen in jouw geboortestadje zal wel aan de dunne zijn.'

'*Wat is de dunne?*'

'Diarree.'

'*Wat is... dia... wat je zei?*'

'Aan de poeperij.'

'*Je doet vies, meneer Barty. Niemand in Georgia is aan de dunne.*'

Eerder was miss Pixie afkomstig geweest uit Texas, maar Angel had onlangs gehoord dat Georgia beroemd was om zijn perziken, wat onmiddellijk tot haar verbeelding had gesproken. Nu had Pixie een nieuw leven in een villa in Georgia die uit een reusachtige perzik was gesneden.

'IK EET ALTIJD KA-VIE-JAAR ALS ONTBIJT,' zei Velveeta Cheese met haar stem van een speelgoedbeer.

'Het is kaviaar,' corrigeerde Barty.

'VERTEL ME NIET HOE IK WOORDEN MOET UITSPREKEN, MENEER BARTY.'

'Goed dan, maar dan blijf je een onnozele zultkop.'

'EN IK DRINK DE HELE DAG CHAMPAGNE,' zei miss Cheese, waarbij ze het uitsprak als 'cham-pin-pon'.

'Ik zou ook de hele dag dronken zijn als ik Velveeta Cheese heette.'

'*Je ziet er heel goed uit met je nieuwe ogen, meneer Barty,*' piepte Pixie Lee.

Zijn kunstogen waren bijna een maand oud. Hij had een operatie ondergaan waarbij de oogspier aan het bindvlies was vastgezet, en iedereen had hem verteld dat de ogen en de bewegingen absoluut echt waren. Maar ze hadden het hem de eerste twee weken eigenlijk zo vaak verteld dat hij wantrouwig was geworden en dacht dat zijn nieuwe ogen absoluut niet meer in bedwang gehouden werden en rondtolden als molentjes.

'KUNNEN WE NAAR EEN SPREKEND BOEK LUISTEREN ALS WE HEBBEN ONTBETEN?' vroeg miss Velveeta Cheese.

'Ik wil net beginnen aan *Dr. Jekyll en mr. Hyde*, en dat zou weleens eng kunnen worden.'

'WE ZIJN NIET GAUW BANG.'

'O, nee? En die spin vorige week dan?'

'Ik was niet bang voor een domme ouwe spin,' zei Angel met haar eigen stem.

'Waarom gilde je dan zo?'

'Ik wilde gewoon dat iedereen de spin kwam zien. Het was echt een interessante, gore spin.'

'Je was zo bang dat het je dun door de broek liep.'

'Als ik ooit aan de dunne ben, zal ik het je laten weten.' Daarna zei ze met de stem van Cheese: 'KUNNEN WE OP JE KAMER NAAR DAT SPREKENDE BOEK LUISTEREN?'

Angel vond het leuk om dwars in de vensterbank te gaan zitten en Barty's kamer, met een schetsboek op haar schoot, uitkijkend op de eik vanaf de bovenste verdieping, en tekeningen te maken die werden ingegeven door het boek waar hij op dat moment naar luisterde. Iedereen vond dat ze heel goed kon tekenen voor een driejarig meisje, en Barty wenste dat hij kon zien hoe goed ze was. Hij wenste ook dat hij Angel kon zien, al was het maar één keer.

'Echt, Angel,' zei Barty, oprecht bezorgd, 'het kan eng worden. Ik heb een ander boek waarnaar we kunnen luisteren als je dat wilt.'

'*We willen het enge, vooral als er spinnen in zitten,*' zei Pixie Lee piepend maar uitdagend.

'Oké, het enge dan.'

'IK ÉÉT SOMS ZELFS SPINNEN BIJ MIJN KAVIAAR.'

'Wie is er nu eigenlijk vies?'

De ochtend dat het gebeurde, werd Edom vroeg wakker uit een nachtmerrie over de rozen.

In de droom is hij zestien, maar geteisterd door wel dertig jaar pijn. De achtertuin. Zomer. Een warme dag, de lucht stil en zwaar als water in een stille vijver, en heerlijk geurend naar jasmijn. Onder de hoge uitgespreide eik. Gras gesmeerd tot een glanzend groen door de boterkleurige zonneschijn, en donkergroen waar de schaduwen van takken en bladeren het afdekken. Dikke kraaien, zwart als restjes van de nacht die lang na zonsopgang zijn blijven hangen, schoten opgewonden in en uit de boom, van tak naar tak, heftig krijsend. Van tak naar tak, het fladderen van vleugels klinkt leerachtig, demonisch. De enige andere geluiden waren die van neerkomende vuisten, harde slagen, en de zware ademhaling van zijn vader terwijl hij zijn straf toedient. Edom zelf ligt met zijn gezicht naar beneden op het gras, zwijgend omdat hij amper bij bewustzijn is, te hevig geslagen om nog te protesteren of om genade te smeken, maar ook omdat zelfs huilen van de pijn een gewelddadiger aframmeling tot gevolg zou hebben dan het pak slaag dat hij nu al te verduren heeft gehad. Zijn vader zit over hem heen en beukt met zijn grote vuisten op zijn rug, in zijn zij. Door de hoge omheiningen en de hagen van Indische laurier aan beide kanten van de tuin kunnen de buren het niet zien, maar sommige weten het, hebben het altijd al geweten, maar zijn minder geïnteresseerd dan de kraaien. In het gras de gebroken resten van zijn trofee voor de met een prijs bekroonde roos, het symbool van zijn zondige trots, zijn enige grote, glanzende moment, maar ook zijn zondige trots. Eerst geslagen met de trofee, daarna met de vuisten. En nu, hier, nadat hij door zijn vader op zijn rug is gerold, nu, hier, de rozen die met vuisten tegelijk in zijn gezicht worden gedrukt, geplet en in zijn gezicht gewreven, terwijl de doornen zijn huid openhalen, zijn lippen doorboren. Zijn vader, zich niet bewust van zijn eigen doorboorde huid, probeert Edoms mond open te wrikken. 'Eet je zonde, jongen, eet je zonde!' Edom weigert zijn zonde te eten, maar hij is bang voor zijn ogen, doodsbang voor de doornen die zo dicht bij zijn ogen prikken, groene punten die zijn wimpers raken. Hij is te zwak om weerstand te bieden, onmachtig door de woestheid van de slagen en door de jaren van angst en vernedering. Dus hij opent zijn mond, alleen maar om er een einde aan te maken, gewoon om er uiteindelijk van af te zijn. Hij opent zijn mond, laat de rozen naar binnen duwen, de bittere groene smaak van het sap uit de stelen, doornen scherp tegen zijn tong. En toen Agnes. Agnes in de tuin, gillend: 'Hou ermee op, hou ermee op!' Agnes, pas tien jaar oud, tenger en trillend, maar terecht woedend, tot dusver tegengehouden door haar eigen angst, door de herinnering aan alle slaag die ze zelf heeft gekregen. Ze gilt tegen hun vader en slaat hem met een boek dat ze uit het huis heeft meegenomen. De bijbel. Ze slaat hun vader met de bijbel, waaruit hij hun elke avond voorleest. Hij laat de rozen vallen, rukt de Heilige Schrift uit Agnes' handen en gooit die door de tuin. Hij pakt een handvol geplette rozen op met de bedoeling zijn zoon verder te laten gaan met het eten van zijn zonde, maar daar komt Agnes weer, de bijbel in haar hand, haalt ermee naar hem uit, en zegt nu dat waarvan ze allemaal weten dat het waar is, maar wat niemand tot dusver heeft durven zeggen, wat zelfs Agnes daarna nooit meer heeft durven zeggen zolang hun vader nog leefde. Maar ze durfde het te zeggen met de bijbel naar hem uitgestoken, zodat hij het gouden kruis op het imitatieleer goed kon zien. 'Moordenaar,' zegt Agnes. *'Moordenaar.'* En Edom weet dat ze allemaal nu zo goed als dood zijn, dat hun vader hen daar op dat moment in zijn woede zal vermoorden. 'Moordenaar,' zegt ze beschuldigend achter het schild van de bijbel, en ze bedoelt niet dat hij Edom aan het vermoorden is, maar dat hij hun moeder heeft vermoord, dat ze hem die nacht, drie jaar geleden, hadden gehoord, de korte, vreselijke worsteling hadden gehoord en geweten dat wat er was gebeurd, geen ongeluk was. Rozen vallen uit zijn ontvelde en doorboorde handen, een wolk van gele en rode bloemblaadjes. Hij komt overeind en doet een stap naar Agnes, zijn vuisten rood druipend van zijn bloed en dat van Edom. Agnes deinst niet achteruit, maar steekt hem het boek toe terwijl fonkelend zonlicht over het kruis speelt. In plaats van het boek weer uit haar handen te rukken, beent hun vader weg, het huis in, om vast en zeker terug te keren met een knuppel of een hakmes... Toch zullen ze hem die dag verder niet zien. Daarna Agnes – met een pincet voor de doornen, met een bak warm water en een washandje, met jodium, leukoplast en verband – die in de tuin naast hem knielt. Ook Jacob verschijnt uit de donkere kruipholte onder de veranda. Hij had doodsbang van achter het rasterwerk toegezien. Hij trilt, huilt, zit vol schuldgevoel omdat hij niet tussenbeide was gekomen, hoewel hij zo verstandig was zich te verbergen omdat het pak slaag van de een gewoonlijk leidt tot het zinloos slaan van de ander. Langzaam weet Agnes Jacob tot bedaren te brengen, door hem te betrekken bij het behandelen van de wonden van zijn broer. En tegen Edom zegt ze, zoals zo vaak daarna: 'Ik hou van je rozen, Edom. Ik hou van je rozen. God houdt van je rozen, Edom.' Boven hun hoofden komen de opgewonden vleugels tot rust in een zacht gefladder en de krijsende kraaien vallen stil. De luchtpoelen net zo stil en zwaar als het water in een verborgen lagune op een verborgen plek, in de perfecte tuin van de niet-gevallenen...

Nu, bijna veertig jaar oud, droomde Edom nog altijd over die meedogenloze zomermiddag, hoewel niet meer zo vaak als vroeger. Als het tegenwoordig zijn slaap verstoorde, was het een nachtmerrie die langzaam veranderde in een droom vol tederheid en hoop. Tot de afgelopen paar jaar was hij altijd wakker geworden als de rozen in zijn mond werden gepropt of wanneer de doornen door zijn oogleden prikten, of als Agnes hun vader met de bijbel begon te slaan, waardoor er nog meer straf leek aan te komen. Deze toevoeging, deze verandering van verschrikking naar hoop voordat hij wakker werd, was erbij gekomen toen Agnes zwanger was van Barty. Edom wist niet waarom het zo moest zijn, en hij probeerde het niet te analyseren. Hij was alleen maar dankbaar voor de verandering, omdat hij, als hij nu wakker werd, een gevoel van vrede had, met hooguit een huivering, niet langer met een schorre kreet van angst.

Op deze ochtend in maart, een paar ogenblikken nadat de taartenkaravaan was vertrokken, haalde Edom zijn Ford Country Squire uit de garage en reed naar de bloemkwekerij, die vroeg openging. De lente kwam eraan en er was veel werk te doen om het rosarium, dat hij op aanraden van Joey onder handen nam, weer in de oude eer te herstellen. Tevreden bracht hij uren door tussen de plantenstekken, het gereedschap en de tuinbenodigdheden.

De ochtend dat het gebeurde, stond Tom Vanadium later op dan gewoonlijk. Hij schoor zich, nam een douche en maakte vervolgens gebruik van de telefoon in Pauls werkkamer beneden om Max Bellini in San Francisco te bellen, en ook om met de chefs te praten van zowel de staatspolitie van Oregon als van het politiebureau in Spruce Hills.

Hij was ongewoon ongedurig. Zijn stoïcijnse aard, zijn zo diepgewortelde jezuïetenfilosofie de gebeurtenissen te nemen zoals die komen, en het aangeleerde geduld als rechercheur bij moordzaken, waren onvoldoende om de groeiende frustratie in hem tegen te gaan. In de meer dan twee maanden sinds Enoch Cain was verdwenen na de moord op dominee White, was er geen enkel spoor van de moordenaar gevonden. Week na week was de tengere stek van frustratie uitgegroeid tot een volwassen boom, en daarna tot een bos, tot Tom elke ochtend begon met het uitkijken door de hecht verstrengelde takken van ongeduld.

Door de gebeurtenissen betreffende Barty en Angel, destijds in januari, waren Celestina, Grace en Wally niet langer mensen die zaten te wachten tot ze terug konden keren naar San Francisco. Ze waren hier opnieuw begonnen in Bright Beach, en het had er alle schijn van dat ze hier net zo gelukkig zouden zijn en net zo druk bezig met zinvol werk als maar mogelijk is aan deze verontrustende kant van het graf.

Tom had ook besloten hier een nieuw leven te beginnen, door Agnes te helpen met haar immer groeiende werk. Hij wist nog niet of dit zou leiden tot een hernieuwing van zijn geloftes en hij terug zou keren naar de Kerk, of dat hij hier de rest van zijn dagen als burger zou slijten. Hij bleef die beslissing uitstellen tot de zaak-Cain opgelost was.

Hij kon niet langer gebruikmaken van de gastvrijheid van Paul Damascus. Sinds hij Wally naar het stadje had gebracht, verbleef Tom in de logeerkamer van Paul. Hij wist dat hij mocht blijven zolang hij wilde, en het familiegevoel dat hij had met deze mensen was alleen maar gegroeid sinds januari, maar toch bleef hij het gevoel houden dat hij tot last was.

De telefoontjes naar Bellini in San Francisco en naar anderen in Oregon gingen vergezeld van de vraag naar nieuws, maar de vraag bleef onbeantwoord. Cain was niet gezien, niet gehoord, ontdekt, gevoeld of gelokaliseerd door de drammerige helderzienden die zich op de sensationele zaak hadden gestort.

Terwijl zijn woud van frustraties welig tierde, stond Tom op van de werktafel, pakte de krant van de deurmat en liep naar de keuken om zijn ochtendkoffie te drinken. Hij zette een sterke pot en ging aan de grenen tafel zitten met een dampend beker troost zonder melk en suiker.

Bijna had hij de krant opengeslagen over het kwartje voordat hij het zag. Glanzend. *Liberty* stond er aan de bovenkant van de munt, boven het hoofd van de man, en onder de kin van de man waren de woorden *In God We Trust* gegraveerd.

Tom Vanadium raakte niet gauw in paniek en de meest logische verklaring kwam meteen in hem op. Paul had willen leren hoe je een kwartje over je knokkels kunt laten rollen, en ondanks dat zijn vingervlugheid niet zo groot was, oefende hij van tijd tot tijd. Ongetwijfeld had hij vanmorgen aan de tafel gezeten – of misschien zelfs gisteravond voor het naar bed gaan – en het kwartje herhaaldelijk laten vallen tot zijn geduld op was.

Wally had zijn bezittingen in San Francisco van de hand gedaan onder nauwlettend toezicht van Tom. Elke poging hem te volgen van de stad naar Bright Beach zou mislukken. Zijn auto's waren aangeschaft via een bedrijf en zijn nieuwe huis was gekocht via een trustfonds op naam van zijn ex-vrouw.

Celestina, Grace, en zelfs Tom hadden extra maatregelen getroffen om niet het geringste spoor na te laten. Die paar autoriteiten die Tom wisten te bereiken en, via hem, de anderen, waren zich er terdege van bewust dat zijn adres en telefoonnummer strikt geheim moesten blijven.

Het kwartje, zilverkleurig. Onder de man het jaartal: 1965. Toevallig het jaar dat Naomi was vermoord. Het jaar dat Tom Cain voor het eerst ontmoette. Het jaar dat dit alles was begonnen.

Als Paul de truc met het kwartje deed, deed hij het gewoonlijk op een bank of in een gemakkelijke stoel, en altijd in een kamer met een tapijt, omdat de munt, als hij op een hard oppervlak terechtkwam, wegrolde en hij er achteraan moest.

Uit een keukenla haalde Tom een mes. Het grootste en scherpste dat er was.

Hij had zijn revolver boven liggen, in een nachtkastje.

Hij overdreef beslist. Maar Tom liep de keuken uit als een politieman, niet zoals een priester het zou doen: hij bleef laag, het mes naar voren gestoken en was snel door de deur heen.

Van keuken naar eetkamer, van eetkamer naar gang, zijn rug naar de muur, snel verder, vervolgens de hal. Hier wachten, luisteren. Tom was alleen. Het huis hoorde stil te zijn. Hanna Rey, de huishoudster, zou pas om tien uur komen.

Een enorm onweer van stilte, anti-donder, het huis volledig doorweekt van een dempende regen van geluidloosheid.

Het zoeken naar Cain kwam op de tweede plaats. De revolver was het belangrijkst. Het wapen halen en vervolgens kamer voor kamer doorzoeken in de jacht op de man. Hem opsporen als hij er was. En als Cain niet als eerste joeg.

Tom beklom de trap.

Oom Jacob, kok, kinderoppas en kenner van de verdrinkingsdood, ruimde de tafel af en deed de afwas, terwijl Barty na het ontbijt geduldig een onsamenhangend gesprek voerde met Pixie Lee en met miss Velveeta Cheese, wier naam geen eretitel was die ze had verdiend bij een schoonheidswedstrijd gesponsord door Kraft Foods, zoals hij aanvankelijk had gedacht, maar die, volgens Angel, de 'goede' zuster was van die verrotte leugenachtige kaasmeneer van de televisiereclame.

Na de borden te hebben afgedroogd en weggezet, trok Jacob zich terug in de woonkamer om zich gemakkelijk in een leunstoel te installeren waar hij waarschijnlijk zo verdiept zou raken in zijn nieuwe boek over damdoorbraken, dat hij zou vergeten tussen de middag boterhammen te maken totdat Barty en Angel hem zouden redden uit de onder water gelopen straten van de een of andere deerniswekkend betreurenswaardige stad.

Toen ze klaar waren met de poppen gingen Barty en Angel naar boven waar het boek dat praatte geduldig zwijgend wachtte. Met haar kleurpotloden en grote schetsboek klom zij op de kussens van de vensterbank. Barty zat rechtop in bed en zette de bandrecorder aan die op het nachtkastje stond.

De woorden van Robert Louis Stevenson, goed voorgelezen, schonken even gemakkelijk een andere tijd en plaats in het vertrek als limonade uit een kan in een glas stroomde.

Een uur later, toen Barty iets wilde drinken, zette hij de recorder uit en vroeg Angel of zij ook iets wilde.

'Dat oranje spul,' zei ze. 'Ik haal het wel.'

Soms stond Barty heftig op zijn onafhankelijkheid – dat moest van zijn moeder – en nu wees hij Angel te scherp terecht. 'Ik wil niet bediend worden. Ik ben niet hulpeloos, weet je. Ik kan zelf wel wat te drinken halen.' Toen hij de deur bereikte, had hij spijt van zijn toon en hij keek achterom naar waar het raam moest zitten. 'Angel?'

'Wat?'

'Het spijt me dat ik zo grof deed.'

'Jongen, natuurlijk weet ik dat.'

'Ik bedoelde daarnet.'

'Niet alleen daarnet.'

'Wanneer nog meer?'

'Tegen miss Pixie en miss Velveeta.'

'Dat spijt me ook.'

'Oké,' zei ze.

Toen Barty door de deur naar de gang liep, zei miss Pixie Lee: '*Jij bent lief, Barty.*'

Hij zuchtte.

'WIL JE MIJN VRIENDJE ZIJN?' vroeg miss Velveeta, die nooit eerder romantische neigingen had gehad.

'Ik zal erover nadenken,' zei Barty.

Door de gang, elke stap afgemeten, vlak langs de muur die het verst verwijderd was van de trap.

In zijn hoofd had hij een blauwdruk van het huis die preciezer getekend was dan een architect had kunnen doen. Hij kende het huis tot op de centimeter, en hij paste zijn stappen en zijn mentale berekeningen iedere maand aan aan zijn gestage groei. Zoveel stappen van hier naar daar. Elke bocht en elke hobbel in de vloer verankerden zich onuitwisbaar in zijn geheugen. Zo'n wandeling als deze was een ingewikkeld mathematisch probleem, maar als mathematisch wonderkind bewoog hij zich bijna net zo gemakkelijk door het huis als wanneer hij had kunnen zien.

Hij vertrouwde niet op geluiden om zijn weg te vinden, hoewel die zo hier en daar als bakens wel de boel vergemakkelijkten. Twaalf stappen van zijn kamer kraakte een vloerplank bijna onhoorbaar onder de gangloper, en die vertelde hem dat hij zeventien stappen van de trap verwijderd was. Hij had die zachte kraak niet echt nodig om precies te weten waar hij was, maar hij stelde hem altijd gerust.

Zes passen voorbij die plek op de gang kreeg Barty het heel vreemde gevoel dat er nog op de gang was.

Hij vertrouwde ook niet op zijn zesde zintuig om barrières of open ruimtes te herkennen, zoals sommige blinde mensen. Soms voelde hij instinctief dat er iets op zijn weg pad lag dat er niet hoorde, maar meestal merkte hij het niet en als hij zijn stok niet gebruikte, struikelde hij erover. Het zesde zintuig werd behoorlijk overschat.

Als er iemand bij hem op de gang was, kon het Angel niet zijn, omdat zij enthousiast in een van haar stemmetjes zou babbelen. Oom Jacob zou hem nooit op deze manier plagen, en verder was er niemand in het huis.

Toch stapte hij weg van de muur en met volledig uitgestrekte armen draaide hij zich om en tastte in de lichtloze wereld om zich heen. Niemand.

Terwijl hij dit ongewone gevoel van spoken van zich afzette, liep Barty verder naar de trap. Net toen hij de trapleuning bereikte, hoorde hij het zwakke gekraak van die ene plank achter zich.

Hij draaide zich om, knipperde met zijn plastic ogen en zei: 'Hallo?' Niemand gaf antwoord.

Als huizen zich voegen, maken ze altijd geluiden. Dat was een reden waarom hij niet erg op geluid kon vertrouwen om hem door de duisternis te loodsen. Een geluid dat hij zelf meende te maken onder het lopen, kon net zo goed voortgebracht zijn door het huis als het zich voegde naar het weer of de jaren.

'Hallo?' zei hij weer en nog steeds gaf niemand antwoord.

Ervan overtuigd dat het huis hem een loer draaide, liep Barty naar beneden, elke stap afgemeten, naar de hal en de gang beneden.

Toen hij langs de doorgang naar de woonkamer kwam, zei hij: 'Pas op voor de springvloed, oom Jacob.'

Verdiept in catastrofes, zo opgaand in zijn boek dat hij misschien zelf op magische wijze erin was gestapt en het boek achter zich had dichtgeslagen, gaf oom Jacob geen antwoord.

Barty liep door de gang beneden naar de keuken en dacht aan dr. Jekyll en de afschuwelijke mr. Hyde.

81

Met de linkerhand op de leuning, de rechterhand met het mes dicht tegen zijn lichaam, klaar om toe te slaan, klom Tom Vanadium voorzichtig maar snel naar de bovenverdieping, terwijl hij twee keer achteromkeek om er zeker van te zijn dat Cain niet achter hem aan kwam sluipen.

Door de gang naar zijn kamer. Snel en stil door de deuropening, op zijn hoede voor de kastdeur die vijf centimeter openstond.

Toen hij naar het nachtkastje liep, verwachtte hij te ontdekken dat zijn revolver niet meer in de la zou liggen. Toch lag die er. Geladen.

Hij liet het mes vallen en greep het wapen.

Bijna dertig jaar na het seminarie – zelfs verder nog, gemeten naar verloren onschuld, door kilometers ervaring in geweld – ging Vanadium eropuit om een man te doden. Ook al zou hij de kans krijgen Cain te ontwapenen, zou hij de gelegenheid hebben hem alleen maar te verwonden, dan toch zou hij gaan voor een schot door het hoofd of een schot door het hart, jury en beul spelen, God spelen en het verder aan God overlaten een oordeel te vellen over zijn bezoedelde ziel.

Boven van kamer naar kamer. In kasten kijkend. Achter meubels. In badkamers. In Pauls privé-vertrekken. Geen Cain.

Weer de trap af, de benedenverdieping door, snel, zonder geluid, soms de adem inhoudend, luisterend of hij de ademhaling van de ander hoorde, luisterend naar het geringste piepen van rubberen zolen, hoewel het harde geklik van gespleten hoeven en een zweem van zwavel hem niet verrast zouden hebben. Ten slotte ging hij naar de keuken, een volledige ronde, vertrokken bij het glanzende kwartje op de ontbijttafel en weer terug bij het kwartje. Geen Cain.

Misschien dat twee maanden van frustratie hem zover hadden gebracht: overgevoelige zenuwen, overspannen verbeelding en altijd angstvallig op zijn hoede.

Hij zou zich misschien volslagen dwaas hebben gevoeld als hij persoonlijk niet zoveel te lijden had gehad van Cain. Dit was vals alarm, maar gezien de aard van de vijand was het niet zo'n slecht idee van tijd tot tijd te oefenen.

Hij legde het wapen op de krant en liet zich op de stoel vallen. Hij pakte zijn koffie op. De zoektocht door het huis was met zo'n dringende haast gedaan, dat de koffie nog steeds lekker heet was.

Met de kop in zijn rechterhand, pakte Tom het kwartje op en rolde dat over de knokkels van zijn linkerhand. Toch Pauls kwartje. Heel weinig reden tot paniek.

Even begiftigd met lichamelijke gratie als met uiterlijke schoonheid, stapte Junior, soepel en met katachtige steelsheid in de deuropening van de slaapkamer. Hij leunde tegen de deurstijl.
Aan de andere kant van de kamer leek het meisje in de vensterbank zich niet van zijn aanwezigheid bewust te zijn. Ze zat met haar zijkant naar hem toe, haar rug tegen een muur, knieën opgetrokken, een groot schetsboek steunend op haar dijen, ingespannen met kleurpotloden te tekenen.
Door het grote raam achter haar staken de takken van een massieve eik zwart tegen de lucht af, de bladeren licht huiverend, alsof de natuur zelf huiverde van angst voor wat Junior Cain zou kunnen doen.
Ja, de boom inspireerde hem. Nadat hij het meisje doodgeschoten had, zou hij het raam opendoen en haar in de eik gooien. Laat Celestina haar daar maar vinden, doorboord door de takken in een vrije interpretatie van een kruisiging.
Zijn dochter, zijn kwelling, zijn last, kleindochter van de steenpuisten veroorzakende voodoo-baptist...
Nadat een chirurg vierenvijftig steenpuisten had doorgeprikt en de kernen van de eenendertig moeilijkst te behandelen exemplaren had weggesneden (en zijn hoofd kaal had geschoren om bij de twaalf te komen die op zijn hoofdhuid zweerden) en na drie dagen verblijf in het ziekenhuis om een stafylokokkeninfecie te voorkomen, en nadat hij in de wereld was teruggekeerd, net zo kaal als Daddy Warbucks en met het vooruitzicht van blijvende littekens, bracht Junior een bezoekje aan de bibliotheek van Reno om te kijken hoe de stand van zaken was.
De moord op dominee White had in het hele land uitgebreid aandacht gekregen, vooral in de kranten van de Westkust, vanwege de raciale motieven die men erin meende te zien en daarbij een pastorie was afgebrand.
De politie beschouwde Junior als de hoofdverdachte, en bij de meeste artikelen in de kranten was zijn foto geplaatst. Ze noemden hem 'knap', 'onstuimig', 'een man met het uiterlijk van een filmster'. Er werd geschreven dat hij verkeerde in avant-gardistische kunstenaarskringen van San Francisco. Hij raakte opgewonden toen hij ontdekte dat Sklent werd aangehaald die hem 'een charismatische

figuur', noemde, 'een diepe denker, een man met een uitgelezen artistieke smaak... zo slim dat hij net zo makkelijk ongestraft wegkwam met moord als iemand anders misschien wegkwam met dubbel parkeren. Mensen zoals hij,' vervolgde Sklent, 'bevestigen de kijk op de wereld waarop mijn schilderijen geïnspireerd zijn.'

Junior vond de bijval heerlijk, maar het wijdverspreide gebruik van zijn foto was een hoge prijs die hij moest betalen, zelfs voor de erkenning van zijn bijdrage aan de kunst. Gelukkig leek hij met zijn kale hoofd en gepokte gezicht niet meer op de Enoch Cain naar wie de autoriteiten op zoek waren. En ze geloofden dat zwachtels om zijn gezicht, bij de kerk, voornamelijk een exotische vermomming waren. Een psycholoog durfde zelfs te opperen dat de zwachtels een uitdrukking van het schuldgevoel en de schaamte waren die hij onderbewust voelde. Ja, ja.

Voor Junior zou 1968 – het Chinese Jaar van de Aap – het Jaar van de Plastische Chirurgie worden. Hij zou uitgebreide dermabrasie nodig hebben om de gladheid en tonus van zijn huid te herstellen, zodat hij weer net zo aantrekkelijk zou worden als hij vroeger was geweest. Tegelijkertijd zouden er subtiele veranderingen moeten worden aangebracht in zijn gezicht. Link. Hij wilde perfectie niet inruilen voor anonimiteit. Hij moest ervoor zorgen dat zijn uiterlijk na de operatie, als hij zijn haar had laten groeien en misschien had geverfd, nog net zo verpletterend was voor vrouwen als zijn vroegere uiterlijk.

Volgens de kranten verdacht de politie hem ook van de moorden op Naomi, Victoria Bressler en Ned Gnathic (die ze met Celestina in verband hadden gebracht). Hij werd ook gezocht wegens een poging tot moord op dr. Walter Lipscomb (klaarblijkelijk Ichabod) en Grace White, en wegens poging tot doodslag op Celestina White en haar dochter, Angel, en wegens geweldpleging op Lenora Kickmule (van wie hij de Pontiac met de vossenstaart in Eugene, in Oregon, had gestolen).

Hij was voornamelijk naar de bibliotheek gegaan om de bevestiging te krijgen dat Harrison White ontegenzeggelijk dood was. Hij had vier keer op de man geschoten. Twee kogels in de benzinetank van de gestolen Pontiac hadden de pastorie in de as gelegd, waarbij de dominee had moeten omkomen. Maar als je te maken had met zwarte magie, kon je nooit te voorzichtig zijn.

Na zoveel sensationele krantenverslagen te hebben doorgenomen dat hij ervan overtuigd was dat de vloek opleggende dominee ontegenzeggelijk dood was, had Junior vier stukjes verrassende informatie verkregen. Drie waren er voor hem vitaal belang.

Ten eerste: Victoria Bressler werd genoemd als een van zijn slacht-offers, hoewel de autoriteiten, voorzover hij wist, nog alle reden hadden de moord op haar aan Vanadium toe te schrijven.

Ten tweede: Thomas Vanadium werd niet genoemd. Dus was zijn lichaam niet in het meer gevonden. Hij hoorde nog steeds verdachte te zijn in de zaak-Bressler. En als nieuw bewijs hem vrijsprak van verdenking, dan zou zijn vermissing genoemd worden en hij zou daardoor opgevoerd kunnen worden als ook een mogelijk slachtoffer van de Schandelijke Slachter, de Mummie Moordenaar, zoals de sensatiebladen Junior hadden genoemd.

Ten derde: Celestina had een dochter. Niet een jongetje dat Bartholomeus heette. Seraphims baby was een meisje geweest. Angel. Dit verbaasde en schokte Junior.

Bressler, maar geen Vanadium. Een meisje dat Angel heette. Iets was hier mis. Iets stonk.

Ten vierde en laatste: het verraste hem dat Kickmule een echte naam was. Deze informatie was niet meteen belangrijk voor hem, maar als de identiteiten van Gammoner en Pinchbeck doorgeprikt waren en hij een nieuwe valse identiteit nodig had, zou hij zichzelf Eric Kickmule noemen. Of misschien Wolfgang Kickmule. Dat klonk echt stoer. Niemand zou ruzie willen maken met een man die Kickmule heette.

Wat de verontrustende kwestie van Seraphims dochter betrof, besloot Junior aanvankelijk terug te keren naar San Francisco om de waarheid uit Nolly Wulfstan te martelen. Toen besefte hij dat hij naar Wulfstan was verwezen door dezelfde man die hem had verteld dat Thomas Vanadium vermist werd en vermoedelijk de moordenaar van Victoria Bressler was.

Dus na twee maanden gewacht te hebben tot de enorme belangstelling voor de zaak van Harrison White wat afnam, keerde Junior onder dekking van de nacht terug naar Spruce Hills, kaal, gepokt en onder de naam Pinchbeck.

Daarna snel per auto van Spruce Hills naar Eugene, van Eugene per gecharterd vliegtuigje naar Orange County Airport, van Orange County naar Bright Beach in een gestolen '68 Oldsmobile 4-4-2 Hurst. Hij had het voordeel van de verrassing. Met een nieuw aangeschaft 9mm-pistool met geluiddemper, extra magazijnen met ammunitie, drie scherpe messen, een automatische slothaak van de politie en één stuks dampende bagage, was Junior de vorige avond pas laat aangekomen.

Stilletjes had hij zich toegang verschaft tot het huis van Damascus waar hij de nacht doorbracht.

Hij had Vanadium kunnen doden terwijl de smeris sliep; maar dat zou veel minder bevredigend zijn dan een kleine psychologische oorlog te voeren en de smerige schoft in leven te laten om hem wroeging te laten voelen over het feit dat weer twee kinderen, die onder zijn hoede stonden, stierven.

Bovendien aarzelde Junior Vanadium te vermoorden, en deze keer echt, omdat hij niet het risico wilde lopen te ontdekken dat de smerige-schurftige-apen-geest van de rechercheur in werkelijkheid een meedogenloze, jagende entiteit zou blijken te zijn die hem geen rust zou gunnen.

De stekelige klisgeesten van twee kleine kinderen konden hem niet schelen. Op z'n ergst waren het spirituele muggen.

Vanmorgen was Damascus vroeg van huis gegaan, voordat Vanadium naar beneden kwam, wat prima paste in Juniors plan. Terwijl de maniakale smeris zich aan het scheren was en een douche nam, sloop Junior naar boven om zijn kamer te inspecteren. Hij ontdekte de revolver in de tweede van drie plaatsen waar hij hem verwachtte, deed wat hij moest doen, en legde het wapen precies zoals hij het had gevonden terug in het nachtkastje. Terwijl hij op de gang ternauwernood een confrontatie met Vanadium wist te vermijden, ging hij weer terug naar beneden. Na zich het hoofd te hebben gebroken over wat nu de beste plaats was, liet hij het kwartje en de bagage achter – net op het moment dat Vanadium, de menselijke prop, de trap af kwam stommelen. Junior liep onverwacht vertraging op toen de rechercheur een halfuur telefoontjes pleegde in de werkkamer, maar toen Vanadium de keuken in liep, kreeg hij de kans het huis uit te glippen en zijn werk af te maken.

Daarna was hij direct hierheen gekomen.

Angel, op de vensterbank, was helemaal in het wit gekleed. Witte gympen en sokken. Witte broek. Wit T-shirt. Twee witte strikken in haar haar.

Om haar naam helemaal eer aan te doen, hoefde ze alleen nog maar twee witte vleugeltjes te hebben. Hij zou haar vleugels geven: een korte vlucht uit het raam, in de eik.

'Ben je hier gekomen om het pratende boek te horen?' vroeg het meisje.

Ze had niet opgekeken van haar tekenblok. Hoewel Junior dacht dat ze hem niet had gezien, was ze zich blijkbaar de hele tijd van hem bewust geweest.

Terwijl hij uit de deuropening de slaapkamer in stapte, zei hij. 'Welk boek is dat dan wel?'

'Op dit moment heeft hij het over een krankzinnige dokter.'

Qua gezicht leek het meisje sprekend op haar moeder. En totaal niet op Junior. Alleen de lichtbruine tint van haar huid bewees dat ze niet zonder bevruchting uit Seraphim voortgekomen was.

'Ik vind die oude krankzinnige dokter niet leuk,' zei het meisje, nog steeds tekenend. 'Ik wou dat het over konijntjes op vakantie ging – of misschien een pad die auto leert rijden en avonturen beleeft.'

'Waar is je moeder vanmorgen?' vroeg hij, want hij had verwacht heel wat meer dan één volwassene overhoop te moeten schieten om beide kinderen te bereiken. Maar het huis van Lipscomb bleek verlaten en het geluk had hem de jongen en het meisje samen gegeven, met één oppasser.

'Ze brengt de taarten rond,' zei Angel. 'Hoe heet je?'

'Wolfgang Kickmule.'

'Wat een rare naam.'

'Hij is helemaal niet raar.'

'Ik heet Pixie Lee.'

Junior bereikte de vensterbank en staarde haar aan. 'Ik geloof niet dat dat waar is.'

'Meer dan waar,' volhardde ze.

'Je heet niet Pixie Lee, kleine leugenaar.'

'Nou, het is beslist niet Velveeta Cheese. En doe niet zo lelijk.'

De verschillende smaken frisdrank stonden altijd in dezelfde volgorde, waardoor Barty zonder zich te vergissen kon kiezen wat hij wilde. Hij pakte sinas voor Angel, priklimonade voor zichzelf en sloot de koelkast.

Toen hij terugliep door de keuken, ving hij een zwakke geur van jasmijn uit de achtertuin op. Vreemd, jasmijn hier binnen. Twee stappen verder voelde hij een tocht.

Hij bleef staan, maakte een snelle berekening, draaide zich om en liep in de richting waar de achterdeur moest zijn. Hij vond hem halfopen.

Vanwege muizen en stof stonden de deuren in huize Lampion nooit op een kier, laat staan zo wijdopen.

Terwijl hij zich met een hand aan de deurstijl vasthield, boog Barty zich over de drempel en luisterde naar de dag. Vogels. Zacht ritselende bladeren. Niemand op de veranda. Zelfs als ze heel erg hun best deden om stil te zijn, maakten mensen altijd wel een beetje geluid.

'Oom Jacob?'

Geen antwoord.

Na de deur met zijn schouder dichtgeduwd te hebben, liep Barty met de blikjes de keuken uit en verder door de gang. Hij bleef staan bij de doorgang naar de woonkamer en zei: 'Oom Jacob?'

Geen antwoord. Geen enkel geluid. Zijn oom was er niet.

Jacob was klaarblijkelijk even snel naar zijn huis boven de garage gegaan en had, zonder aan muizen en stof te denken, de achterdeur niet dichtgedaan.

Junior zei: 'Je hebt me een hoop ellende bezorgd, weet je.' Hij had de hele nacht een prachtige woede op zitten bouwen, denkend aan alles wat hij had doorgemaakt door die verleidelijke moeder van het meisje, die hij zo duidelijk in dit kind zag. 'Een heleboel ellende.'

'Wat vind jíj van honden?'

'Wat ben je aan het tekenen?' vroeg hij.

'Praten ze wel of niet?'

'Ik vroeg je wat je aan het tekenen was.'

'Iets dat ik vanochtend zag.'

Nog steeds over haar heen gebogen, griste hij het blok uit haar handen en bekeek de tekening. 'En waar heb je dit dan wel gezien?'

Ze weigerde hem aan te kijken, net zoals haar moeder hem niet aan had willen kijken toen hij met haar vrijde in de pastorie. Ze begon een rood potlood in een puntenslijper rond te draaien en zorgde ervoor dat de schilfers in een speciaal bakje vielen. 'Ik zag het hier.'

Junior gooide het blok op de vloer. 'Gelul.'

'We zeggen dingeskoek in dit huis.'

Vreemd, dit kind. Maakte hem ongemakkelijk. Helemaal in het wit. Met haar onbegrijpelijke gekakel over pratende boeken en pratende honden en haar moeder die taarten rondbracht, en bezig met een verrekt vreemde tekening voor een klein meisje.

'Kijk me aan, Angel.'

Het potlood bleef almaar draaien en draaien.

'Ik zei: kijk me aan.'

Hij gaf een mep op haar handen zodat ze de puntenslijper en het potlood losliet. Ze kletterden tegen het raam en vielen op de kussens in de vensterbank.

Toen ze nog steeds niet naar hem wilde kijken, pakte hij haar kin en duwde haar hoofd achterover.

Angst in haar ogen. En herkenning.

Verrast zei hij: 'Je kent me, hè?'

Ze zei niets.

'Je ként me,' drong hij aan. 'Ja, je kent me heus wel. Vertel me eens wie ik ben, Pixie Lee.'

Na een aarzeling zei ze: 'Jij bent de boeman, alleen, toen ik je zag, lag ik onder het bed terwijl jij daar eigenlijk hoort te liggen.'

'Hoe kun je me herkennen? Geen haar, dit gezicht.'

'Ik zie het.'

'Wat zie je?' vroeg hij terwijl hij zo hard in haar kin kneep dat het pijn deed.

Omdat zijn knijpende vingers de vorm van haar mond veranderden, klonk haar stem vervormd. 'Ik zie alle manieren waarop je bent.'

Tom Vanadium was zo zenuwachtig dat Cain zou opduiken dat hij niet meer geïnteresseerd was in de krant. De sterke, zwarte koffie, eerst zo heerlijk, smaakte nu bitter.

Hij bracht de kop naar de gootsteen, goot hem leeg in de afvoer – en zag de koelbox in de hoek staan. Hij had hem niet eerder gezien. Een middelgrote plastic, met piepschuim gevoerde koelbox, zo een om te vullen met bier als je ging picknicken.

Paul moest iets zijn vergeten dat hij mee had willen nemen met de taartenkaravaan.

Het deksel van de koelbox zat er niet zo stevig op als hoorde. Langs de rand stroomde een dun, kronkelig sliertje rook naar buiten. Er brandde iets.

Tegen de tijd dat hij de koeler bereikte, kon hij zien dat het toch geen rook was. Het loste te snel op. Koel tegen zijn hand. De koude wasem van droog ijs.

Tom tilde het deksel op. Geen bier, één hoofd. Het afgehakte hoofd van Simon Magusson lag met het gezicht naar boven op het ijs, de mond open, alsof hij voor de rechtbank bezwaar maakte tegen de manier van ondervragen door de officier van justitie.

Geen tijd voor afschuw of walging. Elke seconde telde en elke minuut kon weer een ander leven kosten.

Naar de telefoon, de politie. Geen kiestoon. Het had geen zin driftig op de haak te drukken. De lijn was doorgesneden.

De buren waren misschien niet thuis. En tegen de tijd dat hij aanklopte, vroeg of hij de telefoon kon gebruiken, het nummer draaide... Te veel tijdverlies.

Denk na, denk na. Een rit van drie minuten naar het huis van Lampion. Misschien twee minuten, als hij de stoplichten negeerde en hoeken afsneed.

Tom greep de revolver van tafel, de autosleutels van het pennenbord.

Terwijl hij de deur uit stoof, hem zo hard achter zich dicht liet slaan dat er een barst in het glas kwam, en de veranda overstak, voelde Tom de schoonheid van de dag als een dreun in zijn ingewanden. Het was te blauw, te helder en te verrukkelijk om de dag van de dood te zijn. Toch was het zo, geboorte en dood, alfa en omega, geweven in een patroon vol betekenis, maar onbegrijpelijk. Het was een dréún, deze dag, een harde dreun, wreed in zijn schoonheid door die gelijktijdige belofte van transcendentie en verlies.

De auto stond op de oprit. Even dood als de telefoon.

Heer, help me hier. Gun me deze, alleen maar deze, en daarna volg ik waarheen ik geleid word. Ik zal daarna altijd uw instrument zijn, maar alsjeblieft, alsjeblieft, GEEF ME DEZE KRANKZINNIGE, DUIVELSE KLOOTZAK!

Drie minuten met de auto, misschien twee zonder stoplichten. Hij kon het zo ongeveer in diezelfde tijd rennen. Hij had een beginnend buikje. Hij was niet meer dezelfde man als vroeger. Ironisch genoeg was hij na het coma en de revalidatie minder zwaar dan voordat Cain hem in Quarry Lake had laten zinken.

Ik zie alle manieren waarop je bent.

Dit meisje was griezelig, daar bestond geen twijfel over, en Junior voelde zich nu precies zoals hij zich had gevoeld op de avond van Celestina's tentoonstelling in Galerie Greenbaum, toen hij uit de steeg was gekomen na het lichaam van Neddy Gnathic in de vuilcontainer te hebben gedumpt en op zijn horloge wilde kijken en merkte dat hij het kwijt was. Hier miste hij ook iets, en het was niet een Rolex, het was helemaal geen ding, maar inzicht, een diepe waarheid.

Hij liet de kin van het meisje los en ze kroop meteen in een hoek van de vensterbank, zo ver mogelijk van hem vandaan. De wijze blik in haar ogen was niet die van een kind, helemaal niet van een kind. Het was ook geen verbeelding. Angst, ja, maar ook verzet, en deze wijze blik, alsof het kind dwars door hem heen kon kijken, dingen over hem wist die ze op geen enkele manier had kunnen weten.

Hij viste de geluiddemper uit een jaszak, haalde het pistool uit zijn schouderholster en begon beide aan elkaar te schroeven. In het begin ging het fout, want zijn handen waren gaan trillen.

Sklent verscheen in zijn gedachten, misschien door de vreemde tekening in het schetsblok van het meisje. Sklent op dat feest op kerstavond, slechts een paar maanden geleden, maar een leven ver weg. De theorie van een spiritueel hiernamaals, maar zonder God. Stekelige klisgeesten. Sommige blijven hangen, spoken uit pure gemene koppigheid. Sommige verdwijnen. Andere reïncarneren.

Zijn dierbare vrouw was van de toren gevallen en slechts enkele uren voor de geboorte van dit meisje gestorven. Dit meisje... dit voertuig.

Hij herinnerde zich dat hij op het kerkhof stond, heuvelopwaarts lag het graf van Seraphim – hoewel hij destijds alleen maar had geweten dat er een neger werd begraven, niet dat het zijn voormalige geliefde was – en dat hij eraan dacht dat de regen in de loop der tijd de sappen van het ontbindende negerlijk naar het lager gelegen graf zou voeren dat Naomi's resten bevatte. Was dat van zijn kant een vorm van helder zien geweest, een vaag bewustzijn dat er al een andere en veel gevaarlijker connectie tussen de dode Naomi en de dode Seraphim was gevormd?

Toen de geluiddemper goed op het pistool zat, boog Junior Cain zich dichter naar het meisje toe, tuurde in haar ogen en fluisterde: 'Naomi, zit je daar binnen?'

Toen hij bijna boven aan de trap was, meende Barty in zijn kamer stemmen te horen. Zacht en onduidelijk. Toen hij bleef staan om te luisteren, zwegen de stemmen, of misschien had hij zich die alleen maar ingebeeld.

Natuurlijk kon Angel hebben zitten spelen met het sprekende boek. Of, ook al had ze de poppen beneden gelaten, ze kon de tijd hebben gevuld tot Barty terugkwam door een leuk gesprek te hebben met miss Pixie en miss Velveeta. Ze had ook nog andere stemmen, voor andere poppen, en eentje voor een handpop die Smelly heette.

Al was Barty drie, bijna vier, toch had hij nog nooit iemand ontmoet met zoveel vrolijke fantasie als Angel. Hij wilde met haar trouwen over, o, misschien twintig jaar.

Zelfs wonderkinderen trouwen niet op hun derde.

Ondertussen, voor ze het huwelijk moesten regelen, was er nog tijd voor een sinas en een limonadegazeuse, en nog meer *Dr. Jekyll en mr. Hyde.*
Hij bereikte de bovenkant van de trap en liep verder naar zijn kamer.

Na twee jaar revalidatie werd Tom weer helemaal gezond verklaard, een wonder van medische wetenschap en wilskracht. Maar nu leek hij in elkaar gezet te zijn met spuug, ijzerdraad en plakband. Met wild zwaaiende armen, zijn benen strekkend, voelde hij weer elk van die acht maanden coma in zijn verschrompelde en weer opgebouwde spieren, in zijn eerst kalkloze en later herstelde botten.

Hij rende zwaar hijgend, biddend, met voeten die hard neerkwamen op de betonnen stoep, deed vogels opschrikken uit de purperen helderheid van met bloesems volgeladen jacaranda's en Indische laurierbomen, joeg een eekhoorn bliksemsnel tegen de stam van een sierpalm omhoog. De paar mensen die hij tegenkwam, deinsden achteruit. Remmen gierden als hij kruisingen overstak zonder te kijken, met het gevaar van botsingen met auto's, vrachtwagens en neushoorns.

Af en toe rende Tom voor zijn gevoel niet door straten van Bright Beach, maar door de gang van het slaaphuis waar hij hoofd van was geweest. Hij werd teruggeworpen in de tijd, naar die vreselijke nacht. Hij wordt wakker door een geluid. Een zachte kreet. Hoewel hij denkt dat het een stem uit zijn droom is, staat hij toch op, pakt een zaklantaarn en controleert zijn pupillen, zijn jongens. Zwakke noodverlichting haalt nauwelijks de duisternis uit de gang. De kamers zijn donker, de deuren volgens de regels op een kier, om niet het risico te lopen dat een slot niet snel opengaat in geval van brand. Hij luistert. Niets. Dan de eerste kamer binnen – een hel op aarde. Twee kleine jongens per kamer, gemakkelijk en stil te overweldigen door een volwassen man met de kracht van een krankzinnige. In het licht van de lantaarn: de dode ogen, de verwrongen gezichten, het bloed. Een volgende kamer, de zaklantaarn schuddend en schokkend, de slachting erger. Dan weer de gang op, beweging in de schaduwen. Josef Krepp, gevangen in het licht van de lantaarn. Josef Krepp, de rustige conciërge, zo mak als een lammetje, al een halfjaar bij St. Anselmo's in dienst zonder enig probleem en alleen maar goede referenties bij zijn cv. Josef Krepp, hier in de gang van het verleden, grijnzend en gezichten trekkend in de lichtbundel, en die een druipend halssnoer met souvenirs draagt.

In het heden, lang na de executie van Josef Krepp, ligt een halve straat verder het huis van Lipscomb. Erachter het huis van Lampion.

Een lapjeskat verscheen naast Tom en rende met hem mee. Katten waren de lievelingsdieren van heksen. Betekende deze kat geluk of ongeluk?

Daar was het huis van het Taartenvrouwtje, het slagveld.

'*Naomi, zit je daar binnen?*' fluisterde Junior weer, terwijl hij in de vensters van de ziel van het meisje keek.

Ze wilde hem geen antwoord geven, maar hij was net zo overtuigd door haar zwijgen als hij zou zijn geweest door een eruit geflapte bekentenis – of door een ontkeninng, wat dat betreft. Haar verschrikte ogen en haar trillende mond overtuigden hem ook. Naomi was teruggekomen om bij hem te zijn, en er viel ook iets voor te zeggen dat Seraphim in zekere zin ook was teruggekomen, omdat dit meisje vlees van Seraphims vlees was, geboren uit haar dood. Junior voelde zich gevleid, echt gevleid. Vrouwen konden niet genoeg van hem krijgen. Het verhaal van zijn leven. Ze lieten hem nooit normaal los. Ze wilden hem, hadden hem nodig, adoreerden hem, aanbaden hem. Vrouwen bleven hem bellen in plaats van de hint op te pakken en weg te gaan, bleven hem brieven en cadeautjes sturen, ook nadat hij hun verteld had dat het afgelopen was. Junior was niet verrast dat vrouwen voor hem uit de dood zouden terugkeren, evenmin was hij verrast dat vrouwen die hij had *vermoord*, zouden proberen een weg terug te vinden uit gene zijde, zonder kwaadaardigheid, zonder wraakgevoelens in hun hart, enkel smachtend naar hem, om hem vast te houden en zijn behoeften te bevredigen. Hoe dankbaar hij ook was door dit eerbetoon aan zijn begeerlijkheid, hij had geen enkel romantisch gevoel meer voor Naomi en Seraphim. Zij waren het verleden en hij haatte het verleden, en als ze hem niet met rust lieten, zou hij nooit *in de toekomst* kunnen *leven*.

Hij drukte de loop van het wapen tegen het voorhoofd van het meisje en zei: 'Naomi, Seraphim, jullie waren perfecte minnaressen, maar jullie moeten reëel blijven. Op geen enkele manier kunnen we een leven samen hebben.'

'Hé, wie is daar?' zei de blinde jongen, die Junior bijna vergeten was.

Hij draaide zich om van het ineengedoken meisje en bekeek de jongen die een paar stappen in de kamer stond, met in elke hand een blikje frisdrank. De kunstmatige ogen waren overtuigend, maar ze hadden niet de wijze blik die hem zo dwarszat bij het vreemde meisje.

Junior richtte het pistool op de jongen. 'Volgens Simon heet jij Bartholomeus.'

'Simon wie?'

'Je lijkt me niet zo'n grote bedreiging, blinde jongen.'

Het kind gaf geen antwoord.

'Heet je Bartholomeus?'

'Ja.'

Junior deed twee stappen naar hem toe en richtte het wapen op zijn gezicht. 'Waarom zou ik bang moeten zijn voor een struikelend blind joch dat niet groter is dan een dwerg?'

'Ik struikel niet. In ieder geval niet veel.' Tegen het meisje zei Bartholomeus: 'Angel, ben je oké?'

'Ik zal wel aan de dunne gaan,' zei ze.

'Waarom moet ik bang zijn voor een struikelend, blind joch?' vroeg Junior weer. Maar deze keer klonken de woorden anders, omdat hij plotseling iets wijs voelde in de houding van de jongen, zo niet in de kunstogen, een kwaliteit die heel veel leek op wat het meisje uitstraalde.

'Omdat ik een wonderkind ben,' zei Bartholomeus, en hij gooide het blikje priklimonade.

Het blik raakte Junior hard in het gezicht en brak zijn neus voor hij weg kon duiken.

Woedend vuurde hij twee schoten af.

Toen hij langs de woonkamer kwam, zag Tom Jacob ineengezakt in de leunstoel onder de leeslamp, alsof hij boven zijn boek in slaap was gevallen. Zijn donkerrode borststuk bevestigde dat hij niet alleen maar sliep.

Gealarmeerd door stemmen op de eerste verdieping nam Tom de trap met twee treden tegelijk. Een man en een jongen. Barty en Cain. Linksaf de gang in en daarna een kamer rechts.

Alle standaard politievoorschriften vergetend, rende Tom naar de deur, ging naar binnen en zag Barty een blik frisdrank naar het geschoren hoofd en pokdalige gezicht van een getransformeerde Enoch Cain gooien.

De jongen viel en rolde zich om op het moment dat hij het blikje gooide, omdat hij de kogels verwachtte die Cain afvuurde, maar die zich in de deurlijst boorden op slechts enkele centimeters van Toms knieën.

Tom hief zijn revolver en haalde twee keer over, maar het wapen werkte niet.

'Vastgezette slagpin,' zei Cain. Zijn grijns was boosaardig. 'Heb ik gedaan. Ik hoopte dat je hier op tijd zou zijn om de consequenties van je stompzinnige spelletjes te zien.'

Cain richtte het pistool op Barty, maar toen Tom aanviel, richtte hij het weer op hem. De kogel die hij afvuurde zou hem zwaar verwond hebben, misschien wel gedood, als Angel zich niet had gelanceerd van af de vensterbank achter Cain en hem een harde duw gaf, waarmee zijn richten onzuiver werd. De moordenaar struikelde en vervaagde toen.

Verdwenen.

Hij verdween door een soort gat, een spleet, een gat groter dan alles waar Tom zijn kwartjes doorheen schoot.

Barty kon het niet zien, maar hij wist het. 'Whoooaa, Angel.'

Ik heb hem ergens naartoe gestuurd waar wij niet zijn,' legde het meisje uit. 'Hij deed lelijk.'

Tom was stomverbaasd. 'Dus... wanneer kwam je erachter dat je dit kon?'

'Pas net.' Hoewel Angel probeerde nonchalant te klinken, stond ze te trillen. 'Ik weet niet of ik het nog een keer kan.'

'Tot je het zeker weet... blijf voorzichtig.'

'Goed.'

'Komt hij terug?'

Ze schudde haar hoofd. 'Er is geen weg terug.' Ze wees op het schetsboek op de grond. 'Ik heb hem daarheen geduwd.'

Tom staarde naar de tekening van het meisje – heel goed voor een meisje van haar leeftijd, schetsmatig, maar overtuigend in detail – en als gezegd kon worden dat de huid kippenvel kon krijgen, dan kwam het over zijn hele lichaam en het duurde een hele tijd voor het weer afnam. 'Zijn dit...?'

'Grote insecten,' zei het meisje.

'Heel veel.'

'Ja. Het is een sléchte plek.'

Terwijl hij overeind kwam, zei Barty. 'Hé, Angel?'

'Ja?'

'Jij hebt het varken zelf gegooid.'

'Ik denk het ook.'

Trillend van een angst die niets te maken had met Junior Cain en rondvliegende kogels, of zelfs maar met herinneringen aan Josef Krepp en zijn walgelijke halsketting, deed Tom Vanadium het schetsboek dicht en legde het op de vensterbank. Hij opende het raam, en het murmelende geluid van door een bries bewogen eikenbladeren stroomde naar binnen.

Hij pakte Angel op, pakte Barty op. 'Hou je vast. Hij droeg ze de kamer uit, de trap af, het huis uit, naar het veld onder de grote boom, waar ze op de politie zouden wachten en waar ze niet Jacobs lichaam zouden zien als de lijkschouwer hem via de voordeur weghaalde.

Hun verhaal zou zijn dat Cains wapen had geketst net toen Tom Barty's kamer binnenstapte. Omdat hij te laf was het met zijn blote vuisten uit te vechten, was de Schandelijke Slachter door het openstaande raam gevlucht. Weer was hij vrij in de onverdachte wereld.

Dat laatste was waar. Alleen was hij niet langer vrij in déze wereld. En in de wereld waar hij naartoe was gegaan, zou hij geen gemakkelijke slachtoffers vinden.

Terwijl hij de kinderen onder de boom achterliet, keerde Tom terug naar het huis om de politie te bellen.

Volgens zijn polshorloge was het vijf over negen 's ochtends op deze gedenkwaardige dag.

82

Hoeveel invloed Jacobs dood ook had gehad binnen de kleine wereld van zijn familie, toch verloor Agnes Lampion nooit uit het oog dat er sterfgevallen met meer impact in de grote wereld waren voordat 1968 eindigde en het Jaar van de Haan volgde. Op vier april schoot James Earl Ray Martin Luther King dood op een motelbalkon in Memphis, maar de hoop van de moordenaar werd de bodem ingeslagen, omdat door deze moord vrijheid veel krachtiger groeide dankzij de rijkdom van het martelaarsbloed. Op 1 juni stierf Helen Keller vredig op de leeftijd van zevenentachtig. Ze was blind en doofstom sinds haar vroegste jeugd, maar haar stem kreeg ze terug in haar puberteit. Het leven van mevrouw Keller bestond uit uitzonderlijke prestaties; ze leerde praten, paardrijden, walsen; ze studeerde cum laude af aan Radcliffe, was een inspiratie voor miljoenen en een bewijs dat zelfs het ellendigste leven mogelijkheden biedt. Op 5 juni werd senator Robert F. Kennedy vermoord in de keuken van het Ambassador Hotel in Los Angeles. Onbekende aantallen mensen stierven toen sovjettanks Tsjecho-Slowakije binnenvielen, en honderdduizenden mensen kwamen om in de laatste dagen van de Culturele Revolutie in China, onder wie velen als gevolg van kannibalisme, dat was gesanctioneerd door Voorzitter Mao als een acceptabele politieke daad. John Steinbeck, auteur, en Tallulah Bankhead, actrice, bereikten het einde van hun reis in deze wereld, zo niet alle werelden. Maar James Lovell, William Anders en Frank Borman – de eerste mannen die om de maan cirkelden – reisden 400.000 kilometer door de ruimte en keerden alledrie levend terug.

Van alle vriendelijke gebaren die we naar elkaar kunnen maken, kunnen we het waardevolste aller cadeaus – tijd – niet geven. Als je dat bedenkt, deed Agnes haar best haar uitgebreide familie door hun rouw om Harrison en Jacob naar gelukkiger tijden te leiden. Eer moet betoond worden, kostbare herinneringen gekoesterd, maar het leven gaat door.

In juli ging ze met Paul naar zee om wat over het strand te wandelen, in de verwachting schelpen te zoeken en naar het grappige gescharrel van krabben te kijken. Maar ergens tussen de zeeschelpen en de schaaldieren in, vroeg hij haar of ze ooit van hem zou kunnen houden.

Paul was een lieve man, uiterlijk anders dan Joey, maar innerlijk precies hetzelfde. Ze schokte hem door erop te staan dat ze onmiddellijk naar zijn huis, zijn slaapkamer zouden gaan. Vuurrood, zo rood als geen enkele pulpheld ooit was geweest, bracht hij stotterend uit dat hij niet zo snel intimiteit van haar verwachtte, en zij verzekerde hem dat hij die ook niet zo snel zou krijgen.

Alleen met een beschaamde Paul, trok ze haar blouse en beha uit en, met haar armen voor haar borsten gekruist, toonde ze hem haar verwoeste rug. Daar waar haar vader klappen en harde vuistslagen had gebruikt om zijn tweelingzonen de lessen van God te onderwijzen, gaf hij de voorkeur aan stokken en zwepen voor de opvoeding van zijn dochter, omdat hij geloofde dat een directe aanraking van hem tot zonde kon leiden. Littekens ontsierden Agnes van schouders tot billen, bleke littekens en donkere, kriskras en gedraaid.

'Sommige mannen,' zei ze, 'zouden hun begeerte verliezen zodra ze met hun handen mijn rug aanraakten. Ik begrijp het als dat bij jou ook zo is. Het is niet mooi om te zien en het voelt ruw als de bast van een eik. Daarom bracht ik je hier, dus dan weet je het voordat je in overweging neemt waar je heen wilt... en waar we nu zijn.'

De lieve man huilde, kuste haar littekens en zei haar dat ze de allermooiste vrouw was. Toen bleven ze een tijdje in een omhelzing staan, zijn handen op haar rug, haar borsten tegen zijn borst. Twee keer kusten ze elkaar, maar bijna kuis, voor ze haar blouse weer aantrok.

'Mijn litteken,' bekende hij, 'is onervarenheid. In sommige opzichten ben ik ongelooflijk naïef. Ik zou de jaren met Perri voor niets en niemand willen ruilen, maar hoe intens het ook was, binnen onze liefde was er geen plaats voor... Nou, ik bedoel, misschien vind je me onbekwaam.'

'Ik vind je meer dan bekwaam in alle dingen die tellen. Bovendien was Joey een gul en goed minnaar. Wat hij me heeft geleerd, kan ik jou leren.' Ze glimlachte. 'Je zult merken dat ik een verrekt goede lerares ben en in jou vermoed ik een topleerling.'

Ze trouwden in september van dat jaar, veel later dan zelfs Grace Whites gegokte datum. Omdat Graces voorspelling toch meer in de buurt kwam dan die van haar dochter, betaalde Celestina met een maand werk in de keuken.

Toen Agnes en Paul terugkeerden van hun huwelijksreis naar Carmel, ontdekten ze dat Edom eindelijk Jacobs flat had ontruimd. Hij schonk het omvangrijke archief en de vele boeken aan een universiteitsbibliotheek die een collectie aan het opbouwen was om te voldoen aan de groeiende belangstelling onder professoren en studenten voor apocalyptische studies en paranoïde levensbeschouwing.

Eigenlijk meer tot zijn eigen verrassing dan die van iemand anders, bracht Edom zijn collectie ook naar de universiteit. Weg met de tornado's, orkanen, vloedgolven, aardbevingen, vulkanen; leve de rozen. Hij knapte zijn kleine appartementje op, schilderde dat in heldere kleuren, vulde zijn boekenplanken met uitgaven over horticultuur, plande opgewonden voor de komende lente een aanzienlijke uitbreiding van zijn rosarium.

Hij was bijna veertig, en een leven met alleen maar angst voor de natuur kon niet zo gemakkelijk in liefde voor diezelfde natuur veranderen. Sommige nachten lag hij nog steeds naar het plafond te staren, niet in staat te slapen, en wachtend op de Grote Knal, en hij meed wandelingen over het strand uit ontzag voor dodelijke vloedgolven. Van tijd tot tijd bracht hij een bezoek aan het graf van zijn broer en ging op het gras naast de grafsteen zitten, hardop de gruwelijke details van dodelijke stormen en catastrofale geologische gebeurtenissen opsommend, maar hij merkte dat hij van Jacob ook sommige statistieken in zich had opgenomen over seriemoordenaars en rampzalige fiasco's van door mensenhanden gemaakte constructies en machines. Die bezoeken waren aangenaam nostalgisch. Maar hij kwam ook altijd met rozen en bracht nieuws over Barty, Angel en andere leden van de familie.

Toen Paul zijn huis verkocht om bij Agnes in te trekken, installeerde Tom Vanadium, nu een volledig gepensioneerde politieman, maar nog niet helemaal klaar om terug te gaan naar de wereld van het geloof, zich in Jacobs voormalige flat. Hij nam de leiding op zich van de groeiende werkzaamheden van de familie voor de gemeenschap, hield toezicht bij de stichting van een non-profit liefdadigheidsinstelling. Agnes zorgde voor een lijst mooiklinkende bescheiden namen voor de organisatie, maar een meerderheid van stemmen verwierp al haar voorstellen en besloot, ondanks haar verlegenheid, tot Stichting Taartenvrouwtje.
Simon Magusson had geen familie en liet zijn hele vermogen na aan Tom. Dit kwam als een verrassing. De som was zo aanzienlijk dat Tom, ook al had hij dispensatie van zijn geloftes, waaronder zijn gelofte over bezitloosheid, zich ongemakkelijk voelde met zijn fortuin. Zijn gemak werd snel hersteld door de hele erfenis aan Stichting Taartenvrouwtje te doneren.

Ze waren bij elkaar gebracht door twee buitengewone kinderen, door de overtuiging dat Barty en Angel deel uitmaakten van een plan met verstrekkende gevolgen. Maar vaker wel dan niet weeft God patronen die voor ons pas na heel lange tijd waarneembaar worden, als dat al ooit gebeurt. Na de afgelopen veelbewogen drie jaar waren er geen wekelijkse wonderen meer, geen tekenen van aarde of hemel, geen openbaringen uit brandende braamstruiken of uit wereldser vormen van communicatie. Noch Barty noch Angel toonde nieuwe verbazende talenten en eigenlijk waren ze net zo gewoon als twee wonderkinderen maar kunnen zijn, behalve dat hij blind was en zij als zijn ogen in de wereld fungeerde.
De familie leefde niet in afwachting van ontwikkelingen bij Barty

of Angel, plaatste het stel niet in het centrum van hun wereld. In plaats daarvan deden ze aan liefdadigheid, haalden dagelijks voldoening uit hun werk voor Stichting Taartenvrouwtje en gingen verder met hun leven.

Er gebeurden wel dingen.

Celestina schilderde briljanter dan ooit – en werd zwanger in oktober.

In november vroeg Edom Maria mee uit eten en naar de bioscoop. Hoewel hij slechts zes jaar ouder was dan Maria, vonden ze allebei dat dit een vriendschappelijk uitje was, niet echt een afspraakje. Eveneens november ontdekte Grace een knobbel in haar borst. Hij bleek goedaardig te zijn.

Tom kocht een nieuw zondags pak. Het leek precies op zijn oude. Het diner op Thanksgiving werd een prachtige gebeurtenis en Kerstmis werd nog beter. Op oudejaarsavond dronk Wally er een te veel en bood meermalen de leden van de familie aan gratis te opereren, 'hier en nu', zolang het maar binnen de grenzen van zijn medische disciplines viel.

Op nieuwjaarsdag kreeg de stad te horen dat ze haar eerste zoon had verloren in Vietnam. Agnes kende zijn ouders al haar hele leven en het maakte haar wanhopig dat ze met haar bereidheid om te helpen en met al haar goede bedoelingen niets kon doen om hun pijn te verzachten. Ze herinnerde zich haar angst toen ze zat te wachten op het bericht of Barty's oogtumor al via de oogzenuw naar de hersenen was uitgezaaid. De gedachte aan haar buren die een kind waren kwijtgeraakt aan de oorlog, deed haar 's nachts naar Paul omdraaien. 'Hou me alsjeblieft vast,' mompelde ze.

Barty en Angel zouden gauw vier jaar worden.

Van 1969 tot 1973: Het Jaar van de Haan, verjaagd door het Jaar van de Hond, snel gevolgd door het Varken, nog sneller door de Rat, met de Os die in sneltreinvaart langsschoot. Eisenhower dood. Armstrong, Collins, Aldrin op de maan: een gigantische stap op een bodem die niet was aangeraakt door oorlog. Hotpants, vliegtuigkapingen, psychedelische kunst. Sharon Tate en vrienden vermoord door de vrouwen van Manson, zeven dagen voor Woodstock, de Eeuw van Aquarius doodgeboren, maar de dood nog jaren niet herkend. McCartney opgestapt, de Beatles uit elkaar. Aardbeving in Los Angeles, Truman dood, Vietnam glijdt af naar chaos, opstanden in Ierland, een nieuwe oorlog in het Midden-Oosten, Watergate.

Celestina schonk het leven aan Seraphim in 1969, stond in 1970 met een van haar schilderijen op de omslag van *American Artist* en schonk in '72 het leven aan Harrison.

Met financiële hulp van zijn zuster kocht Edom in 1971 een bloemenzaak, na zich ervan verzekerd te hebben dat het winkelcentrum waarin de winkel zich bevond nog beter was geconstrueerd dan de aardbevingscode voorschreef, dat het niet stond op een plek waar aardverschuivingen konden optreden, dat het niet in een overstromingsgebied lag, en dat vooral zijn hoogte boven zeeniveau garandeerde dat het alles overleefde, behalve een vloedgolf van zo'n torenhoge enorme omvang dat alleen de inslag van een asteroïde in de oceaan de oorzaak ervan kon zijn. In 1973 trouwde hij met Maria Elena (dus toch een afspraakje), waarna ze Agnes' schoonzus werd na lange tijd in haar hart een volle zuster te zijn geweest. Ze kochten het huis aan de andere kant van het oorspronkelijke huize Lampion, en weer werd er een omheining neergehaald.

Meer nog dan als smeris of priester bleek Tom Vanadium van nut voor Stichting Taartenvrouwtje toen hij een talent ontdekte voor financieel beheer waarmee hij hun fondsen wist te beschermen tegen een inflatie van twaalf procent en al doende zelfs nog winst maakte.

Daarna kwam het Jaar van de Tijger, 1974. Benzineschaarste, paniekaankopen, lange rijen bij benzinestations. Patty Hearst gekidnapt. Nixon in ongenade gevallen. Hank Aaron brak het oude homerunrecord van Babe Ruth, het inflatiecijfer kwam boven de vijftien procent en de legendarische Mohammed Ali versloeg George Foreman en won zijn wereldtitel zwaargewicht terug.

Maar in een bepaalde straat in Bright Beach gebeurde het meest opmerkelijke van het jaar op een aangename namiddag in het begin van april, toen Barty, inmiddels negen jaar oud, naar de top van de grote eik klom en daar triomfantelijk plaatsnam, koning van de boom en meester over zijn blindheid.

Agnes kwam thuis van een taartenronde met de gewone ploeg – uitgegroeid tot vijf wagens, inclusief betaald personeel – en zag een horde mensen in de tuin en Barty halverwege in de boom.

Met overslaand hart als een door een vos achternagezeten konijn, rende ze van de oprit naar de tuin. Ze zou het uitgegild hebben als haar keel niet dichtgeknepen was geweest van schrik door haar zoon op nekbrekende hoogte te zien. Tegen de tijd dat ze weer kon spreken, besefte ze dat een schreeuw of zelfs het onverwachte geluid van haar bezorgde stem hem misschien van zijn stuk zou brengen, waardoor hij een misstap zou doen en van tak naar tak naar beneden zou stuiteren in een bottenbrekende duik.

Onder degenen die thuis waren voordat de karavaan terugkeerde, waren er een paar die beter hadden moeten weten dan deze waanzin toe te staan. Tom Vanadium, Edom, Maria. Ze staarden gespannen, ernstig omhoog naar de jongen, en Agnes kon alleen maar bedenken dat zij ook te laat waren gearriveerd, toen de jongen niet meer zo makkelijk teruggeroepen kon worden.

De brandweer. De brandweer zou zonder sirenes kunnen komen, en stil hun ladders uitschuiven om Barty's concentratie niet te verstoren.

'Niets aan de hand, tante Aggie,' zei Angel. 'Hij wil dit echt.'

'Wat we willen en wat we moeten, zijn twee dingen,' waarschuwde Agnes. 'Wie heeft je opgevoed, snoes, als je dat niet weet? Wou je beweren dat je negen jaar door wolven opgevoed bent?'

'We hebben dit al heel lang voorbereid,' stelde Angel haar gerust. 'Ik ben wel honderd keer in die boom geklommen, misschien wel tweehonderd, om hem in kaart te brengen, hem centimeter voor centimeter aan Barty te beschrijven, de stam, alle grote en kleine takken, de dikte ervan, de veerkracht, de hoeken en splitsingen, de noesten en spleten, alle takken tot aan de twijgen. Hij kent hem door en door, tante Aggie, als zijn broekzak. Voor hem is het nu alleen nog maar wiskunde.'

Ze waren onafscheidelijk, haar zoon en dit dierbare meisje, vrijwel vanaf het moment dat ze elkaar hadden leren kennen, meer dan zes jaar geleden. De speciale waarneming die ze deelden – *alle manieren waarop de dingen zijn* – was er voor een deel verantwoordelijk voor, maar slechts voor een deel. De band tussen hen was zo diep dat het niet te begrijpen viel, even geheimzinnig als het begrip Drie-eenheid, drie goden in één.

Door zijn blindheid en zijn intellectuele gaven kreeg Barty thuis les; bovendien kon geen leraar op tegen zijn autodidactische vermogens, en evenmin was het mogelijk dat iemand hem een grotere honger naar kennis kon bijbrengen dan de honger waarmee hij geboren was. Angel ging naar dezelfde onofficiële school en haar enige medeleerling was tevens haar leraar. Het leek alsof ze voortdurend aan het spelen waren, maar toch waren ze ook voortdurend dingen aan het leren.

Dus ze hadden samen dit project bekokstoofd, wiskunde en ellende, geometrie van grote en kleine takken, bomenkennis en kattenkwaad, een proeve van strategie en kracht en vaardigheid – en van de beangstigende grenzen van het lef van een negenjarige.

Hoewel ze wist hoe het was gebeurd, en hoewel ze ook de zinloosheid kende van het vragen naar het waarom, vroeg Agnes: 'Waarom? Lieve heer, waarom moet een blinde jongen in een boom klimmen?'

'Hij is wel blind, maar hij is ook een jongen,' zei Angel, 'en bomen zijn iets dat een jongen moet doen.'

Iedereen van de taartenkaravaan had zich onder de eik verzameld. De hele familie met haar vele namen, volwassenen en kinderen, de hoofden achterover, handen boven de ogen tegen de lage zon, iedereen keek naar Barty's vorderingen in een nagenoeg complete stilte.

'We hebben drie routes naar de top uitgestippeld,' zei Angel, 'en allemaal met een andere uitdaging. Barty zal ze uiteindelijk allemaal klimmen, maar hij begint met de moeilijkste.'

'Ja, natuurlijk doet hij dat,' zei Agnes geïrriteerd.

Angel grinnikte. 'Dat is Barty, hè?'

Verder ging hij, naar boven ging hij, van stam naar tak, van tak naar vertakking, van vertakking naar tak, naar stam. Hand voor hand langs de verticale stukken, zich vastklemmend met zijn knieën, dan rechtop en lopend over een tak evenwijdig aan de grond als een koorddanser, zwaaiend door de lucht en van het ene houten pad naar het volgende, steeds maar verder naar boven naar het hoogste punt, kleiner wordend alsof hij jonger werd tijdens het klimmen, een steeds kleiner wordend jongetje. Twaalf meter, vijftien meter, al veel hoger dan het huis, op weg naar het groene toevluchtsoord in de kruin.

Terwijl ze om de voet van de boom van de ene waarnemingspost naar de andere liepen, kwamen mensen even langs Agnes om haar gerust te stellen, hoewel nooit met woorden, alsof ze daarmee onheil over het klimmen zouden afroepen. Maria legde een hand op haar arm en gaf er een zacht kneepje in. Celestina masseerde even haar nek. Edom omhelsde haar kort. Grace sloeg een ogenblik een arm rond haar middel. Wally met een lach en een omhooggestoken duim. Tom Vanadium met duim en wijsvinger op elkaar in een overtuigd oké. Ziet er goed uit. Volhouden. Tekens en gebaren, misschien omdat ze niet het trillen en haperen in hun stemmen wilden laten horen.

Paul bleef bij haar, keek soms huiverend naar de grond alsof het gevaar daar was en niet boven hen – wat in zekere zin ook zo was, het neerkomen was de moordenaar en niet de val zelf – en op andere momenten sloeg hij zijn arm om haar heen en keek naar de jongen in de boom. Maar ook hij zei niets.

Alleen Angel sprak, zonder brok of huivering, met volledig vertrouwen in haar Barty. 'Alles wat hij me kan leren, kan ik in me opnemen, en alles wat ik kan zien, kan hij wéten. Alles, tante Aggie.'

Terwijl Barty steeds hoger klom, werd Agnes' angst puurder, maar tegelijkertijd raakte ze vervuld met een wonderbaarlijke, irrationele blijdschap. Dat dit bereikt kon worden, dat de duisternis overwonnen kon worden, ontlokte muziek aan de harpsnaren van de ziel. Van tijd tot tijd hield de jongen even stil, misschien om te rusten of om de driedimensionale kaart in zijn ongelooflijke brein te raadplegen, en elke keer dat hij weer verder naar boven ging, plaatste hij zijn hand op precies de juiste plaats, waarop Agnes inwendig 'ja!' zei. Haar hart was bij Barty hoog in de boom, haar hart in dat van hem, zoals hij bij haar was geweest, veilig in haar baarmoeder, in die regenachtige schemering toen zij in die draaiende en tollende auto het weduwschap in was gereden.

Ten slotte, terwijl de zon langzaam onderging, bereikte hij de laatste etappe, waarna de takken te jong en te zwak waren om hem nog te dragen. Tegen een rode lucht die zelfs de ruwste zeebonk nog in vervoering zou brengen, kwam hij overeind en ging in een laatste knik staan, zette zijn linkerhand op een tak die hem in evenwicht hield en plaatste zijn rechterhand eigenwijs op zijn heup, heer van zijn domein die de laatste kluisters van zijn duisternis had afgeworpen en er een ladder van had gemaakt.

Een gejuich steeg op van familie en vrienden en Agnes kon zich alleen maar voorstellen hoe het moest voelen om Barty te zijn, zowel blind als gezegend met een hart dat zowel rijk aan moed als aan vriendelijkheid was.

'Nu hoef je je geen zorgen te maken,' zei Angel, 'over wat er met hem gebeurt als jij er ooit niet meer bent, tante Aggie. Als hij dit kan, kan hij alles, en kun jij rusten in vrede.'

Agnes was pas negenendertig, vol plannen en energie, dus Angels woorden leken voorbarig. Toch zou ze een paar jaar daarna al reden hebben zich af te vragen of deze begaafde kinderen misschien onbewust voorzagen dat zij de troost nodig zou hebben van het aanschouwen van deze klimpartij.

'Ik ga naar boven,' verklaarde Angel.

Met een behendigheid en monterheid die een maki zeker niet zouden hebben misstaan, klom het meisje naar de eerste vertakking.

Agnes riep haar na: 'Nee, wacht, snoes. Hij moet nu meteen naar beneden, voor het donker wordt.'

In de boom grijnsde het meisje. 'Ook al blijft hij daar tot zonsopgang zitten, hij zal altijd in het donker naar beneden komen, toch? O, er gebeurt heus niets, tante Aggie.'

Celestina's zenuwen net zo hevig op de proef stellend als Barty dat bij zijn moeder had gedaan trok, slingerde, klauterde, zwaaide, werkte Angel zich heel snel omhoog langs de boom, en bereikte de jongen terwijl rode banen nog steeds een lucht kleurde die zichzelf naar paars overschilderde. Ze ging in de vertakking naast hem staan en haar opgetogen lachen kwam klaterend door de kathedraalhoge eik naar beneden.

Van 1975 tot 1978: Haas snelt weg voor Draak, Slang op de vlucht voor Paard en 1978 maakt een eind aan de beat, want disco was koning. De herboren Bee Gees domineerden radio en tv. John Travolta was 'in'. Rhodesische rebellen die de gevaren begrepen die inherent zijn aan elke strijd tussen mensen die gelijkwaardig zijn, hadden de manhaftige moed ongewapende missiezusters en schoolmeisjes af te slachten. Spinks won de titel van Ali en Ali won die terug van Spinks.

Op de ochtend in augustus dat Agnes naar huis terugkeerde van dokter Joshua Nunn met de resultaten van de onderzoeken en met de diagnose van acute myeloïde leukemie, vroeg ze iedereen zijn boeltje te pakken en te gaan rijden, niet om taarten rond te brengen, maar om een pretpark te bezoeken. Ze wilde in de achtbaan, rondtollen in de Tilt-A-Whirl, en voornamelijk toekijken hoe de kinderen plezier maakten. Ze was van plan het lachen van Barty in haar herinnering op te slaan, zoals hij haar gezicht had opgeslagen vóór de operatie waarbij zijn ogen werden verwijderd.

Ze verzweeg de diagnose niet voor de familie, maar ze stelde het vertellen uit van de prognose die slecht was. Haar botten waren al broos, vol gemuteerde onvolgroeide witte bloedlichaampjes die de aanmaak van normale witte en rode bloedlichaampjes en bloedplaatjes beletten.

Barty, dertien jaar oud maar luisterend naar boeken op het niveau van een promovendus, had zich ongetwijfeld verdiept in leukemie terwijl ze op de uitslag van de tests zaten te wachten, om zichzelf voor te bereiden de diagnose te begrijpen zodra ze die binnenkregen. Hij probeerde er niet aangeslagen uit te zien toen hij acute myeloïde hoorde, wat de ergste vorm van de ziekte was, maar dat ging hem zo slecht af dat hij er nog misselijker uitzag dan wanneer hij gewoon had gezegd dat hij het wist wat dat inhield. Als hij geen kunstogen had gehad, dan zou zijn houding van onaangedaanheid absoluut niet overtuigd hebben.

Voor ze vertrokken naar het pretpark, nam Agnes hem apart, hield hem stevig vast en zei: 'Luister, kind van me, ik geef het niet op. Denk niet dat ik dat ooit zal doen. Laten we vandaag lol maken. Vanavond beleggen jij en ik en Angel een bijeenkomst van de Noordpoolclub van de niet slechte avonturiers' – het meisje was jaren geleden het derde lid geworden – 'en de hele waarheid wordt verteld en er wordt niets achtergehouden.'

'Die stomme club,' zei hij met een bijna bittere klank in zijn stem. 'Wil je dat niet zeggen. De club is niet stom, vooral nu niet. Wíj zijn het, het is wat we waren en hoe we zijn, en ik houd zielsveel van alles wat we zijn.'

In het park, in de achtbaan, kreeg Barty een ervaring, een reactie op meer dan de schuine bochten en de steile afdalingen alleen. Hij raakte opgewonden, ongeveer op de manier zoals hij opgewonden raakte als hij een nieuwe en geheimzinnige mathematische theorie begreep. Aan het einde van de rit wilde hij direct weer terug, en dat deden ze. Blinden hoeven nooit lang te wachten in pretparken: ze mogen altijd meteen naar het begin van de rij. Agnes maakte nog twee ritten met hem, en daarna Paul twee keer en ten slotte vergezelde Angel hem drie keer. Deze obsessie voor de achtbaan had niets met opwinding of zelfs maar pret te maken. Zijn uitbundigheid maakte plaats voor een peinzend zwijgen, vooral toen een zeemeeuw met zoemende vleugels op enkele centimeters van zijn gezicht vloog en hem deed schrikken op de een na laatste rit. Daarna had hij weinig belangstelling meer voor het park, en het enige dat hij wilde zeggen, was dat hij dacht aan een nieuwe manier van dingen voelen – waarmee hij bedoelde alle manieren waarop de dingen zijn – een frisse invalshoek om dat mysterie te benaderen.

Na het pretpark geen ziekenhuis voor het Taartenvrouwtje. Met Wally in de buurt had ze haar eigen arts, die haar alle antikankermedicijnen en transfusies kon geven die ze nodig had. Terwijl bestraling wordt voorgeschreven voor acute lymfatische leukemie, is het minder bruikbaar voor de behandeling van myeloïde gevallen. En in dit stadium achtte men het niet heilzaam, wat het thuis behandelen zelfs nog makkelijker maakte.

De eerste twee weken, als ze niet op taartenkaravaan was, was de hoeveelheid bezoek voor haar belastend. Maar er waren zoveel mensen die ze nog een laatste keer wilde zien. Ze vocht hard en gaf de ziekte zoveel mogelijk tegengas en bleef hoop koesteren, maar ze bleef ook bezoek ontvangen, voor het geval dat.

Erger dan de broosheid van de botten, het bloedende tandvlees, de hoofdpijnen, de lelijke blauwe plekken, erger dan de aan leukemie gekoppelde vermoeidheid en de aanvallen van benauwdheid, was het lijden dat haar strijd veroorzaakte bij hen die ze liefhad. Naarmate de tijd verstreek, waren ze steeds minder in staat hun bezorgdheid en meeleven te verbergen. Ze hield hun handen vast als die trilden. Ze vroeg hun met haar te bidden als ze hun woede kenbaar maakten dat dit met haar moest gebeuren – uitgerekend met haar – en ze wilde pas loslaten als de woede weg was. Vaak trok ze de lieve Angel op schoot, streelde haar haar en kalmeerde haar door te praten over al het goeds dat ze samen in betere tijden hadden beleefd. En altijd was Barty, die over haar waakte in zijn blindheid, zich ervan bewust dat ze niet zou sterven op alle plaatsen waar ze was, maar die geen troost haalde uit het feit dat ze zou blijven bestaan in andere werelden waar hij nooit meer bij haar in de buurt zou zijn.

Zo verschrikkelijk als de situatie voor Barty was, net zo moeilijk was het ook voor Paul, wist Agnes. Ze kon hem alleen 's nachts vasthouden en zichzelf laten vasthouden. En meermalen zei ze tegen hem: 'Ook in het ergste geval moet je niet meer aan de wandel gaan.'

'Oké,' beaamde hij, misschien te gemakkelijk.

'Ik meen het. Je hebt een heleboel verantwoordelijkheden hier, Barty. Stichting Taartenvrouwtje. Mensen die van jou afhankelijk zijn. Vrienden die van je houden. Toen je bij mij aan boord stapte, kocht je je bij heel wat meer in dan waar jij voor weg kunt lopen.'

'Ik beloof het, Aggie. Maar jij gaat nergens naartoe.'

Tegen de derde week van oktober was ze bedlegerig.

De eerste november verhuisden ze het bed van zijn moeder naar de woonkamer zodat ze het middelpunt kon zijn, wat ze altijd was geweest, hoewel ze nu geen bezoek meer toelieten, alleen maar leden van hun familie met haar vele namen.

Op de ochtend van de derde november vroeg Barty aan Maria bij Agnes te informeren wat ze graag voorgelezen wilde hebben. 'Als ze dan antwoord geeft, draai je je om en verlaat je de kamer. De rest doe ik.'

'Wat doe je?' vroeg Maria.
'Ik wil een grapje uithalen.'
Op een tafel lag een hoge stapel boeken, favoriete romans en dicht-
bundels, die Agnes allemaal al had gelezen. Nu haar nog zo weinig tijd restte, gaf ze er de voorkeur aan troost uit het bekende te
halen, in tegenstelling tot de mogelijkheid dat nieuwe schrijvers en
nieuwe verhalen haar niet zouden bevallen. Paul las haar vaak
voor, en Angel ook. Tom Vanadium zat vaak bij haar, evenals Celestina en Grace.
Die ochtend, terwijl Barty aan de kant stond te luisteren, vroeg
zijn moeder aan Maria om de gedichten van Emily Dickinson.
Maria, in de war maar behulpzaam, verliet de kamer zoals gevraagd, en Barty haalde, zonder hulp, het juiste boek uit de stapel
op tafel. Hij ging in de leunstoel naast zijn moeder zitten en begon te lezen:

'*I never saw a Moor...*
I never saw the Sea...
Yet know I how the Heather looks
And what a Billow be.'

Terwijl ze zich omhooghees in het bed, keek ze hem wantrouwig
aan en zei: 'Jij hebt Emily uit je hoofd geleerd.'
'Ik lees gewoon wat er staat,' verzekerde hij haar.

'*I never spoke with God*
Nor visited in Heaven
Yet certain am I of the spot
As if the Checks were given.'

'Barty?' zei ze vragend.
Ontroerd dat hij die verwondering bij haar had opgewekt, deed
hij het boek dicht. 'Weet je nog waar we het lang geleden over
hebben gehad? Je vroeg me hoe het kon, als ik kon lopen waar
geen regen was...'
'... dat je dan niet kon lopen waar je ogen gezond waren en daar
je tumors achterlaten,' herinnerde ze zich.
'Ik zei dat het zo niet werkte, en dat is ook zo. Toch... ik loop niet
echt in die andere wereld om de regen te vermijden, maar ik loop
min of meer in het idee van die werelden...'
'Heel erg kwantummechanica,' zei ze. 'Dat heb je eerder gezegd.'

Hij knikte. 'In dit geval komt het gevolg niet alleen voor de oorzaak, maar totaal zonder oorzaak. Het gevolg is droog blijven in de regen, maar de oorzaak – zogenaamd in een drogere wereld lopen – treedt nooit op. Alleen het idee ervan.'

'Het klinkt zelfs nog raarder dan wanneer Tom Vanadium het zegt.'

'Hoe dan ook, in de achtbaan viel er in mij iets op zijn plaats, en ik begreep een nieuwe invalshoek om het probleem aan te pakken. Ik ben erachter gekomen dat ik in het idee van zien kan lopen, alsof ik het gezichtsvermogen deel met een andere ik in een andere werkelijkheid, zonder daar werkelijk naartoe te gaan.' Hij glimlachte toen hij haar verbazing zag. 'Nou, wat zeg je me daarvan?'

Ze wilde het zo graag geloven, haar zoon weer genezen zien, en het grappige was dat ze het kon geloven, en zonder emotioneel risico, *want het was waar.*

Om het te bewijzen las hij een stukje Dickens toen ze erom vroeg, een passage uit *Great Expectations*. Daarna een passage van Twain.

Ze vroeg hem hoeveel vingers ze opstak, en hij zei vier, en dat klopte. Daarna twee vingers. Vervolgens zeven. Haar handen zo bleek, beide palmen geschonden.

Omdat zijn beide traanklieren en traanbuizen nog intact waren, kon Barry huilen met zijn plastic ogen. Dus leek het helemaal niet zo ongeloofwaardig dat hij ermee kon zien.

Deze toer echter was heel wat moeilijker dan lopen waar geen regen was. Te blijven zien trok zowel geestelijk als fysiek een zware wissel op hem.

Haar vreugde te kunnen zien was de prijs die hij moest betalen waard.

Hoe zwaar en inspannend het ook was voor zijn geest om zijn geleende gezichtsvermogen te bewaren, het was nog moeilijker naar haar gezicht te kijken, na al die jaren van blindheid, om haar zo uitgemergeld en bleek te zien. De vitale, prachtige vrouw wier beeld hij zo behoedzaam in zijn herinnering had bewaard, zou hierna vervangen worden door deze uitgeteerde versie.

Ze spraken af dat Barty voor de buitenwereld moest blijven doen alsof hij blind was – omdat hij anders behandeld zou worden als een monster of misschien tegen zijn wil blootgesteld zou worden aan experimenten. Want in de moderne tijd was er geen tolerantie ten aanzien van wonderen. Alleen de familie mocht van deze ontwikkeling weten.

'Als zoiets verbazends kan gebeuren, Barty – wat dan nog meer?'
'Misschien is dit genoeg.'
'O, dat zeker! Het is zeker genoeg! Maar... Ik betreur weinig, weet je. Maar ik betreur wel dat ik niet hier ben om te zien waarom jij en Angel bij elkaar zijn gebracht. Ik weet dat het iets heerlijks moet zijn. Iets dat zo mooi is.'

Ze hadden een paar dagen om in alle stilte dit verbazingwekkende herstel van zijn gezichtsvermogen te vieren, en in die tijd werd ze het nooit moe om naar hem te kijken als hij haar voorlas. Hij dacht niet dat ze echt luisterde. Het feit dat hij genezen was had haar zo sterk opgebeurd, als geen schrijvers woord of geschreven verhaal had kunnen doen.

De middag van negen november, toen Paul en Barty bij haar herinneringen aan het ophalen waren, en Angel in de keuken drankjes voor hen haalde, snakte zijn moeder naar adem en verstrakte. Ze hijgde en werd bleker dan kalk, en toen ze weer kon ademhalen en spreken, zei ze: 'Haal Angel. Geen tijd de anderen te roepen.'

Ze gingen snel om haar heen staan en hielden haar vast, alsof de Dood niet mee kon nemen wat zij weigerden los te laten.

Tegen Paul zei ze: 'Ik heb genoten van je onschuld... en ik vond het heerlijk om je ervaring op te laten doen.'

'Aggie,' smeekte hij.

'Ga niet meer aan de wandel,' herinnerde ze hem.

Haar stem werd zwakker toen ze tegen Angel sprak, maar in deze nieuwe breekbaarheid hoorde Barty zo'n liefde dat hij rilde door de kracht ervan. 'God zit in jou, Angel, zo sterk dat je schittert. In jou geen slechtheid.'

Het meisje, niet in staat te praten, hield haar hoofd tegen Agnes' borst, waarmee ze voor altijd het pure geluid van haar hart in haar herinnering zou bewaren.

'Wonderjongen,' zei Agnes tegen Barty.

'Supermam.'

'God heeft me een heerlijk leven gegeven. Denk daaraan.'

Wees sterk voor haar. 'Oké.'

Ze sloot haar ogen en hij dacht dat zij heengegaan was, maar toen deed ze ze weer open: 'Er is een plek achter al de manieren waarop dingen zijn.'

'Ik hoop het,' zei hij.

'Je oude moeder zou toch niet tegen je liegen?'

'Niet mijn oude moeder.'

'Lieve... jongen.'

Hij vertelde haar dat hij van haar hield en ze gleed weg na zijn woorden. En terwijl ze stierf, verdween de gekwelde blik van de terminale leukemiepatiënt, en voordat het grijze masker van de dood ervoor in de plaats kon komen, zag hij de schoonheid die hij had bewaard in zijn herinnering van toen hij drie was, voor ze zijn ogen wegnamen; hij zag het heel kort, alsof iets dat aan het veranderen was uit haar vloeide: een perfect licht, haar wezen.

Uit respect voor zijn moeder hield Barty zich uit alle macht vast aan zijn oogloze tweede gezicht, levend in het idee van een wereld waar hij nog steeds zijn gezichtsvermogen had, tot ze alle eerbewijzen had gekregen die ze verdiende en te ruste werd gelegd naast zijn vader.

Die dag droeg hij zijn donkerblauwe pak.

Toen hij erheen ging, deed hij alsof hij blind was, steunde op Angels arm, maar hij miste niets en etste elk detail in zijn geheugen, voor in de komende duisternis.

Ze was drieënveertig, heel jong om zo'n stempel op de wereld te hebben achtergelaten. Toch woonden meer dan tweeduizend mensen de begrafenisdienst bij – die werd geleid door geestelijken uit zeven kerkgenootschappen – en de stoet naar de begraafplaats was zo lang dat sommige mensen anderhalve kilometer verderop moesten parkeren en moesten lopen. De treurenden stroomden lange tijd over de grazige heuvels en langs de grafstenen, maar de geestelijke die de leiding had, begon pas met de begrafenisplechtigheid toen iedereen er was. Niemand hier toonde zich ongeduldig over het oponthoud. Sterker nog, toen het laatste gebed was gezegd en de kist was neergelaten, aarzelde de menigte te vertrekken, bleef tegen de gewoonte in hangen, tot Barty besefte dat ze, net als hij, half en half een wonderbaarlijke verrijzenis en hemelvaart verwachtten, want nog maar zo kortgeleden was deze vrouw die zonder zonde was te midden van hen geweest.

Agnes Lampion. Het taartenvrouwtje.

Weer thuis, in de geborgenheid van de familie, stortte Barty in, uitgeput door de voortdurende inspanning te zien met ogen die niet van hem waren. Tien dagen lag hij in bed, koortsig, gekweld door duizelingen en migraine, misselijk, zodat hij vier kilo kwijtraakte voor hij volledig hersteld was.

Hij had niet gelogen tegen zijn moeder. Ze had aangenomen dat door de een of andere kwantummagie hij voor altijd zijn gezichtsvermogen had teruggekregen, zonder dat het hem iets zou kosten. Hij liet haar slechts naar haar laatste rustplaats gaan in de troostrijke veronderstelling dat haar zoon van de duisternis was bevrijd.

Nu keerde hij voor vijf jaar terug naar blindheid, tot 1983.

83

Elke gedenkwaardige dag werd het werk gedaan ter herinnering aan zijn moeder. Bij Stichting Taartenvrouwtje waren ze altijd op zoek naar nieuwe recepten en nieuwe manieren om de hoek waar ze zaten te verlichten.

Barty's wiskundeknobbel bewees een waardevolle praktische toepassing te hebben. Zelfs in zijn blindheid zag hij patronen die de zienden niet zagen. In samenwerking met Tom Vanadium ontwikkelde hij opvallend succesvolle investeringsstrategieën gebaseerd op golfbewegingen in het historische wel en wee van de aandelenbeurs. Tegen de jaren tachtig was de jaarlijkse winst gemiddeld zesentwintig procent: schitterend gezien het feit dat de op hol geslagen inflatie van de jaren zeventig bedwongen was.

Tijdens de vijf jaar na Agnes' dood gedijde hun familie met de vele namen. Barty en Angel hadden hen vijftien jaar geleden allemaal samengebracht op deze plek, maar de lotsbestemming waarover Tom die regenachtige avond op de veranda had gesproken, scheen geen haast te hebben zich te manifesteren. Barty kon geen pijnloze manier vinden het tweedehands zicht te behouden, dus hij leefde zonder het licht. Angel had geen reden nog iemand anders dan Cain de wereld van de grote insecten in te duwen. Het enige wonder in hun leven was het wonder van liefde en vriendschap, maar de familie bleef in wonderen geloven, ook al gingen ze gewoon verder met hun dagelijkse leven.

Niemand was verrast door zijn aanzoek, haar jawoord en het huwelijk. Barty en Angel waren allebei achttien toen ze in juni 1983 in het huwelijk traden.

Slechts één uur, wat een niet al te grote belasting was, liep hij door het idee van een wereld waarin hij gezonde ogen had en het gezichtsvermogen deelde met andere Barty's op andere plaatsen, zodat hij zijn bruid zou kunnen zien als ze door het middenpad aan kwam lopen en als ze naast hem de gelofte met hem aflegde, en als ze haar hand uitstak om de ring omgeschoven te krijgen.

In al die vele manieren waarop dingen zijn, in de oneindigheid van werelden en de Schepping, geloofde Barty dat er geen vrouw bestond die haar schoonheid overtrof of wier hart beter was.

Aan het einde van de ceremonie deed hij afstand van zijn tweedehands gezichtsvermogen. Hij zou tot Pasen 1986 in duisternis leven, hoewel elke minuut van de dag werd verlicht door zijn vrouw. De trouwreceptie – groots, luidruchtig, vol vrolijkheid – had plaats op de drie percelen zonder hekken. De naam van zijn moeder werd zo vaak genoemd, haar aanwezigheid zo sterk gevoeld in alle levens van de mensen, dat het soms leek alsof ze echt daar bij hen aanwezig was.

In de ochtend na hun eerste nacht samen, zonder dat een van hen het voorstelde, liepen Barty en Angel de achtertuin in en beklommen de eik om in het hoogste prieel naar de zonsopgang te kijken.

Drie jaar later, paaszondag 1986, bracht de legendarische paashaas hun een cadeautje: Angel schonk het leven aan Mary. 'Het wordt tijd voor een mooie, gewone naam in de familie,' beweerde ze.

Om zijn nieuwgeboren meisje te zien, deelde Barty het zicht van andere Barty's, en hij was zo vol bewondering voor deze kleine, gerimpelde Mary dat hij zijn gezichtsvermogen de hele dag behield, tot zijn knallende hoofdpijn onverdraaglijk werd en een plotselinge beangstigende aantasting van zijn spraakvermogen hem terugdreef naar de comfortabele blindheid.

Zijn stem werd binnen een paar minuten weer normaal, maar hij vermoedde dat de inspanning om te lang het geleende zicht te behouden wel eens in een beroerte of iets ergers zou kunnen resulteren.

Blind bleef hij tot een middag in mei 1993, toen uiteindelijk het mirakel gebeurde, en de betekenis die Tom Vanadium zo lang geleden voorzien had, zich begon te manifesteren.

Toen Angel Barty kwam zoeken, buiten adem van opwinding, zat hij te praten met Tom Vanadium in het stichtingskantoor boven de garages. Jaren geleden waren de twee flats samengevoegd, en uitgebreid toen de garages beneden in afmeting twee keer zo groot werden, waardoor het een betere leefruimte werd voor Tom en ook kantoorruimte bood.

Hoewel hij zesenzeventig was, werkte Tom nog altijd voor Stichting Taartenvrouwtje. Ze hadden geen vaste pensioenleeftijd afgesproken voor de medewerkers, en vader Tom verwachtte te sterven op zijn werk. 'En als het een dag voor de Taartkaravaan is, laat mijn oude karkas dan maar liggen waar ik neerval tot je alle bestellingen hebt gedaan. Ik wil er niet verantwoordelijk voor zijn dat iemand een beloofde taart misloopt.'

Hij was weer vader Tom, nadat hij drie jaar daarvoor zijn gelofte had hernieuwd. Op zijn verzoek had de Kerk hem aangesteld als kapelaan van Stichting Taartenvrouwtje.

Dus Barty en Tom zaten gewoon te praten over een kwantumfysicus die ze op de televisie hadden gezien, in een documentaire over de geheimzinnige resonantie tussen het geloof in een gecreëerd universum en de recente ontdekkingen in kwantummechanica en moleculaire biologie. De fysicus beweerde dat een handvol collega's van hem, hoewel geenszins de meerderheid, geloofde dat met een dieper begrip van het kwantumdeel van de werkelijkheid, er mettertijd een verrassende toenadering tussen wetenschap en geloof zou zijn.

Angel onderbrak hen door buiten adem het vertrek binnen te stormen. 'Kom snel! Het is ongelooflijk. Het is prachtig. Jullie moeten dit zien. Ik bedoel, Barty, je moet dit zíen.'

'Goed.'

'Ik zei: dit moet je zíén.'

'Wat zegt ze?' vroeg hij aan Tom.

'Ze heeft iets dat je moet horen.'

Toen hij opstond van zijn stoel, begon Barty zich weer vertrouwd te maken met het gevoel van alle manieren waarop de dingen zijn, begon zijn aandacht te richten op de lussen, buitelingen en schokken van de realiteit zoals hij die dag in de achtbaan had waargenomen, en tegen de tijd dat hij Angel en Tom de trap af naar de door de eik beschaduwde tuin achter het huis was gevolgd, werd de dag langzaam vloeiend zichtbaar voor hem.

Mary was aan het spelen, en haar voor het eerst in zeven jaar te zien, bracht Barty bijna op zijn knieën. Ze was het evenbeeld van haar moeder en hij wist dat Angel er ongeveer zo uit had gezien toen ze hier aankwam in 1968 en de keuken had verkend op die eerste dag en een broodrooster onder een sok had gevonden.

Mocht het zien van zijn dochter hem bijna op zijn knieën hebben gebracht, het zien van zijn vrouw, ook de eerste keer in zeven jaar, verhief hem tot hij bijna over het gras zweefde.

Op het gras lag Koko, hun vier jaar oude golden retriever, op zijn rug met alle poten in de lucht, en liet zich genotvol op haar harige buik krabben door haar jonge bazinnetje Mary.

'Schat,' zei Angel tegen haar dochtertje, 'laat ons dat spelletje eens zien dat je net met Koko aan het spelen was. Laat het ons zien, schat. Kom op. Laat zien. Laat zien.'

Tegen Barty zei Mary: 'Mammie is heel opgewonden hierover.'

'Je kent mammie,' zei Barty, die bijna wanhopig het beeld van zijn dochtertje opzoog en dat in zijn geheugen aan het stouwen was voor zijn volgende lange periode van duisternis.

'Kun je nu echt zien, papa?'

'Echt waar.'

'Vind je mijn schoenen leuk?'

'Dat zijn gave schoenen.'

'En hoe vind je mijn haar...'

'*Laat zien, laat zien, laat zie*n,' drong Angel aan.

'Goeoed,' zei Mary. 'Koko, spelen.'

De hond draaide zich van haar rug en sprong kwispelstaartend op, klaar voor een spelletje.

Mary had een gele plastic bal waar Koko heel gelukkig de hele dag achter aan kon rennen en, als dat mocht, de hele nacht op kon knauwen om het huis wakker te houden door het gepiep ervan.

'Wil je deze?' vroeg ze Koko.

Koko wilde hem natuurlijk, wilde hem hebben, moest hem hebben, en sprong weg toen Mary deed alsof ze de bal gooide.

Toen de hond, na een eindje gedraafd te hebben, besefte dat Mary de bal niet had gegooid, draaide ze zich met een ruk om en rende terug.

Mary begon te rennen – 'Pak me dan, als je kan' – en schoot weg. Koko veranderde van richting met een schitterende hele draai en rende met grote sprongen achter haar aan.

Mary maakte ook een hele draai, schoot naar links...

... en verdween.

'O, hemeltje,' zei Tom Vanadium.

Het ene moment was daar het meisje met een gele bal, het volgende moment was ze weg, alsof ze nooit had bestaan.

Koko kwam slippend tot stilstand, verward, keek links, keek rechts, de hangende oren omhooggestoken om een geluid van bazinnetje Mary op te vangen.

Van achter de hond kwam Mary met de bal in haar hand uit het niets aangewandeld. Verrast draaide de hond rond, en de achtervolging begon opnieuw.

Drie keer verdween Mary en drie keer verscheen ze weer, voordat ze met de totaal verwarde Koko naar haar vader en moeder kwam. 'Mooi, hè?'

'Wanneer wist je dat je dit kon?' vroeg Tom.

'Een tijdje terug,' zei het meisje. 'Ik zat op de veranda een ijslolly te eten, en begon het ineens door te krijgen.'

Barty keek Angel aan en Angel keek Barty aan, en allebei vielen ze op hun knieën op het gras voor hun dochter. Ze grinnikten allebei... en toen verstarde hun glimlach iets.

Omdat ze ongetwijfeld aan het land van de grote insecten dachten waarheen ze Enoch had geduwd – wat precies datgene was waar Barty plotseling aan dacht – zei Angel: 'Schat, dit is verbazingwekkend, het is heerlijk, maar je moet voorzichtig zijn.'

'Het is niet eng,' zei Mary. 'Ik stap gewoon even naar een andere plaats, en kom daarna weer terug. Het is net zoiets als van de ene kamer naar de andere lopen. Ik kom daar niet vast te zitten of zoiets.' Ze keek Barty aan. 'Je weet hoe het is, papa.'

'Een beetje. Maar wat je moeder bedoelt...'

'Misschien zijn sommige plekken wel slecht,' waarschuwde Angel.

'O, natuurlijk, dat weet ik,' zei Mary. 'Maar als het een slechte plek is, voel je het voordat je naar binnen gaat. Dus je gaat gewoon naar een andere plek die niet slecht is. Niets aan.'

Niets aan.

Barty wilde haar omhelzen. Dat deed hij ook. Hij omhelsde ook Angel. Hij omhelsde Tom Vanadium.

'Ik moet wat drinken,' zei vader Tom.

Mary Lampion, klein, slim, had thuis les gekregen, net als haar vader en moeder. Maar ze leerde niet alleen lezen, schrijven en rekenen. Langzamerhand ontwikkelde ze een reeks fascinerende talenten die op geen enkele school geleerd worden, en ze ging een enorm aantal manieren bestuderen van hoe de dingen zijn, verkende de werelden die hier waren maar niet worden gezien.

In zijn blindheid luisterde Barty naar haar verslagen, en door haar zag hij meer dan hij ooit had kunnen zien als hij zijn ogen niet kwijt was geraakt.

Kerstavond 1996 kwam de familie bijeen in het middelste van de drie huizen voor het eten. Het meubilair van de woonkamer was tegen de muur geschoven en drie tafels waren in de lengte tegen elkaar aangeschoven om plaats aan iedereen te bieden.

Toen het eten op de lange tafel was opgediend en de wijn was ingeschonken, toen iedereen, behalve Mary, zat, zei Angel: 'Mijn dochter heeft me gezegd dat ze iets wil voordragen voordat ik dankzeg. Ik weet niet wat het is, maar ze heeft me verzekerd dat het niets te maken heeft met zingen, dansen, of het voorlezen van een van haar gedichten.'

Barty, aan het hoofd van de tafel, voelde Mary op zich afkomen net voordat ze hem aanraakte. Ze legde een hand op zijn arm en zei: 'Papa, wil je je stoel even omdraaien zodat ik op je schoot kan zitten?'

'Als er een voordracht is, neem ik aan dat ik de voorgedragene ben,' zei hij terwijl hij zijn stoel omdraaide en haar op schoot nam. 'Denk er wel aan dat ik nooit een stropdas draag.'

'Ik hou van je, papa,' zei ze en ze legde haar handen plat tegen zijn slapen.

In Barty's duisternis kwam een licht dat hij nooit had gezocht. Hij zag zijn glimlachende Mary op zijn schoot toen ze haar handen van zijn slapen liet zakken, zag de gezichten van zijn familieleden, de tafel vol kerstversieringen en de vele flakkerende kaarsen.

'Dit blijft bij jou,' zei Mary. 'Het is het gedeelde zicht van al die andere jou's in al die andere plaatsen, maar je hoeft er absoluut niets voor te doen om het te houden. Geen hoofdpijn, geen problemen meer. Zalig kerstfeest, papa.'

En zo kreeg Barty Lampion, op de leeftijd van eenendertig, na meer dan achtentwintig jaar blind te zijn geweest – op een paar korte uitzonderingen na – de gave van het zien van zijn tien jaar oude dochter.

Van 1996 tot 2000: elke dag werd het werk gedaan ter herinnering aan Agnes Lampion, Joey Lampion, Harrison White, Seraphim White, Jacob Isaacson, Simon Magusson, Tom Vanadium, Grace White en, kortgeleden, Wally Lipscomb, ter herinnering aan allen die zoveel gegeven hadden en die, hoewel misschien nog in leven op andere plaatsen, hier voor altijd verdwenen waren.

Tijdens het Thanksgivingmaal, weer met die drie tafels tegen elkaar aan, in het jaar van de drie nullen, deed Mary Lampion, dertien jaar oud, een interessante mededeling tijdens de pompoentaart. Tijdens haar reizen naar waar alleen zij kon gaan, en na zeven fascinerende jaren van verkenningen in een fractie van al die oneindige werelden, zei ze dat ze absoluut zonder twijfel dacht dat, net zoals Barty's moeder hem had verteld op haar sterfbed, er een speciale plek was achter alle manieren waarop de dingen zijn: één stralende plaats.

'En als ik genoeg tijd heb, kom ik erachter hoe ik daar kom en ga ik het zien.'

Gealarmeerd zei haar moeder: 'Zonder daar eerst voor te sterven.'

'Nou, natuurlijk,' zei Mary, 'zonder er eerst voor te sterven. Dat zou de gemakkelijke manier zijn om er te komen. Ik ben toch een Lampion? Nemen wij de gemakkelijkste weg als het niet hoeft? Nam papa de gemakkelijkste weg toen hij in de eik klom?'

Barty stelde een andere voorwaarde: 'Zonder eerst te sterven... én je moet er zeker van zijn dat je terug kunt komen.'

'Als ik er ooit kom, kom ik terug,' beloofde ze aan de hele familie. 'Stel je voor waarover we allemaal kunnen praten. Misschien krijg ik zelfs een paar nieuwe taartrecepten uit die wereld.'

2000, het Jaar van de Draak, wijkt zonder grommen voor het Jaar van de Slang, en na de Slang komt het Paard. Elke dag wordt het werk gedaan ter herinnering aan hen die ons zijn voorgegaan, en de jonge Mary, bezig met haar eigen onderneming, is onder u. Voorlopig is het alleen haar eigen familie die weet hoe bijzonder ze is. Op één gedenkwaardige dag zal dat veranderen.

Om verhaaltechnische redenen heb ik wat gerommeld met de plattegrond en indeling van het St. Mary's-ziekenhuis in San Francisco. In dit verhaal zijn de personages die in het St. Mary's werken verzonnen en op geen enkele manier geportretteerd naar bestaande mensen die in die uitstekende instelling werken of hebben gewerkt.

Ik ben niet de eerste die opmerkt dat veel van wat de kwantummechanica over de aard der dingen onthult op een geheimzinnige manier verenigbaar is met het geloof, vooral met het concept van een geschapen universum. Een aantal vooraanstaande natuurkundigen heeft vóór mij al hierover geschreven. Maar voorzover ik weet, is nieuw in dit boek het begrip dat menselijke relaties een afspiegeling zijn van de kwantummechanica: elk mensenleven is op een ingewikkelde manier verbonden met dat van ieder ander op net zo'n moeilijk te doorgronden niveau als het subatomaire niveau in de wereld van de natuurwetenschappen; onder elke ogenschijnlijke chaos bestaat een vreemde orde; en 'spookachtige effecten op afstand', zoals het kwantumverstand zegt, zijn net zo makkelijk te zien in de menselijke samenleving als in de atomaire, moleculaire of andere natuurwetenschappelijke systemen. In dit verhaal moet Tom Vanadium in een paar zinnen en in een enkel hoofdstuk complexe aspecten van de kwantummechanica vereenvoudigen en samenvatten, omdat hij, hoewel hij zich er niet van bewust is een romanpersonage te zijn, dient te vermaken. Ik hoop dat elke fysicus die dit leest enige compassie met hem heeft.